Raymond Khoury

SCRIPTUM

Thriller

Aus dem Amerikanischen von
Susanne Goga-Klinkenberg, Anja Schünemann und
Ulrike Thiesmeyer

Piper München Zürich

Mehr über unsere Autoren und Bücher:
www.piper.de

Von Raymond Khoury liegen im Piper Verlag vor:
Scriptum
Furia

MIX
Papier aus verantwortungsvollen Quellen
FSC® C083411

Ungekürzte Taschenbuchausgabe
März 2015
© 2005 Raymond Khoury
Titel der amerikanischen Originalausgabe: »The Last Templar«,
Ziji Publishing, London 2005
© der deutschsprachigen Ausgabe:
2015 Piper Verlag GmbH, München
Alle Rechte an der Übertragung ins Deutsche bei
Rowohlt Verlag GmbH, Reinbek bei Hamburg
Erstausgabe: Rowohlt Verlag GmbH, Reinbek bei Hamburg 2005
Umschlaggestaltung: FAVORITBUERO, München
Umschlagabbildung: © Mark Owen/Trevillion Images
Satz: Dörlemann Satz, Lemförde
Gesetzt aus Trinité PostScript (PageOne)
Papier: Pamo Super von Arctic Paper Mochenwangen GmbH, Deutschland
Druck und Bindung: CPI books GmbH, Leck
Printed in Germany   ISBN 978-3-492-30777-2

Für meine Eltern

Für meine Mädchen:
Mia, Gracie und Suellen

und

Für meinen Freund
Adam B. Wachtel
(1959–2005)
Du hättest bestimmt deine helle Freude hieran gehabt.
Zusammen mit Victoria und Elizabeth bin ich dankbar dafür,
dass es dich gab.
Du wirst uns unendlich fehlen.

Es hat uns reichen Nutzen eingebracht, dieses Märchen von Christus.
Papst Leo X., sechzehntes Jahrhundert

PROLOG

Akkon, Lateinisches Königreich Jerusalem, 1291

Das Heilige Land ist verloren.

Dieser eine Gedanke bestürmte Martin de Carmaux unablässig; in seiner brutalen Endgültigkeit war er noch fürchterlicher als die Horden, die durch die Bresche in der Mauer hereindrängten.

Mit aller Macht schob er den Gedanken beiseite.

Jetzt war nicht die Zeit zum Klagen. Er hatte wichtigere Aufgaben.

Er musste töten.

Mit hoch erhobenem Schwert stürmte er vorwärts durch dichte Wolken von Qualm und Staub und stürzte sich in die wogenden Reihen der Feinde. Sie waren überall, hackten und hieben unter gellendem Kampfgeschrei mit Krummsäbeln und Äxten um sich, begleitet vom quälend monotonen Dröhnen der großen Kesselpauken vor den Festungsmauern.

Er ließ sein Schwert mit aller Kraft niedersausen, spaltete einem Mann mit einem einzigen Hieb den Schädel und riss die Klinge sogleich zurück, um sich auf den nächsten Gegner zu stürzen. Zu seiner Rechten erblickte er Aimard de

Villiers, der einem anderen Angreifer gerade seine Waffe in die Brust trieb und sich umgehend dem nächsten Feind zuwandte. Ganz benommen vom Schmerz- und Wutgeheul um sich herum, spürte Martin plötzlich, wie jemand seine linke Hand packte. Hastig stieß er den Angreifer mit dem Schwertknauf weg und hieb dann auf ihn ein, spürte, wie seine Klinge durch Muskeln und Knochen drang. Aus dem Augenwinkel nahm er rechts von sich eine drohende Gefahr wahr, er parierte instinktiv mit einem Schwerthieb, der einem weiteren Eindringling auf einen Streich den Arm abtrennte, die Wange aufschlitzte und die Zunge abschnitt.

Seit Stunden war ihm und seinen Gefährten keine Ruhe vergönnt gewesen. Der Ansturm der Sarazenen kannte keine Pause, und er war weitaus heftiger als erwartet. Tagelang waren unablässig Pfeile und Geschosse mit brennendem Pech auf die Stadt niedergeprasselt und hatten mehr Brände verursacht als bekämpft werden konnten; gleichzeitig hatten die Männer des Sultans Löcher unter den mächtigen Mauern gegraben, sie mit trockenem Reisig gefüllt und dieses ebenfalls in Brand gesteckt. An mehreren Stellen waren die Mauern durch die Gluthitze rissig geworden und stürzten jetzt unter dem Beschuss der mächtigen Steinkatapulte ein. Durch schiere Willenskraft war es den Templern und Johannitern gelungen, den Angriff am Antoniustor zurückzuschlagen, das sie zur Deckung ihres Rückzugs am Ende in Brand stecken mussten. Das hatte den rasenden Sarazenen Zugang in die Stadt verschafft, deren Schicksal damit besiegelt war.

Das Todesröcheln seines Gegners ging im allgemeinen Schlachtgetöse unter, als Martin sein Schwert zurückkriss und verzweifelt nach irgendeinem Zeichen der Hoffnung Ausschau hielt. Aber es konnte keinen Zweifel geben: Das Heilige Land war verloren. Sie alle würden tot sein, tot, noch ehe die Nacht um war. Sie standen der größten Streitmacht aller Zeiten gegenüber, und trotz des Zorns und der Leidenschaft, die in ihm loderten, waren seine Anstrengungen und die seiner Brüder zum Scheitern verurteilt.

Zu dieser Einsicht gelangten bald auch seine Befehlshaber. Mutlosigkeit befiel ihn, als er das schicksalhafte Hornsignal vernahm, das die überlebenden Tempelritter aufrief, die Verteidigung der Stadt aufzugeben. Seine fieberhaft umherwandernden Blicke trafen sich mit denen von Aimard de Villiers. Er las darin die gleiche Qual, die gleiche Scham, die auch in ihm brannten. Seite an Seite kämpften sie sich durch das brodelnde Schlachtgetümmel hindurch, bis sie sich in die einigermaßen sichere Templerfestung gerettet hatten.

Martin folgte dem älteren Ritter, der sich energisch einen Weg durch das Gedränge verängstigten Volkes bahnte, das Zuflucht hinter den dicken Mauern der Burg gesucht hatte. Der Anblick, der sie in der großen Halle empfing, versetzte ihm einen schlimmeren Schock als das Gemetzel, dem er draußen beigewohnt hatte. Ausgestreckt auf einem groben Refektoriumstisch lag Guillaume de Beaujeu, der Großmeister der Tempelritter. Pierre de Sevrey, der Marschall, stand zusammen mit zwei Mönchen bei ihm. Ihre bekümmerten Mienen sprachen Bände. Als die beiden Ritter herangetreten waren, schlug Beaujeu die Augen auf und hob leicht den Kopf, eine Bewegung, bei der er vor Schmerz unwillkürlich aufstöhnte. Martin starrte ihn erschüttert an. Die Haut des alten Mannes war aschfahl, er hatte blutunterlaufene Augen.

Martins Blick wanderte an Beaujeus Körper hinab und blieb an dem gefiederten Pfeil hängen, der seitlich aus seinem Brustkorb hervorstak. Der Großmeister hielt den Schaft mit einer Hand umfasst. Mit der anderen winkte er Aimard heran, der auf ihn zutrat, neben ihm niederkniete und sie mit beiden Händen umschloss.

«Es ist an der Zeit», sprach der alte Mann mit vor Schmerz geschwächter, aber klarer Stimme. «Geht jetzt. Und möge Gott mit euch sein.»

Martin nahm die Worte kaum wahr. Seine Aufmerksamkeit galt etwas anderem: Die Zunge des Großmeisters hatte sich schwarz verfärbt. Ein vergifteter Pfeil – Martin schnürte es vor Zorn und Hass die Kehle zu. Dieser begnadete Anführer, dieser Ausnahmemensch, der das Leben des jungen Ritters seit er denken konnte bis in jede kleinste Einzelheit bestimmt hatte, lag im Sterben.

Er sah, wie Beaujeu den Blick zu Sevrey hob und kaum wahrnehmbar nickte. Der Marschall ging ans Tischende, wo er unter einer Samtdecke ein kleines, reich verziertes Kästchen, kaum drei Hände breit, hervorholte. Martin hatte es nie zuvor gesehen. Mit angehaltenem Atem verfolgte er, wie Aimard sich erhob, das Kästchen ernst betrachtete und dann wieder Beaujeu ansah. Der alte Mann erwiderte seinen Blick und schloss dann erschöpft die Augen. Sein Atem ging inzwischen rasselnd, ein böses Zeichen. Aimard trat auf Sevrey zu und umarmte ihn, dann nahm er das Kästchen vom Tisch und schritt, ohne sich noch einmal umzublicken, hinaus. Als er an Martin vorbeikam, sagte er nur ein Wort: «Komm.»

Martin zögerte, sah rasch zu Beaujeu und dem Marschall hin, der nur nickte. Hastig eilte er Aimard nach und merkte erst nach einiger Zeit, dass sie sich nicht auf den Feind zubewegten.

Sie waren unterwegs zum Kai der Festung.

«Wohin gehen wir?», rief er Aimard nach.

Aimard verlangsamte seinen Schritt nicht. «Die *Faucon du Temple* erwartet uns. Schnell!»

Martin blieb unvermittelt stehen. *Wir fahren fort?*

Er kannte Aimard de Villiers seit dem Tod seines eigenen Vaters vor fünfzehn Jahren. Auch der war ein Ritter gewesen; bei seinem Tod hatte Martin kaum fünf Jahre gezählt. Seither war Aimard sein Beschützer gewesen, sein Lehrmeister. Sein Held. In vielen Schlachten hatten sie zusammen gekämpft, und es war nur angemessen, fand Martin, dass sie Seite an Seite stehen und zusammen sterben würden, wenn das Ende kam. Aber das hier, das war etwas anderes. Das war … feige Fahnenflucht.

Aimard blieb ebenfalls stehen, aber nur, um Martin an der Schulter zu packen und vorwärts zu stoßen. «Los, beeil dich.»

«Nein!», schrie Martin und stieß Aimards Hand fort.

«Doch.» Der Tonfall des Älteren war scharf.

Martin spürte, wie Übelkeit in ihm aufstieg. Sein Gesicht verfinsterte sich, er rang nach Worten. «Ich werde unsere Brüder nicht im Stich lassen», stammelte er. «Niemals!»

Aimard stieß einen tiefen Seufzer aus und warf einen Blick zurück auf die belagerte Stadt. Flammende Geschosse stiegen am Nachthimmel empor und hagelten von allen Seiten auf sie nieder. Das Kästchen an sich gedrückt, drehte er sich um und trat an Martin heran, so nah, dass ihre Gesichter kaum eine Handbreit voneinander entfernt waren und Martin sehen konnte, dass die Augen des Freundes tränenver hangen waren. «Meinst du, ich will sie im Stich lassen?», zischte er. «Unseren Meister verlassen? In seiner letzten Stunde? Du solltest mich wirklich besser kennen.»

Martins Verwirrung war grenzenlos. «Aber … warum dann?»

«Was wir tun müssen, ist wichtiger, als ein paar mehr von diesen tollwütigen Hunden umzubringen», erwiderte Aimard ernst. «Es ist von entscheidender Bedeutung für das Überleben unseres Ordens. Es wird dafür sorgen, dass nicht alles, wofür wir gearbeitet haben, hier zugrunde geht. Wir müssen fort. Jetzt.»

Martin öffnete den Mund, aber Aimards Miene duldete keine Widerrede. Also neigte er knapp, wenn auch widerstrebend, den Kopf und folgte dem Älteren.

Die *Faucon du Temple* war das letzte im Hafen verbliebene Schiff. Die anderen Galeeren hatte man in Sicherheit gebracht, ehe der Angriff der Sarazenen eine Woche zuvor den Haupthafen der Stadt abgeschnitten hatte. Das Schiff, das bereits erheblichen Tiefgang hatte, wurde von Sklaven, Sergeantbrüdern und Rittern noch immer weiter beladen. Fragen über Fragen schossen Martin durch den Kopf, aber sie zu stellen, war nicht die Zeit. Während sie sich dem Kai näherten, fiel sein Blick auf den Kapitän des Schiffs, einen alten Seebären, den er nur unter dem Namen Hugues kannte und der sich der höchsten Wertschätzung des Großmeisters erfreut hatte. Vom Deck seines Schiffs aus beobachtete der kräftige Mann das fieberhafte Treiben. Martin ließ seinen Blick das Schiff entlangwandern, vom Achterdeck bis zum Bug mit der Galionsfigur, dem bemerkenswert lebensähnlich geschnitzten Abbild eines grimmigen Raubvogels. Es war der Tempelfalke, der dem Schiff den Namen gegeben hatte.

Noch im Laufen wandte Aimard sich mit Donnerstimme an den Kapitän. «Wasser und Vorräte an Bord?»

«Jawohl.»

«Dann lass den Rest hier. Sofort Segel setzen!»

In Windeseile waren die Laufplanken eingezogen und die Festmacher gelöst, und die *Faucon du Temple* wurde von Rudern im Beiboot des Schiffes vom Dock weggeschleppt. Wenig später erscholl das Kommando des Aufsehers, auf welches hin die Galeerensklaven im Rumpf ihre Ruder ins dunkle Wasser tauchten. Martin sah zu, wie die Ruderer an Deck kletterten, das Beiboot aus dem Wasser hievten und sicher vertäuten. Unter dem rhythmischen Schlag eines großen Gongs und dem Ächzen von über einhundertfünfzig angeketteten Rudersklaven gewann das Schiff an Fahrt und entfernte sich von der hohen Mauer der Templerfestung.

Als sie das offene Wasser erreichten, ging ein Pfeilregen auf das Schiff nieder, während das Meer um sie herum von mächtigen, zischenden Explosionen weiß schäumte: Die Bogenschützen und Katapulte des Sultans hatten die fliehende Galeere ins Visier genommen. Bald jedoch waren sie außer Reichweite, und Martin stand auf, um einen letzten Blick auf die sich immer weiter entfernende Küstenlinie zu werfen. Ungläubige säumten die Brustwehren der Stadt, heulten und johlten dem Schiff hinterher wie eine Horde wilder Bestien. Hinter ihnen wütete ein Inferno, Schreie von Männern, Frauen und Kindern mischten sich in das unerbittliche Dröhnen der Kriegstrommeln.

Langsam gewann das Schiff im ablandigen Wind an Fahrt, während die Ruderreihen sich hoben und senkten wie Flügel, die über das dunkler werdende Wasser streiften. Fern am Horizont hatte der Himmel sich dräuend verfinstert.

Es war vorbei.

Mit zitternden Händen, das Herz schwer wie Blei, kehrte Martin de Carmaux dem Land, in dem er geboren war, den Rücken. Er blickte nach vorn, dem Sturm entgegen, der sie erwartete.

KAPITEL 1

Zunächst bemerkte niemand die vier Reiter, die aus dem Dunkel des Central Park auftauchten.

Im Mittelpunkt der Aufmerksamkeit stand nämlich ein Spektakel vier Blocks weiter südlich. Unter Blitzlichtgewitter und im grellen Licht der Fernsehscheinwerfer fuhren vor dem Eingang des Metropolitan Museum of Art dicht gedrängt Nobelkarossen vor, denen Prominente und Normalsterbliche in feiner Abendgarderobe entstiegen.

Es handelte sich um eines jener Großereignisse, die keine andere Stadt so glanzvoll zu zelebrieren verstand wie New York, zumal wenn der Schauplatz auch noch das Metropolitan Museum war. Spektakulär angeleuchtet, während gleichzeitig starke Suchscheinwerfer den schwarzen Aprilhimmel durchkreuzten, glich das imposante Bauwerk einem unwiderstehlichen Leuchtfeuer im Herzen der Stadt, das seine Gäste einlud, durch die strengen Säulen seiner klassizistischen Fassade zu treten, an der ein Banner verkündete:

Schätze des Vatikans

Es war gemunkelt worden, das Ereignis solle verschoben oder sogar ganz abgesagt werden. Wieder einmal hatten jüngste Geheimdiensterkenntnisse die Regierung veranlasst, die nationale Terroralarmstufe auf Orange zu erhöhen. Im gesamten Land hatten staatliche und Bundesbehörden die Sicherheitsmaßnahmen verschärft. In ganz New York bewachten Nationalgardisten U-Bahn-Stationen und Brücken noch intensiver als zuvor, Polizisten arbeiteten in Zwölf-Stunden-Schichten.

Aufgrund ihres Themas galt die Ausstellung als besonders gefährdet. Doch willensstarke Köpfe und der Vorstand des Museums hatten sich durchgesetzt und einmütig entschieden, an dem Vorhaben festzuhalten. Die Ausstellung würde eröffnet wie geplant, ein weiterer Beleg für den unbeugsamen Geist der Stadt.

Eine modisch frisierte junge Frau mit blendend weißen Zähnen stand mit dem Rücken zum Museum da und unternahm einen dritten Anlauf, um ihren Einstieg diesmal richtig hinzubekommen. Weder mit der beflissen kenntnisreichen noch mit der leicht arroganten Variante war sie zufrieden gewesen, also probierte die Reporterin es nun mit einem sachlichen Ton, als sie in die Kamera blickte.

«Ich weiß nicht, wann das Metropolitan Museum das letzte Mal so viele Stars willkommen heißen durfte wie heute. Jedenfalls nicht mehr seit der Maya-Ausstellung, und die ist schon ein paar Jahre her», fing sie an, als ein wohlbeleibter Mann mittleren Alters mit einer großen, hageren Frau in knapp sitzendem blauem Abendkleid, das entschieden zu jugendlich für sie war, aus einer Limousine stieg. «Und hier kommt der Bürgermeister mit seiner reizenden Gattin», sprudelte die Reporterin aufgeregt los, «unsere ungekrönte Königsfamilie und selbstverständlich verspätet, wie es sich gehört.»

18

Dann fuhr sie mit wieder ernster Miene fort. «Viele der hier gezeigten Objekte sind der Öffentlichkeit noch niemals zugänglich gemacht worden, nirgends. Jahrhundertelang waren sie in den Gewölben des Vatikans weggeschlossen und –»

In dem Moment wurde sie durch plötzliche Pfiffe und Zurufe aus der Menschenmenge abgelenkt. Sie brach mitten im Satz ab und blickte irritiert von der Kamera weg zu dem lauter werdenden Tumult hinüber.

Und da sah sie die Reiter.

Es waren prachtvolle Pferde, imposante Grauschimmel und Füchse mit seidigen schwarzen Schweifen und Mähnen. Der eigentliche Grund für die Aufregung der Zuschauermenge aber waren die Reiter.

Die vier Seite an Seite reitenden Männer trugen alle die gleiche mittelalterliche Rüstung: visierbewehrte Helme, Kettenpanzer und gehämmerte Beinschienen über schwarzen Wämsern und gesteppten Beinlingen. Sie sahen aus, als wären sie geradewegs einer Zeitmaschine entsprungen. Erhöht wurde ihr dramatischer Auftritt noch durch lange Schwerter, die ihnen in Scheiden seitlich von der Taille herabhingen. Am auffälligsten aber waren die langen weißen Umhänge, die sie über ihrer Rüstung trugen: Sie zierte ein geschweiftes blutrotes Kreuz.

Die Pferde kamen in ruhigem Trott näher.

Die Menge geriet nun völlig aus dem Häuschen, während die Ritter langsam heranritten, starr nach vorne blickend, den Trubel um sich herum völlig ignorierend.

«Was bekommen wir denn da geboten? Sieht ganz so aus, als würden das Metropolitan Museum und der Vatikan heute Abend wirklich alle Register ziehen! Sagenhaft», schwärmte die Reporterin, die jetzt vollkommen überwältigt schien. «Hören Sie, wie begeistert die Leute sind!»

Die Pferde erreichten den Rand der Freifläche vor dem Museum, und nun taten sie etwas Merkwürdiges.

Sie blieben dort nicht stehen.

Stattdessen drehten sie sich langsam, bis sie dem Museum frontal gegenüberstanden.

Geschickt brachten die Reiter ihre Tiere dazu, den Schritt hoch auf den Gehsteig zu tun. Langsam ritten die vier Ritter weiter über den gepflasterten Museumsvorplatz.

Feierlich erklommen sie nebeneinander hoch zu Ross die vielen Stufen der Treppe und hielten unbeirrbar auf den Eingang des Museums zu.

KAPITEL 2

«Mama, ich muss wirklich ganz dringend», bettelte Kim.

Tess Chaykin warf ihrer Tochter einen verärgerten Blick zu. Sie, ihre Mutter Eileen und Kim hatten das Museum gerade erst betreten, und Tess hatte gehofft, sich die umlagerten Ausstellungsstücke noch rasch ansehen zu können, bevor es mit den Ansprachen, dem Smalltalk und all den anderen unvermeidlichen Förmlichkeiten losging. Aber das musste jetzt warten. Kim machte genau das, was jede Neunjährige bei einem derartigen Ereignis machen würde, den denkbar ungünstigsten Zeitpunkt abpassen und dann verkünden, dass sie ein dringendes Bedürfnis verspürte.

«Kim, also wirklich.» In dem großen Vorraum drängten sich die Menschen. Die Vorstellung, sich jetzt mit ihrer Tochter einen Weg durchs Gewühl zur Toilette bahnen zu müssen, gefiel Tess ganz und gar nicht.

Tess' Mutter erbarmte sich, wenn auch sichtlich ohne jede Begeisterung. «Ich begleite sie. Geh du nur schon vor.» Mit vielsagendem Lächeln setzte sie hinzu: «Obwohl ich finde, dass es dir durchaus recht geschehen würde.»

Tess schnitt ihr eine Grimasse, schaute dann ihre Tochter an und schüttelte lächelnd den Kopf. Dem kleinen Fratz mit den strahlend grünen Augen konnte man nie lange böse sein.

«Wir treffen uns dann in der Großen Halle wieder.» Sie

hob den Finger und sah Kim streng an. «Aber schön bei Oma bleiben. Ich möchte nicht, dass du in dem Trubel hier verloren gehst.»

Kim verdrehte stöhnend die Augen. Tess sah ihnen nach, bis sie im Gewühl verschwunden waren, dann wandte sie sich ab und ging hinein.

Im riesigen Foyer des Museums, der Großen Halle, wimmelte es bereits von grauhaarigen Männern und Schwindel erregend glamourösen Frauen. Beim Anblick der vielen Smokings und Abendkleider überkam Tess leise Unsicherheit. Sie hatte Angst aufzufallen, einmal wegen ihres doch recht schlichten Kleides, aber auch weil sie sich so unwohl dabei fühlte, als Teil der «feinen» Gesellschaft wahrgenommen zu werden, einer Gesellschaft, die sie nicht im Mindesten interessierte.

Wenn Tess Aufsehen erregte – aber darüber war sie sich nicht im Klaren –, lag das allerdings weder an der schlichten Eleganz ihres kleinen Schwarzen, das ihr bis knapp zum Knie reichte, noch daran, dass sie sich bei glanzvollen, aber geistlosen Ereignissen wie diesem so sichtlich unwohl fühlte. Sie war einfach eine Frau, die Aufsehen erregte, und zwar immer schon. Als Erstes fiel den Leuten meist die verschwenderische Lockenpracht auf, die ihre warmen, vor Intelligenz sprühenden grünen Augen umrahmte. Verstärkt wurde der erste positive Eindruck durch ihren gesunden, sechsunddreißigjährigen Körper, der sich mit lässiger Anmut bewegte, und besiegelt schließlich durch den Umstand, dass sie sich ihrer Reize nicht im Geringsten bewusst zu sein schien. Leider war sie immer auf die falschen Männer hereingefallen. Den letzten dieser nichtswürdigen Exemplare hatte sie am Ende sogar geheiratet, ein Fehler, den sie kürzlich allerdings rückgängig gemacht hatte.

Sie betrat den großen Ausstellungssaal. Ein solches Stimmengewirr hallte hier von den Wänden wider, dass es unmöglich war, in dem Getöse auch nur ein einziges Wort auszumachen. An die Akustik hatte man beim Bau des Museums anscheinend keinen Gedanken verschwendet. Fetzen von Kammermusik drangen an ihr Ohr. Das rein weibliche Streichquartett, das abseits in einer Ecke platziert war, führte energisch, aber so gut wie unhörbar die Bogen über seine Instrumente. Sie ging weiter, nickte den lächelnden Gesichtern in der Menge flüchtig zu und kam vorbei an Lila Wallace' unvermeidlichen Blumenarrangements und an der Nische, in der Andrea della Robbias zauberhafte Madonna mit Kind aus blau und weiß glasiertem Terrakotta stand und anmutig über die Menschenmenge wachte. Heute Abend hatte die Skulptur allerdings Gesellschaft bekommen, sie war nur eine von zahlreichen Darstellungen der Jungfrau mit dem Jesuskind, die jetzt das Museum schmückten.

Die Ausstellungsstücke waren fast alle nur in Glasvitrinen zu bewundern, und schon mit einem flüchtigen Blick erkannte man, wie unermesslich wertvoll viele dieser Stücke wohl waren. Sogar auf jemanden wie Tess, die alles andere als religiös war, wirkten sie beeindruckend, ja sogar bewegend, und als sie am großen Treppenaufgang vorbei war und endlich den eigentlichen Ausstellungssaal betrat, hatte sie Herzklopfen vor Aufregung und Vorfreude.

Zu sehen waren Alabaster-Retabeln aus Burgund, reich geschmückt mit Begebenheiten aus dem Leben des heiligen Martin. Dutzende von Kruzifixen, die meisten aus massivem Gold, über und über mit Edelsteinen besetzt; ein Kreuz aus dem zwölften Jahrhundert bestand aus mehr als hundert kleinen Figuren, geschnitzt aus einem einzigen Walross-Stoßzahn. Zu bewundern waren fein gearbeitete Marmorstatuetten und mit Schnitzereien geschmückte hölzerne Reliquienschreine; auch ihrer eigentlichen Bestimmung beraubt, stellten diese Kästchen wundervolle Zeugnisse der meisterhaften Arbeit mittelalterlicher Kunsthandwerker dar. Ein prachtvolles, mit einem Adler verziertes Lesepult aus Messing behauptete sich stolz neben einem beeindruckenden Osterkerzenleuchter aus Spanien, an die zwei Meter hoch und reich bemalt, der sonst in den Gemächern des Papstes aufbewahrt wurde.

Während sie sich die Ausstellungsstücke anschaute, musste Tess immer wieder gegen eine leise Verbitterung ankämpfen, die unwillkürlich in ihr aufstieg. Die gezeigten Objekte waren von einer Qualität, auf die sie in ihren Jahren als Ausgräberin nie zu hoffen gewagt hätte. Gewiss, es waren gute, an Herausforderungen keineswegs arme, in mancher Hinsicht sogar lohnende Jahre gewesen. Sie hatte in der Welt herumreisen und sich mit ganz unterschiedlichen, faszinierenden Kulturen beschäftigen können. Einige der von ihr ausgegrabenen Fundstücke waren in Museen rund um den Globus zu sehen, doch keines davon war bemerkenswert genug, um etwa den Sackler-Flügel mit altägyptischer Kunst oder den Rockefeller-Flügel mit primitiver Kunst zu zieren. *Wenn ich ... wenn ich vielleicht ein bisschen mehr Ausdauer gehabt hätte.* Rasch verscheuchte sie den Gedanken. Mit diesem Leben war für sie jetzt Schluss, zumindest fürs Erste. Sie würde sich damit begnügen müssen, diese großartigen Zeugnisse der Vergangenheit mit dem unbeteiligten Blick einer dankbaren Besucherin zu bewundern.

Und wie wunderbar diese Zeugnisse waren! Dem Museum war mit der Ausstellung wirklich ein sensationeller Coup geglückt, denn die meisten der aus Rom zur Verfügung gestellten Objekte waren nie zuvor öffentlich gezeigt worden.

Aber es gab nicht nur glänzendes Gold und funkelnde Edelsteine zu sehen.

In einer Vitrine vor sich sah sie einen auf den ersten Blick ganz unscheinbaren Gegenstand. Es handelte sich um irgendeine Art mechanisches Gerät, ungefähr so groß wie eine alte Schreibmaschine, kastenartig und aus Kupfer. Auf der Oberseite befanden sich zahlreiche Tasten, während aus den Seiten miteinander verzahnte Rädchen und Hebel herausstanden. Inmitten all der funkelnden Pracht wirkte es seltsam fehl am Platz.

Tess neigte sich vor und strich sich das Haar zurück, um einen genaueren Blick auf das Stück zu werfen. Gerade wollte sie ihren Katalog aufschlagen, als sie über ihrem verschwommenen Spiegelbild im Glas der Vitrine eine zweite Silhouette auftauchen sah. Jemand war hinter sie getreten.

«Falls du immer noch den Heiligen Gral suchst, muss ich dich enttäuschen. Der ist nicht dabei», sagte eine Reibeisenstimme, die unverkennbar war. Tess hatte sie seit Jahren nicht mehr gehört, erkannte sie aber auf Anhieb wieder.

«Clive.» Sie wandte sich zu ihrem ehemaligen Kollegen um. «Mensch, wie geht's dir? Großartig siehst du aus.» Was nicht ganz der Wahrheit entsprach; Clive Edmondson war zwar erst Anfang fünfzig, wirkte aber erschreckend alt.

«Danke. Und dir?»

«Mir geht's gut», sagte sie und nickte. «Also, wie laufen die Grabräuber-Geschäfte zurzeit?»

Edmondson streckte ihr beide Hände mit dem Rücken

nach oben entgegen. «Ich muss ein Vermögen für Maniküre ausgeben. Ansonsten aber ist alles beim Alten. Im wahrsten Sinne des Wortes», gluckste er. «Wie ich höre, bist du jetzt beim Manoukian gelandet.»

«Ja.»

«Und?»

«Oh, es ist großartig», sagte Tess. Was ebenfalls nicht ganz der Wahrheit entsprach. Eine Anstellung beim angesehenen Manoukian Institute zu ergattern war zwar überaus prestigeträchtig, aber was die eigentliche Arbeit dort betraf, sahen die Dinge nicht allzu rosig aus. So etwas behielt man aber besser für sich, zumal in der kleinen Welt der Archäologie, wo Klatsch und Missgunst verblüffend weit verbreitet waren. Betont unverbindlich fuhr sie daher fort: «Weißt du, das fehlt mir richtig, die Buddelei mit euch anderen.»

Sein feines Lächeln verriet ihr, dass er ihr nicht ganz glaubte. «Viel entgeht dir nicht. Schlagzeilen haben wir jedenfalls noch nicht gemacht.»

«Darum geht es mir nicht, es ist nur …» Sie drehte sich um und ließ den Blick über die ausgestellten Schätze gleiten. «Nur eine von den Sachen hier wäre toll gewesen. Nur eine.» Traurig sah sie ihn an. «Wieso haben wir nie etwas ähnlich Bedeutendes gefunden?»

«Na, ich habe ja die Hoffnung noch nicht aufgegeben. Du hast doch die Kamele gegen einen Schreibtisch eingetauscht», witzelte er. «Ganz zu schweigen von den Fliegen, dem Sand, der Hitze, dem Essen, wenn man es denn so nennen kann …»

«Du meine Güte, das Essen!» Tess lachte. «So gesehen bin ich mir gar nicht mehr so sicher, ob mir das alles wirklich fehlt.»

«Du kannst jederzeit zurückkommen, das weißt du.»

Sie zuckte leicht zurück, denn genau darüber dachte sie häufig nach. «Eher nicht. Jedenfalls vorläufig erst mal nicht.»

Edmondson rang sich ein ziemlich gequältes Lächeln ab. «Bei uns ist immer eine Schaufel für dich reserviert, das weißt du», beteuerte er, schien sich aber keine großen Hoffnungen zu machen. Befangenes Schweigen breitete sich aus. «Hör mal», sagte er dann, «drüben im Ägyptischen Saal ist eine Bar aufgebaut, und anscheinend hat man auch jemanden engagiert, der weiß, wie ein anständiger Cocktail gemixt wird. Komm, ich lad dich ein.»

«Geh ruhig schon vor, ich komme später nach», erwiderte sie. «Ich warte noch auf Kim und meine Mutter.»

«Die sind hier?»

«Ja.»

Er hob die Hände. «Holla. Drei Generationen von Chaykins – das könnte interessant werden.»

«Du bist gewarnt.»

«Ich hab's zur Kenntnis genommen.» Edmondson nickte und wandte sich zum Gehen. «Wir sehen uns dann später. Lauf mir bloß nicht weg.»

Auf dem Museumsvorplatz knisterte die Luft vor Spannung. Der Kameramann bemühte sich um eine möglichst günstige Einstellung, während die Moderationsversuche der Reporterin im lauten Klatschen und Jubeln der begeisterten Menschen untergingen. Der Lärm steigerte sich noch, als die Menge mitbekam, wie ein kleiner, gedrungener Mann in der braunen Uniform eines Sicherheitsbeamten seinen Posten verließ und auf die näher kommenden Reiter zueilte.

Aus dem Augenwinkel hatte der Kameramann den Eindruck, dass hier irgendetwas nicht nach Plan lief. Die entschlossenen Schritte des Sicherheitsbeamten, sein ganzes Verhalten ließen darauf schließen, dass er mit dem, was hier vor sich ging, ganz und gar nicht einverstanden war.

Bei den Pferden angekommen, hob der Beamte die Hände, um sie zu stoppen, und verstellte ihnen den Weg. Die Ritter zügelten ihre Pferde, die schnaubend mit den Hufen stampften. Offenbar behagte es ihnen ganz und gar nicht, mitten auf der Treppe stehen bleiben zu müssen.

Eine Auseinandersetzung schien sich anzubahnen. Eine einseitige allerdings, wie dem Kameramann auffiel, denn die Reiter reagierten in keiner Weise auf das Fuchteln des Uniformierten.

Und dann tat einer von ihnen endlich etwas.

Langsam, wie um die theatralische Wirkung noch zu steigern, zog der Ritter, der dem Sicherheitsbeamten am nächsten war, ein wahrer Koloss, sein Schwert aus der Scheide und hob es hoch über seinen Kopf, was ein weiteres Blitzlichtgewitter und erneuten Beifall auslöste.

Den Blick weiterhin starr geradeaus gerichtet, hielt er das Schwert mit beiden Händen empor. Regungslos.

Der Kameramann hatte zwar ein Auge dicht ans Okular gedrückt, bekam mit dem anderen aber auf einmal mit, dass sich hier irgendetwas Ungewöhnliches abspielte. Hastig zoomte er auf das Gesicht des Sicherheitsbeamten. Was war das für ein Ausdruck? Verlegenheit? Bestürzung?

Dann begriff er, was er dort sah.

Angst.

Die Menge war jetzt außer Rand und Band, sie klatschte und jubelte frenetisch. Instinktiv zoomte der Kameramann ein wenig zurück, um auch den Reiter ins Bild zu bekommen.

Genau da ließ der Ritter sein Schwert unvermittelt in einem weiten Bogen, sodass die Klinge schaurig-schön im grellen Scheinwerferlicht aufblitzte, niedersausen. Er traf den Sicherheitsbeamten direkt unterm Ohr. Der Hieb hatte eine solche Wucht, dass er Fleisch, Knorpel und Knochen glatt durchtrennte.

Die Zuschauer schnappten erst unisono entsetzt nach Luft, dann hallten gellende Schreckensschreie durch die Nacht. Am lautesten kreischte die Reporterin, die panisch den Arm des Kameramanns umklammerte, dem daraufhin kurz das Bild verwackelte. Unwirsch schüttelte er sie ab, um ungestört weiterfilmen zu können.

Der Kopf des Sicherheitsbeamten fiel zu Boden und hüpfte dann, eine Blutspur auf den Stufen hinter sich herziehend, die Treppe hinunter. Und erst nach einer halben Ewigkeit, so schien es, kippte der enthauptete Körper zur Seite und sackte zu Boden, während das Blut in einer Fontäne zum Hals heraussspritzte.

Kreischende junge Mädchen versuchten sich panisch in Sicherheit zu bringen, stolperten und stürzten hin, während andere Leute weiter hinten in der Menge nach vorne drängten. Die hinten Stehenden wussten nicht genau, was passierte, aber sie ahnten, dass es unerhört war. Innerhalb kürzester Zeit herrschte ein heilloser Tumult, alles schrie wild durcheinander, teils vor Schmerz, teils aus nackter Angst.

Die anderen drei Pferde stampften nun ungeduldig mit den Hufen und tänzelten unruhig auf den Treppenstufen umher. Dann brüllte einer der Ritter: «Los, los, los!»

Der Ritter, der den Wachmann geköpft hatte, hieb seinem Pferd die Sporen in die Seite und preschte auf den weit offenen Museumseingang los. Die anderen setzten sich ebenfalls in Bewegung und folgten ihm dichtauf.

KAPITEL 3

Tess hörte in der Großen Halle die gellenden Schreie von draußen und wusste sofort, dass irgendetwas ganz und gar nicht stimmte. Sie fuhr herum und sah, wie das erste Pferd in einem Hagel von klirrendem Glas und berstendem Holz in die Halle gesprengt kam, wo sofort Chaos ausbrach. Die kultivierte, elegante, gepflegte Versammlung verwandelte sich im Nu in eine Horde, die nur noch primitiven Instinkten gehorchte; schreiende Männer und Frauen stießen und drängten einander rücksichtslos zur Seite, um sich vor den heranstürmenden Pferden in Sicherheit zu bringen.

Drei der Reiter ritten ungerührt durch die panische Menge, ließen ihre Schwerter in die Vitrinen krachen, trampelten über Glasscherben und Holzsplitter, beschädigte und zerstörte Ausstellungsstücke hinweg.

Tess wurde beiseite gestoßen, während Scharen von Gästen verzweifelt durch die Türen ins Freie zu entkommen versuchten. Hektisch sah sie sich in der Halle um. *Kim – Mutter – wo waren sie?* Sie blickte suchend umher, konnte sie aber nirgends entdecken. Weiter rechts von ihr drehten und wendeten sich die Pferde, wobei weitere Schätze zu Bruch gingen, die ihnen im Weg standen. Besucher wurden in Vitrinen und gegen die Wände geschleudert, die riesige Halle war von Schmerzensschreien und Gekreisch erfüllt. Mittendrin entdeckte Tess auch Clive Edmondson, der brutal zur Seite gestoßen wurde, als eins der Pferde sich plötzlich wild aufbäumte.

Die Pferde schnaubten laut mit aufgerissenen Nüstern, Schaum troff ihnen aus den Mäulern an den Trensen vorbei. Ihre Reiter langten nach unten in die zerbrochenen Vitrinen, rafften funkelnde Ausstellungsstücke an sich und stopften sie in Säcke, die an den Sätteln befestigt waren. An den Türen versperrten die ins Freie drängenden Menschen der Polizei den Weg ins Innere, die gegen den Ansturm der panischen Menge machtlos war.

Als eins der Pferde sich hektisch umdrehte, stieß es mit der Flanke gegen eine Statue der Jungfrau Maria, die zu Boden kippte und zerschellte. Das Pferd trampelte auf den Scherben herum, zerstampfte mit seinen Hufen die betenden Hände der Madonna. Ein prachtvoller Gobelin, den Gäste in ihrer wilden Flucht von seinem Gestell gerissen hatten, wurde von Menschen und Pferden zertrampelt. Innerhalb von Sekunden waren Tausende sorgsam ausgeführter Stiche unwiederbringlich zerfetzt. Eine Vitrine kippte um, ihr Glas ging klirrend in Stücke, und eine weiß-goldene Mitra fiel heraus, die in dem wilden Aufruhr achtlos mit Füßen getreten wurde. Der dazugehörige Umhang segelte kurz wie ein fliegender Teppich durch die Luft, bevor er das gleiche Schicksal erlitt.

Tess lief los, um den Pferden nicht in die Quere zu kommen, und spähte den Gang hinunter, wo sie auf halber Höhe den vierten Reiter entdeckte. Ganz hinten am Ende des Ganges versuchten viele Menschen in andere Teile des Museums zu entkommen. Verzweifelt hielt sie Ausschau nach ihrer Mutter und Tochter. *Wo zum Teufel sind sie nur? Geht es ihnen gut?*

Angestrengt suchte sie ihre Gesichter in der Menschenmenge, vermochte sie aber nirgendwo zu entdecken.

Ein lauter Befehlston ließ Tess herumfahren. Sie sah, dass es der Polizei endlich gelungen war, an der flüchtenden Menge vorbei in das Museum zu gelangen. Mit gezogenen Waffen, laut brüllend, um den Tumult zu übertönen, stürmten die Beamten auf einen der drei Reiter zu, der unter seinen Umhang griff und eine kleine, besonders gefährlich aussehende Pistole zog. Tess kauerte sich blitzschnell hin und hielt sich schützend die Arme über den Kopf, bekam jedoch noch mit, wie der Mann zu feuern begann und den ganzen Saal mit einem wahren Kugelhagel überzog. Zahlreiche Personen stürzten oder warfen sich zu Boden, darunter alle Polizisten. Die Glasscherben und zertrümmerten Vitrinen waren jetzt mit Blut bespritzt.

Tess hockte mit wild hämmerndem Herzen da und versuchte, sich ganz still zu verhalten, obwohl eine innere Stimme ihr gebieterisch wegzulaufen befahl. Auch die beiden anderen Reiter begannen jetzt, mit den gleichen automatischen Waffen wie ihr mörderischer Komplize herumzuballern. Von den Museumswänden abprallende Kugeln steigerten den Lärm und die allgemeine Panik noch. Eins der Pferde bäumte sich unversehens auf, und in der Verwirrung jagte sein Reiter eine Salve von Schüssen hinauf in eine Wand und in die Decke. Sofort prasselten Teile der Stuckverzierung auf die Köpfe der am Boden kauernden schreienden Gäste nieder.

Tess wagte einen Blick hinter ihrer Vitrine hervor und überlegte fieberhaft, welchen Fluchtweg sie nehmen sollte. Drei Vitrinenreihen rechts von ihr entdeckte sie einen Durchgang in eine andere Galerie. Sie nahm all ihren Mut zusammen und hastete darauf zu.

An der zweiten Reihe angelangt, sah sie, wie der vierte Ritter direkt auf sie zukam. Sofort ging sie hinter einer Vitrine in Deckung, behielt ihn aber genau im Auge. Scheinbar völlig unbeteiligt und ohne Notiz von dem Chaos zu nehmen, das seine drei Begleiter anrichteten, führte er sein Pferd zwischen den Reihen noch unversehrter Vitrinen hindurch.

Kaum zwei Meter von ihr entfernt, sie meinte den warmen Atem seines schnaubenden Pferdes beinahe zu spüren, machte der Ritter unvermittelt Halt. Tess duckte sich noch tiefer, klammerte sich wie eine Ertrinkende an der Vitrine fest und versuchte, ihr wild hämmerndes Herz zu beruhigen. Sie hob den Blick und sah den Ritter, Ehrfurcht gebietend in seinem Kettenpanzer und dem weißen Umhang, der sich in den Glasscheiben um sie herum spiegelte. Er musterte eine ganz bestimmte Vitrine.

Es war die, die Tess sich angeschaut hatte, bevor Clive Edmondson sie ansprach.

Voller Entsetzen verfolgte Tess, wie der Ritter sein Schwert zog, hoch emporschwang und auf die Vitrine niederkrachen ließ, die klirrend zerbarst. Hunderte von Glassplittern regneten neben Tess herab. Gelassen schob er das Schwert zurück in die Scheide, bückte sich ein wenig und nahm das eigenartige Gerät, den mit Tasten, Rädchen und Hebeln versehenen Kasten, aus der Vitrine. Dann hielt er ihn mit beiden Händen vor sich empor.

Tess wagte kaum zu atmen. Allen Überlebensinstinkten zum Trotz spürte sie das brennende Bedürfnis zu sehen, was genau hier vor sich ging. Schließlich konnte sie sich nicht länger beherrschen und neigte sich ein wenig vor, um knapp am Rand der Vitrine vorbeizuschauen.

Der Mann betrachtete den Kasten eine kurze Weile, ehrfürchtig, wie es schien, und murmelte dann halblaut etwas vor sich hin.

«Veritas vos libera–»

Hingerissen verfolgte Tess dieses offenbar äußerst private Ritual, als eine weitere Salve von Schüssen sie und den Ritter jäh aus der Verzauberung aufschreckte, die sie beide umfangen hielt.

Er riss sein Pferd herum, und obwohl das Helmvisier seine Augen halb verdeckte, spürte Tess, wie sein Blick einen Moment lang auf ihr ruhte. Ihr stockte das Herz, während sie wie erstarrt vor ihm kauerte. Das Pferd kam näher, direkt auf sie zu –

– und streifte knapp an ihr vorbei. Gleichzeitig hörte sie, wie der Mann den anderen Reitern zubrüllte: «Los, hauen wir ab!»

Tess richtete sich auf und sah, wie der hünenhafte Reiter, der als Erster geschossen hatte, in einer Ecke am großen Treppenaufgang eine kleine Schar Menschen in Schach hielt. Sie erkannte den Erzbischof von New York, außerdem den Bürgermeister und seine Gattin. Auf ein kurzes Nicken des Anführers hin trieb der Hüne sein Pferd mitten in die Traube verängstigter Gäste, packte die sich wild wehrende Frau des Bürgermeisters und hob sie auf sein Pferd. Als er ihr den Lauf seiner Pistole an die Schläfe drückte, hielt sie sofort still. Ihr Mund war zu einem lautlosen Schrei aufgerissen.

Hilflos, wütend und voller Angst beobachtete Tess, wie die vier Reiter sich in Richtung Ausgang entfernten. Der Anführer der Ritter, der Einzige, wie ihr auffiel, ohne Pistole, war auch der Einzige, von dessen Sattelknauf kein prall gefüllter Sack baumelte. Während die Reiter durch die Museumsgalerien davonsprengten, stand Tess auf und hastete

35

durch die Trümmerlandschaft, um ihre Mutter und ihre kleine Tochter zu suchen.

Die Ritter kamen durch die Museumstüren ins Freie gestürmt, hinein ins grelle Licht der Fernsehscheinwerfer. Schlagartig wurde es stiller, obwohl weiter das Schluchzen und Stöhnen traumatisierter und verletzter Menschen zu hören war. Rings um den Museumseingang erhoben sich laute Stimmen, hauptsächlich von Polizisten, die einander warnend zuriefen: «... Feuer nicht eröffnen!», «... eine Geisel!», «... nicht schießen!»

Dann jagten die vier Reiter die Treppe hinunter und entfernten sich in Richtung Fifth Avenue, wobei der Ritter mit der Geisel die schützende Nachhut bildete. Zügig, aber ohne übertriebene Hast ritten sie davon, ohne sich von den näher kommenden Polizeisirenen erkennbar aus der Ruhe bringen zu lassen. Wenig später waren sie verschwunden, gleichsam verschluckt von der schwarzen Finsternis des Central Park.

KAPITEL 4

Sean Reilly stand am Rand der Museumstreppe, gerade außerhalb der schwarz-gelben Plastikbänder, mit denen der Tatort abgesperrt war. Er fuhr sich mit der Hand durch das kurze braune Haar und schaute auf die Kreidesilhouette hinab. Hier hatte der enthauptete Körper gelegen. Dann ließ er den Blick wandern und folgte der Spur von Blutspritzern die Treppe hinunter bis zu der basketballgroßen Markierung, die den Fundort des Kopfes bezeichnete.

Nick Aparo kam herüber und warf einen Blick über die Schulter seines Kollegen. Er war zehn Jahre älter als Reilly, der achtunddreißig war, hatte ein rundes Gesicht und eine Halbglatze, war mittelgroß und von mittlerer Statur, ein richtiger Durchschnittstyp. Man konnte ganz vergessen, wie er aussah, noch während man mit ihm redete. Für einen Kriminalbeamten ein nützliches Plus, das er sich in den Jahren, die Reilly ihn jetzt schon kannte, äußerst erfolgreich zunutze gemacht hatte. Wie Reilly trug er über seinem schwarzen Anzug eine locker sitzende dunkelblaue Windjacke, auf der hinten die großen weißen Buchstaben FBI prangten. Angewidert verzog er den Mund.

«Schätze, das dürfte dem Leichenbeschauer keine allzu großen Rätsel aufgeben», bemerkte er.

Reilly nickte. Er vermochte nicht den Blick von der Markierung loszureißen, wo der Kopf gelegen hatte. Die Blutlache daneben hatte sich inzwischen schwärzlich verfärbt. Wie kam es, dass erschossen oder erstochen zu werden einem nicht ganz so schlimm vorkam, wie geköpft zu werden? In einigen Gegenden der Welt, fiel ihm ein, war die Todesstrafe durch Enthauptung noch gängige Praxis. Genau in den Gegenden, die viele der Terroristen hervorgebracht hatten, die das Land mit ihren finsteren Absichten im Würgegriff permanent erhöhter Alarmbereitschaft hielten; Terroristen, deren Verfolgung ihn tagtäglich und oft sogar nachts in Atem hielt.

Er wandte sich zu Aparo um. «Was gibt's Neues von der Frau des Bürgermeisters?» Sie war mitten im Park, zusammen mit den Pferden, kurzerhand sich selbst überlassen worden.

«Sie ist mit dem Schrecken davongekommen», antwortete Aparo. «Ihr Ego dürfte mehr Schrammen abgekriegt haben als ihr Allerwertester.»

«Wie gut, dass bald Wahlen stattfinden. Wäre doch ein Jammer, wenn die Dame das für nichts und wieder nichts durchgemacht hätte.» Reilly sah sich um. Es fiel ihm noch immer schwer zu glauben, was sich genau hier, an diesem Ort, Grässliches ereignet hatte. «Noch nichts von den Kontrollpunkten?»

In einem Radius von zehn Straßenblocks sowie an allen Brücken und Tunneln, die aus Manhattan hinausführten, waren Straßensperren errichtet worden.

«Nein. Die Kerle wussten, was sie taten. Die haben bestimmt nicht auf ein Taxi gewartet.»

Reilly nickte. Profis. Gut organisiert.

Na toll.

38

Als könnten Amateure heutzutage nicht genauso viel Schaden anrichten. Es genügten schon ein paar Flugstunden oder ein Lastwagen voller Kunstdünger, zusammen mit einer selbstmörderischen, krankhaften Gemütsverfassung – und daran herrschte wahrlich kein Mangel.

Ruhig ließ er den Schauplatz des Verbrechens auf sich wirken. Er spürte, wie tiefe Frustration und Wut in ihm aufstiegen. Die Wahllosigkeit dieser tödlichen Wahnsinnsakte, deren perfide Eigenart es war, jeden und alle völlig unvorbereitet zu treffen, machte ihn immer wieder aufs Neue sprachlos. Aber irgendetwas an diesem speziellen Tatort wirkte merkwürdig und deplatziert. Er empfand eine merkwürdige Distanz. Der Vorfall hier schien zu abwegig, zu abstrus, nach all den schrecklichen Katastrophenszenarien, die er und seine Kollegen in den letzten Jahren durchgespielt hatten. Er wurde das Gefühl nicht los, durch eine absurde Nebenhandlung vom Hauptgeschehen abgelenkt zu werden. Und doch ertappte er sich dabei, dass er insgeheim sogar dankbar war für diese Ablenkung.

Als leitender Special Agent, dem die lokale Einheit des FBI für den Bereich Terrorismus unterstand, hatte er noch während des Anrufs vermutet, dass der Raubüberfall in seine Zuständigkeit fallen würde. Nicht, dass ihn die Aufgabe schreckte, die Arbeit Dutzender von Agenten und Polizeibeamten zu koordinieren, wie auch die der Spurensicherer, Labortechniker, Psychologen, Fotografen und zahlloser anderer. Genau diese Art Arbeit hatte er sich immer gewünscht.

Er hatte immer schon gespürt, dass er die Dinge zum Besseren ändern könnte.

Nein. Er hatte immer *gewusst*, dass er die Dinge zum Besseren ändern *würde*.

39

Das Gefühl hatte sich während seines Jurastudiums an der Notre-Dame-Universität herauskristallisiert. Reilly hatte den Eindruck, dass vieles auf der Welt nicht zum Besten stand – ein schmerzlicher Beleg dafür war der Tod seines Vaters, als er gerade zehn gewesen war –, und er wollte dazu beitragen, sie positiv zu verändern; wenn schon nicht für sich selbst, dann wenigstens für andere. Ein Erlebnis verankerte das Gefühl endgültig in ihm. Als er einmal ein Referat über einen Fall schrieb, in dem es um ein rassistisch motiviertes Verbrechen ging, nahm er an einer Versammlung weißer Rassisten in Terre Haute teil. Was er dort erlebte, hatte ihn tief schockiert. Es kam ihm vor, als sei er dem Bösen selbst begegnet. Um es bekämpfen zu können, das spürte er, musste er es besser verstehen lernen.

Sein erster Plan ging allerdings nicht ganz so auf wie erhofft. In einem Anfall von jugendlichem Idealismus hatte er beschlossen, Pilot bei der Navy zu werden. Die Vorstellung, vom Cockpit eines silbernen Kampfjets aus mitzuhelfen, die Welt vom Bösen zu befreien, erschien ihm äußerst verlockend. Zum Glück war er genau die Sorte Rekrut, auf die die Navy aus war. Leider aber hatte man andere Pläne mit ihm. Bewerber, die Tom Cruise in *Top Gun* nacheifern wollten, hatte man mehr als genug. Was man brauchte, waren Juristen. Die Rekrutierungsoffiziere gaben sich alle Mühe, ihm eine Zukunft als Angehöriger des Militärjustiz-Corps schmackhaft zu machen. Reilly liebäugelte eine Zeit lang mit der Idee, entschied sich aber letzten Endes doch dagegen und konzentrierte sich wieder darauf, auf sein Anwaltsexamen hinzuarbeiten.

Schließlich wendete eine Zufallsbegegnung das Blatt erneut für ihn, diesmal endgültig. In einem Antiquariat lernte er einen pensionierten FBI-Agenten kennen, der ihm mit Vergnügen Rede und Antwort über die Bundespolizei stand und ihn ermunterte, sich dort zu bewerben. Und genau das tat er auch, sobald er sein Examen in der Tasche hatte. Seine Mutter war zwar alles andere als begeistert von der Vorstellung, dass er nach siebenjährigem Studium als «besserer Bulle», wie sie es nannte, endete, aber Reilly wusste: Es war genau das Richtige für ihn.

Sein erstes Jahr beim FBI in Chicago, wo er im Streifendienst Erfahrungen bei der Bekämpfung von Raubkriminalität und Drogenhandel sammelte, war noch nicht ganz um, als der 26. Februar 1993 alles veränderte. An jenem Tag ereignete sich in der Tiefgarage des World Trade Center eine Bombenexplosion. Sechs Menschen kamen dabei ums Leben, über eintausend wurden verletzt. Ursprünglich hatten die Drahtzieher sogar geplant, einen Turm auf den anderen stürzen zu lassen, wobei gleichzeitig eine Cyanidgaswolke freigesetzt werden sollte. Dieses Ziel hatten sie allein aus finanziellen Gründen nicht erreicht; ihnen war einfach das Geld ausgegangen. So besaßen sie nicht genügend Benzinkanister für die Bombe, die nicht nur zu kümmerlich war, um ihren niederträchtigen Zweck zu erfüllen, sondern noch dazu neben einer Säule platziert wurde, die für die Gebäudestatik zum Glück nicht von entscheidender Bedeutung war.

Der Anschlag war zwar fehlgeschlagen, aber er war dennoch ein ernst zu nehmender Weckruf gewesen. Er führte drastisch vor Augen, dass ein Grüppchen nicht sonderlich raffinierter Terroristen mit äußerst begrenzten finanziellen und organisatorischen Mitteln gigantische Schäden anrichten konnte. Um dieser neuen Bedrohung zu begegnen, nahmen die Geheimdienste umgehend interne Umstrukturierungen vor.

Und so kam es, dass Reilly nach kaum einem Jahr im Dienst in die FBI-Zweigstelle in New York versetzt wurde. Dem New Yorker Büro eilte der Ruf voraus, die schlechtesten Arbeitsbedingungen überhaupt zu bieten; da waren die hohen Lebenshaltungskosten, die Verkehrsprobleme und der missliche Umstand, dass man, wenn man nicht gerade mit einer Besenkammer vorlieb nehmen wollte, sich eine Bleibe ziemlich weit außerhalb der Stadt suchen musste. Da aber New York nun einmal den unumstrittenen Brennpunkt der Geschehnisse im Land bildete, träumten die meisten neuen, noch blauäugigen Special Agents von einer Versetzung dorthin. Genau so ein Agent war Reilly, als er nach New York versetzt wurde.

Inzwischen war er längst nicht mehr neu, geschweige denn blauäugig.

Während Reilly sich am Tatort umschaute, hegte er nicht den leisesten Zweifel daran, dass ihn das Chaos hier für die nächste Zeit rund um die Uhr auf Trab halten würde. Er durfte nicht vergessen, am nächsten Morgen Pater Bragg anzurufen und ihm mitzuteilen, dass er das Softball-Training leider ausfallen lassen musste. Kurz bekam er ein schlechtes Gewissen deswegen; er enttäuschte die Kleinen wirklich ungern, und wenn es eine Sache gab, die er sich von seiner Arbeit möglichst nicht beeinträchtigen ließ, dann waren es diese Sonntage im Park. Zwar würde er sich vermutlich auch an diesem Sonntag im Park aufhalten, aber aus anderen, weit weniger erfreulichen Gründen.

«Wollen wir uns mal drinnen umsehen?», fragte Aparo.

«Warum nicht.» Reilly zuckte die Achseln und ließ die unwirkliche Szenerie hinter sich.

KAPITEL 5

Reilly gewann einen ersten Eindruck von der Verwüstung im Museum, als er und Aparo sich behutsam einen Weg durch die herumliegenden Trümmer bahnten.

Raritäten von unschätzbarem Wert lagen überall am Boden verstreut, die meisten davon unwiederbringlich zerstört. Absperrungen gab es hier nicht, das gesamte Museum war ein einziger Tatort, der Boden der Großen Halle ein unschönes Stillleben der Zerstörung: Marmorsplitter, Glasscherben, Blutspuren, ein gefundenes Fressen für die Beamten von der Spurensicherung. Alles hier konnte einen Fingerzeig liefern – oder genauso gut keinen einzigen verdammten Rückschluss zulassen.

Nach einem flüchtigen Blick auf das runde Dutzend Leute von der Spurensicherung in ihren weißen Overalls, die sich systematisch durch die Trümmer arbeiteten und in diesem Fall von Kollegen der entsprechenden FBI-Einheit verstärkt wurden, ging Reilly noch einmal für sich durch, was sie bisher wussten. Vier Reiter. Fünf Tote. Drei Polizisten, ein Museumswärter und ein Zivilist. Vier weitere Polizisten und über zehn Zivilisten mit Schussverletzungen, zwei davon in lebensgefährlichem Zustand. Einige Dutzend Personen hatten Schnittverletzungen durch umherfliegendes Glas erlitten, doppelt so viele hatten Prellungen und Quetschungen.

Nicht zu vergessen die vielen, die unter Schock standen und monatelanger therapeutischer Betreuung bedurften.

Tom Jansson, Assistant Director des örtlichen FBI, stand auf der anderen Seite der Halle mit dem hageren Polizeichef des Neunzehnten Bezirks zusammen. Offenbar stritten sie über Fragen der Zuständigkeit, dabei war der Fall denkbar eindeutig. Da immerhin der Vatikan involviert und ein terroristischer Hintergrund der Tat nicht auszuschließen war, war die Leitung der Ermittlungen umgehend von der New Yorker Polizei auf das FBI übertragen worden. Versüßt wurde dieser Transfer durch eine vor Jahren zwischen den beiden Behörden getroffene Absprache. Das Verdienst für jede erfolgende Verhaftung wurde öffentlich von der New Yorker Polizei beansprucht, ganz gleich, wer tatsächlich dafür verantwortlich war. Das FBI erhielt seinen Anteil an den Lorbeeren erst, wenn der Fall vor Gericht verhandelt wurde – und dann offiziell für seine Mithilfe, einen Schuldspruch zu erwirken. Dennoch wurde die Zusammenarbeit nicht selten durch persönliche Konflikte erschwert, so offenbar auch heute Abend.

Aparo rief einen Mann herüber, den Reilly nicht kannte, und stellte ihn als Detective Steve Buchinski vor.

«Steve steht uns gerne zur Verfügung, solange die Platzhirsche da drüben sich noch nicht geeinigt haben», erklärte Aparo und deutete mit dem Kopf auf die beiden erregt debattierenden Vorgesetzten.

«Sagen Sie mir einfach, was Sie brauchen», sagte Buchinski. «Ich will die Scheißkerle, die das getan haben, genauso gern schnappen wie Sie.»

Fängt doch ganz gut an, dachte Reilly erleichtert und lächelte dem Polizisten mit den groben Gesichtszügen zu.

«Augen und Ohren auf der Straße. Genau das brauchen wir jetzt», antwortete er. «Ihr Jungs habt das Personal und die nötigen Kontakte.»

«Ist alles schon in Vorbereitung. Ich werde noch ein paar Leute vom Bezirk Central Park ausborgen, das dürfte kein Problem sein», versprach Buchinski. Der Polizeibezirk Central Park grenzte an den Neunzehnten Bezirk; berittene Patrouillen gehörten dort zur täglichen Arbeit. Reilly überlegte kurz, ob da möglicherweise ein Zusammenhang bestand, und nahm sich vor, dem später einmal nachzugehen.

«Wir könnten auch noch ein paar Leute brauchen, die uns bei der Zeugenvernehmung unterstützen», wandte er sich an den Polizisten.

«Ja, wir wissen kaum noch, wohin vor Zeugen», ergänzte Aparo und deutete den großen Treppenaufgang hinauf. Die meisten der Büros im Obergeschoss wurden gerade als provisorische Vernehmungsräume genutzt.

Reilly schaute hinüber und sah Agent Amelia Gaines, die soeben die Treppe von der Galerie herabkam. Jansson hatte der bildhübschen, ehrgeizigen jungen Frau mit den kupferroten Haaren die Zeugenvernehmung übertragen. Was nur folgerichtig war, denn mit Amelia Gaines unterhielt sich jeder gern. Hinter ihr lief eine blonde Frau, die eine Kleinausgabe ihrer selbst auf dem Arm trug. Ihre Tochter, vermutete Reilly. Das Mädchen schien tief und fest zu schlafen.

Reilly betrachtete die Unbekannte genauer. In der Regel stellte die bezaubernde Amelia andere Frauen locker in den Schatten.

Diese hier nicht.

Obwohl sie recht mitgenommen wirkte, hatte sie eine faszinierende Ausstrahlung. Sie sah Reilly kurz direkt in die

Augen, dann richtete sie den Blick wieder auf die schuttbedeckten Stufen. Wer sie auch sein mochte, sie stand sichtlich unter Schock.

Reilly beobachtete, wie sie sich zaghaft einen Weg durch die herumliegenden Trümmer zur Tür bahnte. Hinter ihr ging eine etwas ältere Frau, die ihr entfernt ähnlich sah. Gemeinsam verließen sie das Museum.

Reilly drehte sich um und nahm den Gesprächsfaden wieder auf. «Der erste Durchgang ist immer eine enorme Zeitverschwendung, aber wir müssen uns trotzdem an das übliche Verfahren halten und mit jedem Zeugen sprechen. Anders geht's nicht.»

«In diesem Fall könnte man sich die Zeugenbefragung vermutlich komplett schenken. Schließlich wurde der gesamte verdammte Überfall gefilmt.» Buchinski zeigte auf zwei Überwachungskameras, Teil des Sicherheitssystems des Museums. «Nicht zu vergessen das ganze Material, das die Fernsehteams draußen aufgenommen haben.»

Gegen moderne Verbrecher konnten hochmoderne Sicherheitsmaßnahmen vielleicht etwas ausrichten. Mit mittelalterlichen Räubern hoch zu Ross aber hatte wohl kaum jemand gerechnet. «Prima», erwiderte er und nickte. «Ich besorge schon mal Popcorn.»

KAPITEL 6

Kardinal Mauro Brugnone ließ seinen Blick durch den hohen Raum schweifen, der sich im Inneren des Vatikans befand, und musterte seine Kardinalskollegen, die mit ihm um den mächtigen Mahagonitisch herum versammelt saßen. Als einziger anwesender Kardinalbischof bekleidete Brugnone zwar einen höheren Rang als die anderen, aber er vermied es bewusst, am Kopf des Tisches zu sitzen. Er legte auf eine möglichst demokratische Atmosphäre Wert, dabei wusste er nur zu gut, dass sich seiner Autorität letzten Endes alle beugen würden. Das akzeptierte er, pragmatisch, nicht aus Stolz. Komitees ohne Führer brachten nie irgendetwas zuwege.

In der jetzigen unseligen Situation jedoch konnte ein Komitee, ob mit oder ohne Führer, ohnehin nicht viel ausrichten. Darum würde Brugnone sich schon persönlich kümmern müssen. Das war ihm klar, seit er die ersten Fernsehberichte gesehen hatte, die um die Welt gegangen waren.

Sein Blick verharrte schließlich auf Kardinal Pasquale Rienzi. Obwohl der Jüngste im Raum und lediglich Kardinaldiakon, war Rienzi Brugnones engster Vertrauter. Wie alle übrigen Anwesenden war Rienzi sichtlich fassungslos in den vor ihm liegenden Bericht vertieft. Er blickte auf und bemerkte, dass Brugnone ihn ansah. Prompt hüstelte der junge Mann, blass und ernsthaft wie immer, leise.

«Wie konnte so etwas passieren?», fragte einer der geistlichen Würdenträger. «Im Herzen von New York? Im Metropolitan Museum ...» Er schüttelte entgeistert den Kopf.

Wie lächerlich weltfremd, dachte Brugnone. In New York konnte alles geschehen. Hatte die Zerstörung des World Trade Center das nicht bewiesen?

«Wenigstens ist der Erzbischof nicht zu Schaden gekommen», stellte ein anderer Kardinal düster fest.

«Die Räuber sind anscheinend entkommen. Man weiß also noch nicht, wer hinter dieser ... Gräueltat steckt?», fragte eine weitere Stimme.

«In dem Land wimmelt es vor Kriminellen. Wahnsinnige, die von unmoralischen Fernsehprogrammen und sadistischen Videospielen angestachelt werden», antwortete eine andere. «Schon seit Jahren sind die Gefängnisse dort hoffnungslos überfüllt.»

«Aber warum waren sie gerade *so* gekleidet? Rote Kreuze auf weißen Umhängen ... das ist doch die Ordenstracht der Templer», sagte der Kardinal, der zuerst gesprochen hatte.

Eben, dachte Brugnone.

Genau das hatte bei ihm alle Alarmglocken läuten lassen. Warum waren die Täter als Tempelritter gekleidet? Hatten die Räuber sich einfach tarnen wollen und zum erstbesten Kostüm gegriffen, das zufällig verfügbar war? Oder hatte die Aufmachung der vier Reiter eine tiefere, möglicherweise viel beunruhigendere Bedeutung?

«Was ist ein Rotorchiffrierer mit mehreren Walzen?»

Brugnone hob ruckartig den Blick. Die Frage war von dem ältesten anwesenden Kardinal gestellt worden. «Ein Rotor...?», fragte Brugnone.

Kurzsichtig spähte der alte Mann auf das ihnen ausgehän-

48

digte Dokument. «‹Ausstellungsstück 129›», las er vor. «‹Sechzehntes Jahrhundert. Ein Rotorchiffrierer mit mehreren Walzen. Referenznummer VNS 1098.› Davon habe ich noch nie gehört. Was soll das sein?»

Brugnone tat so, als würde er das Dokument studieren, die Kopie einer E-Mail mit einer vorläufigen Liste der bei dem Raub gestohlenen Objekte. Wieder überlief ihn ein Schauer – genau wie beim ersten Mal, als er das Gerät auf der Liste entdeckt hatte. Aber er ließ sich nichts anmerken. Ohne den Kopf zu heben, warf er einen verstohlenen Blick in die Runde. Keiner der Anwesenden zeigte irgendeine Reaktion. Wie auch? Von diesem Gerät wusste so gut wie niemand.

Er schob das Blatt weg und lehnte sich zurück. «Was immer es sein mag», stellte er mit ausdrucksloser Stimme fest, «diese Gangster haben es geraubt.» Er sah Rienzi an und neigte leicht den Kopf. «Vielleicht könnten Sie es übernehmen, uns auf dem Laufenden zu halten. Treten Sie in Kontakt mit der Polizei und ersuchen Sie darum, dass man uns beständig über die Ermittlungen informiert.»

«Das FBI ermittelt», berichtigte Rienzi ihn. «Nicht die Polizei.»

Brugnone zog eine Augenbraue hoch.

«Die amerikanische Regierung nimmt diese Sache sehr ernst», bekräftigte Rienzi.

«Und das sollte sie auch», ließ sich von der anderen Tischseite der älteste Kardinal barsch vernehmen. Der Greis schien, wie Brugnone erleichtert feststellte, das Gerät schon wieder vergessen zu haben.

«Ganz recht», pflichtete Rienzi bei. «Man hat mir versichert, dass alles nur Menschenmögliche getan werde.»

Brugnone nickte und übertrug Rienzi dann mit einem

Blick die weitere Leitung der Sitzung. Zugleich besagte dieser Wink: *Machen Sie bald Schluss.*

Immer schon hatten sich andere Menschen Mauro Brugnone gefügt, was wohl nicht zuletzt auf seine kraftstrotzende Erscheinung zurückzuführen war. Die Kardinalsrobe täuschte darüber hinweg, doch seine Statur darunter war die eines stämmigen, breitschultrigen kalabrischen Bauern. So ein Bauer wäre er geworden, wenn ihn nicht vor mehr als einem halben Jahrhundert der Ruf der Kirche ereilt hätte. Seine grobschlächtige Erscheinung und das entsprechende Benehmen, das er über die Jahre kultiviert hatte, verleitete andere nicht selten zu der Annahme, er sei nur ein einfacher Mann Gottes. Das war er auch, aber aufgrund seines hohen Ranges in der Kirche hielten ihn viele auch für manipulativ und intrigant. Das war er nicht, aber er hatte sich nie die Mühe gemacht, sie über ihren Irrtum aufzuklären. Bisweilen zahlte es sich aus, andere Menschen im Unklaren zu lassen, selbst wenn das ebenfalls eine Form von Manipulation war.

Zehn Minuten später löste Rienzi die Versammlung auf, ganz wie gewünscht.

Während die anderen Kardinäle hinausgingen, verließ Brugnone den Sitzungsraum durch eine andere Tür und schritt durch einen Gang zu einer Treppe, die ihn aus dem Gebäude hinaus in einen stillen Innenhof führte. Über einen überdachten, backsteingepflasterten Weg erreichte er den Belvedere-Hof, wo er an der berühmten Statue des Apoll vorbeikam, und betrat dann die Gebäudeflucht, in der ein Teil der riesigen vatikanischen Bibliothek untergebracht war – das *Archivio Segreto Vaticano*, das Geheimarchiv.

Eine irreführende Bezeichnung, denn besonders geheim war dieses Archiv gar nicht mehr. 1998 war ein großer Teil des Archivs externen Wissenschaftlern und Forschern offiziell zugänglich gemacht worden, die, zumindest theoretisch, Zugriff auf seinen streng gehüteten Inhalt erhielten. Unter den berüchtigten Dokumenten, die in seinen Regalreihen (welche nicht weniger als vierzig Meilen Gesamtlänge erreichten) lagerten, befanden sich das handgeschriebene Protokoll des Prozesses gegen Galilei und eine Bittschrift von Heinrich VIII., in der er um Annullierung seiner Ehe ersuchte.

Brugnone allerdings war unterwegs zu einem Ort, zu dem Außenstehende niemals Zutritt erhielten.

Grußlos eilte er durch staubige Hallen, in denen Bedienstete und Gelehrte tätig waren, und drang immer weiter vor in die Tiefen des riesigen, düsteren Gemäuers. Er schritt eine schmale Wendeltreppe hinab und gelangte in einen kleinen Vorraum, wo ein Schweizergardist neben einer prächtig geschnitzten Eichenholztür Wache stand. Es bedurfte nur eines knappen Nickens des betagten Kardinals, schon gab der Gardist die geheime Kombination in eine Tastatur ein und entriegelte die Tür für ihn. Der Türriegel schnappte laut auf, und sofort hallte das Geräusch vom Kalkstein der Treppe wider. Wortlos trat Brugnone an dem Gardisten vorbei in die tonnengewölbte Krypta ein, und die Tür schloss sich knarrend hinter ihm.

Während sich seine Augen allmählich an das schwache Licht gewöhnten, überzeugte er sich, dass er tatsächlich allein in dem höhlenartigen Raum war. Dann ging er hinüber zu dem Schrank mit den Karteikarten. Die Krypta schien vor Stille zu summen, ein merkwürdiger Eindruck, der Bru-

51

gnone lange Zeit verunsichert hatte, bis er erfahren hatte, dass es dieses Summen tatsächlich gab. Es lag knapp jenseits der Grenzen des bewussten Hörvermögens und wurde von einem hochmodernen Klimakontrollsystem verursacht, das für gleich bleibende Temperatur und Luftfeuchtigkeit sorgte. Brugnone konnte spüren, wie sich in der exakt kontrollierten, trockenen Luft seine Adern verengten, während er in einer Karteischublade blätterte. Hier unten fühlte er sich überhaupt nicht wohl, aber dieser Abstecher war leider unumgänglich. Mit zitternden Fingern blätterte er. Das, wonach Brugnone suchte, war in keinem der bekannten Verzeichnisse und Inventarlisten der im Archiv aufbewahrten Sammlungen aufgeführt, nicht einmal im *Schedario Grampi*, der gigantischen Kartei mit fast einer Million Karten, auf denen praktisch der gesamte Archivbestand bis zum achtzehnten Jahrhundert verzeichnet war. Doch Brugnone wusste, wo er zu suchen hatte. Dafür hatte sein Mentor Sorge getragen, kurz vor seinem Hinscheiden.

Endlich fiel sein Blick auf die Karte, nach der er gesucht hatte. Er zog sie heraus.

Brugnones dunkle Vorahnungen verstärkten sich, während er die Regale mit Foliobänden und Büchern durchging. Aus jedem Regalfach baumelten unzählige zerschlissene rote Bänder, mit denen offizielle Dokumente in früheren Zeiten verschnürt worden waren. Ein kalter Schauer rieselte ihm über den Rücken, als er endlich fündig wurde.

Unter einigen Mühen zog er einen großen, uralten, in Leder gebundenen Band aus dem Regal und ging damit hinüber an einen schlichten Holztisch.

Brugnone nahm Platz und schlug das Buch auf. Die dicken, reich mit Abbildungen geschmückten Seiten knis-

52

terten beim Umblättern in der Stille. Nicht einmal in dieser geschützten Umgebung war das Buch vom Zahn der Zeit verschont geblieben: Die Pergamentseiten waren verwittert, und in der Tinte enthaltenes Eisen hatte Rostfraß ausgelöst, mit der Folge, dass jetzt an manchen Stellen, wo sich einstmals anmutige Striche des Künstlers befunden hatten, winzige Schlitze in den Abbildungen klafften.

Brugnones Puls beschleunigte sich. Keine Frage, er war am Ziel. Als er die nächste Seite umblätterte, schnürte es ihm die Kehle zu: Da war sie, die gesuchte Information.

Er betrachtete die Illustration. Sie zeigte eine komplizierte Anordnung miteinander verzahnter Rädchen und Hebel. Er warf einen Blick auf die mitgebrachte E-Mail und nickte.

Brugnone spürte, wie sich direkt hinter seinen Augen ein Schmerz ankündigte. Er rieb sich über die Lider, bevor er wieder die Zeichnung anstarrte. Er kochte vor Zorn. *Welcher pflichtvergessene Mensch trug Schuld daran, dass das passieren konnte?* Dieses Objekt hätte den Vatikan niemals verlassen dürfen, überlegte er – und ärgerte sich gleich darauf über sich selbst. Er vergeudete selten Zeit damit, das Offensichtliche noch einmal festzustellen. Dass ihm das jetzt unterlief, bewies nur, wie besorgt er war. Wobei Besorgnis nicht der angemessene Ausdruck war. Diese Entdeckung war ein grässlicher Schock gewesen. Zum Glück wussten nur ganz wenige Eingeweihte, selbst hier im Vatikan, Bescheid über den sagenumwitterten Zweck dieser einzigartigen Maschine.

Wir haben es uns selbst zuzuschreiben. Das konnte nur passieren, weil wir dieses Geheimnis allzu sorgsam gehütet haben.

Brugnone erhob sich. Ehe er das Buch an seinen Platz im Regal zurückstellte, schob er die Karteikarte, die er aus dem Kasten mitgenommen hatte, wahllos zwischen die Seiten.

Dass irgendjemand anders zufällig auf dieses Buch stieß, durfte nicht passieren.

Brugnone seufzte. Auf einmal meinte er jedes einzelne seiner siebzig Lebensjahre zu spüren. Die Bedrohung, das wusste er jetzt, ging nicht von einem wissbegierigen Wissenschaftler oder irgendeinem zu allem entschlossenen Sammler aus. Wer auch immer hinter dieser Sache stecken mochte: Er wusste genau, worauf er es abgesehen hatte. Und er musste aufgehalten werden, bevor ihm das unrechtmäßig erworbene Gut seine Geheimnisse preisgeben konnte.

KAPITEL 7

Viertausend Meilen entfernt verfolgte ein anderer Mann genau entgegengesetzte Pläne.

Nachdem er sorgsam die Tür hinter sich abgeschlossen hatte, nahm er das kostbare Stück von der obersten Stufe, auf der er es abgestellt hatte, und begann langsam in den Keller hinabzusteigen. Das Gerät war zwar nicht schwer, aber er wollte es auf gar keinen Fall fallen lassen.

Nicht jetzt.

Nicht, nachdem das Schicksal sich eingeschaltet und den Schatz in seine unmittelbare Nähe gebracht hatte, und schon gar nicht nach dem Aufwand, den es gekostet hatte, ihn in seinen Besitz zu bringen.

Dutzende brennender Kerzen standen überall verteilt, doch ihr gelb flackernder Schein war zu schwach, um bis in jeden Winkel des geräumigen Kellers vorzudringen. Hier unten war es nicht nur kalt und feucht, sondern auch noch düster. Der Mann nahm das längst nicht mehr wahr. Er lebte nun schon so lange hier, dass er sich daran gewöhnt hatte. Für ihn war dieser Raum inzwischen beinahe so etwas wie ein Zuhause geworden.

Zuhause.

Eine ferne Erinnerung.

Ein anderes Leben.

Behutsam stellte er das Gerät auf einen wackeligen Holztisch und ging in eine Ecke des Kellerraums, wo er so lange in einem Stapel alter Kartons und Unterlagenmappen herumkramte, bis er fündig geworden war. Mit der gesuchten Mappe in der Hand kehrte er an den Tisch zurück, er klappte sie auf und zog behutsam einen Hefter heraus. Dem Hefter entnahm er einige Bogen aus dickem Papier, die er neben dem Gerät säuberlich auf dem Tisch anordnete. Dann setzte er sich und ließ seinen Blick zunächst einige Male zwischen den Dokumenten und dem Gerät hin- und herwandern, um den lange ersehnten Augenblick gründlich auszukosten.

«Endlich», murmelte er. Seine Stimme klang brüchig, weil er so selten sprach.

Er nahm einen Bleistift zur Hand und richtete seine volle Konzentration auf das erste Dokument. Nach einem Blick auf die erste, verblichene Zeile wandte er sich den Tasten zu, die sich auf der Oberseite des Geräts befanden. Nun trat er die nächste, entscheidende Etappe seiner persönlichen Odyssee an.

Das Ergebnis dieser Odyssee, davon war er überzeugt, würde die Welt in ihren Grundfesten erschüttern.

KAPITEL 8

Am folgenden Morgen, einem Sonntag, war Tess nach kaum fünf Stunden Schlaf bereits wieder auf den Beinen. Sie brannte darauf, sich eingehender mit einer Sache zu beschäftigen, die ihr seit dem Vorabend im Museum keine Ruhe gelassen hatte. Genauer gesagt seit dem Moment, bevor Clive Edmondson sie ansprach und wenig später die Hölle losbrach. Sobald ihre Mutter und Kim aus dem Haus waren, würde sie der Sache auf den Grund gehen.

Ihre Mutter Eileen war drei Jahre zuvor, kurz nach dem Tod ihres Mannes, des Archäologen Oliver Chaykin, zu ihnen in das zweistöckige Haus an einer ruhigen, von Bäumen gesäumten Straße in Mamaroneck gezogen. Obwohl die Idee von ihr selbst stammte, hatte Tess zunächst doch leise Bedenken gehabt. Immerhin aber verfügte das Haus über drei Schlafzimmer und ausreichend Platz für sie alle, was das Zusammenleben sehr erleichterte. Letzten Endes hatten sie sich gut miteinander arrangiert, wenn auch die Vorteile, wie sich Tess bisweilen eingestand, eindeutig zu ihren Gunsten ausfielen. Eileen spielte Babysitter, wenn Tess abends ausgehen wollte, kutschierte Kim zur Schule, wenn sie verhindert war … Auch jetzt war wieder Verlass auf sie. Sie hatte Kim vorgeschlagen, zusammen loszufahren und Doughnuts zu besorgen, was bestimmt helfen würde, das Mädchen nach den Geschehnissen vom Vorabend auf andere Gedanken zu bringen.

«Wir gehen jetzt», rief Eileen. «Ganz sicher, dass du nichts brauchst?»

Tess kam in die Diele. «Seht nur zu, dass ihr mir auch noch ein paar übrig lasst.»

In diesem Moment klingelte das Telefon. Tess ließ sich davon nicht aus der Ruhe bringen. Eileen sah sie an. «Willst du nicht drangehen?»

Tess zuckte mit den Schultern. «Ich habe einen Anrufbeantworter.»

«Früher oder später musst du doch mit ihm reden.»

Tess verzog das Gesicht. «Ja, klar, aber in Dougs Fall lieber später.»

Den Grund für die Anrufe, die ihr Exmann ihr auf der Mailbox hinterlassen hatte, konnte sie sich denken. Doug Merritt war Nachrichtenmoderator bei einem Fernsehsender in Los Angeles und ging völlig in seinem Job auf. Bestimmt hatte er den Raubüberfall auf das Metropolitan Museum in seinem schlichten Gemüt mit dem Umstand in Zusammenhang gebracht, dass Tess viel Zeit dort verbrachte und über unheimlich wichtige Kontakte verfügte. Kontakte, die ihm nützlich sein könnten, um an Insiderinformationen über das schlagzeilenträchtigste Ereignis des Jahres zu gelangen.

Wenn es allerdings nach Tess ging, würde er nie erfahren, dass sie sogar während des Überfalls im Museum war. Und nicht nur sie, sondern auch Kim. Beim erstbesten Anlass würde er das skrupellos gegen sie verwenden.

Kim.

Tess dachte wieder daran, was ihre Tochter, wenn auch von der relativ sicheren Museumstoilette aus, am Vorabend

58

miterlebt hatte. Sie würde damit umgehen müssen. Da Kim vermutlich erst mit einer gewissen Verzögerung auf das Erlebte reagieren würde, hatte sie zum Glück noch ein wenig Zeit, sich gründlich darüber Gedanken zu machen. Doch das beruhigte sie nicht. Sie machte sich heftige Vorwürfe, sie überhaupt mitgenommen zu haben, obwohl das natürlich unsinnig war.

Sie sah Kim an und war von neuem dankbar dafür, dass ihre Tochter heil und unversehrt vor ihr stand. Kim verzog genervt das Gesicht.

«Mama. Könntest du endlich aufhören.»

«Womit?»

«Mit dieser Leidensmiene», sagte Kim. «Mir fehlt nichts, okay? So schlimm war das nicht. Außerdem hältst du dir doch bei gruseligen Filmen immer die Augen zu.»

Tess nickte. «Na gut. Also dann bis später.»

Sie sah ihnen nach, bis sie davongefahren waren, und ging dann zu dem Tischchen in der Küche, auf dem der blinkende Anrufbeantworter vier Nachrichten anzeigte. Tess funkelte das Gerät erbost an. Der Typ hatte vielleicht Nerven. Vor einem halben Jahr hatte Doug wieder geheiratet. Seine Angetraute war eine schönheitschirurgisch optimierte Fünfundzwanzigjährige, die ebenfalls bei dem Sender arbeitete. Tess zweifelte nicht daran, dass er seinen veränderten Familienstand dazu benutzen würde, seine Besuchsrechte neu zu verhandeln. Dabei vermisste oder liebte er Kim nicht einmal besonders; hier ging es um Machtspielchen, um pure Bosheit. Der Kerl war ein niederträchtiger Schuft, und Tess wusste, dass sie sich so lange dieser Anfälle von väterlicher Besorgnis erwehren müsste, bis sein knackiges junges Spielzeug endlich schwanger würde. Mit ein wenig Glück würde er dann mit seinen Quertreibereien endlich aufhören und sie in Ruhe lassen.

Tess goss sich einen Kaffee ein, schwarz, und ging in ihr Arbeitszimmer.

Sie schaltete ihren Laptop an und griff zum Telefon. Es gelang ihr schnell, Clive Edmondson aufzuspüren; er lag im New York Presbyterian Hospital in der East 68th Street. Sie rief das Krankenhaus an und erfuhr, dass er zwar nicht lebensgefährlich verletzt war, aber noch ein paar Tage dort bleiben musste.

Armer Clive. Sie notierte sich die Besuchszeiten.

Dann schlug sie den Ausstellungskatalog auf und suchte, bis sie eine Beschreibung des Geräts fand, das der vierte Reiter an sich genommen hatte.

Die korrekte Bezeichnung lautete «Rotorchiffrierer mit mehreren Walzen».

Laut Text handelte es sich um ein kryptographisches Gerät, das auf das sechzehnte Jahrhundert datiert wurde. Alt und interessant möglicherweise, aber kaum das, was man normalerweise als einen «Schatz» des Vatikans bezeichnen würde.

In der Zwischenzeit war ihr Computer hochgefahren. Sie rief eine Suchmaschine auf und gab die Begriffe «Kryptographie» und «Kryptologie» ein. Die Links führten vorwiegend zu technisch orientierten Websites, die sich mit Fragen der modernen Kryptographie in Zusammenhang mit Computercodes und der Verschlüsselung elektronischer Übertragungen befassten. Geduldig ging sie die Liste der Treffer weiter durch, bis sie schließlich auf eine Website stieß, die die Geschichte der Kryptographie behandelte.

Dort surfte sie herum, bis sie eine Seite mit Abbildungen von frühen Verschlüsselungsmaschinen fand. Bei der ersten handelte es sich um das Wheatstone-Zifferngerät aus dem neunzehnten Jahrhundert. Es bestand aus zwei konzentrischen Ringen, einem äußeren mit den sechsundzwanzig Buchstaben des Alphabets sowie einer Leerstelle und dem inneren, der nur das Alphabet enthielt. Zwei Zeiger, ähnlich Uhrzeigern, dienten dazu, Buchstaben des äußeren Rings durch verschlüsselte Buchstaben auf dem inneren zu ersetzen. Der Empfänger der verschlüsselten Botschaft musste über ein gleiches Gerät verfügen und die Position der beiden Zeiger kennen. Nachdem das Wheatstone-Gerät schon einige Jahre erfolgreich eingesetzt worden war, wurde in Frankreich ein zylindrischer Kryptograph erfunden, bestehend aus zwanzig auf einem Metallstift in der Mitte aufgereihten Scheiben mit Buchstaben auf den Außenrändern, der es zusätzlich erschwerte, eine auf diese Weise chiffrierte Botschaft zu entschlüsseln.

Während sie die Seite weiterscrollte, fiel ihr Blick auf die Abbildung eines Geräts, das eine gewisse Ähnlichkeit mit dem Apparat aufwies, den sie im Museum gesehen hatte.

Sie überflog die Bildunterschrift und erstarrte.

Das Gerät hieß «Converter» und war eine frühe Rotorchiffriermaschine, die um 1940 bei der US Army in Gebrauch war.

Ihr stockte das Herz. Fassungslos starrte sie den Text an.

Die vierziger Jahre waren *früh*?

Gespannt las sie den Artikel, dem zufolge Rotorchiffriermaschinen eine Erfindung des zwanzigsten Jahrhunderts waren. Tess lehnte sich zurück, rieb sich die Stirn, scrollte zurück zu den ersten Abbildungen auf der Seite und las dann noch einmal die Beschreibung im Katalog durch. Keinesfalls identisch, aber ziemlich ähnlich. Und deutlich raffinierter als zum Beispiel das Wheatstone-Gerät.

Wenn die US-Regierung ihren Apparat als «früh» einstufte, war es nicht verwunderlich, dass der Vatikan unbedingt eines seiner eigenen Geräte ausstellen wollte, das allem Anschein nach lockere vierhundert Jahre älter war als die Maschine der Army.

Dennoch geriet Tess ins Grübeln.

Inmitten all der funkelnden Kostbarkeiten hatte der vierte Reiter ausgerechnet dieses geheimnisvolle Gerät an sich genommen. Warum? Sammler hatten es zwar mitunter auf die seltsamsten Dinge abgesehen, aber das war schon ziemlich extrem. Sie überlegte, ob ihm vielleicht ein Irrtum unterlaufen sein könnte, verwarf den Gedanken aber sofort wieder – sein Vorgehen hatte äußerst zielgerichtet gewirkt.

Auch hatte er sonst nichts mitgenommen. Er hatte es einzig auf dieses Gerät abgesehen.

Amelia Gaines kam ihr in den Sinn, die Frau, die man eher für ein Model aus einer Shampoowerbung hätte halten können als für eine FBI-Agentin. Tess vermutete zwar stark, dass die Ermittler es auf Fakten und nicht auf Spekulationen abgesehen hatten, lief aber trotzdem nach kurzer Überlegung in ihr Schlafzimmer und nahm die Karte aus ihrer Handtasche, die Agentin Gaines ihr am Vorabend gegeben hatte.

Sie legte die Visitenkarte vor sich auf den Schreibtisch und rief sich noch einmal den Moment vor Augen, als der vierte Reiter die Chiffriermaschine an sich genommen hatte. Wie er sie hochgehalten und etwas vor sich hin geflüstert hatte.

Beinahe … *ehrfürchtig* hatte er gewirkt.

Was hatte er nochmal gesagt? Im Museum war Tess zu durcheinander gewesen, um dem viel Beachtung zu schenken, aber auf einmal konnte sie an nichts anderes mehr denken. Sie konzentrierte sich auf diesen einen Moment, verdrängte jeden anderen Gedanken und vergegenwärtigte sich noch einmal, wie der Reiter die Chiffriermaschine in die Höhe gehalten hatte. Und dabei sagte er ... ja, was? *Denk nach, verflucht nochmal.*

Das erste Wort, da war sie sich ziemlich sicher, und so hatte sie es auch Amelia Gaines erzählt, war Veritas ... aber dann, wie weiter? Veritas? Veritas *Dingsbums* ...

Veritas vos? Das kam ihr irgendwie bekannt vor. Sie suchte in ihrem Gedächtnis nach dem genauen Wortlaut, ohne Erfolg. Die Worte des Reiters waren jäh durch die hinter ihm loskrachenden Schüsse unterbrochen worden.

Seufzend entschied Tess, dass sie eben mit den beiden Wörtern arbeiten musste, an die sie sich erinnern konnte. Sie wandte sich ihrem Computer zu und wählte aus der Menüleiste die leistungsfähigste Suchmaschine aus. Sie gab «Veritas vos» ein und erzielte über 22000 Treffer. Was aber nicht weiter schlimm war. Der erste war bereits goldrichtig.

Da stand es. Sprang sie förmlich an.

Veritas vos liberabit.

Die Wahrheit wird euch befreien.

Sie starrte die Sentenz an. Die Wahrheit wird euch befreien.

Na großartig.

Ihre Detektivarbeit hatte eine der banalsten und abgedroschensten Phrasen unserer Zeit zutage gefördert.

KAPITEL 9

Gus Waldron kam aus der U-Bahn-Station an der West 23rd Street und wandte sich nach Süden.

Dieser Stadtteil war ihm verhasst. Er war kein Freund der Yuppies. Im Gegenteil. In seinem Viertel genügte seine massige, hünenhafte Gestalt, damit ihm nichts passierte. Hier, zwischen all den hochnäsigen Arschgeigen, die in teuren Designerklamotten und mit Zweihundert-Dollar-Haarschnitten über die Gehwege trippelten, fiel er nur auf.

Um etwas kleiner zu wirken, ging er leicht gebeugt. Was aber bei seiner Statur nicht viel nützte. Nicht gerade unauffällig war auch der unförmige, lange schwarze Mantel, den er trug. Aber da war nichts zu machen; den Mantel benötigte er, um das, was er bei sich trug, zu verbergen.

Er bog in die 22nd Street nach Westen ab. Sein Ziel befand sich einen Block vom Empire Diner entfernt, in einer Straße mit lauter kleinen Kunstgalerien.

Im Vorbeigehen fiel ihm auf, dass die Galerien meist nur ein Bild oder höchstens zwei im Fenster stehen hatten. Manche der Bilder hatten ja nicht mal Rahmen, verdammte Scheiße, und ein Preisschild konnte er bei keinem einzigen entdecken.

Woher zum Teufel sollte man wissen, ob der blöde Schinken was taugte, wenn man nicht mal wusste, was er kostete?

Sein Ziel war jetzt nur noch zwei Türen entfernt. Nach außen wirkte Lucien Boussards Laden wie ein Antiquitätengeschäft für gehobene Ansprüche. Genau darum handelte es sich auch, aber das war noch nicht alles. Fälschungen und Stücke von zweifelhafter Herkunft waren bei weitem zahlreicher als die paar absolut lupenreinen Antiquitäten. Was aber keiner seiner Nachbarn je vermutet hätte. Dank seines Stils, seines Akzents und seiner Umgangsformen war Lucien über jeden Verdacht erhaben.

Gus erfasste alles in der Umgebung äußerst wachsam, während er an dem Antiquitätengeschäft vorbeiging, zählte, bis er fünfundzwanzig Schritt weiter war, blieb dann stehen und machte wieder kehrt. Er tat so, als wolle er die Straße überqueren, konnte immer noch nichts Verdächtiges entdecken, kehrte um und huschte, für einen Mann seiner Statur bemerkenswert flink, in den Laden. Aber er war Boxer, da musste man flink sein. In dreißig Kämpfen war er kein einziges Mal hart genug getroffen worden, um auf die Bretter zu müssen. Außer, wenn er vorher entsprechend instruiert worden war.

In dem Laden behielt er eine Hand, um den Griff einer Beretta 92FS gelegt, in der Manteltasche. Nicht unbedingt seine bevorzugte Schusswaffe, aber seine Heckler & Koch .45 ACP hatte einige Male versagt, und nach der Sache im Museum war es kaum ratsam, die Cobray bei sich zu haben. Rasch sah er sich in dem Geschäft um. Keine Touristen und auch sonst keine Kunden. Nur der Inhaber des Ladens.

Gus hegte für sehr wenige Leute freundschaftliche Gefühle, aber Lucien Boussard war ihm besonders zuwider. Er war ein unterwürfiger kleiner Pisser mit schmalem Gesicht und ebenso schmalen Schultern, der sein langes Haar in einem Pferdeschwanz trug.

Miese französische Schwuchtel.

Als Gus hereinkam, hob Lucien, der an einem kleinen Tisch mit dünnen Beinchen saß und irgendetwas schrieb, den Blick und setzte ein gekünsteltes Lächeln auf. Es war der klägliche Versuch, davon abzulenken, dass ihm sofort der Schweiß ausgebrochen war und die Hände zitterten. Das war womöglich das Einzige, was Gus an Lucien gefiel.

«Gus!» Bei ihm klang es eher wie «Göss», ein Grund mehr, weshalb er Lucien hasste, jedes verdammte Mal, wenn er das hörte.

Gus wandte ihm kurz den Rücken zu, um die Tür zu verschließen, und ging dann auf den Tisch zu. «Ist hinten jemand?», knurrte er.

Lucien schüttelte heftig den Kopf. «Mais non, mais non, voyons, außer mir ist niemand hier.» Er hatte die nervtötende Angewohnheit, seine tuckigen französischen Ausdrücke immer mehrmals hintereinander zu quäken. Vielleicht war das bei denen ja üblich.

«Ich habe Sie gar nicht erwartet, Sie haben mir nicht gesagt ...»

«Halten Sie den Rand», blaffte Gus. «Ich hab was für Sie.» Er grinste. «Was ganz Besonderes.»

Gus zog eine Papiertüte unter seinem Mantel hervor und legte sie auf den Tisch. Mit einem raschen Blick zur Tür vergewisserte er sich, dass niemand sie von der Straße aus sehen konnte, und holte dann ein in Zeitungspapier eingewickeltes Päckchen aus der Tüte. Den Blick auf Lucien gerichtet, entfernte er das Papier.

Lucien klappte der Mund auf, ihm gingen schier die Augen über, als Gus den Gegenstand endlich zum Vorschein brachte: ein kunstvoll gearbeitetes, mit Edelsteinen besetztes Kreuz aus Gold, etwa fünfzig Zentimeter lang, atemberaubend fein ausgeführt.

Gus setzte es auf der Zeitung ab, die aufgeschlagen auf dem Tisch lag. Er hörte, wie Lucien zischend die Luft einzog.

«Mon Dieu, mon Dieu.» Der Franzose riss seinen Blick von dem Kreuz los und schaute mit Schweißperlen auf der schmalen Stirn Gus an. «Lieber Gott, Gus.»

Tja, damit traf er den Kern der Sache.

Er schaute wieder nach unten. Gus folgte seinem Blick und sah, dass die Zeitung bei einem Fotobericht aus dem Museum aufgeschlagen war.

«Das stammt aus dem …»

«Ja», sagte Gus mit schiefem Grinsen. «Ist 'n geiles Ding, was? Spitze.»

Um Luciens Mund zuckte es nervös. *Mais non, il est complètement taré, ce mec.* Ich bitte Sie, Gus, das kann ich nicht anrühren.»

Gus legte auch keinen Wert darauf, dass Lucien es anrührte. Er sollte es bloß für ihn verkaufen. Und zwar möglichst fix. Das letzte halbe Jahr über hatte Gus beim Pferderennen eine ausgesprochene Pechsträhne gehabt. Schulden hatte er zwar schon öfters gehabt, aber noch nie so viele wie diesmal; und er hatte noch nie Schulden bei diesen Leuten gehabt, bei denen er jetzt in der Kreide stand. Solange Gus zurückdenken konnte, seit dem Tag, an dem er größer und kräftiger geworden war als sein Alter und er den despotischen Säufer windelweich geprügelt hatte, hatten alle Angst vor ihm. Zum ersten Mal seit seinem vierzehnten Lebensjahr wurde ihm nun selbst klar, was es hieß, Angst zu haben. Die Männer, bei denen er mit seinen Wettschulden in der Kreide

67

stand, spielten in einer völlig anderen Liga. Die würden ihn so skrupellos und kalt lächelnd um die Ecke bringen, wie er eine Kakerlake zertrat.

Auf der Rennbahn, das war das Ulkige, hatte sich ihm auch der Ausweg aus seiner Misere aufgetan. Dort hatte er den Typen kennen gelernt, der ihm das Angebot machte, bei der Museumsnummer mitzumachen. Und hier war er nun, obwohl er klare Anweisungen hatte, mindestens ein halbes Jahr zu warten, ehe er versuchte, irgendetwas von seiner Beute zu verkaufen.

Na, scheiß drauf. Er brauchte Geld, und zwar sofort.

«Sie sollen sich nicht den Kopf darüber zerbrechen, wo es herkommt, verstanden?», blaffte er. «Sie sollen sich bloß darum kümmern, wer es haben will und für wie viel.»

Lucien machte den Eindruck, als würde ihn gleich der Schlag treffen. *«Mais non ...* hören Sie mir zu, *Göss,* das ist ausgeschlossen. Vollkommen ausgeschlossen. Die Ware ist momentan viel zu heiß, es wäre Wahnsinn, das –»

Gus packte Lucien am Hals und zerrte ihn halb über den Tisch, der gefährlich ins Schwanken geriet. Er brachte sein Gesicht direkt vor Luciens. «Ist mir scheißegal, und wenn das Ding Atomkerne zum Schmelzen bringt», zischte er. «Leute sammeln solchen Kram, und Sie wissen, wie man an die rankommt.»

«Es ist zu früh», quäkte Lucien mühsam, da Gus ihm weiter den Hals zudrückte.

Gus ließ los, und der Franzose plumpste zurück auf seinen Stuhl. «Behandeln Sie mich nicht, als wäre ich beschränkt», schnauzte er. «Für Kram wie diesen ist es immer zu früh, da kommt nie eine günstige Gelegenheit. Warum es also nicht gleich abstoßen. Außerdem, und das wissen Sie, gibt es genug Leute, die dieses Ding kaufen werden, weil sie wissen, was es ist und wo es herkommt. Kranke Perverse, die bereit sind, ein kleines Vermögen auszugeben, damit ihnen einer abgeht bei der Vorstellung, so was in ihrem Tresor zu haben. Sie müssen mir nur so einen auftreiben, und zwar schnell. Und ich warne Sie, mich irgendwie beim Preis zu linken. Sie kriegen zehn Prozent, und zehn Prozent bei einem Stück von dem Wert sind ja wohl nicht zu verachten, oder?»

Lucien schluckte und rieb sich den Hals. Er zog ein seidenes Taschentuch hervor und fuhr sich damit übers Gesicht. Sein Blick huschte nervös umher, als würde er fieberhaft nachdenken. Dann schaute er zu Gus hoch und sagte: «Zwanzig.»

Gus sah ihn befremdet an. «Lucien» – er sprach den Namen wie immer bewusst falsch aus –, «Sie wollen mich doch nicht auf den Arm nehmen, oder?»

«Keineswegs. Bei so etwas müssen es zwanzig Prozent sein. *Au moins.* Ich gehe damit ein hohes Risiko ein.»

Gus ließ wieder die Hand vorschnellen, aber diesmal kam Lucien ihm zuvor und rutschte mit dem Stuhl zurück, sodass er außer Reichweite war. Also zog Gus seelenruhig die Beretta, beugte sich vor und rammte sie Lucien in den Schritt. «Keine Ahnung, was Sie geschnupft haben, aber zu Verhandlungen bin ich eigentlich nicht aufgelegt, Prinzessin. Ich habe Ihnen ein großzügiges Angebot gemacht, und was machen Sie? Versuchen, die Lage auszunutzen. Wie mich das enttäuscht, Mann.»

«Nein, hören Sie, Gus …»

Gus hob die Hand und zuckte die Achseln. «Ich weiß nicht, ob Sie die beste Szene an dem Abend im Fernsehen gesehen haben. Draußen. Mit dem Wachmann. War echt geil.

Das Schwert habe ich übrigens noch, und wissen Sie was, so eine Nummer à la Conan könnte mir durchaus nochmal Spaß machen. Verstehen Sie, was ich meine?»

Während er Lucien zappeln ließ, überlegte er fieberhaft. Wenn er alle Zeit der Welt hätte, schon klar, würde Luciens Angst vor ihm zu seinen Gunsten arbeiten. Aber leider hatte er nicht alle Zeit der Welt. Das Kreuz war ein Vermögen wert, vielleicht sogar eine Summe im siebenstelligen Bereich, aber jetzt würde er nehmen, was er kriegen konnte, und sich nicht beschweren. Das Geld, das er bekommen hatte, als er sich zur Teilnahme an dem Museumsbesuch bereit erklärte, hatte ihm einen Aufschub verschafft; jetzt musste er sich diese Blutsauger endgültig vom Hals schaffen.

«Hören Sie zu», sagte er zu Lucien. «Holen Sie ordentlich was raus, dann gebe ich Ihnen fünfzehn.»

In Luciens verschlagenen Augen flackerte es kurz. Jetzt hatte er ihn.

Der Händler zog eine Schublade auf und nahm eine kleine Digitalkamera heraus. Er schaute Gus an.

«Ich müsste –»

Gus nickte. «Nur zu, tun Sie sich keinen Zwang an.»

Lucien machte einige Aufnahmen von dem Kreuz und schien im Geist schon seine Kundenliste durchzugehen.

«Ich werde einige Anrufe tätigen», sagte Lucien. «Geben Sie mir ein paar Tage Zeit.»

Ausgeschlossen. Gus brauchte das Geld, um sich damit seine Freiheit zu erkaufen. Außerdem musste er eine Weile aus der Stadt verschwinden, bis sich die Aufregung gelegt hatte. All das duldete keinen Aufschub.

«Kommt nicht in Frage. Es muss schnell gehen. Ein, zwei Tage, höchstens.»

Wieder sah er Luciens Augen an, dass es fieberhaft in ihm arbeitete. Vermutlich überlegte er gerade, wie er einen Käufer übers Ohr hauen und eine fette Prämie für sich herausschlagen konnte, gegen das Versprechen, den Verkäufer noch herunterzuhandeln, obwohl der Verkäufer dem Preis längst zugestimmt hatte. Dieser miese kleine Wicht. Zu gegebener Zeit, in ein paar Monaten, würde er Lucien mit Vergnügen einen weiteren Besuch abstatten.

«Kommen Sie morgen wieder, um sechs», sagte Lucien. «Versprechen kann ich nichts, aber ich werde mein Bestes tun.»

«Davon gehe ich aus.» Gus nahm das Kreuz vom Tisch, wickelte es in ein Staubtuch, das auf Luciens Schreibtisch lag, und schob es behutsam in eine der Innentaschen seines Mantels. Dann steckte er auch die Pistole wieder ein. «Bis morgen», sagte er zu Lucien, grinste kurz böse und verließ den Laden.

Immer noch zitternd, sah Lucien dem Koloss vom Fenster aus nach, bis er an der Straßenecke angekommen war, abbog und endlich verschwunden war.

KAPITEL 10

«Ehrlich, darauf hätte ich jetzt gut verzichten können», brummte Jansson, als Reilly sich in einen Sessel seinem Chef gegenüber fallen ließ. Vor dem Schreibtisch im Büro des Assistant Director im Federal Plaza saßen bereits Aparo und Amelia Gaines sowie Roger Blackburn, Leiter der Einheit Gewaltdelikte/Schwerkriminalität, dazu noch zwei Beamte aus Blackburns Einheit.

Der Komplex aus vier regierungseigenen Gebäuden in Lower Manhattan befand sich nur wenige Blocks von Ground Zero entfernt. 25000 Regierungsangestellte waren hier beschäftigt, außerdem hatte das New Yorker FBI hier seinen Sitz. Reilly war froh, dem ständigen Lärmpegel des Großraumbüros vorläufig entronnen zu sein. Die Stille, die im Vergleich dazu im Büro seines Chefs herrschte, war eigentlich so ziemlich der einzige Grund, warum Jansson um seinen Posten zu beneiden war.

Als Assistant Director des New Yorker FBI hatte Jansson in den letzten Jahren eine Riesenlast zu schultern gehabt. In allen Bereichen, die in die Zuständigkeit der Bundespolizei fielen – Drogenhandel und organisiertes Verbrechen, Gewaltdelikte und Schwerkriminalität, Finanzdelikte, Spionageabwehr und das jüngste Sorgenkind, Terrorismus –, gab es alle Hände voll zu tun. Körperlich schien Jansson der Aufgabe mehr als gewachsen: Seine bullige Statur ließ noch immer erkennen, dass er einst Footballspieler gewesen war. Sein markantes Gesicht unter dem eisgrauen Haar trug für gewöhnlich eine stoisch-distanzierte Miene zur Schau. Was aber Leute, die für ihn arbeiteten, nicht lange hinters Licht führte, weil sie bald eines merkten: Wenn man Jansson auf seiner Seite hatte, konnte man sich darauf verlassen, dass er einem jedes Hindernis zuverlässig beiseite räumte. Falls man aber den Fehler beging, es sich mit ihm zu verderben, war es durchaus ratsam, mit dem Gedanken an Auswanderung zu spielen.

Janssons Versetzung in den Ruhestand war nicht mehr fern, und Reilly konnte nachvollziehen, wieso sein Chef nicht gerade erfreut war, sich in seinen letzten Monaten im Amt mit einem so aufsehenerregenden Fall wie METRAID – wie der Museumsüberfall im internen Sprachgebrauch hieß – herumschlagen zu müssen. Für die Medien war die Geschichte natürlich ein gefundenes Fressen. New Yorker Prominente waren unter den Beschuss von Maschinenpistolen geraten. Die Frau des Bürgermeisters war als Geisel genommen worden. Ein Mann wurde in aller Öffentlichkeit hingerichtet; nicht einfach erschossen, sondern enthauptet, und zwar nicht in einem ummauerten Innenhof in irgendeiner Diktatur im Nahen Osten, sondern hier, mitten in Manhattan, auf der Fifth Avenue.

Live übertragen im Fernsehen.

Reilly ließ den Blick zu der Flagge und den FBI-Insignien an der Wand hinter Jansson wandern und sah dann wieder den Assistant Director an, der die Ellenbogen auf seinem Schreibtisch abstützte und tief durchatmete.

«Wenn wir die Dreckskerle einbuchten, werde ich sie in

gebotener Form auf ihr miserables Timing aufmerksam machen», schlug Reilly vor.

«Tun Sie das», sagte Jansson, lehnte sich vor und ließ seinen durchdringenden Blick über die Gesichter der versammelten Mannschaft wandern. «Ich brauche Ihnen wohl nicht zu sagen, wie viele Anrufe ich bekommen habe oder von was für hohen Stellen die gekommen sind. Informieren Sie mich, was wir derzeit wissen und in welche Richtungen ermittelt wird.»

Nach einem kurzen Blick in die Runde machte Reilly den Anfang.

«Gerichtsmedizinisch deutet noch nichts in irgendeine spezielle Richtung. Die Kerle haben außer Patronenhülsen und den Pferden kaum Spuren hinterlassen. Unsere Leute von der Spurensicherung raufen sich die Haare, weil so wenig verwertbares Material zur Verfügung steht.»

«Ganz was Neues», warf Aparo trocken ein.

«Anhand der Patronenhülsen konnten wir jedenfalls feststellen, dass sie M11/9 Cobrays und Micro-Uzis benutzt haben. Rog, damit ist Ihr Team beschäftigt, richtig?»

Blackburn räusperte sich. Er war ein Mann wie eine Naturgewalt. Vor kurzem hatte er dem größten Heroinhändlerring in Harlem das Handwerk gelegt; es war zu über zweihundert Festnahmen gekommen. «Die ganz gewöhnliche Variante, natürlich. Wir führen die üblichen Tests durch, aber versprechen Sie sich nicht zu viel davon. Nicht bei so etwas. Kann mir nicht vorstellen, dass die Jungs die einfach so im Internet erstanden haben.»

Jansson nickte. «Was ist mit den Pferden?»

Reilly ergriff wieder das Wort. «Bisher noch nichts. Grauschimmel und Füchse, Wallache, ziemlich verbreitet. Wir gehen gerade Verzeichnisse vermisster Pferde durch und versuchen, die Herkunft der Sättel zu ermitteln, aber auch hier …»

«Keine Brandzeichen oder Mikrochips?»

Bei jährlich über 50000 Pferdediebstählen im Land gewann die Kennzeichnung von Pferden zunehmend an Bedeutung. Am häufigsten war die Markierung per Kaltbrand: Mit einem in flüssigen Stickstoff getauchten, extrem kalten Kupferstempel wurde die Struktur pigmentbildender Hautzellen so verändert, dass an der markierten Stelle weißes statt pigmentiertes Haar nachwuchs. Bei der anderen, weniger verbreiteten Methode wurde dem Tier mit einer Kanüle ein Mikrochip mit einer individuellen Nummer unter die Haut gespritzt.

«Keine Mikrochips», antwortete Reilly, «aber wir lassen sie gerade nochmal durchleuchten. Diese Chips sind so winzig, dass sie nicht leicht zu orten sind, wenn man nicht genau weiß, wo sie sich befinden. Sie werden in der Regel bewusst unauffällig platziert, um sicherzustellen, dass sie noch dort sind, falls ein gestohlenes Pferd wiedergefunden wird. Immerhin ließ sich noch feststellen, dass die Tiere per Kaltbrand markiert worden sind. Leider sind die Markierungen aber überbrannt und unleserlich gemacht worden. Die Laborleute wollen versuchen, die ursprünglichen Brandzeichen wieder erkennbar zu machen.»

«Wie sieht's mit den Kostümen und mittelalterlichen Waffen aus?» Jansson schaute Amelia Gaines an, die mit diesem Teil der Ermittlung befasst war.

«Das wird etwas länger dauern», sagte sie. «Solche Ausrüstungen stammen in der Regel von kleinen, über das ganze Land verstreuten Spezialhändlern. Vor allem, wenn es um richtige Schwerter geht, nicht bloß um Attrappen. Ich glaube aber, da werden wir sicher fündig.»

«Und diese Kerle haben sich einfach so in Luft aufgelöst, ja?» Jansson verlor spürbar die Geduld.

«Offenbar standen Fluchtfahrzeuge bereit. Bei der Stelle, wo sie die Pferde zurückgelassen haben, gibt es zwei Ausgänge aus dem Park. Die Suche nach Zeugen ist bisher ergebnislos verlaufen», bestätigte Aparo. «Und vier Männer, die um die Uhrzeit einzeln aus dem Park kommen, erregen auch kaum Aufsehen.»

Jansson lehnte sich nachdenklich zurück, während er die unterschiedlichen Informationen zusammenfügte und seine Gedanken sortierte. «Wer kommt dafür in Frage? Hat schon jemand eine Idee?»

Reilly warf einen Blick in die Runde und ergriff dann das Wort. «Der Fall liegt etwas komplizierter. Als Erstes denkt man natürlich an einen Raub auf Bestellung.»

Kunstdiebstähle, gerade wenn es um bekannte Objekte ging, erfolgten nicht selten im Auftrag wohlhabender Sammler. Diese Theorie hatte Reilly jedoch gleich bei seinem Eintreffen am Museum verworfen. Kunstraub auf Bestellung war eine Domäne gerissener Leute. Solche Diebe ritten nicht hoch zu Ross über die Fifth Avenue, sie stifteten kein derartiges Chaos und richteten schon gar keine Menschen hin.

«In der Frage stimmen wir, glaube ich, alle überein», fuhr er fort. «Die Profiler kommen bisher zu einem ähnlichen Ergebnis. Hier steckt mehr dahinter als der bloße Raub einiger Wertgegenstände. Wenn man es auf bestimmte Sachen abgesehen hat, passt man einen ruhigen, verregneten Mittwoch ab, taucht im Museum auf, bevor der große Besucherandrang einsetzt, zieht seine Uzi und nimmt sich, was man haben

76

will. Weniger Zeugen, weniger Risiko. Diese Typen haben stattdessen genau den Zeitpunkt gewählt, wo maximaler Andrang und maximale Sicherheitsvorkehrungen herrschten, um ihren Überfall zu inszenieren. Als wollten sie uns verhöhnen, uns öffentlich blamieren. Klar, sie haben ihre Beute gemacht, aber ich glaube, sie wollten auch irgendeine Botschaft übermitteln.»

«Was für eine Botschaft?», fragte Jansson.

Reilly zuckte die Achseln. «Wir arbeiten dran.»

Der Assistant Director wandte sich an Blackburn. «Stimmen Sie dem zu?»

Blackburn nickte. «Mal so gesagt. Wer diese Typen auch sein mögen, für viele Leute sind sie Helden. Weil sie das, wovon all diese zugedröhnten Idioten träumen, wenn sie an ihren Playstations daddeln, kurzerhand in die Tat umgesetzt haben. Hoffentlich lösen sie damit keinen neuen Trend aus. Aber es stimmt schon, ich glaube auch, dass es denen nicht nur um kalte Effizienz ging.»

Jansson schaute wieder Reilly an. «Sieht ganz so aus, als wäre das tatsächlich Ihr Baby.»

Reilly erwiderte seinen Blick und nickte stumm. An ein Baby hätte er allerdings als Letztes gedacht. Eher an einen mordsmäßigen Gorilla.

Die Sitzung wurde unterbrochen, als ein scheu wirkender, schmaler Mann in einem braunen Tweedanzug, seinem weißen Kragen nach offenbar ein Geistlicher, den Raum betrat. Jansson erhob sich, streckte dem Mann seine fleischige Pranke entgegen und schüttelte ihm die Hand.

«Monsignore, freut mich, dass Sie es einrichten konnten. Bitte, nehmen Sie doch Platz. Meine Dame, meine Herren, darf ich Ihnen vorstellen: Monsignore De Angelis. Ich habe dem Erzbischof zugesagt, ihn an unseren Besprechungen teilnehmen zu lassen, damit er uns auf jede erdenkliche Weise behilflich sein kann.»

Dann stellte er De Angelis die versammelten Beamten der Reihe nach vor. Außenstehende an einer derart sensiblen Besprechung teilnehmen zu lassen war äußerst unüblich, aber der apostolische Nuntius, der Botschafter des Vatikans in den USA, hatte durch gezielte Telefonate eine Ausnahmeerlaubnis erwirkt.

Reilly schätzte den Mann auf Ende vierzig. Er hatte dunkles, akkurat geschnittenes Haar, das an den Schläfen bereits silbrig schimmerte, und hohe Geheimratsecken. Die Gläser seiner Metallgestellbrille waren etwas verschmiert, und er lauschte mit höflichem, zurückhaltendem Lächeln, während ihm die Anwesenden mit Namen und Rang vorgestellt wurden.

«Bitte, lassen Sie sich von mir nicht unterbrechen», sagte er, als er Platz nahm.

Jansson beruhigte ihn mit einem kurzen Kopfschütteln. «Die Beweislage lässt momentan noch keine eindeutigen Schlüsse zu, Monsignore. Um alle Möglichkeiten auszuloten – und ich muss betonen, dass hier vorläufig nur Ideen und Vermutungen ausgetauscht werden –, haben wir uns gerade Gedanken darüber gemacht, wer hinter dem Überfall stecken könnte.»

«Ich verstehe», entgegnete De Angelis.

Jansson blickte Reilly an, der, obwohl ihm nicht ganz wohl dabei war, den Faden wieder aufnahm. Zunächst einmal musste er den Monsignore auf den neuesten Stand bringen.

78

«Wir haben gerade festgestellt, dass es sich hier eindeutig um mehr als einen bloßen Raubüberfall auf ein Museum handelt. Die Ausführung, der Zeitpunkt, alles deutet darauf hin, dass das kein gewöhnlicher bewaffneter Überfall war.»

De Angelis spitzte die Lippen, während er die volle Bedeutung dieser Worte erfasste. «Ich verstehe.»

«Spontan würde man als Drahtzieher muslimische Fundamentalisten vermuten», fuhr Reilly fort, «aber in diesem Fall bin ich mir ziemlich sicher, dass die nicht in Frage kommen.»

«Und warum nicht?», fragte De Angelis. «Es mag gewiss beklagenswert sein, aber diese Menschen hassen uns doch offenbar. Bestimmt erinnern Sie sich noch an die Aufregung nach der Plünderung des Altertümermuseums in Bagdad. An den Vorwurf der Doppelmoral, die Schuldzuweisungen, die Wut ... Das hat in der muslimischen Welt für viel böses Blut gesorgt.»

«Glauben Sie mir, das hier entspricht nicht ihrer üblichen Vorgehensweise, nicht mal annähernd. Die verüben ihre Anschläge ganz offen, bekennen sich hinterher stolz zu ihren Taten und bevorzugen für gewöhnlich die Kamikaze-Taktik. Davon abgesehen käme es für einen muslimischen Fundamentalisten nie in Frage, ein Kreuz auf der Kleidung zu tragen.» Reilly sah De Angelis an, der geneigt schien, ihm zuzustimmen. «Selbstverständlich ermitteln wir auch in diese Richtung. Das müssen wir. Aber ich würde eher auf eine andere Truppe tippen.»

«Miliz-Typen.» Jansson benutzte den Sammelbegriff für gewaltbereite amerikanische Rechtsextremisten.

«Viel wahrscheinlicher, meiner Ansicht nach.» Reilly nickte zustimmend. Extremistische Sonderlinge, die auf eigene Faust handelten, und gewaltbereite einheimische

Radikale gehörten ebenso zu seinem Berufsalltag wie ausländische Terroristen.

De Angelis hakte irritiert nach. «Miliz-Typen?»

«Einheimische Terroristen, Pater. Gruppen mit abstrusen Namen wie ‹Orden der Schweigenden Bruderschaft›, zumeist geleitet von einer hasserfüllten so genannten christlichen Identität – ich weiß, eine ziemlich seltsame Pervertierung des Begriffs ...»

Der Monsignore rutschte unbehaglich auf seinem Stuhl herum. «Ich dachte, diese Leute sind alle fanatische Christen.»

«Sind sie auch. Aber vergessen Sie nicht, hier geht es um den Vatikan – die katholische Kirche. Und diese Typen sind keine Anhänger Roms, Pater. Was sie alle eint, abgesehen von der Neigung, Schwarze, Juden und Homosexuelle für all ihre Probleme verantwortlich zu machen, ist der Hass auf jede Form von organisierter Regierung, unsere ganz speziell und Ihre automatisch auch. Für die sind wir der Große Satan – kurioserweise derselbe Ausdruck, den Khomeini für die USA geprägt hat und der bis heute in der muslimischen Welt so beliebt ist. Vergessen Sie nicht, diese Typen haben 1995 das Bundesgebäude in Oklahoma City in die Luft gesprengt. Christen. Amerikaner. Und von der Sorte gibt es viele. In Philadelphia etwa haben wir kürzlich einen Kerl verhaftet, hinter dem wir schon geraume Zeit her waren, Angehöriger einer rechtsradikalen Splittergruppe, die sich ‹Kirche der Söhne Jahwes› nennt. Dieser Kerl fungierte früher bei den ‹Aryan Nations› als Verbindungsmann zu muslimischen Kreisen. Er hat zugegeben, nach dem 11. September versucht zu haben, Bündnisse mit islamistischen Gruppen im Ausland zu schmieden.»

«Der Feind meines Feindes», sinnierte De Angelis.

«Genau», pflichtete Reilly ihm bei. «Diese Leute verfügen über eine extrem verzerrte Weltanschauung, Pater. Wir müssen jetzt herausbekommen, welche geisteskranke Botschaft sie diesmal zu übermitteln versuchen.»

Nach Reillys Worten blieb es kurz still im Raum. Dann ergriff Jansson das Wort. «Schön, dann verfolgen Sie also diesen Ansatz.»

Reilly nickte ruhig. «Ja.»

Jansson wandte sich Blackburn zu. «Rog, Sie ermitteln weiter in Richtung eines normalen Raubüberfalls?»

«Auf jeden Fall. Wir müssen beidem nachgehen, bis irgendein Durchbruch uns in die eine oder andere Richtung weist.»

«Schön, prima.» Darauf wandte Jansson sich an De Angelis. «Es wäre enorm hilfreich, Monsignore, wenn Sie uns eine Liste der gestohlenen Gegenstände besorgen könnten, so detailliert wie möglich. Mit Farbfotos, Gewicht, Maßen, allem, was Sie auftreiben können. Damit wir entsprechende Warnungen ausgeben können.»

«Selbstverständlich.»

«Apropos, Pater», warf Reilly ein, «einer der Reiter schien nur an einem Gegenstand interessiert: an diesem.» Er zog ein Foto aus einer Mappe hervor, ein vergrößertes Standbild von einer Überwachungskamera im Museum, das den vierten Reiter mit der Chiffriermaschine in den Händen zeigte. Er reichte es dem Monsignore. «Im Ausstellungskatalog wird es als Rotorchiffrierer mit mehreren Walzen aufgeführt», sagte er. «Haben Sie eine Erklärung dafür, warum jemand unter all den Kostbarkeiten gerade den mitnehmen würde?»

De Angelis rückte seine Brille zurecht, während er das Foto eingehend betrachtete. Dann schüttelte er den Kopf.

81

«Tut mir Leid, über dieses ... Gerät weiß ich so gut wie nichts. Ich kann mir höchstens vorstellen, dass es einen Wert als technische Kuriosität hat. Jedermann stellt hin und wieder gerne seinen Erfindungsreichtum zur Schau, anscheinend sogar meine Brüder, die zu entscheiden hatten, was in der Ausstellung gezeigt werden sollte.»

«Nun, vielleicht könnten Sie mit denen mal reden. Möglicherweise fällt denen ja etwas ein, vielleicht Sammler, die deswegen schon mal an sie herangetreten sind.»

«Ich kümmere mich darum.»

Jansson warf einen Blick in die Runde. Alle Fragen waren geklärt. «Na schön, Herrschaften», sagte er und schob seine Unterlagen zusammen. «Dann wollen wir diesen Verrückten mal das Handwerk legen.»

Während die anderen das Büro verließen, kam De Angelis auf Reilly zu und schüttelte ihm die Hand. «Vielen Dank, Agent Reilly. Wir sind in guten Händen, das spüre ich.»

«Die kriegen wir, Pater. Früher oder später, keine Sorge.»

Der Monsignore blickte ihm direkt in die Augen, wie um ihn abzuschätzen. «Sagen Sie ruhig Michael zu mir.»

«Ich bleibe lieber bei ‹Pater›, wenn es Ihnen recht ist. Eine alte Gewohnheit, die ich nicht loswerde.»

De Angelis schien überrascht. «Sie sind Katholik?»

Reilly nickte.

«Praktizierender Katholik?» De Angelis senkte auf einmal verlegen den Blick. «Verzeihung, ich sollte nicht so neugierig sein. Manche meiner Gewohnheiten werde ich offenbar auch nicht los.»

«Kein Problem. Zu Ihrer Frage, ja, ich nehme aktiv am Gemeindeleben teil.»

De Angelis schien erfreut, dies zu hören. «Wissen Sie, in vieler Hinsicht ist unsere Arbeit gar nicht so verschieden. Wir helfen beide Menschen dabei, mit ihren Verfehlungen zurande zu kommen.»

Reilly lächelte. «Kann sein, aber ... ich glaube kaum, dass Sie mit demselben Kaliber von Sündern zu tun bekommen wie wir hier.»

«Ja, es ist beunruhigend ... die Dinge in der Welt stehen nicht zum Besten.» Er schwieg kurz, dann blickte er Reilly direkt an. «Was unsere Arbeit umso wertvoller macht.»

Der Monsignore bemerkte, dass Jansson in seine Richtung schaute, als wollte er ihn herüberbitten. «Ich habe volles Vertrauen in Sie, Agent Reilly. Sie finden diese Verbrecher bestimmt.» Mit diesen Worten wandte sich der Geistliche um und ging davon.

Reilly sah ihm kurz nach und nahm dann das Foto mit dem Reiter vom Schreibtisch. Als er es zurück in die Mappe schieben wollte, blieb sein Blick noch einmal daran hängen. In einer Ecke des Fotos, das wegen der geringen Auflösung der Überwachungskameras recht grobkörnig war, konnte er deutlich eine hinter einer Vitrine kauernde Gestalt erkennen, die angstvoll den Reiter und das Gerät anstarrte. Bei der Sichtung des gesamten Videomaterials hatte er festgestellt, dass es sich um die blonde Frau handelte, die ihm an dem Abend aufgefallen war, als sie gerade das Museum verließ. Voller Mitgefühl dachte er daran, was sie Entsetzliches durchgemacht, wie viel Angst sie ausgestanden haben musste. Hoffentlich ging es ihr gut.

Er packte das Foto endgültig ein und verließ dann das Büro. Dabei kam ihm unwillkürlich in den Sinn, als was Jansson die Täter bezeichnet hatte.

Als Verrückte.

Kein sonderlich ermutigender Gedanke.

Es war schon schwierig genug, den Motiven geistig zurechnungsfähiger Verbrecher auf die Spur zu kommen. Sich in die Welt Geistesgestörter hineinzuversetzen war dagegen häufig unmöglich.

KAPITEL 11

Clive Edmondson war blass, schien aber keine allzu großen Schmerzen zu haben, was Tess, während sie ihn in seinem Krankenhausbett betrachtete, einigermaßen überraschte. Eins der Pferde hatte ihn im Museum schließlich rücklings zu Boden gestoßen und ihm in der anschließenden Panik drei Rippen gebrochen, und zwar in bedenklicher Nähe der Lunge. Deswegen und in Anbetracht seines Alters, allgemeinen Gesundheitszustands und seiner Vorliebe für körperlich anstrengende Aktivitäten hatten die Ärzte im New York Presbyterian Hospital entschieden, Clive einige Tage zur Beobachtung dazubehalten.

«Ich bekomme hier wirklich einen hervorragenden Medikamentencocktail», sagte er und hob den Blick zu dem Infusionsbeutel, der über ihm von dem Gestell baumelte. «Ich spüre rein gar nichts.»

«Nicht unbedingt die Sorte Cocktail, die du an dem Abend besorgen wolltest, oder?», scherzte sie.

«Ich habe schon bessere genossen.»

Während er vor sich hin gluckste, sah sie ihn an und überlegte, ob sie jetzt den eigentlichen Grund ihres Besuchs zur Sprache bringen sollte. «Fühlst du dich in der Lage, über etwas zu reden?»

«Klar. Solange ich dir nicht schon wieder runterbeten

muss, was passiert ist. Das ist das Einzige, was alle hier interessiert», seufzte er. «Verständlich zwar, klar, aber …»

«Na ja, damit zu tun hat es schon», räumte Tess verlegen ein.

Clive sah sie an und lächelte. «Also, was hast du auf dem Herzen?»

Nach kurzem Zögern gab Tess sich einen Ruck. «Als wir uns im Museum unterhalten haben, ist dir da zufällig aufgefallen, was ich mir gerade angeschaut habe?»

Er schüttelte den Kopf. «Nein.»

«Es war eine Maschine, eine Art Kasten mit Tasten und herausstehenden Hebeln. Die Bezeichnung im Katalog lautet ‹Rotorchiffrierer mit mehreren Walzen›.»

Er dachte kurz nach. «Nein, ist mir nicht aufgefallen.» Natürlich nicht, er hatte nur Augen für sie gehabt. «Wieso?»

«Einer der Reiter hat die Maschine mitgenommen. Sonst hat er nichts angerührt.»

«Und?»

«Und kommt dir das nicht merkwürdig vor? Von all den Kostbarkeiten dort hat er nur dieses Gerät an sich genommen. Und nicht nur das. Als er es packte, schien das für ihn so eine Art Ritual zu sein. Er wirkte beinahe wie in Trance in dem Moment.»

«Also schön, es handelt sich offenbar um einen besonders eifrigen Sammler geheimnisvoller Verschlüsselungsmaschinen. Ruf Interpol an. Als Nächstes hat er es vermutlich auf die Enigma-Maschine abgesehen.» Er warf ihr einen verschmitzten Blick zu. «Es gibt Leute, die sammeln Schlimmeres.»

«Das ist kein Witz», protestierte sie. «Er hat sogar etwas gesagt. Als er das Gerät hochhielt. *Veritas vos liberabit.*»

Clive schaute sie an. «*Veritas vos liberabit?*»

«Glaube ich jedenfalls. Ich bin mir sogar ziemlich sicher.»

Clive sann kurz darüber nach und lächelte dann. «Schön. Du hast es hier nicht nur mit einem zu allem entschlossenen Sammler von Chiffriermaschinen zu tun. Er war außerdem auch an der Johns Hopkins. Was das Suchspektrum schon beträchtlich einengen dürfte.»

«An der Johns Hopkins?»

«Genau.»

«Wovon redest du?»

«Das ist der Wahlspruch der Uni. *Veritas vos liberabit.* Die Wahrheit wird euch befreien. Glaub's mir, ich muss es wissen, ich habe auch da studiert. Das kommt sogar in diesem schrecklichen Lied vor, weißt du, in der Johns-Hopkins-Hymne.» Er begann zu singen. *«Auf dass das Wissen sich stets mehre / Gelehrt zu sein bedarf der Lehre …»* Clive behielt Tess genau im Auge und schien sich über ihre Miene köstlich zu amüsieren.

«Du meinst …?» Dann fiel ihr sein Gesichtsausdruck auf. Dieses selbstgefällige Grinsen kannte sie doch. «Du nimmst mich auf den Arm, stimmt's?»

Clive nickte. «Na ja, entweder ist es das, oder der Typ ist ein ehemaliger CIA-Agent, der noch eine Rechnung offen hat. Du weißt doch, dass dieser Spruch einen als Erstes empfängt, wenn man den Sitz der CIA in Langley, Virginia, betritt.» Bevor sie etwas fragen konnte, setzte er hinzu: «Tom Clancy. Ich liebe seine Bücher, was soll ich sagen.»

Tess schüttelte den Kopf. Warum ließ sie sich nur so leicht aufs Glatteis führen!

«Allzu weit liegst du aber nicht daneben. Es passt.»

«Was meinst du damit?»

«Was hatten die Ritter an?», fragte Clive. Er lächelte nun nicht mehr.

«Was soll das heißen, was hatten die Ritter an?»

«Ich habe als Erster gefragt.»

«Die übliche Ritterkluft eben. Kettenhemden, wehende Mäntel, Helme.»

«Und …?», fragte er spöttisch. «Ist dir sonst noch was aufgefallen?»

Clive spannte sie bewusst auf die Folter. Angestrengt versuchte sie, sich den fürchterlichen Anblick der in dem Museum wütenden Ritter vor Augen zu rufen. «Nein …?»

«Weiße Umhänge mit roten Kreuzen. Blutroten Kreuzen.»

Sie verzog ratlos das Gesicht. «Kreuzritter.»

«Schon wärmer. Na los, Tess. Ist dir nichts an den Kreuzen aufgefallen? Ein rotes Kreuz auf der linken Schulter, ein weiteres auf der Brust? Na? Na?»

Jetzt ging ihr ein Licht auf. «Templer.»

«Dein letztes Wort?»

Sie dachte angestrengt nach. Die tiefere Bedeutung wollte ihr noch immer nicht einleuchten. «Du hast völlig Recht, sie waren als Templer verkleidet. Was aber nicht unbedingt etwas bedeuten muss. Das ist doch die typische Kreuzfahrerkluft, oder? Kann ja sein, dass sie sich einfach nach der erstbesten Abbildung eines Kreuzritters gerichtet haben, die sie auftreiben konnten. Und die zeigte vermutlich einen Templer, weil die am häufigsten abgebildet werden.»

«Dachte ich auch zuerst. Zunächst habe ich dem keine Bedeutung beigemessen. Die Templer sind ja bei weitem die berühmtesten oder vielmehr berüchtigtsten Ritter aus der Zeit der Kreuzzüge. Aber dein kleiner lateinischer Spruch jetzt … der ändert so manches.»

Tess starrte Clive ungeduldig an. Worauf wollte er bloß hinaus? Sein hartnäckiges Schweigen machte sie fast wahnsinnig. «Und warum?»

«*Veritas vos liberabit*, ja? Zufällig findet genau diese Inschrift sich auch auf einer Burg im Languedoc, in Südfrankreich.» Er blickte sie an. «Einer Templerburg.»

KAPITEL 12

«Was für eine Burg?» Tess verschlug es schier den Atem vor Aufregung.

«Das Château de Blanchefort. Im Languedoc. Die Worte sind gut sichtbar in den Türsturz über dem Burgportal eingemeißelt. *Veritas vos liberabit.* Die Wahrheit wird euch befreien.» Der Spruch schien in Edmondson eine wahre Flut von Erinnerungen auszulösen.

Tess runzelte die Stirn. Etwas gab ihr zu denken. «Wurde der Templerorden nicht im vierzehnten Jahrhundert, ähm, aufgelöst?»

«Im Jahr 1314.»

«Also, dann passt das nicht. Im Katalog steht, die Chiffriermaschine stammt aus dem sechzehnten Jahrhundert.»

Edmondson dachte kurz nach. «Dann hat man sich bei der Datierung womöglich vertan. Schließlich war das vierzehnte Jahrhundert nicht gerade eine Glanzzeit des Vatikans, sondern eher ein einsamer Tiefpunkt der Kirchengeschichte. Im Jahr 1305 zwang Philipp der Schöne, der skrupellose König von Frankreich, den von ihm abhängigen Papst Clemens V. dazu, den Vatikan zu verlassen und den Sitz des Heiligen Stuhls nach Avignon zu verlegen. In der Folgezeit kam es zwischen Papst und König dann zu der Verschwörung, die zum Sturz der Templer führte. Und dieser Umzug sollte nicht von kurzer Dauer sein. Über einen Zeitraum von siebzig Jahren, später bekannt als ‹Babylonische Gefangenschaft der Kirche›, befanden die Päpste sich vollständig unter französischer Kontrolle, bis Papst Gregor XI. diesem Zustand ein Ende setzte und, unter dem Einfluss der Mystikerin Katharina von Siena, nach Rom zurückkehrte. – Aber das ist eine andere Geschichte. Sollte die Maschine jedenfalls aus dem vierzehnten Jahrhundert sein, stammt sie vermutlich noch nicht mal aus Rom.»

«Schon gar nicht, wenn sie aus dem Besitz der Templer stammt.»

«Genau.»

Tess zögerte. «Meinst du, ich bin hier irgendeiner Sache auf der Spur? Oder hältst du das für Hirngespinste?»

«Nein, ich glaube durchaus, dass da etwas dran sein könnte. Aber … Templer fallen nicht gerade in dein Fachgebiet, oder?»

«Die sind nur ein paar tausend Jahre zu spät, und der Kontinent stimmt auch nicht ganz.» Sie grinste. Ihr Fachgebiet waren die Assyrer. Von den Templern hatte sie nicht die leiseste Ahnung.

«Dann musst du dich mal mit einem Templer-Experten unterhalten. Die Leute, die sich meines Wissens gut genug auskennen, um dir behilflich zu sein, sind Marty Falkner, William Vance und Jeb Simmons. Falkner dürfte mittlerweile über achtzig und schon ziemlich senil sein. Vance habe ich seit Ewigkeiten nicht mehr gesehen, aber von Simmons weiß ich, dass er hier –»

«Bill Vance?»

«Ja. Kennst du ihn?»

William Vance hatte einmal eine Ausgrabungsstelle ihres Vaters besucht, als sie ebenfalls vor Ort war, vor etwa zehn

91

Jahren, erinnerte sie sich. Sie hatte mit ihrem Vater im Nordosten der Türkei, so nahe am Berg Ararat, wie das Militär es ihnen gestattete, Ausgrabungen vorgenommen. Ihr Vater, entsann sie sich, hatte Vance mit aufrichtig kollegialem Respekt behandelt, was bei Oliver Chaykin eine Seltenheit war. Sein Bild stand ihr deutlich vor Augen. Ein hoch gewachsener, gut aussehender Mann, vielleicht fünfzehn Jahre älter als sie.

Vance war einfach reizend gewesen, hatte ihr mit Rat und Tat zur Seite gestanden und sie ermutigt. Ihr ging es damals alles andere als glänzend. Die Bedingungen vor Ort waren miserabel. Sie war hochschwanger. Und Vance schien, obwohl er sie kaum kannte, zu spüren, wie unglücklich und unwohl sie sich fühlte. Mit seiner Liebenswürdigkeit hatte er dazu beigetragen, dass es ihr besser ging und sie sich sogar attraktiv vorkam, obwohl sie sich schrecklich fühlte und nur zu gut wusste, wie verheerend sie aussah. Und nie ließ er auch nur entfernt durchblicken, dass er irgendwelche Hintergedanken verfolgte. Ein wenig verlegen fiel ihr jetzt wieder ein, wie enttäuscht sie insgeheim über seine rein platonische Haltung ihr gegenüber war, denn sie hatte sich stark zu ihm hingezogen gefühlt. Gegen Ende seines kurzen Aufenthalts in ihrem Lager hatte sie den Eindruck, er hätte vielleicht, möglicherweise, begonnen, ihre Gefühle zu erwidern, wenn sie auch stark bezweifelte, ob eine im siebten Monat schwangere Frau sonderlich attraktiv wirkte.

«Ich habe ihn mal kennen gelernt, mit meinem Vater.» Sie schwieg kurz. «Aber ich dachte, sein Fachgebiet wäre phönizische Geschichte.»

«Schon, aber du weißt doch, wie das mit den Templern ist. Das Thema ist so verpönt, dass es akademischem Selbstmord gleichkommt, sich dafür zu interessieren. Inzwischen will niemand mehr öffentlich dazu stehen, dass er das Thema ernst nimmt. Weil es zu viele Spinner gibt, die über die Templer alle möglichen wilden Verschwörungstheorien entwickelt haben. Du weißt doch, was Umberto Eco geschrieben hat?»

«Nein.»

«‹Den Irren erkennt man sofort. Er zieht früher oder später immer die Templer aus dem Hut.›»

«Fällt mir schwer, das als Kompliment aufzufassen.»

«Dabei hätten es die Templer wirklich verdient, ernsthaft wissenschaftlich erforscht zu werden.» Edmondson zuckte die Achseln. «Aber wie gesagt, von Vance habe ich seit Jahren nichts mehr gehört. Ich weiß nur, dass er zuletzt an der Columbia war. An deiner Stelle würde ich mich an Simmons wenden. Ich kann dich gerne mit ihm in Kontakt bringen, kein Problem.»

«Prima, danke.» Tess lächelte.

Eine Krankenschwester steckte den Kopf zur Tür herein. «Untersuchung. In fünf Minuten.»

«Na prächtig», stöhnte Clive.

«Gibst du mir Bescheid?», fragte Tess.

«Klar doch. Und wie wär's, wenn ich hier rauskomme, lade ich dich zum Abendessen ein, und du erzählst mir, wie du so vorankommst?»

Sie erinnerte sich an ihr letztes Abendessen mit Edmondson. Es war in Ägypten, wo sie gemeinsam zu einem phönizischen Schiffswrack vor der Küste bei Alexandria hinabgetaucht waren. Er hatte zu viel Arrak getrunken, dann einen unbeholfenen Annäherungsversuch unternommen, den sie in aller Freundlichkeit zurückgewiesen hatte, und war schließlich im Restaurant eingeschlafen.

«Klar», sagte sie und tröstete sich mit dem Gedanken, dass ihr bis dahin noch reichlich Zeit blieb, sich eine Ausrede einfallen zu lassen. Gleich darauf schämte sie sich dafür, an so etwas auch nur gedacht zu haben.

KAPITEL 13

Behutsamen Schritts durchquerte Lucien Boussard sein Antiquitätengeschäft.

Am Fenster angelangt, spähte er an einer gefälschten Ormulu-Uhr vorbei auf die Straße. Eine ganze Weile stand er dort und dachte angestrengt nach. Dabei fiel ihm auf, dass die Uhr dringend einmal gereinigt werden musste, also nahm er sie mit zum Tisch hinüber, wo er sie auf der Zeitung abstellte.

Es war die Zeitung mit den Fotos vom Überfall auf das Museum.

Er fuhr mit den Fingern über die Bilder, strich das zerknitterte Papier glatt.

Auf gar keinen Fall lasse ich mich da mit reinziehen.

Doch er konnte nicht einfach untätig bleiben. Wenn er nichts unternahm, würde Gus ihm sonst was antun. Und wenn irgendetwas schief lief, auch.

Es gab nur einen Ausweg. Der Gedanke daran war ihm schon gekommen, als Gus in seinem Geschäft stand und ihm unverhohlen drohte. Gus anzuschwärzen war allerdings nicht ungefährlich, er schreckte vor nichts zurück, das hatte er bei dem Überfall anschaulich bewiesen. Lucien ging jedoch davon aus, dass er dann vor ihm sicher sein würde, schließlich hatte Gus vor dem Museum einen Menschen geköpft. Ausgeschlossen, dass der Koloss eines Tages wieder auf freien Fuß käme und sich an ihm rächen könnte. Falls man nicht das Gesetz änderte und ihn per Giftspritze hinrichtete, würde Gus den Rest seines Lebens im Gefängnis sitzen, ohne Aussicht auf Begnadigung. Mit Sicherheit.

Hinzu kam, dass Lucien selbst Schwierigkeiten hatte. Ein Bulle saß ihm im Nacken. Ein hartnäckiger *salopard*, der ihm seit Jahren das Leben schwer machte und einfach nicht aufgeben oder nur ein wenig lockerlassen wollte. Alles wegen einer gottverfluchten Dogon-Plastik aus Mali, die sich als wesentlich jünger herausstellte, als Lucien behauptet hatte, und entsprechend nur einen Bruchteil der Summe wert war, für die er sie verkauft hatte. Doch Lucien hatte Glück, der schon sehr betagte Käufer erlag einem Herzinfarkt, bevor die Anwälte in Aktion treten konnten. Obwohl Lucien dieser äußerst unschönen Zwangslage noch einmal entronnen war, ließ Detective Steve Buchinski nicht mehr locker. Fast schien es, als befände er sich auf einem persönlichen Kreuzzug. Lucien hatte sich den Bullen vom Leib zu halten versucht, indem er ihm von Zeit zu Zeit einen heißen Tipp gab, aber das hatte nicht gereicht. Der Kerl ließ sich einfach nicht abschütteln.

Diesmal aber lagen die Dinge anders. Wenn er ihm Gus ans Messer lieferte, würde der Quälgeist ihn vielleicht endlich in Ruhe lassen.

Er sah auf die Uhr. Halb zwei.

Lucien zog eine Schublade auf und kramte in einer Box mit Visitenkarten, bis er die entsprechende Karte gefunden hatte. Er griff zum Telefon und wählte.

KAPITEL 14

Vor der schweren getäfelten Wohnungstür im fünften Stock eines Hauses am Central Park West hielt der Leiter der taktischen FBI-Einheit eine Hand mit gespreizten Fingern hoch und warf seinen Leuten einen Blick zu. Seine Nummer zwei reckte vorsichtig einen Arm vor und wartete. Auf der anderen Seite des Flurs hob ein weiterer Mann ein Schnellfeuergewehr in Schulterhöhe. Der vierte Mann im Team ließ die Sicherung einer Blendgranate aufschnappen. Die beiden übrigen Angehörigen der Einheit entsicherten lautlos ihre Heckler & Koch MP5-Maschinenpistolen.

«Los!»

Der Beamte direkt neben der Tür hämmerte mit der Faust dagegen und brüllte: «FBI! Aufmachen!»

Die Reaktion ließ nicht auf sich warten. Eine Salve von Schüssen durchsiebte die Tür, Teakholzsplitter regneten durch den Flur.

Der FBI-Schütze mit dem Schnellfeuergewehr revanchierte sich umgehend, feuerte blitzschnell los und hielt so lange drauf, bis mehrere kopfgroße Löcher in der Tür klafften. Trotz ihrer Ohrstöpsel nahm Amelia Gaines die betäubenden Schockwellen in dem engen Raum deutlich wahr.

Von innen krachten weitere Schüsse, zerschmetterten die Türpfosten und durchschlugen den Stuck an der Flurwand gegenüber. Der vierte Mann sprang nach vorn und schleuderte die Blendgranate durch eins der Löcher in der Tür. Dann pulverisierte der Schütze mit dem Schnellfeuergewehr den Rest des mittleren Türpaneels, und gleich darauf stürmten die beiden Männer mit den Maschinenpistolen in die Wohnung.

Kurz blieb es still, totenstill. Dann ein einzelner Schuss. Wieder Stille. Dann rief eine Stimme: «Luft ist rein!» Dieser Ausruf erscholl noch mehrmals, bis jemand beiläufig feststellte: «Okay, die Party ist gelaufen.»

Amelia trat hinter den anderen in die Wohnung, für die das Attribut «nobel» noch untertrieben war. Alles hier stank nach Geld. Woher dieser Reichtum stammte, stellten Amelia und der Leiter der Einheit allerdings bald fest, als sie sich in den Räumen genauer umsahen: Drogenhandel.

Die Bewohner, vier Männer, wurden im Handumdrehen als kolumbianische Drogenhändler identifiziert. Einer von ihnen hatte eine schwere Schussverletzung am Oberkörper erlitten. In einem Zimmer konnten sie einen kleinen Rauschgiftvorrat, bündelweise Bargeld und massenhaft belastendes Material sicherstellen, über das die Leute von der DEA, der Bundesbehörde für Drogenbekämpfung, gewiss entzückt sein würden.

Der anonyme Anrufer, von dem der Tipp stammte, hatte von haufenweise Geld, Waffen und mehreren Männern, die in einer fremden Sprache redeten, berichtet. All das traf auch zu. Aber es stand in keinerlei Zusammenhang mit dem Museumsraub.

Wieder eine Enttäuschung.

Es würde nicht die letzte bleiben.

Entmutigt sah Amelia sich in der Wohnung um, während

die unverletzten Kolumbianer in Handschellen gelegt und abgeführt wurden. Sie hatte selbst eine recht hübsche Wohnung, die sie geschmackvoll und edel eingerichtet hatte. Aber kein Vergleich zu dieser Nobelbleibe, die einfach alles hatte, eine sagenhafte Aussicht auf den Central Park inklusive. Nach einem letzten Blick auf die luxuriöse Einrichtung entschied sie trotzig, dass Protz nicht ihr Stil und sie kein bisschen neidisch war. Höchstens auf die Aussicht.

Am Fenster blieb sie kurz stehen und sah hinab in den Park. Auf einem Weg entdeckte sie zwei Reiter, beides, wie sie selbst aus dieser Entfernung erkannte, Frauen. Eine der beiden hatte sichtlich Mühe mit ihrem Pferd, das einen ungebärdigen Eindruck machte. Möglicherweise scheute es auch nur wegen der beiden Jugendlichen, die gerade auf Rollerblades vorübergeflitzt kamen.

Amelia sah sich noch ein letztes Mal in der Wohnung um und überließ es dann dem Leiter der taktischen Einheit, die Sache zum Abschluss zu bringen. Sie machte sich auf den Weg ins Büro, um Reilly ihren enttäuschenden Bericht zu erstatten.

Reilly hatte eine Reihe diskreter Besuche in Moscheen und an anderen Treffpunkten der Muslime der Stadt veranlasst. Nach kurzer Abstimmung mit Jansson über das genaue Vorgehen bei diesem Strang der Ermittlungen hatte Reilly entschieden, dass einfache Visiten ausreichten. Besuche durch jeweils zwei Polizisten oder FBI-Beamte, von denen einer möglichst Moslem war. Nichts sollte auch nur entfernt an eine Razzia erinnern. Schließlich strebten sie eine Zusammenarbeit an, und diese Zusammenarbeit wurde ihnen auch in den meisten Fällen gewährt.

Die Computer in den FBI-Büros im Federal Plaza hatten pausenlos Daten ausgespuckt, zusätzlich zu der stetig anschwellenden Flut von Informationen von der New Yorker Polizei, der Einwanderungsbehörde und dem Ministerium für Heimatschutz. Nach dem Anschlag in Oklahoma City angelegte Datenbestände enthielten die Namen amerikanischer Extremisten, während in den Beständen, die nach dem 11. September angelegt wurden, Muslime aus aller Herren Länder gespeichert waren. Die meisten davon, das wusste Reilly, standen nicht auf diesen Listen, weil sie von den Behörden terroristischer oder krimineller Handlungen oder Neigungen verdächtigt wurden, sondern einzig und allein wegen ihrer Religionszugehörigkeit. Ihm war nicht wohl dabei; noch dazu verursachte es haufenweise unnötige Arbeit, die wenigen möglicherweise tatsächlich Verdächtigen aus der Unzahl Unschuldiger herauszusieben, deren einziges Vergehen in ihrem Glauben bestand.

Er tippte nach wie vor eher auf einheimische Täter, aber etwas Entscheidendes fehlte: der spezifische Groll, der Anlass, der eine Gruppe schwer bewaffneter Fanatiker gegen die römisch-katholische Kirche aufgebracht haben könnte. Auf der Suche nach entsprechenden Hinweisen, Manifesten und Websites durchkämmte gerade ein Team von Beamten das Internet.

Er ließ einen Blick durch das Großraumbüro wandern, betrachtete kurz das geordnete Chaos der telefonierenden und am Computer beschäftigten Beamten und ging dann zu seinem Schreibtisch. Kaum hatte er dort Platz genommen, sah er auch schon Amelia Gaines, die zielstrebig auf ihn zueilte.

«Haben Sie kurz Zeit?»

Für Amelia Gaines hatte man immer Zeit. «Was gibt's?»

«Haben Sie gehört, die Wohnung, die wir heute Morgen gestürmt haben?»

«Ja, schon gehört», erwiderte er düster. «Immerhin, das hat uns ein paar Pluspunkte bei der DEA eingetragen, und das kann ja nie schaden.»

Amelia zuckte nur ungeduldig die Achseln. «Als ich da war, habe ich aus dem Fenster nach unten geschaut, in den Park. Zwei Reiterinnen waren gerade unterwegs. Die eine hatte sichtlich Schwierigkeiten mit ihrem Pferd, und da bin ich ins Grübeln geraten.»

Reilly schob ihr einen Stuhl hin, und sie setzte sich. Amelia stellte eine erfreuliche Abwechslung in der Männerwelt des FBI dar, wo der Frauenanteil unter den neu Eingestellten erst kürzlich die schwindelnde Höhe von zehn Prozent erklommen hatte. So händeringend man sich beim FBI auch um mehr weibliche Bewerber bemühte – es gab nur wenige, die unterschrieben. Erst eine einzige Agentin hatte bisher den Rang eines leitenden Special Agent erklommen, was ihr intern den spöttischen Beinamen «Bienenkönigin» eingetragen hatte.

In den letzten Monaten hatte Reilly viel mit Amelia zusammengearbeitet. Gerade wenn es um Verdächtige aus dem Nahen Osten ging, erwies Amelia sich als nützlich, denn mit ihren roten Haaren und der sommersprossigen Haut stand sie bei diesem Personenkreis hoch im Kurs; ein geschickt eingestreutes Lächeln von ihr, ein wenig entblößte Haut zeitigten nicht selten bessere Ergebnisse als wochenlange Überwachung. Obwohl die meisten männlichen Kollegen keinen Hehl daraus machten, wie attraktiv sie Amelia fanden, war sie noch nie irgendwie belästigt worden; in der Rolle eines Opfers war sie allerdings auch schwer vorstellbar. Als Spross einer

Soldatenfamilie war sie mit vier Brüdern aufgewachsen, sie hatte schon mit sechzehn den Schwarzen Gürtel in Karate gehabt und war noch dazu eine erstklassige Schützin. Kurzum, sie war so ziemlich jeder Situation mehr als gewachsen.

Einmal, vor etwa einem Jahr, waren sie zusammen einen Kaffee trinken gegangen, und Reilly war drauf und dran gewesen, sie zum Abendessen einzuladen. Am Ende hatte er es lieber bleiben lassen, schließlich bestand durchaus die Möglichkeit, zumindest rechnete er sich Chancen aus, dass es bei einem Abendessen nicht bleiben würde. Beziehungen unter Kollegen waren niemals einfach; beim FBI, das wusste er, waren sie von vornherein zum Scheitern verurteilt.

«Ich höre», sagte er jetzt zu ihr.

«Diese Reiter im Museum. Wenn man sich die Videos anschaut, sieht man sofort, dass sie ihre Pferde sehr gut im Griff hatten. Als sie die Treppe hochgeritten sind, zum Beispiel. Für Stuntmen in Hollywood ein Kinderspiel, aber in Wirklichkeit ist das ziemlich schwierig.»

Ihrem Tonfall nach zu urteilen, wusste sie, wovon sie redete; außerdem klang sie beunruhigt.

Amelia bemerkte seinen Blick und lächelte knapp. «Ich kann reiten», bestätigte sie.

Keine Frage, sie war hier womöglich auf eine heiße Spur gestoßen. Die Sache mit den Pferden war Reilly schon am Abend des Überfalls beim Gedanken an die berittenen Polizeipatrouillen im Bezirk Central Park durch den Kopf gegangen. Aber er hatte diesen Gedanken dann nicht weiterverfolgt. Zu ärgerlich, sonst hätten sie vielleicht schon viel eher etwas herausfinden können.

«Wollen Sie mal einen näheren Blick auf vorbestrafte Stuntmen werfen?»

«Wäre ein Anfang. Aber mich interessieren nicht nur die Reiter, sondern auch die Pferde selbst.» Amelia rückte ein wenig näher. «Den Videos ist deutlich zu entnehmen, was für ein Geschrei und Gebrüll im Museum geherrscht haben, nicht zu vergessen die Schießerei. Und trotzdem sind diese Pferde nicht in Panik geraten.»

Amelia hielt inne, als schreckte sie davor zurück, ihren nächsten Gedanken zu äußern.

Reilly nahm ihr die unerfreuliche Schlussfolgerung ab. «Polizeipferde.»

«Ganz genau.»

Verflucht. Das behagte ihm ebenso wenig wie ihr.

«Kümmern Sie sich darum», sagte er. «Aber immer schön sachte.»

Bevor sie etwas erwidern konnte, kam Aparo aufgeregt hereingestürzt.

«Steve hat gerade angerufen. Wir haben etwas. Scheint was Handfestes zu sein diesmal.»

KAPITEL 15

Als Gus Waldron in die 22nd Street einbog, beschlich ihn auf einmal ein mulmiges Gefühl. Sicher, nervös war er schon seit dem Samstagabend, aber das hier war etwas anderes, das spürte er sofort. Er war es gewohnt, seinem Instinkt zu vertrauen, beim Pferderennen etwa – mit den bekannt katastrophalen Ergebnissen. Davon abgesehen aber hatte es sich für ihn schon oft ausgezahlt, auf seine inneren Signale zu hören.

Jetzt sah er, dass es einen Grund für seine Unruhe gab. Ein schlichtes, unauffälliges Auto. Zu schlicht, zu unauffällig. Darin zwei Männer, den Blick gewissenhaft auf nichts Bestimmtes gerichtet. Bullen. Was denn sonst?

Ruhig ging er weiter und blieb schließlich vor einem Schaufenster stehen. Ein weiteres, ebenso unauffälliges Auto, direkt an der Straßenecke postiert, spiegelte sich im Fensterglas. Er wagte einen hastigen Blick über die Schulter. Auch in diesem Wagen befanden sich zwei Männer.

Er saß in der Falle.

Lucien. Spontan ließ er eine Reihe grausiger Möglichkeiten Revue passieren, wie er das Leben der miesen französischen Drecksau beenden würde.

Am Antiquitätengeschäft angekommen, machte er einen Satz auf die Tür zu, huschte blitzschnell hinein und war mit wenigen Schritten bei Lucien angelangt, der sichtlich erschrocken von seinem Stuhl aufsprang. Gus beförderte das Tischchen mit einem Tritt beiseite, wobei die hässliche große Uhr und ein Behälter mit Reinigungsmittel zu Boden polterten, und verpasste Lucien eine solche Ohrfeige, dass der schmächtige Franzose zu Boden ging.

«Du hast mich bei den Bullen verpfiffen, stimmt's?»

«Nein, *Göss* –»

Gus holte gerade zum nächsten Schlag aus, als er sah, wie Lucien den Kopf umwandte und mit weit aufgerissenen Augen in den hinteren Teil des Ladens starrte. Dahinten lauerten also auch Bullen – dann fiel Gus ein scharfer Geruch auf, wie nach Benzin. Aus dem Behälter, der vom Tisch gefallen war, rann Flüssigkeit auf den Boden.

Gus schnappte sich den Behälter, riss Lucien vom Boden hoch und stieß ihn vor sich auf die Ladentür zu, wo er ihm von hinten einen Tritt in die Kniekehlen verpasste. Wieder stürzte der schmächtige Hehler zu Boden. Gus stellte einen Fuß auf ihm ab und begann, den Behälter über Luciens Kopf auszuleeren.

«Du hättest mich besser nicht reinlegen sollen, du miese Ratte», brüllte er, während er den Behälter ganz über ihm ausleerte.

«Bitte, nein!», stammelte der Franzose verzweifelt und blinzelte heftig, da ihm die Flüssigkeit in den Augen brannte. Viel zu schnell, als dass der völlig verängstigte Mann hätte Widerstand leisten können, zerrte Gus Lucien am Schlafittchen hoch, riss die Ladentür auf, zog ein Feuerzeug aus der Tasche, steckte das Benzin in Brand und beförderte den Ladeninhaber mit einem Tritt auf die Straße hinaus.

Blaue und gelbe Stichflammen loderten um Luciens Kopf

und Schultern hoch, als er vor Schmerz brüllend über den Gehsteig taumelte. Passanten schrien bei seinem Anblick entsetzt auf, Autofahrer begannen wild zu hupen. Gus trat dicht hinter ihm aus dem Laden, sah sich nach allen Seiten um und behielt wachsam die vier Männer im Auge, die jetzt, zwei an jedem Ende der Straße, bewaffnet aus ihren Autos gestürzt kamen. Ihre Aufmerksamkeit galt dem brennenden Mann, nicht ihm.

Und genau darauf hatte er spekuliert.

Als Reilly sah, wie der Mann blitzschnell in das Geschäft huschte, wusste er, dass sie nicht unentdeckt geblieben waren. In das in seinem Ärmel verborgene Mikro brüllte er: «Er hat uns gesehen. Sofort losschlagen, ich wiederhole, sofort losschlagen!» Dann schob er rasch ein Magazin in seinen Browning Hi-Power und stieg hastig aus dem Wagen aus, während Aparo auf der Beifahrerseite hinaussprang.

Reilly befand sich noch hinter der Autotür, als er einen Mann aus dem Laden taumeln sah. Er glaubte seinen Augen nicht zu trauen. Der Kopf des Mannes schien in Flammen zu stehen.

Gus hielt sich dicht hinter Lucien, der lichterloh brennend über die Straße wankte. Die Bullen würden es nicht wagen, auf ihn zu schießen.

Das hoffte er zumindest.

Um sie sich vom Leib zu halten, gab er vorsorglich in beide Richtungen Schüsse ab. Die Beretta war für so einen Zweck zwar denkbar ungeeignet, aber die vier Männer gingen trotzdem sofort in Deckung.

Windschutzscheiben gingen klirrend zu Bruch, panische

Schreie gellten durch die Straße, und die Gehsteige waren im Nu wie leer gefegt.

Reilly sah gerade noch rechtzeitig, wie der Kerl seine Pistole hob, und duckte sich hinter die Autotür. Laut hallten die Schüsse durch die Straße. Zwei Kugeln trafen eine Backsteinmauer hinter Reilly, während eine dritte, Glas und Chrom zersplitternd, den linken Scheinwerfer seines Chryslers zerschlug. Reilly spähte nach rechts und entdeckte vier Passanten, die, vor Angst schlotternd, hinter einem geparkten Mercedes kauerten. Einer von ihnen sah in seine Richtung. Reilly wedelte heftig mit einer Hand auf und ab und schrie: «Runter! Nicht bewegen!» Der Mann, schreckensbleich, nickte nur benommen und duckte sich wieder.

Reilly drehte sich wieder um, lehnte sich vor und zielte mit seiner Pistole, aber der Mann, der ihm als «Gus» bekannt war, hielt sich direkt hinter dem Ladeninhaber, so dicht, dass Reilly keine freie Schussbahn hatte. Schlimmer noch, er konnte dem armen Menschen nicht helfen, der jetzt auf die Knie gestürzt war und vor Qual entsetzliche Laute ausstieß, die durch die menschenleere Straße hallten.

Genau da entfernte Gus sich ein paar Schritte weg von dem brennenden Mann und feuerte auf die anderen Agenten. Die Zeit schien stillzustehen, als Reilly die sich bietende Gelegenheit erkannte und sofort ergriff. Mit angehaltenem Atem richtete er sich hinter der Wagentür auf, reckte die Arme vor, mit beiden Händen seine Pistole umklammernd, visierte im Bruchteil einer Sekunde sein Ziel an und betätigte mit einer geschmeidigen, ruhigen, immer kräftiger werdenden Bewegung den Abzug. Die Kugel schnellte aus dem Lauf des Browning. Blut spritzte aus Gus' Oberschenkel.

Reilly gab sich einen Ruck und rannte auf den brennenden Mann zu. Ausgerechnet in dem Augenblick bog ein Lieferwagen in die Straße ein, der es Gus ermöglichte, die beherzten Pläne des Agenten zu durchkreuzen.

Lucien wälzte sich am Boden und schlug wild mit den Armen um sich, in dem verzweifelten Versuch, die Flammen zu ersticken. Gus war klar, dass er jetzt abhauen musste, als ihn ein Schuss im linken Oberschenkel traf, der ihn zur Seite taumeln ließ. Er befühlte die Wunde kurz, und als er die Hand wieder hob, war sie voller Blut.

Verdammte Scheiße. Die Bullen hatten ihn erwischt.

Da sah er den Lieferwagen, den er, auf die Bullen in beiden Richtungen feuernd, als Deckung benutzte, um sich davonzumachen. Er humpelte um die Ecke, und diesmal hatte er Glück. Ein Taxi hatte angehalten, der Fahrgast, ein japanischer Geschäftsmann in hellem Anzug, stieg gerade aus. Gus stieß den Mann grob beiseite, riss die Wagentür auf und zerrte den Fahrer vom Sitz auf die Straße. Hastig zwängte er sich hinters Steuer, legte den Gang ein und spürte dann, wie ihn etwas seitlich am Kopf traf. Es war der Fahrer, der nicht bereit war, sein Taxi kampflos aufzugeben, und in einem unverständlichen Kauderwelsch loskreischte. *Dummer Hund.* Gus schob den Lauf der Beretta zum Fenster hinaus, krümmte den Finger am Abzug und schoss dem Schreihals mitten in die zorngerötete Visage. Dann gab er Gas und raste davon.

KAPITEL 16

Reilly steuerte den schwarzen Chrysler mit Vollgas den Bordstein hoch, über den Gehsteig und an dem Lieferwagen vorbei. Kurz streifte sein Blick die Menschentraube, die sich über den toten Taxifahrer beugte.

Aparo hielt derweil über Funk Kontakt zu Buchinski, der jetzt Verstärkung und Straßensperren organisierte. Zu dumm, dass die Sache so hastig angegangen worden war. Sie hätten die Straße doch komplett abriegeln sollen, trotz Buchinskis Einwänden. Der massige Kerl, hatte er gewarnt, könnte Verdacht schöpfen, wenn die sonst belebte Straße unnatürlich ruhig war, und sofort wieder verschwinden. Reilly dachte an die brennende Gestalt, die er aus dem Laden hatte taumeln sehen, an den mit einem Kopfschuss hingerichteten Taxifahrer. Vielleicht wäre es besser gewesen, wenn sie nur den Verdächtigen in die Flucht geschlagen hätten.

Er schaute in den Rückspiegel, um zu sehen, ob Buchinski ihnen folgte.

Nein. Sie waren allein.

«Pass doch auf!»

Aufgeschreckt durch Aparos Warnruf, steuerte Reilly, jetzt wieder voll konzentriert, den Chrysler rasant durch einen wahren Hindernisparcours von PKWs und Lastern, die zornig dem Taxi hinterherhupten, das an ihnen vorbeigerast war. Jetzt bog das Taxi halsbrecherisch in eine Seitenstraße ab. Reilly folgte ihm durch Wolken aufgewirbelter Abfälle und versuchte vergebens, sich zu orientieren.

«Wo zum Teufel sind wir?», schrie Reilly.

«Unterwegs zum Fluss.»

Das war ja äußerst hilfreich.

Am Ende der Seitenstraße bog das Taxi mit quietschenden Reifen nach rechts ab. Reilly folgte ihm.

Autos donnerten vorbei, scheinbar in alle Richtungen unterwegs. Von dem Taxi fehlte jede Spur.

Es war verschwunden.

Reilly schaute hastig nach links und rechts und musste gleichzeitig aufpassen, in dem dichten Verkehr nicht mit anderen Fahrzeugen zu kollidieren.

«Da», schrie Aparo und zeigte nach vorn.

Nach einem kurzen Blick zog Reilly die Handbremse und bog rasant, mit kreischenden Reifen links ab in eine weitere Seitenstraße. Vor ihnen war das Taxi. Die Straße war schmal, und während sie mit Vollgas hindurchbretterten, streiften sie immer wieder Mülltonnen, die an ihrem Fahrzeug Funken schlugen.

Die nächste Straße, in die sie gelangten, war völlig zugeparkt. Metall krachte laut gegen Metall, denn das Taxi kollidierte immer wieder mit parkenden Fahrzeugen, riss Stoßstangen und Radkappen ab und kam deshalb deutlich langsamer vorwärts.

Dann ging es wieder rechts ab, und diesmal sah Reilly Schilder, die den Lincoln Tunnel ankündigten. Vor allem aber näherten sie sich unaufhaltsam dem Taxi. Aus dem Augenwinkel sah er, dass Aparo seine Pistole auf den Knien bereithielt.

«Riskier's lieber nicht», sagte Reilly. «Am Ende hast du Glück und triffst ihn.»

Das Taxi auf dieser dicht befahrenen Straße bei so einem Tempo verunglücken zu lassen könnte katastrophale Folgen haben.

Dann bog das Taxi wieder ab, ohne Rücksicht auf die Fußgänger, die an der Ecke gerade einen Zebrastreifen überquerten und sich nur mit knapper Not retten konnten.

Reilly sah, wie etwas aus dem Fahrerfenster des Taxis geschoben wurde. Eine Pistole? Ausgeschlossen. Nur ein Idiot würde beim Fahren gleichzeitig noch schießen. Ein Idiot oder ein Psychopath.

«Festhalten!», brüllte Reilly.

Er riss, während vorne der Schuss ertönte, das Steuer herum, dass der Chrysler einen weiten Schwenk machte, und raste, eine mächtige Staubwolke aufwirbelnd, quer durch einen Maschendrahtzaun mitten in eine Baulücke.

Sekunden später steuerte er den Chrysler auf die Straße zurück und nahm die Verfolgung des Taxis wieder auf. Soweit Reilly sehen konnte, war der Arm des Fahrers mit der Waffe aus dem Fenster verschwunden.

Aparo brüllte: «Pass auf!»

Eine Frau mit einem schwarzen Terrier an der Leine strauchelte und stolperte in einen Getränkeauslieferer, dessen auf einer Karre aufgestapelte Bierkästen prompt auf die Straße polterten, genau vor ihren Wagen. Reilly riss das Steuer herum und konnte den beiden mit Müh und Not ausweichen, aber nicht den Kästen, von denen einer hochgewirbelt wurde, über die Kühlerhaube flog und in die Windschutzscheibe krachte. Ohne zu zerplatzen, war sie sofort von einem dichten Netz feiner Risse überzogen.

111

«Ich kann nichts sehen!», brüllte Reilly. Aparo hämmerte mit seinem Pistolengriff gegen die Scheibe, die beim dritten Schlag endlich nachgab, hochklappte und über das Auto hinweg davonsegelte, bis sie schließlich auf dem Dach eines parkenden Autos landete.

Reilly, der wegen des Fahrtwinds die Augen zusammenkneifen musste, entdeckte jetzt ein Stück weiter ein «Durchfahrt verboten»-Schild, hinter dem die Straße sich abrupt verengte. Würde der Kerl das riskieren? Beim ersten Hindernis wäre er geliefert. Etwa fünfzig Meter vor dem Schild sah Reilly eine Abzweigung nach rechts. Hier würde das Taxi bestimmt einbiegen. Er holte das Letzte aus dem Wagen heraus, um den anderen Fahrer so zu bedrängen, dass es ihn aus der Kurve trug. Der Chrysler raste unaufhaltsam an das Taxi heran.

Beinahe wäre sein Plan aufgegangen. Das Taxi bog mit einem solchen Höllentempo nach rechts ab, dass das Heck weit nach links ausschwenkte und mit fliegenden Reifen gegen eine Hausecke krachte.

Reilly bog ebenfalls in die Straße ab. «Ach du Scheiße», brummte Aparo beim Anblick eines Jugendlichen, der auf seinem Skateboard ein Stück vor dem Taxi quer über die Straße rollte. Der Junge trug Kopfhörer und bekam von dem drohenden Unheil überhaupt nichts mit.

Reilly drosselte automatisch das Tempo. Das Taxi jedoch raste unverändert schnell direkt auf den Jungen zu.

Der fährt den um. Der fährt den einfach um.

Reilly hupte wild, in der verzweifelten Hoffnung, der Skateboarder würde den falschen Ton aus seiner Musik heraushören. Das Taxi raste unaufhaltsam näher. Endlich warf der Junge einen beiläufigen Blick nach links, bemerkte das

112

Taxi wenige Meter vor sich und konnte sich gerade noch mit einem Hechtsprung retten. Sein Skateboard wurde unter den Rädern des vorbeirasenden Wagens zermalmt.

Als sie an dem geschockten Jungen vorbeikamen, fiel Reilly auf, dass die Straße vor ihnen relativ ruhig war. Keine Fahrzeuge in Sicht, keine Fußgänger. Falls er irgendein Manöver versuchen wollte, dann war der Moment günstig. Ehe die Sache völlig aus dem Ruder lief.

Wieder gab er Vollgas und schloss zu dem Taxi auf, von dessen linkem Hinterrad Qualm aufstieg. Offenbar war die Karosserie bei der Kollision mit der Hausecke gegen den Reifen gedrückt worden.

«Was hast du vor?», fragte Aparo atemlos, als sie sich unmittelbar hinter dem Taxi befanden.

Reilly rammte den Chrysler voll gegen den anderen Wagen. Bei dem Aufprall spürte er einen heftigen Ruck in Nacken und Schultern.

Peng. Einmal.

Zweimal.

Er ließ sich zurückfallen, trat erneut das Gaspedal durch und rammte ihn ein drittes Mal.

Diesmal hatte er Erfolg. Das Taxi geriet heillos ins Schlingern, rumpelte den Bordstein hoch, kippte auf die Seite und schlitterte krachend in ein Schaufenster. Reilly stoppte den Chrysler mit quietschenden Bremsen und warf einen Blick hinüber. Das Heck des auf der Seite liegenden Taxis ragte aus dem Schaufenster. Es handelte sich um ein Musikgeschäft.

Endlich kam der Chrysler zum Stehen, und Reilly und Aparo sprangen heraus. Aparo hielt seine Waffe bereits im Anschlag, und auch Reilly wollte seine gerade ziehen, als ihm klar wurde, dass er sie nicht benötigen würde.

Der Fahrer war durch die Frontscheibe geschleudert worden und lag mit dem Gesicht nach unten in einem Haufen Glasscherben, inmitten von verbogenen und beschädigten Musikinstrumenten. Einzelne Notenblätter segelten still durch die Luft und landeten auf seinem reglosen Körper.

Behutsam schob Reilly eine Schuhspitze unter den Körper des Fahrers und drehte ihn auf den Rücken. Er war zwar bewusstlos, sein Gesicht über und über mit blutenden Schnittwunden bedeckt, aber er atmete. Beim Umdrehen kippten die Arme des Mannes zur Seite, und eine Pistole glitt ihm aus der Hand. Als Reilly sie mit dem Fuß beiseite stieß, fiel ihm etwas anderes in die Augen.

Unter dem Mantel des Mannes ragte ein mit Edelsteinen besetztes Kreuz aus Gold hervor.

KAPITEL 17

Nur wenige Nachrichten erwarteten Tess, als sie ihr Büro im Manoukian Archaeological Institute an der Lexington und 79th Street betrat. Die Hälfte stammte, wie konnte es anders sein, von ihrem Exmann; die anderen waren, ebenso wenig überraschend, von Leo Guiragossian, dem Leiter des Manoukian Institute. Guiragossian machte kein Geheimnis daraus, dass er Tess nur duldete, weil es sich bei der Beschaffung von Sponsorengeldern auszahlte, die Tochter des berühmten Oliver Chaykin am Institut zu beschäftigen. Sowenig sie den kahlköpfigen Widerling ausstehen konnte, sie war auf den Job angewiesen, und da angesichts der angespannten Haushaltslage des Instituts Gerüchte von bevorstehenden Entlassungen die Runde machten, musste sie wohl oder übel nett zu ihm sein.

Sie beförderte die Zettel mit den Gesprächsnotizen kurzerhand in den Papierkorb, ohne auf Lizzie Harding zu achten, die nur stumm die Augen verdrehte. Lizzie war die herzensgute, mütterliche Sekretärin, die sie sich mit drei anderen Forschern teilte. Was Leo und Doug von ihr wollten, konnte sie sich mühelos vorstellen: einen detaillierten Augenzeugenbericht von den Ereignissen am Samstagabend. Doch während ihr Chef vermutlich nur auf Sensationen aus war, verfolgte Doug ausschließlich eigennützige Ziele, und das wurmte sie mächtig.

Tess hatte auf ihrem Schreibtisch Computer und Telefon so aufgestellt, dass sie mit einer leichten Kopfdrehung in den gepflasterten Garten im Innenhof des schönen alten Backsteingebäudes blicken konnte. Der Begründer des Instituts, ein armenischer Reedereimagnat, hatte das Haus, Jahre vor ihrer Zeit, liebevoll restaurieren lassen. Den Mittelpunkt des Gartens bildete eine riesige Trauerweide, deren elegant herabhängende Zweige eine Bank beschirmten. Im Augenblick tummelten sich dort allerdings Tauben und Spatzen.

Tess wandte sich wieder ihrem Schreibtisch zu und suchte die Telefonnummern heraus, die Clive Edmondson ihr gegeben hatte. Unter der ersten Nummer erreichte sie nur Jeb Simmons' Anrufbeantworter. Sie legte auf und versuchte die andere Nummer. Simmons' Sekretärin an der historischen Fakultät der Brown University teilte ihr mit, er sei für drei Monate bei Ausgrabungen in der Negev-Wüste, könne aber in wichtigen Ausnahmefällen erreicht werden. Tess antwortete, sie würde sich wieder melden, und legte auf.

Tess dachte an ihr Gespräch mit Edmondson zurück und beschloss, etwas anderes zu versuchen. Sie suchte eine Nummer aus der Online-Ausgabe der Gelben Seiten heraus, klickte auf das Symbol für «Wählen» und landete in der Telefonzentrale der Columbia University.

«Professor William Vance, bitte», sagte sie zu der piepsigen Stimme, die sich meldete.

«Augenblick bitte.» Nach einer kurzen Pause erklärte die Frau: «Tut mir Leid, jemanden dieses Namens finde ich nicht auf meiner Liste.»

Damit hatte Tess schon gerechnet. «Könnten Sie mich dann mit der historischen Fakultät verbinden?» Es klickte

116

und summte kurz, dann meldete sich eine andere Frau, die anscheinend wusste, wen Tess meinte.

«Natürlich erinnere ich mich an Bill Vance. Er hat uns vor … oh, fünf oder sechs Jahren verlassen.»

Tess bekam Herzklopfen vor Aufregung. «Wissen Sie, wo ich ihn erreichen kann?»

«Leider nein, ich glaube, er ist in den Ruhestand gegangen. Tut mir Leid.»

Tess gab sich noch nicht geschlagen. «Könnten Sie mir einen Gefallen tun?», beharrte sie. «Ich muss wirklich dringend mit ihm sprechen. Ich arbeite beim Manoukian Institute, wir haben uns vor Jahren bei einer Ausgrabung kennen gelernt. Wären Sie so freundlich, sich bei seinen Kollegen in der Fakultät umzuhören, ob von denen vielleicht einer weiß, wie er zu erreichen ist?»

Die Frau erklärte sich gern dazu bereit. Tess nannte ihren Namen und ihre Telefonnummern, bedankte sich und legte auf. Sie dachte kurz nach, wandte sich dann wieder ihrem Computer zu und suchte im Online-Telefonverzeichnis nach William Vance. Sie fing mit dem Großraum New York an, wurde aber nicht fündig. Das war einer der Nachteile der grassierenden Handy-Manie, Mobilnummern waren meist nicht registriert. Sie probierte es in Connecticut, wieder erfolglos. Sie weitete ihre Suche auf das gesamte Land aus, mit dem Ergebnis, dass sie diesmal viel zu viele Einträge unter diesem Namen fand. Darauf gab sie seinen Namen in ihre Suchmaschine ein und erhielt Hunderte Treffer. Bei einer raschen Prüfung fand sie allerdings nirgends einen Hinweis auf seinen derzeitigen Verbleib.

Sie lehnte sich zurück und dachte nach. Draußen im Garten waren die Tauben verschwunden, dafür zankten sich jetzt doppelt so viele Spatzen miteinander. Sie drehte sich auf ihrem Stuhl und ließ den Blick über ihr Bücherregal wandern. Dabei kam ihr ein Einfall. Sie wählte erneut die Nummer der Columbia University und bat diesmal darum, mit der Bibliothek verbunden zu werden. Ein Mann meldete sich, sie stellte sich vor und erklärte, sie sei interessiert an sämtlichen Aufsätzen oder Veröffentlichungen von William Vance im Bestand der Bibliothek. Sie buchstabierte dem Bibliothekar den Namen und betonte, ihr besonderes Interesse gelte seinen Arbeiten zum Thema Kreuzzüge, denn sie vermutete, dass Vance wahrscheinlich nichts speziell über die Templer geschrieben hatte.

«Klar, Augenblick bitte.» Nach einer kurzen Unterbrechung meldete der Bibliothekar sich wieder. «Ich habe gerade alles aufgerufen, was wir von William Vance dahaben.» Er las die Titel von Aufsätzen und Artikeln aus der Feder von William Vance vor, die möglicherweise ihren Erwartungen entsprachen.

«Besteht die Möglichkeit, dass Sie mir Kopien davon zuschicken?»

«Sicher. Die müssen wir Ihnen allerdings in Rechnung stellen.»

Tess nannte ihre Büroadresse und betonte mit Nachdruck, dass die Rechnung an sie persönlich gestellt werden sollte. Derzeit war es nicht ratsam, die Hüter des Institutsetats unnötig zu verärgern. Als sie auflegte, fühlte sie sich seltsam euphorisch. Das erinnerte sie an ihre Zeit als Ausgräberin und an die Aufregung, vor allem zu Beginn einer Ausgrabung, wenn alles möglich schien.

Aber das hier war keine Ausgrabung.

Was fällt dir ein? Du bist Archäologin. Spiel nicht die Amateurdetekti-

vin. *Ruf das FBI an, erzähl ihnen von deinen Vermutungen und überlass dann alles Weitere denen.* Tess überlegte. Beim FBI würde man sie vermutlich nur auslachen. Aber trotzdem. Hatten Detektive und Archäologen nicht auch einiges gemeinsam? In beiden Metiers ging es schließlich darum, der Vergangenheit auf die Spur zu kommen. Wobei natürlich eine Vergangenheit, die gerade zwei Tage zurücklag, für Archäologen normalerweise nicht von Interesse war.

Aber was spielte das für eine Rolle.

Sie kam nicht dagegen an. Das Ganze faszinierte sie einfach zu sehr, schließlich hatte sie den Überfall ja miterlebt und sogar eine wichtige Beobachtung gemacht. Vor allem aber konnte sie ein wenig Aufregung in ihrem Leben wirklich dringend gebrauchen. Sie wandte sich wieder ihrem Computer zu, um weitere Recherchen über die Tempelritter anzustellen. Als sie den Blick hob, sah sie, dass Lizzie, die Sekretärin, sie komisch anschaute. Tess lächelte ihr zu. Sie hatte Lizzie gern und redete mit ihr ab und zu auch über Privatangelegenheiten. Aber nachdem sie schon Edmondson eingeweiht hatte, würde sie so bald niemand anderen ins Vertrauen ziehen. Nicht in dieser Angelegenheit.

Niemanden.

KAPITEL 18

Reilly und Aparo waren dem Krankenwagen gefolgt, der Gus Waldron mit Blaulicht über den Roosevelt Drive ins New York Presbyterian Hospital brachte. Beide hatten die Verfolgungsjagd unverletzt überstanden, abgesehen von einigen Gurtquetschungen und kleineren Wunden durch umherfliegende Splitter der Windschutzscheibe. Nachdem Waldron in den OP gebracht worden war, bestand eine grantige schwarze Krankenschwester gleichwohl darauf, sie zu verarzten. Am Ende willigten sie ein. Die Schwester säuberte und verband ihnen ihre Schnittwunden, wesentlich unsanfter allerdings, als ihnen lieb gewesen wäre, dann durften sie gehen.

Nach Aussage der Ärzte in der Notaufnahme würde es einige Tage dauern, vielleicht sogar länger, bis ihr Mann wieder ansprechbar war. Er hatte zahlreiche Verletzungen erlitten. Ihnen blieb nichts übrig, als zu warten und zu hoffen, dass die Agenten und Kriminalpolizisten, die jetzt das Leben des verletzten Kriminellen durchstöberten, herausfanden, wo er sich seit dem Überfall auf das Museum versteckt hatte.

Aparo erklärte Reilly, er würde für heute Schluss machen und heimfahren zu seiner Frau, der es mit Mitte vierzig gelungen war, nach zwei Kindern ein drittes Mal schwanger zu werden. Reilly beschloss, noch im Krankenhaus zu bleiben und das Ende von Waldrons Operation abzuwarten, bevor er nach Hause fuhr. Die Geschehnisse des Tages hatten ihn zwar körperlich und seelisch ausgelaugt, aber er hatte es selten eilig, in die Einsamkeit seiner Wohnung zurückzukehren. Manchmal kam es ihn hart an, in einer so von Leben pulsierenden Stadt allein zu leben.

Reilly ging los, um sich irgendwo im Krankenhaus einen Kaffee zu besorgen. Er stieg in einen Aufzug, wo ihn ein bekanntes Gesicht empfing. Keine Frage, diese grünen Augen waren unverwechselbar. Die Frau nickte ihm kurz freundlich zu und wandte sich dann ab. Offenbar war sie mit irgendetwas beschäftigt, also sah er diskret fort und betrachtete die Aufzugtüren, die sich jetzt schlossen.

Ihre körperliche Nähe in der kleinen Aufzugkabine brachte Reilly, wie er verblüfft feststellte, ein wenig aus dem Konzept. Während der Aufzug leise summend nach unten fuhr, schaute er hinüber, und sie nickte ihm wieder zu. Er wagte ein zaghaftes Lächeln und war überrascht, dass sie ihn offenbar wieder erkannte.

«Sie waren auch dort, stimmt's? Im Museum, neulich am Abend, als …», fing sie an.

«Ja, mehr oder weniger. Ich bin später hingekommen.» Nach kurzer Überlegung fügte er hinzu: «Ich arbeite fürs FBI.» Hoffentlich klang das nicht zu großspurig. Anders ließ es sich aber nun einmal nicht ausdrücken.

«Oh.»

Kurz herrschte betretenes Schweigen. Dann begannen sie beide gleichzeitig. Ihr «Wie laufen die –» stieß frontal mit seinem «Und, sind Sie –» zusammen, worauf sie beide verstummten und verlegen lächelten.

«Entschuldigung», sagte Reilly. «Was wollten Sie gerade sagen?»

«Ich wollte nur fragen, wie die Ermittlungen so laufen, aber darüber dürfen Sie ja vermutlich gar nicht sprechen.»

«Eigentlich nicht.» Das klang ein wenig überheblich, fand Reilly, deshalb setzte er hastig hinzu: «Aber sehr viel gibt es da ohnehin nicht zu erzählen. Was führt Sie hierher?»

«Ich habe gerade einen Freund besucht. Er ist an dem Abend verletzt worden.»

«Geht es ihm gut?»

«Ja, der wird schon wieder.»

Ein Signal ertönte, der Aufzug war im Erdgeschoss angekommen. Er ließ ihr beim Aussteigen den Vortritt. Schon nach wenigen Schritten aber drehte sie sich um, als sei ihr nachträglich noch etwas eingefallen.

«Ich wollte mich eigentlich nochmal bei Ihnen melden. Agentin Gaines hat mir an dem Abend ihre Karte gegeben.»

«Amelia. Wir sind Kollegen. Ich heiße Reilly. Sean Reilly.» Er streckte ihr die Hand entgegen, Tess ergriff sie und stellte sich ihrerseits vor.

«Kann ich Ihnen vielleicht auch behilflich sein?», fragte er.

«Na ja, es ist nur … sie meinte, ich solle anrufen, falls mir noch irgendwas einfiele, und, na ja, da gibt es eine Sache, die mir nicht aus dem Kopf geht. Der Freund, den ich gerade besucht habe, hat mir dabei ein wenig auf die Sprünge geholfen. Aber Sie und Ihre Kollegen beschäftigen sich bestimmt längst damit.»

«Nicht unbedingt. Und glauben Sie mir, wir sind immer dankbar für neue Hinweise. Worum geht's?»

«Um diese ganze Templer-Geschichte.»

Reilly schien nicht zu wissen, worauf sie anspielte. «Was für eine Templer-Geschichte?»

«Na ja, die Kostüme, die sie anhatten, und die Chiffrier-maschine, die sie geraubt haben. Und dieses lateinische Sprichwort, das der Reiter gemurmelt hat, als er die Ma-schine vor sich in die Luft hielt.»

Reilly schaute sie an. «Hätten Sie Zeit für eine Tasse Kaffee?»

KAPITEL 19

Das Café im Erdgeschoss des Krankenhauses war nahezu menschenleer. Als sie mit ihren Tassen an einem Tisch Platz genommen hatten, überraschte Reilly Tess mit der Frage, ob das Mädchen neulich abends im Museum ihre Tochter gewesen sei.

«Ja, allerdings», sagte sie lächelnd. «Sie heißt Kim.»

«Sie sieht Ihnen sehr ähnlich.»

Leise Enttäuschung keimte in ihr auf. Schließlich hatte sie nach dem flüchtigen ersten Blickkontakt im Museum gerade erst seine Bekanntschaft gemacht, aber spontan Vertrauen zu ihm gefasst. Vielleicht war ihr Gespür für Männer ein wenig eingerostet. Skeptisch machte sie sich auf das Kompliment gefasst, das ein Mann mit eindeutigen Absichten jetzt unvermeidlich machen musste. Sie sehen gar nicht so alt aus; ich hielt Sie für Schwestern; das Übliche eben. Aber wieder überraschte er sie: «Wo war sie, als das alles passiert ist?»

«Kim? Meine Mutter war mit ihr zur Toilette gegangen. Dort hat sie den Aufruhr von draußen mitbekommen und entschieden, sich nicht vom Fleck zu rühren.»

«Dann ist ihnen das Schlimmste also erspart geblieben.»

Tess nickte und rätselte insgeheim, warum ihn das so interessierte. «Sie haben beide nichts mitbekommen.»

«Und danach?»

«Nachdem ich sie gefunden hatte, habe ich dafür gesorgt, dass wir erst rausgegangen sind, als die Krankenwagen weg waren», erklärte sie und war sich immer noch nicht schlüssig, worauf er hinauswollte.

«Dann hat sie also nichts gesehen, keine Verwundeten oder ...»

«Nein, bloß das Chaos in der Großen Halle.»

Er nickte. «Gut. Aber sie weiß natürlich, was sich abgespielt hat.»

«Sie ist neun, Agent Reilly. Derzeit kann sie sich an der Schule vor lauter neuen Freunden kaum retten, alle wollen wissen, wie es war, dabei gewesen zu sein.»

«Kann ich mir vorstellen. Trotzdem, Sie sollten sie wirklich gut im Auge behalten. Besonders in diesem Alter kann so ein Erlebnis Spätfolgen haben, auch wenn sie selbst gar nichts mitbekommen hat. Vielleicht nur Albträume, könnte aber auch mehr sein. Geben Sie einfach gut Acht auf sie. Man kann nie wissen.»

Tess fühlte sich ganz überrumpelt von seiner Fürsorge für Kim. Sie nickte benommen. «Klar doch.»

Reilly lehnte sich zurück. «Und wie geht es Ihnen? Sie haben das Ganze doch aus nächster Nähe miterlebt.»

Tess staunte. «Woher wissen Sie das?»

«Von den Überwachungskameras. Ich habe Sie auf dem Video gesehen. Kommen Sie so weit klar?»

«Ja.» Wieder sah Tess die Reiter vor sich. Wie sie das Museum verwüsteten und wild um sich feuerten. Und den vierten Reiter, der die Chiffriermaschine an sich nahm, in ihrer unmittelbaren Nähe, sie hatte buchstäblich den Atem seines Pferdes spüren können. Den Anblick würde sie nie vergessen, und auch die Angst jener Minuten würde sie wohl kaum so bald wieder loswerden. Sie überspielte ihre Gefühle, so gut es ging. «Es war ziemlich heftig, aber … irgendwie auch so unwirklich, dass mir das Ganze mehr wie ein Traum vorkommt, wie ein Märchen, wenn ich daran denke.»

«Kein schlechter Ansatz.» Er zögerte. «Verzeihen Sie meine Neugier. Ich habe einfach Erfahrung mit solchen Erlebnissen, und damit umzugehen ist nicht immer leicht.»

Lächelnd sah sie ihn an. «Ich verstehe. Und ich weiß Ihre Anteilnahme wirklich zu schätzen.» Nebenbei fiel ihr etwas auf: Bei anderen Leuten empfand sie es häufig als Einmischung, wenn sie mit ihr über Kim reden wollten, aber nicht bei diesem Mann. Seine Sorge wirkte nicht gespielt.

«Also», sagte er. «Was hat es jetzt mit diesen Templern auf sich?»

Verblüfft neigte sie sich vor. «Soll das heißen, Sie beim FBI prüfen gar keine Templer-Connection?»

«Nicht, dass ich wüsste.»

Tess stieß enttäuscht die Luft aus. «Sehen Sie, ich wusste, dass es unwichtig ist.»

«Erzählen Sie mir einfach, was Sie denken.»

«Was wissen Sie über die Templer?»

«Nicht viel», gestand er ein.

«Tja, dann freuen Sie sich, Sie sind kein Irrer.» Sie lächelte, bereute ihre flapsige Bemerkung aber sofort, da er ihr offenbar nicht folgen konnte. «Gut. Wo fangen wir an … 1118. Der erste Kreuzzug ist vorbei, und das Heilige Land befindet sich unter christlicher Herrschaft. Balduin II. ist König von Jerusalem, die Menschen in Europa jubeln, und Scharen von Pilgern machen sich auf den Weg, um zu sehen, was eigentlich der Grund der Aufregung war. Den Pilgern war aber oft nicht bewusst, was für Gefahren ihnen unterwegs drohten. Nach der ‹Befreiung› des Heiligen Landes fanden die Kreuzritter, sie hätten ihr Gelübde erfüllt, und kehrten mit dem, was sie an Schätzen erbeutet hatten, heim nach Europa. Sie verschwendeten keinen weiteren Gedanken an den Schutz der eroberten Gebiete, die von feindseligen muslimischen Staaten umgeben waren. Die Türken und Sarazenen, die weite Teile ihrer Länder an die christlichen Armeen verloren hatten, dachten nicht daran, einfach zu vergeben und zu vergessen, und viele Pilger gelangten nie bis nach Jerusalem. Sie wurden überfallen und ausgeraubt, nicht selten sogar umgebracht. Für Reisende stellten arabische Wegelagerer eine ständige Bedrohung dar, mit anderen Worten, das ursprüngliche Ziel des Kreuzzugs war in gewisser Weise verfehlt worden.»

Tess schilderte Reilly einen besonders blutigen Vorfall aus jenem Jahr. Eine Gruppe von über dreihundert Pilgern war auf der gefährlichen Strecke zwischen der Hafenstadt Jaffa, wo die Pilgerschiffe an der Küste Palästinas landeten, und der Heiligen Stadt Jerusalem in einen Hinterhalt marodierender Sarazenen geraten und massakriert worden. Außerhalb Jerusalems trieben solche bewaffneten Banden bald gewohnheitsmäßig ihr Unwesen. Und hier nun traten die Templer erstmals auf den Plan. Neun fromme Ritter unter Führung von Hugues de Payens suchten eines Tages Balduin in seinem Palast in Jerusalem auf und boten dem König ihre ergebenen Dienste an. Sie hätten, erklärten sie, die drei Gelübde der Keuschheit, der Armut und des Gehorsams abgelegt, darüber hinaus aber noch ein viertes: das feierliche Gelübde nämlich, die Pilger auf ihrem Weg von der Küste nach Jerusalem zu beschützen. Damit tauchten die Ritter genau zur rechten Zeit auf. Der Kreuzfahrerstaat benötigte dringend ausgebildete Kämpfer.

127

Tief beeindruckt von der Hingabe der gottesfürchtigen Ritter, wies König Balduin ihnen Unterkünfte im östlichen Teil seines Palastes zu, der auf den Ruinen des von König Salomo erbauten Tempels stand. Deshalb waren sie bald als «Orden der armen Ritter Christi und des Tempels Salomos» bekannt – oder einfach als Tempelritter.

Tess neigte sich vor. «Entscheidend ist die religiöse Bedeutung der Stätte, die König Balduin dem aufstrebenden Orden überließ», erklärte sie. Salomo hatte den ersten Tempel 950 vor Christus errichtet. Sein Vater David hatte auf Geheiß Gottes mit dem Bau eines Tempels begonnen, um dort die Bundeslade zu verwahren, einen tragbaren Schrein, der die steinernen Gesetzestafeln enthielt, die Moses von Gott empfangen hatte. Mit Salomos Tod fand auch die mit seiner Herrschaft verbundene Glanzzeit ein Ende, denn aus dem Osten vordringende Völker eroberten die Länder Israel und Juda. Der Tempel selbst wurde 586 vor Christus von den Chaldäern zerstört, die anschließend die Juden nach Babylon in die Sklaverei führten. Über fünfhundert Jahre später ließ Herodes der Große den Tempel wieder errichten, um sich bei seinen jüdischen Untertanen beliebt zu machen und ihnen eindrucksvoll vor Augen zu führen, dass ihr König, obschon kein Jude im klassischen Sinn, ein frommer Anhänger seiner angenommenen Religion war. Der Bau sollte sein krönendes Vermächtnis sein: Der neue Tempel, weithin sichtbar über dem Kidrontal gelegen, war ein prachtvolles, monumentales Bauwerk, das seinen Vorgänger in jeder Hinsicht in den Schatten stellte. Zwei mächtige Türen aus reinem Gold schützten das Allerheiligste im Tempelinneren, zu dem nur der Hohepriester Zugang hatte.

Nach dem Tod des Herodes flammte der schon länger

128

schwelende jüdische Aufstand von neuem auf, und im Jahr 66 nach Christus hatten die Rebellen ganz Palästina unter ihre Kontrolle gebracht. Kaiser Vespasian sandte seinen Sohn Titus aus, um den Aufstand niederzuwerfen. Nach über sechsmonatigen erbitterten Kämpfen fiel Jerusalem 70 nach Christus schließlich in die Hände der römischen Legionen. Auf Befehl des Titus wurde die Stadt, deren Bevölkerung nach der furchtbaren Belagerung völlig aufgerieben war, dem Erdboden gleichgemacht. Und so wurde das «Bauwerk, das alle anderen vom Schauen und vom Hören berühmten Gebäude an Herrlichkeit und Größe weit übertraf», wie es der jüdische Historiker Flavius Josephus seinerzeit beschrieb, ein weiteres Mal zerstört.

Knapp hundert Jahre später brach ein zweiter jüdischer Aufstand los, der von den Römern gleichfalls erstickt wurde. Diesmal wurden alle Juden aus Jerusalem verbannt, und auf dem Tempelberg wurden Tempel zu Ehren Jupiters und des vergöttlichten Kaisers Hadrian errichtet. Sechshundert Jahre später sollte am nämlichen Ort ein weiteres Heiligtum erbaut werden: Mit dem Aufstieg des Islam ging auch die Eroberung Jerusalems durch die Araber einher, die der heiligsten Stätte des Judentums eine neue Deutung verliehen. Sie galt fortan als der Ort, von dem aus der Prophet Mohammed auf seinem Pferd gen Himmel aufgestiegen war. Und so ließ Kalif Abd El-Malik im siebten Jahrhundert an ebenjener Stelle den Felsendom errichten, bis heute eines der wichtigsten Heiligtümer des Islam. Mit einer Unterbrechung jedoch: Während der Herrschaft der Kreuzfahrer im Heiligen Land wurde der Felsendom – unter dem Namen «Templum Domini», Tempel des Herrn – in eine christliche Kirche umgewandelt, und unmittelbar neben der zum selben Gebäudekomplex gehörenden Al-Aqsa-Moschee schlugen die auf-strebenden Tempelritter ihr Hauptquartier auf.

Die Phantasie der Menschen in ganz Europa entzündete sich rasch an der heroischen Vorstellung von neun tapferen Mönchen, die sich mutig der Verteidigung wehrloser Pilger verschrieben hatten. Den Templern wurde bald eine gera-dezu schwärmerische Verehrung zuteil, und entsprechend groß war der Zulauf neuer Rekruten. Adlige aus ganz Europa ließen es nicht an Unterstützung fehlen, überhäuften den Orden mit Geldspenden und Landschenkungen. Nachhaltig gefördert wurde diese Entwicklung durch den päpstlichen Segen, der den Templern erteilt wurde, eine seltene Gunst, zumal zu einer Zeit, als der Papst von allen Königen und Nationen des Abendlandes als höchste Autorität der Chris-tenheit anerkannt wurde. Und so wuchs der Orden, lang-sam zunächst, dann immer schneller. Die Ordensritter wa-ren vorzüglich ausgebildete Kämpfer; mit ihren Erfolgen auf dem Schlachtfeld dehnten sie auch ihre übrigen Aktivitäten aus. Der Schutz der Pilger, ihre ursprüngliche Mission, trat nach und nach in den Hintergrund. Zunehmend galten sie als militärische Verteidiger des Heiligen Landes.

In nicht einmal hundert Jahren stiegen die Templer zu einer der reichsten, mächtigsten Institutionen in Europa auf, an Machtfülle nur noch übertroffen vom Papst. Sie nannten riesige Ländereien in England, Schottland, Frankreich, Spa-nien, Portugal, Deutschland und Österreich ihr Eigen. Und mit ihrem weit verzweigten Netzwerk von Ländereien und Burgen etablierten sie sich bald als die ersten international agierenden Bankiers der Welt, sie verliehen Geld an bank-rotte Monarchen in ganz Europa, hüteten die ihnen anver-trauten Vermögen von Pilgern und erfanden praktisch den bargeldlosen Geldverkehr. Als Zahlungsmittel diente in jener Zeit Gold oder Silber, dessen Wert seinem Gewicht entsprach. Statt sich mit ihrem Vermögen auf Reisen zu begeben und Gefahr zu laufen, ausgeraubt zu werden, konnten Pilger das Geld in einer beliebigen Templerburg oder einem Templerhaus in Europa hinterlegen, wo ihnen im Gegenzug eine verschlüsselte Quittung ausgehändigt wurde. Am Ziel ihrer Reise brauchten sie diesen Einzahlungsbeleg nur im örtlichen Templerhaus vorzulegen, wo er mit Hilfe der vom Orden streng gehüteten Techniken entschlüsselt wurde, und erhielten dann den entsprechenden Geldbetrag.

Tess schaute Reilly an, um zu sehen, ob er noch zuhörte. «Aus einem Grüppchen von neun edelmütigen Adligen, die sich der Verteidigung des Heiligen Landes vor den Sarazenen verschrieben hatten, wurde rasch die mächtigste, geheimnisumwobenste Organisation ihrer Zeit, die es an Reichtum und Einfluss mit dem Vatikan selbst aufnehmen konnte.»

«Und dann brach das Unheil über sie herein, nicht wahr?», fragte Reilly.

«Ja. Und wie. Im dreizehnten Jahrhundert eroberten die muslimischen Armeen das Heilige Land schließlich zurück und vertrieben die Kreuzfahrer, diesmal endgültig. Zu weiteren Kreuzzügen nach Palästina kam es nicht. Nach ihrer Niederlage in Akkon 1291 verließen die Templer das Land als Letzte. Bei ihrer Rückkehr nach Europa war ihnen ihr eigentlicher Daseinszweck abhanden gekommen. Es gab keine Pilger mehr zu geleiten, kein Heiliges Land mehr zu verteidigen. Sie hatten keine Heimat, keinen Feind und keine Aufgabe mehr. Und allzu viele Freunde hatten sie auch nicht. Ihre ungeheure Macht und ihr Reichtum waren ihnen zu

Kopf gestiegen, die armen Ritter Christi waren mittlerweile alles andere als arm, sie waren hochmütig und habgierig geworden. Und viele Monarchen, allen voran der König von Frankreich, schuldeten ihnen viel Geld.»

«Und so wurden sie zu Fall gebracht.»

«Zu Fall gebracht und ausgelöscht», bestätigte Tess. «Im wahrsten Sinne des Wortes.» Nach einem Schluck Kaffee schilderte sie Reilly, wie die Templer zunehmend ins Gerede gerieten, nicht zuletzt wegen der mysteriösen Aufnahmeriten, die von dem Orden traditionell unter strengster Geheimhaltung vollzogen wurden. Schon bald wurden sie einer langen Reihe unerhörter, schockierender Ketzereien angeklagt.

«Was geschah dann?»

«Freitag, der Dreizehnte», erwiderte Tess trocken. «Die Originalversion.»

KAPITEL 20

Paris, März 1314

Nach und nach erlangte Jacques de Molay das Bewusstsein wieder.

Wie lange war er diesmal ohne Besinnung gewesen? Eine Stunde? Zwei? Länger, davon war der Großmeister überzeugt, konnte sein Dämmerzustand unmöglich gedauert haben. Mehr als ein paar Stunden Ruhe war ein Luxus, den man ihm nie und nimmer zubilligen würde.

Die Nebel in seinem Kopf lichteten sich, und damit meldeten sich auch die Schmerzen wieder, die er, wie gewohnt, verdrängte. Der menschliche Geist war ein sonderbares, machtvolles Instrument. Nach den langen Jahren der Kerkerhaft und Folter hatte er gelernt, ihn wie eine Waffe einzusetzen. Eine Waffe zwar, die nur der Verteidigung diente, aber gleichwohl eine Waffe, mit der er zumindest einige der Ziele vereiteln konnte, die seine Feinde verfolgten.

Seinen Körper konnten sie zerbrechen, und das war auch geschehen, aber seine Seele und sein Geist, obschon beschädigt, gehörten immer noch ihm allein.

Und das Gleiche galt für seinen Glauben.

Er schlug die Augen auf. Um ihn herum hatte sich nichts

verändert, bis auf einen eigenartigen Unterschied, den er nicht auf Anhieb zu benennen vermochte. Nach wie vor waren die Mauern der Zelle glitschig von grünem Schlick, der auf den grob gepflasterten Boden troff. Unmengen von Staub, geronnenem Blut und Exkrementen hatten den Grund beinahe eingeebnet. Wie viel von diesem Unrat stammte aus seinem eigenen Körper? Sehr viel, fürchtete er. In diesem Loch saß er schließlich schon seit ... er dachte angestrengt nach. Seit sechs Jahren? Sieben? Mehr als genug Zeit, um ihn körperlich zugrunde zu richten.

Man hatte ihm zahllose Knochen gebrochen, die, mehr schlecht als recht verheilt, abermals gebrochen wurden. Gelenke waren ihm brutal ausgerenkt, Sehnen durchtrennt worden. Seine Hände und Arme, das wusste er, waren zu nichts mehr zu gebrauchen, auch gehen konnte er längst nicht mehr. Seinen Geist aber vermochten sie nicht zu verkrüppeln. Der war ungebunden und frei, konnte diesem dunklen, grauenhaften Verlies unter den Straßen von Paris entfliehen und auf Reisen gehen ... überallhin.

Also, wohin wollte er heute? Zu den saftig grünen Weiten im Herzen Frankreichs? Zu den Ausläufern der Alpen? An die Küste – oder sogar noch weiter fort, zurück in sein geliebtes Outremer?

Nicht zum ersten Mal geriet er ins Grübeln. War er verrückt geworden? Höchstwahrscheinlich. Nach all den Qualen und Martern, die ihm die Folterknechte in dieser unterirdischen Hölle zugefügt hatten, konnte er unmöglich noch bei Verstand sein.

Sechseinhalb Jahre war es her, dass die Männer des Königs bei Nacht den Tempel zu Paris gestürmt hatten.

Seinen Tempel.

134

Es war ein Freitag gewesen; Freitag, der dreizehnte Oktober 1307. Er wie auch die meisten anderen Ritter lagen in ihren Betten und schliefen, als eine Rotte schwer bewaffneter Seneschalle des Königs im Morgengrauen in das Ordenshaus eindrang. Die Tempelritter hätten besser darauf vorbereitet sein sollen. Seit Monaten hatten sich die Anzeichen gehäuft, dass der korrupte König und seine Vasallen auf Mittel und Wege sannen, die Macht des Ordens zu brechen. An jenem Morgen hatten sie endlich den Mut zum Handeln aufgebracht und einen Vorwand gefunden. Sogar auf einen Kampf mit den gefürchteten Tempelrittern ließen sie sich ein. Diese leisteten zwar erbitterte Gegenwehr, aber die Männer des Königs, die in der Überzahl waren, hatten das Überraschungsmoment auf ihrer Seite. Binnen kürzester Zeit hatten sie die Ritter überwältigt.

Hilflos mussten sie die Plünderung ihres Tempels mit ansehen. Dem Großmeister blieb nur die Hoffnung, dass dem König und seinen Handlangern die Bedeutung der Beute, die sie davonschleppten, verborgen blieb, oder dass sie in ihrer Gier nach Gold und Edelsteinen, die sie nirgends finden konnten, all jene scheinbar wertlosen Gegenstände übersehen würden, die doch in Wirklichkeit so unermesslich wertvoll waren. Dann war Stille eingekehrt, bis man Molay und die anderen Ritter gemächlich und bemerkenswert höflich auf die Karren verfrachtet hatte, die sie davonfuhren, ihrem Schicksal entgegen.

Bei der Erinnerung an diesen Moment der Stille begriff Molay auf einmal, was heute anders war.

Sonst herrschte hier unten pausenloser Lärm: Ketten rasselten und klirrten, Streckbänke und Räder knarrten, Blasebälge zischten, vom endlosen Schreien und Winseln der Gefolterten ganz zu schweigen.

135

Heute jedoch herrschte vollkommene Stille.

Dann vernahm der Großmeister ein Geräusch. Schritte, die näher kamen. Zunächst schloss er auf Gaspard Chaix, den Kerkermeister, der die Folterungen beaufsichtigte, aber die Schritte des Scheusals klangen anders als diese jetzt, nämlich schwerfällig und bedrohlich. Es konnte auch keiner seiner schlurfenden, vertierten Untergebenen sein. Nein, es waren mehrere Männer, die durch den Tunnel geeilt kamen und schließlich die Zelle betraten, in der Molay an Ketten aufgehängt war. Er blinzelte mit verschwollenen, blutunterlaufenen Augen. Vor ihm stand ein halbes Dutzend Männer in farbenprächtigen Gewändern. In ihrer Mitte: kein Geringerer als der König selbst.

Philipp IV., von schlanker, eindrucksvoller Gestalt, überragte die Schar seiner Speichellecker und Schranzen um Haupteslänge. Selbst in seinem kläglichen Zustand vermochte Molay sich der Wirkung, die von der einnehmenden Erscheinung des Herrschers von Frankreich ausging, nicht zu entziehen. Wie konnte ein äußerlich so anziehender Mensch nur so abgrundtief böse sein? Mit seiner blassen Haut und den langen blonden Haaren wirkte Philipp der Schöne, ein junger Mann von noch nicht dreißig Jahren, wie der Inbegriff eines Edelmanns – und doch hatte er dem Land, getrieben von unstillbarer Gier nach Reichtum und Macht, die nur noch von seiner Verschwendungssucht übertroffen wurde, seit knapp zehn Jahren rücksichtslos Tod und Verderben gebracht. Wer ihm im Weg stand oder auch nur sein Missfallen erregte, den ließ er einkerkern und erbarmungslos foltern.

Die Tempelritter hatten sich weit mehr zuschulden kommen lassen, als nur sein Missfallen zu erregen.

136

Wieder vernahm Molay Schritte, die den Tunnel entlang-kamen. Zögerliche, nervöse Schritte, die die Ankunft einer schmächtigen Gestalt in einem grauen Kapuzengewand in der Zelle ankündigten. Der Mann geriet auf dem unebenen Boden ins Stolpern und konnte sich nur mit knapper Not fangen. Dabei glitt die Kapuze zurück. Es war lange her, seit Molay Clemens zum letzten Mal gesehen hatte, und in der Zwischenzeit hatte sich das Antlitz des Mannes verändert. Tiefe Furchen hatten sich neben die herabgezogenen Mund-winkel eingekerbt, als mache ihm ein permanentes inneres Unbehagen zu schaffen. Seine Augen, tief eingesunken in ihre Höhlen, waren dunkel umschattet.

Der König und der Papst. Zusammen.

Das konnte nichts Gutes verheißen.

Der König schaute Molay unverwandt an, aber der gebro-chene Mann nahm ihn gar nicht zur Kenntnis. Er konnte nicht den Blick losreißen von dem klein gewachsenen Mann in der Kutte, der sichtlich nervös war und es vermied, ihn anzusehen. Molay fragte sich, woher die Scheu des Papstes rührte. Hatte er ein schlechtes Gewissen, weil er mit seinen Täuschungen und der subtilen Manipulation des Königs maßgeblich zum Sturz der Tempelritter beigetragen hatte? Oder konnte er einfach den Anblick grauenhaft verunstalte-ter Gliedmaßen und schwärender offener Wunden, die be-reits in Fäulnis übergegangen waren, nicht ertragen?

Der König trat näher. «Nichts?», fuhr er barsch einen Mann an, der etwas abseits der Gruppe stand. Dieser trat vor, und Molay sah, dass es tatsächlich Gaspard Chaix war, der Kerker-meister, der demütig den Blick gesenkt hielt und den Kopf schüttelte.

«Nichts», bestätigte der stoppelbärtige Unhold.

137

«Zum Teufel mit ihm!» Des Königs Stimme bebte vor Zorn. Zorn, der schon seit langem in ihm schwelte.

Dem hast du mich schon längst ausgeliefert, dachte Molay. Gaspard schaute in seine Richtung, mit Augen, die unter den dichten Brauen so tot waren wie die Steine am Kerkerboden. Der König trat näher und musterte Molay eingehend, ein Taschentuch an die Nase gepresst, um sich vor dem Gestank zu schützen, den der Großmeister längst nicht mehr wahrnahm.

«Redet, verdammt», herrschte der König ihn an, ein lautes Zischeln, das die muffige Luft durchschnitt. «Wo ist der Schatz?»

«Es gibt keinen Schatz», entgegnete Molay müde, mit kaum hörbarer Stimme.

«Warum müsst Ihr so starrsinnig sein?», raunte der König heiser. «Wozu soll das gut sein? Eure Brüder haben alles offenbart; eure schändlichen Aufnahmeriten, bei denen eure frommen Kreuzritter die Göttlichkeit Christi geleugnet, auf das Kreuz gespuckt und sogar ihr Wasser darauf gelassen haben. Sie haben alles gestanden … alles.»

Molay fuhr sich mit seiner geschwollenen Zunge über die rissigen Lippen. «Unter solcher Folter», brachte er mühsam zustande, «würden sie gestehen, Gott selbst umgebracht zu haben.»

Philipp kam noch ein wenig näher. «Die heilige Inquisition wird obsiegen», stellte er ungehalten fest. «Das sollte einem Mann Eurer Intelligenz einleuchten. Gebt mir einfach, was ich will, und ich verschone Euer Leben.»

«Es gibt keinen Schatz», wiederholte Molay im Tonfall eines Menschen, der sich damit abgefunden hat, bei seinen Zuhörern kein Gehör zu finden. Gaspard Chaix jedoch, das spürte Molay schon lange, glaubte seinen Beteuerungen; was ihn aber nicht davon abhielt, sein Opfer immer wieder brutal zu misshandeln. Gewiss wusste auch der Papst, dass Molay die Wahrheit sagte, wenn sich das Oberhaupt der Kirche auch hüten würde, dem König dieses kleine Geheimnis anzuvertrauen. Der König wiederum war so dringend auf die Reichtümer angewiesen, die der Templerorden in den letzten zweihundert Jahren angehäuft hatte, dass er außerstande war, angesichts des geschundenen Mannes, der vor ihm an der Mauer hing, zu der einzig vernünftigen Schlussfolgerung zu gelangen.

«Es ist zwecklos.» Der König wandte sich ab. Obwohl sein Zorn nicht verraucht war, schien er resigniert zu haben, ganz wie sein Opfer. «Der Schatz muss damals in der ersten Nacht fortgeschafft worden sein.»

Molay behielt den Papst, der weiter mit abgewandtem Gesicht dastand, genau im Auge. Wie meisterlich der Schuft seine Schachzüge ausgeführt hatte! Der Gedanke bereitete dem Großmeister eine schale Genugtuung, mehr noch, er bestärkte ihn in seiner Entschlossenheit. Schließlich war das Handeln dieses hinterlistigen Menschen geradezu ein Beleg dafür, wie vornehm das Ziel der Templer gewesen war.

Der König bedachte den gedrungenen Kerkermeister mit einem kalten Blick. «Wie viele von ihnen leben noch in diesen Mauern?»

Molay erstarrte. Endlich, nach all den Jahren, würde er erfahren, was aus seinen Brüdern aus dem Pariser Tempel geworden war. Gaspard Chaix teilte dem König mit, vom Großmeister abgesehen sei nur noch sein Stellvertreter, Geoffroi de Charnay, am Leben.

Der alte Templer schloss die Augen, während eine Flut

139

entsetzlicher Bilder auf ihn einstürmte. Alle tot, dachte er. Dabei waren wir unserem Ziel so nahe. Wenn doch nur … wenn doch nur Nachricht gekommen wäre, vor all den Jahren, von der Faucon du Temple, von Aimard und seinen Männern.

Aber sie hatten nie wieder von ihnen gehört.

Die Faucon du Temple – und ihre kostbare Fracht – war einfach verschwunden.

Der König wandte sich um und warf einen letzten Blick auf den geschundenen Mann. «Beendet es», befahl er.

Der Kerkermeister schlurfte einen Schritt näher. «Wann, Eure Majestät?»

«Morgen früh», sagte der König, dessen Stimmung sich bei der Aussicht aufzuhellen schien.

Bei diesen Worten durchströmte Molay eine Empfindung, die er zunächst nicht erkannte. Ein Gefühl, das er seit vielen Jahren nicht mehr empfunden hatte.

Erleichterung.

Verstohlen blickte er zum Papst, der sich sichtlich Mühe geben musste, seine Freude zu verbergen.

«Was ist mit ihren Besitztümern?», fragte der Papst mit bebender Stimme. Molay mutmaßte, dass es nur noch um Dinge ging, die nicht veräußert werden konnten, um die Schulden des Königs tilgen zu helfen. «Die Bücher, Dokumente, Kunstgegenstände. All das gehört der Kirche.»

«Dann nehmt den Plunder.» Der König winkte unwillig ab. Nach einem letzten, hasserfüllten Blick auf Molay stürmte er hinaus. Sein Gefolge beeilte sich, ihm zu folgen.

Ganz kurz, ehe Clemens sich umdrehen und ebenfalls aus der Zelle flüchten konnte, trafen sich die Blicke des Papstes und Molays. Der Augenblick genügte Molay, um die Gedan-

140

ken des schmächtigen Mannes zu erraten, ihn komplett zu durchschauen: als intriganten Opportunisten, der den habgierigen König für seine eigenen Zwecke eingespannt hatte. Für die Zwecke der Kirche.

Und dieser hinterlistige Ränkeschmied hatte über ihn triumphiert.

Aber Molay mochte ihm nicht die Genugtuung gewähren, sich dieses Triumphes so sicher zu sein. Also raffte er alle ihm noch verbliebene Kraft zusammen und bündelte sie zu einem stolzen, herausfordernden Blick, mit dem er seinen Widersacher förmlich durchbohrte. Kurz huschte ein Ausdruck der Furcht über die tief eingegrabenen Züge des Papstes, bevor er hastig eine strenge, unnahbare Miene aufsetzte und seine Kapuze hochschlug.

Die rissigen Lippen des Großmeisters verzogen sich zu einer Grimasse, die früher einmal ein Lächeln gewesen wäre. Weil er wusste, dass es ihm gelungen war, die Selbstgewissheit des kleinen Mannes ins Wanken zu bringen.

Auch eine Art Sieg.

Der Papst würde heute Nacht nicht gut schlafen.

Diese Schlacht habt ihr vielleicht gewonnen, dachte Molay. Aber unser Krieg ist noch lange nicht zu Ende. Und mit diesem Gedanken schloss er die Augen und machte sich innerlich bereit für den Tod, der ihn erwartete.

KAPITEL 21

Reilly fühlte sich hin und her gerissen. So gern er hier mit Tess zusammensaß, die Relevanz all dessen, was sie ihm so ausführlich erzählt hatte, wollte ihm nicht einleuchten. Eine Gruppe selbstloser Ritter mausert sich zu einer Supermacht des Mittelalters, nur um dann die Flügel gestutzt zu bekommen und in Schimpf und Schande in den Annalen der Geschichte zu verschwinden. Was hatte das mit einer Bande bewaffneter Räuber zu tun, die siebenhundert Jahre später ein Museum verwüstete?

«Sie meinen also, die Typen in dem Museum trugen Templertracht?», fragte er.

«Ja. Die Templertracht war sehr schlicht, ganz anders als die prunkvolle Aufmachung anderer Ritter jener Zeit. Vergessen Sie nicht, das waren Rittermönche, die sich der Armut verschrieben hatten. Die weißen Gewänder symbolisierten die Reinheit der Lebensführung, die von ihnen erwartet wurde, und die roten Kreuze, rot wie Blut, kündeten von ihrer besonderen Beziehung zur Kirche.»

«Schon klar, aber wenn Sie mich auffordern würden, einen Ritter zu zeichnen, würde ich vermutlich eine sehr ähnliche Gestalt fabrizieren, ohne bewusst an die Templer zu denken. Ihr Erscheinungsbild hat sich verselbständigt, oder?»

Tess nickte. «Für sich genommen, da stimme ich Ihnen

vollauf zu, ist das nicht schlüssig. Wäre da nicht noch die Chiffriermaschine.»

«Der Gegenstand, den der vierte Reiter an sich genommen hat. In Ihrer unmittelbaren Nähe.»

Tess rückte näher, sichtlich aufgeregt jetzt. «Ja. Ich habe mich kundig gemacht. Ein Gerät, das technisch weit fortgeschrittener war als alles, was in den folgenden Jahrhunderten entwickelt wurde. Geradezu revolutionär. Und die Templer waren als Meister der Kryptographie bekannt. Ihr gesamtes Bankwesen beruhte auf Verschlüsselung. Wenn Pilger vor ihrer Abreise ins Heilige Land Geld bei ihnen hinterlegten, erhielten sie chiffrierte Quittungen, die nur von anderen Templern entschlüsselt werden konnten. Ein Betrug mit gefälschten Einzahlungsbelegen war also unmöglich. Sie waren Pioniere auf dem Gebiet, und diese Chiffriermaschine passt perfekt zu ihren raffinierten, streng geheimen Methoden.»

«Aber wie konnte eine Chiffriermaschine der Templer unter die Schätze des Vatikans geraten?»

«Weil der Vatikan und der König von Frankreich sich miteinander verschworen hatten, um den Orden zu Fall zu bringen. Beide hatten es auf den Reichtum der Templer abgesehen. Was den Schluss nahe legt, dass sämtliche Besitztümer des Ordens entweder im Louvre oder im Vatikan gelandet sind.»

Reilly schien nicht ganz überzeugt. «Sie erwähnten etwas von einem lateinischen Sprichwort?»

Tess nickte lebhaft. «Das hat überhaupt erst meine Neugier geweckt. Als der vierte Reiter das Gerät in den Händen hielt, schien das für ihn so eine Art religiöser Moment zu sein. Als wäre er in Trance. Und während er es hochhielt, sagte er etwas auf Lateinisch. Ich glaube, es war ‹Veritas vos liberabit›.»

143

Reilly schaute sie fragend an, also klärte sie ihn auf. «Das heißt: ‹Die Wahrheit wird euch befreien.› Ich habe ein bisschen recherchiert. Es ist zwar eine ziemlich geläufige Redensart, aber zufällig sind diese Worte auch über dem Portal einer Templerburg in Südfrankreich eingemeißelt.»

Tess konnte sehen, dass er über ihre Worte nachdachte, wurde aber nicht recht schlau aus seiner Miene. Sie griff nach ihrer Tasse und trank den Rest ihres Kaffees aus, der inzwischen kalt war.

«Klingt vielleicht unerheblich, ich weiß, aber auch nur, solange man sich nicht vergegenwärtigt, wie viele Menschen sich glühend für die Templer interessieren. Ihre Ursprünge, ihre Aktivitäten, woran sie geglaubt haben, ihr gewaltsames Ende, all das ist von Geheimnissen umwittert. Die Schar ihrer Anhänger ist riesig. Unglaublich, wie viele Bücher und Materialien ich zu dem Thema gefunden habe, und ich habe gerade erst an der Oberfläche gekratzt. Einfach phänomenal. Und jetzt kommt's. Ausgangspunkt der Spekulationen ist gewöhnlich der Umstand, dass ihr sagenumwobener Reichtum nie gefunden wurde.»

«Ich dachte, deswegen hätte der französische König sie verhaften lassen», bemerkte Reilly.

«Darauf hatte er es abgesehen, stimmt. Aber er hat eben nie etwas gefunden. Und auch sonst niemand. Kein Gold, keine Juwelen. Nichts. Und doch war bekannt, dass die Templer einen phänomenalen Schatz angehäuft hatten. Ein Historiker behauptet, die Templer hätten bei ihrer Ankunft im Heiligen Land 148 Tonnen Gold und Silber in und um Jerusalem herum gefunden, noch bevor es mit den Spenden aus ganz Europa losging.»

«Und niemand weiß, was daraus geworden ist?»

144

«Dazu gibt es eine weit verbreitete Theorie. Demnach haben in der Nacht bevor alle Templer verhaftet wurden, vierundzwanzig Ritter den Tempel in Paris mit einer Anzahl schwer beladener Fuhrwerke verlassen und sind zum Atlantikhafen von La Rochelle entkommen. Dort sind sie angeblich auf achtzehn Galeeren davongesegelt, und zwar auf Nimmerwiedersehen.»

Reilly dachte kurz darüber nach. «Sie wollen also andeuten, die Bande im Museum hatte es hauptsächlich auf die Chiffriermaschine abgesehen, um mit ihrer Hilfe irgendwie dem Templerschatz auf die Spur zu kommen?»

«Schon möglich. Die Frage ist nur, woraus genau bestand dieser Schatz? Aus Goldmünzen und Schmuck? Oder war es etwas anderes, etwas mehr Esoterisches, etwas, das schon ...»,
sie zögerte kurz, «eine gewisse geistige Aufgeschlossenheit erforderte?» Gespannt wartete sie seine Reaktion ab.

Reilly grinste spitzbübisch. «Ich habe noch nicht die Flucht ergriffen, oder?»

Sie neigte sich vor und senkte unwillkürlich die Stimme. «Viele dieser Theorien behaupten, die Templer waren Teil einer uralten Verschwörung, die das Ziel verfolgte, ein bestimmtes Geheimwissen zu entdecken und zu bewahren. Vieles kommt dafür in Frage. Der Legende nach hüteten sie viele heilige Reliquien – ein französischer Historiker glaubt sogar, der einbalsamierte Kopf Jesu habe sich in ihrem Besitz befunden –, aber eine Theorie, auf die ich immer wieder gestoßen bin und die wesentlich stichhaltiger scheint als die anderen, besagt, dass es irgendwie mit dem Heiligen Gral zu tun hatte. Wie Ihnen vermutlich bekannt ist, handelt es sich dabei nicht unbedingt um ein wirkliches Gefäß oder irgendeine Art Kelch, aus dem Jesus vermeintlich beim letzten

Abendmahl getrunken hat. Genauso gut könnte es ein bildhafter Verweis auf ein Geheimnis sein, das sich um die tatsächlichen Ereignisse um Jesu Tod rankt und um das Fortbestehen seiner Nachkommenschaft bis ins Mittelalter.»

«Die Nachkommenschaft von Jesus Christus?»

«So ketzerisch das klingt, diese Theorie – die sehr viele Anhänger hat, glauben Sie mir – behauptet, Jesus und Maria Magdalena hätten ein Kind gehabt – vielleicht sogar mehrere –, das vor den Römern versteckt und im Verborgenen großgezogen wurde, und dass die Nachkommenschaft Jesu ein seit zweitausend Jahren streng gehütetes Geheimnis ist. Alle möglichen dunklen Geheimgesellschaften beschützen demnach seine Nachkommen und geben ihr Geheimnis nur einem auserwählten Kreis von ‹Illuminati› weiter. Leonardo Da Vinci, Isaac Newton, Victor Hugo, so ungefähr jeder, der im Lauf der Jahrhunderte Rang und Namen hatte – sie alle sollen diesem Geheimbund angehört haben, dessen Aufgabe der Schutz der heiligen Nachkommenschaft war.» Tess hielt kurz inne und beobachtete Reillys Reaktion. «Ich weiß, das klingt abstrus, aber die Geschichte ist sehr verbreitet, viele Menschen haben Nachforschungen darüber angestellt, und zwar nicht nur Bestsellerautoren, sondern auch seriöse Forscher und Wissenschaftler.»

Sie musterte Reilly und fragte sich, was er wohl denken mochte. Die Sache mit dem Schatz hat er womöglich noch geschluckt, aber jetzt habe ich's wohl vermasselt. Sie lehnte sich zurück. Wie albern das Ganze sich anhörte, wenn man es jemand anderem gegenüber aussprach.

Reilly schien kurz nachzudenken, dann huschte ein feines Lächeln über seine Lippen. «Die Nachkommenschaft Jesu, ja? Falls er ein Kind hatte oder zwei, und angenommen, die hatten dann auch wieder Nachkommen und so weiter ... dann müssten es nach zweitausend Jahren – also, grob geschätzt, siebzig oder achtzig Generationen später –, da die Zahl ja exponentiell anwächst, Tausende sein, es müsste vor lauter Nachkommen von ihm auf Erden geradezu wimmeln, nicht wahr?» Er gluckste. «So einen Unfug nehmen die Leute tatsächlich ernst?»

«Absolut. Der unauffindbare Templerschatz gehört zu den größten ungelösten Rätseln aller Zeiten. Es leuchtet ein, warum Menschen sich dafür interessieren. Schon die Vorgeschichte ist enorm reizvoll: Neun Ritter tauchen in Jerusalem auf und behaupten, sie wollen Tausende Pilger beschützen. Gerade einmal neun. Schon ziemlich ehrgeizig, wenn man nicht gerade *Die glorreichen Sieben* zum Maßstab nimmt, oder? Daraufhin schenkt König Balduin ihnen eine Immobilie in erster Lage in Jerusalem, den Tempelberg, wo einst der Zweite Tempel Salomos stand, der 70 nach Christus von den Legionen des Titus zerstört und dessen Schatz geraubt und nach Rom gebracht wurde. Was eine Frage aufwirft: Hätten nicht die Priester des Tempels, vorab informiert über den bevorstehenden Angriff der Römer, etwas dort verbergen können, was die Römer nicht gefunden haben?»

«Was aber die Templer schließlich gefunden haben.»

Sie nickte. «Das lädt zur Mythenbildung geradezu ein. Eintausend Jahre bleibt es dort vergraben, und sie buddeln es schließlich aus. Dann ist da noch die so genannte Kupfer-Schriftrolle, die man in Qumran gefunden hat.»

«Die berühmten Schriftrollen vom Toten Meer gehören hier also auch hinein?»

Mach langsam, Tess. Aber sie konnte sich einfach nicht bremsen und redete weiter drauflos. «In einer dieser Schriftrollen ist ausdrücklich die Rede von ungeheuren Mengen Gold und anderen Wertgegenständen, die unter dem Tempel selbst vergraben wurden, angeblich an vierundzwanzig separaten Stellen. Aber auch von einem nicht näher benannten Schatz ist die Rede. Worum handelte es sich dabei? Wir wissen es nicht. Es könnte alles sein.»

«Schön. Und welche Rolle spielt jetzt das Turiner Grabtuch bei alledem?», sinnierte Reilly.

Kurz huschte ein verärgerter Ausdruck über ihr hübsches Gesicht, aber sie hatte sich gleich wieder im Griff und lächelte freundlich. «Sie glauben kein Wort von der ganzen Sache, stimmt's?»

Reilly hob die Hände und sah aufrichtig zerknirscht drein. «Nein, hören Sie, tut mir Leid. Bitte, machen Sie weiter.»

Tess überlegte kurz. «Diese neun einfachen Ritter erhalten einen Teil des Königspalastes mit Ställen, die angeblich Platz für zweitausend Pferde boten. Warum war Balduin so großzügig zu ihnen?»

«Keine Ahnung, vielleicht hat er vorausschauend gedacht. Vielleicht war er von ihrer Hingabe schwer beeindruckt.»

«Aber genau das ist es ja», beharrte sie unbeirrt. «Sie hatten noch gar nichts vorzuweisen. Sie bekommen dieses riesige Hauptquartier zugewiesen, und was tun unsere glorreichen neun? Ziehen sie aus, vollbringen sie alle möglichen Heldentaten und sorgen dafür, dass die Pilger unversehrt ihr Ziel erreichen, wie es eigentlich ihrer Aufgabe entspräche? Nein. Sie verbringen erst einmal volle neun Jahre im Tempel. Ohne sich vom Fleck zu rühren. Ohne auszuziehen, ohne neue Rekruten anzuwerben. Sie schließen sich einfach dort ein. Neun Jahre lang.»

«Entweder haben sie eine Phobie gegen öffentliche Plätze entwickelt, oder ...»

«Oder es war ein einziges großes Täuschungsmanöver. Die am weitesten verbreitete Theorie – und ich persönlich finde sie stichhaltig – besagt, dass sie mit Ausgrabungen beschäftigt waren. Nach etwas suchten, das dort vergraben war.»

«Etwas, das die Priester tausend Jahre zuvor vor den Legionen des Titus verborgen hatten.»

Tess schöpfte Hoffnung. Endlich schien er bereit, ihr Glauben zu schenken. Ihre Augen strahlten vor Eifer. «Genau. Tatsache ist, dass sie neun Jahre abtauchen, dann Knall auf Fall auf den Plan treten und es unwahrscheinlich schnell zu Reichtum und Ansehen bringen, mit rückhaltloser Unterstützung durch den Vatikan. Vielleicht haben sie dort irgendetwas gefunden, vergraben unter dem Tempel, das all dies ermöglicht hat. Etwas, das den Vatikan veranlasste, sich förmlich ein Bein auszureißen, um sie bei Laune zu halten – und ein Beweis dafür, dass Jesus Vater von einem oder mehreren Kindern war, würde da ganz gewiss ins Bild passen.»

Reilly runzelte skeptisch die Stirn. «Moment mal, Sie glauben, die haben den Vatikan erpresst? Ich dachte, sie waren Soldaten Christi? Könnten sie nicht etwas gefunden haben, worüber der Vatikan so entzückt war, dass der Papst beschloss, sie für ihre Entdeckung zu belohnen?»

Sie verzog das Gesicht. «Hätten sie das in dem Fall nicht aller Welt kundgetan?» Nun schien sie selbst ein wenig verwirrt. «Ich weiß, ein Stück fehlt mir noch zu diesem Puzzle. Immerhin haben sie ja dann zweihundert Jahre für die Christenheit gekämpft. Aber ein wenig rätselhaft ist das schon, das müssen Sie zugeben.» Sie musterte ihn kurz schweigend. «Also, was meinen Sie, ist da irgendetwas dran?»

Reilly wog sorgsam die Informationen ab, die sie ihm so eifrig geliefert hatte. So lachhaft sich das alles auch anhörte, er konnte es nicht einfach so abtun. Der Überfall auf das Museum verfolgte eindeutig irgendeine komplett übergeschnappte Zielsetzung; diese aufwändige Inszenierung war mehr als ein x-beliebiger Raubüberfall, so viel stand fest. Radikale und Extremisten, das war bekannt, verschrieben sich oft irgendeiner Mythologie, einer fixen Idee, die sie sich völlig zu Eigen machten; solche Mythologien konnten sich nach und nach zu einem Wahn auswachsen, bis ihre Anhänger jeden Realitätsbezug verloren und völlig ausscherten. War dies das Bindeglied, nach dem er suchte? Die Templerlegende lud jedenfalls zu wahnhafter Verzerrung geradezu ein. War es denkbar, dass jemand so besessen war vom schrecklichen Schicksal der Templer, dass er sich vollkommen mit ihnen identifizierte? So sehr, dass er sich wie sie kleidete, in ihrem Namen Rache am Vatikan übte und vielleicht sogar versuchte, ihren legendären Schatz aufzuspüren?

Reilly schaute Tess an. «Glaube ich, dass die Templer irgendein dunkles Geheimnis, gleich welcher Art, hüteten, das mit der Frühzeit der Kirche zu tun hat? Keine Ahnung.»

Tess wandte den Blick ab. Es kostete sie sichtlich Mühe, ihre Enttäuschung zu überspielen. Aber Reilly war noch nicht fertig. Er beugte sich vor. «Glaube ich, es könnte einen Zusammenhang zwischen den Templern und dem Vorfall im Metropolitan Museum geben?» Er ließ die Frage kurz im Raum stehen, nickte kaum wahrnehmbar und lächelte schließlich. «Es dürfte sich auf jeden Fall lohnen, das mal zu prüfen.»

KAPITEL 22

Gus Waldron hatte schon bessere Tage erlebt, das stand fest.

Er erinnerte sich dunkel, vor einer Weile schon mal aufgewacht zu sein. Wie lange das her war, wusste er nicht. Stunden, Minuten – dann war er wieder eingedöst. Nun aber war er hellwach.

Er war übel zugerichtet, das wusste er. Mit Grausen dachte er an den Unfall zurück. Sein Körper fühlte sich an, als wäre er gründlicher weich geklopft worden als ein Kalbsschnitzel beim Metzger. Und das ewige, nervtötende Gepiepse der Monitore war auch nicht gerade beruhigend.

Dass er sich in einem Krankenhaus befand, ging aus dem Gepiepse und den anderen Geräuschen um ihn herum klar hervor. Er musste sich allein auf sein Gehör verlassen, denn seine Augen, die noch dazu höllisch brannten, waren bandagiert. Er wollte sich bewegen, aber es ging nicht. Irgendein Gurt war um seine Brust geschnallt. *Man hat mich ans Bett gefesselt.* Allerdings nicht sehr fest. Also ein Krankenhausgurt, nicht von den Bullen veranlasst. Gut. Er fuhr sich mit den Händen übers Gesicht, ertastete Verbände und noch etwas anderes. Aha. Lauter Schläuche, an die man ihn angeschlossen hatte.

An Flucht war nicht zu denken, vorläufig jedenfalls nicht. Erst musste er in Erfahrung bringen, wie schlimm seine Verletzungen waren, und wenn er hier rauswollte, würde er auf jeden Fall seine Augen brauchen. Bis dahin musste er also versuchen, sich mit den Bullen irgendwie auf einen Deal zu einigen. Aber was konnte er ihnen anbieten? Es müsste schon irgendwas Großes sein, denn dass er diesen verflixten Wachmann geköpft hatte, sprach nicht gerade zu seinen Gunsten. Das hätte er wirklich besser nicht tun sollen. Aber bei diesem Wahnsinnsauftritt vor dem Museum, hoch zu Ross in Prinz-Eisenherz-Montur, war ihm auf einmal die Frage durch den Kopf geschossen, wie es wohl wäre, dieses Schwert auch mal zu benutzen. Und es hatte sich wirklich gut angefühlt; das ließ sich nicht bestreiten.

Er könnte Branko Petrovic verpfeifen, das war eine Möglichkeit. Auf den Typen war er ohnehin sauer. Er hatte sich stur geweigert, ihm zu verraten, wer ihn angeheuert hatte, und stattdessen rumgeschwafelt, wie genial das war, diese Idee mit den blinden Zellen. Jetzt verstand Gus endlich den Grund dafür. Er war von Petrovic angeheuert worden, der von einem anderen angeheuert worden war, der wiederum von irgendeinem anderen Arschloch angeheuert worden war. Mist, wie viele blinde Zellen mochte es geben, ehe man bei dem großen Zampano angekommen war, auf den die Bullen es abgesehen hatten?

Die Krankenhausgeräusche wurden kurz lauter und dann wieder leise, als wäre die Tür geöffnet und wieder geschlossen worden. Er hörte Schritte, die auf dem Boden quietschten. Jemand kam auf sein Bett zu. Dann nahm die Person, wer immer es auch sein mochte, Gus' Hand und legte ihm von innen die Fingerspitzen ans Handgelenk. Irgendein Arzt oder eine Krankenschwester, die ihm den Puls fühlte. Nein, ein Arzt. Die Finger fühlten sich rau an, kräftiger als bei einer

Schwester – rauer und kräftiger als bei der Krankenschwester seiner Träume zumindest.

Er musste herausbekommen, wie schlimm seine Verletzungen waren. «Wer ist das? Sind Sie der Doktor?»

Die Person antwortete nicht. Vielmehr schoben die Finger jetzt die Verbände hoch, mit denen sein Kopf bis über die Ohren umwickelt war.

Gus wollte gerade zur nächsten Frage ansetzen, als ihm auch schon eine starke Hand auf den Mund gedrückt wurde und er gleich darauf einen extrem schmerzhaften Stich im Hals verspürte. Trotz des Gurts zuckte er heftig am ganzen Körper zusammen.

Die Hand lag so fest auf seinem Mund, dass Gus nicht schreien konnte, nur gedämpft wimmern. Eine jähe Hitze breitete sich in seinem Hals aus, rings um die Kehle. Dann löste sich nach und nach der Griff der Hand auf seinem Mund, bis sie schließlich weggezogen wurde.

Auf einmal spürte er warmen Atem, der an sein Ohr drang. Ein Mann flüsterte sehr leise hinein.

«Die Ärzte haben angeordnet, dass Sie erst in einiger Zeit vernommen werden dürfen. Aber so lange kann ich nicht warten. Ich muss wissen, wer Sie engagiert hat.»

Was zum Teufel …?

Gus versuchte sich aufzurichten, aber der Gurt hinderte ihn daran. Außerdem wurde eine Hand gegen seinen Kopf gedrückt, damit er still hielt.

«Beantworten Sie meine Frage», sagte die Stimme.

Wer war das? Ein Bulle konnte es nicht sein. Irgendeine Drecksau, die sich einen Anteil von dem Zeug erhoffte, das er in dem Museum hatte mitgehen lassen? Aber was sollte dann die Frage, wer ihn engagiert hatte?

153

«Reden Sie.» Die Stimme war zwar immer noch leise, aber jetzt merklich schärfer.

«Leck mich», sagte Gus.

Wenigstens hätte er das gern gesagt. Sein Mund formte die Silben, und er hörte sie in seinem Kopf. Aber er bekam keinen Laut heraus.

Scheiße, was ist mit meiner Stimme passiert?

«Ah», flüsterte die Stimme. «Das ist die Wirkung des Lidocain. Nur eine kleine Dosis. Ausreichend, um Ihre Stimmbänder zu betäuben. Zu ärgerlich, dass Sie nicht sprechen können. Andererseits können Sie so auch nicht schreien.»

Schreien?

Die Finger, die eben so behutsam seinen Puls gefühlt hatten, legten sich jetzt auf seine linke Hüfte, genau auf die Stelle, wo ihn die Kugel des Bullen getroffen hatte. Gleich darauf drückten die Finger plötzlich zu, mitten in die Wunde. Fest.

Schmerz durchflutete seinen Körper, es fühlte sich an, als würde er von innen mit glühenden Eisen verbrannt, und er schrie auf.

Lautlos.

Ehe Gus vor Schmerz die Besinnung verlieren konnte, ließ der Druck auf die Wunde nach. Speichel sammelte sich hinten in seiner Kehle, er hatte das Gefühl, sich gleich übergeben zu müssen. Dann spürte er wieder die Hände des Mannes und zuckte ängstlich zusammen. Doch diesmal war die Berührung ganz sanft.

«Sind Sie Rechts- oder Linkshänder?», fragte die Stimme leise.

Gus war mittlerweile schweißgebadet. Rechts- oder Linkshänder? Was soll das jetzt wieder, verdammt? Matt hob er die rechte Hand und spürte gleich darauf, wie ihm etwas zwischen die Finger geschoben wurde. Ein Bleistift.

«Schreiben Sie mir die Namen einfach auf», verlangte der Mann, während er seine Hand mit dem Bleistift über einen Notizblock, wie es schien, führte.

Gus fühlte sich schrecklich. Er konnte nichts sehen, er konnte nicht schreien, er war völlig abgeschnitten von der Welt. Warum half ihm denn keiner? Wo waren die Ärzte, die Schwestern, die Scheißbullen, Herrgott nochmal?

Wieder gruben sich die Finger in das Fleisch um die Schusswunde herum und drückten zu, diesmal noch fester und länger. Unbeschreiblicher Schmerz durchflutete ihn. Jeder einzelne Nerv seines Körpers schien unter Strom zu stehen, während er sich wild gegen den Gurt aufbäumte und lautlos aufschrie vor Qual.

«Das muss nicht die ganze Nacht dauern», stellte der Mann ruhig fest. «Geben Sie mir einfach die Namen.»

Er kannte nur einen Namen. Den schrieb er jetzt auf.

«Branko ... Petrovic?», fragte der Mann leise.

Gus nickte hastig.

«Und die anderen?»

Gus schüttelte den Kopf, so gut es ging. *Mehr weiß ich nicht, verdammter Mist.*

Wieder spürte er die Finger, die sich in die Wunde drückten, fester, tiefer. Sie zusammenquetschten.

Der Schmerz.

Die lautlosen Schreie.

Gottverfluchte Scheiße. Gus verlor jedes Zeitgefühl. Es gelang ihm, die Adresse von Brankos Arbeitsplatz zu Papier zu bringen. Ansonsten konnte er nur immer wieder den Kopf schütteln und mit den Lippen das Wort «Nein» formen.

Immer und immer und immer wieder.

Schließlich, Gott sei Dank, merkte er, wie ihm der Bleistift aus den Fingern genommen wurde. Endlich glaubte der Kerl ihm, glaubte, dass er die Wahrheit sagte.

Gus hörte leise Geräusche, die er nicht einordnen konnte. Dann spürte er, wie der Mann wieder den Rand des Verbandes seitlich an seinem Hals hochschob, und krümmte sich innerlich bereits. Diesmal aber fühlte er den Stich der Nadel kaum.

«Nur noch ein Schmerzmittel für Sie», flüsterte der Mann. «Es wird Ihre Schmerzen lindern und Ihnen beim Schlafen helfen.»

Gus merkte, wie ihn tiefe, bleierne Müdigkeit überkam und langsam seinen gesamten Körper erfasste. Was für eine Wohltat, dass seine Qualen und Schmerzen endlich vorüber waren. Dann kam ihm jählings die furchtbare Erkenntnis: dass er aus dem Schlaf, der ihn jetzt überwältigte, nie wieder aufwachen würde.

Er geriet in Panik, wollte sich bewegen, aber sein Körper gehorchte ihm nicht mehr. Gleich darauf hatte er das Gefühl, sich auch gar nicht mehr bewegen zu wollen. Er entspannte sich. Egal, wohin es ihn jetzt verschlug – es konnte nur ein besserer Ort sein als die Gosse, in der er sein ganzes elendes Leben zugebracht hatte.

KAPITEL 23

Reilly schälte sich aus dem Bett, streifte sich ein T-Shirt über und trat ans Fenster seiner im vierten Stock gelegenen Wohnung. Die Straßen waren wie ausgestorben. New York, die Stadt, die niemals schläft? Das schien nur auf ihn zuzutreffen.

Er schlief häufig schlecht, aus einer ganzen Reihe von Gründen. Er konnte einfach nicht abschalten, was ihm seit einigen Jahren zunehmend zu schaffen machte. Die Fälle, an denen er tagsüber arbeitete, verfolgten ihn bis in den Schlaf. Das Einschlafen an sich bereitete ihm keine Probleme, weil ihm normalerweise vor Erschöpfung die Augen zufielen. Immer zur gleichen Zeit aber, gegen vier Uhr früh, war er auf einmal hellwach, und dann ging es los. Sein Gehirn arbeitete auf Hochtouren, sortierte und analysierte unermüdlich alle möglichen Hinweise und Daten, um den einen noch fehlenden Informationsschnipsel zu finden, der möglicherweise Leben retten konnte.

Für gewöhnlich war er in diesen Stunden vollauf mit beruflichen Dingen beschäftigt, manchmal aber kamen ihm auch private Probleme in den Sinn. Dann verirrten seine Gedanken sich in Gefilde, die noch düsterer waren als die Schattenwelt, in die ihn seine Ermittlungen führten, und das löste meist quälende Angstzustände bei ihm aus.

Vieles davon hatte mit seinem Vater zu tun, der sich erschossen hatte, als Reilly zehn Jahre alt war. An jenem Tag war er von der Schule nach Hause gekommen und ins Arbeitszimmer seines Vaters gegangen, wo er ihn wie üblich in seinem Lieblingssessel vorfand. Nur klaffte ein riesiges Loch in seinem Hinterkopf.

Diese Stunden der Schlaflosigkeit jedenfalls waren für ihn immer eine scheußliche Tortur. Er war zu müde, um aufzustehen und die Zeit zu irgendetwas Sinnvollem zu nutzen, aber zu aufgedreht, um wieder einzuschlafen. Also lag er einfach da in der Dunkelheit, während ihm allerlei beklemmende Gedanken durch den Kopf spukten. Und wartete. Gegen sechs stellte sich für gewöhnlich der erlösende Schlaf ein, was allerdings kein großer Trost war, weil er schon eine Stunde später aufstehen musste.

In dieser Nacht war es ein Anruf aus dem Krankenhaus, der ihn um vier Uhr weckte. Der Mann, den er durch die Straßen von Lower Manhattan verfolgt hatte, sei gestorben. Der Krankenhausbeamte erwähnte etwas von inneren Blutungen und Herzversagen, von fehlgeschlagenen Wiederbelebungsversuchen. Die nächsten zwei Stunden über hatte Reilly, seiner Gewohnheit entsprechend, über den Fall nachgegrübelt, dem jetzt die vielversprechendste und einzige wirkliche Spur abhanden gekommen war – denn dass aus Lucien Boussard viel Nützliches herauszubekommen war, falls und wenn er überhaupt je wieder würde sprechen können, bezweifelte er stark. Bald aber schoben sich andere Gedanken in den Vordergrund, die ihn beschäftigten, seit er am Vorabend das Krankenhaus verlassen hatte. Gedanken, die hauptsächlich um Tess Chaykin kreisten.

Während er am Fenster stand, kam ihm in den Sinn, wie

158

ihm im Krankenhauscafé als Erstes aufgefallen war, dass sie keinen Ehering trug, und auch sonst keinen Ring. In seinem Beruf war es wichtig, auf solche Details zu achten. Jahrelange Routine hatte seine Aufmerksamkeit für solche Kleinigkeiten geschärft.

Aber hier ging es nicht um Berufliches, und Tess war keine Verdächtige.

«Er hieß Gus Waldron.»

Reilly hörte, die Hand um einen Becher Kaffee gelegt, aufmerksam zu, während Aparo mit routiniertem Blick die Kriminalakte überflog und den versammelten Kollegen eine Kurzfassung lieferte.

«Offenbar ein mustergültiger Bürger, dem so mancher eine Träne nachweinen wird», fuhr Aparo fort. «Von Beruf Boxer, Kreisklasse, ebenso unbeherrscht im Ring wie außerhalb, in drei Staaten mit Kampfverbot belegt. Vier Vorstrafen wegen Körperverletzung und bewaffnetem Raub, hier und in New Jersey. Hat einige Male im Rikers-Gefängnis gesessen», er hob kurz den Blick und setzte mit Nachdruck hinzu: «darunter auch eine Zeit lang auf der Vernon Bain.» Bei der Vernon C. Bain, benannt nach einem allseits beliebten Wärter, der bei einem Autounfall ums Leben gekommen war, handelte es sich um einen schwimmenden Hochsicherheitstrakt für bis zu achthundert Häftlinge. «Zweimal des Totschlags verdächtigt, beide Male wurde das Opfer zu Tode geprügelt, allerdings kam es nicht zu einer Verurteilung. Zwanghafter Spieler. Sein halbes Leben lang von einer Pechsträhne verfolgt.» Aparo schaute hoch. «Das war es so ungefähr.»

«Also offenbar einer, der immer in Geldverlegenheiten war», bemerkte Jansson. «Umfeld?»

Aparo blätterte die Seite um und ging die Liste mit Waldrons namentlich bekannten Spießgesellen durch. «Josh Schlattmann, letztes Jahr verstorben … Reza Fardousi, ein verkommener Fettsack von dreihundert Pfund – fraglich, ob den irgendein Pferd im Land tragen könnte.» Er überflog rasch die Liste und ließ alle Namen aus, die nicht in Frage kamen. «Lonnie Morris, Schmalspurdrogendealer, derzeit auf Bewährung, lebt und arbeitet, kein Witz, bei seiner Großmutter, die einen Blumenladen in Queens hat.» Aparo hob wieder den Blick. Diesmal aber verhieß seine Miene, das sah Reilly sofort, nichts Gutes. «Branko Petrovic», stellte er mit sorgenvoller Stimme fest. «Ein ehemaliger Polizist. Und jetzt halten Sie sich fest. Er war bei der Reiterstaffel der New Yorker Polizei.» Er schaute hoch. «Im Ruhestand. Und zwar nicht aus freien Stücken, wenn Sie verstehen, was ich meine.»

Amelia Gaines warf Reilly einen vielsagenden Blick zu und meldete sich dann zu Wort. «Was hat er angestellt?»

«Diebstahl. Hat sich im Revier nach einer Drogenrazzia an den Beweisstücken vergriffen», sagte Aparo. «Gesessen hat er aber offenbar nicht deswegen. Unehrenhafte Entlassung, Verlust aller Pensionsansprüche.»

Reilly runzelte die Stirn. Das klang nicht gerade verheißungsvoll. «Unterhalten wir uns mal mit ihm. Bringen wir in Erfahrung, womit er dieser Tage so sein Geld verdient.»

KAPITEL 24

Branko Petrovic gab sich redlich Mühe, aber umsonst. Er konnte sich einfach nicht auf die Arbeit konzentrieren. Dabei beanspruchte der Job hier im Reitstall nicht gerade seine ungeteilte Aufmerksamkeit. An den meisten Tagen erledigte er seine Arbeit – die Pferde versorgen, den Stall ausmisten – wie auf Autopilot, Tätigkeiten, bei denen sein gedrungener, muskulöser Körper immerhin gut in Schuss blieb. Unterdessen konnte er in aller Ruhe Pläne schmieden, Strategien entwerfen, Risiken abwägen. An normalen Tagen.

Heute war das anders.

Gus Waldron anzuheuern war seine Idee gewesen. Man hatte ihn aufgefordert, einen kräftigen, harten Burschen aufzutreiben, der reiten konnte, und da war ihm sofort Gus eingefallen. Na gut, dass Gus manchmal unberechenbar sein konnte, wusste er, aber damit, dass er einen Menschen köpfen würde, hätte er nie gerechnet. Himmel, so was brachten ja nicht mal diese verfluchten Kolumbianer! Jedenfalls nicht in aller Öffentlichkeit.

Branko hatte ein mulmiges Gefühl. Am Morgen hatte er versucht, Gus anzurufen, ihn aber nicht erreicht. Er rieb sich über eine alte Narbe an der Stirn, die wieder zu schmerzen begonnen hatte, wie immer, wenn irgendetwas nicht nach Plan lief. Man hatte ihm Weisung erteilt, ihm geradezu befohlen, alles zu unterlassen, was irgendwie Aufmerksamkeit erregen könnte. Das hatte er auch Gus eingeschärft. Offenbar vergeblich, verdammter Mist. Ob er Aufmerksamkeit erregte, war momentan Brankos kleinste Sorge.

Unvermittelt stieg Panik in ihm hoch. Es gab nur eine Lösung: Er musste schleunigst verduften, solange es noch ging.

Er hastete durch den Stall und betrat eine Box, in der eine lebhafte zweijährige Stute übermütig mit dem Schweif nach ihm schlug. In einer Ecke der Box stand eine Tonne, in der Pferdefutter aufbewahrt wurde. Er nahm den Deckel ab, fuhr mit beiden Händen tief in das körnige Hartfutter, wühlte ein wenig herum und zog dann eine Tüte heraus. Nach kurzem Zögern griff er hinein und holte die glitzernde, über und über mit Diamanten und Rubinen verzierte Goldstatuette eines sich aufbäumenden Pferdes heraus. Nachdem er die Figur einen Moment lang ehrfürchtig betrachtet hatte, kramte er noch einen Kettenanhänger aus der Tüte, in Silber gefasste Smaragde. Keine Frage, der Inhalt der Tüte könnte sein Leben verändern. Wenn er sich Zeit ließ und umsichtig vorging, so viel stand fest, könnte er sich mit dem Erlös aus dem Verkauf dieser funkelnden Kostbarkeiten den Bungalow im sonnigen Florida kaufen, von dem er sein Leben lang geträumt hatte, der aber seit seiner Entlassung aus dem Polizeidienst in unerreichbare Ferne gerückt schien – und noch jede Menge andere Sachen.

Er schloss die Pforte hinter sich, eilte den Gang zwischen den Boxen entlang und war schon beinahe an der Stalltür, als er ein Pferd ängstlich wiehern und mit den Hufen stampfen hörte. Ein zweites Pferd schloss sich an, dann ein drittes. Er drehte sich um und spähte den Gang hinab, konnte aber

162

nichts Ungewöhnliches entdecken. Trotzdem waren inzwischen alle Pferde im Stall unruhig geworden.

Dann sah er es.

Aus einer leeren Box ganz hinten im Stall kräuselten sich dünne Rauchfäden.

Er rannte zum nächsten Feuerlöscher in der Mitte des Gangs, ließ die Tüte fallen, riss den Zylinder aus der Wandhalterung und hastete auf die leere Box zu, aus der mittlerweile dichter Rauch quoll. Er riss die Boxentür auf und sah, dass das Feuer in einem Haufen Stroh in der Ecke kokelte. Während er mit dem Feuerlöscher hastig die Flammen löschte, fiel ihm auf einmal ein, dass er vor weniger als einer Stunde in genau dieser Box das Stroh sorgsam mit dem Rechen auf dem Boden verteilt hatte. Einen Strohhaufen hatte er dort nicht hinterlassen.

Branko stürzte aus der Box und sah sich argwöhnisch um. Lauschen war zwecklos, denn die Pferde veranstalteten mittlerweile einen Höllenlärm, wieherten panisch und keilten zum Teil wild gegen die Wände und Türen ihrer Boxen.

Als er sich den Gang hinab in Bewegung setzte, sah er noch mehr Rauch, diesmal am entgegengesetzten Stallende. Verfluchter Mist. Irgendjemand befand sich offenbar mit ihm im Stall. Dann fiel ihm die Tüte ein. Auf gar keinen Fall durfte er sie zurücklassen, sein ganzes künftiges Leben hing davon ab.

Er ließ den Feuerlöscher fallen, rannte zu der Tüte, hob sie vom Boden auf und hielt dann plötzlich inne.

Die Pferde.

Er konnte sie nicht einfach so im Stich lassen; er musste sie retten.

163

Kurz entschlossen entriegelte er die Box direkt neben sich und machte einen Satz zurück, um nicht unter die Hufe des Pferdes zu geraten, das herausgeschossen kam. Er löste den nächsten Riegel, wieder kam ein Pferd herausgestürmt und preschte zur Stalltür. Der Lärm der Hufe in dem geschlossenen Raum war ohrenbetäubend. Nur noch drei Pferde standen in ihren Boxen, als sich von hinten ein Unterarm eisenhart um Brankos Kehle legte.

«Keine Bewegung», raunte eine Stimme direkt an Brankos Ohr. «Ich möchte Sie nicht verkrüppeln müssen.»

Branko erstarrte. Der Griff des Fremden war fest, professionell. Er zweifelte nicht daran, dass es dem Mann bitterernst war.

Unsanft wurde er zur Stalltür gezerrt. Dort ging alles blitzschnell. Er spürte die andere Hand des Mannes am Handgelenk und war im nächsten Moment auch schon mit einer Handschelle aus Plastik an das riesige Schiebetor des Stalls gefesselt. Der Mann legte ihm den anderen Arm um den Hals und wiederholte die ganze Prozedur. Branko stand jetzt mit ausgebreiteten Armen im Durchgang, links und rechts mit Handschellen fixiert.

Die drei letzten in ihren Boxen verbliebenen Pferde waren inzwischen völlig hysterisch und keilten wild gegen die Holzwände, während die Flammen von außen immer näher kamen.

Der Mann tauchte unter Brankos rechtem Arm hindurch, packte, noch während er sich aufrichtete, Brankos Hand und brach ihm, scheinbar völlig mühelos, den Daumen.

Branko brüllte auf vor Schmerz und trat wild um sich, aber der Mann sprang geschickt beiseite. «Was wollen Sie von mir?», heulte der ehemalige Polizist.

164

«Namen», sagte der Mann, dessen sanfte Stimme in dem Lärm fast nicht zu hören war. «Und zwar fix. So viel Zeit haben wir nicht.»

«Was für Namen?»

Branko sah, wie Wut im Gesicht des Mannes aufflackerte. Gleich darauf packte der Fremde ihn an der linken Hand. Diesmal ließ er es nicht bei einem Finger bewenden, sondern ergriff ihn gleichzeitig am Arm und brach Branko mit einer plötzlichen kräftigen Drehung das Handgelenk. Vor unsäglichem Schmerz wurde ihm kurz schwarz vor Augen, und sein gellendes Geschrei übertönte sogar den Lärm der vollkommen panischen Pferde.

Er hob den Blick. Der Mann stand da und beobachtete ihn unbeteiligt durch den dichter werdenden Qualm.

«Namen von Freunden. Freunde, mit denen Sie Museen besuchen.»

Branko hustete und blickte verzweifelt über die Schulter des Mannes auf die lodernden Flammen. Gerade fingen die Holzgeländer knisternd Feuer. Je eher er auspackte, desto besser. «Gus», stieß er in heller Panik hervor. «Gus und Mitch. Mehr weiß ich nicht.»

«Mitch und wie weiter?»

«Adeson. Mitch Adeson», präzisierte Branko hastig. «Mehr weiß ich nicht, ich schwöre bei Gott.»

«Mitch Adeson.»

«Genau. Mehr Namen sind mir nicht bekannt. Die Sache war nach dem Prinzip einer Befehlskette aufgezogen, mit blinden Zellen, verstehen Sie?»

Der Mann musterte ihn eingehend und nickte dann. «Ich verstehe.»

Gott sei Dank, dieser kranke Sadist glaubt mir. «Jetzt machen

Sie mir diese Scheißhandschellen los», bettelte Branko. «Bitte!»

«Wo finde ich diesen Mitch Adeson?», fragte der Mann ungerührt und hörte aufmerksam zu, während Branko alles preisgab, was er wusste. Dann nickte er wieder. «Es war noch ein vierter Mann dabei. Beschreiben Sie ihn mir.»

«Sein Gesicht habe ich nicht gesehen, er hatte eine Skimaske auf, er hat das verdammte Ding nie abgenommen. Die trug er auch unter der Rüstung und dem ganzen Scheiß.»

Wieder nickte der Mann. «Gut», murmelte er, drehte sich um und ging davon.

«Hey!», brüllte Branko hinter ihm her. «HEY!»

Aber der Mann beachtete ihn nicht, sondern schritt seelenruhig in den hinteren Teil des Stalls, nicht ohne unterwegs noch die Tüte mit der Beute aus dem Museum an sich zu nehmen.

«Sie können mich doch nicht einfach so hier lassen», heulte Branko.

Dann ging ihm siedend heiß auf, was der Mann vorhatte: Er ließ die letzten drei Pferde aus den Boxen.

Branko schrie los, als die getüpfelte Jungstute in wilder Panik als Erste aus ihrer Box geschossen kam, gefolgt von den beiden anderen Tieren. In vollem Galopp, mit weit aufgerissenen Augen und geblähten Nüstern, kamen sie direkt auf ihn zugeprescht. Im Licht der lodernden Flammen wirkte es, als würden sie direkt aus dem Schlund der Hölle auf ihn zugaloppieren.

Und ihr einziger Fluchtweg führte mitten durch ihn hindurch.

KAPITEL 25

«Dann erzähl doch mal ein bisschen von diesem Mädel.»

Reilly stöhnte auf. Das hatte er kommen sehen. Vor genau diesem Moment hatte ihm gegraut, seit er seinem Partner von der Unterhaltung mit Tess berichtet hatte. «Dieses *Mädel*?», erwiderte er kühl.

Er und Aparo waren unterwegs nach Osten, durch die verstopften Straßen von Queens. Bis auf die Farbe war der Pontiac, der ihnen zugeteilt worden war, praktisch ein Duplikat des Chryslers, den sie bei der Jagd auf Gus Waldron zu Schrott gefahren hatten. Aparo verzog das Gesicht, während er den Wagen vorsichtig um einen Laster herum steuerte, der mit qualmendem Kühler am Straßenrand stand. Der Fahrer war herausgeklettert und trat zornig gegen einen Vorderreifen.

«Entschuldigung, Miss Chaykin, meine ich.»

Reilly überspielte seine Verlegenheit, so gut es ging. «Da gibt's nichts zu erzählen.»

«Na komm.» Aparo kannte seinen Partner besser als jeder andere, aber er hatte auch nicht viel Konkurrenz. Reilly war nicht der Typ, der andere Menschen an sich heranließ.

«Was willst du von mir?»

«Sie hat dich angesprochen. Aus heiterem Himmel. Nach allem, was sie an dem Abend im Museum durchgemacht hat, erinnert sie sich einfach so an dich, und das nach einem flüchtigen Blick quer durch dieses riesige Foyer?»

«Was soll ich sagen?» Reilly blickte starr geradeaus. «Die Dame hat eben ein fotografisches Gedächtnis.»

«Ein fotografisches Gedächtnis, dass ich nicht lache», schnaubte Aparo. «Die Kleine ist auf der Pirsch.»

Reilly verdrehte die Augen. «Sie ist nicht auf der ‹Pirsch›. Bloß … neugierig.»

«Sie verfügt also über ein fotografisches Gedächtnis und einen wissbegierigen Geist. Und sie sieht unheimlich süß aus. Aber das ist dir nicht aufgefallen. Nein, nein. Du hast nur an den Fall gedacht.»

Reilly zuckte die Achseln. «Na gut, ein bisschen ist es mir vielleicht schon aufgefallen.»

«Gott sei Dank. Er atmet. Er lebt», spöttelte Aparo. «Dass sie Single ist, weißt du doch, oder?»

«Habe ich bemerkt, ja.» Reilly hatte dem keinen allzu großen Wert beizumessen versucht. Er hatte an dem Morgen das Protokoll der Aussage gelesen, die Tess im Museum bei Amelia Gaines gemacht hatte. Danach hatte er einen für Recherche zuständigen Kollegen beauftragt, die Berge von Akten, die sie über extremistische Gruppen im ganzen Land führten, nach Hinweisen auf die Tempelritter zu durchforsten.

Aparo musterte ihn kurz. Er kannte ihn gut und wusste genau, was in ihm vorging. Und er stichelte gern. «Keine Ahnung, aber wenn so eine Braut mir ein eindeutiges Angebot machen würde, würde ich mich nicht lange bitten lassen.»

«Du bist doch verheiratet.»

«Träumen werde ich doch wohl noch dürfen, oder?»

Sie hatten die 405 verlassen und waren jetzt bald aus Queens heraus. Die Adresse in Petrovic' Akte war überholt, aber immerhin konnte sein früherer Vermieter ihnen sagen, wo Petrovic arbeitete. Hier irgendwo in der Gegend musste sich der Reitstall befinden. Reilly warf einen Blick auf den Stadtplan, erklärte Aparo, wo er entlangfahren musste, und kehrte dann, weil sein Partner ja doch nicht lockerlassen würde, widerwillig zum Thema zurück. «Im Übrigen hat sie mir kein eindeutiges Angebot gemacht», stellte er klar.

«Aber natürlich nicht. Sie ist bloß eine Bürgerin, die sich um das allgemeine Wohl sorgt.» Aparo schüttelte den Kopf. «Das kapiere ich nicht. Du bist Single, du bist nicht potthässlich, du leidest nicht unter irgendwelchen abstoßenden Körpergerüchen. Und trotzdem … Hör zu, wir braven Ehemänner brauchen Kumpel wie dich, Kerle, die sich stellvertretend für uns austoben, und du, na ja, du bist eine herbe Enttäuschung für uns alle.»

Dem konnte Reilly leider nichts entgegensetzen. Seine letzte Beziehung zu einer Frau lag schon Ewigkeiten zurück, und wenn er sich auch hüten würde, seinem Partner davon zu erzählen, konnte er doch nicht abstreiten, wie attraktiv er Tess gefunden hatte. Allerdings hatte er den Eindruck, dass Tess Chaykin, ganz wie Amelia Gaines, nicht die Sorte Frau war, die für ein flüchtiges Techtelmechtel zu haben war. Aber so etwas lag ihm ohnehin nicht. Und genau darin bestand das Paradox, das seiner Einsamkeit zugrunde lag. Er musste eine Frau schon absolut hinreißend finden, sonst hatte er kein Interesse. Doch wenn sie über das gewisse Etwas verfügte, das er unwiderstehlich fand, kam ihm über kurz oder lang das, was mit seinem Vater passiert war, in die Quere. An irgendeinem Punkt befielen ihn unweigerlich die alten Ängste und bereiteten der Beziehung, bevor sie überhaupt richtig begonnen hatte, ein Ende.

Du musst dich von diesen Ängsten lösen. Dir muss nicht zwangsläufig dasselbe passieren.

Reilly wandte den Blick nach vorn und bemerkte eine Rauchwolke sowie zwei Löschzüge der Feuerwehr, die mit heulenden Sirenen darauf zurasten. Er sah Aparo an, der sofort nach dem Blaulicht griff und es auf dem Dach befestigte, während Reilly die Sirene losheulen ließ. Aparo gab Gas und bahnte sich rasant einen Weg durch die dicht an dicht dahinfahrende Fahrzeugkolonne.

Als sie auf den Parkplatz des Reitstalls einbogen, sah Reilly dort außer den Feuerwehrlöschzügen auch mehrere Streifenwagen und einen Krankenwagen stehen. Aparo parkte den Wagen etwas abseits. Sie stiegen aus und eilten im Laufschritt auf den Stall zu, wobei sie sich ihre FBI-Abzeichen ans Revers hefteten. Einer der Polizisten kam ihnen mit ausgebreiteten Armen entgegen, aber als er die Abzeichen sah, ließ er sie passieren.

Ein beißender Geruch nach verbranntem Holz hing in der Luft, obwohl der Brand schon so gut wie gelöscht war. Im dichten Qualm stolperten drei oder vier Leute in dem Gewirr von Feuerwehrschläuchen umher, das sich über den Boden schlängelte, anscheinend Stallpersonal, und versuchten, verängstigte Pferde zu beruhigen. Ein Mann in einem anthrazitgrauen Regenmantel stand daneben und blickte ihnen mit grimmigem Gesichtsausdruck entgegen.

Reilly stellte sich und Aparo vor. Der Polizist, ein Sergeant namens Milligan, wirkte wenig begeistert. «Jetzt erzählen Sie mir nicht», sagte er in sarkastischem Tonfall, «Sie wären rein zufällig in der Gegend gewesen.»

Reilly deutete mit dem Kopf auf den niedergebrannten Stall. «Branko Petrovic», stellte er einfach fest.

Milligan zuckte mit den Schultern und marschierte voraus. Im Stall kauerten zwei Sanitäter, ein Mann und eine Frau, neben einem leblosen Körper. Unweit daneben lehnte eine leichte Trage.

Nach einem kurzen Blick auf die Leiche schaute Reilly zu Milligan, der ihn auch gleich verstand: Der Stall war als Tatort zu behandeln. Todesfall unter verdächtigen Umständen. «Was ist bisher bekannt?», fragte er.

Milligan beugte sich über den verkohlten Leichnam, der verkrümmt und verschrumpelt inmitten durchnässten und gesplitterten Holzes lag. «Sagen Sie mir's doch. Ich dachte, das wäre eine relativ eindeutige Sache.»

Reilly warf einen Blick über Milligans Schulter. Schwarz verschmortes Fleisch und mit Ruß und Löschwasser vermischtes Blut bildeten eine ununterscheidbare, breiige Masse. Dass der linke Arm, der neben dem Leichnam lag, nicht mehr mit dem Rumpf verbunden war, machte den Anblick noch grausiger. Reilly runzelte die Stirn. Das, was von Branko Petrovic übrig geblieben war, hatte kaum noch Ähnlichkeit mit einer menschlichen Gestalt.

«Woher wissen Sie, dass er es ist?», fragte er.

Milligan deutete mit dem Finger seitlich auf die Stirn des Toten. Dort befand sich eine Einkerbung, die, das war trotz der Verkohlung zu erkennen, eindeutig älteren Datums war. «Da hat ihm vor Jahren mal ein Pferd einen Huftritt verpasst. Als er noch bei der Polizei war. Darauf war er immer stolz, dass er einen solchen Tritt gegen den Kopf überlebt hat.»

Reilly ging in die Hocke, um sich die Narbe näher anzuschauen. Dabei blieb ihm nicht verborgen, dass der Sanitäterin, einer dunkelhaarigen jungen Frau um die zwanzig, irgendetwas auf den Nägeln zu brennen schien. Reilly schaute sie an. «Haben Sie etwas für uns?»

Sie lächelte und hielt Petrovic' linkes Handgelenk hoch. «Sagen Sie dem Leichenbeschauer bloß nicht, dass ich hier so vorpresche, aber offenbar war jemand nicht gut zu sprechen auf den Mann. Sein anderes Handgelenk ist völlig verkohlt, aber sehen Sie das hier?» Sie zeigte auf den abgetrennten Arm. «Die Quetschungen sind noch klar zu erkennen. Er war mit Handschellen gefesselt.» Sie deutete zur Türöffnung. «Er war links und rechts festgekettet, würde ich sagen. Als wäre er quer durch die Türöffnung gekreuzigt worden.»

Aparo verzog das Gesicht bei der Vorstellung. «Soll das heißen, jemand hat die Pferde über ihn weg trampeln lassen?»

«Oder mitten durch ihn durch», fügte Reilly hinzu.

Sie nickte. Reilly bedankte sich bei ihr und ihrem Kollegen und entfernte sich dann mit Milligan und Aparo.

«Warum hat das FBI sich für Petrovic interessiert?», fragte Milligan.

Reilly betrachtete die Pferde. «Ehe wir darauf zu sprechen kommen, möchte ich erst Sie etwas fragen: Haben Sie irgendeinen Grund zu der Annahme, jemand könnte es auf ihn abgesehen haben?»

Milligan deutete mit dem Kopf auf die schwelenden Überreste des Stalls. «Nicht direkt. Sie wissen doch, wie es in solchen Läden zugeht. Mafiosi halten sich gerne Pferde, und bei Petrovic' Vergangenheit … Aber, nein, da fällt mir speziell nichts ein. Wie ist Ihre Sicht des Falls?»

Er hörte aufmerksam zu, während Reilly ihn über die Ver-

172

bindung zwischen Gus Waldron und Branko Petrovic und ihre Beteiligung an dem Museumsüberfall aufklärte.

«Die Sache erhält absoluten Vorrang, dafür sorge ich», versicherte Milligan Reilly. «Die Spurensicherung wird umgehend herbestellt, dann muss die Feuerwehr noch heute untersuchen, ob Brandstiftung vorliegt, und die Autopsie wird schnellstmöglich durchgeführt.»

Leichter Nieselregen hatte eingesetzt, als Reilly und Aparo bei ihrem Wagen ankamen.

«Irgendjemand geht hier offenbar äußerst planvoll vor», sagte Aparo.

«Sieht ganz danach aus. Der Leichenbeschauer muss sich Gus Waldron auf jeden Fall nochmal sehr gründlich ansehen.»

«Falls auch da Fremdeinwirkung vorliegt, müssen wir unbedingt die beiden anderen Reiter ausfindig machen, ehe uns der Mörder zuvorkommt.»

Nach einem kurzen Blick zum Himmel, der sich jetzt zunehmend dunkel bezog, schaute Reilly seinen Partner an. «Die beiden Reiter oder auch nur einen», gab er düster zu bedenken. «Falls der vierte derjenige sein sollte, der seine Komplizen aus dem Weg räumt.»

KAPITEL 26

Nach langen Stunden, die er über den uralten Manuskripten gebrütet hatte, nahm er jetzt seine Brille ab, um sich die brennenden Augen behutsam mit einem feuchten Handtuch zu kühlen.

Wie lange saß er nun schon hier an diesem Tisch? War es Morgen? Abend? Seit der Rückkehr von dem Raubzug durch das Metropolitan Museum of Art hatte er jedes Zeitgefühl verloren.

Die Medien, diese Bande verkorkster, halbanalphabetischer Dummköpfe, stuften die Sache zweifellos als gewöhnlichen Raubüberfall ein. Dass es für ihn dabei um eine Übung in angewandter Forschung ging, würden die nie begreifen. Doch es würde nicht mehr lange dauern, bis die ganze Welt erfuhr, worum es bei dem Vorfall am Samstagabend tatsächlich ging: um den ersten Schritt auf einem Weg, an dessen Ende die Weltsicht zahlloser Menschen unwiderruflich ins Wanken geraten würde. In nicht allzu ferner Zukunft würde er ihnen die Scheuklappen abreißen und diesen Kleingeistern zu einer Erkenntnis verhelfen, die ihre dürftige Phantasie bei weitem überstieg.

Und ich hab's fast geschafft. Viel fehlt nicht mehr.

Er drehte sich um und schaute auf den Kalender an der Wand hinter sich. Die Tageszeit war für ihn ohne Belang, aber Daten hatten immer ihre Bedeutung.

Ein solches Datum hatte er rot markiert.

Er wandte sich wieder den Ergebnissen seiner Arbeit mit dem Rotorchiffrierer zu und las ein weiteres Mal einen Abschnitt durch, der ihm schon seit der Entzifferung Kopfzerbrechen bereitete.

Sehr rätselhaft. Dann lächelte er unvermittelt, denn er hatte intuitiv das richtige Wort benutzt. Bei diesem Manuskript hatte Verschlüsselung allein nicht ausgereicht; dieser eine Abschnitt war vor der Verschlüsselung auch noch als Rätsel formuliert worden.

Spontan empfand er Bewunderung für den Verfasser des Dokuments.

Dann runzelte er die Stirn. Er würde dieses Rätsel zügig lösen müssen. Seine Spuren hatte er zwar gründlich verwischt, aber er würde nicht die Dummheit begehen, den Feind zu unterschätzen. Leider war er zur Lösung des Rätsels auf eine Bibliothek angewiesen. Mit anderen Worten, er musste die Sicherheit seines Unterschlupfs verlassen und sich hinaus ins Freie wagen.

Nach kurzer Überlegung kam er zu dem Schluss, dass inzwischen Abend sein dürfte. Er würde die Bibliothek aufsuchen, mit aller gebotenen Vorsicht. Immerhin könnte jemand den Zusammenhang hergestellt und die Mitarbeiter dort entsprechend instruiert haben, jeden zu melden, der nach bestimmten Materialien fragte.

Er lächelte belustigt. Jetzt litt er wirklich an Verfolgungswahn. So intelligent war die Gegenseite nun auch wieder nicht.

Nach dem Abstecher in die Bibliothek würde er, dann hoffentlich mit der gesuchten Lösung, hierher zurückkehren und schließlich die restlichen Abschnitte entschlüsseln.

Er warf nochmals einen Blick auf das rot markierte Datum auf dem Kalender.

Ein Datum, das sich seinem Gedächtnis unauslöschlich eingebrannt hatte.

Ein Datum, das ihm auf immer unvergesslich bleiben würde.

Er hatte eine kleine, wichtige, sehr schmerzliche Pflicht zu erfüllen. Danach würde er, wenn alles glatt lief und er das Manuskript vollständig entschlüsselt hatte, die Mission fortsetzen, die ihm ein so maßlos ungerechtes Schicksal aufgebürdet hatte.

KAPITEL 27

Monsignore De Angelis saß in dem unbequemen Rattansessel, der zu der spartanischen Einrichtung seines Zimmers im obersten Stock des recht anspruchslosen Hotels an der Oliver Street gehörte, in dem die Diözese ihn für die Dauer seines Aufenthalts in New York untergebracht hatte. So übel war es hier im Grunde gar nicht, denn das Hotel befand sich in für ihn günstiger Lage, nur wenige Straßenblocks östlich vom Federal Plaza. Die Aussicht auf die Brooklyn Bridge, die sich von den oberen Etagen aus bot, war fraglos dazu angetan, in den Herzen der Puristen, die sonst in diesen Zimmern logierten, alle möglichen gefühlsduseligen Vorstellungen über die Stadt auszulösen. An ihn jedoch war diese Aussicht vergeudet.

Momentan war seine Gemütsverfassung alles andere als puristisch.

Nach einem kurzen Blick auf die Uhr klappte er sein Handy auf und rief Rom an. Kardinal Rienzi meldete sich. Nach anfänglichen Bedenken, Kardinal Brugnone um diese Zeit zu stören, gab er am Ende doch nach, ganz wie De Angelis vermutet hatte.

«Sagen Sie mir, dass Sie gute Neuigkeiten haben, Michael», sagte Brugnone und räusperte sich.

«Die Leute vom FBI machen Fortschritte. Einige der gestohlenen Gegenstände konnten sichergestellt werden.»

«Das ist doch ermutigend.»

«Allerdings. Das FBI und die New Yorker Polizei halten Wort und bündeln beträchtliche Ressourcen auf den Fall.»

«Was ist mit den Räubern? Hat man noch einen von ihnen verhaften können?»

«Nein, Eure Eminenz», antwortete De Angelis. «Der Mann, den man in Gewahrsam genommen hatte, ist verstorben, bevor man ihn vernehmen konnte. Ein zweites Mitglied der Bande ist ebenfalls ums Leben gekommen, bei einem Brand. Ich habe heute mit dem Agenten gesprochen, der die Ermittlungen leitet. Die Ergebnisse der gerichtsmedizinischen Untersuchungen stehen zwar noch aus, aber er ist der Ansicht, der Mann könnte ermordet worden sein.»

«Ermordet. Wie schrecklich», seufzte Brugnone, «und wie tragisch. Ihre Habgier wird ihnen zum Verhängnis. Sie machen sich gegenseitig die Beute streitig.»

Der Monsignore zuckte die Achseln. «So könnte es scheinen, ja.»

Nach kurzem Schweigen sagte Brugnone: «Natürlich gibt es noch eine andere Möglichkeit, Michael.»

«Daran habe ich auch schon gedacht.»

«Der Hauptdrahtzieher könnte sich lästiger Mitwisser entledigen.»

De Angelis nickte kaum wahrnehmbar. «Genau das ist meine Vermutung.»

«Das ist ungünstig. Wenn er erst als Letzter übrig ist, wird er noch schwieriger zu finden sein.»

«Jedem unterlaufen Fehler, Eure Eminenz. Wenn es bei ihm erst so weit ist, werde ich dafür sorgen, dass uns das nicht entgeht.»

De Angelis konnte hören, wie der Kardinal unbehaglich

auf seinem Sessel herumrückte. «Mir ist nicht wohl bei dieser Entwicklung. Können Sie nicht irgendetwas unternehmen, um die Dinge zu beschleunigen?»

«Das liefe, nach Verständnis des FBI, auf unbefugte Einmischung hinaus.»

Brugnone schwieg ein Weilchen. Dann entschied er: «Nun, verärgern Sie das FBI vorläufig nicht. Aber Sie müssen dafür Sorge tragen, dass wir immer über den neuesten Stand der Ermittlungen im Bilde sind.»

«Ich tue mein Bestes.»

Brugnones Stimme nahm einen beschwörenden Unterton an. «Sie verstehen doch, wie wichtig das ist, Michael. Es ist unbedingt erforderlich, dass wir *alles* zurückerhalten, ehe unwiderruflicher Schaden angerichtet werden kann.»

De Angelis wusste nur zu gut, worauf der Kardinal anspielte. «Selbstverständlich, Eure Eminenz», erwiderte er. «Ich verstehe vollkommen.»

Nach Beendigung des Telefonats blieb De Angelis noch eine Weile in dem Sessel sitzen und dachte nach. Dann kniete er neben dem Bett nieder, um zu beten; nicht um ein Eingreifen des Himmels betete er jedoch, sondern darum, nicht aus eigener Schwäche zu versagen.

Dazu stand viel zu viel auf dem Spiel.

KAPITEL 28

Der Umschlag mit den Kopien der Columbia University, der Tess an dem Nachmittag im Büro zugestellt wurde, wirkte enttäuschend dünn. Eine rasche Sichtung des Materials vertiefte den enttäuschenden ersten Eindruck noch. Tess fand nichts, was irgendwie brauchbar gewesen wäre, aber nach dem, was Clive Edmondson ihr erzählt hatte, rechnete sie auch gar nicht mit Texten zum Templerorden. Offiziell hatte William Vance sich einem ganz anderen Fachgebiet verschrieben, hauptsächlich phönizischer Geschichte bis zum dritten Jahrhundert vor Christus. Einen offenkundigen, vielversprechenden Zusammenhang jedoch gab es: Aus den großen phönizischen Hafenstädten Sidon und Tyrus sollten tausend Jahre später mächtige Templerbastionen werden. Um an Spuren aus phönizischer Zeit zu gelangen, musste man dort buchstäblich erst Schichten von Kreuzfahrer- und Templergeschichte abtragen.

Allerdings war auch von den Themen Kryptographie und Kryptologie in den ihr vorliegenden Veröffentlichungen nirgends die Rede.

Sie war maßlos enttäuscht. All ihre Recherchen in der Bibliothek, wo sie eifrig Bücher gewälzt hatte, und jetzt Vance' Aufsätze – nichts davon hatte sie der Lösung dieses Rätsels auch nur einen Deut näher gebracht.

Sie beschloss, einen letzten Versuch im Internet zu unternehmen. Der Name William Vance führte in der Suchmaschine zu denselben aberhundert Treffern wie beim letzten Mal. Diesmal aber würde sie sich Zeit nehmen und das Material sorgfältiger prüfen.

Nachdem sie einige Dutzend Websites durchgegangen war, stieß sie auf einen Artikel, in dem Vance nur am Rande erwähnt wurde, und zwar mit unverhohlen spöttischem Unterton. Es handelte sich um eine Rede, die ein französischer Historiker knapp zehn Jahre zuvor an der Université de Nantes gehalten hatte. Gegenstand der Rede war eine vernichtende Abrechnung mit Theorien, die nach Auffassung des Historikers alles andere als seriös waren und ernsthaften Wissenschaftlern die Arbeit unnötig erschwerten.

Vance wurde im letzten Drittel seiner Ausführungen erwähnt. Der Historiker flocht nebenbei ein, dass ihm sogar die lachhafte, von Vance vertretene These zu Ohren gekommen sei, Hugues de Payens sei womöglich Katharer gewesen, mit der Begründung, dass der Stammbaum seiner Familie auf eine Herkunft aus dem Languedoc hindeutete.

Tess überflog den Abschnitt ein zweites Mal. Der Begründer des Templerordens ein *Katharer*? Eine absolut verstiegene Vermutung. Templer und Katharer hätten kaum gegensätzlicher sein können. Die Templer hatten sich zweihundert Jahre lang als aufrechte Streiter für die Kirche bewährt. Die Katharer dagegen waren eine in gnostischen Vorstellungen wurzelnde ketzerische Sekte.

Trotzdem eröffnete die Vermutung einige interessante Perspektiven.

Die Bewegung der Katharer, deren Bezeichnung auf das griechische Wort *katharoi*, «die Reinen», zurückgeht, war um die Mitte des zehnten Jahrhunderts entstanden. Ihr Glaube fußte auf der Überzeugung, dass die Welt böse sei und Seelen zur ständigen Wiedergeburt verdammt seien – mitunter sogar in Tiergestalt; ein Grund dafür, warum die Katharer kein Fleisch aßen –, bis sie der materiellen Welt entrannen und in einen spirituellen Himmel eingingen.

Sämtliche Glaubensgrundsätze der Katharer standen in krassem Widerspruch zu den Dogmen der Kirche. So vertraten sie eine dualistische Theologie, der zufolge es neben dem barmherzigen, gütigen Gott noch einen ebenso mächtigen, aber bösen Gott geben müsse, der für all die Schrecken verantwortlich war, welche die Welt heimsuchten. Der gute Gott war der Schöpfer des Himmels und der menschlichen Seele; der böse Gott aber hatte diese Seele in den menschlichen Körper eingekerkert. In den Augen des Vatikans verübten die Katharer damit den Frevel, Satan auf eine Stufe mit Gott zu stellen. Damit war das Konfliktpotenzial noch nicht erschöpft, denn die Katharer, die alle weltlichen Güter als Teufelswerk ansahen, erteilten auch dem Streben nach Reichtum und Macht eine scharfe Absage, durch das die römisch-katholische Kirche im Mittelalter zusehends korrumpiert wurde.

Dass sie darüber hinaus Gnostiker waren, musste die Kirche zusätzlich beunruhigen. Gnostizismus, abgeleitet vom griechischen *gnosis*, «höheres Wissen» oder «Einsicht», ist der Glaube, dass der Mensch weder eines Priesters noch der Kirche bedarf, um in direkten, vertraulichen Kontakt zu Gott zu treten. Der Glaube an den persönlichen Kontakt zu Gott befreite die Katharer von allen moralischen Geboten und religiösen Pflichten. Womit für sie nicht nur prächtige Kirchen und umständliche Zeremonien überflüssig wurden, sondern auch Priester. Religiöse Riten wurden einfach in Wohnungen oder auf freiem Feld abgehalten. Und um das Maß voll zu machen, genossen Frauen bei den Katharern völlige Gleichbehandlung und konnten sogar in den Rang von *Vollkommenen* aufsteigen, die bei den Katharern in etwa priesterliche Funktion hatten: Da der Leib für sie bedeutungslos war, konnte die in einem menschlichen Körper weilende Seele ebenso gut männlich wie weiblich sein, unabhängig von der äußeren Gestalt.

Der Glaube fand rasch viele Anhänger und verbreitete sich über ganz Südfrankreich bis nach Norditalien, eine Entwicklung, die den Vatikan zunehmend beunruhigte. Man entschied, dass diese Ketzerei nicht länger geduldet werden dürfe. Nicht nur die katholische Kirche war in Gefahr. Das gesamte Feudalsystem Europas war in seinen Grundfesten bedroht, denn die Katharer lehnten jeglichen Eid als sündhaft ab, da er einen an die materielle, mithin böse Welt kettete. Diese Auffassung drohte das auf Treueiden basierende Verhältnis zwischen Grundherren und Vasallen komplett auszuhebeln. Für den Papst war es ein Leichtes, die Unterstützung des französischen Adels zu gewinnen, um dieser Bedrohung Herr zu werden. Im Jahr 1209 fiel ein Kreuzfahrerheer über das Languedoc her, dem in den folgenden dreißig Jahren über dreißigtausend Männer, Frauen und Kinder zum Opfer fallen sollten. Quellen zufolge richteten die Ritter in manchen Kirchen, in denen Dorfbewohner Zuflucht gesucht hatten, solche Massaker an, dass sie am Ende knöcheltief im Blut wateten. Ein päpstlicher Soldat, der einmal klagte, er wisse nicht, ob er Ketzer oder gute Christen umbringe, erhielt ungerührt zur Antwort: «Töte sie alle; Gott wird die Seinen schon erkennen.»

Das war einfach zu widersinnig. Die Templer machten sich auf ins Heilige Land, um die Pilger zu beschützen – christliche Pilger. Sie waren die Elitetruppe des Vatikans, seine zuverlässigste Stütze. Die Katharer dagegen waren Feinde der Kirche.

Tess war ziemlich verwundert. Dass ein gebildeter Wissenschaftler wie Vance sich zu einer so verrückten Theorie versteigen konnte, gestützt auf nichts Handfesteres als die Herkunft eines einzigen Menschen! War er wirklich der richtige Ansprechpartner? Akademischer Fauxpas hin oder her, eines stand für Tess trotzdem fest: Sie musste unbedingt mit Vance reden. Falls es einen Zusammenhang zwischen den Templern und dem Raubüberfall gab, könnte er ihn vermutlich sofort aufzeigen.

Sie rief ein weiteres Mal die Columbia University an und ließ sich mit der historischen Fakultät verbinden. Tess nahm Bezug auf ihr letztes Telefonat und fragte die Sekretärin, ob sie jemanden an der Fakultät aufgetrieben hätte, der etwas über William Vance wusste. Die Frau erklärte, sie hätte mehrere Professoren angesprochen, die zur selben Zeit wie Vance an der Uni tätig waren, aber ohne Erfolg. Bei allen war der Kontakt zu ihm nach seinem Weggang abgerissen.

«Verstehe.» Tess seufzte leise. Sie sah ihre letzte Hoffnung schwinden.

Der Frau war ihre Enttäuschung offenbar nicht entgangen. «Ich weiß, Sie müssen ihn erreichen, aber vielleicht möchte er nicht erreicht werden. Manchmal wollen Menschen lieber nicht an, na ja … schmerzliche Zeiten erinnert werden.»

Tess war auf der Stelle hellwach. «Schmerzliche Zeiten?»

«Ja, natürlich. Und nach allem, was er durchgemacht

184

hat … das war wirklich sehr traurig. Er hat sie sehr geliebt, wissen Sie.»

Tess dachte fieberhaft nach. Hatte sie irgendetwas überhört? «Entschuldigung, ich kann Ihnen, glaube ich, nicht ganz folgen. Hat Professor Vance einen persönlichen Verlust erlitten?»

«Ach, ich dachte, das wüssten Sie. Ja, seine Frau. Sie ist schwer erkrankt und dann verstorben.»

Das war Tess absolut neu. Im Internet war das mit keiner Silbe erwähnt worden, aber die Texte dort waren auch rein akademischer Natur und enthielten keine privaten Informationen. «Wann war das?»

«Schon vor einiger Zeit, vor fünf oder sechs Jahren? Mal nachdenken … Es war im Frühjahr, das weiß ich noch. Der Professor hat danach ein Forschungssemester eingelegt und ist nicht wieder an die Uni zurückgekehrt.»

Tess bedankte sich und legte auf. Sie geriet ins Grübeln: Sollte sie die Suche nach Vance aufgeben und ihr Glück lieber mit Simmons versuchen? Trotzdem, ihre Neugier war geweckt. Sie wandte sich wieder ihrem Computer zu und klickte die Internetausgabe der New York Times an. Sie wählte die Suchfunktion aus und stellte erleichtert fest, dass das Archiv bis ins Jahr 1996 zurückreichte. Sie gab «William Vance» ein, klickte den Button «Nachrufe» an und wurde fündig.

Der kurze Artikel gab das Ableben seiner Ehefrau Martha bekannt. Von Komplikationen nach einer kurzen schweren Krankheit war die Rede, nähere Einzelheiten wurden nicht genannt. Eher beiläufig fiel Tess ins Auge, wo die Beisetzung stattgefunden hatte: auf dem Greenwood-Friedhof in Brooklyn. Sie überlegte. Ob Vance wohl noch für die Grabpflege aufkam? In dem Fall musste man bei der Friedhofsverwaltung über seine aktuelle Anschrift verfügen.

Kurz erwog sie einen Anruf bei dem Friedhof, verwarf die Idee aber sofort wieder. Eine solche Auskunft würde man ihr wahrscheinlich ohnehin nicht geben. Widerstrebend suchte sie die Karte heraus, die Reilly ihr gegeben hatte, und rief sein Büro an. Ein Kollege meldete sich und sagte, er sei gerade in einer Besprechung. Tess hielt es für besser, dem Beamten nichts von ihrem Anliegen zu verraten, und beschloss zu warten, bis sie mit Reilly persönlich sprechen konnte.

Sie schaute wieder auf ihren Bildschirm, überflog den Nachruf noch einmal. Plötzlich durchfuhr es sie heiß.

Die Sekretärin hatte Recht gehabt. Martha Vance war tatsächlich im Frühjahr gestorben.

Ihr Todestag jährte sich am morgigen Tag zum fünften Mal.

KAPITEL 29

«Die Autopsie bestätigt, dass auch Waldron ermordet worden ist.» Reilly warf einen Blick in die Kollegenrunde, die um den Tisch im Besprechungszimmer versammelt saß. Monsignore De Angelis war ebenfalls zugegen. «In seinem Blut wurden Spuren von Lidocain gefunden. Dabei handelt es sich um ein Betäubungsmittel, aber es wurde ihm weder von Ärzten noch vom Pflegepersonal verabreicht. Wegen der hohen Dosis kam es bei ihm schließlich zu Herzversagen. Interessanterweise weist auch sein Hals Einstichspuren auf. Offenbar wurden mit dem Lidocain seine Stimmbänder betäubt, damit er nicht um Hilfe schreien konnte.»

Dem Monsignore war anzusehen, wie sehr ihn Reillys Ausführungen entsetzten. Unruhe machte sich auch unter den anderen Anwesenden breit, dem leitenden Ermittlerstab im Fall METRAID: Jansson, Buchinski, Amelia Gaines, Aparo, Blackburn und zwei Beamte aus seiner Einheit. Mit im Raum befand sich außerdem ein junger Techniker, der für die Audio-Video-Anlage zuständig war. Reillys Bericht war allerdings Besorgnis erregend.

«Im Stall wurden darüber hinaus Gerätschaften zur Kaltbrandmarkierung gefunden», fuhr Reilly fort, «mit denen Petrovic die Brandzeichen der Pferde unkenntlich gemacht haben könnte, die sie bei dem Überfall benutzt haben. Aus alldem lässt sich zweierlei folgern. Entweder lässt hier der eigentliche Drahtzieher im Hintergrund seine Handlanger beseitigen, oder einer aus der Bande hat beschlossen, dass er nicht mit den anderen teilen will. Wie dem auch sei, der Mörder hat noch mindestens einen Reiter, möglicherweise aber auch beide, im Visier. Und der Kerl will offenbar keine Zeit verlieren.»

De Angelis wandte sich an Reilly. «Sie haben im Stall wohl keine unserer geraubten Wertgegenstände sichergestellt?»

«Bedauerlicherweise nicht, Pater. Genau wegen dieser Gegenstände wurden sie ja ermordet.»

De Angelis nahm seine Brille ab und putzte mit einem Ärmel an den Gläsern herum. «Und was ist mit diesen extremistischen Gruppen, von denen Sie erzählt haben? Haben Ihre Ermittlungen da schon irgendwelche Erfolge gezeitigt?»

«Bisher noch nicht. Zwei Gruppen, die in jüngster Zeit gegen die katholische Kirche gewettert haben, weil sie ihnen kritisch gegenübersteht, nehmen wir gerade genauer unter die Lupe. Da beide im Mittleren Westen ansässig sind, kümmern sich unsere dortigen Dienststellen darum. Einen schlüssigen Beweis haben sie allerdings noch nicht in der Hand, bloß einen Haufen vager Drohungen.»

De Angelis setzte stirnrunzelnd seine Brille wieder auf. Er schien sichtlich bemüht, seine Beunruhigung zu überspielen. «Dann bleibt uns wohl nichts übrig, als weiter abzuwarten.»

Reilly warf einen Blick in die Runde. Bisher waren sie bei der Aufklärung des Falls, so sah es leider aus, kaum nennenswert vorangekommen. Das Gesetz des Handelns wurde ihnen von außen diktiert, sie reagierten mehr, als dass sie agierten.

«Und was war das für eine Sache mit diesen Templern?», warf Aparo ein.

De Angelis schaute Aparo an und folgte seinem Blick, der auf Reilly ruhte. «Templer?»

Aparos Einwurf überrumpelte Reilly. Er bemühte sich nach Kräften, die Sache herunterzuspielen. «Bloß eine Spur, der wir auch nachgehen.»

Aber durch die fragende Miene des Monsignore sah er sich genötigt fortzufahren.

«Eine der Zeuginnen im Museum, eine Archäologin, hatte den Eindruck, bei dem Raubüberfall könnte ein Zusammenhang mit den Templern bestehen.»

«Wegen der roten Kreuze auf den Umhängen der Ritter?»

Also wohl keine völlig abwegige Idee, folgerte Reilly. «Ja, deswegen und noch wegen anderer Details. Der Ritter, der die Chiffriermaschine an sich genommen hat, sagte dabei ein paar Worte auf Latein, und genau diese Worte stehen anscheinend auch als Inschrift auf einer Templerburg in Frankreich.»

De Angelis musterte Reilly. Der Anflug eines befremdeten Lächelns spielte um seine Lippen. «Und diese Archäologin glaubt also, der Überfall auf das Museum sei das Werk eines Ritterordens, den es seit fast siebenhundert Jahren nicht mehr gibt?»

Reilly spürte, wie ihn die Blicke aller anderen im Raum förmlich durchbohrten. «Nicht direkt. Aber wenn man ihre Geschichte und ihren Kultstatus in Betracht zieht, ist es durchaus vorstellbar, dass eine Bande religiöser Fanatiker sich von den Templern hat anregen lassen. Vielleicht geht ihre Heldenverehrung ja so weit, dass sie eine Art Rachephantasie oder sogar eine Wiederbelebung in die Tat umsetzen wollten.»

189

De Angelis nickte versonnen. Er konnte seine Enttäuschung kaum verbergen, als er sich erhob und seine Unterlagen einsammelte. «Ja, nun, das klingt doch sehr vielversprechend. Ich wünsche Ihnen weiterhin viel Glück bei Ihren Ermittlungen, Agent Reilly. Meine Herren, meine Dame.» Nach einem kurzen Blick zu Jansson ging er ruhig aus dem Raum. Reilly aber wurde das ungute Gefühl nicht los, dass nicht nur Akademiker als Irre abgestempelt wurden, wenn sie das Thema Templer anschnitten.

KAPITEL 30

Mitch Adeson hielt es nicht mehr aus. Wenn er noch sehr viel länger in dieser Bude hockte, würde er unter Garantie durchdrehen. Aber das wäre bei ihm zu Hause ja nicht viel anders, zumal es in seinem eigenen Viertel deutlich gefährlicher war. Hier dagegen, in der Wohnung seines Vaters in Queens, war er wenigstens sicher.

Erst Gus, dann Branko. Mitch war clever, aber selbst wenn er so blöd gewesen wäre wie Gus Waldron, hätte er sich zusammenreimen können, dass irgendjemand eine Liste mit Namen hatte. Und dass aller Wahrscheinlichkeit nach er als Nächster an der Reihe wäre.

Höchste Zeit, an einen sicheren Ort zu verschwinden.

Er schaute hinüber zu seinem Vater. Der schwerhörige Alte, der unter Blasenschwäche litt, ging seiner üblichen Beschäftigung nach. Tagaus, tagein hockte er mit stierem Blick vor der Kiste, über die eine krawallige Talkshow nach der anderen flimmerte, und stieß dabei pausenlos wüste Beschimpfungen aus.

Mitch hätte sich gern mit dem Typen in Verbindung gesetzt, der ihn angeheuert hatte. Dass er derjenige war, von dem ihm Gefahr drohte, hielt er für ausgeschlossen. Mit seinem Pferd war er zwar ganz gut fertig geworden, aber Branko umzubringen, das war ihm nicht zuzutrauen, und einem

Brocken wie Gus Waldron wäre er schon gar nicht gewachsen gewesen. Es musste jemand sein, der weiter oben die Fäden zog. Um herauszufinden, wer das war, und ihm dann zuvorzukommen, dafür würde er sich mit dem Typen unterhalten müssen, der mit diesem verrückten Plan zuerst an ihn herangetreten war. Das Problem war nur, er konnte nicht mit ihm in Kontakt treten. Er wusste ja nicht mal, wie der Kerl hieß.

Sein Vater ließ ungeniert einen fahren. Herrgott, dachte Mitch, ich kann nicht einfach nur hier rumhocken. Ich muss etwas unternehmen.

Draußen war es zwar noch hell, aber die Sache duldete keinen Aufschub. Er müsse für ein paar Stunden weg, sagte er zu seinem Vater. Der Alte reagierte nicht. Erst als Mitch sich den Mantel überzog und auf die Tür zuging, brummte er: «Bring Bier und Kippen mit.»

Das war so ungefähr der längste Satz, den sein Vater seit dem frühen Sonntagmorgen mit ihm gewechselt hatte, als er direkt vom Central Park aus hergekommen war. Dort hatten sie sich ihrer Rüstungen entledigt und waren dann ihrer getrennten Wege gegangen. Seine Aufgabe war es gewesen, die Requisiten in einem Lieferwagen zu verstauen, den er in einer Mietgarage unterstellte, zwei Straßenblocks von seiner Wohnung entfernt. Die Miete für die Garage war für ein Jahr im Voraus bezahlt, und bis dahin würde er sich dort nicht blicken lassen.

Er verließ die Wohnung und hastete zur Haustür hinunter, wo er sich zunächst gründlich vergewisserte, dass draußen auf der Straße die Luft rein war. Dann erst trat er in die anbrechende Dämmerung hinaus und marschierte zielstrebig zur nächsten U-Bahn-Station.

Wenig später schlich Mitch vorsichtig durch die schmale Seitenstraße hinter dem heruntergekommenen siebenstöckigen Mietshaus in Astoria, in dem er wohnte. Inzwischen hatte Regen eingesetzt. Unter dem Arm trug er eine Papiertüte mit einem Sixpack Bier und einer Stange Zigaretten für seinen Vater. Er war völlig durchnässt. Eigentlich hatte er vorgehabt, vorläufig einen Bogen um seine Bude zu machen. Jetzt aber würde er das Risiko eingehen, um einige seiner Sachen zu holen. Die würde er brauchen, wenn er aus der Stadt verschwand.

Vorsichtshalber wartete er ein paar Minuten. Erst dann griff er hoch und zog an dem ausbalancierten Träger der Feuerleiter, den er immer gewissenhaft ölte, nur für alle Fälle. Das zahlte sich jetzt aus, lautlos glitt die Leiter nach unten. Hastig, immer wieder nervöse Blicke nach unten werfend, kletterte Mitch hoch. Vor seinem Schlafzimmerfenster stellte er die Papiertüte auf einer Leitersprosse ab, schob einen Finger in den Spalt zwischen Feuerleiter und Mauer und zog den Metallhaken heraus, den er stets dort aufbewahrte. Im Nu hatte er das verriegelte Fenster geöffnet und stieg ins Innere.

Ohne Licht zu machen, tastete er sich im Dunkeln durch das vertraute Zimmer. Er klappte den Wandschrank auf, zog einen alten Seesack aus dem obersten Fach und tastete ganz hinten in dem Fach herum, bis er vier Schachteln Munition zum Vorschein brachte, die er in dem Sack verstaute. Danach ging er ins Bad, wo er einen Nylonbeutel aus dem Spülkasten holte, der ein größeres, wasserdicht verpacktes Päckchen enthielt. Er wickelte es aus und holte die Kimber Kaliber .45 und die kleine 9mm-Bersa heraus. Nach kurzer Überprüfung der Waffen lud er die Bersa, schob sie sich in den Hosenbund und steckte die Kimber zu der Munition in die Tasche. Dann suchte er rasch etwas Kleidung zusammen und nahm noch ein Paar schwerer Stiefel mit, die er am liebsten trug. Das reichte fürs Erste.

Er stieg wieder aus dem Schlafzimmerfenster, schloss es sorgfältig, warf sich den Seesack über die Schulter und griff nach unten, nach der Papiertüte.

Sie war nicht mehr dort.

Nach einer Schrecksekunde zog Mitch vorsichtig seine Pistole. Er spähte nach unten, aber auf der Straße war alles ruhig. Nicht mal Katzen waren bei so einem Mistwetter unterwegs, und die Ratten konnte er aus dieser Höhe nicht sehen.

Wer hatte die Tüte weggenommen? Kinder? Bestimmt. Einer, der hinter ihm her war, würde wohl kaum seine Zeit mit einem Sixpack Bier und einer Stange Kippen vertrödeln. Aber er wollte es lieber nicht darauf ankommen lassen. Er würde hochklettern aufs Dach, von dort mit einem Sprung auf das Nachbargebäude wechseln und schließlich hundert Meter weiter weg auf die Straße hinabklettern. Das hatte er schon öfter gemacht, allerdings noch nie bei Regen, wenn die Dächer nass waren.

Langsam und so lautlos wie möglich kletterte er die Leiter hoch, bis er das Dach erreicht hatte. Als er sich um das Gehäuse eines Belüftungsschachts herumzwängte, glitt er mit dem Fuß auf einem Metallrohr aus, das mit einem Dutzend weiterer Gerüstbauteile achtlos dort liegen gelassen worden war. Er segelte in hohem Bogen hin und landete mit dem Gesicht mitten in einer Pfütze. Hastig rappelte er sich auf und rannte quer übers Dach zu der hüfthohen Brüstung. Als er gerade ein Bein hinaufschwang, spürte er auf einmal einen heftigen Schmerz. Jemand hatte ihm von hinten einen Tritt in die Kniekehle verpasst. Sein Bein knickte ein.

Er zog seine Pistole, aber der Unbekannte kam ihm zuvor, packte seinen Arm und verdrehte ihn so heftig, dass ihm die Waffe aus der Hand fiel und das abschüssige Dach hinabpolterte. Mitch nahm alle Kraft zusammen; es gelang ihm, sich von dem Mann loszureißen. Ein kurzes Hochgefühl durchströmte ihn, das aber nicht von langer Dauer war, denn gleich darauf geriet er aus dem Gleichgewicht, taumelte und kippte über die Brüstung.

Wie durch ein Wunder schaffte er es, sich mit beiden Händen am rauen Steinsims der Brüstung festzuklammern. Gleich darauf packte ihn der unbekannte Angreifer an den Armen, knapp überm Handgelenk, und bewahrte ihn so vor dem sicheren Sturz in den Tod. Mitch starrte nach oben, direkt in das Gesicht des Mannes, aber es war niemand, den er kannte.

Egal, was der Kerl von ihm wollte, er sollte es haben.

«Ziehen Sie mich hoch», ächzte Mitch mühsam. «Ziehen Sie mich hoch!»

Der Mann kam seiner Bitte nach und zog ihn langsam hoch, bis er in Sicherheit war und bäuchlings quer über der Brüstung hing. Er spürte, wie der Mann einen seiner Arme losließ, und sah dann etwas aufblitzen. Mitch dachte erst, es wäre ein Messer, aber dann erkannte er, was es war: eine Spritze.

Was zum Teufel –? Bevor Mitch auch nur den Versuch unternehmen konnte, sich loszumachen, spürte er auch schon einen jähen, stechenden Schmerz in den straff gespannten Muskeln, die sich von seinen Schultern zum Schädel hochzogen.

Der Mann hatte ihm die Nadel der Spritze in den Hals gerammt.

KAPITEL 31

In seinem Hotelzimmer studierte De Angelis das von der Überwachungskamera im Museum aufgenommene Bild. Dabei ließ er versonnen die goldene, mit Diamanten und Rubinen besetzte Statuette eines sich aufbäumenden Pferds durch die Finger gleiten.

Ein ausgesprochen geschmackloses Stück, wie er persönlich fand. Bei der Figur handelte es sich um ein Geschenk der russisch-orthodoxen Kirche an den Heiligen Vater, überreicht anlässlich einer päpstlichen Audienz Ende des neunzehnten Jahrhunderts. Sie war ungeheuer wertvoll, das wusste er. Geschmacklos und hässlich, aber ungeheuer wertvoll.

Er betrachtete das Bild genauer. Agent Reilly hatte es ihm bei ihrem ersten Treffen ausgehändigt, als er ihn auch auf die Bedeutung des Rotorchiffrierers angesprochen hatte. Nach wie vor bekam er bei dem Anblick Herzklopfen. Selbst dieser grobkörnige Abzug löste in ihm die gleiche helle Aufregung aus, die er schon beim ersten Mal empfunden hatte, als man ihm im Federal Plaza die Aufnahmen der Überwachungskamera vorgeführt hatte.

Ritter in schimmernder Rüstung, die ein Museum in Manhattan ausplünderten, und das im einundzwanzigsten Jahrhundert. So viel Tollkühnheit, das musste er zugeben, war wirklich bemerkenswert.

Das Bild zeigte den vierten Reiter, den, der die Chiffriermaschine emporhielt. De Angelis starrte auf den Helm des Mannes, als könnte er so irgendwie die Gedanken des Reiters erraten. Der Ritter war in Dreiviertelansicht zu sehen, aufgenommen von links hinten. Überall zertrümmerte Ausstellungsvitrinen. Und hinter einer Vitrine in der oberen linken Bildecke lugte das Gesicht einer Frau hervor.

Eine Archäologin, die gehört hatte, wie der vierte Reiter etwas auf Lateinisch sagte. Sie musste es aus nächster Nähe gehört haben, und als er nun auf das Bild starrte, wusste er, dass sie es war.

Er konzentrierte sich auf ihr Gesicht: voller Angst, schreckensstarr. Maßlos entsetzt.

Sie war es, ganz sicher.

Er legte das Bild und die Pferdefigur auf seinem Bett ab und nahm stattdessen den Kettenanhänger in die Hand. In Silber gefasste Smaragde, ein Geschenk des Nizam von Haiderabad. Kostbar genug als Lösegeld für einen Fürsten; tatsächlich hatte das Schmuckstück einmal zu genau diesem Zweck gedient. Während De Angelis es zwischen den Fingern drehte, grübelte er mit düsterer Miene. Er befand sich in einer Sackgasse.

Der Mann, dem er nachjagte, hatte seine Spuren sorgfältig verwischt – wie er es von so jemandem nicht anders erwartet hatte. Seine Handlanger, allesamt erbärmliche kleine Ganoven, hatte De Angelis mit Leichtigkeit ausfindig gemacht, befragt und anschließend beseitigt, nachdem sie sich als völlig nutzlos erwiesen hatten.

Dem Anführer selbst war er damit keinen Schritt näher gekommen.

Er brauchte eine frische Fährte. Einen göttlichen Fingerzeig gewissermaßen.

Und nun dies. Ein Ärgernis.

Eine Ablenkung.

Er betrachtete noch einmal ihr Gesicht. Dann griff er zum Handy und drückte eine Speichertaste. Nach dem zweiten Rufzeichen meldete sich eine heisere Stimme.

«Wer ist da?»

«Wie vielen Leuten haben Sie diese Nummer denn gegeben?», versetzte der Monsignore unwirsch.

Der Mann stieß hörbar die Luft aus. «Freut mich, von Ihnen zu hören, Sir.»

De Angelis wusste, dass der andere jetzt eine Kippe ausdrückte und zugleich automatisch nach der nächsten Zigarette griff. Eine Angewohnheit, die dem Monsignore von Anfang an zuwider gewesen war. Doch die Talente des Mannes machten sie reichlich wett.

«Ich brauche Ihre Hilfe in einer speziellen Angelegenheit.» Er runzelte die Stirn. Eigentlich hatte er gehofft, niemand anderen hinzuziehen zu müssen. Sein Blick fiel wieder auf das Gesicht auf dem Bild. «Sie müssen für mich etwas zum Fall METRAID in der Datenbank des FBI ausfindig machen.» Nach einer kurzen Pause setzte er hinzu: «Diskret.»

Die Antwort kam prompt.

«Kein Problem. Das bringt der Krieg gegen den Terror mit sich: Kooperationsbereitschaft und Informationsaustausch sind das Gebot der Stunde. Was wollen Sie wissen?»

KAPITEL 32

Tess war von einem der zahlreichen gewundenen Wege des Friedhofs abgebogen und ging nun einen schmalen Kiespfad entlang.

Es war kurz nach acht. Um die Grabsteine herum standen die Frühlingsblumen in voller Blüte, und das sorgfältig gemähte Gras war nass vom Regen der vergangenen Nacht. Morgendunst zog in Schwaden um die Grabsteine und die Bäume.

Über ihr flog ein einzelner Mönchssittich dahin, der die friedvolle Atmosphäre mit einem beklemmenden Ruf durchbrach. Trotz ihres Mantels und der milden Temperatur schauderte Tess ein wenig. Selbst in ungetrübter Stimmung hätte ihr ein solcher Gang zwischen Gräbern Unbehagen bereitet. Heute erinnerte dieser Ort sie an ihren Vater und daran, wie lange sie sein Grab nicht mehr besucht hatte.

Sie hielt inne, um einen Blick auf den Lageplan zu werfen, den sie sich in dem Kiosk neben dem gewaltigen gotischen Portal besorgt hatte. Eigentlich müsste die Richtung stimmen, doch ganz sicher war sie sich inzwischen nicht mehr. Der Friedhof erstreckte sich über 200 Hektar – man konnte leicht die Orientierung verlieren, erst recht wenn man wie sie ohne Auto unterwegs war. Sie war mit der U-Bahn von Midtown bis zur 25th Street in Brooklyn gefahren und von dort zu Fuß zum Haupteingang des Friedhofs gegangen, der sich einen Straßenblock weiter östlich befand.

Während sie sich zu orientieren versuchte, kamen ihr Zweifel, ob es wirklich eine gute Idee gewesen war, herzukommen. Im Grunde gab es nichts zu gewinnen, ob sie Vance nun antraf oder nicht. Wenn ja, würde sie ihn in einem zutiefst intimen Moment überrumpeln. Wenn nicht, hatte sie nur ihre Zeit vergeudet.

Sie schob die Bedenken beiseite und setzte ihren Weg fort. Der Teil des Friedhofs, den sie nun erreicht hatte, war offenbar älter. Als sie an einem kunstvollen Grabmal mit einem ruhenden Engel aus Granit vorbeiging, hörte sie ein Geräusch. Erschrocken spähte sie durch den Dunst, doch zwischen den dunklen Schemen der Bäume war nichts zu erkennen. Mit entschieden mulmigem Gefühl beschleunigte sie ihren Schritt ein wenig, während sie in immer abgelegenere Bereiche des Friedhofs vordrang.

Noch einmal überprüfte sie mit Hilfe des Lageplans ihren Standort. Es konnte nicht mehr weit sein. Sie beschloss, eine Abkürzung über einen kleinen Hügel zu nehmen. Als sie über das schlüpfrige Gras lief, stolperte sie über eine moosüberwucherte Grabeinfassung und konnte sich gerade noch an einer verwitterten Steintafel festhalten.

Dann sah sie ihn.

Er stand allein und mit gesenktem Kopf bei einem kleinen Grabstein, vor dem ein Strauß dunkelroter und cremefarbener Nelken lag. Auf dem Weg nicht weit von ihm war ein grauer Volvo geparkt.

Tess zögerte kurz, ehe sie sich entschied, auf ihn zuzugehen. Im Näherkommen entzifferte sie auf dem Grabstein die Namen «Vance» und «Martha». Als sie sich ihm bis auf drei

Meter genähert hatte, nahm er noch immer keine Notiz von ihr, obwohl sie beide die einzigen Menschen weit und breit waren.

«Professor Vance», sprach sie ihn vorsichtig an.

Er stand einen Moment lang reglos da, ehe er sich langsam zu ihr umwandte.

Der Mann, den sie vor sich sah, war nicht mehr derselbe.

Sein Haar war dicht und silbergrau, sein Gesicht verhärmt. Die schlanke, hoch gewachsene Gestalt wirkte nicht mehr athletisch wie früher, sondern ein wenig gebeugt. Vance hatte die Hände in den Taschen seines dunklen Mantels vergraben und den Kragen hochgeschlagen. Tess fiel auf, dass der Stoff an den Ärmelaufschlägen fadenscheinig war und mehrere Flecken hatte. Überhaupt machte die gesamte Erscheinung einen recht schäbigen Eindruck, wie sie peinlich berührt feststellte. Was immer der ehemalige Universitätsprofessor jetzt tun mochte – er war offenbar tief gesunken. Wäre sie ihm heute, ein Jahrzehnt nach ihrer ersten Begegnung, auf der Straße über den Weg gelaufen, sie hätte ihn womöglich gar nicht erkannt.

Er blickte sie mit einem Ausdruck vorsichtiger Zurückhaltung an.

«Es ist mir wirklich unangenehm, Sie hier zu stören», stammelte sie. «Ich hoffe, Sie verzeihen mir. Das ist sicher ein sehr persönlicher Moment für Sie, und glauben Sie mir, wenn ich irgendeine andere Möglichkeit gefunden hätte, Kontakt zu Ihnen aufzunehmen …» Sie stockte – seine Miene hellte sich kaum merklich auf, und es schien ihr, als habe er sie wiedererkannt.

«Tess. Tess Chaykin. Olivers Tochter.»

Sie holte tief Luft und seufzte erleichtert auf. Als sich seine

201

Züge entspannten und die durchdringenden grauen Augen zu leuchten begannen, nahm sie einen schwachen Widerschein der Ausstrahlung wahr, die er besessen hatte, als sie sich vor all den Jahren zuletzt begegnet waren. Sein Gedächtnis funktionierte offenbar tadellos, denn er fuhr fort: «Jetzt weiß ich, warum Sie anders aussehen. Als wir uns kennen lernten, waren Sie schwanger. Ich erinnere mich noch, wie ich damals dachte, die türkische Wildnis sei nicht der geeignetste Aufenthaltsort für Sie.»

«Stimmt.» Ihr Unbehagen ließ nach. «Ich habe eine Tochter. Kim.»

«Sie muss jetzt …» Er überlegte.

«Sie ist neun», ergänzte Tess. Dann schlug sie verlegen die Augen nieder. «Es tut mir Leid, ich … ich hätte wirklich nicht herkommen sollen.»

Plötzlich drängte es sie, sich zurückzuziehen, von hier zu verschwinden. Im nächsten Moment erstarb sein Lächeln. Sein ganzes Gesicht verdüsterte sich, und er richtete den Blick auf den Grabstein. Mit leiser Stimme sagte er: «Meine Tochter Annie wäre heute fünf Jahre alt.»

Tochter? Tess blickte verwirrt erst ihn, dann den Grabstein an, der weiß und von schlichter Eleganz war. Die Inschrift in etwa fünf Zentimeter hohen gravierten Lettern lautete:

Martha & Annie
Vance
Möge ihr Lächeln
eine bessere Welt erhellen

Zuerst verstand sie nicht. Dann wurde es ihr mit einem Schlag klar.

Seine Frau war im Kindbett gestorben.

Tess spürte, wie ihr vor Scham das Blut in den Kopf schoss. Wie gedankenlos von ihr, diesen Mann ans Grab seiner Frau und seiner Tochter zu verfolgen. Als sie zu Vance aufschaute, begegnete er ihrem Blick mit vor Kummer zerfurchtem Gesicht. Beklommen murmelte sie: «Es tut mir so Leid. Ich wusste nichts davon.»

«Wissen Sie, wir hatten schon Namen ausgesucht. Matthew, falls es ein Junge würde, und eben Annie. Das hatten wir in unserer Hochzeitsnacht beschlossen.»

«Was … wie kam es …» Sie brachte es nicht über sich, die Frage auszusprechen.

«Es geschah kurz nach der Hälfte der Schwangerschaft. Martha hatte von Anfang an unter intensiver ärztlicher Beobachtung gestanden. Sie war – das heißt, wir beide waren – schon ziemlich alt für das erste Kind. Bei ihr lag eine Neigung zu hohem Blutdruck in der Familie. Jedenfalls entwickelte sie eine so genannte Präeklampsie. Die genauen Ursachen dieser Störung sind nicht bekannt. Man sagte mir, sie sei an sich nichts Ungewöhnliches, doch in seltenen Fällen kann sie einen lebensgefährlichen Verlauf nehmen. Und so kam es bei Martha.» Er hielt inne, atmete tief durch und wandte den Blick ab. Offenbar schmerzte es ihn noch immer, darüber zu sprechen. Tess wünschte, die Erde würde sich auftun und sie verschlingen, damit er nicht durch ihre Aufdringlichkeit gezwungen war, all das noch einmal zu durchleben. Doch es war zu spät.

«Die Ärzte sagten, man könne nichts dagegen tun», fuhr er fort. «Sie teilten uns mit, Martha müsse die Schwangerschaft abbrechen. Annie war noch so jung, dass keinerlei Hoffnung bestand, sie im Brutkasten am Leben zu erhalten, und Marthas

203

Überlebenschancen verringerten sich mit jedem weiteren Tag der Schwangerschaft.»

«Und der Abbruch ist nicht …»

Sein Blick wurde verschlossen. «Unter normalen Umständen wäre so etwas für uns nie in Frage gekommen. Aber Marthas Leben stand auf dem Spiel. Und so taten wir, was wir immer getan hatten.» Sein Ausdruck verhärtete sich merklich. «Wir fragten unseren Gemeindepriester, Pater McKay, was wir tun sollten.»

Tess wand sich innerlich. Sie ahnte, wie es weitergegangen war.

Vance fuhr mit versteinerter Miene fort: «Sein Standpunkt – der Standpunkt der Kirche – war eindeutig. Er sagte, es wäre Mord. Und zwar nicht irgendein Mord, sondern der denkbar abscheulichste. Ein unaussprechliches Verbrechen. Oh, er ließ sich wortgewaltig darüber aus. Er sagte, wir würden das geschriebene Wort Gottes verletzen: ‹Du sollst nicht töten.› Er sagte, es ginge schließlich um ein Menschenleben. Wir würden einen Menschen ganz zu Beginn seines Lebens töten – das unschuldigste Mordopfer, das man sich nur vorstellen könne. Ein Opfer, das nicht begreift, was ihm widerfährt, ein Opfer, das nicht protestieren, nicht einmal um sein Leben flehen kann. Er fragte uns, wie wir wohl handeln würden, wenn wir seine Schreie hören, seine Tränen sehen könnten. Und als hätte all das noch nicht genügt, fegte er mit einem letzten Argument jeden Zweifel hinweg. ‹Wenn Sie ein Baby hätten, das ein Jahr alt ist – würden Sie es töten, würden Sie es opfern, um Ihr eigenes Leben zu retten? Nein. Natürlich nicht. Und wenn es einen Monat alt wäre? Oder einen Tag? Wann beginnt die Uhr des Lebens wirklich zu ticken?›» Er schwieg einen Moment lang und hing kopfschüttelnd der

Erinnerung nach. «Wir befolgten seinen Rat. Die Schwangerschaft wurde nicht abgebrochen. Wir setzten unser Vertrauen in Gott.»

Vance betrachtete das Grab, sichtlich hin- und hergerissen zwischen Kummer und Zorn. «Martha hielt tapfer durch, bis die Krampfanfälle einsetzten. Schließlich starb sie an Hirnblutungen. Und Annie ... ihre winzige Lunge bekam unsere schmutzige Luft gar nicht erst zu atmen.»

«Es tut mir so furchtbar Leid.» Tess war kaum imstande zu sprechen. Doch Vance schien ohnehin in seine eigene Welt eingetaucht zu sein. In seinen Augen loderte eine Wut, die aus seinem tiefsten Inneren kam und jegliche Trauer verdrängte.

«Wir waren so töricht, das Leben der beiden in die Hände dieser ignoranten, arroganten Scharlatane zu legen. So etwas wird nie wieder geschehen. Niemandem. Dafür werde ich sorgen.» Er starrte ins Leere. «Die Welt hat sich in den letzten tausend Jahren sehr verändert. Es geht im Leben nicht um den Willen Gottes oder die Bosheit des Teufels. Es geht um wissenschaftliche Tatsachen. Und es ist an der Zeit, dass die Menschen das verstehen.»

In diesem Moment begriff Tess.

Die plötzliche Gewissheit ließ ihr das Blut in den Adern gefrieren.

Er war der Mann in dem Museum gewesen. William Vance war der vierte Reiter.

In ihrem Kopf blitzten Bilder auf – die panisch flüchtenden Museumsbesucher, die angreifenden Ritter, die Schüsse, die Verwüstung und das Geschrei.

«Veritas vos liberabit.» Die Worte kamen wie von selbst aus ihrem Mund.

Seine grauen Augen durchbohrten sie zornig. Sein Blick verriet, dass auch er verstanden hatte.

«So ist es.»

Sie musste von hier verschwinden, doch ihre Beine schienen sich in Blei verwandelt zu haben. Ein Gedanke schoss ihr durch den Kopf: Reilly.

«Es tut mir Leid, ich hätte nicht herkommen sollen», brachte sie heraus. Wieder dachte sie an das Museum, an die Menschen, die wegen dieses Mannes gestorben waren. Sie blickte sich suchend um, doch zu dieser frühen Stunde war weit und breit niemand zu sehen, weder Trauernde noch Touristen oder Vogelliebhaber, die häufig herkamen. Sie waren allein.

«Ich bin froh darüber. Ich weiß Ihre Gesellschaft zu schätzen. Gerade Sie sollten eigentlich mein Vorhaben zu würdigen wissen.»

«Bitte, ich … ich wollte nur …» Mit äußerster Willensanstrengung brachte sie endlich ihre Beine dazu, ihr wieder zu gehorchen. Sie wich zögernd ein paar Schritte zurück und sah sich zugleich verzweifelt nach einem Fluchtweg um. In diesem Moment klingelte ihr Handy.

Mit aufgerissenen Augen starrte sie Vance an, der langsam auf sie zukam. Während sie weiter rückwärts stolperte und abwehrend eine Hand ausstreckte, tastete sie mit der anderen in ihrer Tasche nach dem Handy, das noch immer klingelte.

«Bitte», stieß sie flehentlich hervor.

«Lassen Sie das», sagte er ruhig. Plötzlich hielt er etwas in der Hand, das einer Pistole ähnelte – oder eher einer Spielzeugpistole mit schwarzgelben Streifen auf dem kurzen, kantigen Lauf. Tess umklammerte krampfhaft das Handy in ihrer Tasche. Ehe sie sich von der Stelle rühren oder schreien konnte, drückte er den Abzug. Zwei Projektile trafen Tess an der Brust, und augenblicklich spürte sie einen unerträglichen Schmerz, der in brennenden Wellen ihren ganzen Körper durchströmte.

Ihre Beine gaben nach, und sie stürzte hilflos zu Boden. Bewusstlosigkeit umfing sie.

Ein hoch gewachsener Mann, dessen dunkle Kleidung intensiv nach kaltem Zigarettenrauch roch, beobachtete hinter einem Baum versteckt, wie auf Tess geschossen wurde und sie zusammenbrach. Sein Adrenalinpegel schnellte in die Höhe. Er spuckte einen Klumpen Nicorette aus, zog sein Handy hervor und drückte eine Speichertaste, während er mit der anderen Hand die Heckler & Koch USP Compact aus dem Holster an seinem Rücken zog.

De Angelis meldete sich sofort. «Was gibt es?»

«Ich bin noch auf dem Friedhof. Das Mädchen –» Joe Plunkett hielt inne und warf einen Blick zu Tess, die reglos im nassen Gras lag. «Sie hat sich hier mit einem Typen getroffen, und der hat sie gerade mit einem Taser außer Gefecht gesetzt.»

«Was?»

«Ich sag Ihnen, die ist k. o. Was soll ich jetzt machen? Soll ich ihn mir vorknöpfen?» Der Taser stellte keine Bedrohung dar. Plunkett wusste zwar nicht, ob der silberhaarige Mann, der sich gerade über die junge Frau beugte, noch weitere Waffen bei sich trug, doch das spielte kaum eine Rolle. Er würde ihn überwältigen, bevor der andere reagieren konnte. Außerdem schien der ältere Mann allein hier draußen zu sein.

207

Plunkett wartete auf den Befehl. Sein Herz klopfte schneller, und er machte sich innerlich zum Angriff bereit. Schließlich antwortete der Monsignore mit ruhiger, beherrschter Stimme.

«Nein. Unternehmen Sie nichts. Sie spielt keine Rolle mehr – wir konzentrieren uns ab sofort auf ihn. Bleiben Sie dran und verlieren Sie ihn unter keinen Umständen aus den Augen. Ich bin schon unterwegs.»

KAPITEL 33

Grauen durchfuhr Reilly wie ein kalter Windstoß. Er lauschte angestrengt, den Hörer ans Ohr gepresst. «Tess? Tess!» Seine Rufe blieben unbeantwortet. Dann brach die Verbindung ganz ab.

Sofort drückte er die Wahlwiederholungstaste, doch nach dem vierten Rufzeichen ertönte die von Tess aufgezeichnete Ansage, die ihn aufforderte, eine Nachricht zu hinterlassen. Er wählte noch einmal, jedoch mit demselben Ergebnis.

Da stimmt etwas nicht. Da stimmt etwas ganz und gar nicht.

Gestern war ihm ausgerichtet worden, dass sie versucht hatte, ihn telefonisch zu erreichen. Sie hatte aber keine Nachricht hinterlassen, und als er sie zurückrufen wollte, war sie schon nicht mehr im Büro gewesen. Ohnehin wusste er nicht recht, wie ernst sie diese Idee mit den Templern tatsächlich nahm. Ihm selbst war es unangenehm, beinahe peinlich gewesen, als sein Kollege das Thema bei der Besprechung mit dem restlichen Team und dem Monsignore aufgebracht hatte. Trotzdem hatte er gleich frühmorgens noch einmal bei Tess im Büro angerufen und von Lizzie Harding, ihrer Sekretärin, erfahren, sie sei an diesem Morgen nicht erschienen. «Sie hat angerufen, sie käme vielleicht später», so hatte sie es formuliert.

«Wie spät?»

«Das hat sie nicht gesagt.»

Er fragte nach ihrer Handynummer, bekam aber zur Antwort, persönliche Informationen würden nicht herausgegeben. Doch er ließ sich nicht abwimmeln. Als er erklärte, er sei vom FBI, änderte sich die Haltung der Sekretärin denn auch schlagartig.

Nach dem dritten Rufzeichen stellte ihr Handy die Verbindung her, aber Reilly hörte nur Geraschel, als hätte jemand mit dem Telefon in der Tasche versehentlich eine Speichertaste betätigt. Dann konnte er plötzlich ihre Stimme hören: «Bitte» – in einem Ton, der ihn zutiefst beunruhigte. Sie klang völlig verängstigt. Es folgten unterschiedliche Geräusche, die er verzweifelt zu deuten versuchte: ein scharfer Knall, dann mehrere leise, dumpfe Laute, etwas, das wie ein kurzer, erstickter Schmerzensschrei klang, und schließlich ein lautes Poltern. Er hatte noch einmal «Tess!» ins Telefon geschrien, jedoch keine Antwort erhalten. Dann war die Verbindung abgebrochen.

Nun starrte er mit klopfendem Herzen auf sein Telefon. Etwas musste schief gelaufen sein, entsetzlich schief.

Sein Verstand arbeitete fieberhaft. Er wählte erneut die Nummer des Instituts und erreichte wiederum Lizzie.

«Hier ist noch einmal Agent Reilly. Ich muss wissen, wo Tess –», er korrigierte sich hastig, «wo Miss Chaykin sich aufhält. Es ist dringend.»

«Ich weiß es nicht. Sie hat nicht gesagt, wohin sie wollte. Nur dass sie später kommt.»

«Sie müssen in ihrem Kalender nachsehen, ihre E-Mails überprüfen. Hat sie einen elektronischen Terminplaner, vielleicht ein Programm, das mit ihrem PDA synchronisiert ist? Es muss doch irgendeinen Hinweis geben.»

«Einen Moment.» Die Sekretärin klang inzwischen ziemlich gereizt.

Reilly fing einen besorgten Blick von seinem Kollegen auf. «Was ist los?», erkundigte sich Aparo.

Reilly legte eine Hand über den Hörer und kritzelte mit der anderen die Handynummer auf einen Zettel, den er Aparo reichte. «Es geht um Tess. Da ist irgendwas passiert. Lass ihr Handy lokalisieren.»

Jenseits des East River fuhr ein grauer Volvo langsam über den Brooklyn Queens Expressway auf die Brooklyn Bridge zu.

Drei Wagen hinter dem Volvo folgte in diskretem Abstand eine stahlgraue Ford-Limousine, deren Fahrer die unschöne Angewohnheit hatte, seine Zigarettenstummel noch glühend aus dem Fenster zu schnippen.

Zu seiner Linken ragten am anderen Ufer des Flusses die Türme der Lower East Side auf.

Wie er vermutet hatte, fuhr der Volvo wenig später auf die Brücke und hielt auf Manhattan zu.

KAPITEL 34

Das Erste, was Tess wahrnahm, war der Geruch von Weihrauch. Als sie die Augen aufschlug, sah sie Kerzen, Hunderte, wie ihr schien, deren gelbe Flammen den Raum um sie herum in ein sanftes, schimmerndes Licht tauchten.

Sie lag auf einem Teppich, einem alten Kelim, der sich rau und abgenutzt anfühlte. Mit einem Schlag kehrte die Erinnerung an ihre Begegnung mit Bill Vance zurück, und ein Schauder überlief sie. Doch er war nicht da. Sie war allein.

Als sie sich aufsetzte, wurde ihr schwindelig. Trotzdem rappelte sie sich hoch, bis sie unsicher auf den Beinen stand. Dabei spürte sie einen scharfen Schmerz mitten auf der Brust und an einem weiteren Punkt etwas links davon. Sie blickte an sich hinunter, tastete die schmerzenden Stellen ab und versuchte sich zu erinnern, was geschehen war.

Er hat auf mich geschossen, er hat tatsächlich auf mich geschossen.

Aber ich bin nicht tot …?

Während sie ihre Kleidung nach Einschüssen absuchte, fragte sie sich, warum sie überhaupt noch atmete. Schließlich entdeckte sie zwei Löcher im Stoff, die an den Rändern ausgefranst und angesengt waren. Allmählich stieg in ihrer Erinnerung das Bild von Vance auf, wie er die Waffe auf sie richtete. Er hatte sie also nicht töten, sondern lediglich außer

Gefecht setzen wollen. Die Waffe musste eine Art Betäubungspistole gewesen sein.

Wirklich tröstlich war dieser Gedanke allerdings nicht.

Sie blickte sich um. Zwar sah sie noch immer verschwommen, doch es genügte, um zu erahnen, dass sie sich in einem Kellerraum befand. Kahle Wände, Steinfußboden, eine niedrige, gewölbte Decke, die auf kunstvoll verzierten Säulen ruhte. Keine Fenster. Keine Türen. In einer Ecke führte eine hölzerne Stiege hinauf in eine Dunkelheit, in die der Schein der Kerzen nicht vordrang.

Allmählich wurde Tess klar, dass dies kein gewöhnlicher Keller war; offenbar wohnte hier jemand. An einer Wand stand eine Pritsche; auf einer alten Holzkiste, die als Nachttisch diente, türmten sich Bücher und Papiere. An der gegenüberliegenden Seite des Raumes sah sie einen langen Tisch und davor einen großen, etwas schief gesessenen Bürodrehstuhl. An beiden Enden des Tisches waren weitere Bücher und Papiere gestapelt, und in der Mitte, umgeben von noch mehr Kerzen, stand die Chiffriermaschine aus dem Museum.

Selbst in dem schwachen Kerzenschein ging ein überirdisches Leuchten von ihr aus. Das Gerät schien in besserem Zustand zu sein, als sie es in Erinnerung hatte.

Tess bemerkte ihre Handtasche auf dem Tisch, daneben ihre geöffnete Brieftasche. Vage erinnerte sie sich, dass ihr Handy geklingelt hatte, kurz bevor sie das Bewusstsein verlor. Sie wusste noch, wie sie in ihrer Tasche danach getastet hatte, und war überzeugt, dass es ihr gelungen war, eine Taste zu drücken und die Verbindung herzustellen. Hastig ging sie auf den Tisch zu, doch ehe sie nach ihrer Tasche greifen konnte, hörte sie ein Geräusch vom oberen Ende der Stiege. Eine Tür wurde geöffnet, dann fiel sie mit einem metallischen Klacken wieder ins Schloss. Gleich darauf waren Schritte auf den Stufen zu hören, und Beine wurden sichtbar, die Beine eines Mannes, der einen langen Mantel trug.

Erschrocken wich Tess zurück. Aus dem Dunkel kam Vance zum Vorschein. Er blickte sie an und lächelte ihr mit solcher Wärme zu, dass sie sich einen Moment lang fragte, ob sie sich die Szene auf dem Friedhof womöglich nur eingebildet hatte.

Er kam auf sie zu, eine große Plastikflasche mit Wasser in der Hand.

«Es tut mir wirklich Leid, Tess», sagte er. «Aber ich hatte keine andere Wahl.»

Er nahm ein Glas vom Tisch, goss Wasser ein und reichte es ihr. Dann durchsuchte er seine Taschen, bis er einen Blisterstreifen mit Tabletten fand. «Hier. Das sind starke Schmerztabletten. Nehmen Sie eine davon und trinken Sie so viel Wasser, wie Sie können. Das hilft gegen die Kopfschmerzen.»

Sie warf einen Blick auf den Folienaufdruck und erkannte die Marke. Der Streifen sah unbenutzt aus.

«Es ist bloß Voltarol. Nur zu, nehmen Sie eine. Dann werden Sie sich besser fühlen.»

Nach kurzem Zögern drückte sie eine Tablette aus der Folie und spülte sie mit einem Schluck Wasser hinunter. Als Vance das Glas nachfüllte, trank Tess es sofort wieder leer. Noch immer ganz benommen von dem, was ihr widerfahren war, starrte sie ihn an. Es fiel ihr schwer, ihre Augen an das trübe Kerzenlicht zu gewöhnen. «Wo sind wir hier? Was ist das für ein Raum?»

Sein Gesicht nahm einen betrübten, geradezu hilflosen Ausdruck an. «Man könnte wohl sagen, es ist mein Zuhause.»

«Sie wohnen hier?»

Er antwortete nicht.

«Was wollen Sie von mir?»

Vance musterte sie eingehend. «Sie haben nach mir gesucht.»

«Ich habe nach Ihnen gesucht, weil ich Sie in einer schwierigen Angelegenheit um Hilfe bitten wollte», fauchte sie erbost. «Ich habe nicht damit gerechnet, dass Sie auf mich schießen und mich entführen würden.»

«Beruhigen Sie sich doch, Tess. Von Entführung kann gar keine Rede sein.»

«Ach nein? Dann kann ich jetzt wohl gehen.»

Vance wich ihrem Blick aus. Nach kurzem Schweigen erwiderte er nachdenklich: «Vielleicht möchten Sie gar nicht gehen, wenn Sie erst einmal meine Seite der Geschichte gehört haben.»

«Ich kann es gar nicht erwarten, hier rauszukommen, darauf können Sie Gift nehmen.»

«Nun … mag sein, dass Sie Recht haben.» Er wirkte nun unsicher, sogar beschämt. «Vielleicht ist das Ganze doch nicht so einfach.»

Tess spürte, wie Vorsicht an die Stelle ihrer Wut trat. Was tust du da?, dachte sie. Hör auf, ihn zu provozieren. Siehst du nicht, dass er nicht normal ist? Er ist labil. Er ist fähig, einen Menschen zu köpfen. Bleib ganz ruhig. Sie wusste nicht, wohin sie schauen oder was sie sagen sollte. Als ihr Blick auf die Chiffriermaschine fiel, bemerkte sie in der Wand hinter dem Tisch eine Öffnung, klein, rechteckig und mit Brettern verschlossen. Hoffnung glomm in ihr auf, erstarb jedoch ebenso rasch wieder. Vance hatte bestimmt keinen Fluchtweg unversperrt gelassen. Er mochte nicht mehr ganz richtig im Kopf sein, aber dumm war er nicht.

215

Wieder zog die Chiffriermaschine ihren Blick an. Um dieses Gerät drehte sich alles. Tess hatte das Gefühl, mehr darüber erfahren zu müssen. Also fragte sie mit erzwungener Ruhe: «Das da stammt von den Templern, nicht wahr?»

«Ja ... Man stelle sich vor, ich war mehrmals in der Bibliothek des Vatikans, und die ganze Zeit über stand diese Maschine dort in irgendeinem Keller und setzte Staub an. Ich glaube nicht, dass denen überhaupt klar war, welchen Schatz sie da hüteten.»

«Und nach all den Jahren funktioniert sie noch?»

«Ich musste sie nur ein wenig reinigen und ölen. Ja, sie funktioniert noch. Tadellos. Die Templer waren akribische Handwerker.»

Tess betrachtete das Gerät eingehender. Ihr fiel auf, dass daneben auf dem Tisch zahlreiche Papiere lagen, alte Dokumente, Seiten eines Manuskripts. Vance, der sie beobachtete, schien ihre Verwirrung beinahe zu genießen.

«Warum tun Sie das?», fragte sie schließlich. «Wozu brauchen Sie diese Maschine so dringend?»

«Alles begann in Frankreich, vor etlichen Jahren.» Er warf einen wehmütigen Blick auf die Papiere, und seine Gedanken schweiften in die Vergangenheit. «Um genau zu sein, kurz nach Marthas und Annies Tod», fügte er düster hinzu. «Ich hatte meinen Lehrstuhl verlassen. Ich war ... aufgebracht, verwirrt. Ich musste raus, weg von allem. So verschlug es mich nach Südfrankreich, ins Languedoc. Ich war schon früher dort gewesen, mit Martha auf Wandertouren. Es ist eine herrliche Gegend. Man kann sich leicht vorstellen, wie es damals dort gewesen sein muss. Die Region besitzt eine reichhaltige Geschichte, die allerdings zu einem großen Teil ziemlich blutig ist ... Jedenfalls stolperte ich

216

während meines Aufenthaltes dort über eine Überlieferung, die mich nicht mehr losließ. Die Sache soll sich vor mehreren hundert Jahren ereignet haben. Es geht um einen jungen Priester, der ans Sterbebett eines alten Mannes gerufen wird, um ihm die Krankensalbung zu erteilen und die Beichte abzunehmen. Der alte Mann gilt als einer der letzten überlebenden Templer. Der Priester geht zu ihm, obwohl der Mann nicht zu seiner Gemeinde gehört und nicht um seinen Besuch gebeten hat, ja sich anfangs sogar weigert, ihn zu empfangen. Schließlich gibt der Sterbende nach. Als der Priester wieder herauskam, war der Legende zufolge sein Haar schneeweiß. Es heißt, von jenem Tag an habe er nie wieder gelächelt. Jahre später, kurz bevor er starb, gab er schließlich die Wahrheit preis. Der Templer hatte ihm seine Geschichte erzählt und ihm einige Papiere gezeigt, etwas, das den Priester tödlich erschreckt hatte. Das war alles. Die Geschichte verfolgte mich. Ständig geisterte mir das Bild dieses Priesters durch den Kopf, dessen Haar weiß geworden war, nur weil er ein paar Minuten bei einem sterbenden alten Mann zugebracht hatte. Der Versuch, herauszufinden, was es mit diesem Manuskript auf sich hatte und wo es sich befand, wurde für mich zu –»

… einer Obsession, dachte Tess.

«– einer Art Mission.» Vance lächelte schwach. Ihm war anzusehen, dass er im Geiste Bilder ferner, verborgener Bibliotheken heraufbeschwor. «Ich weiß nicht, wie viele staubige Archive ich durchstöbert habe, in Museen, Kirchen und Klöstern, überall in Frankreich, ja sogar jenseits der Pyrenäen in Nordspanien.» Er hielt inne und legte eine Hand auf die Papiere. «Und dann, eines Tages, wurde ich fündig. In einer Templerburg.»

217

Einer Burg mit einer Inschrift am Portal. Tess schwindelte. Sie dachte an die lateinischen Worte, die sie aus seinem Mund gehört hatte, dieselben Worte, die, wie Clive ihr erzählt hatte, in den Torsturz des Château de Blanchefort eingemeißelt waren. Wieder fiel ihr Blick auf die Papiere. Es handelte sich offenbar um eine sehr alte Handschrift. «Sie haben tatsächlich das Originalmanuskript gefunden?», vergewisserte sie sich, und zu ihrer eigenen Überraschung empfand sie selbst etwas von dem Nervenkitzel, den Vance erlebt haben musste. Dann traf sie schlagartig die Erkenntnis. «Aber der Text ist verschlüsselt. Darum brauchten Sie die Chiffriermaschine.»

Er nickte bedächtig. «Ja, es war frustrierend. Jahrelang hielt ich etwas in den Händen, wovon ich wusste, dass es wichtig war. Ich hatte die richtigen Papiere, doch ich konnte sie nicht lesen. Einfache Substitutions- oder Transpositionscodes sind hier nicht anwendbar; ich hatte mir schon gedacht, dass diese Männer sich etwas Raffinierteres hatten einfallen lassen. Ich fand Hinweise darauf, dass die Templer Chiffriergeräte benutzt hatten, aber eine solche Maschine war nirgendwo aufzutreiben. Die Situation schien wirklich hoffnungslos. Nachdem 1307 die Verfolgung begonnen hatte, war von den Besitztümern des Ordens nichts geblieben. Doch dann kam mir das Schicksal zu Hilfe und förderte dieses kleine Juwel aus den verborgensten Archiven des Vatikans zutage, wo es all die Jahre versteckt gewesen und so gut wie vergessen war.»

«Und damit können Sie das Manuskript tatsächlich lesen?»

Er klopfte auf den Papierstapel. «Wie die Tageszeitung.»

Eine unbändige Erregung überkam Tess, doch im nächs-

218

ten Moment schalt sie sich selbst dafür. Dieser Mann hatte allem Anschein nach den Verstand verloren, und die jüngsten Vorfälle ließen keinen Zweifel daran, dass er gefährlich war. Er mochte eine grandiose Entdeckung gemacht haben – eine Entdeckung, von der Tess selbst nur träumen konnte –, doch sie durfte nicht vergessen, dass dafür unschuldiges Blut vergossen worden war. Sie musterte Vance, der wieder in seine Gedanken versunken schien. «Was hoffen Sie zu entdecken?»

«Etwas, das seit allzu langer Zeit verschollen ist.» Seine Augen wurden schmal, sein Blick eindringlich. «Etwas, das alles in die rechte Ordnung bringen wird.»

Etwas, das es wert ist, dafür zu töten, hätte Tess am liebsten hinzugefügt, doch sie verkniff sich die Bemerkung. Ihr fiel der Aufsatz des französischen Historikers ein, den sie gelesen hatte. Darin wurde Vance' Vermutung erwähnt, der Gründer des Templerordens sei ein Katharer gewesen. Soeben hatte sie von Vance erfahren, dass er den Brief im Languedoc gefunden hatte, jener Region, aus der die Familie des Hugues de Payens stammte, wie er zur Entrüstung des französischen Historikers angeführt hatte. Es drängte Tess, mehr darüber zu erfahren, aber noch bevor sie eine Frage stellen konnte, hörten sie über sich ein Geräusch, ein Scharren wie von Stein auf Stein.

Vance sprang auf. «Bleiben Sie hier», befahl er.

Sie blickte erschrocken nach oben. «Was war das?»

«Bleiben Sie hier», wiederholte er knapp, während er selbst hastig den Tisch umrundete und den Taser hervorholte, mit dem er vorhin auf Tess geschossen hatte. Dann überlegte er es sich anders, legte den Taser wieder ab und förderte aus einem Beutel eine weitere Waffe zutage, eine

219

normale Pistole. Ungeschickt lud er sie durch, während er zur Stiege eilte.

Tess sah seine Beine in der Dunkelheit verschwinden. Gleich darauf hörte sie das metallische Klacken, mit dem er die Tür hinter sich verschloss.

KAPITEL 35

De Angelis fluchte leise vor sich hin. Er war mit dem Fuß gegen ein verkohltes Holzstück gestoßen und hatte damit weiteren Schutt ins Rutschen gebracht. Es war nicht leicht, sich in der ausgebrannten Kirche geräuschlos fortzubewegen; der Boden des dunklen, feuchten Raumes war übersät mit Steintrümmern und halb verbrannten Balken, Teilen des eingestürzten Daches.

Anfangs war der Monsignore überrascht gewesen, als Plunkett ihm berichtete, er habe Tess und ihren silberhaarigen Entführer hierher verfolgt. Doch nun, da er durch die stille, gespenstische Ruine der Church of the Ascension schlich, erkannte er: Dies war der ideale Ort für jemanden, der ungestört arbeiten wollte. Für jemanden, der sich dieser Arbeit ganz und gar verschrieben hatte und keinerlei Wert auf persönliche Bequemlichkeit legte. Eine weitere Bestätigung für etwas, das De Angelis ohnehin längst klar war: Der Mann, hinter dem er herjagte, wusste ganz genau, was er da aus dem Museum entwendet hatte.

De Angelis hatte die Kirche durch einen Seiteneingang betreten. Kaum vierzig Minuten zuvor hatte Plunkett beobachtet, wie Tess Chaykin von ihrem Entführer mit verbundenen Augen aus dem grauen Volvo zu diesem Seiteneingang geführt wurde. Sie hatte einen Arm über die Schultern des

Mannes gelegt, er musste sie stützen. Offenbar war sie noch so benommen, dass sie die paar Schritte nicht allein bewältigen konnte.

Die kleine Kirche stand an der West 114th Street, eingezwängt zwischen zwei Reihen rotbrauner Sandsteinhäuser. An der Ostseite verlief eine enge Gasse, in der nun der Volvo und die Limousine parkten. Die Kirche war erst vor ein paar Jahren einem Brand zum Opfer gefallen, und der Wiederaufbau war offenbar noch nicht abzusehen. Vor der Ruine war eine Tafel mit einer zwei Meter hohen Skala angebracht, die den Fortschritt der Spendensammlung abbildete. Die Säule stand erst bei etwa einem Drittel der erforderlichen Summe; es wurden noch Hunderttausende Dollar benötigt, um der Kirche wieder zu ihrer früheren Pracht zu verhelfen.

Der Monsignore war durch einen schmalen Gang in das Hauptschiff gelangt. Säulenreihen trennten die zwei Seitengänge vom Mittelteil ab, dessen Boden mit den Überresten der halb verbrannten Sitzbänke übersät war. Das Feuer hatte auch den Stuck an den Wänden vernichtet, sodass das Mauerwerk aus Ziegel freilag, geschwärzt und stellenweise löcherig. Die wenigen verbliebenen Bogen des Deckengewölbes, die von den Außenwänden zu den Säulen verliefen, waren ebenfalls verkohlt und bis zur Unkenntlichkeit deformiert. Über dem Portal klaffte an der Stelle des prächtigen Glasfensters ein rundes Loch, das inzwischen mit Brettern vernagelt worden war.

De Angelis war am Rand des Kirchenschiffes entlanggeschlichen, vorbei an den geschmolzenen Messinggittern vor dem Altarraum, und behutsam die Stufen zum Hauptaltar emporgestiegen. Zu seiner Rechten ragten die verkohlten Überreste einer großen, überdachten Kanzel auf. Die Stille, die ihn umfing, wurde nur gelegentlich von Straßenlärm durchbrochen, der durch die zahlreichen Löcher in den Außenwänden hereindrang. Offenbar nutzte der Entführer des Mädchens, wer immer es sein mochte, die hinteren Räume der Kirchenruine. Während Plunkett draußen Wache hielt, schlüpfte De Angelis behutsam an den Überresten des Altars vorbei in den Durchgang hinter dem Sanktuarium. Im Gehen schraubte er einen Schalldämpfer auf die Mündung seiner SIG-Sauer-Pistole.

Und dann stieß er mit dem Fuß gegen den Schutt.

Der Lärm hallte in dem dunklen Gang wider. De Angelis erstarrte und lauschte angestrengt, ob er jemanden aufgestört hatte. Am anderen Ende des Ganges machte er vage eine Tür aus. Plötzlich ertönte dahinter ein gedämpftes Poltern, dann näherten sich leise Schritte. Der Monsignore drückte sich eng an die Wand und hob seine Pistole. Die Schritte kamen näher, er hörte die Klinke knarren, doch dann schwang die Tür nach innen auf statt nach außen, und er sah nichts als Dunkelheit. Er selbst war nun derjenige, der im Licht stand.

Für einen sicheren Rückzug war es zu spät, und ohnehin lag es nicht in der Natur des Monsignore, Gefahren aus dem Weg zu gehen. Also stürzte er sich kurz entschlossen vorwärts in die finstere Öffnung.

Die Pistole fest umklammert, starrte Vance aus dem Schutz der Dunkelheit dem Eindringling entgegen. Er erkannte ihn nicht, glaubte jedoch einen römischen Kragen zu sehen; ein Anblick, der ihn zögern ließ.

Im nächsten Moment machte der Mann einen Satz vorwärts. Vance brachte hastig seine Waffe in Anschlag, aber noch ehe er abdrücken konnte, riss ihn der Fremde auch schon zu Boden, und die Pistole glitt ihm aus der Hand. Der Gang war schmal und niedrig. Vance stützte sich an der Wand ab, um wieder auf die Beine zu kommen, aber der andere Mann war ihm an Kraft deutlich überlegen, und so ging er erneut zu Boden. Dabei rammte er heftig ein Knie nach oben, woraufhin ein gequältes Stöhnen ertönte und eine weitere Pistole scheppernd auf den Steinboden fiel, diesmal die des Fremden. Doch der Angreifer hatte sich rasch wieder erholt und traf ihn heftig mit der Faust am Kopf.

Der Schlag war zwar schmerzhaft, reichte aber nicht aus, um Vance außer Gefecht zu setzen. Im Gegenteil brachte er ihn in rasende Wut. Zum zweiten Mal an diesem Tag drohte jemand seine Pläne zu durchkreuzen, erst Tess Chaykin, nun dieser Fremde. Vance stieß erneut mit dem Knie zu, dann ging er mit den Fäusten auf den anderen los. Was ihm dabei an Technik und Übung fehlte, machte er mit der Heftigkeit seines Zornes wett. Nichts und niemand hatte das Recht, sich ihm in den Weg zu stellen.

Der Eindringling wehrte die Schläge gekonnt ab und wich zurück, wobei er über ein paar Holzbohlen stolperte. Vance erkannte seine Chance und versetzte dem Mann einen kräftigen Tritt gegen das Knie. Dann hob er hastig seine Pistole auf, zielte und drückte ab. Noch bevor die Kugeln durch die Luft pfiffen, warf sich der Fremde blitzschnell zur Seite. Es folgte ein Aufschrei – vermutlich hatte ein Geschoss sein Ziel erreicht. Der Fremde wich weiter zurück und erreichte stolpernd den Altarraum.

Vance zögerte.

Sollte er den Fremden verfolgen, herausfinden, wer er war, und ihm den Rest geben? Doch im nächsten Moment hörte er vom anderen Ende des Kirchenschiffes her ein Geräusch. Der Mann war nicht allein.

Vance entschied, lieber zu verschwinden. Er machte auf dem Absatz kehrt und eilte zurück zu der Falltür, unter der sein Kellerraum verborgen lag.

KAPITEL 36

Tess hörte einen Schuss, gefolgt von einem Aufschrei. Jemand war verletzt worden. Dann näherten sich hastige Schritte der Falltür. Sie wusste zwar nicht, ob es Vance war oder jemand anders, aber ganz sicher würde sie nicht tatenlos dastehen und warten, bis sie es erfuhr.

Sie eilte zum Tisch, schnappte sich ihre Handtasche und zog das Handy hervor. Im Halbdunkel des Kellers strahlte das Display grell wie Scheinwerferlicht, doch es zeigte lediglich an, dass sie im Keller keinen Empfang hatte. Was ihr ohnehin nicht viel genützt hätte, denn sie kannte die Nummer vom FBI nicht auswendig. Sie hätte zwar den Notruf wählen können, doch es hätte zu lange gedauert, ihre Situation zu erklären. Außerdem hatte sie keine Ahnung, wo sie sich befand.

Hilfe, ich bin in einem Keller irgendwo in der Stadt.

Glaube ich.

Großartig.

Tess war noch immer ziemlich benommen, und ihr Herz schlug vor Aufregung so heftig, dass sie das Blut in den Ohren rauschen hörte. Als sie sich hektisch umsah, fiel ihr Blick erneut auf die vernagelte Luke hinter dem Tisch. Kurz entschlossen fegte sie mehrere Bücherstapel zu Boden, kletterte auf den Tisch und zerrte an den Brettern, die die Öffnung verdeckten. Vergebens, sie ließen sich nicht losreißen. Verzweifelt hämmerte sie dagegen, aber das Holz war zu stark. Dann hörte sie, wie die Kellertür geöffnet wurde. Als sie sich umwandte, tauchten auf der Stiege gerade ein Paar Füße aus dem Dunkel auf. Sie erkannte die Schuhe. Es war Vance.

Als Tess sich Hilfe suchend umblickte, bemerkte sie den Taser, den Vance auf dem Tisch zurückgelassen hatte. Er lag nicht weit von ihr hinter einem Bücherstapel. Tess packte die Waffe und richtete sie mit zitternden Händen auf Vance, dessen Gesicht nun ebenfalls sichtbar wurde. Er sah ihr ruhig in die Augen.

«Bleiben Sie, wo Sie sind!», schrie sie ihn an.

«Tess, bitte». Er öffnete die Arme. «Wir müssen von hier verschwinden.»

«Wir? Wovon reden Sie? Bleiben Sie mir vom Leib.»

Er kam unbeirrt auf sie zu. «Tess, legen Sie die Waffe weg.»

Von Panik erfasst, drückte sie den Abzug – doch nichts geschah. Vance beschleunigte seinen Schritt. Verzweifelt drehte und wendete sie die Pistole, bis sie endlich den kleinen Sicherungshebel entdeckte. Als sie ihn betätigte, blinkte eine rote Leuchte auf. Wieder richtete Tess die Pistole auf Vance, woraufhin auf seiner Brust ein winziger, roter Punkt erschien. Offenbar hatte sie den Ziellaser aktiviert. Ihre Hände zitterten so heftig, dass der Punkt nach links und rechts tanzte. Vance hatte sie nun fast erreicht. Mit wild klopfendem Herzen kniff sie die Augen zu und drückte den Abzug, der sich anfühlte wie Gummi, nicht kalt und metallisch, wie sie es von einer Pistole erwartet hätte. Der Taser löste mit einem Knall aus. Tess schrie auf, als die zwei Metallprojektile mit stählernen Widerhaken aus der Waffe hervorschossen, wobei sie dünne Drähte hinter sich herzogen.

Das erste Projektil traf Vance an der Brust, das zweite bohrte sich in seinen linken Oberschenkel. Fünfzigtausend Volt durchströmten ihn fünf Sekunden lang und lösten in seinen Muskeln unkontrollierbare Zuckungen aus. Er bog sich ruckartig durch, als die brennenden Krämpfe seinen Körper erfassten, und seine Beine gaben nach. Hilflos, mit schmerzverzerrtem Gesicht, brach er zusammen.

Kurz überlegte Tess, ob sie an ihm vorbei zur Treppe laufen sollte, aber sie war nicht erpicht darauf, ihm näher zu kommen. Außerdem wusste sie nicht, wem Vance dort oben begegnet war, und sie fürchtete sich davor, es herauszufinden. Also wandte sie sich wieder den Brettern zu, die die Öffnung versperrten, bearbeitete sie mit Fußtritten und zerrte an ihnen, bis sich endlich eines lockerte. Tess riss es vollends los, hebelte damit die übrigen Bretter auf und spähte durch die entstandene Öffnung.

Dahinter lag ein finsterer Tunnel.

Ehe Tess hindurchschlüpfte, sah sie sich noch einmal nach Vance um. Dabei fiel ihr Blick auf die Chiffriermaschine, dann auf die Manuskriptblätter, die zum Greifen nahe auf dem Tisch lagen.

Ohne recht zu wissen, was sie tat, machte sie kehrt, packte den Stapel Dokumente und stopfte ihn in ihre Tasche. Noch etwas zog ihre Aufmerksamkeit auf sich: Zwischen den Büchern, die sie hastig vom Tisch gefegt hatte, lag ihre Brieftasche. Sie ging einen Schritt darauf zu, als sie aus den Augenwinkeln sah, dass Vance sich regte. Für den Bruchteil einer Sekunde zögerte sie, ehe sie entschied, dass sie bereits genügend Risiken eingegangen war. Es war höchste Zeit, zu verschwinden. Sie wandte sich ab, kletterte wieder auf den Tisch und verschwand hastig in dem dunklen Tunnel.

Tief geduckt, die Tunneldecke dicht über ihrem Kopf, hatte sie vielleicht dreißig Meter zurückgelegt, als der Gang plötzlich breiter und höher wurde. Für einen Moment blitzte eine düstere Erinnerung an alte mexikanische Katakomben in ihr auf, die sie als Studentin einmal besucht hatte. Die Luft kam ihr hier noch feuchter vor als vorhin in dem Keller. Als sie nach unten blickte, erkannte sie den Grund: In der Mitte des Ganges floss ein schmales Rinnsal schwarzen Wassers. Tess stolperte am Rand entlang, doch ihre Füße glitten auf dem feuchten, abgenutzten Steinboden immer wieder ab, das beißend kalte Wasser drang in ihre Schuhe ein. Nach einer kurzen Strecke fiel der Boden senkrecht ab, und das Rinnsal ergoss sich in einem kleinen Wasserfall etwa zwei Meter tief in einen weiteren, noch geräumigeren Tunnel.

Tess warf einen Blick zurück und lauschte. War da nur das Geräusch des Wassers, oder hörte sie noch etwas anderes? Plötzlich hallte ein Ruf durch die Dunkelheit.

«Tess!»

Vance' Stimme. Er war wieder auf den Beinen und verfolgte sie.

Sie holte tief Luft und ließ sich über die Kante hinunter, wobei das Wasser in einen Ärmel ihres Mantels floss und ihre Kleidung durchnässte. Als sie an ausgestreckten Armen hing, berührte sie zu ihrer Erleichterung mit den Zehenspitzen festen Boden. Sie ließ sich ganz hinunter und sah sich um. Der Wasserfluss war hier breiter und tiefer. Der Unrat, der auf der Oberfläche schwamm, und der widerliche Gestank verrieten ihr, dass sie sich in einem Abwasserkanal befand. Nach mehreren Versuchen, am Rand entlangzugehen, gab sie es auf. Der Boden war zu schräg und zu glitschig. Tess verdrängte die Gedanken daran, was alles in dieser Brühe her-

229

umschwamm, und stieg mitten hinein. Das Wasser reichte ihr fast bis zu den Knien.

Plötzlich hörte sie ein leises, scharrendes Geräusch, zugleich nahm sie aus den Augenwinkeln eine schnelle Bewegung wahr. Als sie den Kopf wandte, sah sie kleine, glänzende Pünktchen durch die Dunkelheit huschen – die Augen von Ratten, die an den Kanalwänden entlangliefen.

«Tess!»

Vance' Stimme dröhnte durch den Tunnel, hallte von den feuchten Wänden wider und schien von allen Seiten zugleich zu kommen.

Ein paar Meter weiter begann sich das Dunkel ein wenig zu lichten. Tess hastete vorwärts, so schnell es ihr möglich war; sie wollte auf keinen Fall riskieren, zu stolpern und in diese Brühe zu fallen. Als sie sich der Lichtquelle näherte, stellte sie fest, dass die Helligkeit von oben, von einem Kanalgitter am Straßenrand kam. Sie hörte Stimmen. Gleich darauf konnte sie sogar sehen, wie sechs Meter über ihr Leute vorbeiliefen.

Sie schöpfte Hoffnung und begann zu schreien: «Hilfe! Helfen Sie mir! Ich bin hier unten! Hilfe!», doch niemand beachtete sie. Natürlich nicht – was hast du erwartet? Du bist hier in New York City. Kein Mensch in dieser Stadt käme auch nur im Traum auf die Idee, irrsinniges Geschrei aus der Kanalisation ernst zu nehmen.

Tess hörte ihre eigenen Schreie durch den Tunnel hallen. Sie lauschte. Geräusche näherten sich, Rauschen und Plätschern. Sie musste weiter, ehe er sie einholte. Ohne das kalte Wasser und den Unrat zu beachten, setzte sie ihren Weg fort und gelangte nach wenigen Schritten an eine Gabelung.

Ein Tunnel war breiter, aber auch dunkler und augenscheinlich nasser als der andere. Das bessere Versteck? Vielleicht. Sie entschied sich für diesen. Kaum fünfzehn Meter weiter stellte sie fest, dass sie wohl die falsche Wahl getroffen hatte: Vor ihr ragte eine senkrechte Ziegelmauer auf.

Sie war in eine Sackgasse geraten.

KAPITEL 37

Nachdem er den Eindringling am Eingang zur Krypta abgewehrt hatte, wollte Vance eigentlich mitsamt der Chiffriermaschine und dem noch unvollständig entschlüsselten Manuskript durch das unterirdische Tunnelsystem flüchten. Doch nun war ihm nur die Maschine geblieben. Die Papiere waren fort. Von kalter Wut erfasst, brüllte er den Namen des Mädchens, sodass sein Schrei laut von den feuchten Wänden widerhallte.

Er hatte nichts gegen Tess Chaykin. Im Gegenteil, er erinnerte sich daran, sie einmal gemocht zu haben, damals, als er noch fähig war, Menschen zu mögen. Er hatte sogar mit dem Gedanken gespielt, sie zu fragen, ob sie sich seinem ... Kreuzzug anschließen wollte.

Aber jetzt hatte sie die Papiere entwendet, *seine* Papiere, und das machte ihn rasend.

Die Chiffriermaschine fest an sich gepresst, watete er durch den Kanal. Wenn er Tess nicht bald einholte, stieß sie womöglich auf eine der Luken, die aus diesem verworrenen Labyrinth hinausführten.

Das durfte er nicht zulassen.

Mühsam kämpfte er seinen Zorn nieder. Er konnte nicht riskieren, etwas zu überstürzen und unbedacht zu handeln.

Nicht jetzt.

Und erst recht nicht hier unten.

Tess hatte in der Sackgasse kehrtgemacht und wollte zu der Gabelung zurückgehen, als sie plötzlich eine Metalltür in einer Seitenwand bemerkte. Sie rüttelte an der verrosteten Klinke, die Tür war nicht abgeschlossen, aber sie klemmte. Mit einer verzweifelten Kraftanstrengung riss Tess sie auf und sah vor sich eine Wendeltreppe, die nach unten führte. Noch tiefer hinab in noch größere Dunkelheit, das war nicht das, was sie sich gewünscht hätte, doch ihr blieb keine Wahl.

Behutsam tastete sie mit den Füßen nach jeder einzelnen Stufe, ehe sie ihr Gewicht darauf verlagerte. Nach einer Weile fand sie sich in einem weiteren Tunnel wieder. *Um Himmels willen, wie viele Tunnel gab es hier unten eigentlich?* Immerhin war dieser noch geräumiger als der vorige und vor allem trocken. Was immer das hier sein mochte, es war kein Abwasserkanal.

Unschlüssig, in welche Richtung sie laufen sollte, wandte sie sich aufs Geratewohl nach links. Nach wenigen Schritten bemerkte sie einen Lichtschimmer. Einen gelben Schein, der sich bewegte. *Eine Kerze? Hier?*

Zögernd ging sie darauf zu.

Das Licht erlosch.

Tess erstarrte. Gleich darauf begriff sie: Es war nicht erloschen, sondern jemand war zwischen die Lichtquelle und sie getreten.

Hinter ihr waren noch immer Geräusche zu hören. Folglich konnte die Person, die dort vor ihr stand, unmöglich Vance sein. Oder doch? Vielleicht kannte er sich in diesen Gängen aus, immerhin hatte er den Keller als sein Zuhause bezeichnet. Tess zwang sich weiterzugehen, und gleich dar-

233

auf konnte sie nur wenige Meter entfernt nicht eine, sondern zwei Gestalten ausmachen. Ob Männer oder Frauen, war nicht zu erkennen, aber keine der beiden Personen ähnelte Vance. Allerdings war hier unten wohl von niemandem etwas Gutes zu erwarten.

«Hey, Baby», rief eine heisere Stimme. «Hast du dich verlaufen?»

Augenblicklich entschied Tess, dass Zögern nicht gut für ihre Gesundheit wäre. Sie beschleunigte ihre Schritte, obwohl sie kaum sehen konnte, wohin sie trat.

«Scheint dein Glückstag zu sein, Mann», sagte eine andere, höhere Stimme.

Die beiden klangen nicht besonders freundlich.

Tess hastete weiter. Zugleich wurde das Geräusch hinter ihr lauter. Ihr Herz setzte einen Schlag aus. Sie war den beiden Gestalten jetzt sehr nahe. In dem schwachen Kerzenlicht erkannte sie unordentlich aufeinander getürmte Pappkartons, etwas, das nach Teppichrollen aussah, und Bündel von Lumpen.

Tess dachte fieberhaft nach. Als sie die beiden Männer fast erreicht hatte, fauchte sie: «Die Cops kommen.»

«Was zum Teufel wollen die hier?», grummelte der eine.

Als Tess sich vorbeidrängen wollte, griff er nach ihr und hielt sie am Mantel fest.

«Hey, komm schon, Puppe –»

Instinktiv wirbelte Tess herum und versetzte dem Mann einen Faustschlag an die Schläfe. Er schnappte erschrocken nach Luft und taumelte rückwärts. Sein Kumpel machte Anstalten, ebenfalls sein Glück bei Tess zu versuchen, doch als er sah, wie ihre Augen im gelben Licht funkelten, überlegte er es sich anders und wich zurück.

Tess kehrte den beiden Obdachlosen den Rücken und lief weiter, mittlerweile völlig erschöpft und außer Atem. Die Trostlosigkeit dieser Unterwelt begann sie zu überwältigen.

Wenig später gabelte sich der Tunnel erneut. Diesmal entschied Tess sich willkürlich für den rechten Gang. Nachdem sie ein paar Meter weitergestolpert war, bemerkte sie in der Wand eine Nische mit einem Gitter, das sich zur Seite schieben ließ. Wieder führte eine windschiefe Leiter in die Tiefe. Noch weiter hinunter, dabei musste sie doch nach oben! Aber vor allem musste sie Vance entkommen, und so beschloss sie, ihr Glück zu versuchen; vielleicht würde er ihr nicht folgen.

Der Tunnel, in den sie nun gelangte, war wiederum erheblich größer, trocken wie der vorige und besaß glatte, senkrechte Wände. Doch es war so finster, dass sie sich mit einer Hand an der Wand langsam vorwärts tasten musste. Von Vance war nun nichts mehr zu hören, weder Schritte noch Rufe. Erleichtert seufzte sie. *Großartig. Und jetzt?* Nach einer Ewigkeit, auch wenn in Wirklichkeit wohl kaum eine Minute verstrichen war, hörte sie hinter sich ein Geräusch. Diesmal waren es keine Ratten, auch kein menschlicher Verfolger. Was sie hörte, war das Rattern eines Zuges.

Shit. Ich bin in der U-Bahn.

Ein schwacher Lichtschein flackerte über die Wände, dann wurden im Scheinwerferlicht die Gleise sichtbar. Tess rannte weiter, wobei sie verzweifelt versuchte, die Stromschiene nicht zu berühren. Die Bahn holte rasch auf, das rhythmische Gerattere hallte von den Tunnelwänden wider. Als der Zug sie beinahe eingeholt hatte, erblickte sie im Licht der Scheinwerfer eine schmale Nische in der Wand und schlüpfte hinein. Im selben Moment rauschte die Bahn vorbei, nur Zentimeter von ihr entfernt. Zitternd und mit wild pochendem Herzen wartete Tess ab, die Arme schützend vor das Gesicht gehoben, die Augen fest zugekniffen. Selbst durch die geschlossenen Lider sah sie noch das Licht des vorbeirasenden Zuges. Heiße, staubige Luft schlug ihr entgegen, drang ihr in Mund und Nase. Sie presste sich noch enger gegen die Wand. Wie betäubt von dem Lärm, wartete sie mit geschlossenen Augen, bis die Lichterspur endlich vorbei war. Gleich darauf gellte das Kreischen von Bremsen durch den Tunnel, Räder sprühten Funken. Tess schlug das Herz noch immer bis zum Hals, doch eine Welle der Erleichterung durchströmte sie.

Eine Station. Ich muss kurz vor einer Station sein.

Sie raffte ihre letzten Energiereserven zusammen und setzte zu einem verzweifelten Endspurt an. Während die Bahn bereits wieder anfuhr, stolperte Tess in das grelle Licht hinein und stemmte sich auf den Bahnsteig hoch. Die letzten Fahrgäste verschwanden gerade die Treppe hinauf. Niemand nahm Notiz von ihr.

Tess verharrte einen Moment lang auf allen vieren und rang nach Atem. Dann rappelte sie sich auf, durchnässt, schmutzig und am ganzen Körper zitternd.

Müde und auf wackeligen Beinen folgte sie den anderen hinauf in die Zivilisation.

KAPITEL 38

In eine Decke gehüllt und beide Hände um einen großen Becher mit heißem Kaffee gelegt, saß Tess in Reillys Wagen, der gegenüber der U-Bahn-Station an der 103rd Street am Straßenrand parkte. Sie zitterte in ihrer durchnässten Kleidung, und von der Taille abwärts fühlte sich ihr Körper vor Kälte wie abgestorben an.

Reilly hatte ihr angeboten, sie ins Krankenhaus oder direkt nach Hause zu fahren, aber Tess hatte darauf bestanden, ihm zuerst zu berichten, was sie herausgefunden hatte. Sie sei nicht verletzt und müsse auch nicht dringend heim, hatte sie beteuert.

Während sie zusah, wie mehrere Polizeitrupps in die Station hinabstiegen, berichtete sie Reilly von ihrer Begegnung mit Vance. Dass Clive ihr vorgeschlagen hatte, sich an den Professor zu wenden, dass sie Vance bereits vor Jahren einmal persönlich kennen gelernt hatte, dass sie auf gut Glück auf dem Friedhof nach ihm gesucht hatte in der Hoffnung, er könne ihr helfen herauszufinden, was hinter den Vorfällen im Metropolitan Museum steckte. Sie gab wieder, was sie von Vance gehört hatte: die Geschichte vom Tod seiner Frau, dass er den Priester dafür verantwortlich machte, und wie er gesagt hatte, er wolle «alles in die rechte Ordnung bringen». Letzteres schien Reilly ganz besonders zu interessieren. Tess erzählte auch die Legende von dem sterbenden Templer und dem Mönch, dessen Haar weiß geworden war, und berichtete, wie Vance auf sie geschossen hatte und sie später in dem Keller wieder zu sich gekommen war. Wie sie dort von jemandem aufgestört wurden, wie sie Schüsse gehört hatte und schließlich entkommen war.

Während sie erzählte, stellte sie sich vor, wie Suchtrupps in die unterirdischen Tunnel ausschwärmten und dieses albtraumhafte Labyrinth nach Vance durchkämmten. Allerdings nahm sie stark an, dass er längst über alle Berge war. Der Gedanke an die Tunnel ließ sie erneut schaudern. Sie war nicht erpicht darauf, noch einmal dort hinabzusteigen, und hoffte, dass man es nicht von ihr verlangen würde. Noch nie in ihrem Leben hatte sie solche Angst ausgestanden ... oder wenigstens nicht seit dem Überfall auf das Museum, der nicht einmal eine Woche zurücklag. Offenbar war sie da in eine ziemlich üble Pechsträhne geraten.

Nachdem sie geendet hatte, schüttelte Reilly den Kopf.

«Was ist?», fragte sie.

Er ließ nur wortlos den Blick auf ihr ruhen.

«Warum sehen Sie mich so an?», beharrte sie.

«Ist Ihnen eigentlich klar, dass Sie verrückt sind?»

Sie stieß erschöpft die Luft aus. «Warum?»

«Ich bitte Sie, Tess. Sie sollen nicht auf eigene Faust irgendwelchen Hinweisen nachjagen und versuchen, diese Angelegenheit im Alleingang aufzuklären. Verdammt, Sie sollen überhaupt nicht versuchen, sie aufzuklären, Punkt. Das ist mein Job.»

Tess brachte ein Grinsen zustande. «Sie haben wohl Angst, ich könnte Ihnen allen die Show stehlen, stimmt's?»

Reilly ließ sich nicht auf Scherze ein. «Ich meine das ernst.

238

Sie hätten schwer verletzt werden können ... oder Schlimmeres. Sie begreifen wohl noch immer nicht? Diese Angelegenheit hat bereits mehrere Menschen das Leben gekostet. Das ist kein Spaß. Denken Sie denn überhaupt nicht an Ihre Tochter?»

Tess versteifte sich sichtlich. «Ich dachte, ich treffe mich mit einem Geschichtsprofessor zu einer Tasse Kaffee und einem akademischen Plausch. Ich hab doch nicht damit gerechnet, dass er mit diesem Ding –» Sie stockte.

«Taser.»

«– mit diesem Taser auf mich schießt, mich in seinen Wagen packt und mich durch rattenverseuchte Abwasserkanäle jagt. Herrgott nochmal, der Mann ist Professor für Geschichte. Solche Leute sind normalerweise zurückhaltende, introvertierte, Pfeife rauchende Menschen, keine –»

«Irren?»

Tess runzelte die Stirn. Der Begriff erschien ihr nicht recht passend, trotz allem, was geschehen war. «Ich glaube, so weit würde ich nicht gehen, aber ... er ist nicht in der besten Verfassung, so viel steht fest.» Zu ihrer eigenen Verblüffung empfand sie einen Anflug von Mitgefühl für den Professor. Sie hörte sich selbst sagen: «Er braucht Hilfe.»

Reilly musterte sie einen Moment lang schweigend. «Okay. Sobald Sie sich erholt haben, brauchen wir eine umfassende Aussage von Ihnen, aber zuallererst müssen wir herausfinden, wohin er Sie gebracht hat. Sie haben keine Ahnung, wo Sie gefangen gehalten wurden? Wo sich dieser Keller befindet?»

Tess schüttelte den Kopf. «Nein, das sagte ich ja schon. Als ich im Auto kurz zu mir kam, waren meine Augen verbunden, und herausgekommen bin ich durch ein riesiges Labyrinth finsterer Gänge. Aber es kann nicht allzu weit von hier entfernt sein. Ich meine, schließlich bin ich zu Fuß geflüchtet.»

«Wie viele Straßenblocks würden Sie schätzen?»

«Ich weiß nicht … fünf?»

«Okay. Dann nehmen wir uns jetzt ein paar Stadtpläne vor und sehen, ob wir Ihr Verlies ausfindig machen können.»

Reilly wandte sich zum Gehen, doch Tess hielt ihn zurück. «Da ist noch etwas … wovon ich Ihnen noch nichts erzählt habe.»

«Allmählich sollte mich das wohl nicht mehr überraschen», versetzte er in vorwurfsvollem Ton. «Was ist es denn?»

Tess förderte aus ihrer Tasche die zusammengerollten Blätter zutage, die sie von Vance' Schreibtisch genommen hatte, und breitete sie vor Reilly aus. Auch sie selbst sah die Seiten nun zum ersten Mal bei Licht. Obwohl sie nicht illustriert waren, besaßen sie eine eigentümliche Schönheit. Jedes einzelne Blatt war von einem Rand bis zum anderen mit einer lückenlosen Folge von Buchstaben in makelloser Handschrift bedeckt. Es gab weder Wortzwischenräume noch Absätze.

Reilly nahm die Seiten mit verblüfftem Schweigen in Augenschein, dann sah er Tess fragend an. Sie grinste über das ganze dreckverschmierte Gesicht. «Das habe ich von Vance», verkündete sie. «Das Templermanuskript aus dem Languedoc. Allerdings ist es kein Latein, sondern, soweit ich sehe, völlig sinnloses Kauderwelsch. Darum braucht Vance die Chiffriermaschine. Diese Seiten sind der Schlüssel zum Ganzen.»

Reillys Miene verdüsterte sich. «Aber ohne die Chiffriermaschine sind die Aufzeichnungen nutzlos.»

Mit einem triumphierenden Funkeln in den Augen versetzte Tess: «Schon, aber ... umgekehrt ist die Chiffriermaschine ohne die Papiere ebenso nutzlos.»

Genüsslich beobachtete sie Reilly, der sprachlos war. Er musste elektrisiert sein, war aber sichtlich bemüht, es sich nicht anmerken zu lassen, denn schließlich wollte er sie in ihrer Tollkühnheit nicht noch bestärken. Eine Weile lang starrte er sie nur an, dann stieg er aus dem Wagen und rief einem seiner Kollegen zu, die Blätter sollten auf der Stelle fotografiert werden. Augenblicke später eilte ein Beamter mit einer großen Kamera herbei, dem Reilly die Dokumente übergab.

Tess sah zu, wie der Fotograf die Blätter auf der Kofferraumklappe des Autos ausbreitete und sich an die Arbeit machte. Reilly erkundigte sich inzwischen über Funk nach der Lage in den Tunneln. Die Hingabe und Gewissenhaftigkeit, mit der er sich seiner Arbeit widmete, hatte etwas Anziehendes. Während er Unverständliches in das Funkgerät murmelte, wanderte sein Blick zu Tess hinüber. Sie glaubte ein schwaches Lächeln zu erkennen.

«Ich muss da runter», teilte er ihr mit, nachdem er das Gespräch beendet hatte. «Die Kollegen haben Ihre beiden Freunde gefunden.»

«Was ist mit Vance?»

«Keine Spur von ihm.» Worüber Reilly offenbar alles andere als glücklich war. «Ich lasse Sie von einem Kollegen nach Hause bringen.»

«Das eilt nicht», wehrte sie ab, obwohl sie in Wirklichkeit kaum etwas sehnlicher wünschte, als aus ihren dreckigen, nassen Kleidern herauszukommen und stundenlang unter der Dusche zu stehen. Aber erst musste der Fotograf fertig sein. Noch dringender wollte sie nämlich die Dokumente studieren, mit denen das alles begonnen hatte.

Reilly ließ sie in seinem Wagen zurück und schloss sich einer Gruppe von Kollegen an. Nachdem sie kurz miteinander gesprochen hatten, gingen sie gemeinsam auf die Treppe zu, die in die U-Bahn hinabführte.

Das Klingeln ihres Handys ließ Tess aufschrecken. Das Display zeigte ihre Privatnummer an.

«Tess, Liebes, ich bin es.» Eileens Stimme.

«Mom. Es tut mir Leid, ich hätte dich anrufen sollen.»

«Mich anrufen? Aber warum denn? Ist etwas passiert?»

Tess stieß erleichtert die Luft aus. Die Leute vom FBI hatten offenbar darauf geachtet, ihre Mutter nicht zu beunruhigen, falls sie bei ihr zu Hause angerufen hatten. «Nein, natürlich nicht. Was gibt es?»

«Ich wollte nur fragen, wann du nach Hause kommst. Dein Freund erwartet dich bereits.»

Tess lief ein kalter Schauder über den Rücken. «Mein Freund?»

«Ja», flötete ihre Mutter. «Wirklich ein ganz reizender Mann. Hier, sprich selbst mit ihm, Liebes. Und komm nicht zu spät. Ich habe ihn eingeladen, zum Abendessen zu bleiben.»

Tess hörte, wie das Telefon weitergereicht wurde. Dann ertönte eine Stimme, die ihr seit kurzem vertraut war.

«Tess, meine Liebe. Ich bin's, Bill. Bill Vance.»

KAPITEL 39

Tess erstarrte. Sie hatte das Gefühl, als stecke ein faustgroßer Kloß in ihrem Hals. Vance war bei ihr zu Hause. Mit ihrer Mutter. Und – Kim?

Sie drehte sich auf dem Autositz um, sodass sie mit dem Rücken zur Tür saß, und umklammerte krampfhaft das Telefon.

«Was haben Sie –»

«Ich hatte eigentlich damit gerechnet, Sie anzutreffen», unterbrach er sie ruhig. «Oder sollte ich mich in der Zeit geirrt haben? In der Nachricht, die Sie mir hinterlassen haben, sagten Sie, es sei ziemlich dringend.»

Nachricht? Tess überlegte fieberhaft. Er ist bei mir zu Hause, und er spielt irgendein heimtückisches Spiel. Zorn stieg in ihr auf. «Ich schwöre Ihnen, wenn Sie meiner Familie etwas antun –»

«Nicht doch, nicht doch», fiel er ihr ins Wort. «Das ist überhaupt kein Problem. Aber ich kann wirklich nicht allzu lange bleiben. So gern ich auch die Einladung Ihrer reizenden Mutter annehmen und mit Ihnen allen zu Abend essen würde, ich muss dringend zurück nach Connecticut. Wenn ich recht verstanden habe, wollten Sie mir doch etwas geben. Etwas, das ich mir einmal ansehen soll.»

Natürlich – die Papiere. Er will seine Papiere zurückha-

243

ben. Ihr wurde klar, dass er ihre Mutter und Kim nicht erschrecken wollte. Darum gab er sich als ein Freund von ihr aus und benahm sich entsprechend. Ihre Mutter ahnte offenbar gar nicht, dass etwas nicht stimmte. Gut. Sorgen wir dafür, dass es so bleibt.

«Tess?», fragte Vance mit nervenaufreibender Gelassenheit. «Sind Sie noch dran?»

«Ja. Sie wollen, dass ich Ihnen die Dokumente bringe.»

«Das wäre ganz reizend.»

Im Geiste sah sie wieder vor sich, wie ihre Brieftasche in seinem Keller inmitten der Bücher auf dem Boden gelegen hatte, und sie verfluchte sich dafür, sie nicht mitgenommen zu haben. Nervös blickte sie aus dem Fenster des Wagens. Niemand war in der Nähe bis auf den Fotografen, der noch immer damit beschäftigt war, die Dokumente abzulichten. Tess atmete tief durch, um das beklemmende Gefühl in der Brust loszuwerden, und kehrte dem Fotografen wieder den Rücken zu. «Ich bin schon unterwegs. Bitte, tun Sie niemandem –»

«Aber natürlich nicht», unterbrach Vance sie mit leisem Kichern. «Also dann, ich erwarte Sie. Wird uns sonst noch jemand Gesellschaft leisten?»

Tess runzelte die Stirn. «Nein.»

«Hervorragend.» Er schwieg einen Moment lang. Tess wartete angespannt. «Ich freue mich wirklich über die Gelegenheit, Ihre Familie kennen zu lernen und ein wenig Zeit mit den beiden zu verbringen», fuhr er fort. «Kim ist solch ein reizendes kleines Mädchen.»

Sie war also zu Hause. *Dieser Dreckskerl.* Er hatte seine Tochter verloren, und jetzt bedrohte er ihre.

«Ich komme allein, machen Sie sich keine Sorgen», sagte Tess mit fester Stimme.

«Ich kann es kaum erwarten.»

Es klackte in der Leitung. Das Handy weiterhin ans Ohr gepresst, ging Tess im Geiste das Gespräch noch einmal durch und versuchte, das Gehörte zu verarbeiten.

Sie stand vor einer Entscheidung von immenser Tragweite. *Sage ich es Reilly?* Die Antwort lag auf der Hand: natürlich. Jeder, der jemals auch nur einen Fernsehkrimi gesehen hatte, wusste, dass man grundsätzlich die Polizei einschaltete. Ganz gleich, was ein Entführer verlangte, die Polizei wurde in jedem Fall benachrichtigt. Aber das war im Fernsehen, und dies hier war das wirkliche Leben. Hier ging es um ihre Familie. Eileen und Kim befanden sich in der Gewalt eines Mannes, den ein hartes Schicksal um den Verstand gebracht hatte. Sosehr es Tess auch drängte, Reilly einzuweihen, sie konnte nicht riskieren, Vance damit zu einer echten Geiselnahme zu provozieren. Nicht angesichts seiner geistigen Verfassung.

Verzweifelt versuchte sie sich selbst davon zu überzeugen, dass er den beiden nichts antun würde. Sie hatte er schließlich auch gut behandelt, er hatte sich geradezu für die Entführung entschuldigt. Doch jetzt war sie ihm in die Quere gekommen und hatte die Dokumente an sich genommen, von denen seine Mission abhing. Die Dokumente, für die, wie Reilly so treffend bemerkt hatte, Menschen gestorben waren.

Sie durfte es nicht riskieren. Ihre Familie schwebte in Gefahr.

Mit einem verstohlenen Blick stellte sie fest, dass der Fotograf gerade die letzte Manuskriptseite aufnahm. Das Handy noch immer am Ohr, ging sie auf ihn zu. «Ja», sagte sie laut in die tote Leitung hinein. «Er ist gerade fertig mit den Aufnahmen.» Sie nickte dem Fotografen zu und rang sich ein Lächeln ab. «Sicher, ich bringe sie gleich vorbei», fuhr sie fort. «Bereiten Sie schon mal alles für die Untersuchung vor.»

Sie klappte das Handy zu und wandte sich an den Fotografen. «Sind Sie sicher, dass die Aufnahmen gelungen sind?»

Er stutzte. «Das will ich hoffen. Schließlich werde ich dafür bezahlt.»

Als sie vortrat, um die Seiten einzusammeln, machte er ihr sofort Platz. «Ich muss das rasch ins Labor bringen.» Ein Labor war immer im Spiel. Tess hoffte inständig, dass sie wenigstens halbwegs glaubhaft klang. Mit einem Blick auf die Kamera setzte sie hinzu: «Reilly möchte die Aufnahmen schnellstmöglich entwickelt haben. Meinen Sie, das lässt sich machen?»

«Klar, kein Problem – sind ja schließlich Digitalfotos», versetzte der Fotograf trocken.

Tess bemühte sich, ihren Patzer zu überspielen. So selbstsicher, wie sie konnte, ging sie wieder zur Fahrertür von Reillys Wagen. Am liebsten wäre sie gerannt, doch sie riss sich zusammen. Durch das Seitenfenster sah sie, dass der Schlüssel noch steckte. Sie stieg ein und ließ den Motor an.

Weder Reilly noch sein Partner schienen in der Nähe zu sein. Sehr gut. Tess manövrierte das Auto aus seiner Parklücke in zweiter Reihe und kurvte vorsichtig zwischen den anderen Limousinen und Streifenwagen hindurch. Dabei lächelte sie den Beamten, die sie weiterwinkten, krampfhaft zu. Niemand durfte bemerken, dass sie in Wahrheit von schierem Entsetzen gepackt war.

Auf freier Straße angekommen, warf sie noch einen prüfenden Blick in den Rückspiegel, dann gab sie Gas und schlug den Weg nach Westchester ein.

KAPITEL 40

Als Tess in die Auffahrt vor ihrem Haus einbiegen wollte, verschätzte sie sich und schrammte heftig über den Bordstein, ehe sie mit einem Ruck zum Stehen kam.

Vor Angst gelähmt saß sie da und starrte auf ihre zitternden Hände. Ihr Atem ging flach und hastig. Sie zwang sich zur Ruhe. *Komm schon, Tess. Jetzt nicht durchdrehen.* Wenn es ihr gelang, die Nerven zu bewahren, konnten sie und Vance beide bekommen, was sie wollten.

Sie stieg aus dem Wagen. Plötzlich bereute sie, dass sie Reilly nicht eingeweiht hatte. Sie hätte auch dann noch herkommen können, während er ... was tat? Eine Einsatztruppe herbeiholte, Männer mit Gewehren und Megafonen, die das Haus umstellten und riefen: «Kommen Sie mit erhobenen Händen heraus!»? Stunden angespannter Verhandlungen mit dem Geiselnehmer, ehe es zum unvermeidlichen und – trotz sorgfältigster Planung – risikoreichen Sturm auf das Haus kam? Ihre Phantasie ging mit ihr durch. Tess versuchte, sich auf die unmittelbare Realität zu konzentrieren. Vielleicht hatte sie doch die richtige Entscheidung getroffen.

Jetzt war es jedenfalls zu spät, es sich anders zu überlegen.

Auf dem Weg zur Haustür zögerte sie unwillkürlich. Sie konnte sich vorstellen, wie das Ganze abgelaufen war: Vance hatte geklingelt und mit Eileen gesprochen. Ein paar Worte über Oliver Chaykin, über Tess, und Eileen war bestimmt völlig entwaffnet, vermutlich sogar bezaubert gewesen.

Hätte sie nur Reilly Bescheid gesagt.

Tess steckte den Schlüssel ins Schloss, öffnete die Tür und ging ins Wohnzimmer. Die Szene, die sich ihr dort bot, war geradezu surreal: Vance saß neben ihrer Mutter auf dem Sofa, plauderte scheinbar unbeschwert und nippte an einer Tasse Tee. Aus dem Obergeschoss ertönte Musik, Kim war also in ihrem Zimmer.

Als Eileen sah, in welchem Zustand sich ihre Tochter befand, sprang sie entgeistert auf. «O mein Gott, Tess, was ist denn mit dir passiert?»

«Geht es Ihnen gut?» Vance stand ebenfalls auf. Er klang ehrlich überrascht.

Er besitzt den Nerv, mich das zu fragen. Tess funkelte ihn an. Es fiel ihr schwer, sich ihren Zorn, der in diesem Moment mächtiger war als jede Furcht, nicht anmerken zu lassen.

«Alles in Ordnung.» Sie brachte ein Lächeln zustande. «Auf der Straße vor dem Institut war ein Gully verstopft, und ausgerechnet als ich da stand, fuhr ein Lastwagen mitten durch die Überschwemmung und – ach, ich will gar nicht davon reden.»

Eileen fasste ihre Tochter am Arm. «Du musst dich umziehen, Liebes, sonst erkältest du dich noch.» An Vance gewandt, setzte sie hinzu: «Sie entschuldigen uns doch kurz, nicht wahr, Bill?»

Tess starrte Vance an. Wie er da stand, strahlte er nichts als Wärme und Fürsorge aus.

«Ich fürchte, ich sollte mich wirklich besser auf den Weg machen.» Seine Augen bohrten sich in ihre. «Wenn Sie mir die Dokumente vielleicht doch lieber gleich geben möchten, ich lasse Sie dann sofort allein. Ein Gast im Haus ist im Augenblick sicherlich das Letzte, was Sie sich wünschen.»

Tess schwieg. Eine unbehagliche Stimmung lag im Raum. Eileen blickte erst Vance, dann Tess an – offensichtlich spürte sie etwas. Tess beeilte sich, die peinliche Situation zu überspielen, indem sie sich lächelnd an Vance wandte.

«Natürlich. Ich habe sie hier bei mir.» Sie zog die Manuskripte aus ihrer Tasche und reichte sie ihm. Er griff danach, und einen Augenblick lang hielten sie beide den Stapel fest.

«Danke. Ich werde mich damit beschäftigen, sobald ich Zeit finde.»

Tess ließ die Papiere los und entgegnete mit einem verkrampften Lächeln: «Das wäre großartig.»

Vance wandte sich an Eileen, umfasste ihre Hand mit seinen beiden und versicherte herzlich: «Es war mir wirklich ein großes Vergnügen.»

Eileen errötete und strahlte über das Kompliment. Tess atmete stumm auf. Es blieb Eileen also tatsächlich erspart, zu erfahren, wer Vance in Wirklichkeit war. Wenigstens vorerst. Als sie ihre Aufmerksamkeit wieder auf Vance richtete, musterte er sie mit einem Blick, den sie nicht zu deuten vermochte.

«Nun wird es aber wirklich Zeit für mich.» Er nickte Tess zu. «Nochmals vielen Dank.»

«Nichts zu danken.»

Im Hauseingang blieb er noch einmal stehen und drehte sich zu ihr um.

«Bis bald.» Damit ging er hinaus.

Tess lief zur Tür und sah zu, wie er in sein Auto stieg und davonfuhr. Eileen trat neben sie.

«Was für ein netter Mann. Warum hast du nie erwähnt, dass du ihn kennst? Er erwähnte, dass er mit Oliver zusammengearbeitet hat.»

«Komm schon, Mum», versetzte Tess leise, während sie die Tür schloss. Ihre Hände zitterten noch immer.

KAPITEL 41

Tess betrachtete sich in dem hohen Badezimmerspiegel. Sie war noch nie so schmutzig, durchnässt oder bleich gewesen. Obwohl ihre Beine noch immer vor Anspannung zitterten, widerstand sie dem Drang, sich zu setzen. Nach allem, was sie durchgemacht hatte, war ihr klar: Wenn sie sich jetzt hinsetzte, würde sie für einige Zeit nicht wieder auf die Beine kommen. Doch der Tag war noch nicht zu Ende. Reilly war unterwegs. Er hatte angerufen, kurz nachdem Vance gegangen war, und kam jetzt auf dem schnellsten Weg zu ihr. Am Telefon hatte er zwar einigermaßen ruhig geklungen, aber sie konnte sich trotzdem denken, dass er rasend wütend auf sie war. Sie würde ihm einiges erklären müssen.

Wieder einmal.

Nur dass es diesmal wohl etwas schwieriger würde. Sie musste Reilly begreiflich machen, warum sie sich nicht an ihn um Hilfe gewandt hatte – warum sie ihm nicht genügend vertraute.

Tess starrte die Fremde im Spiegel an. Die selbstbewusste, lebhafte Blonde war verschwunden; zurückgeblieben war ein geistiges und körperliches Wrack, von Selbstzweifeln gequält. Sie ließ die Ereignisse des Tages noch einmal Revue passieren, stellte jede ihrer Handlungen in Frage und hätte sich selbst dafür ohrfeigen mögen, dass sie ihre Mutter und ihre Tochter derart in Gefahr gebracht hatte.

Das ist kein Spiel, Tess. Du musst die Finger davon lassen. Du musst ab sofort die Finger davon lassen.

Während sie sich auszog, kamen ihr die Tränen. Die ganze Zeit über hatte sie sich zusammengerissen. Sie hatte sich die Tränen verbissen, als sie zu Kim ging und sie umarmte, nachdem Vance gegangen war. Sie hatte die nervösen Lachtränen zurückgehalten, als Kim sie von sich stieß und rief: «Iiih, Mom, du stinkst. Du brauchst aber wirklich dringend eine Dusche.» Auch als sie mit Reilly telefonierte, hatte sie den Drang zu weinen unterdrückt und darauf geachtet, dass ihre Mutter und Kim das Gespräch nicht mit anhörten. Überhaupt konnte sie sich nicht erinnern, wann sie zum letzten Mal geweint hatte, aber jetzt konnte sie einfach nicht anders. Sie fühlte sich elend und zitterte am ganzen Körper, zum einen wegen der tatsächlich ausgestandenen Angst, zum anderen wegen all der Horrorszenarien und «Was-wäre-wenn»-Gedanken, die ihr durch den Kopf schossen.

Während sie unter der Dusche stand und den Schmutz und Gestank abspülte, fasste sie mehrere Entschlüsse. Unter anderem entschied sie, dass sie Kim und Eileen etwas schuldig war.

Sicherheit.

Ihr kam eine Idee.

Nur mit einem Bademantel bekleidet und mit tropfnassen Haaren ging Tess schnurstracks zu Eileen in die Küche. «Ich habe über unsere Pläne nachgedacht, diesen Sommer zu Tante Hazel zu fahren», begann sie. Hazel war die Schwester ihrer Mutter. Sie lebte auf einer kleinen Ranch bei Prescott, Arizona, allein, mit einem Stall voll Tiere.

«Ja, was ist damit?»

Tess verkündete ohne Umschweife: «Ich denke, wir sollten schon jetzt hinfahren, über Ostern.»

«Warum in aller Welt …» Ihre Mutter stockte, dann fragte sie argwöhnisch: «Tess, was verschweigst du mir?»

«Nichts», log Tess, während in ihrem Kopf die Erinnerung an den Eindringling auftauchte, der sich Vance' Keller genähert hatte. Sie glaubte noch einmal die Schüsse zu hören, den Aufschrei.

«Aber –»

Tess fiel ihrer Mutter ins Wort: «Wir haben alle ein bisschen Erholung nötig. Ich komme auch mit, okay? Ich brauche nur noch ein paar Tage, um meine Termine zu regeln und mir im Büro freizunehmen. Aber ich will, dass du mit Kim schon morgen fährst.»

«Morgen?»

«Warum denn nicht? Du freust dich doch schon so lange darauf, und Kim kann ruhig mal ein paar Tage früher in die Osterferien gehen. Ich werde Flüge buchen – es ist einfacher, wenn wir der Reisewelle vor Ostern zuvorkommen», beharrte sie.

«Tess!», protestierte Eileen. «Was soll das alles?»

Tess lächelte nervös über den Ärger ihrer Mutter. Sie würde sich später entschuldigen. «Es ist wichtig, Mom», sagte sie ruhig.

Eileen musterte sie eingehend. «Was geht da vor? Bist du in Gefahr? Ich will eine ehrliche Antwort: Ja oder nein?»

Jetzt konnte sie unmöglich lügen. «Ich glaube nicht. Aber eins weiß ich ganz sicher», fuhr sie ausweichend fort. «In Arizona haben wir absolut keinen Anlass zur Beunruhigung.»

Ihre Mutter runzelte die Stirn. Offenbar war das nicht die Antwort, die sie sich erhofft hatte. «Dann fahr doch gleich morgen mit uns.»

«Ich kann nicht.» Ihre Miene und ihr Tonfall ließen keinen Widerspruch zu.

Eileen holte tief Luft. «Tess –»

«Ich kann nicht, Mom.»

Eileen nickte bedrückt. «Aber du kommst ganz bestimmt nach? Das musst du versprechen.»

«Versprochen. Ich bin in ein paar Tagen bei euch.»

Auf einmal fühlte sich Tess unsäglich erleichtert.

Dann klingelte es an der Tür.

«Sie hätten es mir sagen sollen, Tess. Sie hätten es mir wirklich sagen sollen.» Reilly war ganz außer sich. «Wir hätten ihn beim Verlassen des Hauses abfangen können, wir hätten ihn verfolgen und beschatten können, es hätte eine ganze Menge Möglichkeiten gegeben.» Er schüttelte den Kopf. «Das wäre für uns die Gelegenheit gewesen, ihn zu fassen und dem ganzen Spuk ein Ende zu machen.»

Das Gespräch fand im Garten hinter ihrem Haus statt, damit ihre Mutter und Kim nichts davon mitbekamen. Tess hatte Reilly am Telefon gebeten, sich diskret zu verhalten. Mit vorgehaltenen Gewehren anzurücken sei wirklich nicht nötig. Während Aparo das Haus von außen im Auge behielt und auf den Einsatzwagen der Polizei wartete, hatte Reilly sich rasch vergewissert, dass die Gefahr tatsächlich vorüber und die Situation unter Kontrolle war, wie Tess beteuert hatte.

Sie trug einen weißen Frotteebademantel, und ihr langes Haar war noch dunkel vor Nässe. Die beiden saßen unter einem großen Malvenbaum. Obwohl Reilly ihretwegen offensichtlich wütend und enttäuscht war, empfand Tess in seiner Gegenwart eine eigentümliche Ruhe. Zweimal am selben Tag hatte sie sich in einer Weise bedroht gefühlt, wie sie es noch nie zuvor erlebt hatte, und beide Male war er für sie da gewesen.

Während Tess darauf wartete, dass Reilly sich ein wenig beruhigte, versuchte sie, ihre Gedanken zu ordnen. Nach einer Weile blickte sie ihn an. «Es tut mir Leid, wirklich ... Ich wusste mir einfach nicht anders zu helfen. Ich konnte kaum einen klaren Gedanken fassen, mir standen lauter schreckliche Bilder von Eingreiftruppen und Freilassungsverhandlungen vor Augen und –»

«– und Sie sind in Panik geraten. Das verstehe ich, es ist eine völlig normale Reaktion. Ich meine, dieser Kerl hat schließlich Ihre Tochter bedroht, Ihre Mutter, aber trotzdem ...» Er stieß frustriert die Luft aus und schüttelte noch einmal den Kopf.

«Ich weiß. Sie haben Recht. Es tut mir Leid.»

Er sah ihr stumm in die Augen.

Es machte ihm schwer zu schaffen, in welcher Gefahr sie geschwebt hatte, und ihre Tochter ebenfalls. Ihm war auch klar, dass er ihr keinen Vorwurf machen durfte. Sie war keine FBI-Agentin, sie war Archäologin und Mutter. Er konnte nicht von ihr erwarten, in einer derartigen Extremsituation einen kühlen Kopf zu bewahren und überlegt zu handeln, wie er selbst es getan hätte. Nicht, wenn es um ihre Tochter ging. Nicht nach allem, was sie an diesem Tag schon durchgemacht hatte.

Nach längerem Schweigen sagte er: «Hören Sie, niemand kann Ihnen verübeln, dass Sie getan haben, was Ihrer Meinung nach für Ihre Familie das Beste war. Ich hätte mich viel-

255

leicht selbst nicht anders verhalten. Die Hauptsache ist, dass Sie alle in Sicherheit sind. Das ist das Einzige, worauf es wirklich ankommt.»

Tess nickte erleichtert. Doch dann sah sie wieder Vance vor sich, wie er in ihrem Wohnzimmer gestanden hatte, und sie wandte schuldbewusst ein: «Aber … ich habe ihm die Dokumente zurückgegeben.»

«Uns bleiben immer noch die Fotos davon.»

«Sofern Ihr Fotograf nicht vergessen hat, seine Kamera einzuschalten.»

Reilly brachte ein halbherziges Lächeln zustande. «Ich glaube, darüber brauchen wir uns keine Sorgen zu machen.» Mit einem Blick auf seine Armbanduhr fuhr er fort: «Dann will ich Sie mal nicht länger behelligen, Sie möchten sich jetzt bestimmt ausruhen. Ich postiere zur Sicherheit einen Einsatzwagen vor Ihrem Haus. Und denken Sie daran, die Tür hinter mir abzuschließen.»

«Machen Sie sich keine Sorgen um mich.» Ganz plötzlich wurde ihr bewusst, wie verletzbar sie war. Wie verletzbar sie alle waren. «Ich habe sonst nichts, was er braucht.»

«Sind Sie sicher?» Er sagte das nur halb im Scherz.

«Großes Indianerehrenwort.»

Er hatte wirklich etwas an sich, das sie dazu brachte, sich zu entspannen.

«Okay», schloss Reilly. «Wenn Sie sich dazu in der Lage fühlen, kommen Sie doch bitte morgen früh zu uns in die Stadt. Ich würde die Sache gern noch einmal mit dem ganzen Team in sämtlichen Einzelheiten durchgehen, damit alle auf demselben Stand sind.»

«Kein Problem. Lassen Sie mich nur zuerst meine Mom und Kim in den Flieger setzen.»

256

«Gut. Dann sehen wir uns also morgen.»

«In Ordnung.» Sie stand auf, um ihn zur Haustür zu begleiten.

Auf dem Weg durch den Garten hielt er noch einmal inne. «Wissen Sie, vorhin in der Stadt hatte ich Sie eigentlich noch etwas fragen wollen.»

«Was denn?»

«Die Dokumente …» Er zögerte. «Warum haben Sie sie eigentlich mitgenommen? Ich meine, Sie müssen es doch ziemlich eilig gehabt haben, da rauszukommen … und trotzdem haben Sie sich die Zeit genommen, das Manuskript einzustecken.»

Sie konnte sich nur sehr vage daran erinnern, was in ihr vorgegangen war. «Ich weiß nicht, die Papiere lagen eben da», brachte sie heraus.

«Schon, aber … Nun ja, es überrascht mich einfach. Ich hätte erwartet, Sie würden an nichts anderes denken, als schnellstmöglich aus diesem Keller zu verschwinden.»

Tess begriff, worauf er hinauswollte. Sie wich seinem Blick aus.

«Werden Sie es schaffen, sich in Zukunft herauszuhalten», fragte er, «oder muss ich Sie zu Ihrer eigenen Sicherheit einsperren?» Es war ihm offenbar todernst damit. «Wie viel bedeutet Ihnen diese Sache, Tess?»

Sie lächelte schwach. «Sie hat … einen ganz besonderen Reiz. Das Manuskript, die Geschichte, die dahinter steckt, es drängt mich einfach, mehr darüber zu erfahren. Herauszufinden, was es mit dieser ganzen Sache eigentlich auf sich hat. Sie müssen verstehen», fuhr sie eindringlich fort, «die Archäologie ist … kein besonders dankbarer Beruf. Nicht jedem ist ein Tutanchamun oder ein Troja vergönnt. Ich

257

habe vierzehn Jahre lang selbst da draußen gegraben und geschaufelt, an den gottverlassensten, moskitoverseuchtesten Flecken unseres Planeten, und ständig darauf gehofft, einmal auf so etwas wie dies hier zu stoßen. Einmal etwas richtig Großes zu entdecken, nicht bloß unbedeutende kleine Tonscherben oder vielleicht mal ein besonders gut erhaltenes Mosaik. Das ist der Traum jedes Archäologen. Ein wirklich bedeutender Fund, der in die Geschichtsbücher eingeht. Etwas, das ich Kim eines Tages im Metropolitan Museum zeigen und von dem ich stolz sagen kann: ‹Das habe ich entdeckt.›» Sie verstummte. Als Reilly nichts erwiderte, setzte sie hinzu: «Für Sie muss das hier doch auch mehr als ein Routinefall sein, oder etwa nicht?»

Er dachte kurz nach, ehe er grinsend entgegnete: «Ach was, mit Verrückten auf Pferden, die Museen verwüsten, haben wir es jede Woche zu tun. Das hasse ich so an diesem Job: Die Routine kann einen wirklich umbringen.» Gleich darauf wurde er wieder ernst. «Tess, Sie vergessen dabei eines: Dies ist nicht bloß eine wissenschaftliche Herausforderung. Es geht nicht allein um ein Manuskript und was es bedeutet … Wir ermitteln hier in mehreren Mordfällen.»

«Ich weiß.»

«Warten Sie ab, bis wir die Täter hinter Schloss und Riegel haben. Anschließend können Sie immer noch nachforschen, worauf sie aus waren. Kommen Sie morgen vorbei, berichten Sie uns, was Sie wissen, und lassen Sie uns dann unsere Arbeit tun. Wenn wir Hilfe brauchen, werden Sie die Erste sein, die es erfährt. Und – ich weiß nicht – wenn Sie eine Art Exklusivvereinbarung wollen für den Fall, dass irgendetwas –»

«Nein, darum geht es nicht. Es ist nur …» Ihr wurde klar,

dass nichts, was sie sagen konnte, ihn von seinem Standpunkt abbringen würde.

«Sie müssen sich diese Sache aus dem Kopf schlagen, Tess. Bitte. Sie müssen mir versprechen, dass Sie die Finger davon lassen.»

Die Art, wie er das sagte, berührte sie.

«Werden Sie das tun?», drängte er weiter. «Das ist alles andere als ein Spiel, und gerade jetzt ist wirklich nicht der rechte Zeitpunkt dafür, dass Sie sich weiter einmischen.»

«Ich werde mich bemühen», versprach sie.

Er musterte sie einen Moment lang, dann stieß er ein kurzes Lachen aus und schüttelte den Kopf.

Ihnen beiden war klar, dass es für Tess längst nichts mehr zu entscheiden gab.

Sie steckte bereits unwiderruflich mit drin, und zwar bis über beide Ohren.

KAPITEL 42

Als Tess Chaykin den kahlen Konferenzraum mit Glasfront im FBI-Gebäude an der Federal Plaza betrat, wandte sich De Angelis auf seinem Stuhl um und musterte sie. Eine sehr clevere Lady, so viel stand fest. Vor allem schien sie aber auch kühn und unerschrocken zu sein, was zusammen eine faszinierende, jedoch potenziell gefährliche Kombination ergab. Andererseits konnten sich ihre Qualitäten, geschickt eingesetzt, wiederum als sehr nützlich erweisen. Sie verstand es anscheinend, die richtigen Fragen zu stellen und die richtigen Hinweise zu verfolgen.

Während der Monsignore zuhörte, wie sie von ihrer Entführung und anschließenden Flucht berichtete, glitt sein Blick über die Gesichter der Versammelten. Zwischendurch rieb er sich immer wieder verstohlen die Stelle an seinem Bein, an der ihn Vance' Geschoss gestreift hatte. Die Wunde brannte, und besonders beim Gehen empfand er einen stechenden Schmerz, den er jedoch mit Medikamenten so weit dämpfen konnte, dass er nicht merklich hinkte. Jedenfalls hoffte er, dass niemand etwas bemerkte.

Bei ihrer Erzählung fühlte er sich wieder in den dunklen Gang zur Krypta zurückversetzt, wo er Vance begegnet war. Zorn stieg in ihm auf, er war wütend auf sich selbst, weil er den Mann hatte entkommen lassen. Einen armseligen, elenden Geschichtsprofessor, ausgerechnet. *Unverzeihlich.* Das würde ihm nicht noch einmal passieren. Inmitten dieser Grübeleien kam ihm der Gedanke, was er mit Tess gemacht hätte, wenn es ihm gelungen wäre, Vance zu überwältigen. Eine unschöne Angelegenheit. Er hatte nichts gegen sie, wenigstens vorerst. Solange ihre Motive nicht seine Mission gefährdeten.

Es war wichtig, dass er sie besser zu durchschauen lernte. Warum tut sie das? Worum geht es ihr eigentlich?, fragte er sich. Er würde ihren Hintergrund überprüfen müssen und, was wichtiger war, ihre Haltung bezüglich gewisser, höchst bedeutsamer Fragen.

Als Tess zum Schluss ihres Berichtes kam, fiel De Angelis noch etwas auf: die Art, wie Reilly sie ansah. Interessant. Offenbar betrachtete der FBI-Agent diese Frau nicht bloß als eine wichtige Zeugin; an sich wenig überraschend, was Reilly betraf, aber beruhte es auf Gegenseitigkeit?

Jedenfalls musste er sie scharf im Auge behalten.

Nachdem Tess geendet hatte, war Reilly an der Reihe. Er rief auf dem Notebook, das an den großen Bildschirm hinter dem Konferenztisch angeschlossen war, eine Fotografie der Kirchenruine auf. «Das ist der Ort, an dem er Sie gefangen gehalten hat», erklärte er an Tess gewandt. «Die Church of the Ascension.»

Tess stutzte. «Sie ist abgebrannt.»

«Ja, für den Wiederaufbau fehlt es noch an Spenden.»

«Der Geruch, die Feuchtigkeit … das alles passt, aber …» Sie schien völlig irritiert. «Er hat im Keller einer abgebrannten Kirche gehaust.» Das Bild, das sie vor sich sah, widersprach völlig dem, was sie von Vance wusste. Verwirrt sah sie Reilly an. «Aber er hasste die Kirche.»

«Das hier war nicht bloß irgendeine Kirche. Sie ist vor fünf Jahren niedergebrannt. Die Experten konnten damals keine Hinweise auf Brandstiftung finden, allerdings kam der Gemeindepriester in den Flammen ums Leben.»

Tess suchte in ihrem Gedächtnis nach dem Namen des Priesters, von dem Vance gesprochen hatte. «Pater McKay?»

«Genau.»

Reillys Blick verriet, dass er dieselbe Schlussfolgerung gezogen hatte wie sie.

«Der Priester, den Vance für den Tod seiner Frau verantwortlich machte.» Ihre Phantasie ging mit ihr durch und führte ihr grauenhafte Bilder vor Augen.

«Der Zeitpunkt passt. Der Brand ereignete sich drei Wochen nach ihrem Begräbnis.» An Jansson gerichtet fuhr er fort: «Wir müssen veranlassen, dass der Fall neu aufgerollt wird.»

Jansson nickte. Reilly wandte sich wieder Tess zu, die gedankenverloren vor sich hin starrte.

«Über was grübeln Sie?»

«Ich weiß nicht recht.» Sie schien wie aus einem Nebel aufzutauchen. «Es fällt mir schwer, Vance so widersprüchlich zu sehen: einerseits als charmanten, gelehrten Professor und andererseits als das krasse Gegenteil – jemanden, der zu derartigen Gewalttaten fähig ist …»

Aparo schaltete sich ein. «So etwas kommt leider gar nicht selten vor: der nette, ruhige Nachbar, der Leichenteile in der Gefriertruhe versteckt. Diese Leute sind meist viel gefährlicher als die Typen, die jede Nacht in Bars randalieren.»

Reilly ergriff wieder das Wort. «Wir müssen herausfinden, wohinter er her ist oder zu sein glaubt. Tess, Sie waren die Erste, die die Verbindung zwischen Vance und den Templern gezogen hat. Wenn Sie uns in Ihre bisherigen Erkenntnisse einweihen, können wir vielleicht erschließen, was sein nächster Schritt sein wird.»

«Wo soll ich anfangen?»

Reilly zuckte die Schultern. «Am Anfang?»

«Es ist eine lange Geschichte.»

«Liefern Sie uns erst mal einen ganz groben Überblick. An interessanten Punkten gehen wir dann mehr ins Detail.»

Sie sammelte sich kurz, ehe sie begann.

Tess berichtete von den Ursprüngen des Templerordens. Von den neun Rittern, die in Jerusalem aufgetaucht waren; von ihrem nicht recht erklärbaren Aufstieg zur Macht, ihren siegreichen Schlachten und davon, wie sie schließlich in Akkon vernichtend geschlagen worden waren. Sie schilderte die Rückkehr der Templer nach Europa und den Untergang des Ordens.

«Mit der Unterstützung seiner Marionette, Papst Clemens' V., beginnt der König eine gnadenlose Verfolgung, macht Jagd auf die Templer, beschuldigt sie der Häresie. Binnen weniger Jahre sind sie ausgelöscht. Die meisten sterben einen grausamen Tod.»

Aparo unterbrach sie sichtlich verwirrt: «Moment mal – Häresie? Wie konnten sie denn solche Vorwürfe auf sich ziehen? Ich dachte, die Jungs waren die Verteidiger des Kreuzes, die Auserwählten des Papstes.»

«Wir sprechen über eine Zeit, in der die Religion eine extrem wichtige Rolle spielte», erklärte Tess. «Eine Zeit, in der der Teufel im Bewusstsein der Menschen sehr gegenwärtig war.» Sie legte eine Pause ein und schaute in die Runde. Als niemand etwas sagte, fuhr sie fort. «Es wurden Behauptun-

263

gen laut, bei der Aufnahme in den Orden müssten die neuen Ritter auf das Kreuz spucken oder sogar urinieren und Jesus Christus verleugnen. Und das war noch nicht alles. Sie wurden zudem beschuldigt, einen Dämon namens Baphomet zu verehren und Sodomie zu treiben. Im Wesentlichen waren das die üblichen Vorwürfe von Götzenkult und Gotteslästerung, die Papst und Kirche jedes Mal hervorholten, wenn es darum ging, Konkurrenz im Wettstreit um die religiöse Vorherrschaft aus dem Weg zu räumen.»

Sie warf einen raschen Blick zu De Angelis, der sie schweigend, mit einer wohlwollenden Miene betrachtete.

«Während jener letzten Jahre», erzählte Tess weiter, «gestanden die Templer vieles von dem, was ihnen vorgeworfen wurde. Allerdings sind ihre Geständnisse keinen Deut glaubhafter als die von der spanischen Inquisition erpressten. Wer mit rot glühenden Eisen bedroht wird, gesteht alles. Erst recht, wenn er überall an seinen Freunden sieht, dass es nicht bei der bloßen Drohung bleibt.»

De Angelis nahm die Brille ab und rieb sie an seinem Jackettärmel, ehe er sie wieder aufsetzte und Tess mit düsterem Blick zunickte. Es war nicht schwer zu erkennen, wem ihre Sympathien galten.

Tess kam zum Schluss. «In ganz Frankreich wurden Hunderte von Tempelrittern in diesem abgekarteten Spiel festgenommen.»

Aparo hob die Hand, um Tess zu bremsen. «Okay, warten Sie mal, nicht so hastig. Sie sagten gerade, der König und der Papst hätten ihr Ziel ‹beinahe› erreicht. Was bedeutet ‹beinahe›?»

«Sie haben nie die Reichtümer gefunden, von denen bekannt war, dass die Templer sie besaßen.» Tess gab die Geschichten von Truhen voller Gold und Juwelen wieder, die angeblich in Höhlen oder auf dem Grund von Seen überall in Europa versteckt liegen sollten, und von den Schiffen der Templer, die in der Nacht vor jenem verhängnisvollen Freitag dem Dreizehnten aus dem Hafen von La Rochelle verschwunden waren.

«Also darum dreht sich diese ganze Geschichte?» Jansson hielt seine Kopie des verschlüsselten Manuskripts in die Höhe. «Um einen verlorenen Schatz?»

«Wie nett, dass endlich wieder gute, altmodische Habgier ins Spiel kommt», bemerkte Aparo spöttisch. «Das ist doch mal was anderes als die durchgeknallten Idioten, hinter denen wir normalerweise herjagen.»

De Angelis beugte sich vor, räusperte sich und warf einen Blick zu Jansson. «Der Schatz der Templer wurde nie gefunden, darüber herrscht jedenfalls allgemeine Übereinstimmung.»

Jansson tippte mit den Fingern auf die Blätter. «Dieses Manuskript könnte also eine Art Schatzkarte sein, die Vance jetzt entziffern kann.»

«Das ergibt keinen Sinn», warf Tess ein. Als sich sämtliche Gesichter am Tisch ihr zuwandten, fühlte sie sich plötzlich furchtbar fehl am Platz. Hilfe suchend sah sie Reilly an. Der Ausdruck, mit dem er ihren Blick erwiderte, machte ihr Mut, und sie fuhr selbstsicherer fort: «Wenn es Vance um das Geld ginge, hätte er bei dem Überfall auf das Museum doch Unmengen an Kostbarkeiten erbeuten können.»

«Das schon», räumte Aparo ein, «aber es wäre praktisch unmöglich gewesen, das Zeug aus dieser Ausstellung zu Geld zu machen. Den Templerschatz könnte man dagegen problemlos verkaufen, schließlich wäre er nicht gestohlen, nur gefunden. Und nach dem zu urteilen, was Sie uns erzählt haben, muss er außerdem erheblich kostbarer sein als sämtliche Ausstellungsstücke zusammen.»

Die übrigen Kollegen nickten zustimmend. De Angelis fiel jedoch auf, dass Tess skeptisch dreinblickte, auch wenn sie sich offenbar scheute, ihre Gedanken frei zu äußern. «Sie scheinen nicht recht überzeugt, Miss Chaykin.»

Das Unbehagen war ihr deutlich anzusehen. «Fest steht zunächst einmal, dass Vance die Chiffriermaschine wollte, um das entdeckte Manuskript lesen zu können.»

«Den Schlüssel zum Versteck des Schatzes», ergänzte Jansson halb als Feststellung, halb fragend.

«Vielleicht.» Tess wandte sich ihm zu. «Das kommt allerdings darauf an, wie man ‹Schatz› definiert.»

«Was könnte es denn sonst sein?» De Angelis hoffte zu erfahren, ob Vance sie auf eine Spur gebracht hatte.

Sie schüttelte den Kopf. «Ich weiß es nicht.»

Das war gut, sofern sie die Wahrheit sagte.

Der Monsignore hoffte es.

Doch gleich darauf machte sie seine Hoffnung zunichte, indem sie fortfuhr: «Mir schien es jedenfalls, als sei Vance auf etwas anderes aus als nur auf Geld. Er wirkte geradezu besessen, wie jemand, der sich ganz und gar einer Mission verschrieben hat.» Sie erörterte die verschiedenen esoterischen Theorien über den Schatz, bis hin zu der Annahme, die Templer hätten einer Verschwörung angehört, die über die Nachfahren Jesu wachte. Dabei warf sie erneut einen Blick auf De Angelis. Sein Gesicht verriet noch immer keinerlei Regung.

Dann ergriff er das Wort. «Wenn man einmal all die unterhaltsamen Spekulationen beiseite lässt», begann er mit

266

einem etwas herablassenden Lächeln, «sagen Sie im Grunde, dass sich dieser Mann auf einem Rachefeldzug befindet. Auf einer Art persönlichem Kreuzzug.»

«Ja.»

«Nun», fuhr De Angelis in der ruhigen, sachlichen Art eines College-Professors fort, «Geld, insbesondere in großen Summen, kann ein phänomenales Werkzeug sein. Kreuzzüge, ob im zwölften Jahrhundert oder heute, kosten eine Menge Geld, nicht wahr?» Er blickte in die Runde.

Tess erwiderte nichts.

Die Frage stand einen Moment lang im Raum. Dann schaltete sich Reilly ein. «Ich verstehe eines nicht: Wir wissen, dass Vance den Priester und auch die Kirche für den Tod seiner Frau verantwortlich macht.»

«Und seiner Tochter», ergänzte Tess.

«Richtig. Nun hat er also dieses Manuskript an sich gebracht, von dem er behauptete, es sei so … erschreckend, dass ein Mönch auf der Stelle weiße Haare bekam, als er seinen Inhalt erfuhr. Und wir alle scheinen uns darüber einig zu sein, dass dieses verschlüsselte Manuskript von den Templern stammt, oder?»

«Worauf wollen Sie hinaus?», warf Jansson ein.

«Ich dachte, die Templer und die Kirche standen auf derselben Seite. Soweit ich verstanden habe, waren die Jungs doch die Verteidiger des Glaubens. Sie haben zwei Jahrhunderte lang im Namen des Christentums blutige Kriege geführt. Ich kann mir ja vorstellen, dass ihre Nachfolger später nicht so gut auf die Kirche zu sprechen waren, aber die Theorien, von denen Sie reden», er blickte Tess an, «drehen sich um etwas, das die Templer angeblich zweihundert Jahre *vor* der Verfolgung des Ordens entdeckt haben. Warum sollten sie vom ersten Tag an etwas in ihrem Besitz gehabt haben, das der Kirche Kopfschmerzen bereitete?»

«Es könnte eine Erklärung dafür sein, dass sie auf dem Scheiterhaufen verbrannt wurden», schlug Amelia Gaines vor.

«Zweihundert Jahre später?», entgegnete Reilly skeptisch. «Und noch etwas: Diese Burschen haben das Kreuz erst verteidigt und später angeblich entweiht – warum sollten sie das tun? Diese Geschichte mit den Initiationsritualen ergibt doch überhaupt keinen Sinn.»

«Nun, das sind lediglich die Beschuldigungen, die gegen die Templer erhoben wurden», schränkte Tess ein. «Was nicht bedeutet, dass sie tatsächlich etwas Derartiges getan haben. Es waren Standardanklagepunkte der damaligen Zeit. Der König hatte ganz ähnliche Vorwürfe bereits wenige Jahre zuvor dazu benutzt, sich des vorigen Papstes, Bonifatius' VIII., zu entledigen.»

«Okay, aber es ergibt dennoch keinen Sinn», beharrte Reilly. «Warum sollten sie all die Jahre für die Kirche kämpfen und zugleich die ganze Zeit über ein Geheimnis bewahren, von dem der Papst nicht wollte, dass es an die Öffentlichkeit gelangte?»

De Angelis mischte sich in gewohnt mildem Tonfall in die Diskussion ein. «Wenn Sie gestatten ... Ich denke, wenn Sie sich schon auf solche Höhenflüge der Phantasie einlassen, könnten Sie ebenso gut noch eine weitere Möglichkeit in Betracht ziehen, die bislang nicht zur Sprache gekommen ist.»

Alle Augen richteten sich auf den Monsignore. Er schwieg einen Moment lang, um die Erwartung zu steigern, ehe er ruhig weitersprach.

«Diese ganze Theorie über mögliche Nachfahren unseres

Herrn kommt alle paar Jahre mal wieder auf und erfreut sich jedes Mal neuen Interesses, ob nun im Bereich der Fiktion oder in akademischen Gefilden. Der Heilige Gral, San Graal oder Sang Real, nennen Sie es, wie Sie wollen. Aber wie Miss Chaykin so überzeugend dargelegt hat», bei diesen Worten nickte er Tess wohlwollend zu, «kann man vieles von dem, was den Templern widerfahren ist, ganz einfach mit jenem niedersten aller menschlichen Wesenszüge erklären.» Hier wanderte sein Blick zu Aparo. «Habgier. Nicht nur dass sie zu mächtig geworden waren. Nachdem sie nicht mehr ihrer ursprünglichen Aufgabe nachgehen konnten, das Heilige Land zu verteidigen, waren sie nun wieder nach Europa zurückgekehrt, hauptsächlich nach Frankreich. Sie waren bewaffnet, sie waren mächtig und sie waren sehr, sehr reich. Der König von Frankreich fühlte sich bedroht, zu Recht. Er war praktisch bankrott und bei den Templern hoch verschuldet, und so war ihm jedes Mittel recht, das Vermögen des Ordens an sich zu bringen. Er war ohne Zweifel ein abscheulicher Mann, und was die ganze Templerverfolgung betrifft, bin ich geneigt, Miss Chaykin zuzustimmen: Ich würde dem Inhalt der Anschuldigungen kein allzu großes Gewicht beimessen. Die Templer waren zweifellos unschuldige, wahre Gläubige und Soldaten Christi bis in den Tod. Die Vorwürfe dienten dem König lediglich dazu, sich ihrer zu entledigen, wobei er zwei Fliegen mit einer Klappe schlug: Er wurde seine Rivalen los und brachte ihr Vermögen in seinen Besitz. Oder versuchte es zumindest, denn schließlich wurde es niemals gefunden.»

«Wir reden hier von einem materiellen Vermögen, nicht von irgendwelchem esoterischen ‹Wissen›?», hakte Jansson nach.

«Nun, ich neige dazu, das zu glauben. Allerdings war ich nie mit einer regen Phantasie gesegnet, auch wenn mir durchaus bewusst ist, dass all die schillernden Verschwörungstheorien einen gewissen Reiz ausüben. Aber das Materielle und das Esoterische könnten noch auf andere Weise in Beziehung stehen. Sehen Sie, das rege Interesse für die Templer beruht zu einem erheblichen Teil auf der Tatsache, dass es keine schlüssige Erklärung dafür gibt, wie sie in so kurzer Zeit derart reich und mächtig wurden. Ich persönlich führe diesen Umstand auf die reichlichen Spenden zurück, die der Orden erhielt, sobald seine Mission allgemein bekannt wurde. Aber wer weiß? Vielleicht hatten die ersten Templer tatsächlich Ausgrabungen getätigt und ein Geheimnis entdeckt, das ihnen in Rekordzeit zu einem Vermögen verhalf. Nur, worin bestand es? Hatte es etwas mit den sagenumwobenen Nachkommen Christi zu tun, mit einem Beweis dafür, dass unser Herr tausend Jahre zuvor ein Kind gezeugt hatte oder auch zwei ...», De Angelis lachte kurz und spöttisch auf, «oder handelte es sich um etwas weitaus weniger Umstrittenes, aber möglicherweise erheblich Lukrativeres?»

Er legte eine Pause ein, um sicherzugehen, dass alle seinem Gedankengang folgten.

«Ich spreche von den Geheimnissen der Alchemie», verkündete er dann ruhig. «Von der Formel, mit der man unedle Metalle in Gold verwandeln kann.»

KAPITEL 43

Alle lauschten gebannt, während De Angelis eine kurze Einführung in die Geschichte der geheimen Wissenschaft gab.

Die historischen Belege stützten seine These. Tatsächlich war die Alchemie in der Zeit der Kreuzzüge nach Europa gelangt. Die frühesten alchemistischen Arbeiten stammten aus dem Nahen Osten, sie waren in arabischer Sprache verfasst. Erst viel später wurden sie ins Lateinische übersetzt.

«Die Experimente der Alchemisten basierten auf der aristotelischen Theorie der vier Elemente Erde, Luft, Feuer und Wasser. Sie nahmen an, alles bestünde aus einer Kombination dieser vier Elemente. Außerdem glaubten sie, mit der richtigen Dosierung und Methode könne jedes Element in jedes beliebige andere verwandelt werden: Wasser könne leicht in Luft umgewandelt werden, indem man es kochte, und so weiter. Folglich musste es – so die Theorie – möglich sein, aus jedem beliebigen Ausgangsmaterial alles zu erschaffen, was man wollte. Und das, was man am meisten begehrte, war natürlich Gold.»

Der Monsignore erklärte, wie die Alchemie auch auf die Physiologie angewandt wurde. Die vier Elemente des Aristoteles kehrten in den vier Säften wieder: Schleim, Blut, gelbe und schwarze Galle. Man nahm an, bei einem gesunden Menschen befänden sich diese Säfte im Gleichgewicht,

Krankheit hingegen entstünde aus einem Mangel oder Über-
schuss an einem der Säfte. Die Alchemie beschränkte sich
nicht auf die Suche nach einem Rezept, mit dem man Blei in
Gold verwandeln konnte; sie versprach zudem die Geheimnisse physiologischer Wandlungen zu enthüllen, Wandlungen von Krankheit hin zu Gesundheit oder von Alter zu Jugend. Darüber hinaus verwendeten viele Alchemisten diese
Formel auch als Metapher für das Streben nach moralischer
Perfektion: Was in der physischen Natur erreicht werden
könne, müsse auch im Herzen und im Geist zu bewirken
sein. In seiner spirituellen Ausprägung wurde dem Stein der
Weisen, nach dem sie suchten, die Fähigkeit zugeschrieben,
neben einer körperlichen auch eine spirituelle Wandlung zu
bewirken. Die Alchemie verhieß dem, der ihre Geheimnisse
entdeckte, schlechthin alles: Reichtum, ein langes Leben, sogar Unsterblichkeit.

Damals, im zwölften Jahrhundert, wirkte die Alchemie auf
Außenstehende allerdings auch rätselhaft und beängstigend.
Alchemisten bedienten sich eigentümlicher Instrumente und
mystischer Beschwörungen, sie verwendeten rätselhafte Sym-
bole und suggestive Farben. Schließlich wurden die Schriften des Aristoteles verboten. Zu jener Zeit stand jegliche Wissenschaft, also auch die Alchemie, im Verdacht, die Autorität
der Kirche in Frage zu stellen. Eine Wissenschaft, die spirituelle Reinigung versprach, kam sogar einem direkten Angriff
auf die Kirche gleich. «Was», so fuhr De Angelis fort, «eine
weitere Erklärung dafür bietet, dass der Papst nicht ein-
schritt, als die Templer verfolgt wurden. Der Zeitpunkt, der
Ort, der Ursprung des Ganzen – alles passt zusammen.» Der
Monsignore blickte seine Zuhörer an. «Verstehen Sie mich
nicht falsch», er lächelte beruhigend. «Ich will damit nicht

272

sagen, dass eine solche Formel existiert, auch wenn es mir keineswegs abwegiger erscheint als die übrigen phantasievollen Theorien über das große Geheimnis der Templer, die bereits diskutiert wurden. Ich will lediglich sagen: Ein Mann, der den Bezug zur Realität verloren hat, könnte ohne weiteres *glauben*, eine solche Formel existiere.»

Tess warf einen raschen Blick zu Reilly, ehe sie nach kurzem Zögern De Angelis fragte: «Aber warum sollte Vance Gold herstellen wollen?»

«Sie vergessen eines: Dieser Mann denkt nicht nüchtern und rational. Das haben Sie selbst gesagt, Miss Chaykin. Man braucht sich ja nur die Vorfälle im Museum anzusehen. Kein geistig gesunder Mensch würde etwas Derartiges planen. Und unter dem Aspekt, dass der Mann sich nicht rational verhält, ist nichts ausgeschlossen. Vielleicht ist das Ganze für ihn nur ein Mittel zum Zweck, ein Mittel, um wer weiß welches irrsinnige Ziel zu erreichen, das er sich in den Kopf gesetzt haben mag.» Der Monsignore zuckte die Schultern. «Dieser Vance … er ist ganz offenkundig geistig zerrüttet und besessen von irgendeiner verrückten Schatzsuche. Mir scheint, Sie haben es da mit einem Wahnsinnigen zu tun. Worauf auch immer er aus sein mag, früher oder später wird er begreifen, dass er einem Gespenst nachjagt, und mir graut bei der Vorstellung, wie er dann reagieren wird.»

Auf die ernüchternden Worte des Monsignore folgte ein unbehagliches Schweigen.

Schließlich beugte sich Jansson vor. «Was immer er sich da in den Kopf gesetzt hat, jedenfalls scheint es ihn nicht zu kümmern, über wie viele Leichen er dafür gehen muss. Wir müssen ihn aufhalten. Aber im Augenblick haben wir wohl nichts weiter in der Hand als diese verdammten Blätter.» Er hielt erneut seine Kopie des Manuskriptes hoch. «Wenn wir sie lesen könnten, würden sie uns möglicherweise verraten, wie er weiter vorgehen wird.» Er wandte sich an Reilly. «Was sagen die Experten?»

«Sieht nicht gut aus. Ich habe noch kurz vor unserer Besprechung mit Terry Kendricks geredet. Er ist nicht gerade zuversichtlich.»

«Warum nicht?»

«Sie haben herausbekommen, dass es sich bei der Chiffrierung im Prinzip um eine Mehrfachsubstitution mit polyalphabetischer Verschlüsselung handelt. Nichts allzu hoch Entwickeltes, das Militär arbeitet seit Jahrzehnten mit solchen Techniken. Aber um einen solchen Schlüssel zu knacken, ist man entscheidend auf Häufigkeitsverteilungen und -muster angewiesen. Man identifiziert Wörter, die wiederholt vorkommen, erschließt ihre Bedeutung und arbeitet sich auf dieser Grundlage weiter vor, bis man irgendwann den Schlüssel abgeleitet hat und diesen wiederum auf die noch nicht dechiffrierten Textteile anwendet. In unserem Fall liegt einfach nicht genügend Ausgangsmaterial vor. Wenn der Text länger wäre oder wenn es weitere Dokumente gäbe, die auf dieselbe Weise chiffriert wären, könnten unsere Leute den Schlüssel ziemlich leicht herausfinden. Aber sechs Seiten reichen als Arbeitsgrundlage einfach nicht aus.»

Janssons Miene verdüsterte sich. «Ich kann es nicht fassen. Die haben ein Budget von mehreren Milliarden Dollar und sind nicht in der Lage, etwas zu knacken, was sich ein paar Mönche vor mehr als siebenhundert Jahren ausgedacht haben?» Er zuckte die Schultern und stieß langsam die Luft aus. «Also gut. Dann vergessen wir jetzt dieses verdammte Manuskript und konzentrieren uns auf etwas anderes. Wir müssen alles, was wir bislang in der Hand haben, noch einmal durchgehen, bis wir auf einen neuen Anhaltspunkt stoßen.»

De Angelis beobachtete Tess aufmerksam. Sie schwieg. Als sie ihn ansah, las der Monsignore an ihren Augen ab, dass er sie nicht überzeugt hatte. Sie schien zu spüren, dass es hier um mehr ging als nur um die Finanzierung eines persönlichen Rachefeldzuges.

Ja, wirklich, sinnierte De Angelis. Diese Frau ist zweifellos gefährlich. Doch für den Augenblick überwog der Nutzen, den er womöglich noch aus ihr ziehen konnte, die Bedrohung.

Wie lange das so bleiben würde, war abzuwarten.

KAPITEL 44

«Welcher Sender ist das?»

Tess hatte eingewilligt, sich von Reilly nach Hause bringen zu lassen. Als sie nun neben ihm im Auto saß und der angenehmen Musik lauschte, war sie froh, dass sie sein Angebot angenommen hatte. Vor ihr brach die untergehende Sonne hinter einer graphitgrauen Wolkenbank hervor und tauchte den Horizont in ein dunkles Rosa.

Sie fühlte sich entspannt und sicher. Mehr noch: Ihr wurde bewusst, dass sie Reilly gern um sich hatte. Er hatte etwas an sich mit seiner energischen Art, seiner unerschütterlichen Entschlossenheit, seiner ... Ehrlichkeit. Sie wusste, dass sie ihm vertrauen konnte – was man von den meisten Männern, mit denen sie bisher zu tun gehabt hatte, nicht behaupten konnte. Ihr Exmann war ein herausragendes Beispiel für die Niederungen der Gattung Mensch. Tess dachte an das leere Haus, das sie erwartete, nachdem Kim und ihre Mutter nach Arizona geflogen waren. Sie freute sich auf ein warmes Bad und ein Glas Rotwein. Eine Tablette würde ein Übriges dazu tun, dass sie die Nacht gut durchschlief.

«Es ist eine CD. Das letzte Stück war von Willie and Lobo aus dem Album *Caliente*. Das jetzt ist von Pat Metheny. Es ist einer meiner selbst zusammengestellten Sampler.» Mit einem leichten Kopfschütteln setzte er hinzu: «Das ist so eine Sache, die ein Mann niemals zugeben sollte.»

«Warum nicht?»

Er grinste. «Machen Sie sich über mich lustig? Sampler-CDs brennen? Ich bitte Sie, ein sicheres Zeichen dafür, dass jemand viel zu viel Freizeit hat.»

«Ach, nicht unbedingt. Es könnte auch ein Zeichen dafür sein, dass jemand eine sehr genaue Vorstellung davon hat, was ihm gefällt.»

Reilly nickte. «Diese Deutung gefällt mir.»

«Das dachte ich mir.» Sie lächelte und ließ einen Moment lang schweigend die feine Kombination von E-Gitarre und komplexer Orchestrierung auf sich wirken, das Markenzeichen dieser Gruppe. «Das ist gut.»

«Finden Sie?»

«So richtig ... beruhigend und anregend zugleich. Außerdem läuft die Musik jetzt schon seit zehn Minuten, und meine Ohren sind noch nicht taub. Eine nette Abwechslung, verglichen mit den Torturen, denen Kim sie normalerweise unterwirft.»

«So schlimm?»

«Fragen Sie lieber nicht. Und die Texte, mein Gott ... Ich habe mich immer für eine moderne Mutter gehalten, aber manche von diesen ‹Songs›, wenn man sie denn so nennen kann ...»

Reilly grinste. «Jaja, die Jugend von heute ...»

«Hey, Sie sind auch nicht gerade der King des Hip-Hop.»

«Zählt Steely Dan?»

«Ich glaube nicht.»

Er setzte eine übertrieben zerknirschte Miene auf. «Wie gemein.»

Ihre Blicke trafen sich. Tess errötete leicht, als plötzlich ihr Handy zu klingeln begann.

Verärgert über die Störung, kramte sie es aus der Tasche. Die Nummer des Anrufers wurde nicht auf dem Display angezeigt. Sie beschloss, das Gespräch anzunehmen, bereute es jedoch gleich darauf.

«Hi, ich bin's. Doug.»

Besonders begeistert war sie nie, wenn ihr Exmann mit ihr reden wollte, aber in diesem Moment kam ihr sein Anruf besonders ungelegen. Sie vermied es, Reilly anzusehen, und senkte die Stimme.

«Was willst du?», fragte sie kurz angebunden.

«Ich weiß, dass du an dem betreffenden Abend im Metropolitan warst, und ich wollte mich erkundigen, ob irgendetwas –»

Natürlich. Doug tat niemals etwas ohne Hintergedanken. Sie fiel ihm ins Wort: «Ich darf nicht darüber sprechen, okay?», log sie. «Das FBI hat mir streng untersagt, mit der Presse zu reden.»

«Tatsächlich? Das ist ja Wahnsinn.» *Wahnsinn? Warum war das Wahnsinn?* «Sonst haben sie niemandem verboten, darüber zu sprechen», fuhr er ganz begeistert fort. «Warum wohl ausgerechnet dir, hm? Was weißt du, was die anderen nicht wissen?»

Die Lüge war nach hinten losgegangen. «Vergiss es, Doug.»

«Nun sei doch nicht so.» Da war sie wieder, seine einschmeichelnde Tour. «Ich bin es doch, vergiss das nicht.»

Als hätte sie das jemals vergessen können. «Nein», wiederholte sie energisch.

«Tess, ich bitte dich.»

«Ich lege jetzt auf.»

278

«Komm schon, Baby –»

Sie klappte das Handy zu, stopfte es mit erheblich größerer Wucht, als erforderlich gewesen wäre, in ihre Handtasche zurück, stieß die Luft aus und starrte geradeaus.

Nach ein paar Minuten zwang sie sich, ihre Hals- und Schultermuskeln zu entspannen. Ohne Reilly anzusehen, sagte sie knapp: «Tut mir Leid. Mein Exmann.»

«Das dachte ich mir schon. In Quantico lernt man so das eine oder andere.»

Sie kicherte wider Willen. «Ihnen entgeht aber auch nichts, wie?»

Er entgegnete mit einem Seitenblick zu ihr: «Normalerweise nicht. Es sei denn, es geht um die Templer. In diesem Fall gibt es da so eine wirklich nervtötende Archäologin, die uns Laien ständig ein paar Schritte voraus zu sein scheint.»

Sie lächelte. «Nur weiter, tun Sie sich meinetwegen keinen Zwang an.»

Ihre Blicke trafen sich wieder, diesmal ein wenig länger.

Er war wirklich froh, dass sie eingewilligt hatte, sich von ihm nach Hause bringen zu lassen.

Als sie in die Straße einbogen, in der Tess wohnte, brannten bereits die Laternen. Der Anblick ihres Hauses genügte, um auf einen Schlag wieder all die Ängste und Sorgen wachzurufen, die sie in den letzten paar Tagen geplagt hatten.

Vance war hier, dachte sie schaudernd. Er war in meinem Haus.

Sie fuhren an dem Polizeiauto vorbei, das ein Stück vor dem Haus an der Straße geparkt stand. Reilly winkte dem Beamten am Steuer kurz zu, und dieser winkte zurück. Er erkannte Tess von dem Bild, das er mit seinen Einsatzanweisungen bekommen hatte.

Reilly hielt in der Auffahrt und schaltete den Motor ab. Tess warf einen unbehaglichen Blick auf das Haus und überlegte kurz, ob sie ihn noch für einen Moment hereinbitten sollte. Dann kamen die Worte auf einmal wie von selbst aus ihrem Mund: «Möchten Sie nicht noch mit reinkommen?»

Er zögerte, ehe er sachlich und ohne eine Spur von Anzüglichkeit erwiderte: «Gern. Es wäre vielleicht ganz gut, wenn ich mich drinnen kurz umsehe.»

An der Haustür ließ er sich von ihr den Schlüssel geben und ging als Erster hinein.

Drinnen herrschte eine unnatürliche Stille. Tess folgte Reilly ins Wohnzimmer und schaltete gewohnheitsmäßig sämtliche Lampen an, dann den Fernseher, dessen Ton sie leiser stellte. Das Gerät war auf Kims Lieblingssender eingestellt. Tess machte sich nicht die Mühe, den Kanal zu wechseln.

Reilly blickte sie ein wenig überrascht an.

«Das mache ich immer, wenn ich allein bin», erklärte sie. «Es erzeugt die Illusion von Gesellschaft.»

«Sie brauchen sich keine Sorgen zu machen», versicherte er in beruhigendem Ton. «Ich überprüfe jetzt die Zimmer.» Er zögerte kurz, ehe er hinzusetzte: «Wenn es Ihnen recht ist?»

Offenbar scheute er sich, ohne ihre ausdrückliche Einwilligung ihr Schlafzimmer zu betreten, stellte Tess fest. Sie war ihm für sein Taktgefühl dankbar.

«Sicher.»

Er nickte und verließ das Wohnzimmer. Tess ließ sich auf die Couch fallen, zog das Telefon heran und wählte die Nummer ihrer Tante in Prescott. Nach dem dritten Klingeln nahm Hazel ab. Sie, Kim und Eileen waren gerade angekommen, nachdem sie die zwei vom Flughafen in Phoenix abgeholt und zum Dinner ausgeführt hatte. Beiden ging es gut. Tess sprach kurz mit ihrer Mutter, während Hazel Kim ans Telefon holte, die gerade in den Ställen nach den Pferden sah. Eileen klang erheblich weniger besorgt als am Vortag. Tess führte das zum einen auf den Einfluss ihrer Schwester zurück, die eine heitere, entspannte Art hatte, und zum anderen auf den Abstand von New York, den sie durch die Reise gewonnen hatte. Als Kim an den Apparat kam, berichtete sie voller Begeisterung von ihren Plänen, am nächsten Tag auszureiten. Sie schien ihre Mutter nicht im Geringsten zu vermissen.

Kurz nachdem Tess gute Nacht gesagt und das Gespräch beendet hatte, kam Reilly wieder herein.

Er sah so erschöpft aus, wie sie sich fühlte. «Es ist alles in Ordnung, wie erwartet. Ich denke, Sie brauchen sich wirklich keine Sorgen mehr zu machen.»

«Da haben Sie sicher Recht. Trotzdem danke, dass Sie nachgesehen haben.»

«Nichts zu danken.» Als er sie ansah, schien er für einen winzigen Moment zu zögern. Tess ergriff die Gelegenheit.

«Ich glaube, wir können jetzt beide einen Drink gebrauchen», schlug sie vor, stand auf und ging voraus in die Küche. «Wie wäre es mit einem Bier? Oder vielleicht ein Glas Wein?»

«Nein, vielen Dank.» Er lächelte.

«Ach, ich vergaß – Sie sind im Dienst, nicht wahr? Dann lieber einen Kaffee?»

«Nein, es ist nicht deswegen. Nur …» Er stockte.

«Was dann?»

Zögernd fuhr er fort: «Es ist wegen der Fastenzeit.»

281

«Fastenzeit? Wirklich?»

«Ja.»

«Und ich nehme an, Sie nutzen das nicht bloß als Vorwand zum Abnehmen, wie?»

Er schüttelte nur den Kopf.

«Vierzig Tage ohne Alkohol. Wow.» Im nächsten Moment errötete sie. «Okay, das kam wohl etwas komisch rüber. Nicht dass Sie jetzt denken, ich wäre ein Fall für die Anonymen Alkoholiker oder so.»

«Zu spät. Der Eindruck sitzt fest.»

«Na großartig.» Sie ging zum Kühlschrank und schenkte sich ein Glas Weißwein ein. «Komisch, ich hätte einfach nicht gedacht, dass sich noch jemand daran hält. Erst recht nicht in dieser Stadt.»

«Dabei liegt es doch gerade hier besonders nahe, ein … spirituelles Leben zu führen.»

«Sie scherzen. In New York City?»

«Nein, ich scherze durchaus nicht. Diese Stadt ist der ideale Ort dafür. Überlegen Sie doch mal, es mangelt hier ja nicht gerade an moralischen und ethischen Herausforderungen. Die Unterschiede zwischen richtig und falsch, gut und böse liegen in dieser Stadt ziemlich deutlich auf der Hand. Man ist geradezu gezwungen, klare Entscheidungen zu treffen.»

Tess brauchte eine Weile, um das Gehörte zu verarbeiten. «Und wie weit geht Ihre Religiosität? Wenn es Ihnen nichts ausmacht, dass ich danach frage.»

«Nein, gar nicht.»

Sie grinste. «Erzählen Sie mir jetzt aber bitte nicht, dass Sie zu irgendeiner Kuhweide in der Pampa pilgern, weil jemand sich einbildet, dort in den Wolken die Jungfrau Maria gesehen zu haben oder so.»

«Nein, jedenfalls nicht in letzter Zeit. Ich nehme an, Sie sind kein besonders religiöser Mensch.»

«Nun ... sagen wir es so, für mich bräuchte es schon etwas Überzeugenderes, ehe ich durchs halbe Land tingeln würde.»

«Etwas Überzeugenderes. Sie meinen also, Sie bräuchten ein Zeichen. Ein unwiderlegbares, hieb- und stichfestes Wunder?»

«So etwas in der Art.»

Er sagte nichts, sondern lächelte nur.

«Was ist?»

«Schauen Sie, mit den Wundern ist das so eine Sache ... Wenn Sie gläubig sind, brauchen Sie keine, und wenn Sie ein Zweifler sind, tja, dann kann kein Wunder jemals genügen, Sie umzustimmen.»

«Ach, ich könnte mir schon ein paar Dinge vorstellen, die mich durchaus überzeugen würden.»

«Vielleicht gibt es solche Dinge ja tatsächlich. Vielleicht nehmen Sie sie einfach nicht wahr.»

Das irritierte Tess nun wirklich. «Okay, Moment mal. Sie stehen hier mit Ihrer FBI-Dienstmarke und wollen mir allen Ernstes erzählen, dass Sie an Wunder glauben?»

Er zuckte die Schultern. «Nehmen wir mal an, Sie gehen die Straße entlang und möchten die Fahrbahn überqueren. Aber dann, gerade als Sie den ersten Schritt tun wollen, halten Sie am Bordstein ohne besonderen Grund inne. Und genau in diesem Sekundenbruchteil, den Sie zögern, rast ein Bus oder ein LKW nur Zentimeter an Ihnen vorbei, genau dort, wo Sie gewesen wären, wenn Sie nicht gezögert hätten. Sie wissen selbst nicht warum, aber etwas hat Sie bewogen innezuhalten. Dieses Etwas hat Ihnen das Leben gerettet. Und wissen Sie was? Wenn Sie nachher jemandem davon erzählen, würden Sie wahrscheinlich sagen: ‹Es ist ein Wunder, dass ich noch lebe.› Für mich ist es genau das: ein Wunder.»

«Sie nennen es ein Wunder, ich nenne es Glück.»

«Wenn Sie selbst vor einem Wunder stehen, fällt es nicht schwer zu glauben. Die eigentliche Prüfung jedes Glaubens findet dann statt, wenn die Zeichen ausbleiben.»

Tess war noch immer überrascht, Reilly von dieser unerwarteten Seite kennen zu lernen. «Das alles ist wirklich Ihr Ernst.»

«Vollkommen.»

Sie musterte ihn und ließ sich die Angelegenheit eine Weile durch den Kopf gehen. «Okay, sagen Sie mir eins», forderte sie Reilly schließlich auf. «Wie verträgt sich ein solcher Glaube, also ein echter, aufrichtiger Glaube wie der Ihre, mit der Arbeit eines Ermittlers?»

«Wie meinen Sie das?»

Sie hegte den Verdacht, dass er genau wusste, worauf sie hinauswollte. Bestimmt hatte er sich diese Frage schon vor längerer Zeit selbst gestellt. «Ein Ermittler darf an nichts und niemanden einfach glauben. Sie dürfen nichts als sicher hinnehmen. Sie haben es mit Tatsachen zu tun, mit Beweisen. Über jeden vernünftigen Zweifel erhaben und so.»

«Ja.» Ihre Frage schien ihn in keiner Weise zu verunsichern.

«Und wie vereinbaren Sie das mit Ihrem Glauben?»

«Ich glaube an Gott, nicht an die Menschen.»

«Kommen Sie schon, so einfach kann das doch nicht sein.»

«Doch», entgegnete er mit einer Ruhe, die Tess völlig aus dem Konzept brachte, «so einfach ist es.»

Sie schüttelte den Kopf, und ein kleines, selbstironisches Lächeln erhellte ihr Gesicht. «Wissen Sie, ich bilde mir ja gern

284

etwas auf meine Menschenkenntnis ein, aber Sie habe ich wirklich völlig falsch eingeschätzt. Ich hätte nicht gedacht, dass Sie … na ja, ein gläubiger Mensch sind. Wurden Sie so erzogen?»

«Nein, meine Eltern waren nicht besonders religiös. Ich bin sozusagen erst später darauf gekommen.»

Tess wartete auf eine ausführlichere Erklärung, doch er schwieg. Plötzlich war ihr das Ganze peinlich. «Hören Sie, es tut mir Leid, offenbar ist das eine sehr private Angelegenheit, und ich bombardiere Sie hier mit taktlosen Fragen.»

«Kein Problem, wirklich nicht. Es ist nur … nun ja, mein Dad starb, als ich noch ziemlich klein war, und ich hatte danach eine schwere Zeit. Der Priester unserer Gemeinde war damals als Einziger für mich da. Er hat mir geholfen, all das durchzustehen, und das hat mich wohl irgendwie geprägt. Das ist eigentlich auch schon alles.»

Er mochte sagen, was er wollte, Tess spürte, dass es ihm unangenehm war, eingehender darüber zu sprechen. Wofür sie durchaus Verständnis hatte. «Okay.»

«Was ist mit Ihnen? Ich nehme an, Sie wurden nicht besonders religiös erzogen?»

«Nein, eher im Gegenteil. In meinem Elternhaus herrschte eine akademische, archäologische, wissenschaftliche Atmosphäre. Entsprechend fiel es mir schwer, in meiner Welt die Vorstellung von etwas Göttlichem unterzubringen. Als ich später erfuhr, dass Einstein auch nicht an so etwas glaubte, sagte ich mir: Was für den schlausten Kerl auf unserem Planeten gut genug ist …»

«Schon in Ordnung», versetzte Reilly trocken. «Ein paar meiner besten Freunde sind Atheisten.»

Sie warf ihm einen raschen Blick zu, stellte fest, dass er grinste, und erwiderte: «Gut zu wissen.» Sie selbst hielt sich allerdings eher für eine Agnostikerin als für eine Atheistin. «Die meisten Leute, die ich kenne, scheinen damit eine Art moralischer Leere zu verbinden ... wenn nicht gleich den völligen moralischen Bankrott.»

Sie gingen ins Wohnzimmer zurück. Reillys Blick fiel auf den Fernseher, wo gerade *Smallville* lief, die Serie über Supermans leidvolle Teenagerzeit. Reilly starrte einen Moment lang gedankenverloren auf die Mattscheibe, dann wechselte er unvermittelt das Thema. «Ich muss Sie etwas fragen. Es geht um Vance.»

«Schießen Sie los.»

«Wissen Sie, die ganze Zeit, als Sie darüber gesprochen haben, was ihm widerfahren ist, über Ihre Begegnung auf dem Friedhof, die Ereignisse in dem Keller ... die ganze Zeit über war mir nicht recht klar, wie Sie zu ihm stehen.»

Ihr Gesicht verdüsterte sich. «Als ich ihn damals kennen lernte, war er ein richtig netter Kerl, kein bisschen unnormal. Und dann diese Sache mit seiner Frau und seinem ungeborenen Kind ... Es ist doch wirklich furchtbar, was da geschehen ist.»

Reilly blickte ein wenig unbehaglich drein. «Sie empfinden also Mitgefühl für ihn.»

Tess erinnerte sich, wie ihr selbst das zu ihrer eigenen Verwirrung auch bewusst geworden war. «In gewisser Weise, ja.»

«Selbst nach dem Überfall, der Enthauptung, der Schießerei ... nachdem er Kim und Ihre Mutter bedroht hat?»

Tess fühlte sich ertappt. Reilly machte ihr ihre eigenen beängstigenden, widersprüchlichen Gefühle bewusst, die sie selbst nicht recht verstand. «Ich weiß, es muss sich verrückt anhören, aber – irgendwo schon, ja. Wie er geredet hat, wie seine Stimmung plötzlich umschlug und er sich völlig anders verhielt. Er gehört in Behandlung, nicht hinter Gitter. Dieser Mann braucht Hilfe.»

«Erst einmal müssen wir ihn fassen. Hören Sie, Tess, eines dürfen Sie unter keinen Umständen vergessen: Ganz gleich, was der Bursche durchgemacht hat, er ist gefährlich.»

Tess sah wieder vor sich, wie Vance gelassen auf dem Sofa gesessen und mit ihrer Mutter geplaudert hatte. Etwas an ihm, an ihrer Wahrnehmung von ihm veränderte sich. «Es ist verrückt, aber … Ich weiß nicht recht, ob es nicht nur eine leere Drohung war.»

«Vertrauen Sie mir. Es gibt Dinge, von denen Sie nichts wissen.»

Sie legte fragend den Kopf schief. Eigentlich hatte sie geglaubt, Bescheid zu wissen. «Was für Dinge?»

«Weitere Tote. Der Mann ist gefährlich, Punkt. Okay?»

Reillys eindringlicher Ton ließ keinen Raum für Zweifel. Verwirrt fragte Tess nach: «Was soll das heißen, weitere Tote? Wer?»

Er antwortete nicht sofort, etwas schien ihn abzulenken. Er sah völlig abwesend an ihr vorbei. Tess folgte seinem Blick, der wie gebannt auf den Fernseher gerichtet war. Auf der Mattscheibe war der halbwüchsige Clark Kent soeben im Begriff, wieder einmal das Böse zurückzuschlagen und jegliche Gefahr zu bannen.

Tess grinste. «Haben Sie diese Folge etwa verpasst?»

Doch Reilly war bereits auf dem Weg zur Tür. «Ich muss jetzt gehen.»

«Gehen? Aber wohin denn?»

«Ich muss los.» Binnen Sekunden war er auf und davon. Sie hörte die Haustür hinter ihm ins Schloss fallen und starrte ungläubig auf den Teenager, der durch massive Wände sehen und mit einem einzigen Satz hohe Gebäude überspringen konnte.

Was nun wirklich überhaupt nichts erklärte.

KAPITEL 45

Reilly steuerte seinen Pontiac durch den noch immer dichten Feierabendverkehr in südlicher Richtung über den Van Wyck Expressway. Über ihm zogen schimmernde Großraumjets mit heulenden Triebwerken in einer schier endlosen Prozession von Landeanflügen dahin. Der Flughafen war nur noch rund anderthalb Kilometer entfernt.

Aparo auf dem Beifahrersitz rieb sich die Augen und spähte hinaus. Durch die geöffnete Scheibe wehte ihm die frische Frühlingsluft entgegen. «Wie war der Name doch gleich?»

Reilly war vollauf damit beschäftigt, die unzähligen Schilder zu studieren, die ihnen aus jeder erdenklichen Richtung entgegenprangten. Schließlich entdeckte er das Gesuchte.

«Da, das ist es.»

Das grüne Schild zu ihrer Rechten wies in großen Lettern den Weg zum Frachtterminal 7. Darunter, inmitten der kleineren Logos der Fluggesellschaften, entdeckte Reilly den Hinweis, der ihn besonders interessierte.

Alitalia Frachtabfertigung.

Kurz nach den Terroranschlägen vom 11. September hatte der Kongress den Aviation and Transportation Security Act verabschiedet, ein Gesetz zur Verbesserung der Flugsicherheit. Eine neu gebildete Verkehrssicherheitsbehörde, die Transportation Security Administration, war nun für die Überprüfung aller einreisenden Personen und der Gepäckstücke verantwortlich. Die Kontrollen wurden im ganzen Land drastisch verschärft: Handgepäck und aufgegebenes Gepäck wurden mittels Computertomografie-Scannern auf Waffen und Sprengstoff überprüft; kurzzeitig mussten sogar die Reisenden selbst Kontrollen mit einer bestimmten Röntgentechnik durchlaufen. Diese Praxis wurde jedoch wenig später wieder eingestellt, weil sie einen öffentlichen Aufschrei hervorrief; nicht wegen der Angst vor gesundheitsschädlicher Strahlenbelastung, sondern schlicht aufgrund der Tatsache, dass nichts, ganz gleich wie intim, den Rapiscan-Maschinen entging. Auf den Prüfbildschirmen war buchstäblich alles zu sehen.

Ein Bereich, auf den die TSA besonderes Augenmerk richtete, war der internationale Frachtverkehr. Auch wenn er weniger im Blickpunkt der Öffentlichkeit stand, ging von ihm potenziell ein noch größeres Sicherheitsrisiko aus als vom Personenverkehr. Zehntausende Container, Paletten und Kisten strömten Tag für Tag aus allen Teilen der Welt in die USA. Folglich blieben die neuen Scan-Vorschriften nicht auf das Gepäck der Reisenden beschränkt, sondern wurden auch auf Frachtlieferungen angewendet, die auf dem Luft- oder Seeweg ins Land gelangten. Mittlerweile waren an praktisch allen internationalen Häfen und Flughäfen Fracht-Röntgenscansysteme in großem Umfang im Einsatz.

Ein Umstand, für den Reilly gerade in diesem Moment, als er im Büro der staatlichen italienischen Fluggesellschaft im Frachtterminal des John-F.-Kennedy-Airports Platz nahm, zutiefst dankbar war.

Ein Techniker rief rasch die gewünschten Bilder am Monitor auf. «Machen Sie's sich ruhig bequem, das war eine ziemlich umfangreiche Lieferung.»

Reilly lehnte sich zurück. «Die Kiste, für die wir uns interessieren, müsste ziemlich auffällig sein. Sie können zügig durchzoomen. Ich sage Bescheid, wenn wir einen Treffer haben.»

«Wie Sie meinen.» Der Mann nickte und begann durch seine Dateien zu scrollen.

Auf dem Monitor erschienen in rascher Folge Aufnahmen von Kisten unterschiedlicher Größe in Seitenansicht und Draufsicht. Man konnte deutlich die Konturen der Gegenstände im Inneren erkennen: der Stücke, die die Kuratoren im Vatikan für die Ausstellung im Metropolitan Museum ausgewählt hatten. Reilly wurmte es insgeheim immer noch, dass er nicht schon längst auf diese Idee gekommen war. Doch er schob seinen Ärger beiseite und beobachtete gemeinsam mit Aparo die blauen und grauen Schemen von verschnörkelten Bilderrahmen, Kruzifixen und Statuetten. Sein Herz schlug schneller. Die Auflösung war verblüffend gut, viel besser als erwartet. Er konnte sogar kleine Details wie Schnitzereien oder eingefasste Edelsteine erkennen.

Inmitten der Flut Schwindel erregender Bilder erschien sie plötzlich.

«Anhalten», rief Reilly aufgeregt.

Auf dem Bildschirm war gestochen scharf und in allen Einzelheiten durch die äußere Hülle hindurch das Innenleben der Chiffriermaschine zu sehen.

KAPITEL 46

Als Tess den Konferenzraum betrat, blieb sie wie angewurzelt stehen.

Sie hatte sich gefreut, nach dreitägiger Funkstille, die ihre Geduld auf eine harte Probe gestellt hatte, wieder von Reilly zu hören. In diesen drei Tagen hatte ihre Mutter immer energischer darauf gedrängt, Tess solle endlich auch nach Arizona kommen. Außerdem wurde sie allmählich kribbelig: Dieser Fall bestimmte mittlerweile ihr Leben, und sie konnte sich einfach nicht davon losreißen, mochte Reilly sagen, was er wollte.

Das wurde ihr klarer denn je, als sie sah, was dort auf dem Konferenztisch stand: eine exakte, aus stabilem, durchsichtigem Plastik gefertigte Replik des Rotor-Chiffrierers mit mehreren Walzen.

Tess brachte kaum ein Wort heraus. «Wie ...?»

Völlig verblüfft starrte sie Reilly an. Er hatte es offenbar darauf angelegt, sie zu überraschen. Als er sie am Telefon bat, zur Federal Plaza zu kommen, hatte er nur vage erwähnt, er wolle mit ihr «ein paar Dinge besprechen».

Plötzlich nahm sie all die anderen Personen im Raum wahr: Jansson, Aparo, Gaines, ein paar weitere, die sie nicht kannte – und den Monsignore. Wieder blickte sie Reilly an.

Er schenkte ihr ein knappes, zurückhaltendes Lächeln.

«Ich dachte, Sie würden vielleicht gern dabei sein.» Dann deutete er auf einen der Männer, die Tess noch nicht kannte und der gerade zusammengeheftete Blätter an alle Anwesenden verteilte. «Das ist Terry Kendricks. Er hat die Maschine gebaut.»

«Gemeinsam mit meinem Team», schränkte Kendricks rasch ein und strahlte Tess an. «Freut mich sehr, Sie kennen zu lernen.»

Tess konnte den Blick nur mühsam von der Maschine losreißen. Als sie das Handout studierte, fand sie ihre Hoffnungen bestätigt. Sie blickte zu Kendricks auf.

«Sie funktioniert?»

«Allerdings. Es passt alles tadellos. Natürlich auf Latein, wie ich mir von dem Linguistenteam habe bestätigen lassen, das den Text übersetzt hat.»

Tess konnte es noch immer nicht fassen. Fragend wandte sie sich an Reilly. «Aber wie …?»

«Beim Zoll muss alles durch den CT-Scanner», erklärte er. «Das gilt sogar für Leihgaben der Kurie.»

Sie musste sich setzen, ihre Beine fühlten sich an, als drohten sie ihr jeden Moment den Dienst zu versagen. Mit zitternden Händen hielt sie die Unterlagen und studierte den computergedruckten Text.

Es war ein Brief, datiert auf Mai 1291.

«Das ist das Jahr, in dem Akkon gefallen ist», rief sie aus. «Die letzte Stadt, die die Kreuzritter noch hielten.»

Sie richtete ihre Aufmerksamkeit wieder auf den Brief und begann zu lesen. Ein Schauder überlief sie bei der Vorstellung, über die Jahrhunderte hinweg mit Männern in Verbindung zu treten, deren Taten Stoff für Legenden geliefert hatten.

«Zu meiner tiefen Betrübnis muss ich Euch mitteilen», begann der Brief, «dass Akkon nicht länger unter unserem Schutz steht. Bei Einbruch der Dunkelheit zogen wir uns aus der Stadt zurück und überließen sie schweren Herzens den Flammen ...»

KAPITEL 47

Östliches Mittelmeer, Mai 1291

Sie waren die ganze Nacht entlang der Küste nach Norden gesegelt. Als der Morgen dämmerte, drehte die Galeere nach Westen ab und steuerte auf Zypern zu, wo es ein Präzeptorium gab, in dem sie Zuflucht suchen wollten.

Erschöpft und niedergeschmettert von den Ereignissen in Akkon, hatte Martin sich unter Deck zurückgezogen und versucht, ein wenig Erholung zu finden. Das ständige Rollen des Schiffes, das Bild des sterbenden Großmeisters und die Erinnerung an ihre wilde Flucht ließen ihn jedoch nicht zur Ruhe kommen. Als er beim ersten Morgengrauen wieder an Deck kam, bot sich ihm ein erschreckender Anblick: Voraus durchschnitten grelle Blitze die Dunkelheit einer rasch aufziehenden Unwetterfront, und dumpfes Donnergrollen übertönte die Klagegeräusche der Takelage, an der der Wind zerrte. Hinter ihnen, im Osten, verdeckte eine gefährlich aussehende violette Wolkenbank die aufgehende Sonne, deren Strahlen nur vereinzelt den düsteren Himmel erhellten.

Wie ist das möglich, dachte Martin. Zwei Stürme, einer kommt uns entgegen, der andere verfolgt uns. Auch der Kapitän hatte etwas Derartiges noch nie erlebt.

Sie waren eingeschlossen.

Die Windgeschwindigkeit nahm zu, und zugleich setzten kalte, scharfe Regengüsse ein. Das Segel schlug heftig gegen die Rahe, während die Schiffsbesatzung verzweifelt an den Brassen zerrte und der Mast bedrohlich ächzte. Unter Deck wieherten die Pferde und scharrten unruhig mit den Hufen auf den Planken. Martin beobachtete, wie der Kapitän hastig auf seiner Karte die Position des Schiffes markierte, ehe er dem Aufseher befahl, die Sklaven anzutreiben, und dem Steuermann Anweisungen zur Kursänderung zuschrie. Ein verzweifelter Versuch, den Stürmen zu entkommen.

Martin trat zu Aimard auf das Vorderschiff. Auch der ältere Ritter beobachtete mit wachsender Sorge, wie sich die Sturmfronten näherten. «Es ist, als hetzte Gott selbst das Meer auf, uns zu verschlingen», bemerkte er und blickte Martin tief beunruhigt an. Binnen kürzester Zeit verfinsterte sich der Himmel, bis undurchdringliche Schwärze das Schiff umgab. Es schien, als sei der Tag zur Nacht geworden. Zugleich erreichte der Wind Orkanstärke, das Meer begann zu brodeln, und gewaltige, gischtgekrönte Wellen schlugen gegen den Rumpf. Blitze zuckten, unmittelbar gefolgt vom ohrenbetäubenden Knall des Donners. Der Regen prasselte so heftig auf das Schiff nieder, dass ein dichter Wasserschleier sie von der Außenwelt abschnitt.

Hugues befahl einen Mann in den Ausguck, damit er den Horizont nach Land absuchte. Martin sah zu, wie der Seemann widerstrebend, aber dennoch tapfer dem sintflutartigen Regen trotzend, hinauf zum Krähennest kletterte. Das Schiff pflügte weiter durch die mächtigen Wogen, die sich hoch über die Reling auftürmten, ehe sie krachend auf das Deck niedergingen. Die Ruder entwickelten ein Eigenleben, manche schlugen gegen den Schiffsrumpf, andere schmetterten gnadenlos den angeketteten Sklaven entgegen, die mit ihnen rangen. Nachdem mehrere der Männer auf diese Weise verletzt worden waren, gab Hugues schließlich den Befehl, die Riemen einzuholen.

Das Schiff war bereits seit Stunden hilflos von den turmhohen Wellen hin und her geworfen worden, als Martin durch das ohrenbetäubende Tosen hindurch plötzlich ein Krachen und Knirschen vernahm: Die Luken brachen ein, Wasser ergoss sich in die Laderäume. Das Schiff krängte gefährlich, und zugleich ertönte von oben das Geräusch von berstendem Holz: Der Mast brach. Als Martin erschrocken aufblickte, sah er gerade noch, wie das schwere Holz auf drei Besatzungsmitglieder niederstürzte, während der unglückliche Mann im Ausguck in die brodelnde See geschleudert wurde.

Ohne Segel und Riemen war die Galeere auf Gedeih und Verderb dem Wind und den Strömungen ausgeliefert, und das wütende Meer stieß und zerrte sie ziellos bald da-, bald dorthin. Drei Tage und drei Nächte lang tobte der Sturm unablässig, doch die Faucon du Temple hielt der zornigen Naturgewalt beharrlich stand. Am vierten Tag dann, als die Winde noch immer nicht abflauten, drang plötzlich eine einzelne Stimme durch das Tosen: «Land in Sicht! Land!» Martin sah, wie einer der Männer gerade voraus deutete, aber sosehr er seine Augen auch anstrengte, er konnte nichts erkennen als das aufgewühlte Meer. Schließlich entdeckte er es doch: Fern am Horizont war vage eine dunkle Masse auszumachen.

Und dann geschah es.

Als sie das Land schon grausam nah vor Augen hatten, begann das Schiff zu bersten. Die gleichmäßig zusammengefügte Kraweelbeplankung, die dem Unwetter so lange

297

getrotzt hatte, gab nach. Ein durchdringendes Ächzen ertönte, gefolgt von explosionsartigem Lärm. Der gesamte Schiffsrumpf barst. Unter den angeketteten Ruderern brach Panik aus, während die Pferde unter Deck verängstigt wieherten und schnaubten.

«Die Sklaven!», brüllte Hugues. «Macht sie los, ehe sie ertrinken!» Seine Männer lösten hastig die Ketten, doch die Freiheit der Rudersklaven war von kurzer Dauer; Augenblicke später riss das einbrechende Wasser sie mit sich fort.

Hugues konnte das Unvermeidliche nicht länger aufhalten. «Das Beiboot zu Wasser lassen», befahl er. «Alle Mann von Bord!» Als Martin nach achtern eilte, um mitzuhelfen, das Beiboot klarzumachen, kam ihm Aimard mit einem großen Lederbeutel entgegen. Der ältere Ritter lief in die entgegengesetzte Richtung, zum Vorderschiff. Martin schrie ihm etwas zu, doch im selben Moment überflutete eine weitere gewaltige Welle das Deck. Aimard wurde von der Wucht des Wassers über die Brücke geschleudert und prallte mit der Brust gegen eine Ecke des Kartentisches. Er stieß einen Schmerzensschrei aus, aber gleich darauf biss er die Zähne zusammen und rappelte sich wieder hoch, eine Hand gegen die Rippen gepresst. Martin eilte ihm zur Hilfe und wollte ihm den Beutel abnehmen, was Aimard jedoch nicht duldete, obwohl die Last ihm in seinem angeschlagenen Zustand sichtlich zu schaffen machte.

Mit Mühe und Not gelang es den Männern, in das Beiboot zu klettern. Das Letzte, was Martin de Carmaux von der *Faucon du Temple* sah, war, wie das geschundene Schiff von der tosenden See verschlungen wurde. Der gewaltige Vorsteven, an dessen Spitze die geschnitzte Galionsfigur saß, brach wie ein Streichholz unter der entsetzlichen Gewalt des Sturmes.

298

Zu hören war nichts. Das dämonische Heulen des Windes und die grässlichen Schreie der ertrinkenden Pferde übertönten jedes Geräusch. Martin blickte die anderen acht Männer in dem Beiboot an und erkannte in ihren Augen das gleiche Grauen, das er selbst empfand. In stummer Verzweiflung starrten sie auf das Schiff, das langsam in den turmhohen Wogen versank.

Wind und Wellen erfassten das Boot und schleuderten es umher wie ein Papierschiffchen, doch der Kapitän kommandierte rasch sechs der neun überlebenden Männer an die Ruder, um das Boot nicht ganz den Naturgewalten zu überlassen. Während Martin sich in die Riemen legte, starrte er vor sich hin, vor Erschöpfung und Verzweiflung am Ende. Sie waren aus dem Heiligen Land vertrieben worden, und nun war auch noch die *Faucon du Temple* verloren. Er fragte sich, wie lange sie wohl überleben würden, selbst wenn sie das Ufer erreichten. Wohin auch immer es sie verschlagen hatte, sie waren weit von der Heimat entfernt, tief in feindlichem Gebiet und kaum gerüstet, sich auch nur gegen den schwächsten Feind zu verteidigen.

Nach einer Fahrt, die Stunden zu dauern schien, legten sich die Wellen ein wenig, und endlich sahen sie das Land, das sie vom Schiff aus erspäht hatten. Kurze Zeit später zogen sie das Beiboot durch das seichte Uferwasser auf einen Sandstrand. Noch immer heulte der Wind, und der kalte Regen peitschte ohne Unterlass auf sie nieder. Doch wenigstens hatten sie festes Land unter den Füßen.

Nachdem die Männer mit ihren Schwertern den Boden des Bootes zertrümmert hatten, stießen sie es zurück in die raue See. Niemand sollte ihre Ankunft bemerken. Hugues erklärte, sie hätten sich bereits auf nördlichem Kurs befunden, als der Sturm über sie hereinbrach, und er glaubte, die *Faucon du Temple* sei um die Insel Zypern herum noch weiter nach Norden abgetrieben worden. Auf das Wissen und die Erfahrung des Seemanns gestützt, entschied Aimard, den Strand, der ihnen keine Deckung bot, zu meiden und zunächst ein Stück weit landeinwärts zu marschieren. Anschließend würden sie sich nach Westen wenden, um einen Hafen zu suchen.

Die flachen Hügel schützten sie vor dem Wind und, was noch wichtiger war, vor den Blicken der Einheimischen, sofern diese Gegend überhaupt bewohnt war. Bisher hatten die Schiffbrüchigen niemanden zu Gesicht bekommen und nichts anderes gehört als das Heulen des Sturmes. Selbst die Tiere schienen sich vor dem Unwetter versteckt zu haben. Während des langen, erschöpfenden Marsches bemerkte Martin, dass sich Aimards Zustand verschlechterte. Seine Rippen waren bei dem Aufprall offenbar ernsthaft verletzt worden. Doch Aimard hielt trotz seiner quälenden Schmerzen tapfer durch; während er sich mit einer Hand die Seite hielt, umklammerte er mit der anderen fest den Lederbeutel.

Als sie einen Ort erreichten, war ihre erste Gefühlsregung Furcht. In ihrer gegenwärtigen Verfassung konnten sie schwerlich einen Kampf bestehen. Sie waren nicht nur verwundet und entkräftet, sondern besaßen zudem nur noch wenige Waffen. Doch die Hoffnung, sie könnten dort Nahrung finden, ließ die Männer ihre Angst überwinden. Weder ihre Hoffnungen noch ihre Befürchtungen wurden bestätigt, der Ort war verlassen, die Häuser leer. In der Mitte stand die Ruine einer Kirche. Ihre Mauern waren noch intakt, das Dach jedoch nur mehr ein geschwärztes Skelett verkohlter

Balken, getragen von hohen Steinsäulen. Es war schwer einzuschätzen, wie lange die Entweihung zurücklag, sicher länger als ein paar Wochen oder Monate, möglicherweise schon Jahre.

Gegenüber der Kirche gab es einen Brunnen, über den die üppig belaubten Zweige einer mächtigen alten Weide hingen.

Hier ließen sich die Überlebenden zum Rasten nieder. Aimard de Villiers ging es von allen am schlechtesten. Martin holte gerade für ihn Wasser aus dem Brunnen, als er ein Geräusch hörte: ein leises, melodisches Glockenläuten. Die erschöpften Männer gingen hastig in Deckung und beobachteten, wie eine kleine Ziegenherde durch die schmale Straße auf sie zukam. Die Tiere scharten sich um den Brunnen und suchten vergebens den Boden nach Nahrung ab. Manche reckten sich nach den Zweigen der Weide und knabberten an ihnen. Dann tauchte ein Ziegenhirte auf, ein gebeugter alter Mann, begleitet von einem kleinen Jungen.

Martin wechselte einen Blick mit Aimard. Als dieser ihm auffordernd zunickte, übernahm er das Kommando. Mit Handzeichen signalisierte er den übrigen Männern, sie sollten rundherum Posten beziehen. Er selbst ging gemeinsam mit Hugues auf den alten Mann zu, der beim Anblick der Fremden auf die Knie fiel und sie anflehte, ihn und seinen Enkel am Leben zu lassen. Martin und Aimard sprachen wie viele ihrer Brüder ein wenig Arabisch. Dennoch dauerte es einige Zeit, bis sie den Alten beruhigen und ihn überzeugen konnten, dass sie ihm nicht nach dem Leben trachteten. Noch länger brauchten sie, um dem Mann begreiflich zu machen, dass sie ihm eine Ziege abkaufen wollten, statt sie mit Gewalt zu rauben. Geld oder Wertgegenstände besaßen sie zwar nicht, aber sie konnten ein paar Kleidungsstücke entbehren, die doch eine Art Tauschhandel möglich machten. Während der Ziegenhirte und sein junger Gehilfe ihre Herde mit Wasser aus dem Brunnen tränkten, schlachteten die Ritter die Ziege, entzündeten Holz mit einem Feuerstein und brieten das Tier. Sie luden auch den Ziegenhirten und den Jungen ein, an ihrem Mahl teilzuhaben.

Diese Freundlichkeit rettete ihnen wohl das Leben.

Der alte Mann, von dem sie auch den Namen des Ortes erfuhren, *Fonsalis*, war dankbar, dass sie ihn am Leben gelassen hatten. Am späten Nachmittag zog er mit seiner Herde und seinem Gehilfen weiter. Die Ritter und die Seeleute beschlossen, nach der kräftigen Mahlzeit noch ein wenig zu ruhen, um ihren Weg am nächsten Morgen gestärkt fortzusetzen.

Doch der Frieden währte nicht lange.

Der Ritter, der Wache hielt, hörte als Erster ein Geräusch und alarmierte Martin. Jemand kam auf sie zugerannt. Wie sich herausstellte, war es der Enkel des Ziegenhirten, der ihnen atemlos und sichtlich verängstigt mitteilte, dass sich eine Horde Mameluken näherte. Der alte Mann war den Reitern bereits einmal früher begegnet und von ihnen ausgeraubt worden. Er wusste, dass sie sich bei diesem Brunnen mit Wasser zu versorgen pflegten.

Den Männern blieb nichts anderes übrig, als gegen die Mameluken zu kämpfen.

Mit Aimards Hilfe plante Martin rasch einen Hinterhalt: Sie würden sich zu einem großen V formieren, dessen offene Enden in Richtung des nahenden Feindes zeigten, während der Brunnen die Spitze bildete.

Sie ergänzten ihren spärlichen Bestand an Waffen mit

Eisenstücken aus der Kirchenruine und rollten das Seil von der Winde des Brunnens ab. Hugues und ein weiterer Seemann bezogen mit je einem Ende an den offenen Schenkeln des V Stellung. Wo das Seil auf dem Weg lag, über den die Reiter kommen würden, scharrten sie etwas Erde darüber. Auch die anderen nahmen ihre Plätze ein. Martin vergewisserte sich noch einmal, dass sie keine verräterischen Spuren hinterlassen hatten, dann duckte er sich selbst hinter die Brunneneinfassung.

Die neun Männer brauchten nicht lange zu warten. Schon einige Zeit bevor sie die Mameluken sahen, hörten sie ihr Gelächter, das laut durch die Stille schallte. Offenbar hatten sie die Bevölkerung dieser Region bereits so gründlich eingeschüchtert, dass sie sich vollkommen unangreifbar fühlten. Diese Krieger waren gefürchtet, und das zu Recht. Vor etwas mehr als fünfzig Jahren waren viele tausend junge Männer aus diesem Landstrich als Sklaven an den Sultan von Ägypten verkauft worden. Der Herrscher, der nicht ahnte, welche Folgen sein Handeln haben würde, bildete sie zu seiner Nationalgarde aus und gab ihnen den Namen Mameluken, das arabische Wort für «Leibeigene». Ein paar Jahre später stifteten die Mameluken eine Revolution an und rissen binnen kurzem die Herrschaft über Ägypten an sich. Sie wurden noch mehr gefürchtet als jene Männer, die sie ursprünglich in die Gefangenschaft verkauft hatten.

Die Reiter waren mit Rüstungen aus Leder und Eisen sowie Kniehosen bekleidet, jeder trug ein Langschwert in der Scheide und einen Dolch im Gürtel. An den Sätteln ihrer Pferde waren große runde Metallschilde befestigt, und die farbenprächtigen Wimpel an ihren Lanzen flatterten in der staubigen Luft.

Martin zählte sie. Der Junge hatte gut geschätzt, es waren einundzwanzig Krieger. Dem jungen Templer war klar: Die Gegner mussten sterben, ausnahmslos. Wenn auch nur ein einziger lebend entkam, würde er Verstärkung holen, und dann wäre ihr eigenes Schicksal besiegelt.

Kurz nachdem der Letzte des Trupps den Wegabschnitt zwischen Hugues und seinem Gefährten passiert hatte, hörte Martin, wie der Anführer den Brunnen erreichte und vom Pferd stieg. Mit der Wucht einer Kanonenkugel sprang der Ritter aus seinem Versteck und erledigte rasch zwei Männer mit gnadenlosen Hieben seines Breitschwerts. Weitere Mameluken stiegen gerade von den Pferden, als die übrigen Überlebenden unter Kampfgeschrei auf sie zurannten und mit den Waffen, die ihnen eben zur Verfügung standen, über die verblüfften Reiter herfielen. Der Überraschungseffekt war gelungen, seine Wirkung verheerend.

Die Männer, die noch im Sattel saßen, rissen ihre Pferde herum, setzten zum Galopp an und versuchten auf demselben Weg zu flüchten, auf dem sie gekommen waren. Als sie fast bei Hugues angekommen waren, zog der Kapitän mit einem Ruck das Seil stramm. Die vordersten Pferde stürzten, die nachfolgenden konnten nicht mehr rechtzeitig ausweichen, ihre Reiter wurden aus dem Sattel geschleudert und flogen in hohem Bogen durch die Luft. Sofort stürzten sich die Ritter auf sie, und binnen kurzem war auf dem kleinen Schlachtfeld kein einziger Mameluke mehr am Leben.

Doch es war alles andere als ein triumphaler Sieg. Zwei Seeleute und zwei Ritter hatten im Kampfgetümmel ebenfalls den Tod gefunden. Nun waren nur mehr fünf der Schiffbrüchigen am Leben, darunter auch der verwundete Aimard.

Dafür verfügten sie jetzt über Pferde und Waffen.

In dieser Nacht, nachdem sie ihre Toten begraben hatten, schliefen die Überlebenden neben den Mauern der Kirchenruine und hielten abwechselnd Wache. Aber Martin fand keinen Schlaf. Alles in ihm befand sich noch in einem Zustand höchster Unruhe und Wachsamkeit, jedes leise Geräusch ließ ihn sofort aufschrecken.

Er hörte, wie sich im Inneren der Kirche etwas regte, dort, wo sie Aimard ein Lager bereitet hatten. Aimard litt offenbar unter starken Schmerzen, Martin hatte mehrmals gehört, wie er Blut hustete. Der junge Ritter stand auf und trat durch das verkohlte Portal in die Kirche. Das Lager war leer. Martin spähte in die Dunkelheit, bis er den Ritter vor einem kleinen Feuer sitzen sah. Die Flammen flackerten in dem Wind, der durch das beschädigte Dach hereinstrich. Beim Näherkommen erkannte der junge Templer, dass Aimard schrieb. Neben ihm stand ein eigentümliches Gerät mit Hebeln und Zahnrädern, das Martin nie zuvor gesehen hatte.

Aimard hob den Kopf. Seine Augen glänzten im Feuerschein. «Ich brauche deine Hilfe», sagte er mit heiserer Stimme.

Martin näherte sich zögernd, jeden Muskel angespannt. «Was kann ich für Euch tun?», fragte er.

«Meine Kräfte lassen mich im Stich», erklärte Aimard hustend. «Komm.» Er stemmte sich vom Boden hoch, hob mit großer Mühe den Lederbeutel auf und führte Martin weiter in die Kirche hinein. In diesem Bereich bestand der Boden aus Steinplatten, von denen manche mit Namen und Daten versehen waren. Martin begriff, dass es sich um Grabsteine handelte.

«Dieser hier», sagte Aimard und blieb vor einer Steinplatte stehen, in die das Wort «Romiti» eingraviert war.

Als Martin ihn verständnislos anblickte, fügte Aimard mit einem schwachen Lächeln hinzu: «Du musst es für mich öffnen.»

Ohne auf eine weitere Erklärung zu warten, zog Martin sein Schwert und hebelte damit die Steinplatte auf.

«Halte es auf», bat Aimard, kniete nieder und verstaute den Lederbeutel in der dunklen Öffnung. Dann nickte er dem Jüngeren zu. «Gut.» Martin ließ die Grabplatte behutsam wieder an ihren Platz sinken. Aimard vergewisserte sich, dass nichts verriet, dass der Stein bewegt worden war. Er erhob sich, schlurfte zu seinem Lager zurück und ließ sich vorsichtig und unter Schmerzen darauf niedersinken.

Martin starrte in die Dunkelheit. Viele verwirrende Gedanken schossen ihm durch den Kopf. Als Aimard de Villiers ihn damals ermutigt hatte, dem Orden beizutreten, hatte er es als große Ehre empfunden und war sehr aufgeregt gewesen. Während der ersten drei Jahre hatten sich seine Erwartungen erfüllt. Die Tempelritter waren in der Tat ein ehrenhafter Bund außerordentlich tapferer Männer, die ihr Leben Gott, den Menschen, der Kirche widmeten. Doch nun, nachdem das Heilige Land verloren war, was sollte jetzt aus ihnen werden? Martin hatte kein klares Ziel mehr vor Augen.

Andere Dinge, die ihn beunruhigten, drängten nun wieder an die Oberfläche. Über die Jahre hinweg hatte er von unausgesprochenen Befürchtungen innerhalb des Ordens erfahren. Aus Gesprächsfetzen, die er zufällig aufgeschnappt hatte, wusste er von gewissen Spannungen zwischen dem Orden und der Kirche. Wo seiner Überzeugung nach enge Bindung und gegenseitiges Vertrauen herrschen sollten, nahm er Zwistigkeiten und Argwohn wahr. Das ging so weit, dass die Kirche ihnen kürzlich sogar die Hilfe verweigert hatte, als sie Verstärkung anforderten. Damit war das Schicksal der Feste von Akkon besiegelt gewesen. Hatte die Kirche den Tempel absichtlich dem Verderben preisgegeben?

Martin schob den Gedanken von sich. Gewiss nicht.

Dann waren da die geheimen Versammlungen, die Guillaume de Beaujeu mit nur wenigen ausgesuchten Ordensbrüdern abgehalten hatte, Versammlungen, aus denen die Männer wortkarg und mit verbissener Miene zurückgekehrt waren. Ältere Ritter wie Aimard de Villiers, dessen Offenheit und Ehrlichkeit Martin so hoch schätzte, hatten daran teilgenommen. Schließlich die verzierte Schatulle und der kryptische Wortwechsel zwischen Aimard und dem Großmeister, kurz bevor sie an Bord der *Faucon du Temple* gegangen waren. Und nun dies.

Galt er nicht als vertrauenswürdig?

«Martin.»

Erschrocken wandte er sich Aimard zu, der ihn mit schmerzverzerrtem Gesicht anblickte. Seine Stimme war nur mehr ein heiseres Raunen.

«Ich weiß, was du denkst. Aber glaube mir ... es gibt Dinge, die du erfahren musst, wenn unser Orden fortbestehen soll. Guillaume hat mich mit dem Wissen und der Aufgabe betraut, doch ...» Ein Hustenanfall schüttelte ihn. Nachdem er sich den Mund abgewischt hatte, fuhr er langsam fort: «Wir beide wissen, dass meine Reise hier endet.» Er wehrte Martins Protest mit einer Handbewegung ab. «Ich muss dir das Geheimnis anvertrauen. Du musst die Aufgabe zu Ende bringen, die ich gerade erst begonnen habe.»

Eine Welle von Schuldgefühl überkam Martin. Wie ungerecht seine Gedanken gewesen waren.

«Setz dich zu mir», forderte Aimard ihn auf. Nach einer kurzen Atempause begann der alte Mann zu reden.

«Seit vielen Jahren hütet unser Orden ein Geheimnis. Es ist nur wenigen bekannt; zu Anfang waren neun Männer eingeweiht, und diese Zahl wurde auch später nie überschritten. Es bildet das Herzstück unseres Ordens und ist die Quelle der Furcht und Missgunst, die uns die Kirche entgegenbringt.»

Aimard redete die ganze Nacht hindurch. Anfangs lauschte Martin ungläubig, dann empfand er wachsendes Entsetzen, sogar Zorn. Doch da er all das aus Aimards Mund hörte, wusste er, dass die Geschichte nicht erfunden war. Es konnte nichts anderes sein als die Wahrheit.

Während Aimard mit zittriger, immer matter werdender Stimme fortfuhr, begann Martin zu verstehen. Sein Zorn schlug in Ehrfurcht um, er war geradezu überwältigt, als er die edle Absicht erfasste. Aimard war für ihn wie ein Vater, und die innige Hingabe des älteren Ritters beeindruckte ihn tief. Langsam, aber sicher übertrug sie sich auf ihn, drang mit jedem Wort, das Aimard sprach, tiefer in seine Seele ein.

Als die Sonne aufging, redete Aimard noch immer. Nachdem er geendet hatte, schwieg Martin eine Zeit lang. Schließlich fragte er: «Was wollt Ihr, dass ich tue?»

«Ich habe einen Brief geschrieben», antwortete Aimard. «Einen Brief, der zum Meister des Pariser Tempels gebracht werden muss. Niemand anders darf ihn sehen.» Er reichte Martin das Schriftstück, das für den jungen Ritter vollkommen unleserlich war. Aimard deutete mit einer Kopfbewegung auf die Maschine mit den Rädchen, die neben ihm stand. «Er ist verschlüsselt ... für den Fall, dass er in falsche Hände gerät.»

Aimard warf einen Blick nach draußen zu den anderen. «Wir befinden uns in Feindesland, und ihr seid nur noch zu viert», fuhr er fort. «Bleibt nicht länger zusammen, als unbedingt nötig. Teilt euch dann in zwei Paare auf und reist auf verschiedenen Wegen nach Paris. Ich habe eine Abschrift des Briefes angefertigt, jede Zweiergruppe soll ein Exemplar mitnehmen. Mache den anderen begreiflich, dass es sich um eine Mission von höchster Wichtigkeit handelt, aber ich beschwöre dich: Enthülle nicht die Wahrheit, die du hier von mir erfahren hast, es sei denn, du bist überzeugt, dass dein eigener Tod unmittelbar bevorsteht.»

Martin musterte seinen alten Freund eingehend und fragte dann: «Und wenn wir alle unterwegs umkommen? Was wird dann aus dem Orden?»

«Es gibt noch mehr Eingeweihte», beruhigte ihn Aimard. «In Paris und an anderen Orten. Die Wahrheit wird nie verloren gehen.» Er hielt inne, um Atem zu schöpfen. «Manches von dem, was in dem Brief steht, ist nur mir bekannt, auch wenn Hugues gewiss das eine oder andere erraten hat. Aber er stellt keine Fragen. Er mag nicht zu unserer Bruderschaft gehören, doch er ist ein Mann von unerschütterlicher Loyalität. Du kannst dich auf ihn verlassen, so wie ich mich auf dich verlasse.»

Mit diesen Worten förderte Aimard aus seinem Wams zwei Päckchen zutage, die in geöltes Pergament gewickelt waren. «Nimm sie jetzt. Und gib eines davon dem anderen Paar.»

«Hugues?»

Aimard schüttelte den Kopf. «Nein. Er gehört nicht unserem Orden an. Es könnte der Zeitpunkt kommen, an dem der Meister des Pariser Tempels niemand anderem als einem echten Bruder Gehör schenkt. Ich denke, Hugues sollte besser mit dir gehen.»

Martin nickte nachdenklich, ehe er fragte: «Was wird aus Euch?»

Aimard hustete und fuhr sich mit einer Hand über den Bart. Martin bemerkte, dass sein Speichel mit Blut vermischt war. «Bisher hatten wir Glück, aber unterwegs warten zweifellos noch mehr Gefahren auf euch», erwiderte Aimard. «Ihr dürft euch nicht mit Kranken und Verwundeten aufhalten. Später nicht, und jetzt erst recht nicht. Wie ich schon sagte: Meine Reise endet hier.»

«Wir können Euch doch nicht hier zurücklassen», versuchte Martin zu protestieren.

Aimard fasste sich mit schmerzverzerrtem Gesicht an die Rippen. «Es ist schon ein Glück, dass ich nach dem Unfall auf dem Schiff überhaupt so weit gekommen bin», sagte er. «Nimm die Briefe und geh. Du musst es irgendwie bis nach Paris schaffen. Auf deinen Schultern ruht jetzt eine große Last.»

Martin de Carmaux nickte, schloss seinen Freund und Mentor noch einmal in die Arme und ging zu den Übrigen hinaus, die bei den Pferden auf ihn warteten.

Er sprach kurz mit ihnen, dann drehten sie sich alle zu Aimard de Villiers um. Dieser erwiderte ihre Blicke einen Moment lang, ehe er sich mühsam erhob und auf unsicheren Beinen zu dem Brunnen ging. Er trug das Gerät mit den Hebeln und Rädchen in den Händen. Gebannt sah Martin zu, wie sein alter Freund es an der steinernen Brunneneinfassung zerschmetterte und die Bruchstücke nacheinander in den Schacht fallen ließ.

«Möge Gott mit Euch sein», sagte Martin leise. «Und mit uns allen.»

Er fasste eines der Pferde am Zügel, schwang sich in den fremden Sattel, und wenig später ritten die vier mit ihren Ersatzpferden im Gefolge hintereinander durch die Ruinen des Dorfes. Nachdem sie den Ort hinter sich gelassen hatten, wandten sie sich nach Nordwesten, einem ungewissen Schicksal entgegen. Niemand konnte wissen, welche Gefahren ihrer auf der langen Reise nach Frankreich noch harrten.

KAPITEL 48

Tess streifte in Gedanken noch durch das mamelukische Hinterland, als Janssons Stimme sie aus dem Mittelalter in die Gegenwart und auf den harten Boden der Tatsachen zurückholte.

«Wir müssen davon ausgehen, dass Vance den Text inzwischen ebenfalls übersetzt hat», begann er mürrisch.

Reilly nickte. «Auf jeden Fall.»

Sie besann sich darauf, wo sie war, und blickte in die Runde, die Blätter noch immer fest umklammert. Die Gesichter der anderen verrieten, dass sie längst nicht so ergriffen waren wie Tess. Für sie war es ein erhabener Moment: eine einzigartige Gelegenheit, intime Einblicke in das Leben, die Handlungen, das Denken und das Sterben jener legendären Männer zu gewinnen. Das berührte sie zutiefst. Zugleich bestätigte der Text sämtliche Ahnungen, die sie seit dem Abend des Überfalls gehegt hatte. Ein erwartungsvoller Schauder überlief sie. Womöglich war das hier ihr Troja, ihr Tutanchamun. Sie fragte sich, ob überhaupt jemand außer ihr die Entdeckung aufregend fand oder ob der Text für die anderen lediglich ein Indiz in einem besonders rätselhaften Kriminalfall darstellte.

Was Jansson betraf, so ließ sein Gesichtsausdruck keinen Zweifel offen. «Okay, wir haben also immer noch keine Ahnung, worum es überhaupt geht», fuhr er fort. «Nur dass es klein genug sein muss, dass man es in einem Beutel herumtragen kann. Aber wenigstens wissen wir jetzt, wo wir nach Vance suchen müssen. In *Fonsalis*.» Jansson warf Hendricks einen fragenden Blick zu.

«Tut mir Leid», entgegnete Hendricks düster. «Da kann ich Ihnen nicht helfen. Ich habe ein paar Leute darauf angesetzt, aber bisher tappen wir im Dunkeln. Wir haben nirgendwo Aufzeichnungen darüber gefunden.»

Jansson runzelte ungehalten die Stirn. «Überhaupt nichts?»

«Bislang nicht. Wir sprechen hier über das Europa des dreizehnten Jahrhunderts. Die Kartographie war noch eine sehr primitive Angelegenheit, und nur ganz wenige Karten aus jener Zeit sind erhalten geblieben, ganz zu schweigen von schriftlichen Aufzeichnungen. Wir müssen alles durcharbeiten, was uns vorliegt, von damals bis zum heutigen Tag – Briefe, Reisetagebücher und dergleichen. Aber das dauert seine Zeit.»

Jansson lehnte sich auf seinem Stuhl zurück und strich sich mit einer Hand vom Nacken aufwärts über den Hinterkopf. Sein Gesicht verdüsterte sich. Ihm war anzusehen, dass er es nicht leiden konnte, wenn ihm im Bereich harter, nachprüfbarer Fakten ein derartiger Strich durch die Rechnung gemacht wurde.

«Dann hat Vance es vielleicht auch noch nicht herausbekommen», vermutete Aparo.

Tess zögerte, ehe sie sich einmischte. «Darauf würde ich mich nicht verlassen. Es ist sein Spezialgebiet. Hinweise auf einen solchen Ort kommen vielleicht nicht in bekannten Texten vor, wie Sie sie in Ihren Datenbanken haben. Eher in irgendwelchen obskuren Manuskripten aus der damaligen

Zeit, in seltenen Büchern, von denen jemand wie Vance weiß, wo sie zu finden sind.»

Jansson ließ seinen Blick auf ihr ruhen und schien einen Moment lang über ihre Worte nachzudenken. De Angelis, der neben ihm saß, sah sie unverwandt an. Tess vermochte seinen Ausdruck nicht zu deuten. Von allen Anwesenden musste er am ehesten den Wert dieser Entdeckung zu schätzen wissen. Doch ihm war keinerlei Gefühlsregung anzumerken. Er hatte während der ganzen Besprechung noch kein Wort von sich gegeben.

«Tja, wenn wir den Burschen erwischen wollen, müssen wir es jedenfalls rausfinden», grummelte Jansson. Er richtete sich an De Angelis. «Monsignore, Ihre Leute könnten dabei womöglich eine große Hilfe sein.»

«Gewiss. Ich werde veranlassen, dass unsere fähigsten Gelehrten daran arbeiten. Wir besitzen eine riesige Bibliothek. Ich bin sicher, es ist nur eine Frage der Zeit.»

«Zeit, die wir vielleicht nicht haben.» Jansson wandte sich an Reilly. «Der Bursche kann sich jeden Moment aus dem Staub machen, wenn er nicht bereits außer Landes ist.»

«Ich sorge dafür, dass die Kollegen vom CBP die Sache mit oberster Priorität behandeln.» Das Bureau of Customs and Borders Protection – die Zoll- und Grenzschutzbehörde – war dafür zuständig, zu überwachen, wer und was ins Land gelangte oder es verließ. «Wo immer es sein mag – es muss irgendwo im östlichen Mittelmeerraum liegen, nicht wahr?» Reilly sah Tess an. «Können wir das Gebiet, das in Frage kommt, irgendwie näher eingrenzen?»

Tess räusperte sich und überlegte kurz. «Es könnte so ziemlich überall sein. Wenn man bedenkt, wie weit das Schiff

314

vom Kurs abgekommen ist … Haben Sie eine Karte der Region?»

«Sicher.» Hendricks zog das Notebook zu sich heran und tippte etwas ein. Gleich darauf erschien auf dem riesigen Plasmabildschirm des Konferenzraumes eine Weltkarte. Mit ein paar weiteren Befehlen zoomte er Ausschnitte heran, bis der Monitor schließlich den Bereich des östlichen Mittelmeers zeigte.

Tess stand auf und trat neben den Monitor. «Laut diesem Brief sind die Männer von Akkon aus in See gestochen – das liegt hier, im heutigen Israel, ein kleines Stück nördlich von Haifa – und in Richtung Zypern gesegelt, das heißt, zuerst nach Norden und dann nach Westen. Aber der Sturm hat sie überrascht, ehe sie ihr Ziel auch nur annähernd erreicht hatten.» Sie studierte schweigend die Karte. Unwillkürlich schweiften ihre Gedanken ab, und in ihrer Phantasie stiegen Bilder von der verhängnisvollen Reise auf, Bilder, die so real schienen, dass es Tess für einen Moment vorkam, als sei sie selbst dabei gewesen. Sie musste sich zusammennehmen, um bei der Sache zu bleiben. «Alles hängt davon ab, in welche Richtung der Sturm sie verschlagen hat. Vielleicht östlich an der Insel vorbei, dann könnten sie irgendwo an der syrischen Küste gelandet sein oder an der Südostküste der Türkei, auf diesem Abschnitt hier …» Sie zeichnete den Weg mit dem Finger nach. «Oder aber das Schiff wurde im Westen an Zypern vorbeigetrieben, was bedeuten würde, dass wir von dieser Region hier sprechen, der südwestlichen Küste der Türkei zwischen dem Golf von Antalya und Rhodos.»

«Das ist ein ziemlich großes Zielgebiet», bemerkte Jansson irritiert.

«Landschaftlich unterscheiden sich diese Küstenabschnitte nicht wesentlich voneinander», erklärte Tess. «Nichts in dem Brief deutet darauf hin, welche der beiden Möglichkeiten zutrifft. Fest steht, dass das Schiff dicht vor der Küste gesunken sein muss, wenn die Besatzung inmitten dieses gewaltigen Sturms Land sichten konnte.»

Reilly studierte die Karte. «Zuerst mal sollten wir unsere Leute in der Türkei und in Syrien benachrichtigen.»

Jansson hatte die Stirn in tiefe Furchen gelegt. Die Verwirrung stand ihm ins Gesicht geschrieben. «Was stellt sich dieser Vance eigentlich vor? Dass das, was sie in dem Grab versteckt haben – was immer es gewesen sein mag –, heute noch da liegt und auf ihn wartet? Der Brief ist offenbar früher oder später irgendwie nach Frankreich gelangt. Woher weiß er, dass die Templer nicht Leute hingeschickt haben, um es zu holen?»

Tess dachte an Vance' Geschichte zurück. *Es heißt, von jenem Tag an habe er nie wieder gelächelt.* «Die Zeit ist ein entscheidender Faktor. Vance sagte, der alte Mann, der dem Priester das Manuskript zeigte – woraufhin der Priester weiße Haare bekam, Sie erinnern sich –, der alte Mann galt als einer der letzten überlebenden Templer. Jacques de Molay und die anderen wurden 1314 auf dem Scheiterhaufen verbrannt. Die Geschichte von dem sterbenden Templer muss sich folglich später ereignet haben. Das heißt, mehr als zwanzig Jahre nach dem Untergang des Schiffes. Vance hofft vermutlich, wenn sie es bis dahin nicht geborgen hatten, sei niemand mehr übrig gewesen, der es hätte tun können.»

Schweigen breitete sich aus. Für jemanden, der nicht wie Tess darin geschult war, Sinnzusammenhänge in der fernen Vergangenheit zu erkennen, war all das nicht leicht zu verarbeiten. Nach einer Weile ergriff Hendricks das Wort, der

316

vermutlich neben ihr noch am deutlichsten den historischen Wert dieser Entdeckung erkannte. «Wir werden Simulationen von der Route dieses Schiffes durchführen. Unter Einbeziehung der jahreszeitlichen Winde, Strömungen und dergleichen. Außerdem müssen wir den Text noch einmal auf Details untersuchen, die mit der Geographie des einen oder anderen Landstriches übereinstimmen. Vielleicht ergeben sich daraus weitere Anhaltspunkte.»

«Sie sollten außerdem überprüfen, welche Wracks in der Gegend gefunden wurden. Wer weiß, womöglich ist diese *Faucon du Temple* ja darunter.» Janssons ungeduldige Gesten verrieten, dass die Sitzung damit beendet war. Er wandte sich noch einmal an De Angelis. «Sie halten uns auf dem Laufenden?»

«Sobald ich irgendetwas höre, lasse ich es Sie wissen», versicherte der Monsignore ruhig und unerschütterlich wie eh und je.

Reilly begleitete Tess zu den Aufzügen im Foyer. Niemand sonst wartete dort. Als sie gerade auf den Knopf drücken wollte, um den Aufzug zu rufen, drehte sie sich zu ihm um und sah ihn forschend an.

«Ich war etwas überrascht, dass Sie mich hergebeten haben. Nachdem Sie kürzlich noch gepredigt hatten, ich müsse unbedingt die Finger von dieser Sache lassen.»

Reilly verzog das Gesicht und massierte sich die Stirn. Es war ein langer Nachmittag gewesen. «Ja, und wahrscheinlich werde ich mich noch selbst dafür ohrfeigen, dass ich Sie zu dieser Besprechung eingeladen habe.» Seine Miene wurde ernst. «Um ehrlich zu sein, ich war hin und her gerissen, ob ich es tun sollte.»

«Da bin ich aber froh, dass Sie sich am Ende zur weniger langweiligen Entscheidung haben hinreißen lassen.»

Er mochte dieses durchtriebene Grinsen. Überhaupt wurde ihm in diesem Moment bewusst, wie sehr er sich zu Tess hingezogen fühlte. Er dachte daran, wie ihr Gesicht vor Begeisterung gestrahlt hatte, als sie vorhin im Konferenzraum die nachgebaute Chiffriermaschine sah. Das war ansteckend. Diese Frau besaß noch die Fähigkeit, eine intensive, echte, unverhohlene Lebensfreude zu empfinden, wie sie den meisten Menschen abhanden gekommen war. Ihm selbst jedenfalls, so weit er zurückdenken konnte.

«Hören Sie, Tess. Ich weiß, das muss für Sie eine ganz große Sache sein, aber –»

Sie nutzte die kurze Pause, um ihm ins Wort zu fallen. «Was ist mit Ihnen? Was bedeutet es für Sie?»

Reilly wand sich innerlich; er war es nicht gewöhnt, dass jemand nach seinen Motiven forschte. Nicht, wenn er an einem Fall arbeitete. Es war eine Frage, die sich einfach nicht stellte. Normalerweise jedenfalls nicht. «Wie meinen Sie das?»

«Ich meine, geht es Ihnen hier nicht auch um mehr als nur darum, Vance hinter Schloss und Riegel zu bringen?»

Die Antwort darauf schien auf der Hand zu liegen. «Momentan kann ich es mir nicht leisten, darüber hinaus zu denken.»

«Das kaufe ich Ihnen nicht ab!», antwortete Tess heftig. «Kommen Sie schon, Sean. Sie können mir doch nicht weismachen, dass Sie die ganze Sache nicht auch fasziniert. Herrgott nochmal, die haben eine verschlüsselte Botschaft geschrieben. Über etwas, wovon ihre gesamte Zukunft abhing. Sie wurden dafür auf dem Scheiterhaufen verbrannt,

318

ausgelöscht, vernichtet. Sind Sie denn überhaupt nicht neugierig, was in diesem Grab verborgen liegt?»

Es fiel Reilly schwer, sich nicht von ihrer Begeisterung mitreißen zu lassen. «Erst einmal müssen wir ihn fassen. Diese Angelegenheit hat schon zu viele Menschenleben gefordert.»

«Sogar mehr, als Sie denken. Wenn Sie all die Templer mitzählen, die damals umkamen ...»

Ihr Kommentar ließ ihn das Ganze schlagartig aus einer völlig neuen Perspektive betrachten. Erst jetzt dämmerte ihm das ganze Ausmaß dessen, womit sie es zu tun hatten. Doch diese erweiterte Sichtweise würde warten müssen; vorerst kam es für ihn allein darauf an, den Fall METRAID abzuschließen. «Sehen Sie, und genau darum will ich nicht, dass Sie sich weiter einmischen. Es macht mir Sorgen, wie sehr das alles Sie in Bann geschlagen hat.»

«Und trotzdem haben Sie mich herbestellt.»

Da war es wieder, dieses schelmische Grinsen. «Na ja ... es scheint, als könnten wir im Augenblick Ihre Hilfe ganz gut gebrauchen. Mit etwas Glück fangen wir Vance vielleicht an einer Grenze ab, aber falls nicht, wäre es ganz nett, wenn ein paar unserer Leute ihn in Fonsalis in Empfang nehmen könnten, wo immer das sein mag.»

Tess drückte auf den Aufzugknopf. «Ich werde meine Denkerkappe aufsetzen.»

Reilly betrachtete sie, wie sie dastand, einen Mundwinkel ganz leicht verzogen und mit einem durchtriebenen Funkeln in ihren grünen Augen. Er schüttelte kaum merklich den Kopf und konnte sich ein leises Kichern nicht verbeißen. «Ich wusste gar nicht, dass Sie sie jemals abnehmen.»

«Oh, das soll durchaus schon vorgekommen sein.» Sie warf ihm einen koketten Blick zu. «In seltenen Fällen.»

Zwei leise Signaltöne kündigten den Aufzug an, dann glitt die Tür zur Seite. Die Kabine war leer. Reilly sah zu, wie Tess hineintrat. «Sie passen doch auf sich auf?»

Sie wandte sich um und hielt eine Hand vor die Lichtschranke. «Nein, ich beabsichtige, mich absolut unentschuldbar tollkühn in jede erdenkliche Gefahr zu stürzen.»

Reilly kam nicht mehr dazu, etwas zu erwidern, denn im nächsten Moment schloss sich die Aufzugtür. Er blieb stehen und hing der Erinnerung an ihr strahlendes Gesicht nach, bis ihn gleich darauf das Ping eines anderen Aufzugs in seine Arbeitsrealität zurückholte.

Tess trat aus dem Gebäude, noch immer ein leichtes Schmunzeln auf dem Gesicht. Da bahnte sich etwas an zwischen ihr und Reilly, das spürte sie. Und es gefiel ihr. Es lag schon einige Zeit zurück, dass sie zuletzt mit einem Mann angebändelt hatte, und eigentlich, erinnerte sie sich, waren die frühen Stadien immer die angenehmsten. Es gab durchaus Parallelen zwischen der Archäologie und den Männern. Sie runzelte die Stirn. Es war tatsächlich wie in der Archäologie: Die erwartungsvolle Spannung zu Beginn einer Beziehung, das Geheimnisvolle, der Optimismus und die Hoffnung lösten ihr Versprechen niemals wirklich ein.

Vielleicht würde es dieses Mal anders sein. In beiden Bereichen.

Bestimmt.

Während sie durch die frische Frühlingsluft lief, ging ihr ein Gedanke nicht aus dem Kopf: die Theorie des Monsignore, das verborgene Geheimnis könne etwas mit Alchemie zu tun haben. Je länger sie darüber grübelte, desto unwahrscheinlicher erschien es ihr. Und doch schien der Gesandte des Vatikans so überzeugt davon. Eine Formel, mit der man Blei in Gold verwandeln konnte … Wer würde nicht alles tun, um sie vor gierigen Blicken zu schützen? Doch etwas daran passte einfach nicht ins Bild.

Das Faszinierendste war, dass Aimard geglaubt hatte, der Sturm sei ein Zeichen göttlichen Willens. Gott selbst habe gewollt, dass das Meer für immer begrub, was sie mit sich führten. Wie kam er dazu, so etwas zu denken? Und dann die Frage nach der Größe: Hier war nicht von Schatztruhen die Rede, sondern von einem einzigen Bündel, so klein, dass ein Mann es allein zu tragen vermochte. Was konnte es enthalten, wofür Männer bereit waren, zu sterben und zu töten?

Fonsalis.

Wenn sie im Rennen bleiben wollte, musste sie das Rätsel lösen.

Was wohl bedeutete, dass ihr ein paar schlaflose Nächte bevorstanden. Und sie würde sicherstellen, dass ihr Pass in Ordnung war.

Außerdem musste sie ihrer Mutter irgendwie erklären, dass sie nicht bereits in ein paar Tagen nach Arizona nachkommen würde. Bei der Aussicht auf dieses Telefonat überkam sie ein mulmiges Gefühl.

De Angelis war kurz in sein Zimmer im Gästehaus zurückgekehrt. Seine Gedanken kreisten um die Probleme, mit denen er es möglicherweise schon sehr bald zu tun bekommen würde. Er setzte sich auf die Kante seines harten Bettes und rief in Rom an, wobei er sich bewusst nicht an jemanden wandte, der zum engeren Kreis um Kardinal Mauro gehörte. Es war wahrhaftig kein günstiger Moment, um sich unbequemen Fragen zu stellen.

Dem Monsignore war klar, dass der Vorsprung, den er beim Aufspüren der vier Reiter gehabt hatte, ihm längst nichts mehr nützte. Auch dass er über den schleppenden Fortgang der Ermittlungen auf dem Laufenden gehalten wurde, brachte ihn nicht wirklich weiter. Er musste selbst aktiv werden, und zwar bald. Also erteilte er entsprechende Anweisungen, damit alles bereit war, wenn er sich entschloss zu handeln.

Nachdem das erledigt war, nahm er einen Stapel Fotografien aus seiner Aktentasche, breitete sie auf dem Bett aus und betrachtete sie eingehend. Tess beim Betreten und Verlassen des FBI-Gebäudes. Wie sie aus ihrem Haus in Mamaroneck kam und wie sie heimkehrte. Ihr Büro im Manoukian Institute. Nahaufnahmen, Fotos auf mittlere Entfernung und Gesamtansichten. Selbst auf den zweidimensionalen, körnigen Bildern waren Selbstvertrauen und Entschlossenheit erkennbar, die Tess im wirklichen Leben ausstrahlte. Zudem hatte sie eine rege Phantasie und großen Eifer bewiesen. Anders als das FBI hatte sie sich rasch von der engstirnigen Vorstellung gelöst, bei dieser Angelegenheit handele es sich um bloßen Diebstahl.

Ihr Hintergrundwissen, die Tatsache, dass sie Vance bereits vor der Begegnung auf dem Friedhof gekannt hatte, all das machte sie gleichermaßen zu einer nützlichen Verbündeten und zu einer gefährlichen Gegnerin.

De Angelis tippte mit dem Finger auf eines der Bilder, mitten auf ihre Stirn. *Kluges Mädchen. Kluges, kluges Mädchen.* Wenn irgendjemand dieses Rätsel lösen konnte, war sie es, darauf hätte er Wetten abgeschlossen. Aber ihm war auch klar, dass sie ihre Erkenntnisse nicht bereitwillig mit irgendjemandem teilen würde.

Man würde sie dazu bringen müssen, sie preiszugeben.

KAPITEL 49

Tess hatte jegliches Zeitgefühl verloren, aber nach der Ansammlung von Kaffeetassen auf ihrem Schreibtisch und der Menge an Koffein, das durch ihre Adern strömte, zu schließen, mussten viele Stunden vergangen sein, seit sie sich an ihrem Computer im Manoukian Institute eingeloggt hatte.

Das Büro war leer. Die Tauben und Spatzen draußen vor dem Fenster waren längst verschwunden, die Dämmerung legte sich über den Garten. Eine weitere lange, nervenzehrende Nacht lag vor ihr.

Die letzten paar Tage waren verschwommen an ihr vorbeigezogen. Sie war in der Butler Library der Columbia University geblieben, bis man sie bei der Schließung um elf buchstäblich hinausgeworfen hatte. Irgendwann kurz nach Mitternacht war sie mit einem Stapel Bücher im Gepäck zu Hause angekommen und hatte alles durchgearbeitet. Endlich, als die Sonne bereits durch ihr Schlafzimmerfenster schien, hatte sie sich der Müdigkeit ergeben, nur um neunzig Minuten später von ihrem Radiowecker gnadenlos wieder aus dem Schlaf gerissen zu werden.

Jetzt saß sie am Schreibtisch und kämpfte sich mit brennenden Augen weiter durch einen kleinen Berg aus Büchern, teils ihre eigenen, teils Bestände des Instituts, das über eine umfangreiche Bibliothek verfügte. Wann immer ihr etwas

beachtenswert erschien, startete sie aufgeregt eine Internet-
suche, segnete Google für die Stunden, die sie auf diese Weise
sparte, und verfluchte die Suchmaschine jedes Mal, wenn sie
nicht die gewünschten Ergebnisse lieferte.

Bislang überwog das Fluchen bei weitem.

Sie wandte sich von ihrem Schreibtisch ab, ließ den Blick
aus dem Fenster schweifen und rieb sich die müden Augen. Die Schatten im Garten verschwammen, vor Erschöpfung konnte sie nicht mehr richtig fokussieren. Sie konnte
sich nicht erinnern, wann sie zuletzt so viel in so kurzer Zeit
gelesen hatte. Ein einziges Wort war wie in ihre Netzhaut
eingebrannt, auch wenn sie es bisher noch nirgendwo erwähnt gefunden hatte:

Fonsalis.

Als sie in den Abend hinausstarrte, blieb ihr Blick an
der großen Weide im Garten hängen. Ihre dünnen Zweige
schwankten in der sanften Abendbrise, der Stamm zeichnete
sich als dunkle Silhouette vor der hohen Ziegelmauer ab, die
den Schein der Straßenlaternen zurückwarf.

Tess sah die leere Bank unter dem Baum an, die hier mitten in der Stadt so unwirklich schien, so ruhig und idyllisch.
Am liebsten wäre sie hinausgegangen, hätte sich darauf ein-
gerollt und tagelang geschlafen.

In diesem Moment schoss ihr ein Bild durch den Kopf.

Ein verwirrendes Bild.

Sie dachte an das Messingschild, das auf einem kleinen
Pfosten bei dem Baum angebracht war. Ein Schild, das sie
hundertmal gelesen hatte.

Die Weide war vor über fünfzig Jahren unter großem Auf-
heben von dem armenischen Gönner des Instituts importiert
worden. Er hatte sie aus dem Dorf, aus dem er stammte, her-

transportieren lassen zum Gedenken an seinen Vater, der ebenso wie zweihundert weitere armenische Intellektuelle und einflussreiche Persönlichkeiten 1915, in den ersten Tagen des Genozids, ermordet worden war. Der türkische Innenminister hatte sich damals gebrüstet, er werde dem armenischen Volk einen derart vernichtenden Schlag versetzen, dass es mindestens fünfzig Jahre brauchen würde, um wieder auf die Beine zu kommen. Seine Worte hatten sich in tragischer Weise als prophetisch erwiesen: Die armenische Nation hatte eine Tragödie nach der anderen erlitten und war gerade erst im Begriff, diese dunkle Ära hinter sich zu lassen.

Der Baum war wegen seiner passenden Symbolik ausgewählt worden, Trauerweiden fand man auch häufig auf Friedhöfen, von Europa bis nach China. Die Verbindung von Weidenbaum und Trauer ging auf die Geschichte des alttestamentarischen Königs David zurück. Nachdem er Bathseba zur Frau genommen hatte, erschienen ihm der Überlieferung nach zwei Engel, die ihm begreiflich machten, wie schwer er sich versündigt hatte. Daraufhin warf sich der König nieder und weinte vierzig Tage und Nächte lang bittere Tränen der Reue. In diesen vierzig Tagen soll er so viele Tränen vergossen haben, wie die gesamte Menschheit noch für ihre Sünden weinen würde, von damals bis zum Tag des Jüngsten Gerichts. Die Tränen rannen in zwei Strömen in den Garten hinaus und ließen dort zwei Bäume entspringen: den Weihrauchbaum, der ständig Tränen in Form von Harz absondert, und die Trauerweide, die ihre Zweige vor Gram hängen lässt.

Tess konnte sich von den Worten auf dem Messingschild nicht lösen, sie sah die Inschrift geradezu bildlich vor sich. Der Baum wurde der Gattung *Salix* zugeordnet.

Auch die genaue Artbezeichnung der Trauerweide war auf dem Schild angegeben.

Salix babylonica.

Die Lösung lag direkt vor ihrer Nase.

KAPITEL 50

Am nächsten Morgen liefen bei Reilly und Aparo im Büro die Telefone heiß. Reilly ließ sich von Hendricks auf den neuesten Stand bringen. Was er erfuhr, war nicht erfreulich, die Superhirne der NSA tappten bezüglich Fonsalis noch immer im Dunkeln. Hendricks bereitete Reilly darauf vor, dass die Recherchen von nun an erheblich langsamer vorangehen würden. Anrufe bei hilfsbereiten Experten in aller Welt hatten keine Erkenntnisse geliefert, auch die elektronische Suche in sämtlichen relevanten Datenbanken war längst ergebnislos abgeschlossen. Jetzt arbeiteten sich die Analytiker auf die althergebrachte Art durch Berge von Literatur, indem sie sie lasen und dabei nach irgendeinem Hinweis auf den Ort des Grabes suchten.

Reilly war nicht gerade optimistisch.

Aparo, der am Schreibtisch gegenüber saß, nickte ihm düster zu, ehe er seinerseits ein Telefonat beendete. Reilly sah seinem Kollegen an, dass es wichtige, aber unerfreuliche Neuigkeiten gab. Buchinski hatte Aparo soeben mitgeteilt, am frühen Morgen sei in einer Gasse hinter einem Apartmenthaus in Astoria, einem Stadtteil von Queens, eine männliche Leiche gefunden worden. Das Besondere an dem Fund war, dass bei dem Toten Rückstände von Lidocain nachgewiesen wurden und der Hals Einstichspuren aufwies. Der Name des Opfers lautete Mitch Adeson.

Reilly hatte das unbehagliche Gefühl, dass der Fall ihnen zu entgleiten drohte. «Woran ist er gestorben?»

«Vom Dach gefallen. Gefallen, gesprungen, gestoßen worden – such's dir aus.»

Reilly lehnte sich zurück und rieb sich erschöpft die Augen. «Drei von vieren. Damit bleibt noch einer übrig. Die Frage ist: Finden wir den auch früher oder später mit Einstichspuren am Hals … oder ist er schon unterwegs nach Europa?»

Als er sich umblickte, bemerkte er De Angelis, der gerade aus dem Foyer hereinkam. Offenbar gab es keine bahnbrechenden Erkenntnisse, sonst hätte der Monsignore wohl kaum Zeit damit vergeudet, persönlich herzukommen.

Die düstere Miene, mit der er Reilly gegenüber Platz nahm, verstärkte diesen Eindruck.

«Ich fürchte, meine Kollegen in Rom waren noch nicht erfolgreich. Sie suchen weiter, aber …» Er schien nicht besonders zuversichtlich. «Ich nehme an …?» Der Monsignore brauchte den Satz nicht zu beenden.

«Ja, wir tappen hier auch noch immer im Dunkeln, Pater.»

«Nun denn.» De Angelis rang sich ein hoffnungsvolles Lächeln ab. «Wenn weder unsere Gelehrten noch Ihre Experten das Rätsel bislang lösen konnten … vielleicht hat er dann auch seine Schwierigkeiten damit.»

Im tiefsten Inneren wusste Reilly, dass das reines Wunschdenken war. Sie hatten Fotos von Vance an alle größeren Bibliotheken von Washington, D. C., bis Boston geschickt, doch bisher war er nirgendwo gesehen worden. Entweder wusste er bereits, wo sein Ziel lag, oder er verfügte über eigene Quellen, zu denen das FBI keinen Zugang hatte. Beides verhieß nichts Gutes.

Nach kurzem Schweigen bemerkte der Monsignore: «Miss Chaykin scheint mir sehr … *einfallsreich* zu sein.»

Reilly konnte ein Grinsen nicht unterdrücken. «Oh, ich bin sicher, dass sie sich gerade jetzt, während wir hier miteinander reden, das Hirn zermartert.»

De Angelis nickte. «Haben Sie etwas von ihr gehört?»

«Noch nicht.»

Der Monsignore schwieg. Reilly hatte den Eindruck, dass der Mann ihm etwas verschwieg, etwas, das ihm Kopfzerbrechen bereitete.

«Was ist, Pater?»

Die Frage schien De Angelis ein wenig peinlich zu sein. «Ich weiß nicht recht. Ich bin einfach ein wenig beunruhigt.»

«Worüber?»

Der Priester blickte ihn skeptisch an. «Sind Sie sicher, dass sie anrufen würde? Ich meine, wenn sie etwas herausfände?»

Es überraschte Reilly, diese Frage ausgerechnet aus dem Mund des Monsignore zu hören. Er vertraute ihr nicht? Der Agent beugte sich vor. «Warum zweifeln Sie daran?»

«Nun, sie scheint sich sehr zu engagieren, es ist immerhin ihr Fachgebiet. Und eine derartige Entdeckung … andere haben sich schon mit weitaus Geringerem einen Namen gemacht. Ich frage mich, was mir an Miss Chaykins Stelle wichtiger wäre: Vance das Handwerk zu legen … oder etwas zu entdecken, wofür jeder Archäologe seinen rechten Arm hergeben würde. Ob ich die Behörden informieren und damit Ruhm und Anerkennung aufs Spiel setzen würde … oder ob ich die Spur lieber selbst verfolgen würde?» Er sprach leise, aber mit einer Eindringlichkeit, der man sich nicht widerset-

329

zen konnte. «Miss Chaykin macht einen recht ehrgeizigen Eindruck, und Ehrgeiz verleitet Menschen oft dazu, den … sagen wir, den weniger edlen und selbstlosen Weg einzuschlagen.»

Die Worte des Monsignore gingen Reilly noch nach, als der Geistliche sich schon längst verabschiedet hatte.

Würde sie anrufen? Bisher war es ihm gar nicht in den Sinn gekommen, daran zu zweifeln. Aber was, wenn der Gesandte des Vatikans Recht hatte? Was hätte Tess davon, das FBI zu informieren, wenn sie herausbekam, wo *Fonsalis* lag? Agenten würden ausgeflogen werden, um Vance abzufangen, man würde die Strafverfolgungsbehörden vor Ort einschalten müssen, und die Archäologin würde keinerlei Einfluss auf das weitere Vorgehen nehmen können. Ihr Anliegen würde wenig Beachtung finden, schließlich ging es den Behörden in erster Linie darum, einen flüchtigen Straftäter zu fassen. Die archäologische Entdeckung war demgegenüber zweitrangig.

Trotzdem, so tollkühn würde sie nicht sein … oder etwa doch? Was würde sie tun? Selbst hinfliegen?

Ein plötzliches Unbehagen befiel Reilly. Nein, das war doch verrückt.

Er wählte ihre Privatnummer. Tess ging nicht ans Telefon. Als sich der Anrufbeantworter einschaltete, legte Reilly auf, ohne eine Nachricht zu hinterlassen. Als Nächstes versuchte er es mit der Handynummer, doch nach dem fünften Rufzeichen ertönte die Ansage ihrer Voicemail.

Reilly begann sich ernsthafte Sorgen zu machen. Er rief die interne Telefonzentrale an und wurde sofort mit dem Officer verbunden, der das Haus der Chaykins observierte. «Haben Sie Miss Chaykin heute schon gesehen?»

Bedächtig erwiderte der Beamte: «Nein, nicht seit sie gestern spätabends nach Hause gekommen ist.»

Reillys innere Alarmglocken schrillten. Sein Gefühl sagte ihm, dass da etwas ganz gewaltig schieflief. «Gehen Sie an die Haustür und vergewissern Sie sich, dass bei ihr alles in Ordnung ist. Ich bleibe dran.»

Den Hintergrundgeräuschen nach zu urteilen, stieg der Officer bereits aus dem Wagen. «Wie Sie wünschen.»

Reilly wartete angespannt, während die Sekunden verstrichen. Er stellte sich vor, wie der Officer die Straße überquerte, durch den Vorgarten zur Haustür ging, die drei Stufen hinaufstieg und klingelte. Wenn Tess sich im Obergeschoss aufhielt, würde sie noch ein paar Sekunden brauchen, um herunterzukommen. Ungefähr jetzt würde sie die Tür öffnen.

Nichts.

Mit jeder weiteren Sekunde, die verging, wuchs Reillys Unbehagen dramatisch. Schließlich ertönte die Stimme des Kollegen in der knackenden Leitung. «Sie macht nicht auf. Ich bin ums Haus herumgegangen, nichts deutet auf einen Einbruch hin, aber Miss Chaykin scheint nicht da zu sein.»

Reilly reagierte sofort. «Okay, hören Sie mir zu», befahl er, während er hastig Aparo heranwinkte. «Sie müssen jetzt sofort da reingehen und nachsehen, ob das Haus tatsächlich leer ist. Wenn nötig, brechen Sie ein.»

Aparo stand auf. «Was ist denn los?»

Reilly griff bereits nach einem anderen Telefon. «Verständige Customs und Borders.» Er legte eine Hand über die Sprechmuschel und blickte seinen Kollegen voller Wut und Enttäuschung an. «Ich glaube, Tess ist uns durchgebrannt.»

KAPITEL 51

Tess stand in der Schlange vor dem Check-in-Schalter von Turkish Airlines und starrte auf das Display ihres Handys. Die Nummer des Anrufers wurde nicht angezeigt. Sie entschied, das Gespräch nicht anzunehmen, denn im Augenblick wollte sie mit keiner der Personen, die in Frage kamen, sprechen. Nicht mit Leo vom Institut; Lizzie hatte ihre verworrenen Erklärungen für ihre Abwesenheit sicher inzwischen weitergegeben. Einen Anruf von Doug aus L. A. konnte sie erst recht ohne Gewissensbisse ignorieren. Reilly hingegen ... Der Gedanke an ihn lag ihr schwer im Magen. Sie hasste es, ihm das anzutun. Die Entscheidung war eine der schwersten ihres Lebens gewesen, aber nachdem ihr Entschluss nun einmal gefasst war, konnte sie jetzt nicht mit ihm sprechen. Noch nicht.

Nicht, ehe sie außer Landes war.

Während sie ihr Handy wieder in die Jackentasche steckte, trat sie endlich an den Schalter, um die leidige Eincheck-Prozedur über sich ergehen zu lassen. Sobald sie damit fertig war, folgte sie der Beschilderung zur Abflug-Lounge, um sich endlich einen Kaffee zu genehmigen. Auf dem Weg dorthin erstand sie im Zeitschriftenladen ein paar Taschenbücher, die sie schon längst hatte lesen wollen. Ob es ihr allerdings gelingen würde, ihre Phantasie so weit im Zaum zu halten, dass sie sich wenigstens auf seichte Unterhaltungsliteratur konzentrieren konnte, war eine andere Frage.

Nachdem Tess die Passagierkontrolle hinter sich gelassen hatte, erreichte sie die Abflug-Lounge des John-F.-Kennedy-Airports und ließ sich in einen der Sessel sinken.

Sie konnte es selbst nicht ganz begreifen, was sie da tat. Während sie untätig herumsaß und darauf wartete, dass ihr Flug aufgerufen wurde, fand sie endlich Zeit, sich die jüngsten Ereignisse noch einmal in Ruhe durch den Kopf gehen zu lassen. Was nicht unbedingt gut war. Die vergangenen vierundzwanzig Stunden – von dem Zeitpunkt, an dem ihr klar wurde, dass sie auf der richtigen Spur war, bis zu dem Moment, als sie das Gesuchte tatsächlich fand – waren in einem Adrenalinrausch verstrichen. Nun, da sie allein auf den Abflug wartete, brach eine Fülle von Ängsten und Befürchtungen über sie herein.

Was fällt dir nur ein, diese Sache im Alleingang durchzuziehen? Was, wenn du da draußen Vance über den Weg läufst? Oder sonst irgendwelchen finsteren Gestalten, davon gibt es in einer derart gottverlassenen Gegend sicher reichlich. Eine Amerikanerin allein in der türkischen Wildnis – bist du verrückt?

Nachdem der erste Panikanfall überwunden war, wich die Angst um ihr körperliches Wohlergehen einer gänzlich anderen, keineswegs geringeren Sorge.

Reilly.

Sie hatte ihn angelogen. Schon wieder. Eine Unterlassungslüge, immerhin, aber eine ziemlich schwerwiegende. Das hier war etwas anderes, als mit dem Manuskript zu verschwinden und Reilly nicht Bescheid zu geben, dass Vance sie in ihrem Haus erwartete. Zwischen ihnen beiden hatte sich in letzter Zeit etwas angebahnt, etwas, das ihr gefiel und von dem sie wünschte, es möge sich weiterentwickeln. Auch wenn sie auf seiner Seite eine gewisse Zurückhaltung spürte, deren Ursache ihr nicht klar war. Schon beim letzten Mal hatte sie sich gefragt, ob sie durch ihr Verhalten jede Chance, mit ihm zusammenzukommen, zunichte gemacht hatte. Aber ihre Befürchtung hatte sich nicht bestätigt. Die besonderen Umstände entschuldigten manches, und Reilly hatte ganz wunderbar verständnisvoll reagiert. Doch jetzt das. Sie musste wieder einmal alles verderben.

Wie viel bedeutet Ihnen das, Tess?

Sie schrak aus ihren Grübeleien auf. Etwas dämpfte das grelle Licht der Neonbeleuchtung, jemand stand vor ihr. Tess schlug die Augen auf.

Es war Reilly, der auf sie hinunterblickte und nicht gerade begeistert schien.

Stinkwütend traf es eher.

Reilly durchbrach das angespannte Schweigen. «Was denken Sie sich eigentlich dabei?»

Tess wusste nichts zu erwidern. In diesem Moment schallte aus den Lautsprechern eine nasale Stimme, die ankündigte, die Passagiere könnten jetzt an Bord gehen. Überall in der Halle erhoben sich Leute von ihren Sitzen und reihten sich vor den Schaltern am Gate zu unordentlichen Schlangen auf. Tess war dankbar, für kurze Zeit einer Antwort enthoben zu sein.

Reilly warf einen Blick auf die Wartenden und rang sichtlich um Beherrschung, ehe er sich in den Sessel neben ihr fallen ließ. «Wann wollten Sie mich benachrichtigen?»

Sie holte tief Luft. «Gleich nach meiner Ankunft», erwiderte sie kleinlaut.

334

«Ach, wollten Sie mir vielleicht eine Ansichtskarte schicken? Verdammt nochmal, Tess! Es kommt mir vor, als hätte ich die ganze Zeit gegen eine Wand geredet.»

«Hören Sie, es –»

Er schüttelte den Kopf und hob beide Hände, um sie zu stoppen. «Ich weiß, es tut Ihnen Leid, das hier ist eine große, einmalige Sache für Sie, entscheidend für Ihre Karriere, die Chance Ihres Lebens … Das hatten wir doch alles schon, Tess. Sie scheinen einfach versessen darauf zu sein, Ihren Kopf zu riskieren.»

Sie stieß frustriert die Luft aus und schwieg einen Moment lang, ehe sie entgegnete: «Ich kann mich nun mal nicht einfach zurücklehnen und mir diese Sache aus der Hand nehmen lassen.»

Reilly blickte sich verstohlen um, ehe er mit gesenkter Stimme fortfuhr: «Die anderen drei Reiter aus dem Museum – die sind tot, klar? Und zwar alle drei auf ziemlich unschöne Weise ums Leben gekommen.»

Tess beugte sich vor. «Sie meinen, Vance hat sie umgebracht?»

«Entweder er oder jemand anders, der in der Sache mit drinsteckt. Wie dem auch sei, derjenige ist noch immer auf freiem Fuß, und er hat offenbar kein Problem damit, über Leichen zu gehen. Begreifen Sie, worauf ich hinauswill?»

«Was, wenn er es noch nicht herausgefunden hat?»

«Ich denke, dann hätte er Ihnen bereits einen weiteren Besuch abgestattet. Nein, ich vermute eher, er weiß Bescheid.»

Tess holte tief Luft. «Und was machen wir jetzt?»

Reilly musterte sie schweigend. Offenbar fragte er sich dasselbe. «Sind Sie sicher, dass Sie richtig liegen?»

Sie nickte. «Absolut.»

335

«Aber Sie wollen mir nicht verraten, wo es ist?»

Sie schüttelte den Kopf. «Ungern. Allerdings nehme ich an, Sie können mich dazu zwingen, stimmt's?» Aus den Lautsprechern über ihnen forderte die Stimme noch einmal alle Passagiere auf, sich umgehend an Bord des Flugzeugs zu begeben. Tess wandte sich Reilly zu. «Das ist mein Flug.»

Er beobachtete, wie die letzten Fluggäste durch die Sperre gingen. «Wollen Sie die Sache immer noch durchziehen?»

Sie nickte nervös. «Unbedingt.»

«Ich bitte Sie, überlassen Sie das uns. Sie bekommen die volle Anerkennung für jegliche Funde, dafür werde ich sorgen. Warten Sie nur erst ab, bis wir ihn aus dem Verkehr gezogen haben.»

Sie blickte ihm fest in die Augen. «Die Anerkennung ist nicht das Wichtigste für mich. Es ist eben mein Job. Ich muss das machen.» Sie forschte in seinem Gesicht nach einem Zeichen von Verständnis, einem Hinweis darauf, was er dachte. «Außerdem weiß ich nicht, inwieweit das überhaupt in Ihrer Hand liegt. Bei Funden im Ausland kann es eine ziemlich vertrackte Angelegenheit sein, die Ansprüche zu klären.» Sie brachte ein verhaltenes Grinsen zustande. «Also, kann ich jetzt gehen, oder wollen Sie mich vielleicht festnehmen?»

Er spannte die Kiefermuskeln an. «Ich spiele mit dem Gedanken.» Seine Miene verriet in keiner Weise, dass er scherzte. Ganz im Gegenteil.

«Unter welchem Vorwurf?»

«Ich weiß nicht. Mir fällt schon etwas ein. Vielleicht indem ich Ihnen ein paar Beutelchen Koks unterschiebe.» Er klopfte seine Taschen ab, als suche er etwas. «Ich weiß genau, dass ich welche bei mir habe.»

Tess entspannte sich ein wenig.

Sofort wurde Reillys Gesicht wieder todernst. «Wie kann ich Sie dazu bringen, Ihre Meinung zu ändern?»

Bei diesen Worten überkam Tess ein warmes Gefühl. Vielleicht habe ich doch noch nicht alles verdorben, dachte sie und stand auf. «Ich werde schon nicht in Schwierigkeiten geraten.» Wovon sie selbst keineswegs überzeugt war.

Reilly erhob sich ebenfalls, und für einen kurzen Moment standen sie beide einfach da. Tess wartete darauf, dass er noch etwas sagte. Er schwieg. Ein kleiner Teil von ihr hoffte sogar, er möge sie zurückhalten, aber auch das tat er nicht. Sie warf einen Blick zum Gate, dann wandte sie sich noch einmal ihm zu. «Also dann ... bis bald.»

Er antwortete nicht.

Sie ging zum Schalter, wo eine überschwänglich freundliche Dame die Bordkarten überprüfte. Während Tess der Frau ihren Pass reichte, warf sie über die Schulter einen Blick zurück zu Reilly, der noch immer an derselben Stelle stand und ihr nachblickte. Sie rang sich ein schiefes Lächeln ab, ehe sie sich abwandte und die weiß ausgekleidete Fluggastbrücke betrat.

Die vier Turbofan-Triebwerke heulten auf, während das Bordpersonal zwischen den Sitzreihen auf und ab ging und die letzten Vorbereitungen für den Start traf. Tess hatte für den zehnstündigen Flug einen Fensterplatz zugewiesen bekommen und stellte erleichtert fest, dass der Sitz neben ihr frei blieb. Während sie beobachtete, wie draußen das Wartungspersonal die letzten Geräte entfernte, empfand sie eine eigentümliche Mischung aus Begeisterung und böser Vorahnung. So gespannt sie auch war, es verunsicherte sie, was

Reilly über die toten Reiter gesagt hatte. Entschlossen schob sie die beängstigenden Bilder beiseite. Es bestand keinerlei Gefahr, solange sie ein paar grundlegende Vorsichtsmaßregeln beachtete.

Hoffentlich.

Gerade als sie das Bordmagazin zur Hand nahm, bemerkte sie, dass es weiter vorn im Flugzeug unruhig wurde. Im nächsten Moment erstarrte sie. Es war Reilly, der zwischen den Sitzreihen hindurch auf sie zukam.

Verdammt. Er hatte es sich anders überlegt. Er wollte sie wieder aus dem Flieger holen.

Die anfängliche Überraschung schlug rasch in Wut um. Als Reilly bei ihrer Reihe stehen blieb, wich sie zurück und presste sich mit dem Rücken gegen die Scheibe. «Tun Sie das nicht, okay? Zerren Sie mich nicht aus diesem Flugzeug. Sie haben kein Recht dazu. Mir passiert ganz bestimmt nichts. Außerdem haben Sie doch Leute dort, nicht wahr? Die können ein Auge auf mich haben. Ich komme schon zurecht.»

Sein Gesicht blieb ausdruckslos. «Ich weiß.» Damit nahm er neben ihr Platz.

Tess starrte ihn sprachlos an.

Er ließ seinen Anschnallgurt einrasten und nahm ihr wie beiläufig das Magazin aus der Hand. «Und», fragte er, «gibt's gute Filme?»

KAPITEL 52

Der Mann, der sechs Reihen hinter Tess saß, fühlte sich alles andere als wohl. Er hasste das Fliegen. Dabei litt er weder unter Höhenangst, noch war er klaustrophobisch; er ertrug es einfach nicht, stundenlang in einer Blechbüchse eingesperrt zu sein, wo er nicht rauchen durfte. Zehn Stunden. Worin die Zeit in dem ebenfalls rauchfreien Terminal noch nicht eingerechnet war.

Es war sein Glück gewesen, dass er Tess wegen des Polizeiwagens vor ihrem Haus aus größerer Entfernung hatte überwachen müssen, anderenfalls wäre sie ihm wohl durch die Lappen gegangen. Tess hatte sich nämlich durch die Hintertür in den Garten hinausgestohlen und zwei Nachbargrundstücke überquert, ehe sie an die Straße kam, wo das Taxi auf sie wartete, gerade ein paar Meter von der Stelle entfernt, an der er sein Auto geparkt hatte.

Er hatte sofort De Angelis verständigt und war dem Taxi dann bis zum Flughafen gefolgt. In der Abflug-Lounge hatte er sich einen Platz gesucht, von dem aus er Tess und Reilly unauffällig beobachten konnte, ohne dass einer der beiden ihn auch nur wahrnahm. Zweimal hatte er De Angelis per Handy kontaktiert. Das erste Mal, um ihn wissen zu lassen, dass Tess an Bord des Flugzeugs gegangen war, und das zweite Mal wenig später von seinem Sitzplatz im Flieger aus, als er gerade noch Zeit hatte, Bescheid zu geben, dass Reilly aufgetaucht war. Gleich darauf unterbrach eine Flugbegleiterin das Gespräch, indem sie ihn beharrlich aufforderte, das Handy auszuschalten.

Er lehnte sich zur Seite, um über den Gang zwischen den Sitzreihen einen Blick auf seine Zielpersonen zu werfen. Dabei drehte er ein kleines Plättchen von vielleicht zweieinhalb Zentimeter Durchmesser zwischen den Fingern. Ihm war aufgefallen, dass Reilly kein Gepäck mit an Bord genommen hatte. Doch das spielte keine Rolle; Tess, um die es eigentlich ging, hatte eine Tasche in dem Gepäckfach über ihrem Sitz verstaut. Er beobachtete die beiden in der Gewissheit, dass er sich Zeit lassen konnte. Es würde ein langer Flug werden, und die meisten Passagiere, seine beiden Zielpersonen eingeschlossen, würden früher oder später einschlafen. Er musste sich nur gedulden und eine günstige Gelegenheit abwarten, um das Ortungsgerät anzubringen. Wenigstens eine kleine Ablenkung auf dieser im Übrigen so langweiligen Reise.

Während er unruhig in seinem Sitz herumrutschte, sah er stirnrunzelnd der Flugbegleiterin nach, die überprüfte, ob alle angeschnallt waren. Er hasste all diese strengen Regeln. Man kam sich vor wie in der sechsten Klasse. Rauchen verboten, Telefonieren verboten. Die Mädels hier Stewardessen nennen – ebenfalls verboten. Was kam als Nächstes? Schriftlicher Antrag erforderlich, um auf den Lokus zu dürfen?

Er starrte düster aus dem Fenster und stopfte sich noch zwei Nikotinkaugummis in den Mund.

De Angelis hatte gerade den Teterboro Airport in New Jersey erreicht, als Plunkett anrief. Der kleine Flughafen war für seine überstürzte Abreise besser geeignet als die großen, belebten mit den langen Warteschlangen. Gut elf Kilometer außerhalb von Manhattan gelegen, war Teterboro eine beliebte Anlaufstelle für Prominente und Wirtschaftsbosse mit ihren Privatjets.

Der Monsignore war kaum wieder zu erkennen. Er hatte seine strenge, schlichte Kleidung abgelegt und trug den schicken schwarzen Zegna-Anzug, an den er gewöhnt war, und auch wenn es ihm stets ein leichtes Unbehagen bereitete, seinen römischen Kragen abzulegen, hatte er es jetzt doch bereitwillig getan und trug ein blaues Smokinghemd. Die altmodische Brille mit den ständig verschmierten Gläsern, mit der er in Manhattan aufgetreten war, hatte er wieder gegen seine gewohnte randlose Brille ausgetauscht, und statt des Aktenkoffers aus abgewetztem Leder lag ein flaches Aluköfferchen neben ihm auf dem Sitz der dunklen Limousine, mit der er sich bis zum Flugzeug chauffieren ließ.

Während er an Bord der Gulfstream IV ging, warf er erneut einen Blick auf die Uhr und überschlug im Kopf rasch die Reisedauer. Er lag gut im Rennen. Vermutlich würde er in Rom landen, kurz bevor Tess und Reilly Istanbul erreichten. Die G-IV zählte nicht nur zu den wenigen Privatjets, deren Reichweite genügte, um ohne Zwischenstopp von New York bis nach Rom zu fliegen. Sie war auch schneller als der schwerfällige Airbus, in dem die beiden reisten. Auf diese Weise blieb dem Monsignore ein wenig Zeit, sich die nötige Ausrüstung für seine Mission zu beschaffen und dennoch gleichzeitig mit Tess und Reilly das Ziel ihrer Reise zu erreichen. Wo immer es liegen mochte.

Nachdem er seinen Platz eingenommen hatte, brütete er wieder einmal über dem Dilemma, vor das ihn Tess Chaykin stellte. Dem FBI ging es im Grunde einzig und allein darum,

Vance für den Überfall auf das Metropolitan Museum hinter Schloss und Riegel zu bringen. Die Archäologin hingegen war hinter etwas anderem her. De Angelis war überzeugt, dass sie auch dann noch weitersuchen würde, wenn Vance schon längst hinter Gittern war. Jeden Stein würde sie umdrehen, um es zu finden. Beharrlichkeit lag in ihrer Natur.

Früher oder später würde der Punkt kommen, an dem Tess ihren Zweck erfüllt hatte, und dann würde er sich wohl des Problems annehmen müssen. Eines Problems, das Reilly soeben vergrößert hatte, indem er die verhängnisvolle Entscheidung traf, sie zu begleiten.

Der Monsignore schloss die Augen und lehnte sich an die weiche Kopfstütze seines üppig gepolsterten, drehbaren Sessels. Das Ganze bereitete ihm keinerlei Unbehagen. Derlei Komplikationen musste man eben aus dem Weg schaffen.

KAPITEL 53

Das Flugzeug hatte seine Reiseflughöhe erreicht, als Tess von ihren Erkenntnissen zu berichten begann. «Wir haben nach einem Ort gesucht, der schlichtweg nicht existiert.»

Nach dem Start hatten sie einen Blick auf die Skyline von Manhattan werfen können, die im Licht der untergehenden Sonne in atemberaubenden Gold- und Blautönen schimmerte. Das Fehlen der Zwillingstürme schien auffälliger, als die Türme selbst jemals gewesen waren, und der Blick aus der Luft auf Ground Zero machte das ganze Ausmaß der Katastrophe eindringlich spürbar. Dann hatte das Flugzeug mit der roten Heckflosse abgedreht und war durch die dünne Wolkendecke in den Himmel aufgestiegen, bis es durch die klare Luft in 37000 Fuß Höhe geradeaus weiter in die rasch hereinbrechende Nacht flog.

«Aimard de Villiers war klug, und ihm war klar, dass der Mann, an den er seinen Brief schrieb – der Meister des Pariser Tempels –, ebenso klug war.» Tess konnte die Aufregung über ihre Entdeckung nicht verbergen. «Es gibt keinen Ort namens *Fonsalis*, und es hat nie einen gegeben. *Fons* ist das lateinische Wort für Quelle oder Brunnen, und *salix* heißt Weide.»

«‹Brunnen der Weide›?»

Tess nickte. «Genau. Als Aimard den Brief schrieb, befanden er und seine Gefährten sich auf feindlichem Gebiet. Das

343

Dorf war bereits von den Sarazenen überrannt worden. Das hat mich stutzig gemacht: Warum benutzte Aimard den lateinischen Namen des Dorfes? Woher soll er ihn gekannt haben? Wahrscheinlicher ist, dass er den arabischen Namen kannte, den Namen, den die Eroberer verwendeten. Aimard hatte ihn vermutlich von dem Ziegenhirten erfahren. Aber er fürchtete, der Brief könne in falsche Hände geraten und möglicherweise dechiffriert werden, und hat den Namen daher zusätzlich verschlüsselt.»

«Das Dorf hieß also ‹Brunnen der Weide›?»

«Genau. Orte nach topographischen Gegebenheiten zu benennen war damals gängige Praxis.»

Reilly blickte Tess skeptisch an. Etwas an ihrer Logik schien ihm nicht zu behagen. «Dazu müsste er aber Arabisch gekonnt haben.»

«Davon kann man ausgehen, und wenn nicht er, dann einer seiner Begleiter. Gegen Ende der Kreuzzüge gab es unter diesen Rittern viele, die im Heiligen Land geboren waren. Man nannte sie *poulains*, wörtlich übersetzt ‹Fohlen›. Außerdem hatten die Templer eine eigentümliche Affinität zu den Muslimen. Ich habe gelesen, die beiden Gruppen hätten untereinander naturwissenschaftliche ebenso wie mystische Erkenntnisse ausgetauscht. Angeblich sollen die Templer sogar ein paarmal die Assassinen angeheuert haben – die sagenhaften, Hasch rauchenden Profikiller der Sarazenen.»

Reilly zog die Augenbrauen hoch. «Sie haben die Killer ihrer Feinde engagiert? Ich dachte, die hätten eigentlich *sie* bekämpfen sollen.»

Tess zuckte die Schultern. «Wenn man zweihundert Jahre lang quasi Tür an Tür lebt, schließt man zwangsläufig Freundschaften.»

344

Er gab sich mit dieser Erklärung zufrieden. «Okay, und wie heißt der Ort nun auf Arabisch?»

«Bir el Safsaf.»

«Und das haben Sie wo gefunden?»

Tess konnte sich ein selbstzufriedenes Grinsen nicht verkneifen. «In den Aufzeichnungen von Al-Idrisi. Er war ein berühmter arabischer Reisender, einer der großen Kartographen jener Zeit, und er hat umfangreiche, sehr detaillierte Journale über seine Reisen durch Afrika und die muslimische Welt verfasst, von denen viele bis heute erhalten geblieben sind.»

«Auf Englisch?»

«Das nicht, aber auf Französisch, was die Sache verhältnismäßig leicht gemacht hat.» Tess angelte nach ihrer Reisetasche und förderte eine Landkarte zutage, dazu ein paar Fotokopien aus dem alten Buch, das sie aufgestöbert hatte. «In einem seiner Journale erwähnt er den Ort und die geplünderte Kirche.» Sie faltete eine Karte auseinander, die mit allerlei handschriftlichen Notizen und Anmerkungen versehen war. «Er ist durch den Ort gekommen, als er von Antalya aus durch Myra und die Küste entlang bis hinauf nach Izmir reiste. Die dortige Küstenregion ist reich an historischen Stätten, byzantinisch, lykisch … Jedenfalls sind seine Aufzeichnungen ziemlich detailliert. Wir brauchen nur seiner Route zu folgen, dann werden wir den Ort finden – und die Kirche.»

Reilly starrte auf die Landkarte. «Jetzt, nachdem Sie es herausbekommen haben … Für wie wahrscheinlich halten Sie es, dass auch Vance dahinter gekommen ist?»

Tess runzelte die Stirn, dann erwiderte sie mit fester Stimme: «Es würde mich sehr wundern, wenn er nicht bereits auf dem Weg dorthin wäre.»

Reilly nickte. Er war offenbar der gleichen Meinung. «Ich muss das Funkgerät benutzen.»

Er stand auf und machte sich auf den Weg zum Cockpit.

Als Reilly zurückkam, hatte Tess es sich bereits bei einem letzten Schluck Tomatensaft bequem gemacht. Für ihn hatte sie ebenfalls ein Glas reserviert. Während sie zusah, wie er trank, überlief sie ein angenehmer Schauder. Die Vorstellung, hier neben diesem Mann zu sitzen, auf dem Weg in ein fernes, exotisches Land und geradewegs einem Abenteuer entgegen … Sie lächelte in sich hinein.

Er bemerkte es. «Was ist?»

«Nichts. Ich bin nur … immer noch völlig verblüfft, dass Sie hier sind.»

«Nicht so verblüfft wie mein Chef, das kann ich Ihnen versichern.»

Ihr fiel die Kinnlade herunter. «Sie unternehmen das hier doch wohl nicht auf eigene Faust?»

«So kann man es ausdrücken. Er ist nicht allzu begeistert davon. Aber nachdem Sie nun einmal nicht *genau* wussten, wo dieses *Fonsalis* liegt, und unbedingt *persönlich* vor Ort sein müssen, um es herauszufinden …»

«Aber das wussten Sie doch noch gar nicht, als Sie in das Flugzeug gestiegen sind.»

Er grinste ihr verschwörerisch zu. «Müssen Sie eigentlich immer so spitzfindig sein?»

Sie schüttelte belustigt den Kopf. Also zogen sie beide einen Alleingang durch.

Allmählich wurde ihr klar, wie wenig sie noch immer über den Mann hinter der Dienstmarke wusste. An jenem Abend, als er sie nach Hause brachte, hatte sie ein paar Einblicke erhaschen können. Sein Musikgeschmack, seine Spiritualität, sein Sinn für Humor, der allerdings nicht auf den ersten Blick zutage trat. Sie wollte mehr erfahren. Die folgenden zehn Stunden würden reichlich Gelegenheit dazu bieten, sofern es ihr gelänge, wach zu bleiben. Ihre Lider fühlten sich tonnenschwer an. Die Erschöpfung der vergangenen Tage holte sie ein. Sie lehnte sich bequem auf ihrem Sitz zurück, mit dem Rücken zum Fenster, und sah Reilly an.

«Wie kommt es eigentlich, dass Sie einfach von jetzt auf gleich in ein Flugzeug steigen können?» Da war wieder dieses verschmitzte Lächeln. «Gibt es niemanden bei Ihnen zu Hause, der Ihnen dafür die Ohren lang zieht, so, wie Sie mich wegen Kim rüffeln?»

Reilly war klar, worauf sie hinauswollte. «Tut mir Leid», versetzte er neckisch, «ich bin nicht verheiratet.»

«Geschieden?»

«Auch nicht.» Ihr forschender Blick nötigte ihm eine Erklärung ab. «Ein Job wie der meine kann eine Partnerschaft ziemlich belasten.»

«Klar, wenn Ihr Job es mit sich bringt, dass Sie mit Frauen, die Sie kaum kennen, spontan ins Flugzeug steigen. Ich würde auch nicht wollen, dass mein Mann das jeden Tag tut.»

Reilly war froh, dass sie ihm eine Gelegenheit gab, das Gespräch in eine andere Richtung zu lenken. «Wo wir gerade von Ehemännern reden – wie steht es eigentlich mit Ihnen? Woran ist die Sache mit Doug gescheitert?»

Ihre sanften Züge verhärteten sich, aus ihrem Blick sprachen Trauer und ein Rest noch nicht verrauchten Zorns. «Das war ein Fehler. Ich war jung» – sie stöhnte –, «*jünger*, und ich arbeitete damals mit meinem Dad zusammen. Nicht die auf-

347

regendste Karriere, die Archäologie ist ein ziemlich einsames Arbeitsfeld. Und dann lernte ich Doug kennen, diesen überschwänglichen, selbstbewussten Showbiz-Typen. Der Dreckskerl hat Charisma, das muss man ihm lassen, und ich war einfach hin und weg. Mein Dad war in seinem Fachgebiet bekannt und angesehen, aber er war ein ziemlich ernster Typ, etwas verbissen, wissen Sie? Außerdem musste er immer alles unter Kontrolle haben. Auf Dauer brauchte ich mal Abstand von seiner dominanten Art. Doug war dann sozusagen der Ausweg; der glamouröse Draufgänger, der kein Blatt vor den Mund nahm.»

«Sie haben wohl eine Vorliebe für glamouröse Typen?»

Sie verzog das Gesicht. «Nein. Na ja, damals vielleicht schon. So ein wenig. Jedenfalls, als wir miteinander anbändelten, gefiel es ihm ganz ungemein, dass ich auch einen Beruf und meine eigene Karriere hatte. Er war sehr interessiert und hat mich immer darin bestärkt. Als wir dann heirateten ... war er von einem Tag auf den anderen wie ausgewechselt. Er wurde noch herrschsüchtiger als mein Vater. Behandelte mich wie sein Eigentum, ein Sammlerstück, das er sich ins Regal stellen wollte. Als mir klar wurde, dass ich einen Fehler begangen hatte, war ich bereits schwanger. Wohl oder übel nahm ich das Angebot meines Dads an, bei seinen Ausgrabungen in der Türkei mitzumachen –»

«– wo Sie dann auch Vance zum ersten Mal begegneten?»

«Genau», bestätigte Tess. «Ich dachte mir, es wäre eine gute Gelegenheit, sich alles nochmal durch den Kopf gehen zu lassen. Als ich zurückkam, erfuhr ich, dass er eine Affäre gehabt hatte – das Klischee schlechthin.»

«Mit der Wetterfee?»

Tess stieß ein kurzes, bitteres Lachen aus. «Nicht ganz. Mit seiner Produzentin. Tja, und das war's dann für mich. Ich habe mich von ihm getrennt.»

«Und Ihren Mädchennamen wieder angenommen.»

«In dieser Branche ist es nicht gerade von Nachteil, so zu heißen. Hinzu kam, dass ich nicht länger als unbedingt nötig mit dem Namen dieses Widerlings herumlaufen wollte.» Gerade weil der Name Chaykin ihr so sehr geholfen hatte, lag ihr besonders viel an einer eigenen Entdeckung: Ein Fund von dieser Tragweite würde ihr und der Welt beweisen, dass sie nicht auf den Namen ihres Vaters angewiesen war, um Erfolg zu haben.

Immer vorausgesetzt, dass sie diejenige war, die diese Entdeckung machte.

Ihre Lider wurden immer schwerer. Sie war erschöpft und brauchte Schlaf. Sie beide brauchten Schlaf.

Tess betrachtete Reilly voller Wärme. Nach kurzem Schweigen sagte sie leise: «Danke.»

«Wofür?»

«Für alles.» Sie beugte sich zu ihm hinüber und küsste ihn sacht auf die Wange. Dann lehnte sie sich wieder in ihren Sitz zurück. Draußen erschienen die ersten Sterne scheinbar zum Greifen nahe am dunkler werdenden Himmel. Tess zog die Jalousie herunter, drehte sich auf die andere Seite, schloss die Augen und spürte bereits, wie sie in den Schlaf glitt.

KAPITEL 54

Als Tess und Reilly auf die Rollbahn des Dalaman-Flughafens hinunterstiegen, war es Nachmittag. Beide fühlten sich völlig erschlagen. Die paar Stunden Schlaf auf dem Transatlantikflug hatten zwar gut getan, aber ein Flugzeugsitz war nun einmal kein Ersatz für ein richtiges Bett. Doch für so etwas blieb keine Zeit. Statt sich nach der Landung in Istanbul erst einmal auszuruhen, hatten sie die dreistündige Wartezeit bis zu ihrem Anschlussflug an die Südküste intensiv genutzt.

Reilly hatte zunächst mehrere Telefonate per Handy geführt. Nachdem er Aparo auf den neuesten Stand gebracht hatte, war eine hitzige Debatte mit Jansson gefolgt. Reillys Vorgesetzter war noch immer ganz und gar nicht überzeugt von dessen überstürztem Entschluss, Tess zu begleiten, statt sie an die Federal Plaza zu schleifen. Die übrige Zeit hatten die beiden mit dem hiesigen Rechtsattaché des FBI verbracht, einem dickbäuchigen Mann namens Vedat Ertugrul, der zum Flughafen gekommen war, um sie in Empfang zu nehmen und dafür zu sorgen, dass Reilly auch ohne Pass ins Land gelassen wurde. Erst Tage vorher war Ertugrul davon in Kenntnis gesetzt worden, dass Vance sich wahrscheinlich auf dem Weg in diese Gegend befand. Er bestätigte Reilly, dass bisher von keinem der möglichen Einreiseflughäfen eine entsprechende Meldung gekommen war. Anschließend gingen die beiden logistische Vorkehrungen und alle möglichen Protokolle durch. Das FBI besaß in der Türkei kein Auslandsbüro. Die nächsten Agenten befanden sich derzeit in Athen, wo sie der dortigen Polizei bei den Ermittlungen zu einem kürzlich verübten Autobombenanschlag halfen. Die Beziehungen zu der türkischen Regierung konnte man aufgrund des Irak-Konflikts bestenfalls als angespannt bezeichnen. Ertugrul versicherte Reilly dennoch, er könne notfalls die Polizei in Dalaman um Unterstützung bitten. Ein Angebot, das Reilly dankend ablehnte. Er zog es vor, sich nicht mit Sprachbarrieren und bürokratischen Hürden herumschlagen zu müssen. Stattdessen bat er Ertugrul, die einheimische Polizei lediglich über seine Anwesenheit auf ihrem Grund und Boden zu informieren. Er würde engen Kontakt halten und Verstärkung anfordern, falls es erforderlich würde. Allerdings schien ihm diese Sache eher auf einen Alleingang hinauszulaufen.

Außerdem hatte Reilly die Verzögerung genutzt, um sich passendere Kleidung zu beschaffen. Die abgelegten Sachen hatte er in einem kleinen Rucksack verstaut, zusammen mit den Papieren, die Ertugrul ihm anstelle eines Passes gegeben hatte, und einem ebenfalls von dem türkischen Kollegen zur Verfügung gestellten Iridium-Satellitentelefon, das Reilly über das regierungseigene EMSS-Gateway in Hawaii von praktisch jedem Punkt auf dem Planeten mit der Außenwelt verband.

Für die Pistole, die er ebenfalls im Gepäck trug – ein Browning Hi-Power –, hatte Ertugrul freundlicherweise Reservemagazine und Munition beschafft.

Tess hatte unterdessen bei ihrer Tante angerufen und mit

Kim und Eileen gesprochen. Es war ihr schwer gefallen, sie vermisste Kim noch mehr, wenn sie ihre Stimme am Telefon hörte, auch wenn sie sich damit zu trösten versuchte, dass ihre Tochter dort in Arizona eine herrliche Zeit verlebte. Sehr viel heikler war jedoch das Gespräch mit ihrer Mutter gewesen, der sie hatte mitteilen müssen, was sie vorhatte. In dem verzweifelten Bemühen, Eileen zu beruhigen, hatte Tess sogar erwähnt, dass Reilly bei ihr war, woraufhin sich ihre Mutter nur umso größere Sorgen machte. Warum begleitete ein FBI-Agent Tess, wenn sie sich doch angeblich gar nicht in Gefahr begab, hatte sie wissen wollen. Tess hatte eine Erklärung gestammelt – er sei nur als unabhängiger Experte dabei – und anschließend eine Lautsprecherdurchsage als Vorwand genutzt, das Gespräch zu beenden. Nachdem sie das Handy abgeschaltet hatte, fühlte sie sich elend. Doch ihr war klar, dass es sich gar nicht vermeiden ließ, ihre Mutter zu beunruhigen, wenn sie ihr nicht verschweigen wollte, dass sie überhaupt verreist war.

Den fahlgesichtigen Mann, mit dem Tess wenig später zusammengestoßen war, hatte sie kaum wahrgenommen. Ein paar Minuten nach dem heiklen Anruf hatte sie sich einen Weg durch den belebten Terminal zur Toilette gebahnt, als er sie so heftig anrempelte, dass ihr die Reisetasche entglitt, die sie hinter sich herzog. Doch gleich darauf hatte er ihr das Gepäck höflich wieder aufgehoben und sich vergewissert, dass alles in Ordnung war, ehe er seinen Weg fortsetzte.

Allerdings war ihr der Geruch kalten Zigarettenrauchs aufgefallen, aber soweit sie sich erinnerte, rauchten hier die meisten Männer. Was sie nicht bemerkte, war das kleine schwarze Plättchen, nicht größer als eine Geldmünze, das er neben einer der Rollen am Boden der Tasche befestigt hatte.

Nun zog Tess ihre Tasche wieder sicher hinter sich her, während sie mit Reilly durch den stickigen, von Menschen wimmelnden Terminal zum Schalter der Autovermietung ging. Ertugrul hatte hastig etwas Ausrüstung und Proviant für sie beschafft, unter anderem einen Kasten Wasserflaschen, zwei Schlafsäcke und ein Nylonzelt. Wenig später saßen die beiden in einem leicht verschrammten Mitsubishi Pajero mit Allradantrieb und folgten den jahrhundertealten Spuren einer kleinen Gruppe schiffbrüchiger Ritter.

Während Reilly den Wagen fuhr, versuchte Tess auf dem Beifahrersitz mit Hilfe diverser Karten und Notizen, Al-Idrisis Reiseroute nachzuvollziehen. Zugleich verglich sie die Landschaft mit Details aus Aimards Brief.

Als sie die Küste hinter sich ließen, wich die dichte Bebauung mit flachen Apartmenthäusern rasch einer ursprünglichen Landschaft. Weite Landstriche der lykischen Küste waren vor dem Bau des Dalaman-Flughafens Naturschutzgebiet gewesen, sodass die Region vom Massentourismus verschont geblieben war. Tess und Reilly fanden sich bald in einer ländlichen Gegend mit älteren Häusern wieder, die, von groben Steinmauern und Zäunen aus rostigem Schmiedeeisen umgeben, im Schatten von Pinien standen. Zu beiden Seiten der Straße erstreckte sich üppiges, fruchtbares Land. Der Boden war von dichtem Gestrüpp bedeckt, aus dem vereinzelt Baumgruppen aufragten. Auf dem höher gelegenen Gelände zu ihrer Rechten verdichtete sich der Bewuchs.

In weniger als einer Stunde erreichten sie Köyceğiz, einen kleinen Ort am Ufer eines großen, zauberhaften Sees, der einmal einen natürlichen Hafen gebildet hatte. Lykische Felsengräber, die kunstvoll aus den Steilhängen um den See herausgehauen und verblüffend gut erhalten waren, erinnerten an eine der zahlreichen früheren Zivilisationen dieser Region.

Gut drei Kilometer außerhalb der Stadt wies Tess Reilly an, von der Hauptstraße abzubiegen. Der Asphalt, über den sie nun fuhren, war rissig und voller Schlaglöcher; ab jetzt würde die Reise weniger bequem vonstatten gehen, doch vorerst konnte die unwegsame Straße der robusten Federung des Pajero wenig anhaben.

Sie fuhren an Oliven- und Zitronenhainen vorbei, ließen Maisfelder und Tomatenplantagen hinter sich. Die lebhaften Farben, die intensiven Gerüche der Weihrauchbäume am Straßenrand halfen den beiden Reisenden, den Jetlag zu überwinden und ihre abgestumpften Sinne wieder zu beleben. Nach einiger Zeit stieg die Straße erneut an. Sie durchfuhren nun eine dicht bewaldete Hügellandschaft, in der sie nur einzelne verschlafene Dörfer sahen.

Überall am Weg waren Zeugnisse einer einfachen, urtümlichen Lebensweise zu entdecken, die auf über tausendjährige Traditionen zurückging; lebendige Geschichte, wie es sie im Westen längst nicht mehr gab: ein Mädchen, das mit einer Handspindel Wolle spann, während es Schafe hütete; ein Ochsengespann, das im Schein der untergehenden Sonne einen primitiven Pflug zog, der aus einem einzigen Baumstamm gefertigt war.

Von Zeit zu Zeit stellte Tess aufgeregt Übereinstimmungen zwischen dem, was sie am Weg sahen, und Al-Idrisis Aufzeichnungen fest. Die meiste Zeit war sie mit ihren Gedanken allerdings nicht so sehr bei jenem Reisenden, sondern vielmehr bei den überlebenden Rittern, die sich vor so langer Zeit verzweifelt durch dieses Land geschleppt hatten.

354

Inzwischen war die Dämmerung hereingebrochen, und sie verfolgten ihren Weg im Scheinwerferlicht des Geländewagens. Die Straße war nur mehr ein schmaler Feldweg mit Asphaltresten und Steinbrocken.

«Ich glaube, wir sollten es für heute gut sein lassen», schlug Reilly vor.

Tess zog ihre Karte zu Rate. «Es kann nicht mehr weit sein. Ich würde sagen, wir sind vielleicht noch 35 bis 50 Kilometer entfernt.»

«Mag sein, aber es wird immer dunkler, und ich will hier draußen wirklich keinen Achsbruch riskieren.»

Sie konnte es kaum erwarten, ans Ziel zu gelangen, musste jedoch einsehen, dass er Recht hatte. In dieser Wildnis wäre schon ein platter Reifen ein ernsthaftes Problem.

Nachdem Reilly den Pajero auf einem halbwegs ebenen Flecken abgestellt hatte, stiegen sie aus und blickten sich um. Der letzte schwache Schein der untergehenden Sonne glomm hinter dünnen Fetzen rosig grauer Wolken hervor, die an dem ansonsten klaren Himmel schwebten. Die Sichel des zunehmenden Mondes schien unnatürlich nahe. Die Berge lagen ruhig und verlassen da. Die plötzliche Stille, die sie umgab, war für Reilly ungewohnt und verunsicherte ihn. «Gibt es hier in der Gegend eine Ortschaft, wo wir übernachten könnten?»

Tess warf erneut einen Blick auf die Karte. «Im näheren Umkreis nicht. Der letzte Ort liegt gut zehn Kilometer hinter uns.»

Reilly sah sich kurz um und entschied, dass sie an dieser Stelle bleiben konnten. Er ging zum Heck des Geländewagens. «Wollen wir doch mal sehen, was unser Mann in Istanbul für uns eingepackt hat.»

355

Während Reilly damit beschäftigt war, den letzten Teil des Gestänges zu montieren und das Außenzelt aufzuspannen, gelang es Tess, ein kleines Feuer zu entzünden. Wenig später machten sie sich hungrig über die Vorräte her, die Ertugrul für sie beschafft hatte: dünne Scheiben *Basterma* und *Börek* mit *Kasseri*-Käse, dazu Mineralwasser aus Flaschen.

Reilly beobachtete, wie Tess vor Begeisterung leuchtende Augen bekam, als sie eine kleine Pappschachtel öffnete und ein Stück *Lokma* herausnahm. Genüsslich verschlang sie das von Sirup triefende Konfekt.

«Euer Bursche hier ist wirklich ein Geschenk des Himmels», brachte sie heraus, bevor sie sich ein weiteres Gebäckstück in den Mund steckte. «Probieren Sie mal, die sind köstlich. Als ich das letzte Mal hier war, konnte ich gar nicht genug davon bekommen. Na gut, ich war zu der Zeit auch schwanger.»

«Wie kam es eigentlich, dass Vance damals mit von der Partie war?», erkundigte sich Reilly, während er sich ebenfalls bediente.

«Mein Vater arbeitete an einer Ausgrabung nicht weit von der Ararat-Anomalie. Vance brannte darauf, sich die Sache einmal selbst anzusehen, und so hat mein Dad ihn eingeladen.» Tess erzählte, wie 1959 erstmals amerikanische Militärflieger Aufnahmen der Anomalie von einem Aufklärungsflug mitgebracht hatten; Bilder, die die Fotospezialisten der CIA auf Jahre hinaus faszinierten. Mit der Zeit sickerte etwas durch, und als die Bilder in den späten Neunzigern endlich freigegeben wurden, lösten sie eine kleine Sensation aus. Hoch in den Bergen nahe der armenischen Grenze waren im Fels die Konturen eines Schiffsrumpfes zu erkennen. Detailaufnahmen zeigten sogar drei Linien, die gekrümmte Holzbalken hätten sein können, die Spanten eines großen Schiffes.

«Die Arche Noah», murmelte Reilly. Er erinnerte sich vage an die Schlagzeilen, die damals durch die Presse gegeistert waren.

«Eine ganze Menge Leute waren sofort angestachelt, unter anderem auch mein Dad. Allerdings gab es da ein Problem: Auch wenn das Eis des Kalten Krieges zu tauen begann, war dieses Gebiet noch immer hochsensibel. Der Berg ist kaum zwanzig Kilometer von der russischen Grenze entfernt und etwa dreißig von der iranischen. Einigen wenigen Personen wurde der Zutritt gewährt, und sie versuchten den Ararat zu besteigen, um sich die Sache aus der Nähe anzusehen. Einer von ihnen war James Irwin, der Astronaut, der auf dem Mond war und später ein bekennender Christ wurde. Er hat mehrere Expeditionen auf den Berg unternommen.» Tess schwieg einen Moment lang. «Eine davon hätte ihn beinahe das Leben gekostet.»

Reilly runzelte die Stirn. «Und was denken Sie? Ist es tatsächlich die Arche Noah?»

«Man hat sich allgemein darauf geeinigt, dass sie es nicht ist. Nur eine eigentümliche Felsformation.»

«Aber was denken Sie selbst?»

«Ich weiß nicht recht. Niemand hat sie jemals wirklich aus der Nähe gesehen oder gar berührt. Wir wissen allerdings, dass die Geschichte von einer Flutkatastrophe und einem Mann mit einem Schiff und allen möglichen Tieren darauf immer wieder in verschiedenen Schriften auftaucht. Manche davon stammen noch aus dem alten Mesopotamien und sind mehr als tausend Jahre älter als die Bibel. Ich denke daher schon, dass sich etwas Derartiges tatsächlich ereignet hat. Vielleicht nicht die gesamte Erde, aber doch ein großes Gebiet irgendwo in diesem Teil der Welt wurde überflutet, ein Mann überlebte, und seine Geschichte wurde zur Legende.»

Etwas an der Art, wie sie das sagte, wirkte so entschieden, so endgültig. Nicht dass Reilly unbedingt an die Arche Noah glaubte, aber ... «Komisch», sagte er.

«Was ist komisch?»

«Ich hätte gedacht, gerade Archäologen müssten sich von den Mysterien der Vergangenheit angezogen fühlen und ihnen offener gegenüberstehen als andere. Mit einem gewissen Staunen angesichts dessen, was sich damals in einer ganz anderen Zeit ereignet haben könnte ... Ihr Ansatz scheint mir hingegen völlig rational und analytisch. Zerstört das nicht den, wie soll ich sagen, den Zauber?»

Tess fand offenbar nichts Widersprüchliches an ihrer Haltung. «Ich bin Wissenschaftlerin, Sean. Genau wie Sie habe ich es mit harten Fakten zu tun. Wenn ich hingehe und grabe, suche ich nach Belegen dafür, wie die Menschen gelebt haben und gestorben sind, wie sie Kriege geführt und Städte erbaut haben. Mythen und Legenden überlasse ich anderen.»

«Das heißt, was nicht wissenschaftlich erklärbar ist ...?»

«Das ist wahrscheinlich auch nicht geschehen.» Sie stellte die Lokma-Schachtel ab und wischte sich mit einer Serviette den Mund, ehe sie sich träge zurücksinken ließ. Auf einen Ellenbogen gestützt, blickte sie Reilly an. «Ich muss Sie etwas fragen.»

«Schießen Sie los.»

«Am Flughafen in New York ...»

«Ja?»

«Warum haben Sie mich da eigentlich in den Flieger steigen lassen? Sie hätten mich festnehmen können, nicht wahr? Warum haben Sie es nicht getan?»

Der Ansatz eines Lächelns und der Glanz in ihren Augen verrieten ihm, worauf sie hinauswollte. Sie machte den Anfang, was ihm eigentlich ganz lieb war; ihm selbst fiel es immer schwer, den ersten Schritt zu tun. Vorerst wich er jedoch mit einem unverbindlichen «Ich weiß es selbst nicht» aus, ehe er hinzufügte: «Mir war klar, Sie würden einen Heidenaufstand machen und wahrscheinlich den ganzen Flughafen zusammenbrüllen, wenn ich Sie einkassierte.»

Sie rückte näher. «Verflixt gut erkannt, genau das hätte ich getan.»

Er spürte, wie sein Herzschlag sich ein wenig beschleunigte, ließ sich ebenfalls in eine halb liegende Position sinken und beugte sich ein wenig zu ihr vor. «Außerdem ... habe ich mir gedacht, wollen wir doch mal sehen, ob sie so schlau ist, wie sie sich einbildet.»

Tess beugte sich noch weiter zu ihm hinüber, bis ihre Gesichter nur mehr Zentimeter voneinander entfernt waren, und ließ den Blick über seine Züge gleiten. Das verschmitzte Lächeln wurde breiter. «Wie großherzig von Ihnen.»

Der Himmel, der Wald, das Lagerfeuer ... alles passte. Ihre Lippen schienen eine Wärme auszustrahlen, die seine magnetisch anzog, und für einen kurzen Moment war alles andere unwichtig. Der Rest der Welt hörte einfach auf zu existieren.

«Was soll ich sagen – ich bin eben ein großherziger Typ. Vor allem habe ich ein Herz für ... Pilger.»

Ihre Lippen unvermindert dicht vor den seinen, flüsterte sie: «Und nun bist du also hier, um mich auf meiner Pilgerfahrt zu beschützen ... du bist sozusagen mein ganz persönlicher Tempelritter?»

«So etwas in der Art.»

«Weißt du», bemerkte sie gespielt nachdenklich, «gemäß dem offiziellen Templer-Handbuch müsstest du eigentlich die ganze Nacht lang Wache stehen, während die Pilger schlafen.»

«Bist du sicher?»

«Du kannst es ja nachlesen. Kapitel sechs, Abschnitt vier. Glaubst du, du schaffst das?»

«Kein Thema. Das ist schließlich mein Job als Templer.»

Sie lächelte. Und in diesem Moment beugte er sich noch ein wenig weiter vor und küsste sie.

Er rückte näher, und der Kuss wurde leidenschaftlicher. Sie verschmolzen miteinander, gingen ganz und gar in dem Augenblick auf, ohne an irgendetwas zu denken, ließen sich von diesem erhabenen Rausch verzehren, der alle Sinne durchströmte – und dann drängte sich etwas dazwischen. Ein vertrautes Gefühl, als ob etwas an ihm zerrte und er in eine tiefe Düsternis sank. Er sah das entsetzte Gesicht seiner Mutter vor sich, einen Mann in einem Sessel, dessen Arme an den Seiten leblos herabhingen, eine Pistole auf dem Teppich und die Blutspritzer hinter ihm an der Wand.

Er wich zurück.

«Was ist?», fragte Tess träumerisch.

Reilly richtete sich widerstrebend auf. Seine Augen blickten fern, wie gehetzt. «Das ... das ist keine gute Idee.»

Tess richtete sich ein wenig auf, fuhr ihm mit einer Hand durchs Haar und zog seinen Kopf wieder zu sich herab. «Oh, da möchte ich aber widersprechen. Ich halte es für eine aus-

360

gezeichnete Idee.» Sie wollte ihn wieder küssen, doch sobald ihre Lippen sich berührten, wich er erneut zurück.

«Nein, wirklich.»

Tess stützte sich auf einen Ellenbogen. Für einen Moment fehlten ihr die Worte. Er schaute sie nur zerknirscht an.

«O mein Gott. Du meinst es ernst.» Sie warf ihm einen schrägen Blick zu und grinste schelmisch. «Das hat jetzt aber nichts mit Enthaltsamkeit während der Fastenzeit zu tun, oder?»

«Nicht so direkt.»

«Okay, aber was ist es dann? Du bist nicht verheiratet. Ich bin mir ziemlich sicher, dass du nicht schwul bist – wobei ...» Sie zuckte die Schultern. «Und als ich das letzte Mal einen Blick in den Spiegel geworfen habe, fand ich, dass ich eigentlich verdammt gut aussehe. Also, was ist los?»

Er rang nach Worten. Es passierte ihm nicht zum ersten Mal, dass ihn diese Gefühle überrumpelten, aber es war schon lange nicht mehr vorgekommen, weil er lange nicht mehr so für jemanden empfunden hatte. «Es ist schwer zu erklären.»

«Versuch es.»

Es fiel ihm nicht leicht. «Ich weiß, wir kennen uns noch kaum, und vielleicht denke ich absolut voreilig, aber ich mag dich wirklich gern, und ... es gibt Dinge, die du über mich wissen musst, auch wenn ...» Er beendete den Satz nicht, doch es war klar, was er meinte: *Auch wenn ich dich letztendlich dadurch verliere.* «Es geht um meinen Vater.»

Tess war nun vollends verwirrt.

«Was hat das mit uns zu tun? Du hast erwähnt, dass du noch klein warst, als er starb, und dass sein Tod dich schwer getroffen hat.» Sie sah, wie Reilly zusammenzuckte. Schon

361

seit er an jenem Abend bei ihr zu Hause zum ersten Mal davon gesprochen hatte, war ihr klar, dass es für ihn ein heikles Thema war, aber sie musste erfahren, was dahinter steckte. «Wie ist er gestorben?»

«Er hat sich erschossen. Völlig grundlos.»

Tief in ihrem Inneren spürte Tess, wie sich ein Knoten löste. Ihre Phantasie hatte noch grausigere Erklärungen hervorgebracht. «Wie meinst du das, völlig grundlos? Irgendeinen Grund muss es doch gegeben haben.»

Reilly schüttelte den Kopf, und ein Schatten legte sich über sein Gesicht. «Das ist es ja. Es gab einfach keinen. Ich meine, keine Erklärung hätte irgendwie Sinn ergeben. Er wirkte nach außen hin nie trübsinnig oder launisch. Später erfuhren wir, dass er an Depressionen litt, aber auch dazu bestand eigentlich kein Anlass. Er hatte einen guten Job, der ihm Spaß machte, eine Frau, die ihn liebte, es ging uns gut. Allem äußeren Anschein nach hatte er ein schönes Leben. Was ihn nicht daran gehindert hat, sich das Hirn wegzupusten.»

Tess beugte sich wieder zu ihm vor. «Das ist eine Krankheit, Sean. Ein klinischer Zustand, ein chemisches Ungleichgewicht, wie auch immer man es nennen will.»

«Ich weiß. Das Problem ist, so etwas kann genetisch veranlagt sein. Die Chancen stehen eins zu drei, dass ich es auch bekomme.»

«Und drei zu eins, dass du es nicht bekommst.» Sie lächelte aufmunternd. Er schien nicht überzeugt. «War er in Behandlung?»

«Nein.»

Sie schwieg eine Weile lang nachdenklich. «Hast du dich mal deswegen untersuchen lassen?»

«In meinem Job wird man regelmäßig psychologisch durchgecheckt.»

«Und?»

«Die haben nichts festgestellt.»

Tess nickte. «Gut. Ich sehe auch nichts.»

«Sehen?»

Ihre Stimme wurde sanfter. «In deinen Augen. Da war immer so eine Distanz, als ob du ständig etwas hinter einer Fassade verbirgst. Anfangs hielt ich es für eine Masche, du weißt schon, Dienstgehabe, der starke, verschlossene Typ.» Sie strahlte eine Überzeugung aus, die beruhigend wirkte. «Es muss dir nicht auch so ergehen.»

«Aber was, wenn doch? Ich habe das selbst erlebt, und ich habe gesehen, was es mit meiner Mutter gemacht hat. Ich würde nicht wollen, dass du dasselbe durchmachst oder sonst irgendjemand, an dem mir etwas liegt.»

«Dann willst du dich also vom Rest der Welt abschotten? Ich bitte dich, Sean, das ist, als würdest du mir sagen, wir sollten nicht zusammen sein, weil, weil dein Dad meinetwegen an Krebs gestorben ist. Wer kann denn schon wissen, was die Zukunft bringt? Du lebst eben dein Leben und hoffst das Beste.»

«Nicht jeder wacht eines Morgens auf und beschließt, sich mit einer Kugel ins Jenseits zu befördern. Es ist nun einmal so, dass ich einen Teil von ihm in mir wieder erkenne. Er war damals nicht viel älter, als ich jetzt bin. Manchmal, wenn ich in den Spiegel schaue, sehe ich ihn vor mir, seinen Blick, seine Haltung, und das macht mir Angst.»

Tess schüttelte sichtlich frustriert den Kopf. «Du hast erzählt, dass euer Priester dir geholfen hat?»

Reilly nickte gedankenverloren. «Mein Dad hatte es nicht

so mit der Religion. Er hat den Glauben extrem hinterfragt. Und meine Mutter, sie hat sich wohl angepasst. Besonders gläubig war sie ohnehin nicht. Nach seinem Tod habe ich mich völlig in mich selbst zurückgezogen. Ich konnte nicht begreifen, warum er das getan hatte, warum wir es nicht hatten kommen sehen, warum wir es nicht verhindert hatten. Meine Mom war ein völliges Wrack. Nach und nach hat sie dann immer mehr Zeit mit unserem Priester zugebracht, und der wiederum hat angefangen, mit mir darüber zu sprechen. Er hat mir geholfen zu verstehen, warum keiner von uns eine Schuld daran trug, und so konnte ich das Leben wieder von einer anderen Seite betrachten. Die Kirche wurde mein Zufluchtsort, und das habe ich nie vergessen.»

Tess holte tief Luft und versetzte entschlossen: «Also, weißt du, ich rechne es dir hoch an, dass du dir meinetwegen Gedanken machst und mich warnen wolltest. Das ist wirklich sehr anständig von dir. Aber glaub nicht, damit hättest du mich jetzt abgeschreckt. Es war wichtig für dich, dass ich davon weiß, und jetzt weiß ich es und gut. Also, so kannst du doch nicht weitermachen, du kannst dir nicht einfach dein Leben von etwas kaputtmachen lassen, das wahrscheinlich niemals eintreten wird. Oder willst du eine sich selbst erfüllende Prophezeiung daraus machen? Du bist nicht er, klar? Lass los, leb dein Leben, und wenn das nicht funktioniert, na, dann stimmt vielleicht etwas grundsätzlich nicht an der Art, wie du dein Leben lebst. Du bist allein, was schon mal nicht die beste Voraussetzung ist, und du hast dir weiß Gott keinen besonders sonnigen Beruf ausgesucht.»

«Aber so ist mein Leben nun einmal.»

«Dann ist es vielleicht an der Zeit, dass du daran etwas änderst.» Auf ihrem Gesicht erschien wieder dieses Lächeln, das ihn so anzog. «Zum Beispiel indem du aufhörst zu reden und mich stattdessen küsst.»

Reilly ließ den Blick über ihr Gesicht gleiten. Sie versuchte mit ihrem aufrichtigen Optimismus, ihn dazu zu bringen, seinem Leben einen Sinn zu geben, und dabei kannte er sie doch kaum. Ein vertrautes Gefühl überkam ihn, von dem er gerade zu begreifen begann, dass er es nur in ihrer Nähe empfand: Er fühlte sich, mit einem Wort, lebendig.

Er schmiegte sich an sie und schloss sie fest in die Arme.

Die graublauen Wärmesignaturen der zwei Gestalten auf dem Monitor näherten sich einander, bis sie zu einem einzigen unförmigen Klumpen verschmolzen. Statt der leisen Stimmen ertönten nun gedämpfte Geräusche von Kleidung, die ausgezogen wurde, von Haut auf Haut.

De Angelis beobachtete den Bildschirm desinteressiert, einen Becher Kaffee in der Hand. Sie hatten den Wagen auf einem Höhenkamm geparkt, von dem aus man die Senke, in der Tess und Reilly ihr Lager aufgeschlagen hatten, überblicken konnte. Das Heck des Geländewagens stand offen, und im Inneren glommen zwei Bildschirme in der Dunkelheit. Der eine gehörte zu einem Notebook, von dem ein Kabel zu einer Raytheon Thermal-Eye Infrarot-Überwachungskamera führte, die auf einem Stativ stand und ins Tal hinabgerichtet war. Auf einem weiteren Stativ ruhte ein Parabol-Richtmikrofon. Das zweite Display gehörte zu einem kleinen PDA. Darauf zeigte ein blinkender Punkt die Position des GPS-Ortungsgerätes an, das Tess noch immer unbemerkt an der Unterseite ihrer Reisetasche mitführte.

Der Monsignore wandte sich um und blickte zufrieden in das dunkle Tal hinunter. Die Sache war unter Kontrolle – so, wie er es am liebsten hatte. Sie mussten jetzt kurz vor dem Ziel sein, und mit etwas Glück würden sie Vance zuvorkommen. Wohin genau Tess und Reilly unterwegs waren, wusste er noch immer nicht. Es wäre ihm lieber gewesen, wenn er auch das Innere des Wagens hätte abhören können, doch es hatte sich keine Gelegenheit ergeben, dort eine Wanze anzubringen. Egal. Was immer die beiden fanden, er würde zur Stelle sein, um es in Empfang zu nehmen.

So weit der einfache Teil.

Schwieriger war die Frage, wie er anschließend mit den beiden verfahren sollte.

De Angelis ließ den Blick noch einmal kurz auf dem Monitor ruhen, ehe er den Rest seines Kaffees in die Büsche kippte.

Schlaflose Nächte würde ihm diese Frage jedenfalls nicht bereiten.

KAPITEL 55

Als Tess erwachte, drang das Tageslicht bereits durch die Zeltwand herein. Verschlafen tastete sie neben sich, fühlte jedoch nur das Futter der beiden Schlafsäcke, die sie miteinander verbunden hatten. Als sie sich aufsetzte, wurde ihr bewusst, dass sie nackt war. Neben ihr lagen die Kleider, deren sie sich am Abend zuvor hastig entledigt hatte.

Draußen stand die Sonne bereits höher als erwartet an dem auffallend blauen, völlig wolkenlosen Himmel. Tess sah erstaunt auf die Uhr; es war schon fast neun. Sie schaute sich blinzelnd um und entdeckte Reilly, der mit nacktem Oberkörper neben dem Pajero stand und sich rasierte. Das Wasser hatte er mit einem Tauchsieder erhitzt, der am Zigarrenanzünder angeschlossen war.

Als er sie kommen hörte, drehte er sich um und verkündete: «Der Kaffee ist fertig.»

«Ich liebe diesen Ertugrul», seufzte Tess hingerissen, während sie die Thermoskanne aufschraubte und der Duft des dampfenden, samtig schwarzen Kaffees ihr in die Nase stieg. «Ihr Jungs reist aber auch wirklich mit Stil.»

«Und du dachtest immer, deine Steuergelder würden verschwendet.»

Reilly wischte sich den Rasierschaum vom Gesicht und küsste sie. Dabei bemerkte sie wieder das kleine, unauffällige

Silberkreuz an der dünnen Halskette, das ihr bereits am Vorabend aufgefallen war. Heutzutage sah man das nicht mehr häufig, jedenfalls nicht bei der Art von Leuten, mit denen sie für gewöhnlich zu tun hatte. Es übte einen altmodischen Charme aus, dem sie sich nicht entziehen konnte. Sie hätte nie gedacht, dass sie so etwas auch nur im Entferntesten attraktiv finden könnte, aber bei ihm war es irgendwie etwas anderes. Es passte zu ihm, es war ein Teil dessen, was er war.

Wenig später saßen sie bereits wieder in dem Pajero und fuhren über die holperige, von Schlaglöchern durchsetzte Straße tiefer hinein ins Landesinnere. Sie kamen an ein paar verlassenen Häusern und einem kleinen Bauernhof vorbei, ehe sie von der schmalen Straße, der sie bisher gefolgt waren, auf einen noch schmaleren, steil ansteigenden Waldweg abbogen.

Während sie an einer Gruppe von Styraxbäumen vorbeifuhren, von denen ein junger Dorfbewohner gerade das aromatische Harz abzapfte, sah Tess in einiger Entfernung vor ihnen die Berge aufragen. Ihr Herz schlug vor Aufregung schneller.

«Da, siehst du das?» Sie deutete auf einen Gipfel, der ein auffallend symmetrisches Profil aufwies. «Das ist er. Der Kenjik-Bergkamm mit dem Doppelhöcker.» Mit Feuereifer verglich sie ihre Karte und die mitgebrachten Aufzeichnungen mit der Landschaft, die vor ihnen lag. «Wir sind am Ziel! Das Dorf muss gleich hinter dieser Bergkette liegen.»

Der Weg führte durch ein dichtes Pinienwäldchen, in das nur gedämpftes Tageslicht drang. Nachdem sie es hinter sich gelassen hatten, umrundeten sie noch einen kleinen Hügel und fuhren dann einen steilen Hang hinauf bis zum Höhenkamm.

368

Doch was Tess dann vor sich sah, traf sie wie ein Hammerschlag.

Vor ihnen, in dem Tal zwischen zwei üppig mit Pinien bewachsenen Bergketten, erstreckte sich ein riesiger See.

KAPITEL 56

Tess erstarrte. Einen Moment lang blickte sie entgeistert auf den See hinaus, dann packte sie den Türgriff, und noch ehe der Wagen ganz zum Stehen gekommen war, sprang sie schon hinaus. Sie rannte bis an die Felskante und sah sich völlig verständnislos um. Das ruhige, dunkel schimmernde Wasser reichte von einem Talende bis zum anderen.

«Das begreife ich nicht», stieß sie hervor. «Genau hier müsste es sein.»

Reilly war neben sie getreten. «Wir sind wohl irgendwo falsch abgebogen.»

«Unmöglich.» Tess war völlig außer sich. Sie ging im Geiste fieberhaft noch einmal die Wegstrecke durch, die sie zurückgelegt hatten, und überprüfte jeden einzelnen Anhaltspunkt. «Es passt alles perfekt. Wir sind Al-Idrisis Reiseroute exakt gefolgt. Es müsste hier sein, genau hier.» Sie weigerte sich hartnäckig, ihren Augen zu trauen, so offensichtlich es auch war, dass sie einen Fehler gemacht haben musste. Hastig kletterte sie zwischen Bäumen ein Stück den Hang hinunter zu einer Stelle, von der sie einen besseren Ausblick hatte. Reilly folgte ihr.

Der See erstreckte sich nach rechts bis in die fernsten Ausläufer des Tales. Das linke Ufer war vom Wald verdeckt.

Tess starrte noch immer ungläubig auf das stille Gewässer. «Ich kann es einfach nicht fassen.»

Reilly nahm die Umgebung in Augenschein. «Es kann jedenfalls nicht allzu weit sein. Sicher haben wir uns auf dem Weg hierher irgendwo verfranzt.»

«Aber wo denn?», versetzte Tess gereizt. «Wir haben uns haargenau an die Beschreibung gehalten, bis hin zu dem Bergkamm mit dem Doppelhöcker. Dies ist ganz genau die Stelle.» Sie studierte eingehend ihre Karte. «Hier ist überhaupt kein See eingezeichnet.»

Sie sah Reilly an und stieß einen tief enttäuschten Seufzer aus.

Er legte den Arm um sie. «Ich bin sicher, dass wir ganz dicht dran sind. Wir waren stundenlang unterwegs, lass uns erst mal einen Ort suchen, wo wir etwas zu essen bekommen. Anschließend können wir deine Aufzeichnungen noch einmal durchgehen.»

Das Dorf war klein, die einzige *Lokanta* winzig und ausschließlich von Einheimischen besucht. Ein alter Mann mit gefurchtem Gesicht und dunklen Knopfaugen nahm ihre Bestellung entgegen, was mehr oder weniger darauf hinauslief, dass er aufzählte, was er hatte, und die beiden sich mit allem einverstanden erklärten. Wenig später hatten sie zwei Flaschen Efes-Bier und einen Teller mit gefüllten Weinblättern vor sich stehen.

Tess war in ihre Notizen versunken. Sie hatte sich inzwischen beruhigt, war aber noch immer sichtlich niedergeschlagen.

«Iss», riet Reilly ihr, «dann kannst du besser schmollen.»

«Ich schmolle nicht», murmelte sie und blickte verärgert auf.

«Lass mich mal sehen.»

«Was?» Sie funkelte ihn an.

«Deine Aufzeichnungen. Gehen wir sie zusammen nochmal Schritt für Schritt durch.»

Sie schob die Papiere von sich, lehnte sich zurück und ballte ihre Fäuste, bis die Knöchel weiß wurden. «Wir sind so dicht dran. Ich spüre es.»

Der alte Mann kam mit zwei Tellern aus der Küche, gefüllte Kohlblätter und gegrillte Lammspieße. Reilly sah zu, wie er das Essen auf den Tisch stellte, nickte ihm dankend zu und wandte sich dann an Tess. «Vielleicht sollten wir ihn mal fragen?»

«Bir el Safsaf ist seit Jahrhunderten auf keiner Karte mehr verzeichnet», grummelte sie. «Ich bitte dich, Sean. Er ist alt, aber so alt nun auch wieder nicht.»

Reilly hörte ihr gar nicht zu. Sein Blick ruhte auf dem alten Mann, der grinsend seine Zahnlücken entblößte und ihm treuherzig zunickte. Ein erwartungsvolles Prickeln überlief Reilly. «Bir el Safsaf?», fragte er den alten Mann zögerlich und setzte dann langsam hinzu: «Wissen Sie, wo das ist?»

Der alte Mann nickte heftig mit dem Kopf. «Bir el Safsaf», wiederholte er. «Evet.»

Tess sprang mit leuchtenden Augen auf. «Was?» Der alte Mann nickte erneut. «Wo?», drängte sie aufgeregt. «Wo ist es?» Er bestätigte, was er gesagt hatte, schien nun allerdings ein wenig verwirrt. Stirnrunzelnd versuchte Tess es noch einmal. «Nerede?»

Der Alte deutete den Hang hinauf, von dem sie eben gekommen waren. Tess folgte mit dem Blick seiner ausgestreckten Hand. Er winkte in Richtung Norden. Tess war bereits unterwegs zum Wagen.

Minuten später erklomm der Pajero mit heulendem Motor ein weiteres Mal den Hang. Der alte Mann auf dem Beifahrersitz klammerte sich panisch an dem Griff über seinem Fenster fest. Schweißperlen traten ihm auf die Stirn, während draußen der Berg an ihm vorbeirauschte und der Wind durch die offene Scheibe hereinfegte. Seine Schreie – *«Yavaş, yavaş»* – feuerten den grinsenden Reilly nur an, noch wilder zu fahren. Tess, die auf dem Rücksitz saß, beugte sich angespannt vor und versuchte, sich trotz der Geschwindigkeit jede Einzelheit der Landschaft einzuprägen.

Kurz vor dem Höhenkamm, von dem aus sie den See gesehen hatten, gab der alte Mann Handzeichen und rief *«Göl, göl»*. Reilly riss das Lenkrad herum, um auf einen Pfad abzubiegen, den sie zuvor nicht bemerkt hatten. Zweige peitschten gegen die Seiten des Geländewagens, doch er preschte mit unverminderter Geschwindigkeit weiter. Nach etwa einem Kilometer lichteten sich die Bäume, und sie erreichten wiederum einen Bergrücken.

Der alte Mann deutete aufgeregt grinsend nach unten. *«Orada, orada! Ste!»*

Als sich die Sicht über das Tal auftat, traute Tess ihren Augen nicht.

Es war der See.

Schon wieder.

Zutiefst niedergeschlagen blickte sie Reilly an, der das große Auto unsanft zum Stehen brachte. Alle drei stiegen aus und gingen zum Rand der kleinen Lichtung hinüber, wobei der alte Mann noch immer nickte und sehr zufrieden mit sich selbst schien. Tess betrachtete ihn kopfschüttelnd, dann wandte sie sich an Reilly. «Wir mussten natürlich ausgerechnet einen senilen Alten erwischen.» An den Einheimischen gerichtet, fragte sie flehentlich: «*Bir el Safsaf? Nerede?*»

Er runzelte sichtlich verwirrt die Stirn. «*Orada*», beharrte er und deutete auf den See hinunter.

Reilly trat ein paar Schritte vor und sah sich noch einmal nach allen Seiten um. Von dieser Stelle aus konnte er den ganzen See überblicken, auch dessen westliches Ende, das bisher von Bäumen verdeckt gewesen war.

Er drehte sich zu Tess um, ein spöttisches Lächeln im Gesicht. «Wahrlich, ihr Kleingläubigen.»

«Was soll das denn heißen?», versetzte sie ungehalten. Er winkte sie ruhig zu sich heran. Nach einem weiteren Blick zu dem alten Mann, der eifrig nickend seine Zustimmung bekundete, stolperte sie völlig verständnislos zu Reilly hinüber. Jetzt sah sie es auch.

Gut anderthalb Kilometer entfernt begrenzte eine Betonmauer den See. Ein Staudamm.

«O Gott», stieß Tess hervor.

Reilly hatte ein Notizbuch aus der Tasche gezogen und skizzierte rasch einen Querschnitt der Berge mit einer Linie dazwischen, die die Wasseroberfläche andeutete. Dann kritzelte er auf den Grund des Sees vage ein paar Häuser und zeigte die Skizze schließlich dem alten Mann. Dieser nahm ihm den Kugelschreiber aus der Hand, zeichnete neben den Häusern ein großes X ein und sagte: «*Köy suyun altında. Bir el Safsaf.*»

Tess sah Reilly an. Er reichte ihr seine unbeholfene Zeichnung. «Es ist da unten», sagte er. «Unter Wasser. Durch diesen Staudamm wurde das gesamte Tal überflutet, mitsamt den Überresten des Ortes. Er liegt auf dem Grund des Sees.»

KAPITEL 57

In einem Tempo, das dem alten Mann deutlich mehr behagte, steuerte Reilly den Pajero behutsam über den holperigen und von Steinbrocken übersäten Weg abwärts bis an den See.

Die riesige Wasserfläche lag glatt und schimmernd wie Glas vor ihnen. Am gegenüberliegenden Ufer waren mehrere Masten zu sehen, vermutlich für Strom und Telefon, und etwas, das Reilly für eine Zufahrtsstraße hielt. Von dem Damm aus zog sich eine lange Reihe von Masten nordwärts über einen Bergkamm und weiter in Richtung Hinterland. Abgesehen von der Staumauer und dem durch sie entstandenen künstlichen See hatte die Zivilisation diesen Ort noch nicht berührt. Ringsum erstreckte sich Wald, aus dem kahle Berggipfel aufragten, insgesamt eine recht unwirtliche Landschaft. So musste es hier auch schon ausgesehen haben, als die Tempelritter vor mehr als siebenhundert Jahren durch diese Gegend zogen.

Schließlich erreichten sie den Damm. Reilly, der erleichtert war, endlich wieder ebenen Boden unter den Rädern zu haben, und mittlerweile ebenso sehr wie Tess darauf brannte, ans Ziel zu gelangen, fuhr zügig über die betonierte Staumauer. Zur Linken fiel der Damm wenigstens sechzig Meter tief senkrecht ab. Am anderen Ende stand eine Wartungsstation, und dorthin dirigierte sie der alte Mann.

Während sie den Damm überquerten, suchte Reilly mit den Augen das Seeufer und die Berghänge darüber ab. Er entdeckte keinerlei Lebenszeichen, was allerdings nicht viel besagte. Jeder, der nicht gesehen werden wollte, konnte sich leicht im Schutz der dichten Bäume verbergen. Je näher sie dem Ziel ihrer Reise gekommen waren, desto wachsamer hatte Reilly auf Anzeichen geachtet, ob Vance sich bereits in der Gegend aufhielt. Bislang deutete nichts auf die Anwesenheit eines Fremden hin. In der sommerlichen Touristen-Hochsaison wäre das vermutlich anders gewesen, doch derzeit schienen sie die einzigen Reisenden hier zu sein.

Nicht dass Reilly deshalb beruhigt gewesen wäre; Vance hatte bereits unter Beweis gestellt, wie meisterhaft er sich darauf verstand, ihnen stets einen Schritt voraus zu sein. Dieser Mann verfolgte wild entschlossen sein Ziel und ließ sich durch nichts und niemanden davon abbringen.

Er war dort draußen. Irgendwo.

Reilly hatte während der Fahrt den alten Mann gefragt, ob sich in letzter Zeit noch irgendjemand nach dem Dorf erkundigt habe. Nach einigen sprachakrobatischen Wendungen verstand er, der Alte wisse von niemandem. Vielleicht sind wir ihm voraus, dachte Reilly, während er den Geländewagen neben dem Wartungsgebäude abstellte.

Bei der Hütte stand bereits ein rostiger weißer Fiat. Von der anderen Seite führte eine ziemlich neu aussehende Straße bis an den Damm heran. «Wenn es das ist, was ich denke», sagte Reilly zu Tess, «hätten wir ganz bequem und in der Hälfte der Zeit hierher gelangen können.»

Grinsend versetzte sie: «Dann können wir ja, wenn wir hier fertig sind, ganz bequem und schnell wieder wegfahren.» Ihre Stimmung war gänzlich umgeschlagen. Sie strahlte Reilly an, dann sprang sie aus dem Wagen und folgte dem Alten. Dieser begrüßte gerade einen jüngeren Mann, der aus der Hütte gekommen war.

Reilly blickte ihr einen Moment lang nach, wie sie mit langen Schritten auf die beiden Einheimischen zuging. Sie war einfach unverbesserlich. Worauf ließ er sich nur ein mit dieser Frau? Er hatte vorgeschlagen, sie sollten ihre Entdeckung melden und abwarten, bis ein Expertenteam eintraf, das sich der Sache annahm. Zugleich hatte er Tess erneut versichert, er werde sein Möglichstes tun, damit der Fund ihr gehörte. Sie hatte seinen Vorschlag rundheraus abgelehnt und ihn beschworen, mit dem Anruf noch zu warten. Wider besseres Wissen hatte er vor der schieren Kraft ihrer Begeisterung die Waffen gestreckt. Sie hatte sich dieser Suche wirklich mit Haut und Haaren verschrieben und ihm schließlich das Versprechen abgerungen, das Satellitentelefon vorerst nicht zu benutzen. Wenigstens so lange nicht, bis sie Gelegenheit gehabt hatte, sich die Sache selbst anzusehen.

Tess war bereits in eine ernste Unterredung mit dem jungen Mann vertieft, einem Ingenieur namens Okan. Er war klein und zierlich, mit dichtem, schwarzem Haar und einem buschigen Schnauzbart. An seinem Grinsen erkannte Reilly, dass der Charme seiner Begleiterin bereits jeglichen Widerstand gebrochen hatte. Zudem sprach Okan sogar ein wenig Englisch. Reilly verfolgte mit Interesse, wie Tess ihm erklärte, sie beide seien Archäologen, die sich für alte Kirchen interessierten, insbesondere für diejenige auf dem Grund des Sees. Okan berichtete, das Tal sei 1973 geflutet worden. Das erklärte, warum Tess den See nicht auf ihrer Karte gefunden hatte, denn diese war zwei Jahre älter. Inzwischen wurde der größte Teil der dichter besiedelten Küstenregion im Süden von hier aus mit Elektrizität versorgt.

Die nächste Frage, die Tess an den Ingenieur richtete, ließ Reilly erstarren. «Sie haben doch sicher Tauchgerät hier, nicht wahr? Um die Staumauer zu überprüfen.»

Okan war offenbar ebenso überrascht wie Reilly. «Ja, schon», stammelte er. «Warum?»

Entschlossen versetzte sie: «Wir würden uns gern etwas davon ausleihen.»

«Sie wollen nach dieser Kirche tauchen?», fragte Okan völlig verständnislos.

«Ja», bestätigte Tess fröhlich und breitete die Arme aus. «Das Wetter ist doch ideal dafür, finden Sie nicht?»

Der Ingenieur warf einen Blick zu Reilly, dann sah er den alten Mann an. Er schien nicht recht zu wissen, was er davon halten sollte. «Nun ja, wir haben einiges an Ausrüstung da, aber sie wird nur ein- oder zweimal im Jahr benutzt», erwiderte er zögernd. «Die Geräte müssten erst überprüft werden. Ich weiß nicht, ob –»

Tess fiel ihm ins Wort: «Das können mein Kollege und ich übernehmen. Wir machen so etwas ständig. Wenn Sie uns die Sachen zeigen würden?» Reilly warf ihr einen skeptischen Blick zu, den sie ungerührt erwiderte. Ihre Behauptung, sie beide seien geschulte Taucher, lag ihm schwer im Magen. Er wusste ja nicht, wie es mit ihr stand, aber er selbst beherrschte gerade mal die elementarsten Grundlagen. Trotzdem wollte er ihr nicht ihren Auftritt verpatzen, nicht hier, vor zwei Fremden. Er war neugierig, wohin ihre Entschlossenheit sie führen würde.

Okan behagte die Vorstellung ganz offensichtlich nicht. «Ich weiß nicht, ich – eigentlich darf ich das gar nicht.»

378

«Oh, ich bin sicher, es wird keine Schwierigkeiten geben», versicherte Tess lächelnd. «Wir unterschreiben natürlich eine Erklärung, dass wir das Ganze auf eigene Verantwortung unternehmen. Und selbstverständlich werden wir gern einen gewissen Betrag an … die Betreibergesellschaft zahlen, als Leihgebühr für die Ausrüstung.» Die Pause vor «die Betreibergesellschaft» war perfekt bemessen. Wäre sie kürzer gewesen, hätte Okan sie womöglich überhört; wäre sie jedoch länger gewesen, so hätte er den plumpen Bestechungsversuch leicht als beleidigend empfinden können.

Der kleine Mann musterte Tess einen Moment lang, dann bebte sein Schnurrbart ein wenig, und er zuckte die Schultern. «Also gut. Folgen Sie mir. Ich zeige Ihnen, was wir haben.»

Eine schmale Stiege führte aus dem Büro in einen staubigen Lagerraum hinunter, der mit allerlei Ausrüstungsgegenständen voll gestopft und von einer flackernden, summenden Neonröhre matt erhellt war. In dem bläulichen Schein konnte Reilly ein Elektroschweißgerät ausmachen, Butangasflaschen, einen Oxy-Acetylenbrenner und in der hintersten Ecke einen Haufen Taucherausrüstung.

Er überließ es Tess, sie in Augenschein zu nehmen. Die Art, wie sie die einzelnen Teile in die Hand nahm, zeigte, dass sie sich auskannte.

«Nicht der neueste Stand der Technik, aber es wird reichen», stellte sie schulterzuckend fest.

Einen Tauchcomputer hatte sie allerdings nicht gefunden, sie würden also ohne auskommen müssen. Sie entdeckte eine Tauchtabelle an der Wand und erkundigte sich bei Okan, wie tief der See sei. Er vermutete, die Tiefe liege bei dreißig bis fünfunddreißig Metern. Stirnrunzelnd studierte Tess die Tabelle. «Uns bleibt nicht allzu viel Zeit unten. Wir müssen unseren Tauchgang möglichst genau über dem Dorf beginnen.» Wieder wandte sie sich an Okan und fragte, ob er jemanden kenne, der ihnen die genaue Stelle zeigen könnte.

Der Ingenieur legte nachdenklich die Stirn in Falten. «Sie müssen mit Rüstem sprechen», sagte er schließlich. «Er hat in dem Dorf gelebt, bevor es überflutet wurde, und hat sein ganzes Leben in dieser Gegend verbracht. Wenn irgendjemand weiß, wo die Kirche steht, dann ist er es.»

Reilly wartete ab, bis Okan für einen Moment den Raum verließ, ehe er sich an Tess wandte. «Das ist doch Wahnsinn. Wir sollten Profis herholen.»

«Du vergisst eines: Ich bin ein Profi», versetzte sie energisch. «Ich habe so was schon hundertmal gemacht.»

«Ja, aber nicht so. Außerdem behagt es mir nicht, dass wir beide da runtergehen sollen und niemand so lange oben bleibt und die Augen offen hält.»

«Wir müssen es versuchen. Komm schon, du hast doch selbst gesagt, hier ist niemand in der Nähe. Wir sind Vance zuvorgekommen.» Sie schmiegte sich an ihn, und ihr Gesicht strahlte erwartungsvoll. «Wir können jetzt nicht Halt machen. Nicht, nachdem wir so dicht dran sind.»

«Ein Tauchgang», gab er nach, «dann telefonieren wir.»

Sie war bereits auf dem Weg zur Tür. «Dann wollen wir mal dafür sorgen, dass wir auch etwas zu berichten haben.»

Sie trugen die Ausrüstung die Stiege hoch und packten alles auf die Ladefläche des Pajero. Okan lud Tess ein, in seinem verrosteten weißen Fiat mitzufahren, und forderte Reilly auf, ihm mit dem alten Mann zu folgen. Reilly warf einen Blick

380

zu Tess, die ihm verschwörerisch zuzwinkerte, ehe sie ihre langen Beine in den Fußraum des kleinen Wagens zwängte, zur offensichtlichen Begeisterung des Ingenieurs.

Der Pajero folgte Okans Wagen etwa achthundert Meter weit über eine asphaltierte Zufahrtsstraße, bis der Ingenieur abbog und vor einem mit Maschendraht abgezäunten Grundstück hielt, auf dem Betonklötze, Drainagerohre und Dutzende leerer Ölfässer lagerten, lauter Zeug, wie es nach Abschluss eines Bauprojektes zurückbleibt. Auf dem Grundstück schlurfte ein alter Mann mit traditioneller Kopfbedeckung und Gewand umher. Es überraschte Reilly keineswegs, als Okan den Schrotthändler als seinen Onkel Rüstem vorstellte.

Rüstem schenkte ihnen ein zahnloses Lächeln, dann lauschte er aufmerksam seinem Neffen, der eine Litanei von Fragen auf ihn abfeuerte. Schließlich antwortete der alte Mann unter heftigem Armgefuchtel und nachdrücklichem Kopfnicken.

Okan wandte sich an Tess und Reilly. «Mein Onkel erinnert sich noch gut an den Ort. Er hat viele Jahre lang seine Ziegen dorthin getrieben. Er sagt, von der Kirche steht nur noch ein Teil.» Schulterzuckend setzte er hinzu: «Wenigstens war es so, bevor das Tal geflutet wurde. Bei der Kirche war ein Brunnen und daneben ein …» Okan suchte nach dem richtigen Wort. «Die tote Wurzel von einem sehr großen Baum.»

«Ein Baumstumpf», half Tess.

«Stumpf, ja, genau. Da war ein Stumpf von einem Weidenbaum.»

Tess sah Reilly an. Ihre Augen funkelten erwartungsvoll.

«Nun, was denkst du? Würde es sich lohnen, einen Blick darauf zu werfen?», fragte er trocken.

«Wenn du darauf bestehst», versetzte sie schmunzelnd.

Sie bedankten sich bei Okan und dem alten Mann. Nachdem der Ingenieur noch einen wehmütigen Blick auf Tess geworfen hatte, fuhren die beiden davon. Wenig später steckten Tess und Reilly in den Tauchanzügen und hatten ihre Ausrüstung ans Ufer geschleppt, wo einige kleine Ruderboote lagen. Sie bestiegen eines, Rüstem stieß das Boot ab, kletterte hastig selbst hinein und begann mit sicheren Schlägen zu rudern wie jemand, der das sein Leben lang getan hatte.

Tess nutzte die Zeit, um Reilly die Routineprozeduren ins Gedächtnis zu rufen, die er nur noch vage in Erinnerung hatte; seine Taucherfahrung beschränkte sich auf einen Kurzurlaub auf den Cayman-Inseln vier Jahre zuvor. Etwa in der Mitte des Sees und gut einen Kilometer von der Staumauer entfernt hörte Rüstem auf zu rudern. Er murmelte etwas vor sich hin, blickte mit zusammengekniffenen Augen erst zu einer Kuppe in der Nähe, dann zu einer anderen und noch einer weiteren und brachte das Boot sorgfältig in Position, wobei er eines der Ruder als Paddel benutzte. Reilly spülte inzwischen die beiden Tauchermasken im Wasser.

«Was glaubst du, was wir dort unten finden werden?», fragte er.

«Ich weiß es nicht.» Tess blickte ernst in den See. «Erst mal hoffe ich einfach, dass wir überhaupt etwas finden.»

Sie sahen einander einen Moment lang schweigend in die Augen. Dann wurde ihnen bewusst, dass der alte Mann das Boot nun auf der Stelle hielt und mit einem triumphierenden Strahlen seine zahnlosen Kiefer entblößte. Er deutete nach unten. *«Kilise suyun altında»*, verkündete er. Es klang ähnlich wie das, was der alte Mann aus dem Lokal gesagt hatte.

382

«Şükran», entgegnete Tess.

«Was hat er gesagt?»

«Keine Ahnung.» Sie hockte sich auf den Rand des Bootes. «Aber ich schätze, das hier muss die Stelle sein. Kilise heißt bestimmt Kirche.» Sie blickte Reilly mit schief gelegtem Kopf an. «Was ist jetzt, kommst du?»

Ehe er etwas erwidern konnte, hatte sie auch schon ihre Maske zurechtgerückt und ließ sich gekonnt rücklings in den Stausee kippen. Rüstem streckte anerkennend den Daumen hoch, eine neumodische Geste, die so gar nicht zu diesem alten Mann zu passen schien. Im nächsten Moment folgte Reilly ihr in das dunkle Wasser, wenn auch erheblich weniger elegant.

KAPITEL 58

Als sie in das kalte Halbdunkel des Sees hinabtauchten, überkam Tess der vertraute Rausch, nach dem sie sich so sehr gesehnt hatte. Es lag etwas beinahe Mystisches in dem Wissen, dass sie womöglich bald Dinge zu sehen bekommen würde, die seit so langer Zeit keines Menschen Auge mehr erblickt hatte. Schon an Land konnte es ein Schwindel erregendes Gefühl sein, sich den Überresten einer längst untergegangenen Zivilisation zu nähern, die unter Sand- und Erdschichten verborgen die Jahrhunderte überdauert hatten. Noch stärker war das Gefühl, wenn die Fundstelle in tiefem Wasser lag.

Dieser Tauchgang jedoch stellte alles in den Schatten, was Tess bisher erlebt hatte. Meist stand am Anfang einer Grabung oder eines Tauchgangs zwar die Aussicht auf eine große Entdeckung, aber letztendlich wurden die hochfliegenden Hoffnungen in der Mehrzahl der Fälle enttäuscht. Diesmal lag der Fall anders. Die Indizienkette, die sie zu diesem See geführt hatte, die Art der chiffrierten Botschaft und die Tatsache, dass Menschen zum Äußersten bereit waren, um das, was hier verborgen lag, in die Hände zu bekommen – all das deutete darauf hin, dass sie vor einer weitaus bedeutsameren archäologischen Entdeckung stand, als sie sich jemals ernsthaft erhofft hatte.

Sie befanden sich nun in sechs Meter Tiefe und stiegen

langsam weiter ab. Tess hatte das Gefühl, als sei ihr Körper plötzlich bis in die letzte Pore zum Leben erwacht, was wohl teils der Kälte, teils der erwartungsvollen Spannung zuzuschreiben war. Sie blickte nach oben, wo das Sonnenlicht funkelnde Lichtreflexe auf die Wasseroberfläche zauberte. Die Unterseite des Bootes, mit dem der alte Mann sie hergebracht hatte, schwebte ruhig über ihr, von seichten Wellen umspielt. Das Wasser war überraschend klar für einen See, der im Grunde nichts anderes als ein gestauter Fluss war. Dennoch wurde es um sie herum rasch dunkler.

Noch immer war kein Grund zu sehen. Tess schaltete ihre Tauchlampe ein. Es dauerte ein paar Sekunden, ehe das Licht der starken Lampe mit voller Intensität die gespenstische Schwärze vor ihr·durchdrang. Im Wasser tanzten kleine Schwebeteilchen, die von der Strömung langsam in Richtung Stauwehr getragen wurden. Tess warf einen raschen Blick zu Reilly, der neben ihr in die Tiefe sank. Gerade kam ein kleiner Schwarm Fische neugierig angeschwommen, der gleich darauf blitzschnell wieder in der Finsternis verschwand.

Als Reilly nach unten deutete, bemerkte Tess, dass allmählich der Grund des Sees auszumachen war. Das Bild, das sich ihnen bot, wirkte auf den ersten Blick geradezu unheimlich: Trotz des Schlicks und der Sedimente von Jahrzehnten glich der Grund dieses Stausees nicht den Unterwasserlandschaften, die Tess von Tauchgängen zum Meeresboden kannte. Vielmehr sah er nach dem aus, was er war: ein überflutetes Tal, übersät mit Felsen und den Gerippen abgestorbener Bäume. Über alldem wucherten dicke, dunkle Algen.

Tess und Reilly schwammen Seite an Seite, zogen Kreise, suchten den Grund ab, bis sie es als Erste entdeckte. Der alte

385

Mann hatte nicht zu viel versprochen: Vor ihnen, in dieser unwirklichen Landschaft kaum auszumachen, lagen die gespenstischen Überreste des Ortes.

Anfangs sah Tess nur ein paar halb verfallene Steinmauern, doch nach und nach begann sie, Formen und eine größere Ordnung zu erkennen. Dicht gefolgt von Reilly schwamm sie weiter und konnte nun eine Straße und mehrere Häuser ausmachen. Wie Entdecker schwebten sie über einem fremden Land. Es war ein unwirklicher Anblick: Die unbelaubten Zweige toter Bäume schwankten in der sanften Strömung wie die Gliedmaßen gefangener Seelen, die sie zu sich herabwinkten.

Eine plötzliche Bewegung zu ihrer Linken zog ihren Blick an. Ein Schwarm kleiner Fische, der in den Algenbüscheln nach Nahrung gesucht hatte, stob auseinander und huschte nach allen Seiten in die Schatten davon. Als Tess wieder nach vorne sah, stellte sie fest, dass sich zwischen den Häusern ein weiter Platz auftat. Beim Näherkommen erkannte sie den geschwärzten Stumpf eines mächtigen Baumes, aus dem noch ein paar halbverrottete Überreste dünner Zweige ragten. Die Weide. Unwillkürlich stieß Tess einen Schwall Luftblasen aus, die in einer kleinen Wolke aus ihrem Atemregler nach oben sprudelten. Ihre Augen suchten fieberhaft die Umgebung ab. Die gesuchte Stelle musste ganz in der Nähe sein. Gerade als Reilly sie einholte, entdeckte sie es: Nur wenige Meter von dem Baumstumpf entfernt waren die verfallenen Überreste der steinernen Brunneneinfassung zu erkennen. Tess glitt darauf zu und richtete den Strahl ihrer Lampe in die Finsternis jenseits des Brunnens. Tatsächlich: Düster und erhaben ragten dort die Mauern der Kirche auf.

Tess warf einen Blick zu Reilly, der neben ihr im Wasser

schwebte und offenbar ebenso beeindruckt war wie sie selbst. Mit ein paar kraftvollen Flossenschlägen steuerte sie abwärts auf das hoch aufragende Bauwerk zu. Die Mauern waren mit Schlick überzogen, das Dach stark verfallen. Als sie den Lichtkegel über die Wände gleiten ließ, stellte sie fest, dass sich die Kirchenruine in noch erheblich schlechterem Zustand befinden musste als damals vor siebenhundert Jahren, als die Templer hier gelagert hatten.

Reilly im Gefolge, ließ Tess sich weiter sinken. Wie eine Schwalbe, die durch ein Scheunentor flog, glitt sie durch das Kirchenportal. Das massive Tor hing schräg in den Angeln, sodass sie ungehindert hineingelangten. Im Inneren, fünf Meter über dem Boden schwebend, schwammen sie an einer Unterwassergalerie aus Säulen vorbei, von denen einige umgestürzt waren. Dank der Mauern hatte sich im Innenraum der Kirche nicht allzu viel Schlick angesammelt, der ihre Suche nach einer Grabplatte erschwert hätte. Seite an Seite drangen Tess und Reilly weiter in die Ruine vor. Zu beiden Seiten des Lichtkegels, den die Taucherlampe warf, verloren sich allerlei Nischen in unergründlicher Finsternis.

Tess blickte sich mit wild pochendem Herzen um und nahm all die schaurigen Formen und Schatten in sich auf. Nachdem die Dunkelheit bereits das Portal hinter ihnen verschluckt hatte, gab sie Reilly ein Zeichen und stieß hinab bis auf den Grund. Er folgte ihr. Dort unten lag eine gewaltige zertrümmerte Steinplatte, ein Teil des ehemaligen Altars, wie sie annahm. Der Stein war völlig von Algen überwuchert, zwischen denen unzählige winzige Krebse umherkrochen. Tess warf einen Blick auf die Uhr und signalisierte Reilly mit den ausgestreckten Fingern beider Hände, dass sie in zehn Minuten mit dem Aufstieg beginnen mussten. In den Pressluftflaschen befand sich nicht genügend Luft für einen langen Dekompressionsstopp.

Tess wusste, dass sie unmittelbar am Ziel waren. Sie glitt eine Handbreit über dem Boden der Kirche dahin und wischte behutsam den Schlick beiseite, wobei sie sich bemühte, das Wasser nicht allzu sehr zu trüben. Keine Spur von Grabplatten. Nur kleinere Steintrümmer und tiefer Schlick, durch den sich Aale schlängelten. Dann stieß Reilly sie an. Er versuchte etwas zu sagen, doch seine Stimme war nur ein verzerrter metallischer Klang zwischen dem Sprudeln des Wassers, das aus seinem Mundstück drang. Sie sah, wie er nach unten fasste und aus einer kleinen Nische ein wenig Sediment und Schutt entfernte. Auf dem Boden wurden schwach ein paar eingravierte Lettern sichtbar: eine Grabplatte. Ihr Atem ging schneller. Sie fuhr die Buchstaben mit dem Finger nach und entzifferte den Namen: Caio. Aufgeregt sah sie Reilly an, dessen Augen hinter der Tauchermaske zu leuchten schienen. Mühsam und vorsichtig befreiten sie noch mehr Steinplatten von den Ablagerungen. Tess hörte das Blut in ihren Ohren rauschen, als Buchstabe für Buchstabe weitere Namen zum Vorschein kamen. Und dann gab der Schlick das eine Wort frei:

Romiti.

Aimards Brief war echt. Die vom FBI nachgebaute Chiffriermaschine hatte funktioniert, und, was Tess besondere Befriedigung verschaffte, sie war es, die die richtigen Schlüsse gezogen hatte.

Sie waren am Ziel.

KAPITEL 59

Rasch befreiten sie die Grabplatte von Trümmern und Sand.

Reilly versuchte, die Finger in den Spalt zu schieben, doch Auftrieb und mangelnde Hebelwirkung hinderten ihn daran, die Platte hochzudrücken. Tess sah auf die Uhr. Noch fünf Minuten. Sie schaute sich nach einem geeigneten Werkzeug um und entdeckte einige verbogene Metallstücke, die aus einer der Säulen ragten. Sie schwamm hinauf und zerrte an einer der rostigen Stangen, bis sie sich in einer Wolke aus winzigen Steinpartikeln löste. Schnell kehrte sie zum Boden der Kirche zurück. Reilly schob ein Ende der Metallstange in den Spalt, dann stützten sie sich gemeinsam auf das andere Ende.

Plötzlich ertönte ein Knirschen. Nicht von unten, von oben. Tess riss den Kopf hoch: Von der Stelle, wo sie das Metall herausgezogen hatte, hatten sich kleine Steinbrocken gelöst. Lag es an der Bewegung des Wassers, oder geriet der obere Säulenteil tatsächlich ins Rutschen? Alarmiert sah sie zu Reilly. Er deutete auf die Stange, noch einen Versuch. Sie nickte, dann drückten sie erneut mit aller Kraft auf den Hebel. Diesmal bewegte sich die Platte ein winziges Stück, doch eine Hand passte noch immer nicht darunter. Wieder stützten sie sich auf die Stange, die Platte neigte sich leicht und klappte dann unvermittelt ein Stück hoch. Eine riesige

Luftblase schoss auf sie zu. Sie streifte Tess und Reilly und schwebte nach oben, wo sie durch ein Loch im zerstörten Kirchendach entschwand.

Wieder das Knirschen.

Der obere Teil der schiefen Säule rutschte nun ganz eindeutig zur Seite. Sie hatte wohl das empfindliche Gleichgewicht gestört, als sie die Stange gewaltsam herausriss. Über ihr zerplatzten Staubwolken in lautlosen Explosionen. Sie drehte sich zu Reilly, der mit der Steinplatte hantierte und nach unten zeigte. Sie streckte die Hand aus und zuckte zusammen, als ihr eine Szene aus einem alten Film durch den Kopf schoss, in der eine gefräßige Muräne nach einem Taucher schnappte. Tess verdrängte das Bild, verdrängte auch den Gedanken an das hässliche Geräusch und die bröckelnden Mauern und tastete verzweifelt im Grab umher. Sie stieß auf etwas Unförmiges und sah Reilly auffordernd an. Er legte die Hände fester um die Stange und drückte erneut, ein weiterer großer Schwall Blasen entwich. Tess zog behutsam an dem Gegenstand und versuchte, ihn unbeschadet durch die Öffnung zu holen.

Reilly drückte ein letztes Mal. Die Platte neigte sich so weit, dass der Gegenstand hindurchpasste. Es war offenbar ein Lederbeutel mit langem Riemen, etwa so groß wie ein kleiner Rucksack, und er schien einen festen, schweren Gegenstand zu enthalten. Beim Herausziehen gab die Stange plötzlich nach, die Grabplatte senkte sich und verfehlte den Beutel nur knapp. Mit einem dumpfen Knall schlug sie auf, und eine Wolke aus Schlick wirbelte hoch. Über ihnen knirschte es erneut, dann schabte Stein auf Stein, als der oberste Säulenteil langsam von der Basis rutschte und das ganze Dach mit sich riss. Tess und Reilly blickten sich panisch an und wandten sich zum Portal, doch Tess kam nicht los. Der Riemen des Beutels hatte sich unter der Platte verfangen.

Sie riss verzweifelt daran, während Reilly vergeblich nach einem neuen Hebel suchte. Trümmer lösten sich und sanken in einer immer dichter werdenden Wolke aus Schlick auf sie herab. Tess riss erneut am Riemen und schüttelte verzweifelt den Kopf. Es war sinnlos. Die Kirche würde jeden Moment über ihnen einstürzen, sie mussten weg. Sollte sie den Beutel zurücklassen? Ihre Finger umklammerten das Leder. So schnell würde sie nicht aufgeben.

Reilly ließ sich rasch sinken, fuhr mit den Fingern um die Kante der Grabplatte, stellte sich breitbeinig darüber und riss mit einem gewaltigen Ruck an dem Stein. Ein großer Deckenbalken landete nur Zentimeter neben seinem Bein, die Platte bewegte sich minimal, aber es reichte, um den Riemen herauszuziehen. Er deutete auf das Portal, und sie schwammen eilig los, während um sie herum Dachteile herunterregneten. Sie glitten im Slalom um Säulen und fallende Steine und gelangten durch das Portal in klareres Wasser.

Kurz ließen sie sich treiben, während hinter ihnen die Kirche in sich zusammenstürzte und riesige Mauerstücke und Steine im trüben, brodelnden Wasser einen Tanz aufführten. Tess' Herz pochte noch immer wild. Sie zwang sich, ruhiger zu atmen, da ihr Luftvorrat zur Neige ging und ein langer, allmählicher Aufstieg vor ihnen lag. Sie fragte sich, ob das, was der Beutel enthielt, nach all den Jahren noch unversehrt war. Mit einem letzten Blick auf den Brunnen dachte sie an Aimard und jene schicksalhafte Nacht. Nicht in seinen wildesten Träumen hätte ein Mensch sich damals ausmalen können, dass ein künstlicher Staudamm siebenhundert

Jahre später das Tal überfluten und das Geheimversteck in dreißig Metern Tiefe versinken würde.

Ihre Blicke begegneten sich. Trotz der verzerrenden Taucherbrille konnte Reilly ihre Begeisterung deutlich erkennen. Tess schaute auf den Druckmesser. Die Flaschen waren fast leer. Sie deutete nach oben. Reilly nickte, und das langsame Auftauchen begann. Sie durften nicht schneller aufsteigen als die kleinsten Blasen aus ihren Atemreglern.

Das Wasser um sie herum wurde noch klarer, die aufgewirbelten Staubwolken blieben in der Tiefe zurück. Es schien ewig zu dauern, bis endlich Sonnenstrahlen durch das Wasser zu ihnen drangen. Tess blickte hoch und erstarrte. Etwas war anders als zuvor. Sie ergriff Reillys Arm. Seine Muskeln waren angespannt, er hatte es auch bemerkt.

Über ihnen schwebten jetzt die Schatten von zwei Booten.

Sie mussten auftauchen, der Druck in den Flaschen sank rapide. Tess biss die Zähne zusammen. Sie ahnte, wer es war. Und als sie die Wasseroberfläche durchbrachen, erkannte sie, dass sie Recht gehabt hatte.

Rüstem war noch an Ort und Stelle, schaute sie aber bittend und verängstigt an. Im zweiten Boot saß William Vance – in seiner stillen Freude glich er einem Professor, dessen Lieblingsstudent ihm Ehre macht.

Aber er hielt eine Schrotflinte in der Hand.

KAPITEL 60

Während er Tess in Rüstems Boot half, schaute Reilly kurz zum Ufer. Neben ihrem Geländewagen parkte jetzt ein brauner Toyota Pick-up. In der Nähe standen zwei Männer, doch Okan, der Ingenieur, war nicht dabei. Der eine war viel größer und massiger, der andere zwar drahtig und ungefähr so groß wie Okan, aber ohne dessen dichtes schwarzes Haar. Zudem trugen beide Schusswaffen, Jagdgewehre, wie es schien, ganz sicher war sich Reilly jedoch nicht. Vermutlich hatte Vance ein paar einheimische Gorillas angeheuert. Ob sie schon den Pajero durchsucht und den Browning gefunden hatten, der im Fach unter dem Sitz lag?

Reilly musterte Vance, den er zum ersten Mal direkt vor sich sah. Dieser Kerl steckte also hinter der ganzen Schweinerei. Er dachte an die ermordeten Reiter in New York und versuchte, sein Gegenüber mit den Ereignissen zusammenzubringen, die Tess und ihn an diesen entlegenen Ort geführt hatten. Er wollte die Denkweise des Professors verstehen. Die Tatsache, dass er FBI-Agent war, hatte Vance nicht im Geringsten beeindruckt. Angesichts seiner ruhigen, beherrschten Art fragte sich Reilly, wie aus diesem gebildeten Mann und angesehenen Wissenschaftler ein Krimineller auf der Flucht hatte werden können, der ihm jetzt mit einer Schrotflinte auf dem Schoß gegenübersaß. Wie konnte jemand mit

Vance' Hintergrund ein solches Überfallkommando zusammenstellen und dann seine Helfershelfer nacheinander und mit solcher Effizienz und Rücksichtslosigkeit ermorden?

Es passte einfach nicht zusammen.

Er bemerkte, dass Vance wie gebannt auf den Beutel starrte, den Tess in Händen hielt.

«Vorsicht», sagte er, als sie sich ins Boot setzte, «wir wollen es doch nicht beschädigen. Nicht nach der ganzen Mühe.» Er streckte die Hand aus und sagte seltsam verhalten: «Bitte.»

Tess schaute Reilly unschlüssig an. Vance brachte langsam die Schrotflinte in Position, bis sie auf die beiden zeigte. Sein Gesichtsausdruck war fast mitleidig, doch der Blick blieb unerbittlich. Tess stand auf und gab ihm den Beutel.

Vance legte ihn zwischen seine Füße und deutete mit der Flinte zum Ufer. «Erst mal ans Ufer zurück, was?»

Als sie aus den Booten stiegen, stellte Reilly fest, dass die Männer tatsächlich Jagdgewehre trugen. Der Größere, ein ungehobelter Kerl mit baumdickem Hals und finsterem Blick, richtete die Waffe auf sie und führte sie von den Booten weg. Das Gewehr sah nicht neu, aber bedrohlich aus. Eine merkwürdige Waffe für einen Gorilla. Vermutlich hatte Vance die erstbesten Leute genommen, was sich durchaus als Vorteil erweisen konnte. Vor allem, wenn die Pistole noch im Pajero lag. Nun aber standen sie erst einmal hilflos in ihren tropfenden Taucheranzügen da.

Vance entdeckte einen alten, klapprigen Tisch in Rüstems Garten, an den er seine Schrotflinte lehnte. Er schaute zu Tess, wobei sich sein Blick ein wenig aufhellte. «Ich bin wohl nicht der einzige Fan von Al-Idrisi. Sie können sich vorstellen, dass ich unbedingt der Erste sein wollte, aber ...» Er legte

394

den unförmigen Beutel auf den Tisch und schaute ihn ehrfürchtig und in Gedanken versunken an.

«Trotzdem bin ich froh, dass Sie gekommen sind. Ich weiß nicht, ob die Experten vor Ort das so zügig erledigt hätten.»

Seine Finger glitten über die Rundung des Beutels, betasteten sie sanft, als könnten sie spüren, welche Geheimnisse sich darin verbargen. Er wollte die Lasche öffnen, hielt aber unvermittelt inne und wandte sich an Tess. «Wir sollten das gemeinsam tun. In mancher Hinsicht ist es ebenso sehr Ihre Entdeckung wie meine.»

Tess schien mit sich zu ringen, Reilly nickte ihr ermunternd zu. Sie machte einen zögernden Schritt nach vorn, worauf sich der drahtige Mann mit dem Gewehr vor ihr aufbaute. Vance stieß rasch etwas auf Türkisch hervor. Tess wurde vorbeigelassen und trat neben Vance an den Tisch.

«Hoffentlich war nicht alles umsonst», sagte er und hob die Lasche des Beutels.

Er griff mit beiden Händen hinein, zog behutsam einen Gegenstand, der in geöltes Pergament eingewickelt war, hervor und legte ihn auf den Tisch. Stirnrunzelnd packte er ihn aus. Zum Vorschein kam eine verzierte Messingscheibe von etwa fünfundzwanzig Zentimetern Durchmesser.

Am Rand markierten winzige regelmäßige Kerben eine filigrane Gradeinteilung, in der Mitte war ein Zeiger mit zwei Spitzen angebracht, unter dem sich weitere kleine Zeiger befanden.

Reillys Blick wanderte von der Scheibe zu dem großen Türken, der ebenfalls nervös hin und her schaute, während er mühsam seine Neugier zügelte. Reilly war schon auf dem Sprung, doch der große Mann wurde misstrauisch und hob drohend das Gewehr. Reilly wich zurück. Auch Rüstem hatte seine Bewegung gespürt, auf seiner Kopfhaut glänzten Schweißperlen.

Tess starrte wie gebannt auf das Gerät. «Was ist das?»

Vance untersuchte es sorgfältig. «Ein Astrolabium», sagte er voller Bewunderung, bevor er ihre Verwirrung bemerkte. «Ein nautisches Instrument, eine Art primitiver Sextant. Damals kannte man keine Längengrade», erklärte er, und der nun folgende Vortrag erinnerte daran, dass Vance eine Laufbahn als Hochschullehrer hinter sich hatte.

Das Astrolabium oder «der himmlische Rechenschieber» galt als eines der frühesten wissenschaftlichen Instrumente und war seit etwa 150 vor Christus bekannt. Es wurde ursprünglich von griechischen Gelehrten in Alexandria entwickelt, hatte im Zuge der Eroberung Spaniens durch die Mauren aber in ganz Europa Verbreitung gefunden. Arabische Astronomen benutzten es, um den Stand der Sonne und damit die Tageszeit zu berechnen. Im fünfzehnten Jahrhundert waren Astrolabien zu einem begehrten nautischen Instrument geworden, mit dem portugiesische Seeleute den jeweiligen Breitengrad bestimmten. Dem Astrolabium verdankte auch Prinz Heinrich der Seefahrer, der Sohn König Johanns I. von Portugal, seinen Beinamen. Seine Flotte hielt den Gebrauch viele Jahre lang geheim und konnte damit als einzige auf offener See navigieren. Im Zeitalter der spanischen Forschungsreisen, die 1492 in der Entdeckung der Neuen Welt durch Christoph Kolumbus gipfelten, war es ein unschätzbares Hilfsmittel.

Kein Zufall, dass Prinz Heinrich bis zu seinem Tod im Jahre 1460 Großmeister des Christusordens war. Dieser portugiesische Militärorden führte seine Ursprünge auf niemand anderen als die Tempelritter zurück.

Vance untersuchte das Astrolabium genauer, drehte es behutsam und betrachtete die Gravuren am Außenrand. «Äußerst bemerkenswert. Sollte es tatsächlich von den Templern stammen, wäre es über hundert Jahre älter als alle bekannten Instrumente dieser Bauart.» Dann zog er noch etwas aus dem Beutel: ein in Leder gewickeltes Päckchen.

Es enthielt ein kleines Stück Pergament.

Reilly erkannte die Buchstaben sofort. Es waren die gleichen wie auf dem verschlüsselten Manuskript, das sie hergeführt hatte, nur schien es diesmal Abstände zwischen den Wörtern zu geben.

Dieser Text war nicht verschlüsselt.

Tess hatte es auch bemerkt. «Das ist von Aimard», rief sie aus, doch Vance hörte nicht zu. In das Pergament vertieft, schritt er davon. Es herrschte gespannte Stille. Als er zurückkam, wirkte er ein wenig entmutigt. «Es sieht aus, als wären wir noch nicht ganz am Ziel», verkündete er düster.

Tess spürte, wie sich ihr die Kehle zuschnürte. «Was steht drin?» Sie wusste, dass ihr die Antwort nicht gefallen würde.

KAPITEL 61

Östliches Mittelmeer, Mai 1291

«Lasst das Beiboot zu Wasser!»

Trotz des Infernos, das um ihn herum tobte, hallte der Ruf des Kapitäns laut in Aimards Kopf wider. Erneut prallte eine Wasserwand gegen die Galeere. Er stürzte aufs Vordeck und dachte nur noch an das Reliquiar.

Ich muss es retten.

Wieder fiel ihm die erste Nacht ihrer Reise ein, als er und Hugues leise aufs Vordeck gegangen waren, nachdem die Mannschaft und die anderen Brüder eingeschlafen waren. Er hielt die Schatulle, die Guillaume de Beaujeu ihm anvertraut hatte, fest an die Brust gedrückt. Die Tempelritter hatten überall Feinde, und nach der Niederlage von Akkon waren sie angreifbar geworden. Da er und Beaujeu dem Kapitän blind vertrauten, hatte Aimard Hugues kurz nach ihrem Aufbruch von seinen Sorgen berichtet. Allerdings hatte er nicht damit gerechnet, dass ihm der Kapitän eine so vollkommene Lösung liefern würde.

Als sie den Bug des Schiffes erreichten, hatte Hugues mit einer Fackel eine tiefe Höhlung im Hinterkopf der Galionsfigur beleuchtet, die nur unwesentlich größer als die Schatulle war. Er kletterte hinauf und setzte sich rittlings auf den Falken. Aimard warf einen letzten Blick auf die verzierte Schatulle, bevor er sie dem Kapitän reichte, der sie behutsam in die Höhlung senkte. Neben ihnen brannte ein Kohlenbecken unter einem kleinen Bottich, der geschmolzenes Harz enthielt. Seine Oberfläche wogte sanft im Rhythmus der stärker werdenden Wellen, auf denen die *Faucon du Temple* dahinglitt. Als die Schatulle sicher in dem Versteck ruhte, schöpfte Aimard mit einer Metallkelle Harz aus dem Bottich und reichte sie an Hugues weiter, der es in die Spalten zwischen Schatulle und Holz goss. Dann kippte er einen Eimer Wasser über das heiße Harz. Eine zischende Dampfwolke stieg empor. Er nickte Aimard zu, der ihm ein massives Stück Holz reichte, das die Höhlung verschloss und sich nahtlos in die Galionsfigur fügte. Er hämmerte daumendicke Holzzapfen hinein und verschloss alles noch einmal mit Harz, das erneut mit Wasser gehärtet wurde. Aimard sah zu, wie Hugues von der Galionsfigur auf das Deck sprang.

Niemand hatte sie beobachtet. Er dachte an Martin de Carmaux, der unter ihnen schlief. Sein Protegé brauchte nicht zu erfahren, was er getan hatte. Wenn sie den Hafen erreichten, würde es womöglich notwendig sein, doch bis dahin würden nur er selbst und Hugues das Versteck des Reliquiars kennen. Und für den Inhalt der Schatulle war der junge Martin ohnehin noch nicht so weit.

Ein zuckender Blitz rief Aimard in die düstere Gegenwart zurück. Er kämpfte sich durch den peitschenden Regen und war kurz vor dem Vordeck, als ein weiterer Wellenberg die *Faucon du Temple* traf, ihn mit brutaler Gewalt von den Füßen riss und gegen den Kartentisch schleuderte, dessen Ecke sich schmerzhaft in seinen Körper bohrte. Martin lief rasch herbei, half Aimard gegen dessen Willen auf und schleppte ihn hinüber zum wartenden Beiboot.

Aimard fiel ins Boot und richtete sich auf, wobei er einen brennenden Schmerz in der Seite verspürte. Er sah, wie Hugues über die Reling zu ihnen herunterkletterte, in der Hand ein seltsames kreisförmiges Gerät, das er beim Navigieren zu benutzen pflegte und nun in Position brachte. Der Ritter hieb wütend mit der Faust auf die Reling und sah hilflos mit an, wie die Galionsfigur kurz stolz der wütenden See trotzte, bis sie wie ein Zweig abbrach und im schäumenden Wasser verschwand.

KAPITEL 62

Die Spannung löste sich. Tess schaute Vance ungläubig an. «Und das soll es gewesen sein? Die ganze Mühe, und jetzt liegt das Geheimnis irgendwo am Meeresboden?»

Wut stieg in ihr hoch. Nicht schon wieder. Gedanken wirbelten durch ihren Kopf. «Wozu die ganze Geheimnistuerei?», platzte es aus ihr heraus. «Wozu der verschlüsselte Brief? Warum haben sie den Pariser Brüdern nicht einfach mitgeteilt, dass es unwiederbringlich verloren war?»

«Um die Täuschung aufrechtzuerhalten», mutmaßte Vance. «Solange es in Reichweite war, blieb ihre Sache lebendig. Und die Templer waren in Sicherheit.»

«Bis die Täuschung aufflog …?»

Der Professor nickte. «Genau. Denken Sie daran, dieses Etwas, was immer es sein mag, ist für die Templer von allergrößter Bedeutung. Aimard dürfte das Versteck irgendwo verzeichnet haben, ob sie es nun zu Lebzeiten erreichen konnten oder nicht.»

Tess seufzte tief und ließ sich auf einen Stuhl fallen. Bilder einer beschwerlichen Reise, die Jahrhunderte zurücklag, und von Männern, die man auf brennende Scheiterhaufen schleppte, überschwemmten ihr Gehirn. Sie rieb sich die Augen und musterte erneut das Astrolabium. Der lange Weg, die vielen Gefahren, dachte sie. Für das da.

«Sie waren so nah dran.» Vance versank in seinen Gedanken und nahm sich das Navigationsinstrument noch einmal vor. «Hätte die Faucon du Temple noch wenige Stunden standgehalten, wären sie ans Ufer gelangt, hätten sich am Küstenverlauf orientieren und rudernd eine der benachbarten griechischen Inseln erreichen können. Dort hätte man sie freundlich aufgenommen. Sie hätten Mast und Segel reparieren und ohne Angst vor Angriffen zurück nach Zypern oder, besser noch, nach Frankreich fahren können.» Er hielt inne und sagte mehr zu sich selbst: «Dann lebten wir vermutlich in einer anderen Welt.»

In Reilly, der sich auf einen Stapel Betonklötze gesetzt hatte, breitete sich eine unerträgliche Niedergeschlagenheit aus. Er hatte durchaus die Chance gehabt, Vance und die Türken durch rasches Handeln auszuschalten, hätte damit aber Tess und Rüstem gefährdet. Andererseits ging es um mehr als sein gekränktes Ego, die ganze Sache hatte sich von einer bloßen Verfolgungsjagd in etwas Komplizierteres verwandelt. Er fühlte sich auf eine seltsame, nicht greifbare Weise persönlich bedroht. Reilly konnte es nicht genauer erklären, doch seit sie das Manuskript entschlüsselt hatten, nagten einige grundsätzliche Fragen an ihm. Er war aufgewühlt, und er kam sich seltsam verletzlich vor. «Eine andere Welt?», höhnte er. «Und das alles wegen einer Zauberformel, mit der man Gold machen kann?»

Vance lachte verächtlich. «Ich bitte Sie, Agent Reilly, beschmutzen Sie das Vermächtnis der Templer nicht mit den banalen Mythen der Alchemie. Es ist eine umfassend dokumentierte Tatsache, dass sie durch die Spenden von Adligen aus ganz Europa reich wurden, und das mit dem vollen Segen des Vatikans. Man warf ihnen Land und Geld praktisch hinterher, weil sie die tapferen Beschützer der Pilger waren. Doch es steckte mehr dahinter. Man hielt ihre Mission für heilig. Ihre Förderer glaubten, die Templer suchten etwas, das der Menschheit unendlichen Nutzen bringen würde.» Die Spur eines Lächelns huschte über seine strengen Züge. «Allerdings ahnten sie nicht, dass es der *gesamten* Menschheit zugute gekommen wäre, nicht nur den wenigen ‹Auserwählten›, für die sich die europäischen Christen in ihrer Arroganz hielten.»

«Wovon reden Sie überhaupt?», unterbrach ihn Reilly.

«Unter den Vorwürfen, an denen die Templer letztlich scheiterten, war auch der, sie seien den anderen Bewohnern des Heiligen Landes zu nahe gekommen – den Muslimen und Juden. Angeblich wurden unsere werten Ritter durch diese Kontakte verführt und in mystische Erkenntnisse eingeweiht. Der Vorwurf traf durchaus zu, obwohl er angesichts der anderen schillernden Anklagen, die Sie beide gewiss kennen, bald verblasste. Der Papst und der König – immerhin von niemand Geringerem als Gott gesalbt und dringend darauf bedacht, sich als christlichster aller Herrscher zu erweisen – wollten die entsetzliche Vorstellung, ihre edlen Ritter hätten sich mit den Heiden verbrüdert, lieber vertuschen, als sie im Kampf gegen die Templer einzusetzen. In Wirklichkeit dachten sie viel pragmatischer. Die Templer planten etwas ungeheuer Kühnes, so tapfer wie folgenschwer, das womöglich von Wahnsinn zeugte, aber auch von atemberaubendem Mut und Weitblick.» Vance hielt sichtlich bewegt inne, bevor er sich fasste und den Blick wieder scharf auf Reilly richtete.

«Sie hatten sich verschworen, drei Weltreligionen zu vereinen.»

Er deutete mit einer vagen Geste auf die Berge um sie

herum. «Die Verschmelzung dreier Glaubensbekenntnisse», meinte er lachend. «Stellen Sie sich das vor – Christen, Juden und Muslime, in einem Glauben vereint. Warum auch nicht? Immerhin beten wir alle zum selben Gott. Wir alle sind *Kinder Abrahams*, nicht wahr?», fragte er spöttisch. Dann verhärtete sich sein Gesicht. «Denken Sie nur, wie anders unsere Welt aussähe. Eine unendlich viel bessere Welt ... Wie viel Schmerz und Blutvergießen hätte man verhindern können, und das gilt heute mehr denn je. Millionen Menschen hätten nicht sinnlos sterben müssen. Keine Inquisition, kein Holocaust, keine Kriege auf dem Balkan oder im Nahen Osten, keine Flugzeuge, die in Wolkenkratzer stürzen ...» Ein Grinsen zuckte über sein Gesicht. «Vermutlich wären Sie arbeitslos, Agent Reilly.»

Reilly überlegte fieberhaft, was die Enthüllungen bedeuteten. Ihm fiel ein, wie er mit Tess über die neun Jahre gesprochen hatte, die die Ritter abgeschieden im Tempel verbrachten, über ihren raschen Aufstieg zu Macht und Reichtum und die lateinische Inschrift.

Veritas vos liberabit.

Die Wahrheit wird euch frei machen.

Er schaute zu Vance. «Sie glauben, die Kirche wurde erpresst. Sie glauben, der Vatikan ließ zu, dass die Templer auf seine Kosten mächtig wurden.»

«Der Vatikan war vor Angst wie von Sinnen. Ihm blieb keine Wahl.»

«Warum?»

Vance trat näher, betastete das Kreuz, das im Ausschnitt von Reillys Taucheranzug hing, und riss es abrupt herunter. Er ließ die Kette von seiner Hand baumeln und betrachtete den Anhänger mit eisigem Blick.

«Aus Angst vor der Wahrheit über dieses Märchen.»

KAPITEL 63

Die Worte hingen über ihnen wie das Fallbeil einer Guillotine.

Vance' Augen schienen ein Eigenleben zu entwickeln, als sie den Gegenstand in seiner Handfläche anfunkelten. Dann fiel ein Schatten über sein Gesicht. «Erstaunlich, was? Hier stehen wir nun zweitausend Jahre später mit all unseren Leistungen, all unserem Wissen, und doch beherrscht dieser kleine *Talisman* noch immer das Leben von Millionen Menschen ... und ihren Tod.»

Reilly schauderte in seinem feuchten Neoprenanzug. Dann warf er einen Blick zu Tess. Sie schaute Vance atemlos an.

«Woher wissen Sie das?», fragte sie.

Vance löste sich unwillig von dem Kreuz. «Sie kennen Hugues de Payens, den Gründer der Templer. Als ich in Südfrankreich war, fand ich etwas über ihn heraus, das mich überraschte.»

Sie erinnerte sich an die verächtlichen Kommentare des französischen Historikers. «Dass er aus dem Languedoc stammte – und ein Katharer war?»

Vance' Augenbrauen zuckten in die Höhe, und er neigte beifällig den Kopf. «Sie haben Ihre Hausaufgaben gemacht.»

«Aber es ergibt keinen Sinn», konterte Tess. «Die Templer sind doch überhaupt nur losgezogen, um christliche Pilger zu beschützen.»

Vance lächelte weiter, doch seine Stimme klang schärfer als zuvor. «Sie waren in einer Mission unterwegs, um etwas wieder zu finden, das seit tausend Jahren als verloren galt. Etwas, das die Hohepriester vor den Legionen des Titus versteckt hatten. Also gaben sie sich als felsenfeste Anhänger des Papstes und seines schlecht geplanten Kreuzzugs aus. Konnte es eine bessere Tarnung und damit einen besseren Zugang zu dem Ort geben, an dem sie interessiert waren? Sie wollten die Kirche ja nicht blindlings bekämpfen; erst mussten sie genügend Macht und Reichtum erlangen, um dieses unglaubliche Wagnis bestehen zu können. Der Vatikan war seit langem dafür bekannt, dass er jeglichen Zweifel an dem einen und wahren Glauben erbarmungslos unterdrückte. Die Armeen des Papstes massakrierten ganze Dörfer samt Frauen und Kindern, weil sie es gewagt hatten, ihren eigenen Überzeugungen zu folgen. Um die Kirche zu stürzen, brauchte es Waffen und politischen Einfluss. Und die Templer hätten es beinahe geschafft. Sie fanden, wonach sie suchten. Sie gewannen enorme militärische Macht und ungeheuren politischen Einfluss und standen kurz davor, sich zu ihren spirituellen Überzeugungen zu bekennen. Allerdings hatten sie nicht damit gerechnet, dass noch vor ihrem Angriff auf die Kirche nicht nur sie selbst, sondern alle christlichen Armeen aus dem Heiligen Land vertrieben würden. Mit der Niederlage von Akkon 1291 büßten sie ihre Machtbasis ein, ihre Burgen, die Armee, die beherrschende Stellung in Outremer. Und als die *Faucon du Temple* sank, verloren sie auch noch ihr Trumpfass – die Waffe, die es ihnen erlaubt hatte, den Vatikan zweihundert Jahre lang zu erpressen, den Gegenstand, der es ihnen ermöglichen sollte, ihr Schicksal zu erfüllen. Von da an war es nur eine Frage der Zeit, bis sie völlig vernichtet waren.» Er nickte leicht und richtete seinen glühenden Blick erneut auf Tess und Reilly. «Erst jetzt können wir mit ein wenig Glück ihr Werk vollenden.»

Plötzlich zerriss ein entsetzlicher Knall die Stille. Der Kopf des massigen Türken zerbarst, eine unsichtbare Hand riss ihn mit ungeheurer Kraft rückwärts und schleuderte ihn in einem blutigen Regen zu Boden.

KAPITEL 64

Reilly stürzte instinktiv zu Tess, doch Vance hatte sie bereits um die Taille gepackt und hinter dem Pick-up in Sicherheit gebracht. Kugeln pfiffen an Reilly vorbei, als er hinter dem Pajero in Deckung ging. Er horchte auf das Echo der Schüsse, um den Scharfschützen zu orten. Drei Kugeln trafen den Geländewagen: Zwei drangen durch die Kühlerhaube in den Motorblock, eine zerfetzte den rechten Vorderreifen. Vermutlich befand sich der Schütze irgendwo hinter den Bäumen am Waldrand – und damit völlig außer Reichweite seiner Pistole.

Unheimliche Stille senkte sich über den Wald. Reilly beugte sich ein wenig vor, um den Schaden zu begutachten. Mit dem Pajero würden sie nirgendwohin mehr fahren. Er schaute zu dem umgekippten Tisch, an dem sie gesessen hatten und hinter dem verschreckt der drahtige Türke kauerte. Da bemerkte Reilly eine Bewegung von der Seite, am Schuppen blitzte etwas auf. Rüstem erschien mit einem Gewehr, einer kleinkalibrigen Waffe, mit der er sonst vermutlich auf Kaninchenjagd ging. Der alte Mann blieb stehen und schaute suchend zu den Bäumen hinüber. Reilly winkte und rief nach ihm, doch bevor Rüstem reagieren konnte, feuerte der Scharfschütze zwei weitere Schüsse ab. Einer prallte an aufgestapelten Betonröhren ab, der andere traf den alten

Mann in die Brust und schleuderte ihn wie eine Stoffpuppe gegen den Schuppen.

Reilly sah, wie Vance die Tür des Pick-up aufriss, Tess hineinschob und hinterherkletterte. Er ließ den Motor an und legte krachend einen Gang ein. Der drahtige Türke konnte gerade noch auf die Ladefläche springen, bevor der Wagen wendete und zum Tor des Schrottplatzes rollte.

Reilly hatte keine Wahl. Und keine Zeit, um die Pistole aus dem Pajero zu holen. Er sah nervös zum Hang hinüber und beschloss, das Risiko einzugehen. Er schoss hinter dem Geländewagen hervor und hechtete dem Pick-up hinterher.

Zwei Schüsse bohrten sich in die Flanke des Toyota, als Reilly ihn am Tor einholte und sich an die Ladeklappe klammerte. Der Pick-up rammte einen Torpfosten und holperte den unebenen Weg hinunter. Reillys Finger taten weh, seine Füße schleiften über den Boden. Sein linkes Bein prallte gegen einen vorstehenden Felsen, und sofort schoss ein glühender Schmerz bis in seine Wirbelsäule. Seine Muskeln brannten wie Feuer. Er würde jeden Moment loslassen müssen.

Unmöglich.

Tess saß in dem Laster. Er durfte sie nicht verlieren. Nicht hier und jetzt.

Da entdeckte er einen Griff an der Innenseite der Ladefläche. Mit letzter Kraft stieß er sich vom Boden ab und angelte mit der linken Hand danach. Seine Finger lösten sich von der Klappe und schlossen sich um den Griff, er konnte sich auf die Ladefläche ziehen.

Der Türke lag geduckt an der Seitenwand, hielt das Gewehr umklammert und spähte ängstlich über die Kante. Er drehte sich um, als er Reilly hörte, und richtete verschreckt die Waffe auf ihn, doch Reilly konnte den Lauf gerade noch zur Seite stoßen, bevor der Mann den Abzug betätigte. Dann holte er aus, trat dem Türken in den Unterleib und warf sich auf ihn. Noch im Kampf erblickte Reilly vor ihnen auf dem Weg einen lehmgelben Landcruiser, der die Straße blockierte. Auch der Türke hatte ihn bemerkt, aber der Motor dröhnte unablässig weiter. Tess schaute ängstlich durch das Rückfenster und stützte sich am Armaturenbrett ab.

Reilly und der Türke klammerten sich am Dach des Führerhauses fest, als der Pick-up vom Weg rollte, über den felsigen Boden holperte und sich zwischen Hang und Landcruiser hindurchzwängte, wobei er den geparkten Wagen heftig rammte. Glas- und Kunststoffsplitter regneten auf sie herab.

Reilly warf einen Blick zurück auf den Landcruiser, der dem Schützen vermutlich nichts mehr nützen würde. Der Pick-up erreichte den Staudamm und schoss ungebremst auf die Fahrbahn aus Beton, die oben über den Damm verlief. Wieder zerrte der Türke an dem Gewehr und wollte es ihm entreißen. Reilly bearbeitete den anderen mit den Fäusten und konnte ihm endlich die Waffe entwinden, worauf der Mann ihn mit den Armen umschlang und heftig zudrückte. Da Reilly die Knie nicht einsetzen konnte, holte er mit dem Fuß aus und trat seinem Gegner von innen gegen den rechten Knöchel. Der Griff löste sich, Reilly konnte ihn wegstoßen. Wieder prallten sie gegen das Führerhaus, und Reilly sah flüchtig, wie Tess Vance ins Lenkrad griff. Der Pick-up schlingerte und krachte gegen die Stützmauer. Das Gewehr rutschte ihm aus der Hand, schlitterte über die Ladefläche und fiel scheppernd auf die Fahrbahn. Entsetzt sah der Türke, wie es in der Ferne verschwand, und stürzte sich er-

410

neut auf Reilly. Dieser rollte sich instinktiv zurück, riss die Beine hoch und beförderte den Angreifer mit einem Tritt über die Seitenwand der Ladefläche. Der Mann taumelte rückwärts über die Stützmauer und fiel die Landseite des Staudamms hinunter. Sein Schrei ging im Motorlärm des Pick-up unter.

Sie hatten das Ende des Staudamms erreicht, und Vance steuerte wild, damit der Pick-up auf den holprigen Feldweg rollte, den sie selbst am Morgen benutzt hatten. Hier waren sie vor dem Scharfschützen oben auf dem Hügel sicher. Angesichts der Beschaffenheit des Weges musste Vance das Tempo nun erstmals drosseln.

Reilly ließ ihn noch ein paar Kilometer weiterfahren, bevor er auf das Dach des Führerhauses klopfte. Der Professor nickte und brachte den Wagen zum Stehen.

KAPITEL 65

Reilly griff in den Wagen und riss den Zündschlüssel heraus. Dann besah er sich den Schaden. Der Toyota war verbeult und eingedellt, hatte sich aber erstaunlich gut gehalten. Sie selbst waren glimpflich davongekommen. Von einigen Prellungen und dem pochenden Schmerz in seinem linken Bein abgesehen, hatten sie alle nur Schnitte und Schürfwunden erlitten.

Die Tür öffnete sich quietschend, der Professor und Tess stiegen aus dem Auto. Beide sahen sie ziemlich mitgenommen aus. Bei Tess hatte Reilly damit gerechnet, doch dass Vance so erschüttert wirkte, überraschte ihn. Was war mit ihm? In den Augen des Mannes las er die gleiche Ungewissheit, die ihn selbst quälte. Das bestätigte die Zweifel, die er schon draußen auf dem See empfunden hatte. Der erste Schuss, der den türkischen Gorilla traf, hatte bei Reilly die Alarmglocken schrillen lassen.

Vance hatte die anderen Reiter nicht getötet. Jemand anders steckte dahinter.

Aber wer?

Wer sonst wusste, worauf Vance es abgesehen hatte und, mehr noch, wer war bereit, dafür mehrere Menschen zu töten?

Vance wandte sich zu Tess. «Das Astrolabium …?»

Sie nickte benommen. «Es ist in Sicherheit.» Sie holte das Instrument aus dem Führerhaus. Vance nickte und schaute zu dem Abhang, den sie hinuntergerast waren. Dann betrachtete er nachdenklich die einsamen Berge um sie herum. Reilly meinte in den Augen des Professors eine gewisse Resignation erkannt zu haben, doch mittlerweile wirkte er wieder anmaßend und entschlossen.

«Was war da los?», fragte Tess und stellte sich neben Reilly.

«Alles in Ordnung?» Er untersuchte einen kleinen Kratzer an ihrer Stirn.

«Mir geht's gut», sagte sie und schaute zu den Bäumen hoch, die sie wie ein riesiger Zaun umschlossen. Die Berge strahlten eine unheimliche Stille aus, die nach dem Lärm umso eindringlicher wirkte. «Was zum Teufel ist hier los? Wer lauert uns auf?»

Zwischen den Bäumen war nichts zu entdecken. «Ich weiß es nicht.»

«Ach, mir fallen viele Leute ein, die nicht möchten, dass so etwas herauskommt», versetzte Vance. Ein zufriedenes Grinsen huschte über sein Gesicht. «Offenbar werden sie nervös, also müssen wir nah dran sein.»

«Wir sollten machen, dass wir hier wegkommen.» Reilly deutete auf den Pick-up. «Na los.» Er schob Vance und Tess hinein.

Dann ließ er den Motor an, und der verbeulte Toyota rollte mit seinen drei verunsicherten und gedankenverlorenen Insassen den Hang hinunter.

Als De Angelis den Pick-up über den Feldweg heranrasen sah, bereute er, den Landcruiser als Straßensperre aufgestellt zu haben. Das laute Scheppern, mit dem der Kleinlaster gegen ihren Wagen prallte, verhieß nichts Gutes, und seine schlimmsten Befürchtungen sollten sich bestätigen. Der rechte Kotflügel und der Kühlergrill des großen Geländewagens waren völlig eingedrückt.

Mit diesem Wagen würden sie nicht mehr fahren können. Er riss die Heckklappe auf und wühlte in der Ausrüstung, dann schaltete er ungehalten den GPS-Monitor ein. Der Cursor blinkte und zeigte keine Bewegung an. De Angelis warf einen wütenden Blick auf den kleinen Bildschirm. Die Koordinaten passten zu Rüstems Schrottplatz, also befand sich der Ortungskontakt noch an der Tasche im Pajero, den Reilly und Tess zurückgelassen hatten. Er musste einen anderen Weg finden, um sie in dem bewaldeten, bergigen Gebiet aufzuspüren, was vermutlich gar nicht so einfach sein würde.

Der Monsignore warf den Monitor in den Kofferraum und schaute auf den See hinaus. Er wusste, Plunkett war eigentlich nicht schuld, da hatte noch etwas anderes seine Hand im Spiel.

Hybris.

Er war sich seiner selbst zu sicher gewesen.

Die Sünde des Hochmuts. Noch ein Thema für den Beichtstuhl.

«Der Geländewagen ist noch auf dem Schrottplatz. Vielleicht können wir den nehmen.» Plunkett stand vor ihm, das große Gewehr in der Hand.

De Angelis rührte sich nicht. Er stand ganz ruhig da und schaute auf den spiegelglatten See.

«Eins nach dem anderen. Gib mir das Funkgerät.»

KAPITEL 66

Reilly schaute auf den Weg zurück, den sie gekommen waren, und horchte angestrengt. Nur Vogelstimmen waren zu hören, die in der augenblicklichen Situation seltsam beunruhigend klangen. Sie waren dreizehn, vierzehn Kilometer gefahren, bevor die zunehmende Dunkelheit sie zwang, einen Plan für die Nacht zu schmieden. Reilly war von der unbefestigten Straße auf einen Weg abgebogen, der zu einer kleinen Lichtung mit einem Bach führte. Dort würden sie ausharren müssen, bis sie bei Tagesanbruch einen Ausbruchsversuch Richtung Küste starten konnten.

Er war sich ziemlich sicher, dass der große Landcruiser durch Vance' kühnen Vorstoß gründlich demoliert worden war. Zu Fuß würden ihre Verfolger Stunden brauchen; hatten sie sich ein Fahrzeug besorgt, würde man sie immerhin hören. Reilly sah zu, wie das letzte Sonnenlicht hinter den Bergen dahinschmolz. Die Nacht würde ihnen Schutz bieten, ein Lagerfeuer kam nicht in Frage.

Er hatte Vance mit gefesselten Händen neben dem Pick-up zurückgelassen und den Wagen rasch durchsucht. Versteckte Waffen fand er nicht, dafür aber nützliche Dinge wie einen kleinen Gaskocher und Konservendosen. Kleidung zum Wechseln gab es keine. Er und Tess würden vorerst in ihren Neoprenanzügen bleiben müssen.

Reilly ging zu Tess, die bereits am Bach kniete, und nahm durstig ebenfalls einige Schlucke, bevor er sich auf einen großen Felsbrocken setzte. Er war durcheinander, Sorgen und Ängste wirbelten durch seinen Kopf. Er hatte sein Ziel erreicht. Er sollte Vance nur sicher in die USA bringen, um ihn dort der Justiz zu übergeben. Ihn unauffällig aus dem Land zu zaubern dürfte allerdings schwierig werden. Verbrechen waren geschehen, Menschen getötet worden. Reilly grauste es beim Gedanken an die lästigen Auslieferungsverhandlungen mit den türkischen Behörden. Zunächst aber mussten sie sicher aus den Bergen zur Küste gelangen. Ihre Gegner gehörten zu der Kategorie, die erst schoss und dann Fragen stellte, während sie selbst unbewaffnet waren, kein Funkgerät und keinen Handyempfang hatten.

Doch so drängend diese Sorgen auch sein mochten, quälten ihn grundlegendere Fragen. Und die Unsicherheit, mit der Tess ihn ansah, verriet ihm, dass es ihr ähnlich ging.

«Ich habe mich immer gefragt, wie Howard Carter sich gefühlt hat, als er Tutanchamuns Grab entdeckte», sagte sie düster.

«Vermutlich besser als wir jetzt.»

«Da bin ich mir nicht so sicher. Denk an den Fluch …» Ein schwaches Lächeln zuckte über ihr Gesicht, was gut tat, doch der Druck im Magen wollte nicht weichen. Er konnte ihn nicht länger verdrängen, er musste sich der Lage stellen.

Also stand er entschlossen auf und marschierte zu Vance hinüber. Tess folgte ihm. Reilly kniete sich neben den Gefesselten und prüfte das Seil. Vance sah ihm ruhig zu, er wirkte seltsam friedlich. Reilly kämpfte ein letztes Mal mit sich, dann hatte er sich entschieden.

«Ich muss etwas wissen», sagte er knapp. «Was haben Sie

mit der ‹Wahrheit über dieses Märchen› gemeint? Was war auf der *Faucon du Temple* versteckt?»

Vance hob den Kopf und sah ihn mit seinen grauen Augen durchdringend an. «Ganz sicher bin ich mir nicht, aber es dürfte für Sie auf jeden Fall schwer zu akzeptieren sein.»

«Lassen Sie das meine Sorge sein.»

Vance formulierte seine Antwort sorgfältig. «Wahre Gläubige wie Sie haben leider nie über den Unterschied zwischen Wahrheit und Religion nachgedacht, zwischen dem historischen Jesus und dem Jesus Christus der Religion, zwischen Wahrheit … und Fiktion.»

Reilly ließ sich von Vance' leisem Spott nicht beirren. «Ich weiß nicht, ob ich je darüber nachdenken musste.»

«Also glauben Sie bereitwillig alles, was in der Bibel steht? Sie glauben wirklich an das ganze Zeug, was? Die Wunder, dass er übers Wasser gewandelt ist, dass er einen Blinden sehend gemacht hat, dass er von den Toten auferstanden ist?»

«Natürlich tue ich das.»

Vance lächelte schwach. «Na schön. Dann stelle ich Ihnen eine Frage. Wie viel wissen Sie über den Ursprung dessen, was Sie da lesen? Wissen Sie eigentlich, wer die Bibel geschrieben hat, das Neue Testament, meine ich?»

Reilly wurde unsicher. «Sprechen Sie von den vier Evangelien, Matthäus, Markus, Lukas, Johannes?»

«Ja. Wie sind die entstanden? Fangen wir ganz einfach an. Wann beispielsweise wurden sie geschrieben?»

Reilly spürte, wie ein unsichtbares Gewicht auf ihn niedersank. «Ich weiß nicht … Sie waren seine Jünger, also würde ich sagen, kurz nach seinem Tod.»

Vance sah zu Tess und lachte abfällig. Reilly fühlte sich unbehaglich. «Eigentlich dürfte es mich nicht überraschen.

Über eine Milliarde Menschen verehren diese Schriften, betrachten sie als Gottes ureigene Weisheit und schlachten einander sogar deswegen ab. Dabei haben sie nicht den blassesten Schimmer, woher die Texte wirklich stammen.»

Reilly spürte, wie er zornig wurde. Vance' hochmütiger Tonfall stachelte ihn noch weiter an. «Es ist die Bibel, sie existiert schon so lange …»

Vance schüttelte nachsichtig den Kopf. «Und deshalb ist alles wahr?» Sein Blick schweifte in die Ferne. «Früher war ich wie Sie. Habe nichts in Frage gestellt. Glaubte und nahm alles als gegeben hin. Aber ich sage Ihnen, wenn Sie erst einmal anfangen, nach der Wahrheit zu forschen …», sein Blick verdüsterte sich, «dann entdecken Sie ein Bild, das alles andere als schön ist.»

KAPITEL 67

«Zunächst müssen Sie begreifen, dass das frühe Christentum wissenschaftlich betrachtet ein weißer Fleck ist. Es fehlen überprüfbare, dokumentierte Fakten. Obwohl wir also nur wenige Dinge nachweisen können, die vor zweitausend Jahren im Heiligen Land geschehen sind, wissen wir doch eins mit Sicherheit: Keines der vier Evangelien, die im Neuen Testament enthalten sind, wurde von einem Zeitgenossen Jesu verfasst.» Er bemerkte Reillys Reaktion. «Das überrascht Gläubige wie Sie stets aufs Neue.

Das früheste Evangelium stammt von Markus. Besser gesagt, wir bezeichnen es als Markusevangelium, da wir nicht genau wissen, wer es geschrieben hat. Damals war es üblich, schriftliche Werke bekannten Persönlichkeiten zuzuordnen. Es entstand vermutlich mindestens vierzig Jahre nach Jesu Tod. Das sind vierzig Jahre ohne CNN, ohne Videointerviews, ohne eine Suchmaschine wie Google, die auf Wunsch zahllose Augenzeugenberichte ausspuckt. Also haben wir es bestenfalls mit Geschichten zu tun, die vierzig Jahre lang mündlich überliefert wurden. Nun, Agent Reilly, angenommen, Sie leiteten eine Ermittlung: Wie verlässlich wären wohl Beweismittel, die einzig auf dem beruhen, was sich einfache, ungebildete, abergläubische Menschen vierzig Jahre lang am Lagerfeuer erzählt haben?»

Vance ließ ihm keine Zeit für eine Antwort und fuhr rasch fort. «Weitaus beunruhigender ist für mich aber, wie ausgerechnet diese vier Evangelien ins Neue Testament gelangt sind. In den zweihundert Jahren nach der Abfassung des Markusevangeliums entstanden nämlich zahlreiche weitere Evangelien, in denen alle möglichen Geschehnisse aus dem Leben Jesu berichtet werden. Als die frühe Bewegung an Zulauf gewann und sich über die verstreuten Gemeinden hinweg ausbreitete, nahmen die Geschichten aus dem Leben Jesu unterschiedliche Züge an, die von den Lebensbedingungen der jeweiligen Gemeinde geprägt waren. Daher kursierten Dutzende verschiedener Evangelien, die einander häufig widersprachen. Dies wissen wir genau, seit im Dezember 1945 einige arabische Bauern in dem Gebirgszug Djebel el Tarif in Oberägypten nach natürlichem Dünger gruben. Nahe der Stadt Nag Hammadi entdeckten sie einen hohen irdenen Krug. Zunächst trauten sie sich nicht, ihn zu zerbrechen, weil sie fürchteten, darin könne ein Dschinn, ein böser Geist, hausen. Sie zerschlugen ihn dann doch, weil sie auf Gold hofften, und machten so die erstaunlichste archäologische Entdeckung aller Zeiten: In dem Krug befanden sich dreizehn Papyrusbücher, die in gegerbtes Gazellenleder gebunden waren. Leider war den Bauern nicht klar, wie wertvoll ihr Fund war, sodass einige Bücher und lose Papyrusblätter in ihren Öfen landeten. Andere Seiten gingen auf dem Weg ins Koptische Museum in Kairo verloren. Allerdings überlebten zweiundfünfzig Texte, die von Bibelforschern nach wie vor kontrovers diskutiert werden. Diese Schriften, die man zusammenfassend als gnostische Evangelien bezeichnet, verweisen nämlich auf Aussprüche und Glaubensgrundsätze Jesu, die denen des Neuen Testaments widersprechen.»

«Gnostisch», warf Reilly ein. «Wie die Katharer?»

Vance lächelte. «Genau. Unter den Texten, die in Nag Hammadi gefunden wurden, war auch das Thomasevangelium, das sich selbst als geheimes Evangelium bezeichnet und mit dem Vers beginnt: ‹Dies sind die geheimen Worte, die der lebendige Jesus sprach und die der Zwilling Judas Thomas niederschrieb.› Der Zwilling. Im selben Band findet sich das Philippusevangelium, das Jesus und Maria Magdalena ganz offen als Liebespaar beschreibt. Maria hat übrigens ihren eigenen Text – das Evangelium nach Maria Magdalena, das bereits 1896 entdeckt wurde und in dem sie als Jüngerin und Führerin einer christlichen Gruppe beschrieben wird. Dann wäre da noch das Petrusevangelium, das Ägypterevangelium, das Apokryphon des Johannes und das Evangelium der Wahrheit mit seinem deutlich buddhistischen Unterton. Die Liste lässt sich beliebig fortsetzen.

Diese Evangelien gleichen sich nicht nur darin, dass sie Jesus Worte und Taten zuschreiben, die sich grundlegend von denen der vier anderen Evangelien unterscheiden, sondern auch darin, dass sie christliche Glaubensgrundsätze wie die jungfräuliche Geburt und die Auferstehung als naive Wahnideen abtun. Schlimmer noch, diese Schriften sind durch die Bank gnostischer Natur, da sie sich zwar auf Jesus und seine Jünger beziehen, aber die Botschaft vermitteln, sich selbst zu kennen bedeute letztlich, Gott zu kennen. Dass man Gott finden könne, indem man in sich selbst nach den Quellen von Freude, Kummer, Liebe und Hass sucht.»

Vance erklärte, dass die frühchristliche Bewegung unterdrückt worden sei und einer theologischen Struktur bedurft habe, wenn sie überleben und wachsen wollte. «Das Überangebot an einander widersprechenden Evangelien drohte die

Bewegung zu spalten, was fatal gewesen wäre. Man brauchte eine geistliche Führung, was jedoch unmöglich war, solange jede Gemeinde ihre eigenen Glaubensgrundsätze und ihr eigenes Evangelium besaß. Gegen Ende des zweiten Jahrhunderts nahm die Machtstruktur allmählich Gestalt an. In mehreren Gemeinden tauchte eine dreistufige Hierarchie aus Bischöfen, Priestern und Diakonen auf, die behauptete, für die Mehrheit zu sprechen, und sich als Wächter des einen wahren Glaubens bezeichnete. Ich will damit nicht sagen, diese Menschen seien zwangsläufig machtbesessene Ungeheuer gewesen», verkündete Vance. «Sie waren sogar sehr tapfer und fürchteten aufrichtig, dass ihre Bewegung ohne anerkannte strenge Regeln und Rituale zerfallen und verschwinden würde.»

Er erklärte, dass das Überleben der Kirche in einer Zeit, da Christsein Verfolgung und Tod bedeuten konnte, von der Einführung einer festen Ordnung abhing. Diese Ordnung entwickelte sich, bis man im Jahre 180 unter Leitung von Bischof Irenäus von Lyon schließlich eine einzige und einheitliche Sicht der Ereignisse erzwang. Es konnte nur eine einzige Kirche mit einem festen Bestand an Glaubenssätzen und Ritualen geben. Alle anderen Ansichten wurden als häretisch abgelehnt. Die Doktrin war ziemlich nüchtern: Es gab keine Erlösung außerhalb der wahren Kirche; ihre Mitglieder sollten orthodox sein, was so viel wie «rechtgläubig» bedeutete; und die Kirche sollte katholisch, also «allgemein», sein. Folglich musste die lokale Evangelienproduktion gestoppt werden. Irenäus beschloss, es solle vier wahre Evangelien geben, was er mit dem etwas sonderbaren Hinweis auf die vier Ecken des Universums und die vier Windrichtungen untermauerte. Er verfasste ein fünfbändiges Werk mit dem Titel Entlarvung und

Widerlegung der fälschlich so genannten Erkenntnis, in dem er die meisten bestehenden Werke als blasphemisch abtat und sich auf die vier Evangelien festlegte, die wir heute als definitives Wort Gottes kennen – unfehlbar und ausreichend für die Bedürfnisse der Glaubensanhänger.

«Keines der gnostischen Evangelien verfügt über eine Passionsgeschichte», fuhr Vance fort. «Die vier Texte, die Irenäus auswählte, hingegen schon. Sie berichteten vom Tod Jesu am Kreuz und seiner Auferstehung und verbanden die bevorzugte Version mit dem fundamentalen Ritual der Eucharistie, dem letzten Abendmahl. Und das war noch nicht alles. Das Markusevangelium erwähnt in seiner frühesten Fassung weder Jungfrauengeburt noch Auferstehung. Es endet mit dem leeren Grab, an dem ein geheimnisvoller junger Mann, eine Art transzendentales, engelsgleiches Wesen, einigen Frauen berichtet, Jesus erwarte sie in Galiläa. Die Frauen erschrecken, laufen weg und erzählen es niemand, sodass man sich fragt, wie Markus oder wer auch immer das Evangelium verfasst hat, überhaupt davon erfahren konnte. So jedenfalls endete das ursprüngliche Markusevangelium. Erst im Matthäusevangelium, das viel später entstand, und weitere zehn Jahre danach bei Lukas finden wir die aufwändigen Schilderungen des auferstandenen Jesus, die man dem mittlerweile ebenfalls überarbeiteten Markusevangelium hinzugefügt hatte.

Wiederum zweihundert Jahre später, Anno 367, um genau zu sein, stand der Kanon der siebenundzwanzig Texte, die wir heute als Neues Testament kennen, endgültig fest. Am Ende dieses Jahrhunderts war das Christentum zur offiziell anerkannten Religion geworden und der Besitz von Texten, die als häretisch eingestuft wurden, ein Verbrechen. Alle bekannten Abschriften der alternativen Evangelien wurden verbrannt oder auf andere Weise zerstört. Alle bis auf jene, die man in den Höhlen von Nag Hammadi verbarg und in denen Jesus alles andere als übernatürlich erscheint.» Vance fixierte Reilly. «Sie wurden verboten, weil Jesus in diesen Texten nur ein umherziehender Weiser war, der predigt, dass man ohne Besitz durchs Leben wandern und seine Mitmenschen von ganzem Herzen akzeptieren solle. Er ist nicht gekommen, um uns von Sünde und ewiger Verdammnis zu erlösen. Er ist hier, um uns zu einem spirituellen Verständnis zu führen. Sobald ein Jünger die Erleuchtung erlangt, wird der Meister überflüssig – eine Vorstellung, die Irenäus und seinen Getreuen schlaflose Nächte bereitet haben dürfte. Schüler und Lehrer werden eins. Die vier kanonisierten Evangelien des Neuen Testaments schildern Jesus als Retter, als Messias, den Sohn Gottes. Orthodoxe Christen – wie übrigens auch orthodoxe Juden – bestehen darauf, dass es eine unüberwindliche Kluft zwischen Mensch und Schöpfer gebe. Die Evangelien, die man in Nag Hammadi gefunden hat, widersprechen dem; in ihnen ist Selbsterkenntnis gleich der Erkenntnis Gottes; das Selbst und das Göttliche sind ein und dasselbe. Schlimmer noch, indem sie Jesus als Lehrer, als erleuchteten Weisen beschreiben, bezeichnen sie ihn auch als Menschen, als jemanden, dem Sie oder ich es gleichtun können. Das aber wollten Irenäus und Konsorten nicht dulden. Jesus durfte kein bloßer Mensch sein. Er musste mehr sein als das, der Sohn Gottes. Er musste *einzigartig* sein, weil dadurch auch die Kirche als einziger Weg zur Erlösung *einzigartig* würde. Indem ihn die frühe Kirche in diesem Licht schildert, konnte sie behaupten, dass jeder, der sich nicht an ihre Regeln hielt und so lebte, wie sie es verlangte, der Verdammnis anheim fiele.»

Vance hielt inne, bevor sein Flüstern förmlich die Stille durchschnitt.

«Agent Reilly, ich will damit sagen, dass die unmittelbaren Nachfolger Jesu etwas völlig anderes geglaubt haben als das, was Christen heute glauben und seit dem vierten Jahrhundert geglaubt haben. Sie glaubten nicht an die Riten, die seither eingehalten werden, an die Eucharistie und die Kirchenfeste. Alles wurde ausgedacht und viel später hinzugefügt, die Rituale und der Glaube an übernatürliche Dinge wie die Auferstehung und Weihnachten, die oftmals aus anderen Religionen übernommen wurden. Allerdings haben die Kirchenväter ganze Arbeit geleistet. Die Bibel ist seit beinahe zweitausend Jahren ein Bestseller, aber, nun ja, die Templer hatten wohl doch Recht. Schon zu ihrer Zeit war die Sache aus dem Ruder gelaufen, und Menschen wurden abgeschlachtet, die lieber etwas anderes glauben wollten.» Er deutete zornig mit dem Finger auf Reilly.

«Und wenn man die heutige Welt betrachtet, muss man doch sagen, dass die Bibel ihr Haltbarkeitsdatum deutlich überschritten hat.»

KAPITEL 68

«Und Sie meinen, dass sich Beweise dafür auf der Faucon du Temple befanden?», fragte Reilly ganz direkt. «Beweise für die Tatsache, dass die Evangelien Fiktion sind, wie Sie es ausdrücken? Dass Jesus kein göttliches Wesen war? Ich verstehe durchaus, dass dies das Christentum in seinen Grundfesten erschüttert hätte, doch wie sollte es den Templern helfen, die drei Religionen zu vereinen – vorausgesetzt, dies wäre wirklich ihre Absicht gewesen?»

«Sie fingen mit der Religion an, die sie kannten», konterte Vance gelassen, «deren Exzesse sie persönlich miterlebt hatten. Sie wollten zunächst diese Dogmen entkräften und dann auf bereits bestehende Bündnisse mit muslimischen und jüdischen Gemeinden zurückgreifen. Dort gab es Gefährten, die in ihren eigenen Glaubensgemeinschaften ähnliche Fragen aufwerfen und so den Weg zu einer neuen, einheitlichen Weltsicht ebnen würden.»

«Indem sie bei den desillusionierten Massen die Scherben aufsammelten?» Es war mehr Feststellung als Frage.

Vance blieb gelassen. «Meinen Sie nicht, dass die Welt auf lange Sicht lebenswerter geworden wäre?»

«Das möchte ich stark bezweifeln. Andererseits erwarte ich auch nicht, dass jemand, der so wenig Respekt vor Menschenleben hat, dies versteht.»

«Ach, verschonen Sie mich mit Ihrer selbstgerechten Entrüstung, werden Sie endlich erwachsen. Das alles ist doch lächerlich. Wir leben im einundzwanzigsten Jahrhundert und bewegen uns noch immer im Reich der Phantasie. Wir sind im Grunde nicht fortschrittlicher als die armen Schweine in Troja. Der ganze Planet ist von Massenwahn geprägt. Christentum, Judentum, Islam ... die Menschen sind bereit, für die Worte dieser heiligen Bücher zu kämpfen und zu sterben, doch worauf beruhen diese Bücher? Auf jahrtausendealten Mythen und Legenden. Glaubt man dem Alten Testament, zeugte Abraham im zarten Alter von hundert Jahren ein Kind und starb mit hundertfünfundsiebzig. Ist es wünschenswert, dass die Geschicke der Menschen von einer solchen Ansammlung lächerlichen Unfugs gelenkt werden?

Die meisten Christen, Juden und Muslime wissen heute gar nicht mehr, dass ihrer aller Glaube auf Abraham zurückgeht, den Stammvater dreier Religionen und Begründer des Monotheismus», erklärte Vance. «Dabei heißt es in der Genesis, Gott habe Abraham ausgeschickt, um die Spaltung zwischen den Menschen zu überwinden. Seine Botschaft lautete, die Menschen seien ungeachtet ihrer Sprache oder Kultur Teil einer Menschheitsfamilie, einer Familie vor Gott, der die ganze Schöpfung am Leben erhält. Leider wurde diese erhabene Botschaft zu einer schlechten *Dallas*-Folge herabgewürdigt», fuhr er spöttisch fort. «Abrahams Frau Sara konnte keine Kinder gebären, worauf er sich eine zweite Frau nahm, seine arabische Dienerin Hagar, die ihm einen Sohn namens Ismael gebar. Dreizehn Jahre später bringt auch Sara einen Sohn zur Welt, der Isaak genannt wird. Abraham stirbt, Sara verbannt Hagar und Ismael, und die semitische Rasse spaltet sich in Araber und Juden.»

Vance schüttelte lachend den Kopf. «Das Traurige dabei ist nur, dass die drei Religionen alle behaupten, an ein und denselben Gott zu glauben, den Gott Abrahams. Leider geriet die Sache durcheinander, sowie Menschen darüber zu streiten begannen, wessen Worte die göttlichen Traditionen am wahrheitsgetreuesten widerspiegelten. Der jüdische Glaube stützt sich auf den Propheten Moses, dessen Abstammung die Juden auf Isaak und Abraham zurückführen. Einige hundert Jahre später taucht Jesus, ebenfalls ein jüdischer Prophet, mit einem neuen Credo auf, seiner eigenen Version von Abrahams Religion. Wiederum einige hundert Jahre später erscheint ein dritter Mann, nämlich Mohammed, der behauptet, der wahre Bote Gottes zu sein und nicht die beiden Scharlatane, die vor ihm da waren. Er verspricht die Rückkehr zu den ursprünglichen Offenbarungen Abrahams, die er wiederum durch Ismael herleitet, und der Islam wird geboren. Kein Wunder, dass die damaligen Führer der Christen den Islam als christliche Häresie und nicht als neue oder grundlegend andere Religion betrachteten. Als Mohammed starb, kam es zu einem Machtkampf um seine rechtmäßige Nachfolge, und der Islam zerfiel in zwei große Lager, Schiiten und Sunniten. Und so geht es immer weiter und weiter.

Da haben wir nun die Christen, die auf die Juden herabschauen, weil sie diese für die Anhänger einer früheren und unvollständigen Offenbarung der Wünsche Gottes halten. Die Muslime ihrerseits spotten in ähnlicher Weise über die Christen, obwohl auch sie Jesus verehren, wenn auch nur als Boten Gottes, nicht als seinen Sohn. Es ist so erbärmlich. Wussten Sie, dass fromme Muslime mehrfach täglich Abraham preisen? Wissen Sie, worum es bei der *Hadsch,* der Pilgerfahrt nach Mekka, der heiligen Pflicht jedes Muslims, eigentlich geht, bei der Millionen von Menschen der Hitze und der Gefahr ausgesetzt sind, zertrampelt zu werden? Sie ziehen nach Mekka, um daran zu erinnern, wie Gott Ismael verschonte – den Sohn Abrahams! Sie müssen nur nach Hebron fahren, um zu sehen, wie absurd das alles geworden ist. Noch immer töten Juden und Araber einander wegen eines umstrittenen Fleckchens Erde, weil sich dort in einer kleinen Höhle angeblich die Grabstätte Abrahams befindet. Die Bereiche für jede Religionsgruppe sind streng abgetrennt. Abraham muss sich – sollte er denn je existiert haben – beim Gedanken an seine streitsüchtigen, kleinlichen, engstirnigen Nachfolger im Grabe umdrehen. So viel zum Thema Problemfamilien ...»

Vance stieß einen Seufzer aus. «Ich weiß, es ist leicht, Politik und Geldgier für alle Kriege verantwortlich zu machen. Gewiss spielen sie eine Rolle ... doch dahinter steckt auch immer die Religion als Brennstoff, der die Öfen der Intoleranz und des Hasses befeuert. Sie hindert uns daran, zu erkennen, was aus uns geworden ist, und es besser zu machen. Sie hält uns davon ab, das anzunehmen, was uns die Wissenschaft gelehrt hat und weiterhin lehrt, und für unsere eigenen Handlungen geradezustehen. Diese vor Jahrtausenden lebenden primitiven Stammeskrieger und Frauen brauchten die Religion, um die Geheimnisse von Leben und Tod zu verstehen und mit Wechselfällen wie Krankheit, Wetter, Missernten und Naturkatastrophen fertig zu werden. Das alles haben wir nicht mehr nötig. Wir können zum Handy greifen und mit jemandem am anderen Ende der Welt sprechen. Wir können ein ferngesteuertes Auto zum Mars schicken. Wir können Leben im Reagenzglas erzeugen. Und wir könnten noch so viel mehr. Es ist an der Zeit, sich vom alten Aberglauben zu lösen und zu erkennen, wer wir wirklich sind. Zu akzeptieren, dass wir etwas geworden sind, was man noch vor hundert Jahren als göttlich empfunden hätte. Wir müssen unsere Fähigkeiten annehmen, statt uns auf eine geheimnisvolle Kraft zu berufen, die vom Himmel kommt und alles in die rechte Ordnung bringt.»

«Finden Sie das nicht ein bisschen kurzsichtig?», schoss Reilly wütend zurück. «Was ist denn mit all dem Guten, das die Religion bewirkt? Den ethischen Grundsätzen, dem moralischen Rahmen, den sie uns bietet? Dem Trost, den sie spendet, ganz zu schweigen von karitativen Aufgaben. Sie gibt den Hungrigen zu essen und kümmert sich um die Benachteiligten. Viele Menschen haben nichts als den Glauben an Christus, und Millionen Menschen schöpfen aus ihrer Religion Kraft für den Tag. Aber das sehen Sie alles nicht. Sie sind von einem einzigen tragischen Ereignis besessen, das Ihr eigenes Leben zerstört hat. Deshalb lehnen Sie den Glauben und damit auch alles Gute darin ab.»

Vance wirkte auf einmal gequält und in sich gekehrt. «Ich sehe den unnötigen Schmerz und das Leid, das er nicht nur mir, sondern Millionen von Menschen zugefügt hat.» Dann schaute er Reilly wieder an, seine Stimme klang jetzt schärfer. «Bei seiner Entstehung diente das Christentum einem wunderbaren Zweck. Es schenkte den Menschen Hoffnung, förderte tätige Nächstenliebe, stürzte Tyrannen. Es diente den Bedürfnissen der Gemeinschaft. Doch wem dient es heute? Es blockiert die medizinische Forschung und rechtfertigt Krieg und Mord. Wir lachen über die grotesken Götter, die die Inka und Ägypter verehrten. Sind wir denn besser? Was werden die Menschen in tausend Jahren über uns sagen? Wird man uns ebenso lächerlich finden? Wir tanzen noch immer nach der Pfeife von Leuten, die ein Gewitter für den Zorn Gottes hielten. Und das muss sich dringend ändern.»

Reilly wandte sich an Tess. Sie hatte während Vance' Schmährede kein Wort gesagt. «Was ist mit dir? Wie denkst du darüber? Bist du auch dieser Meinung?»

Ihr Gesicht verdüsterte sich. Sie wich seinem Blick aus, suchte sorgfältig nach den richtigen Worten. «Die historischen Tatsachen sind nun einmal da, Sean. Wir reden hier über Dinge, die umfassend dokumentiert und akzeptiert sind.»

Sie zögerte kurz. «Ich glaube, dass die Evangelien ursprünglich verfasst wurden, um eine spirituelle Botschaft zu übermitteln, dann aber etwas anderes daraus gemacht wurde. Sie dienten plötzlich einem größeren Zweck, einem politischen Zweck. Jesus lebte in schlimmen Zeiten in einem besetzten Land. Das Römische Reich war geprägt von himmelschreiender Ungerechtigkeit. Die Armut der breiten Masse, ungeheurer Reichtum für wenige Auserwählte. Es war eine Epoche der Hungersnöte, der Krankheiten und Seuchen. Man kann sich ohne weiteres vorstellen, dass die christliche Botschaft in einer so ungerechten und gewalttätigen Welt besonderen Anklang fand. Die Grundannahme, dass ein gütiger Gott die Menschen bittet, nicht nur Freunden und Nachbarn, sondern allen Mitmenschen in Güte zu begegnen, war geradezu revolutionär. Das Christentum gab allen Würde und Gleichheit. Die Hungernden wussten, sie würden gesättigt; die Kranken und Alten wussten, man würde für sie sorgen. Es bot allen eine unsterbliche Zukunft,

431

die frei von Armut, Krankheit und Einsamkeit war. Es war eine Botschaft der Liebe in einer Welt, die von Grausamkeit und Tod geprägt war.» Sie deutete auf Vance

«Ich bin keine Expertin wie er, aber er hat Recht. Ich habe immer Probleme mit diesen übernatürlichen Dingen gehabt, der Vorstellung, Jesus sei der Sohn Gottes, geboren von der Jungfrau Maria. Die unangenehme Wahrheit ist, dass all diese Dinge Jahrhunderte nach der Kreuzigung auftauchten.» Sie zögerte und überlegte. «Es war, als brauchten sie etwas Besonderes, einen speziellen Köder. Und was konnte es in einer Zeit, da die Menschen das Übernatürliche fraglos akzeptierten, Besseres geben als eine Religion, die nicht nach einem bescheidenen Zimmermann, sondern nach einem göttlichen Wesen benannt war, und die einem das ewige Leben versprach?»

«Komm schon, Tess, bei dir hört sich das an wie eine zynische Propagandakampagne. Glaubst du wirklich, das Christentum hätte so viel Macht erlangt oder so lange bestanden, wenn alles nur auf einer Täuschung beruhte? Von all den Predigern und weisen Männern, die damals umherzogen, war Jesus der Einzige, für dessen Lehren die Menschen ihr Leben riskierten. Er war die größte Inspirationsquelle, beeinflusste Menschen wie niemand vor ihm, und sie schrieben und sprachen über das, was sie sahen.»

«Genau das meine ich ja», warf Vance ein. «Es gibt keinen einzigen Augenzeugenbericht. Keinen definitiven Beweis.»

«Oder Gegenbeweis», konterte Reilly. «Aber Sie haben beide Seiten auch gar nicht gleichermaßen in Betracht gezogen, oder?»

«Dass sich der Vatikan so sehr vor der Entdeckung der Templer fürchtete», spottete Vance, «zeigt doch wohl, wie

432

ernst er sie genommen hat. Und wenn wir vollenden könnten, was die Templer begonnen haben, wäre es der erste Schritt zu etwas, das seit der Aufklärung in der Luft liegt.»

Er fixierte Tess. «All die Täuschungen, die Erfindungen der frühen Kirchenväter, zerfallen mit der Zeit. Dies wäre nur der letzte Schritt, nicht mehr.»

KAPITEL 69

Reilly hockte allein auf einem Felsen und betrachtete die Lichtung, auf der sie den Pick-up abgestellt hatten. Während der Himmel allmählich dunkler wurde, tauchten zahllose Sterne auf und ein so großer und heller Mond, wie er ihn noch nie gesehen hatte. Der Anblick hätte auch den gefühllosesten Menschen gefangen genommen, doch Reillys Stimmung war nicht dazu angetan, in Begeisterung auszubrechen.

Die Worte des Professors hallten noch in seinen Ohren. Die übernatürlichen Elemente, die den Kern seines Glaubens bildeten, hatten sich nie so recht mit seinem rationalen Verstand vertragen, doch hatte er zu keinem Zeitpunkt das Bedürfnis verspürt, sie so unnachgiebig zu erforschen. Vance' beunruhigende und, wie er sich unwillig eingestand, auch überzeugende Argumente hatten ihre Wirkung nicht verfehlt.

Der Laster und die schattenhafte Gestalt des Professors daneben waren kaum noch zu erkennen. Die Tirade lief wieder und wieder in Reillys Kopf ab. Er suchte nach dem Haken, der das ganze schmutzige Gedankengebäude zum Einsturz bringen würde, fand aber keinen. Im Gegenteil, es ergab mehr Sinn, als ihm lieb war.

Er fuhr aus seinen Gedanken auf, als es hinter ihm auf dem Kies knirschte. Tess kam den Hang hinaufgeklettert.

«Hi.» Sie wirkte besorgt.

Er nickte knapp. «Hi.»

Sie stand am Rand des Abhangs und nahm eine ganze Weile lang die Stille in sich auf, bevor sie sich neben ihn auf den Felsbrocken setzte. «Ich wollte nur ... es tut mir Leid. Ich weiß, solche Diskussionen können ganz schön ungemütlich werden.»

Reilly zuckte die Achseln. «Wenn überhaupt, fand ich sie eher enttäuschend.»

Sie schaute ihn unsicher an.

«Ich meine, was ihr macht, ist einfach nicht richtig. Ihr nehmt etwas Einzigartiges, etwas ganz Besonderes und reduziert es auf den gröbsten Nenner.»

«Soll ich die Beweise einfach ignorieren?»

«Nein, aber wenn du immer nur das kleine Detail siehst, entgeht dir der Blick für das Ganze. Du verstehst nur Dinge, die wissenschaftlich beweisbar sind. So sollte es aber nicht sein. Es geht nicht immer um Fakten und Analysen. Es geht auch um Gefühle. Um Inspiration, um Weltanschauung, um eine Verbindung zu dem allen hier.» Er breitete die Arme aus und blickte sie eindringlich an. «Glaubst du denn gar nicht daran?»

«Was ich glaube, tut nichts zur Sache.»

«Für mich schon. Wirklich, ich möchte es gern wissen. Glaubst du überhaupt nichts davon?»

Sie schaute zu Vance hinüber, der sie trotz der undurchdringlichen Finsternis zu beobachten schien. «Versteh mich nicht falsch, Sean. Ich glaube durchaus, dass Jesus ein bedeutender Mensch war, einer der bedeutendsten Menschen aller Zeiten, ein inspirierter Mann, der viele grundlegende Dinge formuliert hat. Ich halte seine Vision einer selbstlosen Gesellschaft, in der einer dem anderen vertraut und hilft, für etwas ganz Wunderbares. Er hat viel Gutes bewirkt, bis heute. Selbst Gandhi, der kein Christ war, sagte immer, er handle im Geiste Jesu Christi. Er war ein außergewöhnlicher Mann, das steht fest – aber das gilt auch für Sokrates und Konfuzius. Und ich stimme dir zu, dass seine Lehre von Liebe und Kameradschaft die Grundlage aller menschlichen Beziehungen bilden sollte. Aber war er auch göttlich? Vielleicht kann man sagen, er habe eine Art göttlicher Weltsicht oder prophetischer Erleuchtung besessen. Aber ich glaube nicht an Wunder und halte überhaupt nichts von diesen Wichtigtuern, die sich als Gottes Stellvertreter auf Erden bezeichnen. Ich bin mir ziemlich sicher, dass Jesus sich seine Revolution ganz anders vorgestellt hat. Und es hätte ihm kaum gefallen, wie aus seiner Lehre der dogmatische und bedrückende Glaube wurde, den wir heute kennen. Er war ein Freiheitskämpfer, der die Autorität verachtete. Was für eine Ironie!»

«Die Welt ist groß», entgegnete Reilly. «Die Kirche ist das, was die Menschen im Laufe der Zeit aus ihr gemacht haben. Sie ist eine Organisation, weil es nicht anders geht. Und Organisationen benötigen eine Machtstruktur, wie sonst sollte man die Botschaft bewahren und verbreiten?»

«Überleg mal, wie albern alles geworden ist», entgegnete sie. «Hast du dir mal einen dieser Fernsehprediger angesehen? Das ist wie eine Show in Vegas, ein Aufmarsch gehirnamputierter Scherzbolde. Für einen Scheck garantieren sie dir einen Platz im Himmel. Ist das nicht traurig? Die Zahl der Kirchenbesucher sinkt ins Bodenlose, die Leute probieren alle möglichen Alternativen aus von Yoga über Kabbala bis New Age. Sie suchen nach geistigen Impulsen, weil die Kirche so weit entfernt vom modernen Leben ist, weil sie nicht weiß, was die Menschen heute brauchen –»

«Das stimmt natürlich, aber wir bewegen uns einfach zu schnell.» Reilly stand auf. «Zweitausend Jahre lang hatte das alles durchaus Bedeutung. Erst in den letzten Jahrzehnten, in denen es zu diesen Schwindel erregenden Entwicklungen kam, hat sich das geändert. Sicher, die Kirche hat nicht Schritt gehalten, das ist ein großes Problem. Aber das heißt doch nicht, dass wir sie einfach hinter uns lassen sollten und stattdessen ... ja, was eigentlich?»

Tess verzog das Gesicht. «Ich weiß nicht, vielleicht braucht man uns gar nicht mit dem Himmel zu ködern oder mit Hölle und Verdammnis zu drohen, damit wir uns anständig benehmen. Womöglich wäre es gesünder, wenn die Menschen zur Abwechslung einmal an sich selbst glaubten.»

«Ist das dein Ernst?»

Sie sah ihn eindringlich an, dann zuckte sie die Achseln. «Wie auch immer. Wir müssen ohnehin erst mal das Wrack finden und sehen, was in der Schatulle ist.»

«Aber das ist eigentlich nicht unsere Aufgabe, oder?»

Sie ließ sich Zeit mit der Antwort. «Wie meinst du das?»

«Ich bin hergekommen, um Vance zu finden und in die Staaten zu bringen. Was immer da draußen sein mag: Es geht mich nichts an.» Er spürte, dass er nicht ganz ehrlich war, verdrängte aber den Gedanken.

«Du willst also einfach aufhören?», stieß sie hervor und stand wütend auf.

«Komm schon, Tess, was erwartest du von mir? Dass ich New York wochenlang hinhalte und mit dir nach Wracks tauche?»

Ihre grünen Augen blickten verärgert. «Ich kann es nicht fassen. Verdammt, Sean, du weißt doch, was die machen, wenn sie herausfinden, wo es ist!»

437

«Wer?»

«Der Vatikan! Wenn sie das Astrolabium in die Hände bekommen und das Wrack finden, wird die Welt nie mehr ein Wort darüber hören. Sie sorgen dafür, dass es wieder verschwindet, und zwar nicht nur für siebenhundert Jahre.»

«Es ist ihre Berufung», sagte er reserviert. «Manche Dinge sollte man eben ruhen lassen.»

«Das kannst du nicht machen.»

«Was soll ich denn tun? Dir helfen, etwas vom Meeresboden zu holen und es stolz zu präsentieren, damit sich alle daran verschlucken? Er hat deutlich gesagt, worauf er aus ist», sagte Reilly und deutete auf Vance. «Er will die Kirche vernichten. Und dabei soll ich dir allen Ernstes helfen?»

«Natürlich nicht. Aber es könnte sein, dass eine Milliarde Menschen einer Lüge anhängt. Macht dir das gar nichts aus? Schuldest du ihnen nicht die Wahrheit?»

«Vielleicht sollten wir sie erst fragen.»

Er rechnete damit, dass sie ihn weiter drängen würde, doch sie schüttelte nur den Kopf. Die Enttäuschung war ihr deutlich anzumerken.

«Möchtest du es denn nicht wissen?», fragte sie schließlich.

Reilly hielt ihrem Blick einen Moment stand, bevor er sich abwandte. Er schwieg. Er musste erst über alles nachdenken.

Tess nickte und schaute zu der Lichtung hinüber, auf der sie Vance zurückgelassen hatten. Nach längerem Schweigen sagte sie dann: «Ich … ich brauche was zu trinken.» Dann eilte sie den Hang hinunter zu dem schimmernden Bachlauf.

Er sah, wie sie im Schatten verschwand.

438

Wilde Gedanken wirbelten durch ihren Kopf, als sie zu der Lichtung stolperte, auf der sie den Pick-up abgestellt hatten.

Sie kniete sich neben den Bach und trank von dem kühlen Wasser. Ihre Hände zitterten. Sie schloss die Augen und atmete tief die frische Nachtluft ein, doch ihr rasender Herzschlag wollte sich nicht beruhigen.

Aber das ist eigentlich nicht unsere Aufgabe, oder?

Reillys Worte verfolgten sie.

Sie schaute zu dem gezackten Hügelkamm hinauf, wo sich Reillys Gestalt vor dem Nachthimmel abzeichnete. Eine Entscheidung musste her. Angesichts des ganzen Blutvergießens und all der offenen Fragen war seine Absicht, Vance nach New York zu bringen, vermutlich sehr vernünftig.

Aber Tess war sich nicht sicher, ob sie das einfach akzeptieren konnte. Dazu stand zu viel auf dem Spiel.

Sie warf einen Blick auf Vance. Er hatte sich nicht von der Stelle gerührt, mit gefesselten Händen lehnte er am Wagen. Das Mondlicht glitzerte in seinen Augen und verriet ihr, dass er sie beobachtete.

Da kam ihr die Idee.

Ein verstörender, rücksichtsloser Gedanke, der messerscharf das Chaos in ihrem Inneren durchschnitt.

Und sosehr sie sich bemühte, sie konnte ihn nicht mehr abschütteln.

Reilly wusste, dass Tess Recht hatte. Sie sprach die Zweifel an, die ihm im Gespräch mit Vance selbst gekommen waren. Natürlich wollte er es wissen. Mehr noch, er *musste* es wissen. Andererseits musste er sich unabhängig von seinen Gefühlen an die Regeln halten. Das war seine Maxime, außerdem blieb ihm keine Wahl. Es war keine bloße Ausrede gewesen, dass sie nicht selbst nach dem Wrack tauchen konnten. Wie denn auch? Er war FBI-Agent, kein Tiefseetaucher. Seine vorrangige Aufgabe war es, Vance und das Astrolabium nach New York zu bringen.

Doch er wusste genau, wie die Sache enden würde.

Er schaute in die Nacht hinaus, sah wieder Tess' Gesicht vor sich, ihre Enttäuschung und spürte schmerzlich, dass er ebenso enttäuscht war. Er wusste nicht, was zwischen ihnen hätte entstehen können, wenn sie genügend Zeit gehabt hätten, doch nun sah es so aus, als scheiterte ihre Beziehung an seinem felsenfesten Glauben.

Plötzlich ertönte ein Motorgeräusch.

Ganz nah.

Verblüfft sah er, wie sich der Pick-up in Bewegung setzte.

Instinktiv griff er nach der Hosentasche, dann wurde ihm klar, dass der Neoprenanzug keine hatte. Er hatte die Autoschlüssel unter den Fahrersitz gelegt. Tess hatte neben ihm gesessen.

Ihm wurde schwindlig vor Entsetzen.

«Tess!», brüllte er und hastete den Abhang hinunter. Er wirbelte Steine auf, verlor das Gleichgewicht und taumelte ungeschickt dahin. Als er die Lichtung erreichte, war von dem Fahrzeug nur noch eine Staubwolke zu sehen.

Er kochte vor Wut auf sich selbst, hilflos wanderten seine Blicke umher. Da entdeckte er ein Stückchen Papier, das unter einem kleinen Haufen mit Essen und Campingzubehör steckte, das sie ihm dagelassen hatten.

Er hob es auf und erkannte ihre Handschrift.

Sean,
die Menschen verdienen die Wahrheit.
Ich hoffe, du kannst das verstehen –
und mir verzeihen …
Ich schicke so bald wie möglich Hilfe.

T.

KAPITEL 70

Reilly erwachte benommen. Er fühlte sich tief gekränkt und durcheinander. Noch immer konnte er nicht glauben, dass Tess tatsächlich mit Vance verschwunden war. Ihre Dreistigkeit war verletzend, und doch machte er sich schon wieder Sorgen um sie. Auch musste er sich eingestehen, dass sein Stolz einen schweren Schlag erlitten hatte.

Reilly setzte sich auf. Das Vogelgezwitscher und das blendend helle Morgenlicht drangen gewaltsam auf ihn ein. Er hatte lange nicht einschlafen können, bis ihn schließlich spät in der Nacht die Erschöpfung überkam. Blinzelnd sah er auf die Uhr. Er hatte keine vier Stunden geschlafen.

Egal, er musste los.

Er trank aus dem Bach und genoss die kühle Frische des Quellwassers. Sein Magen erinnerte ihn daran, dass er seit fast vierundzwanzig Stunden nichts mehr gegessen hatte, und er nahm rasch etwas Brot und eine Orange zu sich. Daran hatten sie immerhin gedacht. Er spürte, wie sein Körper allmählich zum Leben erwachte und sein Kopf klarer wurde. Damit kamen auch die Erinnerungen zurück und weckten aufs Neue seine Wut.

Er betrachtete die umliegende Landschaft. Kein Windhauch, bis auf das leiser werdende Vogelgezwitscher war es totenstill. Er beschloss, zum Staudamm zurückzukehren, um von Okans Büro aus im Federal Plaza anzurufen – worauf er sich alles andere als freute.

Er war gerade losgegangen, als er weit entfernt ein Geräusch hörte. Einen Motor. Sein Herz setzte aus. Vielleicht war es der Pick-up. Dann erkannte er das tiefe Knattern eines Hubschraubers, das von den Bergen widerhallte und zunehmend lauter wurde.

Es war ein Bell UH–1Y, die jüngere Version des berühmten Arbeitspferdes, das in diversen Kriegen gedient hatte. Er strich über die Bäume auf dem gegenüberliegenden Kamm, legte sich unvermittelt schräg und flog genau auf ihn zu. Reilly wusste, sie hatten ihn entdeckt. Er spannte die Muskeln an und überlegte rasch, wer an Bord sein könnte: Entweder hatte Tess ihr Versprechen gehalten und die Behörden verständigt, oder aber die Schützen vom See hatten ihn aufgespürt. Wahrscheinlich Letzteres. Er sah sich schnell nach strategisch günstigsten Punkten um, ging dann aber doch nicht in Deckung. Die anderen waren bewaffnet, außerdem besaß er nicht, was sie suchten. Vor allem aber war er müde und zornig. Ihm war einfach nicht nach Weglaufen zumute.

Der Hubschrauber kreiste über ihm, und er erkannte die kreisförmige rot-weiße Markierung am Heck. Türkische Luftwaffe. Er entspannte sich ein wenig. Der Hubschrauber senkte sich auf die Lichtung, eine dichte Wolke aus Sand und Zweigen aufwirbelnd. Reilly bedeckte die Augen und ging zögerlich darauf zu. Die Tür glitt auf, und durch die Staubwolke kam eine kleine Gestalt mit flinken Schritten auf ihn zu. Ein Mann mit khakifarbener Cargohose, dunkler Windjacke und Sportsonnenbrille. Reilly erkannte De Angelis erst, als er beinahe vor ihm stand.

«Was machen Sie denn hier?» Seine Augen zuckten zwischen Hubschrauber und De Angelis hin und her. Ein letzter Windstoß der langsamer werdenden Rotorblätter bauschte die Windjacke des Monsignore, und Reilly erspähte das Holster mit der Glock darunter. Verblüfft ließ er seinen Blick schweifen und entdeckte einen Mann im Hubschrauber, der ein Scharfschützengewehr zwischen den Füßen liegen hatte und sich mit der Gelassenheit eines Fremdenführers eine Zigarette anzündete. Ihm gegenüber saßen zwei Männer in türkischer Militäruniform.

Er musterte den Monsignore, ohne sich über seine Gefühle klar zu sein, und deutete auf den Hubschrauber. «Was soll das?»

De Angelis nahm die Brille ab, und seine Augen sahen jetzt ganz anders aus. Keine Spur mehr von der bescheidenen Freundlichkeit, die der Priester in New York ausgestrahlt hatte. Er verströmte jetzt eine Bedrohlichkeit, die die schmutzige Brille damals wohl geschickt verborgen hatte.

«Beruhigen Sie sich.»

«Beruhigen?», platzte Reilly heraus. «Ich kann es nicht glauben. Sie haben uns beinahe umgebracht. Wer zum Teufel sind Sie? Wie kommen Sie dazu, mit uns Zielschießen zu üben? Die Männer am See sind tot –»

«Das ist mir egal», fuhr ihn De Angelis an. «Vance muss gestoppt werden. Um jeden Preis. Seine Leute waren bewaffnet und mussten ausgeschaltet werden.»

Reilly war fassungslos. «Und was haben Sie für ihn geplant? Wollen Sie ihn auf dem Scheiterhaufen verbrennen? Die Tage der Inquisition sind vorbei, Pater. Falls Sie den Titel überhaupt verdienen.» Er deutete auf Plunketts Scharfschützengewehr. «Ist das heutzutage die Standardausrüstung im Vatikan?»

444

De Angelis schaute ihn ungerührt an. «Ich erhalte meine Befehle nicht nur aus dem Vatikan.»

Reilly betrachtete den Armeehubschrauber, die Soldaten und den Zivilisten mit dem Gewehr. Er kannte diesen kalten, unerschütterlichen Blick. Sein Gehirn spulte fieberhaft die Ereignisse seit dem bewaffneten Überfall auf das Museum ab, und plötzlich fügten sich die Teile zusammen.

«Langley», stieß er hervor. «Die CIA. Sie sind ein gottverdammter Spion. Die ganze Sache ...» Er hielt kurz inne. «Waldron, Petrovic ... Die Reiter in New York. Das war nicht Vance. Sie haben die ganze Zeit dahinter gesteckt, oder?» Dann schoss er vor, stieß De Angelis heftig zurück und griff nach der Kehle des Priesters. «Sie waren –»

Er konnte den Satz nicht vollenden. Der Monsignore reagierte blitzschnell, bog seine Hände weg und verdrehte ihm mit einer fließenden, ungeheuer schmerzhaften Bewegung den Arm, dass Reilly in die Knie ging.

«Für so was habe ich keine Zeit», schnarrte er und schleuderte Reilly zu Boden. Er trat an Reilly heran, der Staub ausspuckte und sich den Arm hielt.

«Wo sind sie? Was ist hier passiert?»

Reilly erhob sich mühsam und fing einen Blick von dem Mann im Hubschrauber auf, der ihn spöttisch angrinste. Tiefer Zorn überkam ihn. Gerade eben hatte er sich noch gefragt, wie weit der Monsignore persönlich in die New Yorker Morde verwickelt sein mochte – die rasche Demonstration seines Könnens hatte die letzten Zweifel ausgeräumt. De Angelis' Hände waren Mordwerkzeuge.

Er klopfte sich ab und schaute den Monsignore an. «Was sind Sie genau? Ein Mann Gottes mit Revolver oder ein Revolverheld, der zu Gott gefunden hat?»

De Angelis blieb gelassen. «Dass Sie so zynisch daherreden, überrascht mich.»

«Dass Sie ein Mörder sind, überrascht mich ebenfalls.»

Vollkommen gleichgültig antwortete De Angelis: «Sie sollten sich beruhigen. Wir stehen auf derselben Seite.»

«Und was war das am Stausee? Beschuss durch eigene Leute?»

Die Augen des Monsignore blieben kühl. «In dieser Schlacht ist jeder entbehrlich.» Er hielt inne, um seinen Worten Nachdruck zu verleihen. «Eines müssen Sie begreifen. Wir befinden uns im Krieg. In einem Krieg, der seit über tausend Jahren andauert. Die ganze Sache mit dem ‹Kampf der Kulturen› ist mehr als ein netter Einfall aus einer Bostoner Denkfabrik. Sie ist real. Dieser Krieg ist immer präsent und breitet sich aus, er wird mit jedem Tag gefährlicher, komplizierter, bedrohlicher. Von selbst wird er nicht enden. Der Kern dieses Krieges ist die Religion, und sie stellt auch heute noch eine phänomenale Waffe dar. Sie kann in die Herzen der Menschen vordringen und sie dazu bringen, die unglaublichsten Dinge zu tun.»

«Zum Beispiel Verdächtige im Krankenhausbett zu töten?»

De Angelis ignorierte den Einwurf. «Vor zwanzig Jahren breitete sich der Kommunismus wie ein Krebsgeschwür aus. Was glauben Sie, womit wir den Kalten Krieg gewonnen haben? Wem verdanken wir das? Etwa Reagans ‹Krieg der Sterne›? Oder der himmelschreienden Unfähigkeit der sowjetischen Führung? Zum Teil ja. Aber wissen Sie, was der eigentliche Auslöser war? Der Papst. Ein polnischer Papst, der seine Herde in die Arme schloss und dazu brachte, mit bloßen Händen Mauern niederzureißen. Khomeini hat das

446

Gleiche getan, indem er seine Reden aus dem Pariser Exil in Persien ausstrahlen ließ und eine geistig ausgehungerte Bevölkerung, die Tausende Kilometer entfernt lebte, zum Sturz des Schahs ermutigte. Was allerdings ein Fehler war, betrachtet man, wo wir heute stehen. Jetzt greift auch Bin Laden zu solchen Mitteln.» Er runzelte die Stirn und sah Reilly scharf an. «Die richtigen Worte können Berge versetzen. Oder sie zerstören. Religion ist die ultimative Waffe in unserem Arsenal, und wir können nicht auf sie verzichten. Unsere Lebensweise, alles, wofür Sie im Auftrag des FBI gekämpft haben, hängt davon ab. Also frage ich Sie: Sind Sie, wie es Ihr Präsident so treffend formuliert hat, für oder gegen uns?»

Reillys Gesicht wurde hart, seine Brust war wie eingeschnürt. Allein die Gegenwart des Monsignore ließ ihn erneut zweifeln, schien ein unwillkommener Beweis all dessen, was Vance vorgebracht hatte.

«Also stimmt es?», fragte er, als tauchte er aus einem Nebel auf.

Die Antwort des Monsignore war knapp und trocken. «Ist das wichtig?»

Reilly nickte geistesabwesend. Ganz sicher war er sich nicht mehr.

De Angelis schaute sich um. «Ich nehme an, Sie haben es nicht mehr?»

«Was?»

«Das Astrolabium.»

Er schaute überrascht hoch. «Woher wussten Sie –?» Dann wurde ihm klar, dass man ihn und Tess vermutlich die ganze Zeit abgehört hatte. Er bezwang seinen Zorn und schüttelte niedergeschlagen den Kopf. «Die anderen haben es.»

«Wissen Sie, wo sie sind?»

447

Zögernd und nach wie vor misstrauisch berichtete Reilly von der vergangenen Nacht.

Der Monsignore überlegte. «Sie haben keinen großen Vorsprung, und wir kennen das Gebiet, in das sie fahren. Wir werden sie finden.» Er gab dem Piloten ein Zeichen, die beiden Turbinen anzulassen. «Na los.»

Reilly schüttelte den Kopf. «Nein. Falls wirklich alles eine große Lüge ist ... dann fliegt ihr hoffentlich alle in die Luft, wenn ihr es findet.»

De Angelis sah ihn verwundert an.

Reilly hielt seinem Blick stand. «Zur Hölle mit Ihnen und Ihren CIA-Kumpeln. Ich bin draußen.» Mit diesen Worten ging er davon.

«Wir brauchen Sie aber», rief ihm der Monsignore nach. «Sie können uns helfen, die beiden zu finden.»

Reilly machte sich nicht die Mühe, sich umzudrehen. «Finden Sie sie doch selbst. Ich bin fertig damit.»

Er ging weiter.

Der Priester brüllte hinter ihm her, um das zunehmende Knattern der Rotorblätter zu übertönen. «Was ist mit Tess? Wollen Sie sie Vance überlassen? Sie könnte sehr wichtig sein. Wenn jemand zu ihr durchdringt, dann Sie.»

Reilly drehte sich im Gehen um. Er sah, dass der Monsignore wusste, wie nahe sie sich gekommen waren. «Das ist vorbei.»

De Angelis sah ihm nach. «Was wollen Sie machen? Zu Fuß nach New York laufen?»

Reilly reagierte nicht.

Der Monsignore machte einen letzten Versuch, jetzt selbst wütend und enttäuscht.

«Reilly!»

448

Er blieb stehen und drehte sich mit gesenktem Kopf um.

De Angelis kam auf ihn zu. Sein Mund verzog sich zu einem Lächeln, doch die Augen blieben düster und distanziert. «Wenn ich Sie schon nicht selbst davon überzeugen kann, mit uns zu kooperieren, kann ich Sie zu jemandem bringen, dem es vielleicht gelingt.»

KAPITEL 71

Ob nun der Vatikan oder die CIA die Reise organisiert hatte, man hatte ausgezeichnete Arbeit geleistet. Der Hubschrauber war zu einem Militärstützpunkt bei Karacasu geflogen, nicht weit von der Stelle, an der sie Reilly aufgenommen hatten. Dort bestiegen er und De Angelis eine wartende Gulfstream G-IV, die aus Dalaman gekommen war und sie rasch Richtung Westen nach Italien brachte. In Rom umgingen sie mühelos die Zollkontrolle. Keine drei Stunden nachdem der Monsignore in den türkischen Bergen aus einer Staubwolke aufgetaucht war, rasten sie in einem klimatisierten Lexus mit getönten Scheiben durch die Ewige Stadt.

Eigentlich hätte sich Reilly eine Dusche und frische Kleidung gewünscht, doch da De Angelis in Eile war, hatte er sich lediglich im Flugzeug waschen und den Neoprenanzug gegen eine Cargohose und ein graues T-Shirt aus dem Depot der türkischen Luftwaffe tauschen können. Er beschwerte sich nicht. Alles war besser als der Neoprenanzug, zudem hatte auch er es nun eilig. Er sorgte sich zunehmend um Tess und wollte sie finden, auch wenn er lieber nicht genauer über seine Motive nachdachte. Außerdem bereute er mittlerweile, die Einladung des Monsignore angenommen zu haben. Doch es war zu spät für einen Rückzieher. Er wusste nicht, was sie am Ziel erwartete, und wollte möglichst schnell in die Türkei zurückkehren. De Angelis' ruhige Beharrlichkeit verriet, dass diese Reise nicht aus einer bloßen Laune heraus geschah.

Er hatte den Petersdom vom Flugzeug aus entdeckt und sah ihn nun, da der Lexus durch den Mittagsverkehr glitt, wieder vor sich auftauchen. Die kolossale Kuppel erhob sich prachtvoll aus dem Dunst und Chaos der überfüllten Stadt. Während der Anblick eines so gewaltigen Bauwerks selbst die hartgesottensten Atheisten in Ehrfurcht versetzte, fühlte Reilly sich einfach nur wütend und hintergangen. Über die großartigste Kirche der Welt wusste er nicht viel. Sie war auf der letzten Ruhestätte des heiligen Petrus erbaut, des Gründers der Kirche, der mit dem Kopf nach unten gekreuzigt worden war. Er dachte an all die erlesenen Werke, die gläubige Künstler und Architekten erschaffen, die Gemälde, Statuen und Kirchen, die Anhänger Christi in aller Welt hinterlassen hatten. Er dachte an die zahllosen Kinder, die jeden Abend ihr Nachtgebet sprachen; die Millionen von Gläubigen, die jeden Sonntag in die Messe gingen; die Kranken, die um Heilung beteten, und die Trauernden, die für die Seelen der Verstorbenen baten. Hatte man sie alle getäuscht? War alles eine Lüge? Und schlimmer noch: Hatte der Vatikan es die ganze Zeit gewusst?

Der Lexus rollte die Via de Porta Angelica zur Porta S. Anna, wo bunt gekleidete Schweizer Gardisten ein großes schmiedeeisernes Tor öffneten. Der Monsignore nickte im Vorbeifahren, und sie gelangten ins kleinste Land der Erde, das Zentrum von Reillys gestörtem Glauben.

Der Wagen hielt vor einem Haus mit Säulenvorbau. De Angelis stieg aus. Reilly folgte ihm eine kleine Treppe hinauf in die feierliche Stille eines kolossalen Vestibüls. Sie schritten zügig durch steingeflieste Korridore, durch dämmrige Räume mit hohen Decken und über breite Marmortreppen, bis sie vor einer kunstvoll geschnitzten Tür stehen blieben. Der Monsignore tauschte die Fliegersonnenbrille gegen das altbekannte getönte Exemplar. Reilly sah zu, wie sich De Angelis mit dem Geschick eines versierten Schauspielers vom gnadenlosen Geheimagenten in den sanften Priester verwandelte, dem er damals in New York begegnet war. Zu Reillys Überraschung holte De Angelis tief Luft, bevor er entschlossen anklopfte.

Eine sanfte Stimme antwortete.

«Avanti.»

De Angelis trat vor ihm ein.

Voll gestopfte Bücherregale säumten die Wände des höhlenartigen Raums vom Boden bis zur Decke. Auf dem Eichenparkett lagen keine Teppiche. In einer Ecke stand neben einem steinernen Kamin ein großes Chenillesofa, flankiert von zwei passenden Sesseln. Vor einer riesigen Balkontür befand sich ein Schreibtisch mit einem dick gepolsterten Sessel, davor standen drei Stühle. Ein stämmiger, Achtung gebietender Mann mit grau meliertem Haar trat hinter dem Tisch hervor, um De Angelis und seinen Gast zu begrüßen. Sein Gesicht wirkte streng und düster.

De Angelis machte Kardinal Brugnone mit Reilly bekannt, die Männer gaben sich die Hand. Der Kardinal griff überraschend energisch zu, und Reilly spürte, wie ihn beunruhigend scharfe Augen musterten. Ohne den Gast aus den Augen zu lassen, wechselten Brugnone und De Angelis ein paar kurze, für Reilly leider nicht verständliche Worte auf Italienisch.

«Bitte nehmen Sie Platz, Agent Reilly», sagte der Kardinal schließlich und deutete auf das Sofa. «Ich möchte Ihnen zu-

452

nächst für alles danken, was Sie in dieser unglückseligen Geschichte unternommen haben. Und auch dafür, dass Sie bereit waren, heute hierher zu kommen.»

Nachdem Reilly auf dem Sofa und De Angelis in einem Sessel Platz genommen hatten, wurde schnell klar, dass Brugnone nicht auf Smalltalk aus war. «Man hat mir Hintergrundinformationen über Sie geliefert.» Reilly schaute zu De Angelis, der seinem Blick auswich. «Ich höre, Sie sind ein vertrauenswürdiger Mann, der stets seine Integrität wahrt.» Der Kardinal sah Reilly aus braunen Augen eindringlich an.

«Ich möchte nur die Wahrheit herausfinden.»

Brugnone beugte sich vor und legte die großen, eckigen Hände flach aneinander. «Leider verhält es sich damit so, wie Sie befürchten.» Er trat mit schweren Schritten an die Balkontür, wo er ins grelle Mittagslicht blinzelte. «Neun Männer … neun Teufel. Sie tauchten in Jerusalem auf, und Balduin gab ihnen alles, was sie verlangten, weil er sie auf unserer Seite glaubte. Er meinte, sie würden uns helfen, die Botschaft zu verbreiten.» Seine Stimme senkte sich zu einem kehligen Flüstern. «Er war ein Narr und hat ihnen geglaubt.»

«Was hatten sie gefunden?»

Brugnone holte seufzend Luft und drehte sich zu Reilly um. «Ein Tagebuch. Ein sehr detailliertes und persönlich gehaltenes Tagebuch, eine Art Evangelium. Die Schriften eines Zimmermanns namens Jeshua von Nazareth.» Er sah Reilly durchdringend an. «Die Schriften eines … *Menschen*.»

Reilly meinte zu ersticken. «Eines Menschen?»

Brugnone nickte düster, ein unsichtbares Gewicht schien auf seinen breiten Schultern zu lasten. «Laut seinem eigenen Evangelium war Jeshua von Nazareth – oder Jesus – nicht der Sohn Gottes.»

Die Worte trafen Reilly mit voller Wucht in die Magengrube. Er hob die Hände in einer vagen Geste. «Und all das hier ...?»

«All das», rief Brugnone aus, «ist das Beste, was der Mensch, der bloß sterbliche, verängstigte Mensch, erschaffen konnte. Und er erschuf es mit den edelsten Absichten, das müssen Sie einfach glauben. Was hätten Sie denn getan? Was sollen wir Ihrer Ansicht nach jetzt tun? Seit beinahe zweitausend Jahren hüten wir die Grundsätze, die den Menschen, die die Kirche gründeten, so wichtig waren und an die wir bis heute glauben. Was immer diese Grundsätze bedrohte, musste unterdrückt werden, wir hatten keine andere Wahl. Wir konnten die Menschen nicht im Stich lassen, weder damals noch jetzt. Heutzutage wäre es sogar noch weitaus katastrophaler, wenn man ihnen sagte, dass alles ...» Er konnte den Satz nicht vollenden.

«Eine Riesentäuschung ist?», schloss Reilly knapp.

«Ist es das denn wirklich? Was ist Religion anderes als der Glaube an etwas, das keiner Beweise bedarf, der Glaube an ein Ideal? Und es war ein überaus würdiges Ideal. Wir müssen an etwas glauben. Wir alle brauchen den Glauben.»

Glauben.

Reilly bemühte sich, die Konsequenzen dessen zu erfassen, was Kardinal Brugnone ihm gerade erzählte. Ihm selbst hatte der Glaube als Kind geholfen, mit dem furchtbaren Verlust seines Vaters fertig zu werden. Sein Glaube hatte ihn auch als Erwachsenen geleitet. Und nun erfuhr er ausgerechnet hier, im Herzen der katholischen Kirche, dass alles nur eine Täuschung sein sollte?

«Wir brauchen aber auch Ehrlichkeit», konterte er wütend. «Wir brauchen Wahrheit.»

454

«Der Mensch braucht vor allem seinen Glauben und das mehr denn je», beharrte Brugnone. «Was wir haben, ist immer noch weitaus besser, als gar keinen Glauben zu besitzen.»

«Der Glaube an eine Auferstehung, die es nie gegeben hat? Der Glaube an einen Himmel, der nicht existiert?»

«Agent Reilly, ich versichere Ihnen, viele anständige Menschen haben damit gerungen und sind alle zum gleichen Schluss gelangt: Der Glaube muss erhalten bleiben. Die Alternative wäre einfach zu schrecklich.»

«Aber wir sprechen hier nicht über Jesu Worte und Lehren. Wir sprechen über Wunder und Auferstehung.»

Brugnone blieb ungerührt. «Das Christentum wurzelt nicht in den Lehren eines weisen Mannes. Es beruht auf etwas weitaus Bedeutsamerem – den Worten von Gottes Sohn. Die Auferstehung ist mehr als ein Wunder, sie ist das Fundament der Kirche. Ohne sie bricht alles zusammen. Denken Sie an den ersten Korintherbrief: ‹Ist aber Christus nicht auferstanden, so ist unsre Predigt vergeblich, so ist auch euer Glaube vergeblich.›»

«Die Gründer der Kirche haben diese Worte selbst ausgesucht», rief Reilly. «Die Religion soll uns doch helfen zu verstehen, wozu wir hier auf Erden sind, oder? Wie sollen wir denn überhaupt etwas verstehen, wenn wir schon von falschen Voraussetzungen ausgehen? Diese Lüge hat jeden einzelnen Aspekt unseres Lebens verzerrt.»

Brugnone atmete seufzend aus und nickte. «Mag sein. Wenn alles heute anfinge und nicht vor zweitausend Jahren, hätten wir es vielleicht anders lösen können. Aber wir fangen nicht heute an. Der Glaube besteht schon lange, er wurde uns überliefert, und wir müssen ihn erhalten, alles andere wäre

Selbstzerstörung. Und, wie ich befürchte, ein vernichtender Schlag für unsere zerbrechliche Welt.» Sein Blick war nicht mehr auf Reilly, sondern in die Ferne gerichtet. «Von Anfang an haben wir uns in der Defensive befunden. Angesichts unserer Position mag dies natürlich sein, aber es wird zunehmend schwieriger ... Die moderne Wissenschaft und Philosophie bestärken die Menschen nicht gerade im Glauben. Zum Teil ist die Kirche selber schuld daran. Seit Konstantin das frühe Christentum mit seinem politischen Scharfsinn vereinnahmte, hat es viel zu viele Schismen und Auseinandersetzungen gegeben. Zu viel doktrinäre Kleinlichkeit, zu viel Betrug und geistigen Verfall, zu viel Gier. Die ursprüngliche Botschaft Jesu wurde von Egoisten und Frömmlern pervertiert und durch kleinliche Rivalität und unnachgiebige Fundamentalisten unterminiert. Und wir begehen nach wie vor Fehler, die unserer Sache nicht gerade dienlich sind. Weichen den grundlegenden Problemen der Menschen aus. Tolerieren schändlichen Missbrauch, die Verfolgung Unschuldiger, schmieden sogar Komplotte, um diese zu vertuschen. Wir finden uns nur langsam in einer veränderten Welt zurecht, und nun, da wir besonders angreifbar sind, gerät alles aufs Neue in Gefahr, genau wie vor siebenhundert Jahren. Nur ist unser Bauwerk größer geworden, als man es sich je erträumt hatte, und sein Zusammenbruch wäre eine Katastrophe.

Wenn wir die Kirche heute mit der neuen Geschichte des Jeshua von Nazareth gründeten, könnten wir sie vielleicht anders gestalten. Wir könnten die verwirrenden Dogmen vermeiden und alles einfacher anlegen. Sehen Sie sich den Islam an. Genau das ist ihm gelungen, keine siebenhundert Jahre nach der Kreuzigung. Ein Mann kam daher und sagte: ‹Es gibt keinen Gott außer Gott, und Muhammad ist sein

Prophet.› Nicht der Messias, nicht der Sohn Gottes; kein Vater oder Heiliger Geist, keine komplizierte Dreifaltigkeit – nur ein Bote Gottes. Das war alles. Und es war genug. Die Schlichtheit der Botschaft verbreitete sich wie ein Lauffeuer. Ihre Anhänger eroberten in weniger als hundert Jahren die halbe bekannte Welt, und es schmerzt mich, wenn ich daran denke, dass der Islam heute die am schnellsten wachsende Weltreligion ist. Dabei findet er sich noch langsamer als wir mit den Gegebenheiten und Bedürfnissen der modernen Zeit ab, was auch den Muslimen irgendwann Probleme bescheren wird. Aber wir waren ebenfalls langsam, langsam und überheblich, und wir bezahlen heute dafür. Obwohl wir jetzt am dringendsten gebraucht werden.» Er blickte Reilly an.

«Denn gebraucht werden wir, das ist sicher. Die Menschen brauchen uns, weil sie eben irgendetwas brauchen. Schauen Sie sich um, überall Angst, Zorn, Gier, Korruption, die alles durchdringen. Schauen Sie sich das moralische Vakuum an, den geistigen Hunger, den Mangel an Werten. Die Welt wird immer fatalistischer, zynischer und desillusionierter. Der Mensch ist gleichgültiger, liebloser und selbstsüchtiger denn je. Wir stehlen und töten in nie gekanntem Ausmaß. Firmenskandale verschlingen Milliarden von Dollar. Kriege werden grundlos vom Zaun gebrochen, Millionen bei Völkermorden getötet. Die Wissenschaft mag uns von Krankheiten wie den Pocken befreit haben, dafür hat sie unseren Planeten zerstört und uns zu ungeduldigen, einsamen, gewalttätigen Wesen gemacht. Wer Glück hat, mag ein wenig länger leben, aber ist unser Leben deshalb erfüllter oder friedlicher? Ist die Welt wirklich *zivilisierter* als vor zweitausend Jahren?

Jahrhunderte zuvor wussten wir es nicht besser. Kaum jemand konnte lesen und schreiben. Doch welche Entschuldigung haben wir in unserer so genannten aufgeklärten Zeit für ein so abgrundtief schändliches Benehmen? Der Intellekt mag sich weiterentwickelt haben, aber die Seele ist dabei auf der Strecke geblieben; sie hat sich, wie ich behaupten möchte, sogar zurückgebildet. Wieder und wieder hat der Mensch bewiesen, dass er im Grunde seines Herzens ein wildes Tier ist, und obwohl die Kirche predigt, dass wir einer höheren Macht verpflichtet seien, verhalten wir uns dennoch abscheulich. Stellen Sie sich vor, wie es erst ohne die Kirche wäre. Aber wir verlieren offenbar die Fähigkeit, die Menschen zu inspirieren. Wir sind nicht für die Menschen da, die Kirche ist nicht mehr für sie da. Und wir müssen auch noch als Vorwand für Krieg und Blutvergießen herhalten. Wir bewegen uns auf eine furchtbare geistige Krise zu, Agent Reilly. Diese Entdeckung könnte zu keinem schlimmeren Zeitpunkt kommen.»

Brugnone verstummte und sah zu Reilly hinüber.

«Vielleicht ist es unvermeidlich», meinte dieser resigniert. «Vielleicht ist die Geschichte einfach zu Ende.»

«Mag sein, dass die Kirche eines langsamen Todes stirbt. Schließlich zerfallen alle Religionen irgendwann, und unsere hat länger überdauert als die meisten. Doch eine plötzliche Enthüllung wie diese ... Trotz aller Fehler ist die Kirche noch immer ein wichtiger Teil des menschlichen Lebens. Millionen hilft der Glaube durch den Alltag. Er spendet immer noch Trost, selbst denen, die vom Glauben abgefallen sind. Und letztlich schenkt uns der Glaube etwas, das für uns lebenswichtig ist: Wir überwinden durch ihn die Urangst vor dem Tod und die Furcht vor dem, was nach dem Grab kommen mag. Ohne den Glauben an einen auferstandenen Christus würden Millionen Seelen ziellos dahintreiben. Agent Reilly, wenn wir einen Fehler machen, stürzt die Welt in eine Verzweiflung und Desillusionierung, wie wir sie noch nie erlebt haben.»

Drückendes Schweigen hing im Raum. Reilly konnte sich den unangenehmen Gedanken, die seinen Verstand blockierten, nicht entziehen. Er erinnerte sich an den Beginn dieser ganzen Geschichte, als er am Abend des Reiterangriffs mit Aparo auf den Stufen des Metropolitan Museum gestanden hatte, und fragte sich, wie es ihn hierher ins Epizentrum des Glaubens verschlagen hatte, mitten in ein zutiefst verstörendes Gespräch, das er lieber nicht geführt hätte.

«Wie lange wissen Sie es schon?», fragte er den Kardinal.

«Ich persönlich?»

«Ja.»

«Seit ich dieses Amt übernommen habe. Das war vor dreißig Jahren.»

Reilly nickte bei sich. Eine furchtbar lange Zeit, in der Brugnone sich womöglich mit den gleichen Zweifeln gequält hatte wie er jetzt. «Aber Sie haben sich damit abgefunden.»

«Abgefunden?»

«Sie akzeptieren es.»

Brugnone überlegte einen Moment, seine Augen wirkten besorgt. «Ich werde mich nie damit abfinden, nicht so, wie Sie es meinen. Aber ich habe gelernt, mich dem anzupassen. Mehr konnte ich nicht tun.»

«Wer weiß es sonst noch?» Reilly hörte den Vorwurf in seiner Stimme und spürte, dass auch Brugnone ihn vernahm.

«Eine Hand voll von uns.»

Reilly fragte sich, wie viele es genau sein mochten. Was war

459

mit dem Papst? Wusste er Bescheid? Er hätte es wirklich gern gewusst – eigentlich undenkbar, dass der Papst nicht im Bilde war –, verzichtete aber auf die Frage. Nicht zu viele Angriffe gleichzeitig. Dann fiel ihm etwas anderes ein. Sein Forscherdrang meldete sich zurück und verdrängte alle quälenden Sorgen.

«Woher wissen Sie eigentlich, dass das Tagebuch echt ist?»

Brugnones Blick erhellte sich, seine Mundwinkel verzogen sich zu einem Lächeln. Reillys hoffnungsvoller Ansatz schien ihn zu ermutigen, doch der bittere Ton strafte seinen Ausdruck Lügen. «Der Papst schickte seine bedeutendsten Experten nach Jerusalem, als die Templer das Tagebuch entdeckten. Sie bestätigten seine Echtheit.»

«Aber das ist fast tausend Jahre her», wandte Reilly ein. «Sie könnten sich durchaus getäuscht haben. Wenn es nun doch eine Fälschung war? Soweit ich weiß, lag das durchaus in der Macht der Templer. Und doch sind Sie bereit, es zu akzeptieren, obwohl Sie es nie gesehen haben?» Die nächste Erkenntnis traf ihn wie ein Schlag. «Was nur bedeuten kann, dass Sie die Geschichte der Evangelien immer angezweifelt haben!»

Brugnone schenkte ihm einen strahlenden, tröstenden Blick. «Es gibt jene, die glauben, die Geschichte sei immer nur metaphorisch gemeint gewesen; man könne das Christentum wahrhaft verstehen, indem man den Kern der Botschaft versteht. Die meisten Gläubigen hingegen nehmen jedes Wort der Bibel für bare Münze, wenn Sie den Ausdruck verzeihen. Ich selbst stehe wohl irgendwo dazwischen. Vielleicht bewegen wir uns alle auf einem schmalen Grat. Einerseits wollen wir unseren Geist offen machen für die Wunder der Geschichte, andererseits zweifelt unser Verstand an deren Wahrheit. Falls die Templer tatsächlich eine Fälschung entdeckt haben sollten, würden wir uns intellektuell gewiss wohler fühlen als bisher, doch bis wir geborgen haben, was sich auf dem Schiff befindet …» Er sah Reilly eindringlich an. «Werden Sie uns helfen?»

Reilly schwieg und musterte das faltige Gesicht seines Gegenübers. Er spürte, dass der Kardinal im Grunde seiner Seele ein ehrlicher Mensch war, zweifelte aber nicht an De Angelis' unlauteren Motiven. Half er dem Kardinal, würde er unwillkürlich auch dem Monsignore helfen, was ihm wenig verlockend erschien. Er schaute zu De Angelis hinüber. Nichts von dem, was er gehört hatte, konnte sein Misstrauen gegenüber dem doppelzüngigen Priester und seine Verachtung für dessen Methoden zerstreuen. Doch zunächst gab es wichtigere Dinge. Irgendwo da draußen war Tess mit Vance allein, und eine vernichtende Entdeckung bedrohte Millionen argloser Seelen.

Er schaute Brugnone an. «Ja», antwortete er schlicht.

KAPITEL 72

Tess stand auf dem Achterdeck der *Savarona*, eines umgerüsteten Trawlers. Ein leichter Wind aus Südost strich über das Wasser und ließ einen zarten, salzigen Dunst aufsteigen, den sie beinahe schmecken konnte. Sie genoss die frischen Morgen auf See und die ruhige Klarheit der Sonnenuntergänge. Schwierig waren lediglich die langen Stunden dazwischen.

Nur mit Glück hatten sie die *Savarona* überhaupt so kurzfristig chartern können. In den letzten Jahren war die Nachfrage nach Schiffen für Unterwasserexpeditionen von der Karibik bis nach China sprunghaft gestiegen, was die Verfügbarkeit einschränkte und die Charterpreise in die Höhe trieb. Neben den traditionellen Kunden wie Meeresbiologen, Ozeanographen, Ölgesellschaften und Dokumentarfilmer drängten nun zwei neue Gruppen auf den Markt. Einerseits gab es die wachsende Zahl der Abenteuertaucher, die bereit waren, viele tausend Dollar zu bezahlen, um einmal in die Nähe der *Titanic* zu kommen oder bei den Azoren in zweieinhalbtausend Metern Tiefe heiße Unterwasserschlote zu besichtigen. Zum anderen gab es die Schatzsucher oder «kommerziellen Archäologen», wie sie sich gerne nannten.

Mit Hilfe des Internets hatten sie das Forschungsschiff gefunden. Einige Anrufe und einen Kurzstreckenflug später waren Vance und Tess in Piräus an Bord der *Savarona* gegangen. Der Kapitän, ein großer, braun gebrannter und gut aussehender Grieche namens Georgios Rassoulis, hatte Vance' Vorschlag zunächst aus Termingründen abgelehnt. Er bereitete gerade eine Exkursion in die nördliche Ägäis vor, wo Historiker und ein Filmteam nach einer verschollenen Flotte persischer Triremen suchen wollten. Daher könne er seine Dienste nur für drei Wochen anbieten, was bei weitem nicht ausreichend sei. Selbst die zwei Monate, die sein Ausflug in die Ägäis dauern würde, seien relativ knapp bemessen, da das Aufspüren antiker Schiffswracks der Suche nach der Nadel im Heuhaufen gleiche. Andererseits besaß Vance etwas, das den meisten Expeditionen fehlte: das Astrolabium, mit dem er hoffte, seine Beute in einem Radius von zehn Quadratmeilen einzukreisen.

Vance hatte dem Kapitän erzählt, sie seien auf der Suche nach einem Kreuzfahrerschiff, und andeutungsweise von Gold und anderen Wertgegenständen gesprochen, die man nach dem Fall von Akkon heimlich aus dem Heiligen Land geschafft habe. Rassoulis biss an. Der enthusiastische Glaube des Professors an sein altes Instrument, mit dem man die *Faucon du Temple* innerhalb des engen Zeitlimits orten könne, wirkte überaus ansteckend. Auch konnte er eine gewisse Gier nicht verhehlen und kam Vance' Forderung nach absoluter Diskretion nur zu gern entgegen. Er war das von den kommerziellen Archäologen gewöhnt. Und da er einen Anteil am Schatz für sich ausgehandelt hatte, konnte es ihm nur nutzen, wenn Außenstehende nichts von ihrem Plan erfuhren. Er hatte Vance erklärt, dass das Schiff immer nur für wenige Stunden die fragliche Stelle absuchen und sich danach an andere Orte begeben würde, um von ihrem Zielgebiet abzulenken, ein Plan, dem Vance sofort zustimmte.

Wieder einmal stellte Tess fest, dass die Suche viel Geduld erforderte, die sie momentan nur schwer aufbringen konnte. Um jeden Preis wollte sie wissen, welche Geheimnisse die sanfte Dünung unter ihren Füßen verbarg. Sie spürte, dass sie ganz nahe dran waren; das machte die langen Phasen der Untätigkeit nur noch unerträglicher.

Die Stunden schleppten sich dahin, und sie versank oft in Gedanken, den Blick unbewusst auf die beiden Kabel gerichtet, die das alte Schiff im schaumigen Kielwasser hinter sich herzog. An einem Kabel war ein Side-Scan-Sonar mit niedriger Frequenz befestigt, das alle auffälligen Vorsprünge unter Wasser ortete; am anderen hing ein Magnetometer, das auf Eisenreste im Wrack reagieren würde. In den vergangenen Tagen hatte es aufregende Momente gegeben. Zweimal hatte das Sonar etwas geortet, worauf das ferngesteuerte Tauchboot – nach dem zerstreuten Fisch aus *Findet Nemo* liebevoll *Dori* getauft – zu Wasser gelassen wurde. Tess und Vance waren hoffnungsfroh und mit klopfendem Herzen in den Kontrollraum der *Savarona* geeilt. Dort hatten sie gesessen, die Augen auf den Bildschirm geheftet, auf dem die verschwommenen Bilder aus *Doris* Kamera erschienen. Ihre Phantasie lief auf Hochtouren, und die Enttäuschung war beide Male groß, weil das Sonar nicht fand, was sie erhofft hatten: Einmal handelte es sich um einen wrackgroßen Felsvorsprung, ein anderes Mal um die Überreste eines Fischerboots aus dem zwanzigsten Jahrhundert.

Den Rest der Zeit verbrachten sie mit Warten und Hoffen an der Reling. Tess blieb genügend Muße, um die Ereignisse der letzten Wochen Revue passieren zu lassen. Wie war sie nur in diese Situation geraten, sechzig Kilometer vor der türkischen Küste auf einem Tauchschiff, gemeinsam mit einem

Mann, der einen bewaffneten Überfall auf das Metropolitan Museum begangen hatte, bei dem Menschen gestorben waren. In den ersten Tagen hatte sie sich mit Schuldgefühlen gequält, weil sie Reilly im Stich gelassen und sich Vance angeschlossen hatte. Sie litt unter Panikattacken und konnte oft nur mit großer Mühe dem Drang widerstehen, das Schiff zu verlassen. Doch mit der Zeit hatten sich die Sorgen gelegt. Manchmal versuchte sie, ihre Entscheidungen rational zu betrachten, die beunruhigenden Gedanken zu verdrängen und sich davon zu überzeugen, dass sie etwas Wichtiges tat. Etwas, das nicht nur ihre Karriere pushen und ihr und Kim finanzielle Sicherheit garantieren würde, sondern für Millionen Menschen von Bedeutung wäre. Doch eigentlich war jede Rechtfertigung überflüssig, da sie wie unter einem unerklärlichen Zwang handelte.

Die Erinnerung an Reilly konnte sie jedoch nicht verdrängen. Wie es ihm gehen mochte? Wie ein Dieb in der Nacht hatte sie sich davongestohlen und ihn im Stich gelassen. Es war falsch gewesen, richtig falsch. Sie hatte ihn im Nirgendwo zurückgelassen, obwohl in der Gegend ein Scharfschütze lauerte. Wie hatte sie nur so rücksichtslos handeln können? Die Vorstellung, es womöglich nicht mehr gutmachen zu können, schmerzte sie. Andererseits wusste sie aber auch, dass Vance Recht hatte, als er sagte, Reilly werde ihre Entdeckung an Menschen übergeben, die sie für immer begraben würden. Diesen Gedanken konnte sie nicht ertragen.

Die *Savarona* stampfte durch die etwa zwei Meter hohen Wellen und startete einen neuen Suchlauf im vorgezeichneten Raster. Tess' Blick wanderte von den Kabeln zum Horizont, wo dunkle Wolkenfetzen über einen ansonsten klaren Himmel zogen. Ihre Brust war wie zugeschnürt. Seit der

Nacht, in der sie mit Vance verschwunden war, nagte eine ständige Unsicherheit an ihr: Tat sie wirklich das Richtige? Hatte sie sich alles gründlich überlegt? Sollten bestimmte Geheimnisse lieber verborgen bleiben? War das Streben nach Wahrheit in diesem Fall klug und edel, oder würde sie die ahnungslose Menschheit in eine furchtbare Katastrophe stürzen?

Vance kam aus dem Ruderhaus und trat neben sie an die Reling. Er wirkte verärgert.

«Noch nichts?», erkundigte sich Tess.

Kopfschütteln. «Nach diesem Lauf müssen wir für heute verschwinden.» Er sog tief die Meeresluft ein. «Aber ich mache mir keine Sorgen. Noch drei Tage, dann haben wir das gesamte Suchgebiet durchkämmt.» Er lächelte sie an. «Wir werden es finden. Es ist irgendwo da draußen und spielt mit uns Verstecken.»

Ein fernes Brummen lenkte ihn ab. Er suchte blinzelnd den Horizont ab und runzelte die Stirn, als er die Geräuschquelle ausmachte. Tess folgte seinem Blick und sah es ebenfalls: ein winziger Punkt, ein Hubschrauber, der einige Kilometer entfernt über die Meeresoberfläche strich und scheinbar einen parallelen Kurs zur *Savarona* verfolgte. Sie ließen ihn nicht aus den Augen, bis er abdrehte. Sekunden später war er nicht mehr zu sehen.

«Das war's dann, oder? Die suchen nach uns.»

«Wir befinden uns in internationalen Gewässern», meinte Vance achselzuckend. «Allerdings haben sie sich bisher auch nicht an die Regeln gehalten.» Er schaute zur Brücke hinauf, wo gerade ein Ingenieur den Kontrollraum betrat. «Wissen Sie, was komisch ist?»

«Was denn?»

«Die Mannschaft. Es sind sieben, mit uns beiden also neun. Genau wie Hugues de Payens und seine Truppe. Poetisch, nicht wahr?»

Tess wandte sich ab, da sie ihr Vorhaben alles andere als poetisch fand. «Ich frage mich, ob die jemals so stark gezweifelt haben wie ich.»

Vance musterte sie mit hochgezogenen Augenbrauen. «Sie haben es sich doch nicht anders überlegt, oder?»

«Und Sie?» Sie bemerkte, dass ihre Stimme zitterte, was auch Vance nicht verborgen blieb. «Was wir hier tun, was wir finden könnten ... Beunruhigt Sie das überhaupt nicht?»

«Beunruhigen?»

«Sie wissen genau, was ich meine. Haben Sie nicht ein einziges Mal daran gedacht, welches Chaos wir heraufbeschwören könnten?»

Vance sah sie spöttisch an. «Der Mensch ist ein erbärmliches Wesen, immer verzweifelt auf der Suche nach jemandem oder etwas, das er verehren kann. Und dann sollen alle es verehren, nicht nur er allein. Dies war seit Anbeginn der Zeit der Fluch der menschlichen Existenz. Und das soll mich beunruhigen? Im Gegenteil, ich freue mich darauf. Ich freue mich darauf, Millionen Menschen von einer erdrückenden Lüge zu befreien. Wir gehen nur einen natürlichen Schritt in der geistigen Weiterentwicklung des Menschen. Dies ist der Beginn eines neuen Zeitalters.»

«Sie reden, als würde unsere Entdeckung mit Umzügen und Feuerwerk begrüßt, dabei gab es in der Geschichte unzählige Kulturen, von den Sassaniden bis zu den Inka, die zusammenbrachen, nachdem man ihre Götter angezweifelt hatte.»

Vance blieb ungerührt. «Diese Kulturen fußten auf Lügen,

auf Treibsand, genau wie unsere. Aber Sie machen sich zu viele Sorgen. Die Zeiten haben sich geändert. Die Welt von heute ist doch etwas gereift.»

«Es waren die am höchsten entwickelten Kulturen ihrer Zeit.»

«Schenken Sie den armen Seelen da draußen ein wenig Vertrauen, Tess. Sicher wird es wehtun, aber ... sie können es vertragen.»

«Und wenn nicht?»

Er drehte die Handflächen nach oben, doch sein Ton war selbstsicher und ernst. «Dann ist es eben so.»

Tess schaute ihn an und wandte sich dann dem Horizont zu. Graue Wolkenstreifen tauchten aus dem Nichts auf, in der Ferne war das dunkle Meer mit weißen Schaumkronen getupft.

Vance kam näher heran. «Ich habe lange darüber nachgedacht und glaube letztlich, dass wir wirklich das Richtige tun. Tief drinnen denken Sie genau wie ich.»

Zweifellos hatte er es gründlich durchdacht. Sie wusste, dass ihn das Projekt beruflich und persönlich ganz in Anspruch nahm, ihn förmlich verzehrte. Doch er hatte es immer nur aus einer verzerrten Perspektive betrachtet, die vom tragischen Tod seiner Familie überschattet war.

«Man wird Sie bekämpfen», sagte sie und verspürte seltsamerweise eine leise Hoffnung bei diesem Gedanken. «Man wird Experten aufbieten, die alle erdenklichen Einwände gegen das Tagebuch vorbringen, die es als Fälschung bezeichnen werden. Angesichts Ihrer Vergangenheit ...» Verlegen hielt sie inne.

Er nickte. «Ich weiß. Darum würde ich es auch vorziehen, wenn Sie der Welt das Tagebuch präsentierten.»

Tess spürte, wie sie blass wurde. Mit diesem Vorschlag hatte er sie eiskalt erwischt. «Ich …?»

«Selbstverständlich. Immerhin ist es ebenso Ihre Entdeckung wie meine, und wie Sie sagten, war mein Benehmen in letzter Zeit nicht gerade –», er suchte nach einem passenden Begriff, «– nicht gerade *vorbildlich*.»

Bevor sie antworten konnte, hörte sie, wie die Schiffsmotoren leiser wurden und verstummten. Die *Savarona* wurde langsamer, bis sie sich in den Wind drehte. Rassoulis trat auf die Brücke und rief ihnen etwas zu, das Tess wie durch einen Nebel wahrnahm. Vance schaute sie noch einen Moment lang an, bevor er sich zum Kapitän wandte, der sie aufgeregt zu sich winkte. Seine Worte klangen wie: «Wir haben was!»

KAPITEL 73

Reilly stand im hinteren Bereich der Brücke und sah zu, wie De Angelis und Karakaş, der Kapitän der *Karadeniz*, ein stämmiger Mann mit dichtem schwarzem Haar und buschigem Schnurrbart, sich über den Radarschirm des Patrouillenbootes beugten und ihr nächstes Ziel auswählten.

Ziele gab es genug. Auf dem dunklen Bildschirm leuchteten Dutzende grüner Signale. Manche waren mit digitalen alphanumerischen Kodes versehen, die anzeigten, dass das betreffende Schiff über einen modernen Transponder verfügte. Mit Hilfe der Datenbanken von Küstenwache und Schifffahrt konnte man sie rasch identifizieren und ausschließen, doch gehörten leider die wenigsten Schiffe zu dieser Gruppe. Die allermeisten Kontakte waren anonyme Signale: Hunderte von Fischerbooten und Segeljachten, die sich in diesem beliebten Küstengebiet tummelten. Es würde nicht einfach sein, das Boot zu orten, auf dem sich Vance und Tess befanden.

Es war Reillys sechster Tag auf See, für seine Verhältnisse mehr als genug. Er hatte schnell begriffen, dass er kein Seebär war, doch das Meer hatte sich immerhin anständig benommen. Die Nächte durften sie glücklicherweise an Land verbringen. Jeden Tag liefen sie im Morgengrauen aus Marmaris aus und arbeiteten sich vom Golf von Hisarönü bis ins Gebiet südlich des Dodekanes vor. Die *Karadeniz*, ein Patrouillenboot der SAR-33-Klasse, war leuchtend weiß gestrichen und am Rumpf mit den Worten *Sahil Güvenlik*, dem offiziellen Namen der türkischen Küstenwache, und einem roten Streifen versehen. Ein blitzschnelles und relativ komfortables Boot, das an einem einzigen Tag ein erstaunlich großes Gebiet durchkämmen konnte. In Fethiye und Antalya stationierte Schiffe durchsuchten die Gewässer weiter im Osten. Hubschrauber waren ebenfalls an der Aktion beteiligt. Sie flogen Streife und machten die Schnellboote auf vielversprechende Sichtungen aufmerksam.

Die Kooperation zwischen Luft, See und Land verlief beinahe reibungslos, die türkische Küstenwache war sehr erfahren in der Überwachung dieser verkehrsreichen Gewässer. Die Beziehungen zwischen Griechenland und der Türkei waren dagegen alles andere als herzlich; Fischerei und Tourismus auf der nahe gelegenen griechischen Inselgruppe des Dodekanes führten häufig zu Auseinandersetzungen. Außerdem benutzten verzweifelte Flüchtlinge die schmale Wasserstraße zwischen den Ländern, um aus der Türkei nach Griechenland und von dort weiter in andere EU-Länder zu gelangen. Es galt daher, ein großes Gebiet abzudecken, in dem der Funkverkehr zumeist von harmlosen Ausflugsbooten stammte, was die Überprüfung ebenso mühsam wie langweilig gestaltete.

Während der Radaroffizier über einigen Diagrammen brütete und der Funker seine Notizen mit einer Hubschraubermannschaft abglich, trat Reilly an die Windschutzscheibe der *Karadeniz*. Im Süden lag eine bedrohliche Schlechtwetterfront, eine wogende dunkle Wolkenwand, nur durch einen leuchtend gelben Streifen vom Horizont getrennt. Sie hatte etwas Unwirkliches.

Er spürte förmlich, dass Tess nicht weit war. Nah und doch so unerreichbar. Was mochte sie gerade tun? Hatten sie und Vance die *Faucon du Temple* bereits gefunden? Was würden sie mit dem Tagebuch anfangen? Wie würden sie der Welt ihren Fund verkünden? Er hatte lange überlegt, was er zu ihr sagen würde, wenn sie einander begegneten, doch zu seiner Überraschung war der anfängliche Zorn verflogen. Tess hatte eben ihre Gründe. Er teilte sie nicht, doch er konnte ihren Ehrgeiz akzeptieren, ohne den sie im Leben nie so weit gekommen wäre.

Er schaute über das Cockpit zur anderen Seite des Bootes. Was er sah, gefiel ihm gar nicht. Weit im Norden verdüsterte sich der Himmel ebenfalls. Das Meer wirkte plötzlich wie grauer Marmor, Schaumkronen tupften die ferne Dünung. Der Steuermann schaute zum Ersten Offizier und nickte in Richtung Wolkenwand. Das Schiff schien zwischen den Schlechtwetterfronten eingekeilt. Die Stürme zogen von beiden Seiten auf sie zu. Der Steuermann wirkte ein wenig besorgt, ebenso der Erste Offizier, der zu Karakaş trat und eine Diskussion anfing.

Der Kapitän prüfte Wetterradar und Barometer, dann wechselte er einige Worte mit den beiden Männern. Reilly warf De Angelis einen fragenden Blick zu, der daraufhin zu dolmetschen begann.

«Ich glaube, wir müssen heute früher als geplant zurückkehren. Es scheint nicht eine, sondern zwei üble Schlechtwetterfronten zu geben, die sich schnell auf uns zubewegen.» Der Monsignore zog eine Augenbraue hoch. «Kommt Ihnen das nicht bekannt vor?»

Reilly hatte geschaltet, bevor De Angelis es erwähnte. Die Wetterlage hatte fatale Ähnlichkeit mit jener, die Aimard in seinem Brief beschrieben hatte. Plunkett, der draußen eine Zigarette rauchte, schaute ebenfalls besorgt zum Horizont und wandte sich zum Cockpit, wo Steuermann und Erster Offizier über Skalen und Monitoren brüteten. Sie schienen sich nicht wohl in ihrer Haut zu fühlen. Dann rief der Funker dem Kapitän etwas zu. Karakaş und De Angelis traten an die Funkkonsole, Reilly gesellte sich zu ihnen.

Mit Hilfe der holprigen Übersetzung des Kapitäns erläuterte der Radaroffizier gerade ein Diagramm, in dem er einige Schiffsbewegungen verzeichnet hatte. Ein Boot interessierte ihn besonders, weil es ein seltsames Navigationsmuster aufwies. Es war auffällig lange in einem schmalen Korridor auf und ab gefahren, was an sich nicht weiter ungewöhnlich war, da Fischerboote häufig angestammte Fanggründe besaßen und einige andere Signale sich ganz ähnlich verhalten hatten. Allerdings merkte der Radarexperte an, dass dieses Schiff bislang mehrere Stunden täglich diesen Korridor befahren und dann woanders weitergefischt hatte, nun aber seit zwei Stunden keine Bewegung mehr anzeigte. Außerdem fuhren von den vier Booten im fraglichen Gebiet drei in Richtung Küste, weil sie die Sturmfronten bemerkt hatten. Das vierte hingegen rührte sich nicht von der Stelle.

Reilly schaute genauer hin. Drei Kontakte hatten in der Tat den Kurs geändert; zwei Boote steuerten das türkische Festland an, das dritte die Insel Rhodos.

De Angelis hörte stirnrunzelnd zu. «Das sind sie», sagte er. In diesem Moment kam Plunkett herein. «Wenn sie sich nicht bewegen, haben sie gefunden, wonach sie suchen.» Er sah Karakaş an. «Wie weit sind sie entfernt?»

Karakaş warf einen routinierten Blick auf den Bildschirm. «Etwa vierzig Seemeilen. Bei diesem Seegang etwa zweieinhalb Stunden von hier. Aber es wird schlimmer. Wir müssen eventuell abdrehen, bevor wir sie erreichen. Das Barometer fällt sehr rasch, so etwas habe ich noch nie erlebt.»

De Angelis reagierte unverzüglich. «Egal. Schicken Sie einen Hubschrauber voraus, dann bringen Sie uns so schnell wie möglich hin.»

K∆FI+EL 74

Die Kamera glitt durch die bedrohliche Dunkelheit, vorbei an dahinfließenden Plankton-Galaxien, die den Monitor erhellten, bevor sie rasch wieder aus dem gleißenden Scheinwerferlicht verschwanden.

Ein atemloses Publikum betrachtete die Aufnahmen des Tauchboots im Kontrollraum der *Savarona*, einem winzigen Verschlag hinter der Brücke. Vance und Tess sahen Rassoulis und zwei Technikern, die vor einer Reihe von Bildschirmen saßen, über die Schulter. Links vom Monitor, auf dem die Kamerabilder von *Dori* zu sehen waren, befand sich ein kleinerer GPS-Bildschirm, der die Position des Schiffes anzeigte, das auf seinem Kurs hin und her kreuzte und versuchte, der überraschend starken Strömung standzuhalten. Ein kleiner Bildschirm zur Rechten bot eine Computerdarstellung des Sonar-Scans in Form eines großen Kreises mit konzentrischen Linien in Blau, Grün und Gelb; ein gepixelter Kompass zeigte ihren Kurs an, der fast genau nach Süden führte. Doch alle warfen nur einen flüchtigen Blick auf diese Monitore und konzentrierten sich ganz auf den mittleren Bildschirm, der die Bilder vom Tauchboot zeigte. Fasziniert sahen sie zu, wie ihnen der Meeresboden entgegenkam. Die Anzeige in der Ecke näherte sich rasch der Marke von 173 Metern, die das Echolot des Mutterschiffs signalisierte.

Bei 168 Metern waren die sternartigen Flecken dichter geworden, bei 171 Metern waren einige Krebse aus dem Scheinwerferkegel gezuckt, und bei 173 Metern überflutete eine lautlose Explosion aus gelbem Licht den Bildschirm. Das Tauchboot war angekommen.

Der erfahrene Ingenieur, ein Korse namens Pierre Attal, konzentrierte sich auf seinen Steuerknüppel und die Tastatur, mit denen er seinen elektronischen Schützling steuerte. Er griff nach dem Trackball am Rand der Tastatur und ließ die Kamera mit sanften Bewegungen seiner Finger rotieren, um den Meeresboden einzufangen. Wie bei den Aufnahmen einer Marssonde tauchte man auch hier in eine unberührte Welt. Um den roboterhaften Besucher herum erstreckte sich eine sandige Ebene, die mit der unheimlichen Finsternis verschmolz.

Tess spürte ein Kribbeln und versuchte, ihre Aufregung zu zügeln. Natürlich wusste sie, dass sie wohl noch lange nicht am Ziel waren. Das Side-Scan-Sonar mit niedriger Frequenz erlaubte die genaue Eingrenzung und Untersuchung bestimmter Gebiete. Sie wusste, dass der Meeresboden unter der *Savarona* stellenweise auf 250 Meter abfiel und mit vereinzelten Korallenriffen bewachsen war, von denen viele in etwa die Größe der *Faucon du Temple* hatten. Die Sonarimpulse reichten nicht aus, um das Wrack von derartigen natürlichen Erhebungen zu unterscheiden. An diesem Punkt kamen die Magnetometer ins Spiel, deren Messungen dabei helfen würden, das im Wrack verbliebene Eisen zu orten. Sie waren sorgsam kalibriert – Rassoulis und sein Team hatten berechnet, dass nach 700 Jahren Korrosion im Salzwasser nicht mehr als tausend Pfund Eisen übrig sein würden –, konnten aber durchaus falschen Alarm auslösen, weil sie auch auf natürliche geomagnetische Einschlüsse oder jüngere Wracks reagierten.

Tess sah zu, wie das Manöver, das sie bereits zweimal beobachtet hatte, erneut ablief. Mit kaum merklichen Bewegungen des Joysticks steuerte Attal das Boot sicher über den Meeresboden. Es landete in regelmäßigen Abständen und wirbelte eine Sandwolke auf. Dann drückte er einen Knopf, worauf der Sonarreflektor einen Kreis von 360° beschrieb und seine unmittelbare Umgebung abbildete. Das Team studierte dann das Scan eingehend, bevor Attal erneut zum Joystick griff und den Kleinroboter wieder auf lautlose Suche schickte.

Attal wiederholte den Vorgang etwa ein Dutzend Mal, bevor ein Fleck in der Ecke des Bildschirms erschien. Nach dem nächsten Scan verwandelte sich der Fleck in eine längliche rosa Form, die sich von der blauen Umgebung abhob.

«Geh näher ran», sagte Rassoulis zu Attal.

«Und, was meinen Sie?», fragte Vance.

Rassoulis schaute hoch. «Die Messung des Magnetometers ist ein bisschen hoch, aber …» Er deutete auf den Bildschirm. «Sehen Sie die eckige Kante hier drüben? Und diesen Schwung nach innen? Kommt mir jedenfalls nicht vor wie ein Fels.»

Schweigen senkte sich über den Raum, als das Boot weiterzog. Die Kamera schwebte über eine Wolke aus Wasserpflanzen, die sich sanft im Wasser wiegten. Als sie sich erneut dem Sand näherte, spürte Tess, wie ihr Herz schneller schlug. Am Rand des Lichtstrahls tauchte etwas auf. Die Umrisse waren eckig, die Kurven regelmäßig, es musste von Menschenhand geschaffen sein.

Binnen Sekunden wurden die Umrisse eines Schiffes deutlich sichtbar. Der Roboter schwebte schräg über der Fundstelle und enthüllte das Skelett des Rumpfes.

Tess glaubte, etwas entdeckt zu haben. Aufgeregt deutete sie in eine Ecke. «Was ist das? Können Sie das näher heranholen?»

Attal steuerte seinen Roboter näher. Tess beugte sich gespannt vor. Im grellen Scheinwerferlicht sah sie etwas Gerundetes, Fassartiges, wie aus rostigem Metall. Am Bildschirm war es schwer, die tatsächliche Größe des Objekts einzuschätzen, und sie fragte sich schon, ob es sich wohl um eine Kanone handelte. Ein Kreuzfahrerschiff hätte keine derartigen Geschütze an Bord gehabt. Doch als das Tauchboot näher kam, sah die gerundete Metallform anders aus, breiter und flacher. Rassoulis verzog unglücklich das Gesicht.

«Das ist eine Stahlverkleidung», meinte er.

Sie wusste, was er damit sagen wollte. «Also nicht die Faucon.»

Die Kamera umkreiste den Gegenstand und zeigte ihn aus einem anderen Blickwinkel. Attal nickte grimmig. «Und hier, das ist Farbe.» Er schüttelte missmutig den Kopf. Als der Roboter um die Reste des Rumpfes glitt, wurde klar, dass sie ein weitaus jüngeres Wrack vor sich hatten.

«Mitte neunzehntes Jahrhundert», bestätigte Rassoulis. «Tut mir Leid.» Er warf einen Blick aus dem Fenster. Der Seegang nahm zu, dunkelbäuchige Wolken türmten sich bedrohlich in zwei Richtungen auf. «Wir sollten besser zurückfahren. Das gefällt mir gar nicht.» Er wandte sich an Attal. «Hol Dori rauf. Wir sind fertig für heute.»

Tess nickte niedergeschlagen. Sie wollte schon den Raum verlassen, als etwas ihre Aufmerksamkeit erregte. Ein Schauer überlief sie, und sie deutete erneut auf den Bildschirm. «Was ist das? Genau da? Sehen Sie das?»

Rassoulis schaute konzentriert hin, während Attal den Roboter zu der bewussten Stelle lenkte. Tess sah zwischen den beiden Männern hindurch auf den Monitor. Am Rand des Lichtstrahls tauchte eine Erhebung auf. Sie erinnerte an einen schiefen Baumstumpf, der aus einem kleinen Hügel wuchs. Als der Roboter heranrückte, erkannte sie, dass der Hügel aus Spieren bestand, manche von wehenden Algen überwachsen. Einige Teile waren gerundet wie die Rippen eines uralten Kadavers. Meerespflanzen hatten die geisterhaften Überbleibsel im Lauf der Jahrhunderte überwuchert.

Ihr Herz raste. Ein Schiff, ein noch älteres, das halb unter dem jüngeren Wrack verborgen lag.

Das Boot glitt über das korallenverkrustete Wrack und tauchte es in ein gespenstisches weißes Licht.

Tess war, als würde plötzlich die ganze Luft aus dem Raum gesogen.

Im unwirklichen Licht des Scheinwerfers ragte die Gestalt eines Falken empor.

KAPITEL 75

Mit wachsender Sorge schauten Rassoulis, Vance und Tess aus dem schwankenden Ruderhaus auf die heranziehenden Sturmfronten. Der Wind hatte sich auf dreißig Knoten beschleunigt, statt einer sanften Dünung brachen sich die Wellen an der *Savarona*, und das brodelnde Wasser schien mit den drohenden Wolken im Wettstreit zu liegen.

Unter der Brücke setzte ein kleiner Kran das Tauchboot auf dem Hauptdeck ab. Attal und zwei Seeleute kämpften sich hin, um es zu sichern.

Tess schob das zerzauste Haar aus dem Gesicht. «Sollten wir nicht lieber umkehren?», fragte sie Rassoulis.

«Unsinn», warf Vance ein. «So schlimm ist es nicht. Uns bleibt genügend Zeit, um das Boot noch einmal loszuschicken.» Er lächelte Rassoulis aufmunternd an. «Oder nicht?»

Tess schaute zum Kapitän, der den blauschwarzen Himmel studierte. Im Süden zuckten Blitze durch die Wolken, und selbst aus der Ferne war die Regenwand zu erkennen, die übers Meer peitschte. «Es gefällt mir nicht. Mit einer Front kommen wir klar, aber zwei ... Wenn wir jetzt aufbrechen, können wir noch zwischen ihnen durchschlüpfen.» Er wandte sich an Vance. «Keine Sorge, die Stürme hier draußen dauern nicht lange, und unser GPS-Gerät arbeitet hundertprozentig akkurat. Vermutlich können wir morgen früh schon zurückkommen.»

Vance wirkte unzufrieden. «Ich möchte nicht mit leeren Händen von hier verschwinden», entgegnete er ruhig. «Beispielsweise würde ich gern die Galionsfigur mitnehmen. Wir haben doch noch Zeit, sie zu bergen, oder?»

Rassoulis' Stirnrunzeln verriet, wie wenig ihm die Vorstellung behagte.

«Ich befürchte, der Sturm könnte länger als erwartet dauern», drängte Vance. «Dann kommen wir mit Ihrem nächsten Charterauftrag ins Gehege und können womöglich erst in mehreren Monaten zurückkehren. Wer weiß, was bis dahin alles geschieht.»

Rassoulis schien abzuschätzen, ob sie es sich leisten konnten, noch länger an der Fundstelle zu verweilen.

«Sie werden es nicht bereuen», bohrte Vance weiter. «Holen Sie mir den Falken, dann bin ich zufrieden. Alles andere, was dort unten ist, gehört Ihnen.»

Rassoulis zog fragend die Augenbraue hoch. «Mehr wollen Sie nicht? Nur den Falken?» Er musterte Vance prüfend, und Tess kam es vor, als schaute sie bei einer hochklassigen Pokerpartie zu. «Wieso?»

Der Professor zuckte die Achseln und wirkte auf einmal ganz weit weg. «Das hat persönliche Gründe. Sagen wir … ich muss etwas zum Abschluss bringen.» Sein Blick wurde wieder scharf. «Wir verschwenden Zeit. Es geht sicher, wenn wir uns beeilen. Und danach gehört alles Ihnen.»

Der Kapitän überlegte rasch, nickte dann und trat beiseite, um Attal und der Mannschaft einige Befehle zuzurufen.

Vance zitterte vor Nervosität. «Es ist fast geschafft», murmelte er, «fast geschafft.»

481

«Wie weit noch?», rief De Angelis dem Kapitän zu.

Reilly spürte, wie die Brücke der *Karadeniz* heftig vibrierte, weitaus stärker als zuvor. Über eine Stunde lang hatten sie die Wellen, die von Steuerbord heranprallten, diagonal durchschnitten. Der Wind heulte und tobte, die Motoren stemmten sich gegen die Strömung, sie konnten sich nur noch brüllend verständigen.

«Knapp zwanzig Seemeilen», antwortete Karakaş.

«Und der Hubschrauber?»

Der Kapitän fragte beim Radaroffizier nach und rief zurück: «Geschätzte Kontaktaufnahme in weniger als fünf Minuten.»

De Angelis atmete hörbar aus. «Fährt das verdammte Ding denn nicht schneller?»

«Nicht bei diesem Seegang», erwiderte Karakaş knapp.

Reilly trat zum Kapitän. «Wie schlimm wird es sein, wenn wir sie erreichen?»

Karakaş schüttelte den Kopf. Diesmal schrie er nicht, doch Reilly hörte dennoch, was er sagte.

«Das weiß nur Gott.»

Tess schaute gebannt zu, wie Attals Finger *Doris* Greifarm steuerten, um den letzten Gurt um die Galionsfigur zu legen. Trotz der schwierigen Arbeitsbedingungen hatte die Mannschaft das Tauchboot rasch und mit geradezu militärischer Präzision mit der Bergevorrichtung ausgerüstet und zurück ins brodelnde Wasser geschickt. Attal hatte erneut mit dem Joystick gezaubert und das Rückholnetz zügig und sicher in Position gebracht. Jetzt mussten sie es nur noch zusammenziehen, per Fernsteuerung die drei Bojen gleichzeitig aufblasen und zusehen, wie die Galionsfigur sanft nach oben schwebte.

Attal nickte. «Wir können sie raufholen, aber ...» Er zuckte die Achseln und warf einen Blick zum Fenster, an dem der heulende Wind rüttelte.

Rassoulis runzelte die Stirn und sah hinaus in das tobende Inferno. «Ich weiß. Wenn sie erst aus dem Wasser ist, wird es schwierig.» Er schaute Vance missmutig an. «Bei diesem Seegang können wir das Schlauchboot nicht zu Wasser lassen, und ich möchte auch keine Taucher runterschicken. Es wird schwer genug, das Boot einzuholen, aber es ist immerhin befestigt und leicht manövrierbar.» Er überlegte kurz. «Wir können die Figur heute nicht bergen. Wir lassen die Bojen dort und kommen zurück, wenn sich der Sturm verzogen hat.»

Vance sah ihn ungläubig an. «Wir müssen es jetzt raufholen. Es ist vielleicht unsere einzige Chance.»

«Wovon reden Sie eigentlich? Bei diesem Wetter wird niemand herkommen und uns die Figur vor der Nase wegstehlen.»

«Trotzdem!», stieß Vance erbost hervor. «Wir müssen es jetzt machen!»

Rassoulis sah ihn überrascht an. «Hören Sie, ich werde keine Menschenleben dafür riskieren. Wir kehren um, Schluss, aus.» Seine Augen durchbohrten Vance, bevor er sich wieder Attal zuwandte. «Hol Dori so schnell wie möglich rauf.» Noch bevor er weitere Befehle erteilen konnte, erregte etwas seine Aufmerksamkeit: das vertraute, tiefe Wummern von Rotorblättern. Tess hörte es auch, ebenso Vance.

Sie zogen Windjacken über und traten auf das schmale Deck neben der Brücke. Der Wind hatte sich zu einem handfesten Sturm ausgewachsen, es regnete in Strömen. Tess hielt die Hand vor die Augen und schaute zum aufgewühlten Himmel empor. Dann sah sie ihn.

483

Der Hubschrauber, weiß mit einem roten Streifen, strich über das Wasser und flog direkt auf sie zu. Binnen Sekunden war er da und donnerte über ihren Köpfen dahin, bevor er einen Bogen beschrieb und in Schräglage eine zweite Runde über das Schiff flog. Er wurde langsamer und schwebte an Backbord, stemmte sich gegen den Wind, der Luftstrudel der Rotorblätter peitschte die schäumende See und wirbelte fedrige Wasserwolken auf. Tess konnte deutlich das Kennzeichen der türkischen Küstenwache und den Piloten erkennen, der ins Mikrofon sprach, während er ihr Schiff musterte.

Dann deutete er gestikulierend auf seine Kopfhörer, sie sollten ans Funkgerät gehen.

Auf der Brücke der Karadeniz beobachtete Reilly, wie sich De Angelis' Gesicht aufhellte. Der Bericht vom Hubschrauber bestätigte den Kontakt zu einem Tauchschiff. Trotz der ständig schlechter werdenden Wetterlage hielt es seine Position. Der Pilot beschrieb Aktivitäten an Deck in der Umgebung des Krans, irgendein Tauchboot sollte wohl geborgen werden. Auch hatte er die beiden Zielpersonen identifiziert.

«Ich habe ihn gebeten, Funkkontakt aufzunehmen», erklärte Karakaş. «Was soll ich ihnen sagen?»

De Angelis zögerte keine Sekunde. «Sagen Sie ihnen, ein Sturm biblischen Ausmaßes wird sie treffen. Sie sollen verschwinden, wenn ihnen ihr Leben lieb ist.»

Reilly sah ihn an. Das Gesicht des Monsignore unterstrich die erbarmungslose Drohung. Der Mann war entschlossen, Vance und Tess um keinen Preis mit der Beute entkommen zu lassen. Schon früher hatte er bewiesen, wie gering er Men-

484

schenleben schätzte, wenn es darum ging, das große Geheimnis der Kirche zu bewahren. *Jeder ist entbehrlich*, das hatte er bereits mehr als deutlich gemacht.

Reilly musste einschreiten. «Ihre Sicherheit sollte für uns Vorrang haben. Da draußen befindet sich ein ganzes Taucherteam.»

«Eben», erwiderte De Angelis ruhig.

«Viele Möglichkeiten bleiben ihnen nicht», ergänzte Karakaş. Er warf einen Blick auf den Radarschirm, der zahlreiche Signale zeigte, die sich aus der Gefahrenzone entfernten. «Die Stürme haben sie von Norden und Süden eingekesselt. Sie können entweder nach Osten fahren, wo wir zwei Patrouillenboote stationiert haben, um sie abzufangen, oder nach Westen zu uns. Wir haben sie in jedem Fall sicher. Ich möchte bezweifeln, dass sie uns hier noch entwischen können.» Er lächelte freudlos, und Reilly kam der Gedanke, dass Karakaş eine Jagd womöglich genießen würde.

Er schaute zum Vordeck, wo die 23-mm-Maschinenkanone positioniert war, und spürte ein gewisses Unbehagen. Er musste Tess und die anderen warnen.

«Lassen Sie mich mit ihnen reden.»

De Angelis wirkte verblüfft.

«Ich sollte doch helfen. Sie wissen nicht, dass wir hier sind. Möglicherweise sind sie sich auch nicht über das Ausmaß der Stürme im Klaren. Lassen Sie mich mit ihnen reden, dann überzeuge ich sie, uns an die Küste zu folgen.»

Karakaş schien alles egal zu sein. Er sah De Angelis Rat suchend an.

Der Monsignore erwiderte Reillys Blick und nickte. «Gebt ihm ein Mikro.»

485

Tess' Herz schlug bis zum Hals, als Reillys Stimme aus dem Funkgerät ertönte. Sie riss Rassoulis das Mikrofon aus der Hand.

«Sean, hier ist Tess.» Sie war außer Atem, ihr Blut pochte in den Schläfen. «Wo bist du?»

Der Hubschrauber hatte längst abgedreht und war am dunklen, regengepeitschten Himmel verschwunden.

«Nicht weit von euch», knisterte es. «Ich bin auf einem Patrouillenboot etwas fünfzehn Seemeilen westlich. Wir haben noch zwei Boote östlich von euch liegen. Tess, ihr müsst sofort alle Arbeiten einstellen und umkehren. Die beiden Sturmfronten werden genau über euch aufeinander prallen. Ihr müsst nach Westen fahren, Kurs», er schien eine Antwort einzuholen, «Kurs zwei sieben null, wiederhole zwei sieben null. Wir holen euch ab und eskortieren euch nach Marmaris.»

Rassoulis schaute unsicher zu Vance, der sichtlich wütend war. Bevor Tess etwas sagen konnte, ergriff der Kapitän ihr Mikrofon. «Hier spricht Georgios Rassoulis, Kapitän der *Savarona*. Wer sind Sie?»

Statisches Knistern, dann wieder Reilly. «Ich heiße Sean Reilly, FBI.»

Rassoulis blickte finster zum Professor hinüber. Vance stand reglos da, dann wich er ein paar Schritte zurück.

«Warum warnt das FBI ein griechisches Tauchschiff vor einem Sturm im Mittelmeer?»

Vance antwortete an seiner Stelle. «Sie sind wegen mir hier», meinte er gleichgültig. Da entdeckte Tess die Waffe, mit der er auf Rassoulis zielte. «Ich glaube, wir haben von unseren FBI-Freunden genug gehört.» Mit diesen Worten schoss er zweimal auf das Funkgerät. Tess schrie auf, als Fun-

486

ken sprühten und Plastikteile herumwirbelten. Das Knistern verstummte.

«Können wir uns jetzt wieder unserer Aufgabe zuwenden?», zischte Vance mit kaum verhohlenem Zorn.

KAPITEL 76

Tess' Körper wurde steif, ihre Füße waren wie festgenagelt. Sie konnte nur reglos in der Ecke des Ruderhauses stehen und Vance beobachten, der sich Rassoulis drohend näherte und ihm befahl, mit der Bergung der Galionsfigur zu beginnen.

«Es ist sinnlos», entgegnete der Kapitän. «Wir können sie bei diesem Wetter unmöglich an Bord holen.»

«Drücken Sie den verdammten Knopf», beharrte Vance, «sonst mache ich es selbst.» Er funkelte Attal an, der noch immer am Steuerpult des Tauchboots saß. Seine Finger umklammerten reglos den Joystick.

Der Techniker warf einen Blick zum Kapitän, und Rassoulis nickte leicht. Attal ging behutsam ans Werk. Auf dem Monitor schrumpfte die Kameraaufnahme, als sich das Boot entfernte; dann füllten sich die orangefarbenen Bojen binnen Sekunden mit Luft. Zuerst schien sich der Falke nicht zu bewegen, hartnäckig widersetzte er sich dem Sog der großen Bojen. Dann plötzlich löste er sich wie ein entwurzelter Baumstamm in einem Sandwirbel vom Boden und stieg, eine Fahne aus jahrhundertealtem Sediment hinter sich herziehend, nach oben. Attal steuerte Dori parallel daneben und hielt das verschwommene, unwirkliche Bild des emporschwebenden Falkenkopfes dabei auf dem Monitor fest.

Die Tür klapperte, ein Seemann kam von der Gangway

herein. Vance löste sich vom Monitor und sah unwillig hinüber. Rassoulis holte unvermittelt aus und wollte ihm die Waffe entreißen. Tess schrie auf und wich zurück, während Attal und ein anderer Techniker aufsprangen, um ihrem Kapitän zu helfen. Da löste sich mit einem lauten Knall ein Schuss.

Vance und Rassoulis verharrten einen Moment eng umschlungen. Als Vance zurücktrat, sank der Kapitän zu Boden. Blut quoll aus seinem Mund, die Augen waren verdreht, und man sah nur noch das Weiße.

Entsetzt schaute Tess auf den Körper, der noch einmal zuckte und dann erschlaffte. «Was haben Sie getan?», brüllte sie. Sie sank neben Rassoulis auf die Knie, horchte auf Atemzüge, tastete nach dem Puls.

Nichts.

«Er ist tot! Sie haben ihn umgebracht!»

Attal und die anderen Seeleute waren wie gelähmt. Dann schoss der Steuermann reflexartig auf Vance zu und griff nach der Waffe. Verblüffend flink schlug Vance ihm den Lauf ins Gesicht, sodass der Mann zu Boden stürzte.

«Holt mir den Falken, dann können alle nach Hause», befahl Vance. «Sofort.»

Zögernd machten sich der Erste Offizier und Attal daran, die Bergung vorzubereiten. Die Anweisungen, die sie sich zuriefen, nahm Tess nur wie durch einen Schleier wahr. Sie konnte die Augen nicht von Vance lösen. Das war nicht mehr der Gelehrte, dem sie vor so vielen Jahren begegnet war, und auch nicht der gebrochene, getriebene Mann, mit dem sie diese Irrfahrt angetreten hatte. In seinen Augen erkannte sie die kalte, distanzierte Härte, die sie schon am Abend des Überfalls im Museum bemerkt hatte. Schon damals hatte sie ihr Angst gemacht, und jetzt, angesichts des Toten, der neben ihr auf dem Boden lag, verspürte sie blankes Entsetzen.

Noch einmal schaute sie auf Rassoulis' reglosen Körper. Mit einem Mal dachte sie an ihre Tochter. Sie fragte sich, ob sie sie jemals wieder sehen würde.

Reilly fuhr herum, als Rassoulis' Stimme abbrach und nur noch statisches Knistern aus dem Funkgerät kam. Ihm lief ein Schauer über den Rücken. Was er gehört hatte, klang wie ein Schuss, ganz sicher war er sich jedoch nicht.

«Captain? Tess? Ist da jemand?»

Keine Antwort.

Er schaute den Funker an, der an den Knöpfen und Schaltern des Steuerpults herumfingerte, den Kopf schüttelte und auf Türkisch etwas zum Kapitän sagte.

«Das Signal ist weg», bestätigte Karakaş. «Sieht aus, als hätten sie genug gehört.»

Reilly schaute wütend auf die zuckenden Scheibenwischer, die nichts gegen den Regen ausrichten konnten. Die Karadeniz kämpfte gegen die zunehmende Wucht der Wellen. Alle redeten türkisch, doch Reilly ahnte, dass sich die Crew weitaus mehr auf die tobende See als auf das andere Boot konzentrierte, das nach wie vor die Position zu halten schien. Obwohl sich die Savarona theoretisch in Sichtweite befand, tauchte sie nur dann und wann als verschwommener Umriss auf, wenn die Wellen beide Schiffe gleichzeitig anhoben. Reilly ballte die Faust und dachte an Tess, die sich dort draußen auf dem vom Sturm gebeutelten Schiff befand.

Karakaş und der Erste Offizier sprachen in knappen Worten miteinander, dann wandte sich der Kapitän mit sorgenvollem Gesicht an De Angelis. «Die Sache gerät außer

Kontrolle. Fast fünfzig Knoten Windgeschwindigkeit, und wir können sie bei diesem Wetter kaum zwingen, uns zu folgen.»

De Angelis wirkte seltsam ungerührt. «Solange sie da draußen sind, machen wir weiter.»

Der Kapitän atmete schwer und blickte fragend zu Reilly. «Ich glaube, wir sollten nicht länger hier bleiben. Es ist zu gefährlich.»

«Was ist los mit Ihnen? Sind ein paar Wellen schon zu viel für Sie?» De Angelis deutete wütend in Richtung *Savarona*. «Die kneifen nicht den Schwanz ein. Die haben offenbar keine Angst. Sie etwa?», fragte er anzüglich.

Karakaş schien angesichts der Provokation seine Beherrschung zu verlieren. Er sah den Monsignore drohend an, bevor er seinem nervösen Ersten Offizier einige Befehle zubellte. De Angelis nickte grimmig.

Der Regen trommelte wie Schrot auf die Windschutzscheibe, Böen prallten aus allen Richtungen gegen das Ruderhaus. Weiße Schaumflecken wirbelten umher, vom Deck strömte Wasser.

Und dann tauchten sie auf.

Drei orange Bojen an Backbord, die wie Wale aus dem Wasser emporschossen.

Tess schaute angestrengt in den Regen hinaus, dann entdeckte sie eine längliche, geschwungene Form, die zwischen den Bojen auf dem Wasser schaukelte. Die Vogelgestalt war unverkennbar und beschwor selbst nach Jahrhunderten und bei diesem höllischen Wetter die Erinnerung an frühere Pracht und Herrlichkeit herauf.

Ein Leuchten ging über Vance' Gesicht. Einen Moment

lang spürte Tess ein Kribbeln, eine Welle der Erregung, die Angst und Schrecken überlagerte.

«Taucher runter», brüllte Vance dem Maat zu, der die blutige Wange des Steuermanns versorgte. Als er dessen Zögern bemerkte, richtete er die Waffe auf den Mann. «Los. Vorher kehre ich nicht um.»

Eine hohe Welle krachte aufs Heck. Die Savarona kippte abrupt zur Seite, der Steuermann torkelte zum Steuerrad und stemmte sich dagegen, um das Schiff heraus aus der Gefahrenzone und näher an die treibenden Bojen zu steuern. Er trotzte geschickt den Wellen und hielt die Position, während zwei Crewmitglieder zögernd in Neoprenanzüge schlüpften und mit dicken Bergungskabeln bewaffnet vom Deck sprangen.

Tess schaute nervös zu, wie die Taucher sich zur Galionsfigur vorkämpften und nach quälenden Minuten endlich die Daumen hoben. Der Maat betätigte einen Schalter, worauf die Winde auf Deck knirschend ansprang. Die Galionsfigur tauchte aus dem brodelnden Wasser auf und schwang hinüber aufs Deck.

Vance runzelte die Stirn, er schien sich auf etwas im Westen, jenseits der hölzernen Form, zu konzentrieren. Attals Gesicht leuchtete auf. Er ergriff Tess' Arm und nickte in dieselbe Richtung. In der Ferne tauchte ein geisterhafter Umriss auf. Es war die Karadeniz, die durch die mörderischen Wellen auf sie zustampfte.

«Weg hier», rief Vance und wedelte wild mit der Waffe.

Schweiß und Blut liefen dem Steuermann übers Gesicht, während er das Steuer umklammerte, damit sich das Schiff nicht breitseitig in die Wellen legte. «Erst müssen wir die Taucher bergen.»

«Nein», tobte Vance, «das Patrouillenboot nimmt sie mit. Das wird sie aufhalten.»

Der Steuermann las die Windwerte vom Wetterradar ab und deutete auf die *Karadeniz*. «Wir können nur genau auf sie zufahren.»

«Unmöglich.»

Das andere Schiff rückte unerbittlich näher. Tess wandte sich an Vance. «Bitte, Bill, es ist vorbei. Sie haben uns eingekreist, wir können nicht mehr weg. Sonst sterben wir in diesem Sturm.»

Er warf ihr einen drohenden Blick zu, seine Augen wurden zu Eis. «Nach Süden», blaffte er, «Kurs Süd, na los.»

Der Steuermann riss die Augen auf, als hätte er einen Schlag in den Magen erhalten. «Nach Süden? Sie sind wahnsinnig, dann fahren wir genau in den Sturm hinein.»

Vance richtete die Waffe auf sein Gesicht, betätigte den Abzug und lenkte den Lauf gerade noch zur Seite. Die Kugel ging knapp daneben und bohrte sich ummittelbar hinter dem Steuermann in ein Schott. Vance warf einen drohenden Blick in die Runde, bevor er dem entsetzten Mann erneut die Waffe vor die Nase hielt. «Sie haben die Wahl, Sturm oder Kugel.»

Der Steuermann starrte ihn an, sah auf die Instrumente, drehte das Steuer und drückte den Gashebel. Das Boot stampfte vorwärts in den Sturm und ließ die hilflosen Taucher zurück.

Erst da bemerkte Vance, dass Tess verschwunden war.

KAPITEL 77

Auf der Brücke der Karadeniz schaute De Angelis wütend und ungläubig durchs Fernglas.

«Sie haben sie», sagte er gepresst, «ich kann es einfach nicht fassen. Sie haben sie tatsächlich heraufgeholt.»

Reilly hatte die Figur ebenfalls entdeckt. Er spürte eine tiefe Besorgnis. Also stimmte es doch. Nach Jahrhunderten hatte ein einziger Mensch durch seine Beharrlichkeit das Geheimnis der Tiefe entrissen.

Was hast du getan, Tess?

Voller Entsetzen begriff er, dass De Angelis jetzt vor nichts mehr zurückschrecken würde.

Der Erste Offizier starrte ebenfalls auf das Tauchschiff, hatte aber andere Sorgen. «Sie drehen nach Süden ab und lassen die Taucher zurück.»

Karakaş stieß rasche Befehle hervor. Sofort heulte eine Sirene los, gefolgt von blitzschnellen Kommandos, die aus den Lautsprechern dröhnten. Taucher erschienen auf Deck, Crewmitglieder machten rasch ein Schlauchboot klar.

Fassungslos betrachtete De Angelis die hektische Aktivität. «Vergesst die verdammten Taucher», bellte er und deutete wild auf die *Savarona*. «Sie hauen ab. Wir müssen sie aufhalten.»

«Wir können die Taucher nicht zurücklassen», konterte Karakaş mit kaum verhohlenem Zorn. «Außerdem schafft es das Schiff nie durch diesen Sturm. Der Seegang ist viel zu stark. Wir müssen verschwinden, sobald wir die Taucher geborgen haben.»

«Nein», knurrte der Monsignore entschlossen. «Selbst wenn die Chancen eins zu einer Million stehen, dass sie heil davonkommen, dürfen wir es nicht zulassen.» Er funkelte den stämmigen Kapitän drohend an. «Versenkt sie.»

Reilly konnte nicht mehr an sich halten. Er packte De Angelis und riss ihn herum. «Das geht nicht, es gibt kein –»

Er verstummte.

Der Monsignore hatte eine Maschinenpistole gezogen und drückte ihm den Lauf ins Gesicht. «Halten Sie sich da raus», brüllte er und stieß Reilly nach hinten.

Reilly sah über den kalten Stahl, der sich knapp vor seinem Gesicht befand, in die Augen des anderen, in denen mörderischer Zorn funkelte.

«Sie haben Ihren Zweck erfüllt. Ist das klar?»

Es war klar. De Angelis würde ohne zu zögern abdrücken. Und er würde tot sein, bevor er zur Gegenwehr angesetzt hatte.

Reilly nickte und wich zurück, vorsichtig, um die Balance zu halten. «Ganz ruhig.»

De Angelis ließ ihn nicht aus den Augen. «Die Kanone», wies er den Kapitän an. «Bevor sie außer Reichweite sind.»

«Wir befinden uns in internationalen Gewässern», erwiderte Karakaş. «Außerdem geht es um ein griechisches Schiff. Wir haben so schon genügend Probleme –»

«Egal», brüllte De Angelis und fuchtelte mit der Waffe. «Dieses Schiff untersteht dem Kommando der NATO, und ich als ranghöchster Offizier erteile Ihnen den direkten Befehl.»

495

«Nein», erklärte Karakaş rundweg, «dann lieber ein Kriegsgericht.»

Die beiden Männer maßen einander mit Blicken. Karakaş zuckte auch angesichts der Waffe nicht mit der Wimper. Er stand wie ein Fels, bis ihn der Monsignore beiseite stieß und Plunkett befahl, Reilly und den Kapitän zu bewachen. De Angelis öffnete die Tür zur Gangway. «Zur Hölle mit euch allen. Dann mache ich es eben selbst.»

Plunkett ging in Stellung und zog die Pistole aus dem Holster. De Angelis trat in die Tür und stemmte sich gegen den tobenden Sturm.

Reilly sah Karakaş fassungslos an. In diesem Moment prallte eine Riesenwelle breitseitig gegen das Boot. Die Brücke erzitterte, alle griffen Halt suchend um sich. Reilly nutzte die Chance. Er schoss auf Plunkett zu, drückte dessen Hand mit der Waffe gegen das Steuerpult, versetzte ihm einen Aufwärtshaken und entriss ihm die Waffe. Plunkett holte wütend aus, doch Reilly wehrte den Schlag ab und schmetterte dem Killer den Pistolenlauf gegen die Stirn. Stumm sackte Plunkett in sich zusammen.

Reilly stopfte sich die Pistole in den Gürtel, schnappte sich eine Schwimmweste, schnallte sie rasch um und lief aufs Deck.

Mit voller Wucht traf ihn der Wind und schleuderte ihn wie eine Puppe gegen das Brückenhaus. Er richtete sich auf und zog sich mühsam an der Reling entlang, bis er die verschwommene Gestalt des Monsignore ausmachen konnte, der sich zielstrebig zum Vordeck kämpfte, wo die Kanone angebracht war. Dazwischen aufgewühltes Meer.

Er versuchte, die Augen mit der Hand abzuschirmen, und konnte einige hundert Meter entfernt die heftig schlingernde *Savarona* entdecken.

Reilly erstarrte. Auf dem Deck unterhalb des Ruderhauses erschien eine kleine Gestalt, die sich verzweifelt an die Reling klammerte.

Das konnte nur Tess sein.

Tess eilte durch den Niedergang. Sie konnte kaum noch klar denken, das Blut pochte ihr in den Ohren. Fieberhaft überlegte sie, wo sie die Axt gesehen hatte.

Da, an der Wand neben der Kombüse.

Binnen Sekunden hatte sie eine Schwimmweste umgeschnallt, tief Luft geholt und sich für das gewappnet, was nun kam. Sie riss die wasserdichte Tür auf, trat über die Schwelle und stürzte sich in das entfesselte Unwetter.

Vance würde sich nicht aus dem Cockpit trauen, das stand für sie fest. Sie umklammerte die Axt mit einer Hand, hielt sich mit der anderen fest und tastete sich vorsichtig über das Hauptdeck, wobei sie einige Rettungsringe löste und über Bord warf. Vielleicht würden sie den Tauchern helfen.

Eine riesige Welle brach sich am Bug. Tess schlang die Arme um die Reling, bevor die Wasserwand sie mit voller Wucht traf und das ganze Deck überflutete. Tess spürte, wie das Deck unter ihr wegsackte, als die *Savarona* vom Wellenkamm kippte und schwer ins Tal prallte. Sie stemmte sich hoch und sah durch die Strähnen, die ihr im Gesicht klebten, den Falken, der wild über dem Deck hin und her schwang. Sie rutschte zum Fuß des Krans, wo das Drahtseil über die Winde lief, und schaute zum Ruderhaus hoch.

Durch die Gischt war Vance' besorgtes Gesicht zu erkennen. Tess nahm allen Mut zusammen, hob die Axt und schwang sie mit voller Kraft gegen das straffe Seil. Die Axt prallte ab und rutschte ihr fast aus der Hand. Vance stürzte aus dem Ruderhaus, gestikulierte und riss entsetzt den Mund auf, doch das Heulen des Windes übertönte seine Stimme. Tess holte erneut aus. Eine Faser riss, dann noch eine, während sie immer wieder mit der Axt gegen das Stahlseil hieb.

Vance sollte die Figur nicht bekommen. Nicht so. Nicht um diesen Preis. Sie war eine Närrin gewesen, ihm überhaupt eine Chance zu geben. Es war an der Zeit, den Schaden wieder gutzumachen.

Die letzte Faser riss, und als die *Savarona* sich unvermittelt nach Backbord neigte, stürzte der Falke ins Meer.

Tess zog sich Stück für Stück über das schiefe Deck, geduckt, damit Vance sie nicht bemerkte. Sie warf einen raschen Blick nach hinten und sah die Bojen aus dem schäumenden Wasser auftauchen. Atemlos wartete sie, ob der Falke noch daran befestigt war, und seufzte erleichtert, als sie die geschwungene braune Form zwischen den Ballons der Bojen aufragen sah.

Ihr Hochgefühl verflog rasch. Ein Stakkato kleiner Explosionen erschütterte die *Savarona*. Tess ging in Deckung. Das Patrouillenboot hatte das Feuer auf sie eröffnet.

Reilly stürzte durch Gischt und Sturm hinter De Angelis her.

Die *Karadeniz* kämpfte um ihre Position, während die Besatzung des Rettungsboots einen der ausgesetzten Taucher in ein festes Schlauchboot hievte und der andere sich verzweifelt an eine Schwimmweste klammerte, bis sie auch ihn geborgen hatten.

Schließlich erreichte der Monsignore das Vordeck. Binnen Sekunden hatte er sich zwischen den halbrunden, gepolsterten Schulterstützen positioniert. Er löste die Sperre

498

der Furcht einflößenden Waffe, schwang sie herum, zielte auf das Tauchschiff und feuerte eine Salve 23-mm-Brandgeschosse ab.

«Nein!», brüllte Reilly und kletterte über das Geländer auf das Geschützdeck. Trotz des Windes war der Lärm der Maschinenkanone ohrenbetäubend.

Er holte aus und riss die Waffe herum. Die Leuchtspuren der Geschosse bewegten sich im Bogen von der *Savarona* weg und versanken im Meer. De Angelis löste eine Schulterstütze und packte Reillys Hand, bog seine Finger unnatürlich weit zurück und versetzte ihm einen heftigen Schlag gegen die Wange. Reilly stolperte rückwärts über das schiefe, nasse Deck.

Er kam nicht wieder hoch, sondern rutschte immer weiter von De Angelis weg. Verzweifelt suchte er Halt und erwischte ein Seilende, konnte sich hochziehen und daran festhalten, während das Patrouillenboot gefährlich über einen Wasserberg schlingerte. Als es den Wellenkamm erreichte, hatte De Angelis wieder Position bezogen. Das Tauchschiff kam erneut in Sicht, und der Monsignore feuerte eine weitere Salve ab. Entsetzt sah Reilly, wie Dutzende von Geschossen ihre tödliche Leuchtspur durch die Dämmerung zogen. Flammen und Rauchwolken schossen empor, als die Kugeln das ungeschützte Heck der *Savarona* trafen.

Tess kauerte hinter einem Stahlkasten. Ihr Herz schlug bis zum Hals, als das Schnellfeuer der Kanone das Schiff traf. Bei tausend Schuss pro Minute besaßen selbst kurze Salven tödliche Vernichtungskraft.

Die Geschosse rissen überall um sie herum das Deck auf, und plötzlich explodierte etwas tief im Inneren des Schiffes.

Tess schrie auf. Schon quoll schwarzer Rauch aus dem Heck und aus den Schornsteinen neben der Tauchplattform. Das Schiff neigte sich seitwärts, als hätte jemand auf die Bremse getreten. Der Motor war getroffen. Hoffentlich nicht auch der Treibstofftank. Tess zählte die Sekunden, nichts geschah.

Doch auch so war die Lage verzweifelt.

Ohne Motor trieb das Schiff hilflos in der tobenden See. Die Wellen rammten die *Savarona* von allen Seiten wie einen Autoskooter.

Entsetzt sah sie eine riesige Wasserwand kommen, die über dem Brückenhaus zusammenschlug. Sie konnte sich gerade noch an eine Rettungsleine klammern, bevor eine Wasserlawine über dem Deck niederging und die dicken Fenster des Cockpits eindrückte.

Sie schob sich das nasse Haar aus dem Gesicht und schaute zum zerstörten Ruderhaus empor. Keine Spur von Vance und den anderen. Tränen stiegen ihr in die Augen, sie rollte sich zu einer Kugel zusammen und hielt die Leine weiter umklammert. Vom Patrouillenboot war nichts mehr zu sehen.

Dann kam sie. Eine riesige Welle. So steil, dass sie beinahe senkrecht emporragte, davor ein ungeheures Wellental, das die *Savarona* aufzusaugen schien.

Sie traf das Schiff backbord.

Tess kniff die Augen zu. Sie konnten das Schiff weder in die Welle steuern noch fliehen; es war ja kein Steuermann mehr da. Bei geschicktem Manövrieren wäre das Schiff immerhin aufrecht aus dem Wasser aufgetaucht, doch nun würde die Monsterwelle sie mit voller Breitseite treffen.

Die Welle hob den 130 Tonnen schweren Stahlrumpf mühelos hoch und warf ihn um wie ein Spielzeugboot.

Reilly sah, wie die Geschosse am Heck einschlugen und schwarzer Rauch aufstieg. Er brüllte De Angelis an, doch der Monsignore konnte ihn unmöglich hören.

Mit einem Mal fühlte er sich vollkommen erschöpft, erkannte aber gleichzeitig, was er zu tun hatte.

Er stemmte sich gegen die Reling, zog die Pistole, zielte und feuerte mehrmals. Ein roter Strahl spritzte aus dem Rücken des Monsignore, er riss die Arme hoch und fiel vornüber auf die Maschinenkanone, deren Lauf ruckartig hochklappte und in den zornigen Himmel zielte.

Reilly warf die Glock weg und hielt angestrengt Ausschau nach der *Savarona*, konnte im strömenden Regen aber nur die wilden Berge und schäumenden Täler des Meeres erkennen.

Irgendwie war es den Rettungsleuten gelungen, die Ausgesetzten an Bord zu holen, und das Patrouillenboot drehte ab. Die Motoren liefen mit voller Kraft, um die *Karadeniz* so schnell wie möglich mit dem Bug in die Wellen zu drehen. Panik überfiel Reilly: Sie fuhren weg, weg von der *Savarona*.

Vorübergehend wurde die Sicht klar, und Reilly erspähte das gekenterte Tauchschiff, über dem die Wellen zusammenschlugen.

Keine Spur von Leben.

Er schaute zur Brücke, wo der Kapitän ihm gestikulierend bedeutete zurückzukommen. Reilly zeigte auf die *Savarona*, doch Karakaş winkte entschieden ab.

Reilly umklammerte mit weißen Knöcheln die Reling und ging fieberhaft die verbleibenden Möglichkeiten durch, doch im Grunde konnte er nur eines tun.

Er sprang in das motorisierte Schlauchboot, das die Taucher an Steuerbord angeleint hatten. Fieberhaft noch Erinnerungen an den FBI-Trainingskurs bei der Küstenwache hervorkramend, löste er die Halterung, packte die Halteleinen und hielt die Luft an, als sein Gefährt vom Patrouillenboot katapultiert wurde und aufs tosende Wasser schlug.

KAPITEL 78

Mit einigen Mühen gelang es ihm, den Motor zu starten und das Schlauchboot zu der Stelle zu steuern, an der er die gekenterte *Savarona* zuletzt gesehen hatte. Er verließ sich auf Instinkt und Hoffnung, da er jegliche Orientierung verloren hatte. Kaum dass man erkennen konnte, wo das Meer aufhörte und der Himmel begann.

Die See hob und senkte sich Schwindel erregend, immer wieder begruben Wellen das winzige Boot. Er konnte sich nur an die Griffe klammern, während der Motorlärm zu einem höllischen Kreischen anschwoll, sobald die Schraube aus dem Wasser tauchte.

Endlose Minuten später entdeckte er eine eckige braune Form, die aus einem Wellental ragte und wie ein Loch im Meer aussah. Er spannte die Muskeln an und hielt mit dem kleinen Außenbordmotor darauf zu, doch die Wellen brachten ihn ständig vom Kurs ab.

Noch immer keine Spur von Tess.

Je näher er kam, desto entsetzlicher wurde der Anblick. Um den Rumpf der *Savarona* herum bewegten sich die Trümmer wie in einem unheimlichen Totentanz. Das Achterdeck war völlig versunken, der Bug ragte noch wie ein Eisberg aus dem Wasser. Langsam ging er nun ebenfalls unter.

Verzweifelt suchte er nach Überlebenden. Plötzlich sah er

Tess. Sie trieb in einer orangen Schwimmweste auf den Wellen und winkte wild mit den Armen.

Er steuerte das Schlauchboot auf sie zu, umschiffte den großen, mit Entenmuscheln bedeckten Rumpf, ließ sie jedoch nicht aus den Augen. Als er nah genug war, griff er nach ihrem ausgestreckten Arm, verfehlte sie, versuchte es noch einmal und konnte ihre Finger endlich fest umschließen.

Als er Tess ins Boot zog, huschte ein schwaches Lächeln über sein Gesicht. Sie strahlte vor Erleichterung, bevor sich ihre Augen mit neuer Angst füllten. Reilly drehte sich um und sah gerade noch, wie eine brechende Welle ein großes Trümmerteil von der *Savarona* herabschleuderte.

Alles wurde schwarz.

Tess war sich sicher, sie würde sterben. Orientierungslos und verwirrt trieb sie in der See und traute ihren Augen nicht, als sie Reilly im Schlauchboot auf sich zukommen sah.

Mit letzter Kraft ergriff sie seine ausgestreckte Hand und hievte sich in das kleine Boot. Im nächsten Augenblick traf ihn die Holzplanke mit voller Wucht am Kopf und schleuderte ihn über den Bootsrand.

Tess glitt zurück ins Wasser und packte ihn, während sie sich mit der anderen Hand an der Halteleine des Schlauchboots festklammerte. Seine Augen waren geschlossen, der Kopf hing schlaff in der Nackenstütze der Schwimmweste. Aus einer klaffenden Wunde an der Stirn quoll Blut, doch es wurde gleich vom schäumenden Wasser fortgewaschen.

Sie wollte ihn ins Boot zurückschieben, es war unmöglich. Allein der Versuch raubte ihr die letzte Kraft. Das Rettungsboot erwies sich als Last, da es voll lief und sie zu rammen drohte. Schweren Herzens ließ sie den Griff los und klammerte sich an Reilly.

Sie sah dem Schlauchboot nach, während sie Reillys Kopf mit Mühe über Wasser hielt. Nur nicht das Bewusstsein verlieren, dachte sie verzweifelt. Der Sturm tobte weiter, und Tess spürte ihre Kräfte rapide schwinden.

Da entdeckte sie ein langes Stück Holz, eine Art Klapptür. Verzweifelt schwamm sie darauf zu, Reilly im Schlepp. Mühsam hievte sie ihn hinauf und sicherte sich und ihn mit einem Seil, das an der Platte hing. Dazu hakte sie noch die Schwimmwesten aneinander. So würden sie wenigstens nicht getrennt werden. Der Gedanke entfachte einen leisen Hoffnungsfunken in ihr.

Tess schloss die Augen und atmete tief ein. Panik konnte sie sich nicht leisten. Sie musste genügend Kraft finden, um sich und Reilly auf dieser winzigen Plattform zu halten. Es blieb ihr nichts, als sich hinzulegen und sich von Wind und Wellen treiben zu lassen.

Das improvisierte Floß schien für einen Augenblick zur Ruhe zu kommen, und sie öffnete hoffnungsvoll die Augen.

Über ihr ragte eine riesenhafte Welle empor, größer als jene, die die *Savarona* zum Kentern gebracht hatte. Reglos schien sie in der Luft zu verharren, als wollte sie Tess verspotten.

Sie klammerte sich eng an Reilly, schloss die Augen und wartete auf den Schlag. Die Welle stürzte wie eine hohe Klippe auf sie herab und verschlang sie beide, als wären sie welkes Laub.

KAPITEL 79

Toskana – Januar 1293

Martin de Carmaux kauerte neben dem kleinen Feuer, den Rücken dem bitterkalten Wind zugewandt. Dessen Heulen vermischte sich mit dem Rauschen eines Wasserfalls, der in die dunklen Tiefen einer nahe gelegenen Schlucht stürzte. Neben ihm stöhnte Hugues leise im Schlaf. Er hatte sich in die Lumpen eines Mantels gehüllt, den sie vor vielen Monaten einem der gefallenen Mameluken bei Bir el Safsaf abgenommen hatten.

Nach dem Untergang der *Faucon du Temple* hatten sie gemeinsam eine lange Reise zurückgelegt, auf der Martin große Zuneigung zu dem alten Seemann entwickelt hatte. Von Aimard de Villiers abgesehen, war er nie einem treueren und entschlosseneren Menschen begegnet, und er schätzte die stoische Ruhe, mit der sein Gefährte jede Widrigkeit ertrug. Auf der beschwerlichen Reise war der Seemann mehrfach bei Kämpfen und Unfällen verletzt worden und legte dennoch Meile um Meile zurück, ohne sich zu beklagen.

Zumindest bis vor wenigen Tagen. Der brutale Winter hielt sie in seinem tödlichen Griff, die eisigen Böen gingen nicht spurlos an dem geschwächten Mann vorüber.

In den ersten Wochen, nachdem sie Bir el Safsaf verlassen hatten, hielt Martin die vier Überlebenden zusammen. Solange sie sich in Reichweite der muslimischen Feinde befanden, baute er auf ihre gemeinsame Stärke. Nachdem sie das Territorium der Mameluken verlassen hatten, entschied er, es sei an der Zeit, Aimards Plan umzusetzen und sich aufzuteilen. Vor ihnen lauerten zahllose Gefahren, unter anderem in Gestalt der Wegelagerer, die sich in den Vorhügeln der Gebirgskette Stara Planina herumtrieben. Und sie waren noch über tausend Meilen von befreundeten Staaten entfernt.

Sein Plan war einfach. Sie würden paarweise mit einem Abstand von einem halben Tag einer vorbestimmten Route folgen. So konnte die Vorhut aus Martin und Hugues die anderen vor Gefahren warnen, während ihr die zweite Gruppe im Notfall zur Hilfe eilen konnte. «Wir dürfen niemals und unter gar keinen Umständen die Sicherheit des Briefes riskieren, selbst wenn es bedeutet, einen Gefährten seinem Schicksal zu überlassen.»

Niemand hatte protestiert.

Allerdings hatte Martin die vor ihnen liegenden Gegebenheiten nicht berücksichtigt. Berge und Abgründe, reißende Flüsse und dichte Wälder hinderten sie am Fortkommen. Oft hatten sie vom geplanten Weg abweichen müssen. Nur einmal, vor Monaten, hatten sie Spuren ihrer Kameraden entdeckt.

Unterwegs waren die Pferde gestorben oder gegen Essen eingetauscht worden, sodass sie seit Wochen zu Fuß gehen mussten. Wenn Martin nachts erschöpft am Lagerfeuer ruhte und dennoch keinen Schlaf fand, fragte er sich oft, ob die anderen mehr Glück gehabt hatten, ob sie womöglich einen leichteren und sichereren Weg gefunden hatten und bereits nach Paris gelangt waren.

Für seine Pläne bedeutete es keinen Unterschied. Er musste weiterziehen.

Als er Hugues' schlafende Gestalt betrachtete, kam ihm ein entmutigender Gedanke. Vermutlich würde der alte Seemann es nicht bis nach Paris schaffen. Der Winter wurde strenger, das Terrain schwieriger, der keuchende Husten seines Gefährten schlimmer. Am Abend hatte ihn ein heftiges Fieber gepackt, zum ersten Mal hatte er Blut gehustet. Mit Schrecken musste Martin sich eingestehen, dass er Hugues bald zurücklassen und allein weiterziehen musste. Doch er konnte ihn nicht in diesem Vorgebirge zurücklassen, hier würde er erfrieren. Er musste seinem Freund eine Unterkunft suchen.

Am Vortag hatten sie jenseits der Bergkette einen kleinen Ort entdeckt. In der Nähe befand sich ein Steinbruch, in dem winzige Gestalten in Staubwolken mit riesigen Marmorblöcken hantierten. Vielleicht würde er dort eine Herberge für seinen Freund finden.

Als Hugues aus unruhigem Schlaf erwachte, erzählte Martin, was er sich überlegt hatte. Der Kapitän schüttelte entschieden den Kopf. «Nein, du musst weiter nach Frankreich. Ich folge dir, so weit ich es schaffe. Auf Fremde dürfen wir uns nicht verlassen.»

Er hatte Recht. Die Verschlagenheit der Menschen dieses Landes war berüchtigt, hier im Norden regierten außerdem Räuberbanden und Sklavenhändler.

Dennoch kletterte Martin am Rand des Wasserfalls die Felsen hinunter. Über Nacht war leichter Schnee gefallen, der den Berg in eine geisterhafte Decke hüllte. In einer engen

508

Schlucht legte er eine Verschnaufpause ein und entdeckte im Stein einige Risse, deren Form ihn an das Kreuz der Templer erinnerte. Ein gutes Omen. Vielleicht würde Hugues in diesem stillen, entlegenen Tal doch seinen Frieden finden.

In der Stadt fragte Martin sich nach dem Heilkundigen des Ortes durch und klopfte bald an die Tür des stattlichen Mannes, dessen Augen in der beißenden Kälte tränten. Der Ritter tischte ihm das Märchen auf, das er sich während des Marsches überlegt hatte: Er und sein Gefährte seien unterwegs ins Heilige Land.

«Er ist krank und braucht Eure Hilfe.»

Der Ältere sah ihn argwöhnisch an. Zweifellos hielt er Martin für einen Vagabunden. «Könnt Ihr zahlen?», knurrte er.

«Wir haben nicht viel, aber für Essen und einige Tage Unterkunft müsste es reichen.»

«Na schön.» Der Mann taute auf. «Ihr seht aus, als wärt auch Ihr kurz vor dem Zusammenbruch. Esst etwas mit mir und sagt mir dann, wo Ihr Euren Freund gelassen habt. Ich hole ein paar Männer, die ihn herbringen können.»

Die plötzliche Herzlichkeit wärmte Martin, und er betrat den Raum mit der niedrigen Decke, wo man ihm Brot und Käse anbot. Er war tatsächlich am Ende seiner Kräfte. Zwischen gierigen Bissen beschrieb er den Berggrat, auf dem er Hugues zurückgelassen hatte. Der stämmige Mann verließ den Raum.

Nachdem er seinen Teller geleert hatte, wurde Martin wieder unruhig. Eine vage Ahnung überkam ihn, und er spähte vorsichtig aus dem Fenster. Der Arzt sprach auf der schlammigen Straße mit zwei Männern und zeigte auf das Haus. Martin zog sich vom Fenster zurück. Als er wieder hinsah, war der Arzt verschwunden, doch die beiden Männer kamen auf ihn zu.

Seine Muskeln spannten sich an. Das alles konnte verschiedene Gründe haben, doch er fürchtete das Schlimmste. Er riskierte einen letzten Blick und sah, wie einer der Männer einen langen Dolch zog.

Rasch suchte er nach einer Waffe, als schon jemand an der Hintertür flüsterte. Lautlos schlich er hin und horchte. Der eiserne Verschluss hob sich und schwang zur Wand, bevor die Tür leise knarrend aufging.

Als der erste Mann hereinspähte, packte Martin ihn, schlug ihm den Dolch aus der Hand und schleuderte ihn gegen die Mauer. Er trat gegen die Tür, die den zweiten Eindringling mit voller Wucht traf. Blitzschnell griff er nach dem Dolch, sprang den Mann an und stieß ihm die Klinge in die Seite. Er riss die Waffe heraus, der Angreifer sank leblos zu Boden.

Dann stürzte Martin sich auf den ersten, der gerade aufstehen wollte, stieß ihn um und rammte ihm den Dolch in den Rücken.

Schnell raffte er herumliegende Lebensmittel an sich und verschnürte sie zu einem Bündel. Er schlüpfte durch die Hintertür und schlug einen Bogen um die Stadt, bis er den Weg fand, der zurück in die Berge führte.

Es dauerte nicht lange, dann waren sie hinter ihm her. Vier oder fünf Männer, deren zornige Stimmen durch den Wald hallten.

Schneeflocken schwebten vom wolkengrauen Himmel. Martin erreichte den Felsen, an dem er vorhin gerastet hatte. Seine Augen glitten über die kreuzförmigen Risse, dann fiel ihm ein, was er vor so vielen Monaten zu seinen Waffengefährten gesagt hatte. *Aimards Brief muss immer und überall geschützt werden.*

Diesen Ort würde er nie vergessen.

Mit dem Dolch löste er einige faustgroße Steine am Fuß des Felsens, schob den Brief in das Loch und verschloss es wieder. Mit der Stiefelferse trat er die Steine fest. Danach setzte er den Aufstieg fort.

Bald verklangen die Rufe der Männer im betäubenden Donnern des Wasserfalls. Am Lagerplatz war keine Spur von Hugues zu entdecken. Seine Verfolger kamen in Sicht. Es waren fünf. Als Letzter ging der Arzt, der ihn verraten hatte.

Martin griff nach seinem Schwert und stieg weiter zum Rand des Wasserfalls. Dort oben wollte er sich dem Kampf stellen.

Der erste Mann, der jünger und stärker als die Übrigen zu sein schien, hatte eine Heugabel mit langen Zinken dabei. Er schoss vor, Martin lehnte sich zurück und holte mit dem Schwert aus. Die Klinge teilte den Stiel der Heugabel wie einen Holzspan. Der Mann hatte so viel Schwung, dass er nach vorn fiel. Martin rammte ihm die Schulter in den Magen, riss ihn hoch und warf ihn über den Rand. Er verschwand im schäumenden Abgrund unter dem Wasserfall.

Sein Schrei hallte Martin noch im Ohr, als die nächsten beiden Angreifer herankamen. Sie wirkten älter und vorsichtiger und waren besser bewaffnet. Einer trug ein kurzes Schwert, das er vor Martin durch die Luft sausen ließ, doch für einen ausgebildeten Ritter war er nicht gefährlicher als ein Kind. Martin parierte mit einem schlichten Stoß, einem Aufwärtsruck, und das Schwert verschwand ebenfalls im Wasserfall. Mit seinem nächsten Hieb trennte er dem Angrei-

511

fer fast den Arm von der Schulter. Er wich dem Vorstoß des dritten Mannes aus, stellte ihm ein Bein und rammte ihm den Schwertknauf gegen den Kopf. Präzise wie ein Henker holte er aus und köpfte ihn.

Er sah, wie der Arzt eilends den Rückzug antrat. In diesem Moment verspürte Martin einen entsetzlichen Schmerz im Rücken. Der Mann, den er entwaffnet hatte, stand hinter ihm und hielt die bluttriefende Heugabel umklammert. Martin taumelte vorwärts, ein Keuchen entrang sich seinen Lippen. Mit letzter Kraft riss er dem Gegner mit seinem Schwert die Kehle auf.

Vollkommen erschöpft verharrte er regungslos, als ihn etwas zwang, sich umzudrehen. Der letzte Verfolger stürmte auf ihn zu, ein rostiges Schwert in der Hand. Martin reagierte zu langsam, doch da wankte Hugues aus dem Dickicht. Der Angreifer wurde abgelenkt, umfing mit beiden Händen den Schwertgriff und durchbohrte den Oberkörper des alten Seemanns.

Blut quoll aus Hugues' Mund, doch irgendwie konnte er noch vorwärts taumeln und den verblüfften Angreifer umklammern, wobei er sich das Schwert noch tiefer in den Leib bohrte. Quälend langsam schob er den Mann rückwärts, Schritt für Schritt, bis sie den Rand der Schlucht über den Wasserfall erreicht hatten. Der Mann ahnte, was geschehen würde, und wehrte sich verzweifelt schreiend gegen den eisernen Griff des Verwundeten.

Martin schaute hoch zu den eng umschlungenen Gestalten. Er meinte, Hugues lächeln zu sehen, bevor der Kapitän der versunkenen *Faucon du Temple* ihm brüderlich zunickte, über den Rand trat und den Angreifer mit sich in die Ewigkeit riss.

Dann traf ihn ein heftiger Schlag am Hinterkopf, ihm wurde übel. Benommen drehte er sich um und erblickte die Gestalt des Arztes, der mit einem Stein in der Hand über ihm stand.

«Ein starker Mann wie du bringt im Steinbruch einen guten Preis. Dank dir brauche ich ihn nicht mal mit den anderen zu teilen», krächzte der Alte höhnisch. «Vielleicht interessiert es dich, dass die Getöteten mit dem Aufseher des Steinbruchs verwandt waren.»

Der Arzt hob den Stein, und Martin wusste, dass er dem Schlag unmöglich ausweichen konnte. Man würde ihn gefangen nehmen und versklaven, niemals würde der Brief Paris erreichen. Er lag im frisch gefallenen Schnee, sah im Geiste noch Aimard de Villiers und Guillaume de Beaujeu, bevor der Stein auf ihn niederging und ihre Gesichter sich auflösten.

KAPITEL 80

Grollender Donner riss Tess aus dem Schlaf. Sie warf sich hin und her, orientierungslos gefangen zwischen Bewusstlosigkeit und Wachsein. Regen trommelte auf ihren Hinterkopf. Ihr ganzer Körper tat weh, als wäre ein Elefant darauf herumgetrampelt. Als ihre Sinne langsam erwachten, hörte sie auch das Heulen des Windes und das Wellenrauschen. Sie erinnerte sich noch an die Wasserwand, die sie zu begraben drohte. Plötzlich überkam sie Angst, aber dann begriff sie.

Sie war an Land.

Die Angst wich der Erleichterung, und sie öffnete die schmerzenden Augen. Zuerst waren die Bilder schwach und verschwommen, dann merkte sie, dass etwas ihre Sicht behinderte. Mit einem zitternden Finger schob sie sich das nasse Haar aus dem Gesicht und betastete ihre Lider. Sie waren geschwollen, ebenso ihre Lippen. Sie wollte schlucken, vergeblich. Eine dornige Kugel schien in ihrem Hals zu stecken. Sie brauchte Wasser, Süßwasser.

Langsam fügten sich die nebelhaften Bilder zusammen. Der Himmel war noch dumpf und grau, aber sie spürte, dass irgendwo hinter ihr die Sonne aufging. Dem Geräusch der Brandung nach musste dort auch das Meer sein. Sie wollte sich hinsetzen, doch ihr Arm war eingeklemmt und rührte sich nicht. Als sie daran zog, durchfuhr sie heftiger Schmerz.

Sie tastete ihn mit der anderen Hand ab und stellte fest, dass der Arm mit einem Seil verschnürt war, das tief ins Fleisch einschnitt. Natürlich, sie hatte sich und Reilly an die Holzplatte gebunden.

Reilly. Wo war er?

Jedenfalls nicht neben ihr. Angst überkam sie aufs Neue. Sie setzte sich und zog mit einiger Mühe ihren Arm unter dem Seil hervor. Dann rollte sie sich auf die Knie, stand langsam auf und sah sich um. Ein langer Sandstrand, an beiden Seiten von felsigen Landzungen begrenzt. Sie machte ein paar Schritte, kniff die Augen zusammen und ließ den Blick über den verlassenen Strand schweifen. Nichts. Sie wollte Reillys Namen rufen, doch ihre brennende Kehle ließ es nicht zu. Eine Welle von Übelkeit und Schwindel überfiel sie. Tess wankte, sank auf die Knie, am Ende ihrer Kraft. Sie wollte weinen, aber es kamen keine Tränen.

Dann kippte sie bewusstlos in den Sand.

Als sie wieder aufwachte, war alles ganz anders. Zum einen herrschte Stille. Kein heulender Wind. Keine hämmernde Brandung. Sie konnte zwar von fern den Regen hören, doch um sie herum war alles wunderbar ruhig. Und sie lag weich. Keine Holzplatte, kein Sand unter dem Kopf. Das hier war ein echtes Bett.

Sie schluckte und spürte, dass es auch ihrem Hals besser ging. Als sie sich umsah, entdeckte sie eine Infusionsflasche, die an einem kleinen Chromständer neben dem Bett hing und Flüssigkeit in ihren Arm leitete. Sie lag in einem kleinen, schlicht möblierten Zimmer. Neben ihrem Bett stand ein Stuhl, daneben ein Tischchen mit einer Wasserkaraffe und einem Glas auf einer fransigen weißen Spitzendecke. Die weiß getünchten Wände waren schmucklos bis auf das kleine Holzkreuz neben ihrem Bett.

Sie wollte sich aufsetzen, wobei ihr wieder schwindlig wurde. Das Bett knarrte. Schritte, unverständliche Worte, eine weibliche Stimme, dann tauchte eine Frau auf und lächelte sie besorgt an. Sie war groß, etwa Ende vierzig, mit olivbrauner Haut und dunklen Locken, um die sie ein weißes Kopftuch gebunden hatte. Ihre Augen strahlten freundlich und warm.

«Doxa to Theo. Pos esthaneste?»

Bevor Tess etwas sagen konnte, eilte ein Mann ins Zimmer und sah sie aufmunternd an. Er trug eine Metallbrille, hatte kupferbraune Haut und dunkles, nach hinten gekämmtes Haar, das wie gelackt glänzte. Er stieß einige Worte in derselben fremden Sprache hervor, lächelte Tess an und stellte eine Frage, die sie nicht verstand.

«Tut mir Leid», murmelte sie und räusperte sich. «Ich verstehe Sie nicht …»

Der Mann warf seiner Begleiterin einen ratlosen Blick zu und wandte sich wieder an Tess. «Entschuldigung, ich dachte, Sie wären – sind Sie Amerikanerin?», erkundigte er sich auf Englisch mit starkem Akzent und reichte ihr das Wasserglas.

Tess trank einen Schluck und nickte.

«Was ist passiert?»

Sie suchte nach Worten. «Wir waren auf einem Schiff, dann kam ein Sturm und …» Sie verstummte. Allmählich lichtete sich der Nebel in ihrem Kopf, Fragen tauchten auf. «Wo bin ich? Wie bin ich hergekommen?»

Der Mann beugte sich vor und befühlte ihre Stirn. «Ich heiße Costa Mavromaras und bin der Arzt hier im Dorf. Das ist meine Frau Eleni. Fischer haben Sie am Strand von Marathounda gefunden und hergebracht.»

Die Namen und der Akzent verwirrten sie. «Wo bitte ist ... hier?»

Mavromaras lächelte. «Sie sind in unserem Haus in Gialos.»

Die Verwirrung war ihr wohl deutlich anzumerken, da er die Stirn runzelte. «Gialos auf Symi», erklärte er dann. «Was dachten Sie denn, wo Sie sind?»

Alles verschwamm.

Symi?

Was hatte sie auf einer griechischen Insel zu suchen? Fragen stürmten auf sie ein. Sie wusste, dass Symi zur Inselgruppe des Dodekanes gehörte, die nahe der türkischen Küste lag, aber es gab so viele Fragen. Welchen Tag hatten sie, wie lange war es her, dass der Sturm die *Savarona* getroffen hatte, wie lange war sie im Meer getrieben – doch das alles konnte warten. Nur eines musste sie um jeden Preis erfahren.

«War ein Mann bei mir?», fragte sie mit zitternder Stimme. «Haben die Fischer noch jemanden ...?» Sie hielt inne, weil der Arzt plötzlich distanziert wirkte. Ihre Sorge wuchs, als er seine Frau ansah und Tess dann zunickte. Die Traurigkeit in seinen Augen traf sie ins Mark.

«Ja, man hat am selben Strand auch einen Mann gefunden, aber sein Zustand ist leider bedeutend ernster als der Ihre.»

Schon schwang Tess die Beine über die Bettkante.

«Ich muss zu ihm», drängte sie. «Bitte.»

Tess schaffte es kaum durch den Flur bis ins Nebenzimmer, doch als sie Reilly sah, wäre sie fast zusammengebrochen. Seinen Kopf hatte man säuberlich bandagiert, es war kein

Blut zu sehen. Das linke Auge und die Wange waren jedoch schwarz und gelb verfärbt und beide Augenlider zugeschwollen. Seine Lippen wirkten trocken und rissig. Auch in seinem Arm steckte ein Infusionsschlauch, dazu hatte er eine Sauerstoffmaske vor dem Gesicht, neben dem Bett stand eine geräuschvoll pumpende Maschine. Am schlimmsten war seine Haut, die totenbleich schimmerte.

Mavromaras half ihr zu einem Stuhl. Noch immer regnete es. Der Arzt berichtete, die Fischer hätten sie und Reilly gefunden, als sie ihre Boote im Osten der Insel überprüften. Sie hatten sich durch das tückische Wetter und die überfluteten Straßen gekämpft, um sie zu ihm in die Klinik zu bringen.

Das war vor zwei Tagen gewesen.

Tess' Zustand habe ihn nicht weiter beunruhigt, da ihr Puls rasch auf die IV-Lösung reagierte. Sie sei immer wieder zu Bewusstsein gekommen, auch wenn sie sich nicht daran erinnern könne. Reilly hingegen gehe es sehr viel schlechter. Er habe viel Blut verloren, die Lunge sei geschwächt, am schlimmsten aber sei die Kopfverletzung.

Ein Schädelbruch liege wohl nicht vor; er könne es aber nicht hundertprozentig sicher sagen, da es auf der Insel keinen Röntgenapparat gebe. Reilly habe jedenfalls ein Schädeltrauma erlitten und sei bisher nicht zu Bewusstsein gekommen.

Tess spürte, wie sie blass wurde. «Was wollen Sie damit sagen?»

«Seine Vitalfunktionen sind regelmäßig, der Blutdruck ist besser, die Atmung schwach, aber immerhin atmet er selbst. Das Beatmungsgerät dient nur dazu, sein Gehirn ausreichend mit Blut zu versorgen, solange er bewusstlos ist. Ansonsten...»

Ihr Gesicht verdüsterte sich. «Soll das heißen, er liegt im Koma?»

Mavromaras blickte ernst. «Ja.»

«Haben Sie hier alles, was Sie brauchen, um ihn zu behandeln? Sollten wir ihn nicht besser ins Krankenhaus bringen?»

«Auf unserer kleinen Insel gibt es leider keins. Das nächste befindet sich auf Rhodos. Ich habe nachgefragt, aber der Hubschrauber wurde leider vor drei Tagen beim Sturm beschädigt, und sie warten noch auf Ersatzteile aus Athen. Bei diesem Wetter hätten wir ihn ohnehin nicht dorthin bringen können. Sie hoffen, dass es sich bis morgen bessert. Wenn ich ehrlich bin, würde ich ihn lieber nicht bewegen, und mehr als ein paar zusätzliche Monitore, an die sie ihn anschließen, gibt es auf Rhodos auch nicht.»

Der Nebel um sie herum wurde dichter. «Man muss doch irgendetwas tun können», stammelte sie.

«Leider nicht, er ist ein Komapatient. Ich kann den Blutdruck und den Sauerstoffgehalt des Blutes kontrollieren, aber *aufwecken* kann ich nicht. Wir müssen einfach abwarten.»

Tess traute sich kaum, die Frage zu stellen. «Wann?»

Er kehrte unsicher die Handflächen nach außen. «Es kann Stunden, Tage, Wochen dauern … Man weiß es einfach nicht.» Sein Blick sagte alles. Offenbar war fraglich, ob es dieses «Wann» überhaupt geben würde.

Tess nickte und war dankbar, dass er die furchtbarste Möglichkeit wenigstens nicht ausgesprochen hatte. Sie selbst hatte es schon geahnt, als sie den Raum betreten hatte.

KAPITEL 81

Den Rest des Tages wanderte Tess zwischen ihrem und Reillys Zimmer hin und her und fand jedes Mal Eleni an seiner Seite vor. Die Krankenschwester scheuchte sie sanft zurück in ihr Bett und versicherte ihr in gebrochenem Englisch, Reilly gehe es bestens.

Dem Arzt und seiner Frau hatte sie eine stark zensierte Version der Ereignisse geliefert, die zu ihrem Schiffbruch geführt hatten. Kein Wort über den Grund der Reise oder die Tatsache, dass ein türkisches Kanonenboot sie beschossen hatte. Sie erzählte auch, wie viele Leute sich auf dem Tauchschiff befunden hatten, doch Mavromaras teilte ihr in ernstem Ton mit, man habe zwar Trümmer, aber keine weiteren Überlebenden oder Toten gefunden.

Tess rief in Arizona an, wo Kim und Eileen schon besorgt auf Nachricht warteten, da sie sich mehrere Tage nicht gemeldet hatte. Die Überraschung darüber, dass Tess sich auf einer winzigen griechischen Insel befand, war ihnen trotz der knisternden Verbindung deutlich anzumerken. Instinktiv verschwieg sie den Namen der Insel und begriff erst später, dass sie einfach noch nicht bereit war, sich den Fragen der Außenwelt zu stellen. Sie erklärte, in der Gegend habe sich eine unerwartete Forschungsmöglichkeit ergeben und sie wolle sich bald wieder melden. Nachdem sie eingehängt hatte, war sie sicher, dass sie die beiden fürs Erste beruhigt hatte.

Gegen Abend erschienen zwei einheimische Frauen und wurden in Tess' Zimmer geführt. Obwohl sie kaum Englisch sprachen, verstand sie, dass es die Ehefrauen der Fischer waren, die sie und Reilly gerettet hatten. Sie brachten ihr eine Baumwollhose, ein Nachthemd, ein paar weiße Blusen und eine dicke Strickjacke, in die sie sich dankbar einkuschelte. Außerdem hatten sie einen großen Tontopf mit dampfend heißem *Giuvetsi* dabei, einem Gericht aus Lammfleisch und Reisnudeln. Tess langte gierig zu und verschlang zu ihrer eigenen Überraschung eine Riesenportion.

Später wirkte ein heißes Bad Wunder für ihre steifen Muskeln. Mavromaras hatte den Verband am Arm gewechselt, wo ein hässlicher purpurroter Streifen an das Seil erinnerte. Sie hatte sich nicht von den freundlichen Einwänden ihrer Gastgeber abhalten lassen und den ganzen Abend an Reillys Bett gesessen. Allerdings fiel es ihr schwer, mit ihm zu sprechen, wie es Angehörige von Komapatienten häufig taten. Sie wusste nicht, ob es ihm tatsächlich helfen würde und ob er ausgerechnet ihre Stimme hören wollte. Sie gab sich die Schuld an allem, und obwohl sie ihm eigentlich viel zu sagen hatte, wollte sie lieber erst dann mit ihm sprechen, wenn er ihr auch antworten konnte. Sie wollte sich nicht aufdrängen, solange er nur hilflos zuhören konnte oder womöglich gar nichts mitbekam.

Gegen Mitternacht war sie körperlich und seelisch so erschöpft, dass sie in ihr Zimmer zurückkehrte. Sie kuschelte sich zwischen zwei alte Kopfkissen und schlief sofort ein.

Am nächsten Morgen fühlte Tess sich stark genug, um das Haus zu verlassen und ihre steifen Beine zu bewegen. Es war windig, regnete aber nicht mehr, und ein kurzer Spaziergang würde sicher Wunder wirken.

Vorher schaute sie noch bei Reilly hinein. Eleni war wie immer da und massierte sanft sein Bein. Dann erschien Mavromaras, um ihn zu untersuchen. Reillys Zustand war immerhin stabil. Der Arzt erklärte, dass es in solchen Fällen keine allmählichen Besserungen gebe. Was geschah, geschah meist plötzlich. Reilly könne durchaus jeden Moment ohne vorherige Anzeichen aufwachen.

Er sagte, er müsse noch zu einem Patienten auf der anderen Seite der Insel und werde in einigen Stunden zurück sein. Tess begleitete ihn zum Wagen.

«Heute Morgen hat mich die Luftrettung aus Rhodos angerufen. Sie könnten morgen herkommen.»

Tess war sich nicht mehr sicher, ob sie Sean wirklich in ein Krankenhaus bringen wollte. «Ich habe über das nachgedacht, was Sie sagten. Wie ist Ihre ehrliche Meinung?»

Der Arzt lächelte freundlich. «Die Entscheidung überlasse ich Ihnen. Das Krankenhaus ist ausgezeichnet, er wäre dort in guten Händen, das kann ich Ihnen versichern.» Er schien ihre Unsicherheit zu bemerken und fügte hinzu: «Wir können noch abwarten. Mal sehen, wie es ihm morgen früh geht.»

Sie überquerten die Straße und wichen einigen großen Pfützen aus, dann blieb der Arzt vor einem verbeulten Peugeot stehen.

Tess schaute die Straße entlang. Selbst bei dem trüben Wetter war der Ort atemberaubend. Reihen gepflegter neoklassizistischer Häuser in warmen Pastelltönen schmiegten sich an den steilen Hang, der sich bis hinunter zum kleinen Hafen zog. Viele hatten dreieckige Giebel und rote Ziegeldächer. Die überquellenden Abflussrinnen am Straßenrand spien Wasser aus, das sich in Sturzbächen über die steilen Stufen der Gehwege ergoss. Der graue Himmel schien das nächste Unwetter anzukündigen.

«Was für ein Sturm», sagte Tess.

Mavromaras blickte hoch und nickte. «Schlimmer als alles, woran sich selbst die Ältesten hier erinnern können. Und das zu dieser Jahreszeit ...»

Tess dachte an den Sturm, der vor so langer Zeit die *Faucon du Temple* getroffen hatte. «Die Hand Gottes», murmelte sie.

Der Arzt zog fragend die Augenbrauen hoch. «Mag sein. Ich an Ihrer Stelle würde es allerdings eher als Wunder betrachten.»

«Als Wunder?»

«Natürlich. Es ist ein Wunder, dass Sie und Ihr Freund ausgerechnet an unserer Insel angespült wurden. Das Meer ist groß. Etwas weiter nördlich, und Sie wären an der türkischen Küste gelandet, die dort felsig und vollkommen menschenleer ist. Die Städte liegen alle auf der anderen Seite der Halbinsel. Ein bisschen weiter südlich, und Sie hätten die Insel verfehlt und wären in der Ägäis gelandet ...» Er nickte nachdenklich, zuckte die Achseln und warf die Tasche auf den Beifahrersitz. «Ich muss los. Bis heute Nachmittag.»

Tess wollte ihn noch nicht weglassen. Seine Gegenwart tröstete sie. «Kann ich ihm nicht irgendwie helfen?»

«Ihr Freund ist in guten Händen. Meine Frau ist eine ausgezeichnete Krankenschwester. Unsere kleine Klinik lässt sich zwar nicht mit den Einrichtungen vergleichen, die Sie aus Amerika gewöhnt sind, aber wir haben viel Erfahrung

523

mit allen Arten von Verletzungen. Selbst auf kleinen Inseln wie dieser passieren Unfälle.» Er musterte sie eingehend und fügte hinzu: «Haben Sie schon mit ihm gesprochen?»

«Gesprochen?»

«Das sollten Sie unbedingt machen. Ihm Kraft geben.» Er klang beinahe väterlich. «Sie glauben jetzt sicher, Sie wären beim Zauberdoktor gelandet. Ganz und gar nicht. Es gibt viele Studien von renommierten Medizinern, die diese These stützen. Es ist durchaus möglich, dass ein Komapatient hört, was um ihn herum vorgeht. Er kann nur nicht reagieren … noch nicht.» Seine Augen waren voller Hoffnung und Mitgefühl. «Reden Sie mit ihm … und beten Sie.»

Tess lachte leise und wandte sich nachdenklich ab. «Das liegt mir nicht besonders.»

Mavromaras schien ihr das nicht abzunehmen. «Sie machen es im Grunde schon, ohne es selbst zu merken. Allein der Wunsch, er möge gesund werden, ist wie ein Gebet. Und es gibt viele, die für ihn beten.» Der Arzt deutete auf eine kleine Kapelle. Einheimische kamen und gingen, sie grüßten sich an der Tür. «Viele Männer hier leben vom Meer. In der Sturmnacht waren vier Fischerboote auf See. Die Familien haben zu Gott und dem Erzengel Michael gebetet, dem Schutzpatron der Seeleute, und ihre Gebete wurden erhört.

Alle Männer kehrten unverletzt zurück. Nun sprechen sie Dankgebete und bitten auch um die Genesung Ihres Freundes.»

«Sie beten alle für seine Genesung?»

Der Arzt nickte.

«Aber sie kennen ihn doch gar nicht.»

«Das macht nichts. Das Meer hat ihn zu uns geführt, und jetzt ist es unsere Pflicht, ihn gesund zu pflegen.» Er stieg ins

Auto. «Ich muss wirklich los.» Er winkte flüchtig und rollte durch die schlammigen Pfützen den Hügel hinunter.

Einen Moment lang sah Tess ihm nach. Sie wollte ins Haus gehen, zögerte aber. Wann war sie zuletzt aus privaten Gründen in einer Kirche gewesen? Sie überquerte die Straße, ging über den kleinen gepflasterten Hof und betrat die Kapelle.

Sie war etwa zur Hälfte gefüllt. Die Menschen knieten ins Gebet vertieft zwischen den alten Bänken, die vom vielen Gebrauch ganz glatt poliert waren. Es war ein schlichter Raum mit weiß getünchten Wänden, deren Fresken aus dem achtzehnten Jahrhundert von zahllosen Kerzen beleuchtet wurden. In einer Nische entdeckte sie versilberte Ikonen der Erzengel Gabriel und Michael, die mit kostbaren Steinen verziert waren. Inmitten des flackernden Kerzenscheins und der gemurmelten Gebete überkam sie plötzlich der seltsame Drang mitzubeten. Sie versuchte, ihn zu unterdrücken, weil er ihr wie Heuchelei vorkam.

Tess wollte schon gehen, als sie die beiden Frauen sah, die ihr am Vortag Essen und Kleidung gebracht hatten. Bei ihnen waren zwei Männer. Die Frauen eilten herbei und zeigten sich aufrichtig erfreut über ihre rasche Genesung. Sie wiederholten immer wieder den Satz «Doxa to Theo». Tess verstand die Worte nicht, doch sie nickte lächelnd und gerührt. Die Männer der beiden begrüßten sie ebenfalls herzlich. Eine der Frauen deutete auf eine Reihe Kerzen, die in einer Nische am Ende der Kapelle brannte. Mit etwas Mühe verstand Tess, dass die Frauen die Kerzen für Reilly angezündet hatten.

Tess bedankte sich, schaute noch einmal zu den Betenden im Mittelschiff und verließ die Kapelle.

Den Rest des Morgens verbrachte sie bei Reilly und stellte fest, dass sie doch mit ihm sprechen konnte. Sie vermied es, die jüngsten Ereignisse zu erwähnen, und hielt sich, da sie kaum etwas über ihn wusste, an ihre eigene Vergangenheit. Sie berichtete von abenteuerlichen Ausgrabungen, Erfolgen und Niederlagen, erzählte lustige Geschichten über Kim und alles, war ihr gerade in den Sinn kam.

Gegen Mittag kam Eleni und rief Tess zum Mittagessen. Der Zeitpunkt war ideal, da ihr allmählich die Themen ausgingen und sie sich gefährlich nahe an die Ereignisse wagte, die sie gemeinsam durchgestanden hatten.

Mavromaras war inzwischen von seinem Krankenbesuch zurückgekehrt. Tess sagte ihm, es sei wohl besser, wenn Reilly hier im Hause bliebe, falls es ihm und seiner Frau recht sei. Die beiden schienen sich darüber zu freuen, und Tess war erleichtert, dass sie so lange bleiben konnten, bis eine endgültige Entscheidung getroffen werden musste.

Den Nachmittag und den nächsten Morgen verbrachte sie an Reillys Bett. Nach dem Mittagessen brauchte sie frische Luft. Sie beschloss, sich ein wenig weiter hinauszuwagen.

Der Sturm hatte sich zu einer starken Brise abgeschwächt, und aus den dunklen Wolken, die sich noch immer über der Insel ballten, fiel kein Regen mehr. Der Ort gefiel ihr wirklich sehr. Er war unberührt von den Auswüchsen moderner Zeiten, der Charme der Vergangenheit hatte hier überdauert. Die engen Gassen und malerischen Häuser wirkten beruhigend, das Lächeln der Vorübergehenden tröstete sie. Mavromaras hatte erzählt, dass Symi nach dem Zweiten Weltkrieg schwere Zeiten durchgemacht hatte. Nach den Bombardierungen durch Alliierte und Achsenmächte, die sich als Besatzer abwechselten, verließen viele Menschen die Insel. Erst vor wenigen Jahren war das Glück nach Symi zurückgekehrt. Die Wirtschaft florierte, seit Athener und ausländische Touristen die Reize von Symi entdeckt hatten, alte Häuser kauften und liebevoll restaurierten.

Tess ging die steinernen Stufen der Kali Strata hinauf, vorbei am alten Museum, bis sie zu einer Burgruine gelangte. Die Burg war im frühen fünfzehnten Jahrhundert von den Johannitern anstelle einer weit älteren Festung errichtet und im Zweiten Weltkrieg von der Wehrmacht gesprengt worden, die auf diese Weise Munition entsorgte. Tess wanderte zwischen den uralten Mauern umher und blieb vor einer Gedenkplatte für Philibert de Naillac stehen, den französischen Großmeister des Johanniterordens. Schon wieder Ritter, selbst in diesem entlegenen Winkel der Welt, dachte sie, während sie den spektakulären Blick über den Hafen und die schaumgekrönten Wellen genoss. Schwalben schossen aus den Bäumen neben den alten Windmühlen, und ein einsamer Trawler verließ gerade den verschlafenen Hafen. Das unendlich weite Blau, das die Insel umgab, löste eine gewisse Unruhe in ihr aus. Tess verdrängte ihr Unbehagen und beschloss, den Strand aufzusuchen, an dem sie und Reilly angeschwemmt worden waren.

Am zentralen Platz des Ortes fand sie einen Taxifahrer, der zum Kloster von Panormitis fuhr, welches nahe der kleinen Siedlung von Marathounda lag. Nach einer kurzen, holprigen Fahrt setzte er sie am Ortsrand ab. Dort lief sie den beiden Fischern über den Weg, die sie und Reilly gefunden hatten. Ein Strahlen ging über ihre Gesichter, und sie bestanden darauf, sie zu einer Tasse Kaffee in die kleine Taverne des Ortes einzuladen, was Tess dankend annahm.

Obwohl sie sich schlecht verständigen konnten, bekam Tess mit, dass man weitere Trümmer des Tauchschiffs gefunden hatte. Sie führten sie neben die Taverne, wo Bruchstücke aus Holz und Fiberglas aufgeschichtet waren, die man an den Stränden der Bucht aufgesammelt hatte. Die Erinnerungen stürzten auf sie ein, und sie dachte traurig an die Männer der *Savarona*, die ihr Leben verloren hatten und deren Leichen man nie finden würde.

Sie bedankte sich bei den Fischern und ging zum verlassenen, windgepeitschten Strand. Die frische Brise duftete nach Meer, und endlich spähte die Sonne durch die Wolken. Langsam schlenderte sie am Wasser entlang, während die Bilder jenes schicksalsträchtigen Morgens auf sie eindrangen.

Ganz am Ende des Strandes, weit entfernt von der Ortschaft in der Mitte der Bucht, erreichte sie eine schwarze Felsformation. Sie kletterte hinauf, setzte sich an eine flache Stelle und schlang die Arme um die Knie. Weit draußen ragte ein großer Felsen aus dem Wasser, an dem weiße Gischt hochspritzte. Er wirkte bedrohlich, eine weitere Gefahr, der sie und Reilly entgangen waren. Zwei Möwen stritten kreischend um einen toten Fisch.

Plötzlich liefen Tränen über ihre Wangen. Sie schluchzte nicht, musste auch nicht richtig weinen. Die Tränen kamen einfach so. Und so unvermittelt, wie sie gekommen waren, versiegten sie auch. Tess spürte, dass sie zitterte, aber nicht vor Kälte. Es war etwas Archaischeres, das aus ihrem tiefsten Inneren aufstieg. Um das Gefühl loszuwerden, stieg sie wieder hinunter und entdeckte einen Pfad, der sich am Strand entlangschlängelte.

Sie überquerte drei schmale Meeresarme und fand sich nach einiger Zeit in einer entlegenen Bucht an der Südspitze der Insel wieder. Hierher schien keine Straße zu führen. Ein jungfräulicher Halbmond aus Sand, begrenzt von einer Landzunge mit einem gezackten Felsüberhang.

Eine seltsame Form erregte ihre Aufmerksamkeit. Tess blinzelte angestrengt, sie spürte, wie ihr Atem schneller ging und ihr Mund ganz trocken wurde. Ihr Herz raste.

Das kann nicht sein. Unmöglich.

Sie rannte den Strand entlang, bis sie keuchend stehen blieb. Ihr war schwindlig vor Aufregung.

Dort lag die Galionsfigur, komplett mit Gurten und halb aufgeblasenen orangen Bojen.

Sie schien unversehrt.

KAPITEL 82

Vorsichtig berührte Tess die Figur mit der Hand. Sie strich darüber und fühlte sich in die Zeit der Templer zurückversetzt, zu Aimard, seinen Männern und ihrer letzten schicksalhaften Fahrt auf der *Faucon du Temple*.

Ein Gewirr von Bildern tanzte durch ihren Kopf, als sie versuchte, sich an Aimards Worte zu erinnern. Was genau hatte er gesagt? Die Schatulle wurde in den ausgehöhlten Hinterkopf des Falken gesenkt. Die Zwischenräume füllte man mit Harz und bedeckte alles mit einem passenden Holzstück, das mit Holzzapfen befestigt wurde. Auch von außen wurde alles noch einmal mit Harz versiegelt.

Minutiös untersuchte sie den Falkenkopf. Da waren Spuren von Harz. Mit geübten Fingern ertastete sie den Rand des Deckels und die Zapfen. Die Siegel wirkten unversehrt, kein Wasser war in die harzverklebten Hohlräume gedrungen. Durchaus denkbar, dass der Inhalt der Schatulle die Jahrhunderte unbeschadet überstanden hatte.

Sie schaute sich um und entdeckte zwei Steinbrocken, die sich als Hammer und Meißel eigneten. Die ersten Holzschichten konnte sie mühelos abklopfen, doch der Rest widersetzte sich hartnäckig. Tess fand eine verrostete Eisenstange, mit der sie das Harz abkratzte. Sie arbeitete fieberhaft und ohne Rücksicht auf die Grundregeln der Archäologie, bis sie schließlich mit den Fingern in die Höhlung unter dem Holzdeckel greifen und diesen hochstemmen konnte. Die Kante der kleinen verzierten Schatulle wurde sichtbar. Sie wischte sich den Schweiß von der Stirn, kratzte noch etwas Harz weg und hebelte ihren Fund mit der Eisenstange heraus. Dann endlich konnte sie die Finger um die Schatulle schließen und sie herausheben.

Tess konnte ihre Aufregung nicht mehr unterdrücken. Der Schatz. Sie hielt ihn in ihren Händen. Obwohl mit filigranen silbernen Beschlägen verziert, war die Schatulle erstaunlich leicht. Sie trug sie hinter einen großen Felsen, um sie genauer zu untersuchen. Ein eiserner Haken ohne Schloss, dafür mit einem schmiedeeisernen Ring. Sie schlug mit dem Stein auf den Haken, bis er sich vom Holz löste. Tess hob den Deckel und schaute hinein.

Vorsichtig nahm sie den Inhalt heraus. Ein Päckchen, das in geöltes Pergament gewickelt war, ähnlich dem, mit dem man das Astrolabium geschützt hatte. Es war mit Lederriemen verschnürt. Sorgfältig entfaltete sie die Hülle. Darin lag ein Buch, ein ledergebundener Kodex.

Tess ahnte, was es war.

Es kam ihr unerklärlich vertraut vor, das bescheidene Aussehen verriet in keiner Weise den außergewöhnlichen Inhalt. Mit zitternden Fingern klappte sie den Kodex auf und betrachtete die Schrift auf dem ersten Pergament. Die Buchstaben waren verblichen, aber noch lesbar. Als erster Mensch erblickte sie den sagenumwobenen Schatz der Templer, seit Guillaume de Beaujeu ihn vor siebenhundert Jahren in die Schatulle gelegt und Aimard de Villiers anvertraut hatte.

Nur war er nicht länger eine Sage.

Er existierte tatsächlich.

Natürlich durfte man solche Untersuchungen ausschließlich in einem Labor, zumindest aber in einem geschützten Raum durchführen, doch Tess konnte nicht widerstehen. Sie klappte den Kodex ein wenig weiter auf und lüftete eine Seite. Sie erkannte die vertraute bräunliche Tinte der damaligen Zeit, die aus Kohlenruß, Harz, Weinsatz und der Tinte von Tintenfischen angerührt wurde. Die Handschrift war schwer zu entziffern, doch Tess sah, dass es sich um Aramäisch handelte.

Wie gebannt schaute sie auf das schlichte Manuskript in ihrer Hand.

Aramäisch.

Die Sprache Jesu.

Das Blut rauschte in ihren Ohren, als sie mehr und mehr Wörter erkannte.

Langsam, fast gegen ihren Willen begriff sie, was sie da in Händen hielt. Und wer dieses Pergament zuerst berührt, wer diese Worte geschrieben hatte.

Dies waren die Schriften des Jeshua von Nazareth.

Die Schriften des Mannes, den die ganze Welt als Jesus Christus kannte.

KAPITEL 83

Tess wanderte langsam den Strand entlang. Das Päckchen mit dem Kodex hielt sie fest umklammert. Die Sonne ging unter, ein letzter Lichtschein brach durch die graue Wolkenwand am Horizont.

Sie hatte die Schatulle vorsichtshalber hinter einem großen Felsen versteckt. Sie würde sie später holen.

Als sie die kleine Siedlung erreichte, zog sie die Strickjacke aus und versteckte das Päckchen darin. Die beiden Fischer hatten die Taverne verlassen, doch ein anderer Mann, der sie bei ihrer Ankunft gesehen hatte, erklärte sich bereit, sie zum Haus des Arztes zu bringen.

Mavromaras empfing sie mit einem breiten Lächeln. «Wo haben Sie nur gesteckt? Wir suchen schon die ganze Zeit nach Ihnen.» Bevor sie ihm eine Lüge auftischen konnte, schob er sie zu den Zimmern. «Schnell, jemand möchte Sie sehen.»

Reilly schaute sie an, ohne Atemmaske, die rissigen Lippen zu einem tapferen Lächeln verzogen. Er lag halb aufrecht, gestützt von drei großen Kissen. Etwas in ihr löste sich.

«Hallo», sagte er schwach.

«Selber hallo», begrüßte sie ihn erleichtert. Sie fühlte sich auf einmal unglaublich beschwingt. Ganz beiläufig, damit

Eleni und der Arzt nichts merkten, legte sie die Strickjacke auf einen kleinen Schrank gegenüber vom Bett. Dann strich sie Reilly sanft über die Stirn. Ihr Blick wanderte über sein verletztes Gesicht, und sie biss sich auf die Lippen, um ihre Tränen zu unterdrücken.

«Wie schön, dass du wieder da bist», sagte sie leise.

Langsam hellte sich sein Gesicht auf. «Von jetzt an suche ich den Urlaubsort aus, okay?»

Sie lächelte, eine Träne rollte ihre Wange hinunter. «Okay.» Sie schaute den Arzt und seine Frau strahlend an. «Danke.» Sie lächelten nur und nickten. «Ich, wir verdanken Ihnen unser Leben. Wie können wir das je wieder gutmachen?»

«Unsinn», erwiderte Mavromaras. «Es gibt ein griechisches Sprichwort. *De chriasete efcharisto, kathikon mou.* Wer seine Pflicht tut, braucht keinen Dank.» Er und Eleni tauschten einen stummen Blick. «Wir lassen Sie jetzt allein. Sie haben sich sicher viel zu erzählen.»

Tess sprang auf, umarmte den Arzt und küsste ihn auf beide Wangen. Er errötete durch seine Sonnenbräune und verließ mit einem bescheidenen Lächeln das Zimmer.

Dann fiel ihr Blick auf die zusammengeknüllte Strickjacke, die wie eine heimliche Bombe auf dem Schränkchen lag. Sie kam sich vor, als hätte sie alle betrogen, das großzügige Ehepaar, das ihr das Leben gerettet hatte, und auch Reilly. Sie spürte den verzweifelten Drang, ihm alles zu erzählen. Doch dies war der falsche Zeitpunkt.

Bald, sagte sie sich.

Und trat schweren Herzens wieder an sein Bett.

Reilly fühlte sich, als wäre er wochenlang weg gewesen. Er spürte eine seltsam stechende Taubheit in seinen Muskeln, und ihm war noch immer schwindlig. Richtig sehen konnte er auch nicht, da ein Auge fast zugeschwollen war.

Viel wusste er nicht mehr. Er hatte auf De Angelis geschossen und sich danach ins Meer gestürzt. Er hatte Mavromaras gefragt, wie er auf die Insel gekommen sei, doch dieser hatte nur die wenigen Details wiederholt, die er von Tess wusste. Daher war er ungeheuer erleichtert, als er sie heil und gesund an seinem Bett sitzen sah.

Er wollte sich vorsichtig aufsetzen, verzog schmerzhaft das Gesicht und lehnte sich in die Kissen zurück.

«Wie sind wir eigentlich hierher gekommen?», fragte er.

Tess berichtete, woran sie sich erinnerte. Auch in ihrem Gedächtnis klaffte zwischen Riesenwelle und Strand ein schwarzes Loch. Sie erzählte, wie er den Schlag gegen den Kopf erhalten und sie ihre Schwimmwesten zusammengeschnallt hatte, bevor die ungeheure Welle sie traf. Sie berichtete von der Holzplatte und zeigte ihm den tiefen Schnitt an ihrem Arm. Sie wollte ihrerseits wissen, weshalb die Küstenwache auf sie gefeuert hatte; Reilly rekapitulierte seine Reise von dem Moment an, als De Angelis in der Türkei aus dem Hubschrauber gestiegen war.

«Das tut mir Leid», meinte sie zerknirscht. «Ich weiß nicht, welcher Teufel mich geritten hat. Ich muss von Sinnen gewesen sein, dich einfach im Stich zu lassen. Dieses ganze Durcheinander ist einfach ...» Sie fand nicht die richtigen Worte.

«Schon gut», meinte er und lächelte schwach. «Schwamm drüber. Wir haben es beide geschafft, das ist doch die Hauptsache.»

Sie nickte zögernd, und Reilly fuhr fort zu berichten, dass

der Monsignore die Reiter in New York getötet und auch mit der Maschinenkanone auf die *Savarona* gefeuert hatte. Und wie er selbst De Angelis getötet hatte.

Dann begann er mit Kardinal Brugnones Enthüllungen.

Tess bekam ein äußerst schlechtes Gewissen, als sie hörte, was Reilly im Vatikan erfahren hatte. Die ungeheuerliche Wahrheit über ihren Fund vom Strand wurde von ebenjenen Leuten bestätigt, denen er am meisten schaden würde. Sie stand förmlich unter Strom, wollte es aber nicht zeigen, gab sich verblüfft, fragte nach. Und hasste sich mehr und mehr für ihre Unaufrichtigkeit. Am liebsten hätte sie Reilly den Kodex gezeigt, brachte es aber nicht über sich. Sein Gesicht zeugte von tiefem Unbehagen. Dass die Kirche, wie Brugnone ihm offenbart hatte, auf einer Lüge gegründet war, schmerzte ihn sichtlich. Daher wollte sie ihn noch nicht mit dem endgültigen und greifbaren Beweis belasten. Sie bezweifelte, ob sie jemals dazu in der Lage sein würde. Reilly brauchte Zeit. Und auch sie musste gründlich nachdenken.

«Alles in Ordnung?», fragte sie zögernd.

Reilly schaute ins Leere, sein Gesicht verdüsterte sich, als er versuchte, seine Gedanken in Worte zu fassen.

«Komisch, aber diese ganze Sache in der Türkei, im Vatikan, dann der Sturm ... alles kommt mir vor wie ein Albtraum. Vielleicht bin ich zu sehr mit Medikamenten voll gepumpt. Im Moment bin ich nur müde und ausgelaugt, aber irgendwann wird es mich mit voller Wucht treffen.»

Tess musterte ihn. Nein, dies war definitiv der falsche Zeitpunkt, um es ihm zu sagen. «Vance und De Angelis haben bekommen, was sie verdienten», erklärte sie stattdessen.

«Und du bist am Leben. Da kann man doch seinen Glauben wiederfinden, oder?»

«Mag sein», entgegnete er skeptisch.

Reilly schaute sie an, während ihm allmählich die Augen zufielen, und ertappte sich dabei, wie er an die Zukunft dachte. Er hatte meist von Tag zu Tag gelebt und war überrascht, dass ihn diese Gedanken nun ausgerechnet hier auf dieser entlegenen Insel überfielen.

Flüchtig fragte er sich, ob er überhaupt beim FBI bleiben wollte. Er hatte seine Arbeit immer geliebt, doch dieser Fall traf ihn ins Mark. Zum ersten Mal war er des Lebens müde, für das er sich entschieden hatte. Er wollte sich nicht mehr in die kranken Hirne irgendwelcher Verbrecher hineinversetzen, war es leid, ständig dem Schlimmsten zu begegnen, das dieser Planet zu bieten hatte. Ob er durch einen beruflichen Wechsel das Leben wieder schätzen lernen, gar seinen Glauben an die Menschheit wiederfinden konnte?

Seine Lider sanken herab.

«Tut mir Leid», murmelte er, «wir reden später weiter.»

Tess sah, wie Reilly in einen tiefen Schlaf fiel. Sie fühlte sich selbst sehr erschöpft.

Sie dachte daran, wie sie bei seinem Scherz über den nächsten Urlaubsort gelächelt hatte. Ein Urlaub war genau das, was sie jetzt brauchte, und sie wusste auch, wo sie ihn verbringen würde. Arizona wäre der Himmel auf Erden. Sie würde auf direktem Weg dorthin fliegen, nur kurz in New York umsteigen und dann ihre Tochter in die Arme schließen. Falls es Guiragossian und Konsorten nicht gefiel, sollten sie sich zum Teufel scheren.

Plötzlich kam ihr der Gedanke, dass es im Südwesten eine Menge interessante Aufgaben für eine Archäologin gab. Phoenix besaß ein Museum von Weltruf. Dann schaute sie Reilly an. Geboren und aufgewachsen in Chicago, von dort aus nach New York gezogen und offenbar süchtig danach, immer mittendrin zu sein. Sie fragte sich, ob er all das für ein ruhiges Leben in einem Wüstenstaat aufgeben würde. Auf einmal erschien ihr die Frage ungeheuer wichtig, wichtiger vielleicht als alles andere.

Tess trat auf den Balkon und schaute hinauf zu den Sternen. Sie erinnerte sich an die Nacht, in der sie und Reilly allein gezeltet hatten. Schon tagsüber war es still auf der Insel, doch nachts herrschte geradezu himmlische Ruhe. Solche Nächte gab es in Arizona, nicht aber in New York. Was Reilly wohl dazu sagen würde, wenn sie das Manoukian Institute verlassen und nach Arizona ziehen würde? Sie nahm sich vor, ihn bei passender Gelegenheit danach zu fragen.

Sie blickte auf das schimmernde Meer hinaus und überlegte, was sie mit dem Kodex anfangen sollte.

Zweifellos handelte es sich um einen der bedeutendsten archäologischen und religiösen Funde aller Zeiten, der für Hunderte Millionen Menschen weit reichende Folgen haben würde. Wenn sie ihn der Welt präsentierte, würde sie den größten wissenschaftlichen Ruhm seit der Entdeckung des Tutanchamun-Grabes vor achtzig Jahren ernten. Aber was würde aus den Menschen?

Sie wollte mit jemandem darüber sprechen.

Sie *musste* mit Reilly darüber sprechen.

Und zwar bald. Doch zunächst brauchte er Ruhe, genau wie sie. Statt sich in ihr eigenes Bett zu legen, kuschelte sie sich an Reilly, schloss die Augen und war bald eingeschlafen.

KAPITEL 84

Die nächsten Tage erlebte Tess wie in einem Nebel. Morgens blieb sie bei Reilly, unternahm danach lange Spaziergänge und war zum Mittagessen zurück. Am späten Nachmittag wagte sie sich wieder hinaus und wanderte meist zur Burgruine, wo sie zusah, wie die untergehende Sonne mit dem schimmernden Wasser der Ägäis verschmolz. Diese Tageszeit war ihr die liebste. Sie saß ganz still da, es duftete nach Salbei und Kamille, und die idyllische Landschaft zwischen den Felsen lenkte sie ein wenig von dem kleinen Bündel in ihrem Zimmer ab, um das ihre Gedanken sonst unablässig kreisten.

Auf ihren Spaziergängen war sie vielen Leuten begegnet, die immer ein Lächeln und ein paar nette Worte für sie übrig hatten. Am dritten Tag hatte sie die meisten Gassen und Wege des Ortes erforscht und wagte sich weiter hinaus. Begleitet von Eselgeschrei und dem Gebimmel der Ziegenglocken, entdeckte sie die verborgenen Winkel der Insel. Sie hatte eine lange Wanderung zum über einen Damm erreichbaren Inselchen Ay Emilianos unternommen, auf dem sie die Ikonen in der weiß getünchten Kirche besichtigt hatte und über den kiesigen Strand gelaufen war, wo Seeigel an den Felsen unterhalb der Wasseroberfläche hafteten. Sie besuchte das weitläufige Kloster in Panormitis, wo sie zu ihrer Überraschung drei Geschäftsleute aus Athen vorfand, die in den kahlen Gästezimmern wohnten, weil sie einige Tage Ruhe, Einkehr und geistige Erneuerung suchten. Tatsächlich konnte man der Gegenwart der Kirche kaum entkommen. Die Gotteshäuser bildeten den Mittelpunkt der Dörfer, und wie alle griechischen Inseln besaß auch Symi Dutzende winziger Kapellen, die über sämtliche Hügel und Anhöhen verstreut lagen. Wohin man auch ging, überall wurde man an den Einfluss der Kirche erinnert, den Tess aber nicht als bedrückend empfand. Im Gegenteil, die Kirche schien ein natürlicher und unverrückbarer Teil des Insellebens zu sein, der die Bewohner wie ein Magnet anzog und ihnen Trost und Kraft spendete.

Reillys Zustand besserte sich zusehends. Er atmete leichter, die Schwellungen der Lippen und Augen waren zurückgegangen, die wachsbleiche Farbe war aus seinem Gesicht gewichen. Er konnte im Haus umhergehen, und am Morgen hatte er gesagt, sie könnten sich nicht ewig vor der Welt verstecken; er werde Vorbereitungen für die Rückkehr in die Staaten treffen. Tess verließ schweren Herzens das Haus. Nun würde sie ihn mit ihrem Fund konfrontieren müssen.

Den Rest des Morgens hatte sie in Marathounda verbracht, an der Stelle, wo sie die Schatulle mit dem Kodex gefunden hatte. Gerade wollte sie zum Haus des Arztes zurückkehren, als sie den beiden Frauen begegnete, die ihr Essen und Kleidung gebracht hatten. Sie hatten von Reillys Genesung erfahren, umarmten sie herzlich und drückten gestikulierend ihre tiefe Erleichterung aus. Ihre Männer gaben Tess die Hand, strahlten sie an und gingen weiter, wobei sie ihr freudig zuwinkten.

Gedankenverloren stand sie auf der Straße. In diesem Moment entschied sie sich. Die Erkenntnis, die seit Tagen in ih-

540

rem Inneren reifte, ein verwirrendes Gefühl, das ihren gewohnten Zynismus verdrängte und das sie sich bis jetzt nicht hatte eingestehen wollen, war zu einem Abschluss gelangt.

Ich kann es ihnen nicht antun.

Nicht ihnen, nicht den Millionen, die waren wie sie. Der Gedanke war in ihr gewachsen, seit sie den Kodex entdeckt hatte. Alle Menschen, denen sie in den vergangenen Tagen begegnet war, hatten sich rückhaltlos freundlich und freigebig gezeigt. Um sie ging es. Um sie und zahllose andere in aller Welt.

Es könnte ihr Leben zerstören.

Ihr wurde ganz flau. Wenn die Kirche Menschen hier und heute dazu bringen konnte, derart selbstlos zu handeln, konnte nicht alles an ihr falsch sein. Sie war es wert, dass man sie beschützte. Was machte es schon, wenn sie auf einer Geschichte aufbaute, die die Wahrheit beschönigte? War eine so phänomenale Inspirationsquelle überhaupt denkbar, wenn man nicht die Grenzen der realen Welt überschritt?

Als sie dort stand und den beiden Ehepaaren nachsah, konnte sie nicht glauben, dass sie etwas anderes auch nur erwogen hatte.

Natürlich würde sie es nicht tun.

Andererseits wusste sie auch, dass sie Reilly ihren Fund nicht länger verschweigen durfte.

Nachdem sie ihm nachmittags aus dem Weg gegangen war, spazierten sie am Abend Hand in Hand zur Burgruine hinauf. Das Bündel hielt sie in der anderen Hand; sie hatte die Strickjacke herumgewickelt. Die Sonne war schon fast verschwunden, der Himmel in ein verschleiertes rosiges Licht getaucht.

Sie legte die Jacke auf eine halb eingestürzte Mauer und drehte sich zu Reilly um. Als sie ihn ansah, musste sie heftig schlucken.

«Ich …» Plötzlich überkamen sie Zweifel. Wenn sie es nun einfach versteckte, ignorierte, nie erwähnte? Sie dachte daran, was seinem Vater zugestoßen war. Täte sie ihm nicht einen Gefallen, wenn sie verschwieg, dass sie es gefunden, gesehen, berührt hatte?

Nein. So stark der Drang auch war, es wäre grundfalsch. Nie wieder wollte sie unaufrichtig zu ihm sein, ihre Fehler reichten für ein ganzes Leben. Tief im Inneren hoffte sie noch immer auf eine gemeinsame Zukunft, und die war mit dieser unausgesprochenen Lüge zwischen ihnen absolut undenkbar.

Auf einmal wurde sie sich der tiefen Stille bewusst, die sie umgab. Die tschilpenden Spatzen waren verstummt, als würden sie auf die beiden Menschen Rücksicht nehmen. Tess fasste sich ein Herz. «Ich will dir schon seit Tagen etwas sagen, ganz ehrlich, aber ich wollte warten, bis es dir besser geht.»

Reilly schaute sie unsicher an. Er schien ihr Unbehagen deutlich zu spüren. «Was denn?»

Ihr Magen schien sich zu verknoten. «Ich muss dir etwas zeigen.» Sie wickelte den Kodex aus der Jacke.

Überrascht schaute Reilly ihn an, dann blickte er ihr prüfend ins Gesicht. Nach einer Ewigkeit fragte er: «Wo hast du das gefunden?»

Sie konnte das alles nicht schnell genug loswerden. «Der Falke wurde an einem Strand einige Buchten weiter angespült. Er war noch an den Bojen befestigt.»

Sie sah zu, wie Reilly den Ledereinband untersuchte, den Kodex behutsam aufnahm und einen Blick hineinwarf. «Erstaunlich. Es sieht so … schlicht aus.» Er schaute Tess fragend an. «Kannst du die Schrift lesen?»

«Nein, aber ich kann sehen, dass es Aramäisch ist.»

«Die richtige Sprache, oder?»

Sie nickte zögerlich.

Geistesabwesend betrachtete er den uralten Einband, schien ihn zentimeterweise mit den Augen abzutasten. «Was meinst du? Ist es echt?»

«Keine Ahnung. Es sieht ganz danach aus, aber ohne eine gründliche Untersuchung gibt es keine definitive Antwort. Wir müssten den Kodex mit der Radiokarbonmethode datieren, die Zusammensetzung von Papier und Tinte analysieren, das Manuskript auf kalligraphische Übereinstimmungen prüfen …» Sie holte tief Luft. «Aber ich finde, wir sollten den Kodex nicht ins Labor schicken. Wir sollten ihn überhaupt nicht untersuchen lassen.»

Er neigte verwundert den Kopf. «Was soll das heißen?»

«Ich will damit sagen, wir sollten vergessen, dass wir ihn je gefunden haben», erklärte sie nachdrücklich. «Das verdammte Ding verbrennen und –»

«– und was?», konterte er. «Tun, als hätte es nie existiert? Das geht nicht. Falls es nicht echt ist, von den Templern gefälscht wurde oder es sich um einen bloßen Scherz handelt, brauchen wir uns keine Sorgen zu machen. Sollte es doch echt sein, dann …» Er verstummte.

«Dann sollte niemand davon erfahren», beharrte sie. «Mein Gott, hätte ich es dir nur nicht erzählt.»

Reilly sah sie verblüfft an. «Verstehe ich dich richtig? Was ist aus den Leuten geworden, denen wir ‹die Wahrheit schulden›?»

«Ich habe mich geirrt. Ich habe meine Meinung geändert.»

543

Tess stieß einen tiefen Seufzer aus. «Solange ich mich erinnern kann, habe ich immer nur die Schattenseiten der Kirche gesehen. Die blutige Geschichte, die Gier, die archaischen Dogmen, die Intoleranz, die Missbrauchsskandale … man mag es schon gar nicht mehr hören. Ich bin nach wie vor der Ansicht, dass die Kirche eine Generalüberholung nötig hat. Aber was ist schon vollkommen? Und wenn es funktioniert, wenn man das Mitgefühl, die Herzenswärme und die Großzügigkeit der Menschen erlebt … dann sieht man, worin das wahre Wunder besteht.»

Plötzlich erklang langsamer rhythmischer Applaus, der in den verlassenen Ruinen widerhallte.

Tess drehte sich um und sah Vance hinter einer Mauer hervortreten. Er klatschte weiter, die Augen auf sie geheftet, den Mund zu einem beunruhigenden Grinsen verzogen.

KAPITEL 85

«Sie hatten also eine Erleuchtung. Ich bin tief bewegt, Tess. Unsere unfehlbare Kirche hat also auch Sie bekehrt.» Vance' Stimme troff vor Spott und unterschwelliger Drohung. «Halleluja, lobet den Herrn!»

Reillys Muskeln spannten sich an, als er näher kam. Vance sah verdreckt und hager aus. Er trug schlichte Kleidung, vermutlich ebenfalls die großzügige Spende eines Inselbewohners. Vor allem aber war er unbewaffnet, worüber Reilly sehr erleichtert war, denn so wirkte der Professor nicht sonderlich furchteinflößend.

Vance näherte sich Tess und fixierte dabei den Kodex, den Reilly in der Hand hielt. «Als wollte er unbedingt gefunden werden, nicht wahr? Wenn ich religiös wäre, würde ich sagen, es sei vorherbestimmt, dass wir ihn finden.»

Tess schaute ihn ungläubig an. «Wie sind Sie –»

«Ähnlich wie Sie, vermute ich. Ich erwachte mit dem Gesicht im Sand und einigen Krabben vor der Nase, die mich neugierig beäugten. Irgendwie habe ich mich zum Kloster von Panormitis geschleppt. Pater Spiros stellte keine Fragen, sondern nahm mich im Gästehaus auf. Dann sah ich Sie. Ich war froh, dass Sie es auch geschafft hatten, das hatte ich nicht zu hoffen gewagt, aber ...» Sein Blick wanderte wieder zum

Kodex, als würde er magnetisch angezogen. «Was für ein Fund. Darf ich?»

Reilly hob abwehrend die Hand. «Bis hierher und nicht weiter!»

Vance hielt inne, er wirkte belustigt. «Na los, eigentlich müssten wir alle drei tot sein. Was sagt Ihnen das?»

Reilly blieb ungerührt. «Es sagt mir, dass Sie vermutlich vor Gericht kommen und einige Jahre als Gast unseres Strafvollzugs verbringen werden.»

Vance schien sich enttäuscht abzuwenden, doch plötzlich war er mit wenigen schnellen Schritten bei Tess. Er schlang einen Arm um ihren Hals und setzte ihr ein langes Messer an die Kehle.

«Tut mir Leid, Tess, aber das ist eine Sache zwischen mir und Agent Reilly. Wir können das Schicksal nicht einfach ignorieren. Sie hatten Recht. Die Welt verdient, davon zu erfahren.» Seine Augen loderten und zuckten drohend zwischen Reilly und Tess hin und her. «Her damit», befahl er. «Sofort.»

Blitzschnell schätzte Reilly die Situation ab. Das Messer war zu nahe an Tess' Kehle, um einen Vorstoß zu wagen, auch war er viel zu geschwächt. Besser, er händigte Vance den Kodex aus und kümmerte sich um Tess. «Immer langsam, ja? Sie können das verdammte Ding haben.» Er streckte Vance das Manuskript hin. «Hier.»

«Nein», rief Tess voller Zorn, «er darf es nicht veröffentlichen. Wir sind dafür verantwortlich, ich bin dafür verantwortlich.»

Reilly schüttelte den Kopf. «Aber es ist nicht dein Leben wert.»

«Sean –»

Er blieb hart. «Das ist es einfach nicht wert.»

Vance lächelte schwach. «Legen Sie es auf die Mauer, dann gehen Sie langsam rückwärts.»

Reilly legte den Kodex auf die rauen Steine und wich zurück. Vance kam näher und drängte Tess dabei in Richtung Mauer.

Er beugte sich kurz über den Kodex, als wagte er nicht, ihn zu berühren, dann klappte er mit zitternden Fingern den Deckel auf. Vollkommen fasziniert blätterte er in den Pergamentseiten. *«Veritas vos liberabit»*, murmelte er. Eine selige Ruhe lag über seinem müden Gesicht.

«Tess, ich hätte Sie so gern dabeigehabt», sagte er sanft. «Es wird wunderbar.»

Sie nutzte seine Ergriffenheit, riss sich von ihm los und schoss davon. Vance verlor kurz den Halt, tastete nach der Mauer und ließ dabei das Messer fallen. Es landete hinter der niedrigen Mauer im Gebüsch.

Er richtete sich auf, klappte den Kodex zu und nahm ihn in beide Hände. Reilly und Tess traten ihm in den Weg.

«Es ist vorbei», sagte Reilly nur.

Vance riss die Augen auf, als hätte er einen Schlag in den Magen erhalten. Er sah sich hektisch um, zögerte kurz, schwang sich dann über die Mauer und stürzte sich in das Ruinenlabyrinth.

Ohne zu zögern, folgte Reilly ihm. Binnen Sekunden waren beide hinter den Steinmauern verschwunden.

«Lass ihn, Sean, komm zurück!», rief Tess ihm nach. «Du bist noch nicht gesund. Bleib hier!»

Doch er lief weiter, kämpfte sich vorwärts, versank im weichen Boden, blieb Vance keuchend auf den Fersen.

KAPITEL 86

Der Professor bewegte sich rasch einen steilen Pfad hinauf, der in die Bergflanke schnitt. Vereinzelte Bäume und Olivenhaine wichen felsigem Gelände, auf dem nur vertrocknetes Gebüsch wuchs. Fluchend drehte er sich um, Reilly war immer noch hinter ihm. Der Ort war von hier aus nicht zu sehen, sogar die Ruinen und die verlassenen Windmühlen waren außer Sichtweite. Zu seiner Rechten ragte der Hügel steil empor, links fiel der abschüssige Felshang bis zum Meer hin ab. Ihm blieb keine Wahl. Reilly oder weiterlaufen. Er entschied sich für Letzteres.

Reilly atmete schwer. Seine Beine waren wie Gummi, die Oberschenkelmuskeln brannten, obwohl er noch nicht weit gerannt war. Er stolperte über einen Stein und hätte sich beinahe den Fuß verstaucht. Als er sich aufrichtete, wurde ihm schwindlig. Er holte tief Luft, schloss die Augen und konzentrierte sich, um seine Energiereserven zu sammeln. Dann sah er Vance verschwinden. Er zwang sich, weiterzulaufen.

Vance kämpfte sich über die glatten Felsen, bis er die Spitze einer hohen Klippe erreicht hatte. Er saß in der Falle. Tief unter ihm gähnten schroffe Felsen, über die rhythmisch weiße Gischt spritzte.

Hastig wandte er sich um.

Reilly hatte die Klippe erreicht und kletterte auf einen

Felsbrocken. Die Männer waren auf Augenhöhe, etwa zehn Meter voneinander entfernt.

Vance rang nach Luft und warf einen wütenden Blick um sich. Dann scherte er nach rechts aus, wo der Boden fester zu sein schien.

Reilly folgte ihm.

Vance rannte am Steilufer entlang, das aussah, als wären Stufen in den Stein gehauen. Keine zwanzig Meter weiter verfing er sich in einem Spalt und stolperte.

Reilly spürte, wie wenig Kraft ihm geblieben war, und nutzte seine Chance. Er warf sich nach vorn und griff nach Vance' Fußknöcheln. Knapp, aber es reichte. Er kroch näher, wollte die Beine packen, doch seine Arme waren zu schwach. Vance rollte sich herum und rutschte rückwärts, den Kodex noch immer fest in der Hand. Er trat nach Reilly, erwischte ihn im Gesicht, sodass er ein Stück den Hang hinabschlitterte. Schon war Vance wieder auf den Füßen.

Lähmende Benommenheit überfiel Reilly, sein Kopf war bleischwer. Er wollte den Nebel abschütteln und aufstehen, da hörte er Tess hinter sich.

«Lass ihn gehen, Sean! Das schaffst du nicht!»

Er schaute zu Vance, der kaum von der Stelle kam, und machte eine warnende Geste zu Tess. «Lauf zurück und hol Hilfe.»

Doch sie war schon da und umarmte ihn keuchend. «Bitte! Es ist zu gefährlich. Es ist nicht wert, dass wir beide dafür sterben.»

Reilly lächelte. Er sah sie an und erkannte mit absoluter Gewissheit, dass er mit dieser Frau den Rest seines Lebens verbringen wollte. Da ertönte ein entsetzter Schrei. Sie fuhren herum und sahen Vance den glatten, steilen Felsen hinabrutschen, den er gerade hatte überqueren wollen. Seine Finger suchten verzweifelt Halt, doch die schwarzen Steine waren wie poliert.

Reilly sprang auf und lief zu ihm hin. Vance hatte einen schmalen Sims gefunden, auf dem er stehen konnte. Reilly beugte sich über die Kante und sah, wie Vance sich mit einer zitternden Hand an die Felswand klammerte und mit der anderen den Kodex hielt.

«Nehmen Sie meine Hand.» Er streckte den Arm so weit er konnte aus.

Vance blickte mit vor Panik geweiteten Augen zu ihm hoch und hob die Hand mit dem Kodex, erreichte Reilly aber nicht. «Ich kann nicht», stammelte er.

Da gab der Sims unter seinem linken Fuß nach. Instinktiv ließ er den Kodex los, der auf einen Felsvorsprung prallte. Der Deckel klappte auf, einzelne Seiten wirbelten hoch, segelten durch die salzige Luft und kreiselten hinunter ins schäumende Wasser.

Reilly öffnete den Mund zu einem Schrei, doch zu spät.

Vance hatte verzweifelt nach den Blättern in der Luft gegriffen. Er stürzte mit ausgebreiteten Armen vom Sims, umgeben von flatternden Buchseiten, die ihn zu verhöhnen schienen. Sein Körper schlug auf den Felsen auf und blieb zerschmettert liegen.

Tess griff vom festen Terrain aus nach Reilly. Gemeinsam krochen sie an den Rand der Klippe und schauten in die Schwindel erregende Tiefe. Vance lag da, unnatürlich verkrümmt, die Wellen brandeten um ihn herum und bewegten seine Leiche wie eine leblose Puppe. Ringsumher waren die uralten Manuskriptseiten verstreut, deren Tinte im salzigen Wasser zerfloss wie das Blut aus den Wunden des Toten.

Reilly hielt Tess fest an sich gedrückt und schaute ernst nach unten, wo die letzten Seiten von der wogenden Gischt verschlungen wurden. Wir werden es wohl nie erfahren, dachte er düster.

Plötzlich entdeckte er etwas.

Er ließ Tess los und kletterte rasch ein Stück den Hang hinunter.

«Was machst du?», rief sie und beugte sich besorgt vor.

Schon tauchte er wieder auf. Sie zog ihn hoch und sah, dass er etwas zwischen die Zähne geklemmt hatte.

Ein Stück Pergament.

Eine einzelne Seite des Kodex.

Ungläubig schaute sie auf das Blatt, das Reilly ihr reichte. «Immerhin können wir beweisen, dass es keine Einbildung war», stieß er atemlos hervor.

Lange betrachtete sie das Pergament in ihrer Hand. Alles, was sie seit dem Abend im Metropolitan Museum erlebt hatte, das ganze Blutvergießen, die Angst und die inneren Kämpfe, kehrte in diesem Moment zurück. Ruhig lächelte sie Reilly zu, zerknüllte das Pergament und warf es von der Klippe.

Sie schaute zu, wie es ins Wasser sank, und schlang die Arme um Reilly.

«Ich habe alles, was ich brauche», sagte sie. Dann stand sie auf und führte ihn weg vom Klippenrand.

EPILOG

Paris, März 1314

Die üppig geschmückte hölzerne Tribüne stand am Rande eines Feldes auf der Île de la Cité. Leuchtend bunte Wimpel flatterten in der Brise, das schwache Sonnenlicht spiegelte sich in der farbenfrohen Kleidung der Höflinge und Paladine, die dort bereits versammelt waren.

Müde und gebeugt stand Martin de Carmaux weit hinten in einer aufgeregt schnatternden Volksmenge. Er trug ein schäbiges braunes Gewand, das er von einem Mönch geschenkt bekommen hatte.

Obwohl erst Anfang vierzig, wirkte Martin alt. Fast zwanzig Jahre lang hatte er in der grausamen Sonne des toskanischen Steinbruchs geschuftet, angetrieben von den Peitschen der Aufseher. Er hatte schon alle Hoffnung aufgegeben, als ein Erdrutsch – einer der schlimmsten, die man dort je erlebt hatte – ein Dutzend Männer und einige Aufseher tötete. Martin und der Mann, an den er gekettet war, nutzten den Tumult und die aufwirbelnden Staubwolken, um zu entkommen.

Trotz der jahrelangen Sklavenarbeit in dem verfluchten Tal, in dem er von der Außenwelt abgeschnitten war, kannte

Martin nur ein Ziel. Er lief schnurstracks zum Wasserfall und suchte nach dem Felsen mit den kreuzförmigen Rissen, holte Aimards Brief hervor und machte sich von neuem auf die lange Reise durch die Berge nach Frankreich.

Sein Weg hatte mehrere Monate gedauert, und die Rückkehr in die Heimat erwies sich als bittere Enttäuschung. Er hatte von den Katastrophen erfahren, die die Tempelritter heimgesucht hatten, und als er sich Paris näherte, wurde ihm klar, dass es zu spät war, das Schicksal des Ordens zu wenden.

Er hatte sich diskret umgehört. Alle seine Brüder waren tot oder lebten im Versteck. Über dem prachtvollen Pariser Tempel wehte die königliche Flagge.

Er war allein.

Wie er nun in der schwatzenden Menge stand, erkannte Martin die grau gekleidete Gestalt von Papst Clemens, der die Stufen zur Tribüne hinaufstieg und seinen Platz inmitten der pfauenbunten Höflingsschar einnahm.

Der Papst richtete seine Aufmerksamkeit auf die Mitte des Feldes, wo zwei Scheiterhaufen errichtet worden waren. Gerade zerrte man zwei ausgemergelte Männer mit zerschmetterten Gliedern herbei, bei denen es sich um Jacques de Molay, den Großmeister des Ordens, und Geoffroy de Charnay, den Präzeptor der Normandie, handelte.

Rasch band man sie auf dem Scheiterhaufen fest. Ein korpulenter Mann trat mit einer lodernden Fackel vor und schaute den König fragend an.

Tiefe Stille senkte sich über die Menge, und Martin sah, wie der König achtlos die Hand hob.

Das Reisig wurde entzündet.

Rauch stieg auf, Flammen züngelten empor, die Zweige knackten und prasselten. Übelkeit befiel Martin, und er wäre am liebsten davongelaufen, doch er spürte den Zwang, alles mit anzusehen und diesen Akt der Verderbtheit zu bezeugen.

Widerwillig drängte er sich nach vorn. Er sah, wie der Großmeister den Kopf hob und seinen Blick auf König und Papst richtete.

Selbst aus der Ferne wirkte das Bild beunruhigend. Molays Augen funkelten wilder als das Feuer, das seinen Körper bald verzehren würde.

Trotz der erlittenen Qualen sprach der Großmeister mit kraftvoller Stimme. «Im Namen des Ordens der Tempelritter verfluche ich dich, Philipp den Schönen, und deine Papstmarionette, und ich rufe den allmächtigen Gott an, dass ihr, noch bevor das Jahr vorüber ist, vor seinen Thron befohlen werdet, um dort euer Urteil zu erwarten und auf ewig im Feuer der Hölle zu brennen …»

Mehr konnte Martin nicht hören, da das tosende Feuer die Schreie der Sterbenden erstickte. Dann drehte sich der Wind, Rauch wehte über Tribüne und Menge, der den widerlichen Gestank verbrannten Fleisches mit sich führte. Der König taumelte hustend die Treppe hinunter, den Papst im Schlepptau, während ihm das Wasser aus den Augen lief. Martin sah Clemens in seiner Nähe vorbeigehen. Die Galle stieg ihm brennend in die Kehle, und er begriff, dass seine Aufgabe noch nicht vollendet war.

Vielleicht würde er sie selbst nicht mehr vollenden. Doch wenn die Dinge eines Tages anders standen, würde sie womöglich noch erfüllt.

In dieser Nacht brach er auf und verließ die Stadt Richtung Süden, nach Carmaux, ins Land seiner Vorväter. Dort oder in einem anderen Ort des Languedoc würde er seine Tage beschließen. Doch bevor er starb, wollte er noch dafür sorgen, dass der Brief nicht verschwand. Er musste die Zeit überdauern.

Er musste seine Aufgabe erfüllen.

Das schuldete er denen, die gestorben waren, Hugues und Guillaume de Beaujeu, vor allem aber seinem Freund Aimard de Villiers, deren Opfer nicht umsonst gewesen sein durfte.

Nun lag es an ihm. Er erinnerte sich an Aimards letzte Enthüllung in jener Nacht, tief im Inneren der Kirche neben dem Weidenbaum. Er hatte von den ungeheuren Bemühungen ihrer Vorgänger gesprochen, die die Täuschung erdacht hatten. An die neun Jahre minuziöser Handarbeit. An die sorgfältige Planung, die erst nach über zweihundert Jahren Früchte trug.

Wir waren nah dran, dachte er, ganz nah. Es war ein nobles Ziel. Es war die harte Arbeit, die Opfer und alle Schmerzen wert.

Er wusste, was er zu tun hatte.

Er musste dafür sorgen, dass die Illusion überlebte. Die Illusion, dass es noch immer dort draußen wartete.

Die Illusion, dass es echt sei.

Und wenn die Zeit gekommen war – gewiss nicht während seines Lebens, doch irgendwann einmal –, würde jemand ihr verlorenes Meisterwerk benutzen, um zu vollenden, was sie einst begonnen hatten.

Ein bittersüßes Lächeln huschte über sein Gesicht. Vielleicht würde es eines Tages überflüssig sein. Ihr Plan wäre dann ebenfalls nicht länger notwendig. Vielleicht würden die Menschen lernen, ihre kleinlichen Streitigkeiten zu begraben und keine Kriege um persönliche Glaubensfragen mehr zu führen.

Er verdrängte den Gedanken, schalt sich für seine von Sehnsucht getragene Naivität und wanderte weiter.

DANKSAGUNG

Viele Menschen haben mich bei der Arbeit an diesem Buch großzügig mit Wissen und Fachkenntnis unterstützt, und ich möchte zunächst meinem engen Freund Carlos Heneine danken, der mich mit den Templern bekannt machte und mit dem ich wie immer genussvoll Ideen austauschen konnte; Bruce Crowther, der mich in dieses neue Reich einführte, und Franc Roddam, der herbeisegelte und ihm Flügel verlieh.

Ganz persönlich bedanke ich mich auch bei Olivier Granier, Simon Oakes, Dotti Irving und Ruth Cairns von Colman Getty, Samantha Hill von Ziji, Eric Fellner, Ed Victor, Bob Bookman, Leon Friedman, Maître François Serres, Kevin und Linda Adeson (sorry, dass ich Mitch verprügelt habe), Chris und Roberta Hanley, Dr. Philip Saba, Matt Filosa, Carolyn Whitaker, Dr. Amin Milki, Bashar Chalabi, Patty Fanouraki und Barbara Roddam. Vielen Dank an alle bei Duckworth und Turnaround.

Ein superdicker Dank an meine Agentin Eugenie Furniss, ohne deren Leidenschaft, Ansporn und Unterstützung dieses Buch nie das Licht der Welt erblickt hätte. Und auch an Stephanie Cabot, Rowan Lawton und das Team der William Morris Agency.

Last but not least möchte ich meiner Frau Suellen danken, die mich so lange mit diesem Projekt geteilt hat; ein Mann kann sich keine bessere Helferin, Freundin und Seelenverwandte wünschen.